幻の女

香納諒一

目次

——過去は消えず、過ぎゆくのみ。

大森荘蔵

第一章　再会

1

　夕暮れに秋がある。それだけの季節だ。

　きのうと見分けがつかないくらいによく似た一日が、楽しい夜の到来を心待ちにしはじめている。

　裁判所の建物を出て、桜田《さくらだ》通りを晴海《はるみ》通りの方角に歩いた。真正面に、皇居の緑が広がっている。角度を低くした日射しが、堀のむこうの斜面へ垂直に射し、芝の緑には深みを帯びた輝きがあった。夕焼けの気配で、空の低いあたりが濃い。車は途切れることなく溢《あふ》れていたが、舗道を行く通行人の数は少なかった。

　きょうの法廷は、すでに提出されている証拠申立書にのっとっての証人尋問だった。

　相手側の弁護士は、以前にも二、三度手合わせをしたことがある男だ。白髪を短く刈りあげたこの男には、どことなくヤクザ臭い雰囲気があり、一時期は法廷でよりも行きつけの雀荘《ジャンそう》で顔を合わせることのほうが多かった。法廷における今回の訴訟のやりとりは、雀荘ほど真剣になる必要のないものだといえた。互いにおおよその落ち着け場所がわかっており、そこに話を落ち着けるため、法廷的な言葉の応酬を繰りかえすだけだ。正義は言葉でできている。

この島国における実際の民事裁判は、テレビドラマなどと異なり、大方が準備書面の往復によって進行する。大方の弁護士は民事裁判を引き受けることを好み、役者たちのように刑事裁判で無実を勝ち取ることなど望みはしない。刑事訴訟よりも民事のほうがずっと儲《もう》かる。たとえ刑事事件で名の通った大きな事務所でも、実際に扱う事件の七割までは民事だ。

私の場合は、独立してからは、所属する弁護士会から回されてくる国選弁護人の割りあて以外、刑事裁判はほとんど引き受けないようにしていた。国選弁護人としてここ三件つづけて選択したのは、麻薬所持で捕まった初犯の青年の弁護だ。常習となれば話は別だが、初犯なら執行猶予がつくということで、めでたしめでたしとなる可能性が高い。

桜田門で地下鉄有楽町線に乗り、麴町《こうじまち》へむかうつもりだった。

麴町には、河野《こうの》の弁護士事務所がある。

ここ数年、弁護士の数を増やす目的で、若い受験者のほうが司法試験に受かりやすくするシステムが模索され、現役弁護士の意見をまとめる研究対策委員会が発足した。河野のもとで、次の委員会にむけての打ちあわせがあるのだ。

気乗りのしない打ちあわせだった。河野が乗り気を示しているのは、この委員会を活発に運営した功績として、来年度の弁護士会副会長の席あたりが転がりこむことを狙っているからにちがいない。会長は大御所の弁護士から選ばれるが、副会長には若手でもなれる。河野は、野心もやる気もある男だった。これから弁護士になる人間のことになど、それほどの関心がないのは私と同様のはずだ。

警視庁の角。晴海通りがブーメラン型に折れている付け根のあたりに、地下鉄桜田門駅の下り口がある。下りかけて、足をとめた。

女がひとり、下から階段を上がってくるところだった。

薄いベージュのハーフ・コート。臙脂《えんじ》色のストライプのスカーフを巻いている。私のネクタイとよく似た色だが、心持ちむこうのほうが明るかった。コートの裾《すそ》から、黒のパンタロン・スーツがのぞいている。左手に、小振りのハンドバッグをぶら提げていた。

首筋がすっぽりと隠れてしまうほどの長さの髪の、真ん中からやや左側に分け目をつくり、左側の髪は後方へ撫《な》でつけぎみにして先端を耳の後ろにはさみ、右側は額にむけて垂らしていた。垂らされた髪が、緩やかなカーブを描きながら、眉《まゆ》からこめかみにかけて淡い翳《かげ》りを生んでいる。

両目は大きく、唇は薄い。

足下を見つめて上ってくるため、睫毛《まつげ》が頬にかぶさっているように見えた。

頬骨が高く、頬の肉付きが薄いので、顎《あご》が実際以上に小さな印象を与える。微笑むと、唇の左右の肉が、行き場を失ったように軽い畝《うね》と轍《わだち》をなす。縦長の靨《えくぼ》だ。全体にきつい感じのする女だったが、靨は十代の娘のように愛くるしく、眉は対照的に寂しげだ。

私を見上げ、両目をゆっくりと瞬《またた》いた。

すれ違うまでに、段差を四、五段ほど残している。瞬いたのち、軽く目をすがめた。細い眉が、それに連れてわずかにバランスを崩した。目の焦点が、私の数メートル後ろのどこかに合っているように思えた。

薄い唇を、わずかに開き、小さく息を吐き落とした。

そうではなく、何かを告げようとしたのだろうか？　私はといえば、何かが弾《はじ》ける音を聞いていた。確かに、それを、耳の奥で聞いた。

また一段、階段を上る。私を見つめたままだ。

華奢《きゃしゃ》な指が、そっと動いた。階段横の手すりを掴《つか》む。微笑みの兆候とでも呼ぶべき表情が、ほんの一瞬だけ、瞳《ひとみ》から唇にかけてよぎった気がした。それはまったくの思いすごしだった気もする。小林瞭子《こばやしりょうこ》。五年前、私のもとから、いきなり消え去ってしまった女だ。

息を吸い、吐いた。

意図的にゆっくりと、吐きだした。

自分を取りかこんでいる時間が、柔らかく溶けた飴《あめ》のように引き延ばせそうにも、ぴんと張りつめたか細い糸のように、少しでも力を加えれば切れてしまいかねないもののようにも思えた。

ネクタイの結び目をゆっくりと直した。

法廷で、証人とのあいだでの駆け引きを考えるときに、無意識にやる仕種だ。

「やあ」

かすれた声を出し、その間抜けさに舌打ちした。

瞭子がさらに階段を上る。そして、綺麗《きれい》に微笑んだ。

一瞬の間を空けたのち、「やあ」と、同じ言葉を返してきた。

ハスキー・ボイス。色気と、強さを感じさせる声だ。人生の儚《はかな》さ空しさとでもいえばいいような何かに、立ちむかおうとする感じが溢れている。

次の言葉が出てくるのを待った。彼女のほうでも待っているように思った。待ちきれなかったのは、私だった。

「元気でやっていたのか」

元気だったわと、鸚鵡《おうむ》返しに応じた。

地下鉄の階段を、ネクタイすがたのふたり連れが上がってきた。私たちは階段を上りつめ、改めて歩道でむきあった。正確にいえば、私が四十五度ほど右側を、瞭子が同じだけ左側を見るようにしてむきあったのだ。すれ違おうとしている人間が、何かの拍子にぶつかりかけて、互いを避けようとしているような格好ともいえた。

彼女の顔を窺《うかが》った。皇居の堀と晴海通りの並木に視線を逃がした。私は「地裁からの帰りなんだ」と、告げた。

「ちょっとした民事事件でね。土地の所有権をめぐるトラブルなんだ」

彼女はちらっと私を見、警視庁の方角に視線を逃がしながらうなずいた。

「相変わらず、忙しくしてるのね」

唇が、微笑みのかたちをなぞったが、瞳は堅いままだった。

「それほどでもないさ」

言葉を切って、すぐにあとをつづけた。「義父の事務所を辞めて、独立したんだ。二年ほど前だ。いまは、神保町《じんぼうちょう》で、ひとりで事務所をやっている」

女房とは別れた。子供はむこうが引きとった。そんな言葉を喉元《のどもと》で飲みこんだ。その代わりに内ポケットを探り、革の名刺入れを抜きだした。

彼女は私の胸元あたりに視線を動かしながら、右手で名刺を受けとった。深く沈んだ紅色のマニキュアが、五つの爪を染めあげている。爪はどれも長く、先端が鋭角に切りそろえられている。ほんの一瞥《いちべつ》をくれただけで、名刺をポケットにおさめた。それが物足りなく感じられた。

「どうしていたんだ？」

顔を見つめながらいった。まだビルのあいだに隠れるには間のある日射しが彼女を照らしている。目尻《めじり》に細い皺《しわ》が見えたが、皮膚は五年前と変わらず艶《つや》やかで白かった。薄化粧。五年前とは違っていた。

「いろいろとね」と、彼女は応《こた》えた。

「いまは、どこにいるんだい？」

何気なく訊《き》いたつもりだった。

微笑みだけが返ってきた。

私は腕時計をのぞき見た。時間が気になったわけではない。付近の地図を思い描きながら、どこか落ち着いて話せる場所を探していた。くそ、そうじゃなく、どうすれば彼女を何気なくお茶に誘えるかだ。

「急ぐのかい？」

「いま？」

「ああ」

腕時計に目を落とす。私がたったいま示した仕種よりもずっと自然で、そのぶんあからさまにも感じられた。

彼女の長い睫毛《まつげ》にむけて、「お茶でもどうだい」と誘いかけた。睫毛はしばらく上がっては来なかった。

「ちょっとぐらい、いいだろ」

重ねると、ふたたび微笑みが唇に浮かんだ。自分が怯《おび》えていることに気がついた。私の記憶どおりの微笑みだ。

すがたを消す前の彼女は微笑んでいた。冷たく醒《さ》めた目で私を見やっていたわけでも、苦悩と苦渋とを表情に滲《にじ》ませていたわけでもなく、ただ、ひたすらに、微笑んでいたのだ。

「――でも、このあたりじゃあ、お茶を飲めるところなんかないんじゃないかしら」

私は警視庁の建物を見上げた。最上階に、喫茶ルームがある。莫迦莫迦《ばかばか》しい。五年ぶりに再会した男と女が、警視庁の最上階でお茶を飲み、刑事や婦人警官たちに囲まれたテーブルで何を語りあかすのだ。

「裁判所の地下に食堂があるんだ」

気乗りのしない顔になった。

「――ごめんなさい。ほんとは、そんなに時間がないの」

私は唇を閉じたままで下顎を軽く落とし、口のなかの両側の肉を、上下の歯のあいだに挟みこんだ。そのまますこし力をこめて嚙《か》んだ。

「どこへ行くんだい？」

「それじゃあ、今度電話をするよ」

「ちょっと……」

「──」

「な、いいだろ」

今度は微笑まなかった。

いや、やはり微笑んではいた。だが、それを形作っているものの正体は、決して愉快なものでも心優しいものでも、懐かしさでも親しみでもないように思えた。

戸惑い、困惑した。一方で、理由のわからない怒りをも感じていた。哀《かな》しみ、と呼ぶのがいちばん相応《ふさわ》しい。彼女の微笑みの奥に、そんなものが見えた気がした。

「私から、電話をする。神保町のほうに行くこともあると思うし」

「いつだい？」

「たぶん、近いうちに」

「携帯電話の番号も書いてあるんだ。もしも、電源が切ってあるときは、伝言サービスへと自動的に転送される。いまは、仕事は何をしてるんだい？」

「何に見える？」

彼女はちらっと私を見た。いたずらっぽい視線。

「──そう訊かれてもな。わからないよ。結婚はしたのか？」

「ううん」と、首を振った。

「なあ、電話番号ぐらい、教えてくれたっていいじゃないか」

両目が乾く。冷たくはないが乾燥した風が、瞳の表面を撫でている。手帳を取りだすまで、長い時間はかからなかった。彼女が躊躇《ためら》いを感じなかったのかどうかはわからない。

女物としては大きな手帳だった。バインダー式の、いわゆるビジネス手帳で、ビニール製のカバーは黒。名刺整理のためのバインダーページがいっしょになっており、かなりぎっしりと名刺が詰めこまれていた。万年筆のキャップをはずし、はずしたキャップを唇にくわえ、手帳の一ページにペン先を走らせた。

人差し指と中指の側面で万年筆を挟み、親指を軽く添えていた。爪をのばしているために、人差し指を立てて握ることができないのだ。マニキュアを施された薬指の爪が掌《てのひら》に食いこんでいる。

ページをゆっくりと破り、ふたつ折りにして、差しだした。受けとって、どうでもいいもののようにポケットにおさめた。

万年筆と手帳とをハンドバッグにもどしながら「それじゃあ」といった。

「ああ」と応えた。

背中をむける相手に遅れまいとして、背をむけた。地下鉄の下り口の階段を見つめ、階段の先の薄ら闇を見つめた。視線を上げて、下り口の屋根の駅名プレートを読んだ。耐えきれずに振りむいたが、彼女は振りむいてはいなかった。

口の奥に苦い味がした。舌が味を感じる部分は微妙に分かれており、甘みはその先端で、辛みは真ん中あたりで、そして苦みは付け根付近で主に感じるらしい。いや、辛みが先端で、甘みが真ん中あたりだっただろうかと、どうでもいいことを考えようとした。

「待ってくれ!」

私は自分をとめきれなかった。なんていうことだ。いちばんしたくなかったことをしようとしている。

「五年ぶりで会ったっていうのに、それだけなのか」

大声を立てているわけではない。ただ、相手に自分の声が届くかどうかが不安なだけだ。自分にそういい聞かせ、そして確実に届くようにと願い、彼女にむかって近づいていった。

最愛の女は、心底困ったという顔で、近づく私を見つめていた。

2

ラガブリンを頼んだ。

それ以上は告げずとも、マスターがキリン・ビールとラガブリンの十五年もののボトルを差しだしてきた。ショットグラスとビールグラスを、カウンターに並べてくれた。

植木《うえき》という名の、四十前後の男だった。私よりも心持ち濃いめの口髭《くちひげ》を綺麗《きれい》に整えて、短くカットした髪を、整髪料で後ろに折り目ただしく撫《な》でつけている。街路樹のように静かで、穏やかな男だ。

ラガブリンを教えてくれたのは植木だった。

ほんの最初のうちだけは、ヨードチンキのような味だと思うかもしれないけど、いったんのめ《》り込んだら抜けられなくなる酒ですよ。そのとおりだった。

銀座の七丁目。首都高速に沿ってのびる、コリドー街に建つビルの五階にある店だ。《ポエム》という趣味の悪い名は、植木が若いころに詩人を目指していたところからつけられたものらしかった。詩人というのが、目指してなるものなのかどうか、私にはよくわからない。

客は、テーブル席のほうに男同士のふたり連れがひと組いるだけだった。今夜の私は、私にとってもこの店にとっても、うんと早い時間の〝御出勤〟なのだ。麴町の河野の弁護士事務所から早々に引きあげると、携帯電話で自分の事務所に電話を入れて、秘書の園島典子《そのじまのりこ》にきょうはもうもどらない旨を告げ、有楽町線で有楽町まで出て歩いてきた。

ラガブリンを舌先で転がした。

立ちのぼる香りを口蓋《こうがい》に感じ、次に喉と、鼻の奥で感じとった。意図的にゆっくりと味わってから、ビールで口と喉を潤した。

会わなければ良かった。時間は確実に思い出を遠ざける。脱色し、綾《あや》をごまかし、痛みを忘れさせようとしてくれる。それが今夜は、五年ぶりに、はっきりとした輪郭をともなった瞭子の面影につきまとわれている。

後悔に苛《さい》まれていた。

「待ってくれ！　五年ぶりで会ったっていうのに、それだけなのか」

取りかえしのつかないひと言。そう思えてならなかった。遠ざかろうとする瞭子を呼びとめ、あんなことをいってしまったのはなぜなのだ。万がいち再会できたなら、素っ気ない態度をとるはずだったのに。

「ごめんなさい。本当に急いでるの」

「どうして避けるんだ」

食ってかかっていた。あろうことか、冷静な応対を習慣とする弁護士が、街角で女に食ってかかっていたのだ。

「避けてるわけじゃないわ。ほんとよ。電話をちょうだい」

いいのこし、彼女は私に背をむけた。電話をちょうだいといった人間が、逃げるようにして走り去ったのだ。

——考えたくはなかった。惨めさと後悔に苛まれながら、酒を飲むなど真っ平じゃないか。

真正面に窓がある。天井付近までの長さを持つ、塡《は》め殺しになった窓だ。壁を埋めた酒棚よりも、わずかにカウンターのほうが長いので、いちばん右端のスツールふたつだけは窓をむいて飲むことになる。

窓の視界は広かった。新幹線もふくめて何本もの鉄道線路と首都高速道路とが、ビルのむかいを走っている。その上空には、何もない。

カウンターに両肘《ひじ》を載せ、もたれかかるようにしてグラスを口に運ぶ私が、夜景のなかにすわっていた。

大丈夫だ。すくなくとも私自身にとっては、冴《さ》えない顔だとは思えなかった。今夜もエンジンがかかりさえすれば、もっと冴えた顔にだってなれる。

三十分ほど、静かに飲んだ。酔いが皮膚の表面から奥へ、胃からほかの器官へと回っていくのが感じられた。そろそろ頭も表情も、他人と話すためのものになり変わっている頃合いだ。

楽しい夜の到来。

それほど酔ってはいないつもりだったが、まちがいだった。ふたつ折りにされた紙片をポケットから出しては眺め、眺めてはもどすことを繰りかえしているのに気がついた。瞭子が書いて手渡してくれた手帳の一ページだ。どれほど前からそんなことを繰りかえしていたのか考えようとしたが、わからなかった。わからないことが、私を、愕然《がくぜん》とさせた。

二時間ほどで腰を上げた。

途中でトイレに立ったときに腕時計を見た記憶から、たぶん二時間ほどだろうと思っただけだ。勘定を済ませたときには、どれほど前に自分がトイレに立ったのかも、いったい何時に店に入ったのかも、正確に思いだすことはできなかった。

店を出ようとするところで、扉を開けて、常連の画家が入ってきた。酒が入っているとしても、せいぜいまだビール程度といった顔つきだった。

「なんだい、帰るのかい」

「ちょいとあしたが早いんだ」と、嘘をついた。

植木がエレベーターの前まで送ってきてくれた。「お気をつけて」といういつもの決まり文句に対して、「そんなに酔っちゃないさ」といいかえした。

コリドー街を有楽町駅の方角にむけて歩いていると、足下がふらふらした。リッカー会館の角を左に折れ、JRの架橋下をぬけて帝国ホテルを目指した。銀座は深夜の一時を過ぎるまでは、流しのタクシーが拾えない。

ホテルの正面にはタクシー待ちの列はなく、すぐに乗りこむことができた。私は「つつじヶ丘」と告げ、「甲州街道を行って、駅前で下ろしてください。眠っていたら駅前で声をかけてくれ」とつけたし、目を閉じた。

目を閉じつづけていることに耐えきれず、流れていく夜景を見つめた。見つめつづけている

ことに耐えきれずに目を閉じた。目を開けていようと閉じていようと、思い出が蘇《よみがえ》ってくるの

をとめることはできなかった。

根津《ねづ》の小さなスナック。

そこで瞭子と出逢った。先輩の弁護士に連れていかれたのだった。

不忍《しのばず》通りの一本裏手を走る路地にある店で、弥生《やよい》坂を下りきったあたり、根津の駅からは歩いて五分ほどの距離だった。先輩の名は村田明《むらたあきら》といい、私と同じく、私の義父にあたる塩崎礼《しおざきれい》次郎《じろう》の事務所に勤めていた。事務所は三田《みた》で、当時私のマンションは町屋《まちや》にあり、西日暮里《にしにっぽり》に住む村田とは帰る方向が同じだった。誘いあわせ、上野広小路《ひろこうじ》やら湯島《ゆしま》やらで一杯やって帰ることが多かったのだ。

根津のあたりは戦災に遭わなかったそうで、特に路地裏にはえらく年代ものに見える建物が並んでいる。瞭子の勤めるスナックも、建って何十年も経過しているように見える二階建ての木造建築で、表側にだけ白壁を張り、一階の路地に面した半分をスナックの店舗に使っていた。白壁の二階の窓に、洗濯物が揺れていたのを憶《おぼ》えている。新しいものはカラオケの機械だけ、という、いかにも場末の感じが強いスナックだった。

老夫婦がふたりでやっているほかに、彼らと比べれば若い女がひとり、アルバイトで入っていた。

それが瞭子だった。

二十九歳。かわいいと呼ばれる歳はとっくにすぎていたというべきで、実際、初対面で私が抱《いだ》いた印象もまた、かわいらしいというのとは別物だった。カラオケをはじめた村田の横で、私は瞭子を相手に水割りを飲んだ。じきに、愛想のいい、感じのいいやつなのだと感じはじめた。時おり、「やつ」と呼びたくなるような女がいる。瞭子もまた、そういう女だった。私と一歳違い。誕生月からいえば、実際は一年と違わず、安心して飲める相手に思えた。

その夜がアルバイトの初日であることを、彼女自身の口から聞いた。昼間は不忍通りにあるクリーニング屋に勤めているとの話だった。たまたま募集広告を見て、夕方以降はそのスナックでアルバイトをしてみることにしたのだという。なんとなくそんな話が意外に思えた。一瞬だが、私は彼女がずっと以前から、こういった客相手の商売をしていたようにも感じたからだ。人の気を逸《そ》らさないコツのようなものを、心得ているように。

二度めに訪れたのは、それからおよそひと月ほどが経ったのちのことだ。帰り道の路線とはいえ、根津で途中下車する理由が特にはなかったし、ひとりで飲むのは、カラオケのない店と決めていた。その夜は、本郷《ほんごう》であった打ちあわせの流れで、突然気まぐれを起こしたのだった。

瞭子は前回と同じように働いていた。

なんとなく安堵《あんど》したように思うが、それはあとになって記憶をそう訂正しただけなのかもしれない。瞭子と深い関係になったのは、さらにひと月ほどが経過してからだし、はじめに誘いをかけたのは、どう考えても瞭子のほうだ。

結婚してそろそろ四年が経過しようとする年のことだった。もう大分寒くなっていた。すっかり黄色くなった銀杏《いちょう》の葉が、人気のない舗道を風に舞いながら流れていたのを憶えている。

甲州街道は混雑していた。

吐き気がしている。必死で堪えるうちに、顔が冷たくなるのを感じた。

荒療治の仕方を知っていた。立ちあがり、一気に躰《からだ》の力を抜いて地面に倒れ伏すのだ。すると血が頭に行き、吐き気が嘘のように吹きとぶ。倒れたのちに気分がすっきりした経験を思いだし、ある日意図的に試してみて、この方法が有効であることを知った。

やっとの思いでつつじヶ丘の小さなターミナルにたどり着くと、釣り銭を受けとる間も惜しんで駅前の自動販売機にむかった。烏龍茶《ウーロン》を買い、鞄《かばん》から出した胃腸薬を、二袋ぶんつづけて飲みくだした。

ターミナルの右向かいに立つマンションを、そろそろと目指した。

バブルの終わりに借りたのだが、その後大家のほうから家賃を心持ち下げる申し出があった。それでもこのあたりの相場よりは高かったので、敏感に反応する住人はほかの住処《すみか》に移った。イラン人や東南アジアの人間のすがたを、このごろマンションのなかでよく見かける。何人かで集まって、部屋を共有しているらしい。

エレベーターを転げ落ちるように下り、数メートルの廊下をふらつき、自分の部屋の鍵《かぎ》を開けた。最上階のひと部屋だ。ここに留《とど》まっている理由はそれだけだった。

廊下を這《は》うように進み、居間のソファに躰を投げだし、ずり落ちて床に寝そべった。最初は膝《ひざ》で、次に爪先《つまさき》を使い、ソファとセットで置かれているグラス・トップのテーブルをむこうへ押しやった。

天井を見つめ、呼吸を整えた。ネクタイをゆるめた。上着を脱ぎたかったが、まだ躰を動かすのはやめたほうがよさそうだ。背中にカーペットの冷たさを感じ、じきにくしゃみがつづけざまに出た。

足で見当をつけ、テレビのリモコンを床に落とした。躰をずらして左手で拾い、ニュース番組に合わせた。

悪くなかった。こうしてひとりの部屋にもどっても、それほどの孤独感があるわけじゃない。瞭子の面影につきまとわれても、きょうだって一日を無事にやり過ごせる。あしたはまた、未《いま》だにちっちゃく残っているエリート意識の尻尾《しっぽ》でも引きずりながら、颯爽《さっそう》と事務所へご出勤だ。

「私も帰る」

四度めにスナックを訪れた夜だった。私が腰を上げるのに合わせて瞭子がいった。

真面目な勤務態度と上手な客あしらいが、老夫婦に気に入られたらしく、いつの間にか店で比較的自由な振る舞いを許されるようになっていたようだ。それに、時間も十二時近かった。

「表通りまでいっしょに出ましょうよ」

店主が私に、「瞭子ちゃんをよろしく」といったのを憶えている。私が「それじゃあタクシーでアパートの前まで送ってやるよ」というようなことをいったからだろう。

店を出て歩きだすと風が冷たかった。大通りに出る直前に、彼女が誘った。

「知っている店があるんだけれど、先生、ちょっといっぱいどうかしら」

その店には、三十分ほどしかいなかった。

五年の歳月が、店のなかで交わした会話をすっかり記憶の彼方《かなた》へと押しやってしまっている。だから今では三十分かそこらの時間でなぜそういう運びになったのか不思議にさえ思うが、店を出たところで唇を合わせた。そして、瞭子の部屋を訪れた。

それからふたりでやったひとつひとつのことは、よく憶えている。この数年でつきあった何人かの女との関わり方と比べて、ずいぶんとぎごちない手順を踏んだ。しかも私は、結局その夜、彼女のなかに入る状態になることができなかった。

ふつか後に、ふたたび彼女のアパートを訪ねた。今度はあらゆることがスムーズに、しかもこの前よりも充分にできた。

追憶などたくさんだ！

「さてと」

私は躰を起こしてキッチンへ這っていき、冷蔵庫を開けた。トマト・ジュースを取りだし、その手でさらにグラスを挟み、もう片方でグレンフィディックのボトルを持って居間にもどった。「さてと」もう一度呟《つぶや》いて、トマト・ジュースの缶を開けた。

ゆっくりと、胃の調子を測るようにしながら、缶を口にかたむけた。

吐き気が治まれば、また水割りが飲める。夜はまだ終わったわけではなかった。今夜はいつもより、すこし工夫が必要なだけだ。

――ここにいる俺は俺じゃない。

そう思うことが時おりあった。性懲《しょうこ》りもなく、そう思うのだ。妻と別れる決心をしてからか。

裁判で敗れ、娘を妻と義父とに取られることが確定してからだろうか。いや、裁判といえば、忘れられないあの法廷だ。私は私の依頼人であったあの男を信じていた。あの男の無罪を、無邪気に信じていたのだ……。

およそ二十年前に起こったＯＬ強姦《ごうかん》殺人事件。

一審の判決は無期懲役。だが、判決直後から、男は自白がすべて警察に強要されたものであると主張した。当初の担当弁護士は、同じ塩崎弁護士事務所で私の大先輩にあたる関谷宗吉《せきやむねきち》。過去の誤判を問う裁判の場合、裁判資料が膨大になり、その整理が大仕事だ。だから私もふくめた五人の弁護士が関谷を補佐していた。

代用監獄が、警察捜査の悪の根元である。関谷は弁護士として、一貫してその主張をつづけた男で、私は関谷を尊敬していた。義父の塩崎礼次郎にとっては、娘婿である私を弁護士として売りだすチャンスに見えたにちがいない。私にとっては、尊敬する関谷の下で、弁護士としての情熱を試す裁判だった。もっと根本的な何かを試そうとしていたのかもしれない。弁護士として生きつづけていくうえでの何かを。

私は国立大学の法学部を卒業した年に司法試験にパスした。卒業したのはかなりの有名大学だったものの、卒業早々に司法試験にパスした人間は、同じゼミでは私ともうひとりだけだった。学生時代の大半は、勉強のために費やした。勉強が目的だったわけじゃない。そこから始まる人生が目的だった。

私の父はひっそりと役所を追われるまでのあいだ、厚生省の役人をしていた。

正義のビジネスの持つ神秘。父は、そういうものを私に見せつけた。中元や歳暮として業者が送ってくる様々な品物が、当時は父に対する誇らしさとつながっていたし、役所を追われた翌年に父が自殺をした理由もまた、中学生だった私には理解ができなかった。

母は、父が公務員としての正規の収入以外の金をせっせと貯めて建てた家で息を引きとった。今から一年半ほど前のことだ。最後まで父を尊敬し、最後まで父が建てた家を慈しんでいた。

私は高校の二年のときに、将来弁護士になることを決めた。受験勉強を理由にそれまで属していた剣道部を辞め、現役で国立大学の法学部に合格した。

――正義のビジネス。薄汚れた社会のなかで、正義なんてものが貫けると思ってはいなかった。だが、ビジネスのひとつのかたちとして、できるかぎりの正義を貫きながら、つじつまを合わせていくことは可能に思えたのだ。父よりももっと正確に、徹底的にだ。

司法修習を終えたときに塩崎礼次郎と出逢った。司法試験の成績から司法修習での私の評判から何から、塩崎はすべて知っていた。知っていたから声をかけてきたのである。弁護士三十人を抱えた事務所。弁護士事務所として、東京でも異例の規模だといえた。弁護士として人生のスタートを切る私にとって、何よりの舞台だった。

ある日、風の便りにひとつの自殺事件を知った。自殺したのは、大学の同じゼミを卒業し、私と同様に一回で司法試験に合格した男だった。風の噂によれば、彼は亡くなるまでの数日間も、精神安定剤にたよりながら激務をこなしつづけていたとのことだった。遺書にはひと言、疲れたという文字が残っていたらしい。

私は疲れてなどいなかったはずだ。

忙しい日常に追われながらも、弁護士という仕事の意味を信じ、関谷たちとともに冤罪《えんざい》事件の解決に情熱を燃やしていた。国家が正義の名の下に、ひとりの無実の人間を誤って裁く。それに歯止めをかけられるのは弁護士しかいない。正義は常に私たちとともにあった。

同じ年、私は瞭子と出逢った。

――だから、何だというのか。彼女といっしょにいたときの自分が、本当の自分だったとでも思いたいのか。あれはただの、安っぽい不倫のひとつにすぎない。

瞭子からもらった電話番号を憶《おぼ》えてしまっていた。そのことがえらく億劫《おっくう》にも腹立たしくも感じられた。グラスにスコッチを注ぎ、キッチンに歩いて冷蔵庫の氷と水を入れた。

飲みはじめた。

3

翌朝、彼女の死を知った。

いつもと変わらない朝だった。胃は重みをともない、砂鑢《すなやすり》でもかけたように荒れた感じがした。といって、一日をきちんとやり過ごしていくだけの体力は、躰にそれなりに漲《みなぎ》っていた。

熱いシャワーをあびて、髭《ひげ》をあたった。二年ほど前からのばしはじめた口髭の先端を整えた。戦闘態勢。そう感じながら家を出るのは悪くなかった。たとえどんなに前夜痛飲したとしても、翌朝まで暗い気分は持ち越さない。身支度を整え、一日を可能なかぎり有意義にすごせ！

歯を磨いたあと、きのう一日禁煙がつづけられた幸運に感謝をし、さらにそれがもう一日つづけられることを祈りながら、カレンダーの日付を塗りつぶした。あとは、実行するだけだ。

新聞を抜きとり、テレビをつけた。サイドボードに載った娘の写真におはようをいった。写真の娘は、今なお小学校の入学式のままだった。コーヒー・メーカーをセットして、ガス台に薬缶《やかん》を載せた。薬缶のお湯は、インスタントのコーン・スープをつくるためのものだ。トースターに六枚切りの食パンを入れた。

電話が鳴った。

スーツの内ポケットに入れっぱなしになっていた携帯電話だ。

キッチンから居間にもどった。サイドボードに立ててある鏡で、自分の顔を覗《のぞ》き見た。スーツから抜きだした携帯を口元に運び、通話スイッチを押した。

「もしもし」というと、それに押し被《かぶ》せるようにして、「栖本《すもと》さんですね」という声がきた。男の声。いくぶん急いた感じはしたが、落ち着きのある声だった。そうだと返すと、

「弁護士の、栖本誠次《せいじ》先生ですね」

改めてそう確認した。

「栖本です。失礼ですが、どちらさまですか?」

軽くいぶかり、警戒心が頭をもたげた。携帯電話の番号は、一応名刺に刷りこんではある。だが、よほどの用件ではないかぎり、事務所に連絡をしてくるのが普通だ。なぜ私のことを、わざわざ弁護士と確認する必要があるのか。

「失礼しました。わたくし、警視庁の藤崎《ふじさき》と申す者ですが」

「刑事さん……」

関わりのあった刑事の名前をいくつか思い浮かべてみたが、藤崎という名に憶えはなかった。

「じつは、小林瞭子さんという女性のことでご連絡を差しあげたんですが」

私は目を瞬《またた》いた。サイドボードのほうにむきなおり、鏡にむかって手をのばしてむきを変えた。自分の顔を、改めて映してみたのだった。

「この名前に、お心あたりはございますか」

「ええ――。知っていますが。それが何か？」

「失礼ですが、小林さんとは、どういったご関係でしょうか？」

時計へと目を移した。九時すこし前。

「警察が、小林さんについて、私に何のご用でしょう」

「早朝に申し訳ありませんね。じつは、小林さんが、先生の名刺を持ってらしたので、それでご連絡を差しあげたんですが」

「彼女に何かあったんですか？」

わずかな間が空いた。刑事に特有の間の置き方に思えた。

「先生と小林さんのご関係をお教えいただけませんか。何かの事件の、依頼人といったことでしょうか」

「いえ、個人的な友人です。きのう、久しぶりでたまたま出くわしたものですから、連絡をくれといって名刺を渡したんです」

「きのう？」と問いなおしてきた。「それは、何時ぐらいのことですか」

「彼女にいったい何があったんです」

ふたたび間があいたが、今度は嫌な匂いのする開け方に思えた。

「残念ながら、小林瞭子さんは亡くなられました」

残念ながら、というところに、心持ち力が込められていた。

鏡を見つめ、その隣りにならぶ時計を見つめた。鏡にも、時計の硝子《ガラス》にも、私のすがたが映っていた。三十五歳の男。痩《や》せ形で、見方によっては若くも老けても感じられる。精気が漲《みなぎ》っているようにも、疲労から抜けだせないでいるようにも、どちらにも見える顔だった。中途半端で、どっちつかずの顔。時計の表面の硝子のほうには、屋外からの光を受け、半ばシルエットになった私が立っていた。顔つきがわからないぶんだけ心が穏やかだ。

時計から何も活けていない花瓶とステレオ・セットに視線を移し、結果的に窓に目をむけた。

地上十一階のベランダの外、雲母刷《きららず》りのようなほの明るい空に、凧《たこ》のように太陽が浮いている。雲は、空そのものの色とは対照的に、くっきりとした白だ。私は雲をじっと見つめた。

携帯を耳にあてたままで移動し、窓硝子を細く開けた。突然たまらない息苦しさを感じたのだ。

「今朝の一時過ぎでした」

相手の声を耳元に聞き、自分のほうから「いつ?」と尋ねていたのを知った。

「どういうことなんでしょうか?」

漠然《ばくぜん》とした問い。法廷では、戦略以外、絶対に口にしないような問いかけだ。

刑事は答えなかった。

「お親しい間柄だったんですね?」

私は口を濁しそうになったのち、「はい」とはっきり応《こた》えた。

「いろいろお尋ねしたいことがございますし、一度お目にかかりたいのですが、先生はいまどちらに？」

「家ですが。十時ごろまでには事務所に行っているつもりでした」

「それでは」

「待ってください。彼女は……、いま、どちらに？」

「東大の法医学教室です」

舌が乾いた。東大法医学教室は本郷にある。私はそこに遺体が運ばれた意味を知っていた。

「――司法解剖は？」

「今朝、すでに済ませました」

「つまり？」

「殺人事件です」

弁護士だから、聞き慣れているとでも思ったのか。それとも、反応をうかがうつもりだったのか、刑事は投げだすかのようにあっさりと告げた。

「現場は？」

「電話では、申しかねる点もございますし、くわしい話は、お目にかかってからというのでいかがでしょうか」

小声で「わかりました」と応じた。その後、ほとんど考える前に口が動いた。

「遺体の身元確認は済まされたんですか？　まだならば、法医学教室までうかがい、そちらでお会いするというのでいかがでしょうか？」

被害者の身元確認は捜査の第一歩だ。現場付近の聞き込みの折りにも、刑事はかならず事件発生状況の捜査とともに、被害者の正確な身元調査を執り行なう。起訴には、被疑者のみならず被害者の正確な戸籍をも当然必要とされるのだ。

「先生さえよろしければ、それで結構です」

電話を切りあげそうな気配を感じ、慌てて問いかけた。

「あの、ひとつだけ。私の名刺は、どこにあったんですか？」

冷静に尋ねたわけではなかった。冷静さを装おうとしただけだ。

「小林さんの、鞄《かばん》のなかです」

待ちあわせる時間を決め、通話ボタンをオフにした。

右手の親指を右頬に押しあて、四指の指先で左頬を撫《な》でた。指に力をこめ、唇を左右から挟みこむ。剃《そ》り残しの髭《ひげ》を見つけ、指先で探りながら洗面台へと移動した。頭を整える。櫛《くし》を手に取ったのち、改めて電気剃刀《かみそり》を持ち、探りあてた髭を丹念に剃った。頭髪にリキッドを思いきり振りかけ、力を込めて後ろに梳《と》かした。キッチンのわきを通りかかったときに、トースターがトーストを吐きだして、チンと甲高い音がした。

どきっとし、思わず舌打ちし、そのまましばらく動けなかった。

顔の四角い男だった。

眼鏡はしておらず、眉《まゆ》が濃い。陽によく焼けているが、肌が汚い。細かい線が無数に刻まれた樹木を思わせた。怒り肩で、ずんぐりとした体型。刑事の見本のように、よれよれの上着とズボンを身にまとっていた。色は焦げ茶色。ネクタイも茶で、地色よりも濃い茶の格子模様が入っていた。革靴は運動靴タイプの柔らかい革で編み紐《ひも》付き、丸い先端の外半分が心持ち色あせている。明らかに四十は過ぎており、おそらく三、四といったところだ。

藤崎という刑事は、たばこの煙と匂いを体中にまとわりつかせながら、受付横のロビーで待っていた。

交換した名刺には、藤崎幸助《こうすけ》と書かれてあった。警視庁捜査一課。肩書きは係長。階級からいえば警部補にあたる。身長百六十センチ前後。十四、五センチは私よりも背が低く、立ちあがってもなおこちらを見上げる必要があった。

「彼女は？」刑事に尋ねた。

無言で見つめかえすのを急きたてるように、もう一度尋ねた。

「彼女は、どこですか？」

「霊安室です」

携帯電話を通した時よりも、心持ち低く感じられる声だった。そのぶん、年相応の押しだしと威厳を際だたせている。商売の種類にかかわりなく、たたき上げて来た男に共通の声だ。

「霊安室はどこです？」

「地下です。それよりも、先ほど電話で、先生は小林瞭子さんときのう久しぶりにお会いになったとおっしゃったが」

「質問はあとにして、まずは彼女に会わせてくださいませんか」

刑事は薄い唇の左右を下顎《したあご》のほうにねじ曲げ、私を見つめかえしてきた。動かしたのは唇だけで、目の表情は変えなかった。

できるだけ穏やかな口調を保つように心がけながら、私はゆっくりと言葉を継いだ。

「この目で確認するまでは、彼女が殺されたなんて信じられないんです」

「――わかりました。それじゃあ、歩きながら話しましょう」

軽くうなずき、刑事が先に立って歩きだす。

隣りに並んだ。クリーム色の壁や天井が清潔な感じを醸しだし、そのぶん無機質にも味気なくも思えるロビーを奥にむかった。

「さて、それで久しぶりとおっしゃるのは?」

「五年ぶりです」

ロビーの奥にある階段を下りながら、刑事が促してきた。

「ほお」と呟《つぶや》くことで間合いを計ったらしかった。「それで、どういったご関係だったんですか?」

「恋人同士でした」

刑事がこっちをむくのに気がついた。

私は階段の足下を見ていた。用意していた言葉だ。他の答え方は、したくなかった。

「それが、別れられた」

心持ちだが、揶揄《やゆ》した口調にも感じられた。

「ええ」

「どうして別れられたんです?」

そういう無遠慮な質問に答えるつもりはなかった。

「じつは、ご家族に連絡を取ろうとしたんですが、部屋を探しても彼女の家族の連絡先がわからんのですよ」私の沈黙には頓着《とんちゃく》しなかったらしく、すぐに次の質問をぶつけてきた。「むろん、じきに戸籍が上がってきますが、小林瞭子さんのご家族について、何かご存じでしたら教えていただきたいんです」

「両親はともに亡くなっているはずです」

「きょうだいは？」

「いないと聞いています」

「天涯孤独というわけですか」

この男の口から出ると、天涯孤独という言葉が、意味をどこかへ置き去りにされたもののように感じられた。

「小林瞭子さんの出身は？」

「福島県と聞いています」

本当は「聞いていた」だけではなく、住民票を上げて調べたことがあったのだが、その話をここでするつもりはなかった。

「福島の、どちらでしょう？」

「たしか、三春《みはる》という町だったと思います」

「阿武隈《あぶくま》山地のそばですな。先生は、そちらにおいでになったことは？」

「ありません」

首を振ってみせ、すぐに問いかえした。「どうかしましたか？」藤崎が何かを考えこんでいるような気がしたのだ。

「いいえ」首を振った。「東京や東京の周辺に、親戚《しんせき》なり従兄弟《いとこ》なりがいるような話は聞いておられませんでしたか？」

考えたが思いだせなかった。彼女は家族や親戚のことを、ほとんど話したことがなかったのだ。

なぜ彼女が、自分の家族のことを話そうとはしなかったのか、私は詮索《せんさく》しなかった。話したくない人間にとって、なぜ話したくないかという理由など山ほどもある。私の父は国家公務員で、母はその父を愛しつづけたごく普通の主婦だった。だが、私はふたりのことを、他人に話したいとは決して思わない。

廊下を折れた。

折れるとともに唇を噛んだ。霊安室の表示が目に入った。

私は心持ち藤崎に遅れた。刑事のほうが急に歩く速度を上げたように思えてならなかった。天井の蛍光灯がひんやりしている。距離にしておよそ十メートル。鉄製の扉が、廊下の左右に並んでいた。霊安室の表示は、あっという間に私の真正面まで近づいてきた。

「――検死はもう、完全に済んだんですか？」

扉の前でこちらを振りむいた刑事に問いかけた。

「ええ、すでに明け方に」

私は指先で左頬を掻《か》いた。冷えた胸のなかで、心臓だけが、熱く存在を意識させた。鼓動が耳に響きはじめ、一打ちごとに大きくなった。心臓そのものが大きくなり、内側から肋骨《ろっこつ》を圧迫している。

「死因は？」

「刺殺です。胸や腹、背中を、十ヵ所以上にわたって刺されています」

「――」

息を吸うと、消毒液の臭いを強く感じた。臭いの底に、消毒液とは違った何かの気配がある。蠅が耳元を飛んでいる。そう思ったのは、エア・コンディショナーが天井付近に開いた細い口から適温の風を吐く音だった。

体重を右足から左足に移した。床の堅さが、靴底を通して感じられた。堅さは臑《すね》から膝《ひざ》をかすめ、腰骨にまで伝わった。にもかかわらず、躰《からだ》がめり込みそうな感じもして、立っているのに苦労した。

「よろしいですか？」

私は無言でうなずいた。

刑事がノブに手をかけて引いた。鉄の扉が音もなく開き、それにあわせて空気が動いた。かすかな温度差。刑事につづいて、一歩部屋のなかに足を踏み入れるとともに、はっきりと寒気を感じた。怯《おび》えている。哀しみに対してではなく、恐怖に対して身構えているのだ。

刑事が壁のスイッチを押しあげ、廊下からの明かりが入るだけでほの暗かった部屋が、息を吹きかえしたように明るくなった。

正面の壁に神棚があった。脚に車輪をつけたベッドが、横一直線に四つ並んでいた。入口から見ていちばん奥のひとつだけは、何も載ってはおらず、ベッドに張った黒いビニールが天井灯にてかっていた。あとの三つは白い死体袋が、それぞれ人間のかたちに盛りあがっている。

「こちらです」藤崎が囁《ささや》き声で告げた。

いちばん右端のベッドに、私は一歩遅れて近づいた。

刑事が袋のジッパーを開く。息をつめて見守った。

見知らぬ女だ！　歳格好も髪型も違う。やはり何もかもまちがいだったのだ。——思った刹《せつ》那《な》、藤崎は慌ててジッパーをもどした。死体の顔から刑事の顔に目を移して口を開きかけるのを、相手の声に遮られた。

「失礼しました。お許しください。いちばん手前と聞いていたんですが」

怒りで目頭《みま》が熱くなるのを感じた。

殺意かと見紛《まご》うほどの感情に襲われた。ほんの一瞬ではあったものの、藤崎が私に何らかの悪意を持っているような気さえした。

自分で隣りのベッドに歩みよった。遺体が横たわっている真ん中のベッドだ。

ジッパーに手をのばし、開けた。指先は震えてはいなかった。だが、指先にすべての神経を集めようとしたために、緊張で背中に痺《しび》れが走り、冷たいトタン板を背負っているような感じがした。

小さな顎《あご》。

死体の特徴は、ぱくりと下顎が落ちることだ。

彼女もまた例外ではなかった。そのために両頬から顎にかけての線が引きのばされ、顎がいっそう小さく見えた。目が落ちくぼみ、眼球の丸みがはっきりとわかった。小さな目玉。縁日で売っている小振りのビー玉ほどもない大きさだ。色あせた唇。きのう会ったときよりも、皮膚がずっと白かった。薄い紙を誰かがごつい手でくしゃくしゃに丸め、それから改めて拡げたように、細かい凹凸と皺《しわ》で覆われていた。亡くなってからほんの数時間だというのに、肉体は生きているときとは別の変化を遂げるものらしい。萎《しな》びて、腐敗し、生き生きとした彼女を時間の彼方に押しやってしまっていた。無意識のうちに、息をとめていた。吸いこむと、目の前の光景が急に現実味を帯びた。彼女のすがたが間近にきて、網膜に張りつきそうだ。なんとかそれを拒みたくて、ほんのすこしずつ息を吐いた。

藤崎が何か話しかけてきた気がしたが、聞こえなかった振りをした。実際に、何といわれたかはわからなかったのだ。見てしまったことを悔やんでいた。瞭子は、二度と私の元にはもどってはこない。二度とふたたび微笑みを目にすることはできない。いや、こうしてもどってきたのだ。そしてこのすがたのままで、一生私のなかに留《とど》まりつづける。五年は大した時間じゃなかった。そのぐらいの長さの時間など、凍結し、流れなくなるのはたやすかった。ほんの数秒前までは、彼女は生きた生身の人間として、私の胸のなかに居つづけていたのだ。それなのに、この先彼女を思いだすときには、必ずこの死に顔が目に浮かぶ。この顔しか思い浮かばなくなるのかもしれない。笑顔も、泣き顔も、怒ってふくれた顔も、私の愛撫《あいぶ》に応《こた》えながら、私の腕のなかでうっすらと目を閉じていた顔も、何もかもがそっくり消え去ってしまった。これは瞭子の抜け殻にすぎない。それなのに、この先私の元に残されるものは、この抜け殻だけになるというのか。

踏み留まろうとして、五年のあいだ何度となく自分にむけてきた問いを、私は敢《あ》えて突きつけた。シャクだっただけではないのか？　ただ、腹立たしかっただけではないのか？　逃げる者に対しては、誰でもあとを追いたい気分になるものだ。突然に突きつけられた別れが、ただいくつもの錯覚を生み、いかにもかけがえのない存在のように、愛《いと》しくてならない存在であるかのように思えてきただけではないのか？

気づきたくはなかった。だが、たった今、はっきりと気づいてしまっていた。はじめは憎んだ。それから、巧みに自己肯定を試みながら、彼女が消え去ってしまった理由をそれなりに納得しようとし、その後は忘れ去ろうとした。企《たくら》みは少しずつ成功し、いくつかの思い出はなかったことになり、いくつかは都合のいい解釈のなかに落ち着いた。そして、忘れ去った振りをして、私は毎日を暮らしつづけてきたのだ。それなのに、たった今気づいてしまっていた。五年のあいだ。私は彼女に再会できることだけを望みつづけていた。私がなかったことにしたかったのは、思い出などではなく、彼女が自分の前から消え去ってしまったという事実のほうだ。彼女の心を引きもどしたかった。私の人生も、彼女の人生もそっくり違うものに変えて、ふたりで違う生活を送りたかった。自分はいくらでも変われることを、彼女といっしょに確かめたかった……。

「小林瞭子さんですね」

刑事がそう確認しているのを知った。

私はうなずいた。言葉が舌先にくっつき、干涸《ひか》らび、口のなかをからからにさせた。藤崎のほうは振りむかなかった。

「そろそろ、よろしいですか？」

「──お願いです。しばらく、彼女とふたりきりにしていただけませんか？」

それから、遅れて、振りむいた。答えがなかったからだ。

刑事はさらに間を置いたあと、はっきりと首を振ってみせた。

「──規則で、それはできないんです」

「しばらくでいいんだ」

「お気の毒ですが、規則は規則です。本来なら、遺体の身元確認も、所轄署のほうで遺族にお願いするところなんです。あなたなら、おわかりのはずです」

あなた、というところに力が込められていた。

「どういう意味です？」

「弁護士だから、という意味ですがね」

はっきりと揶揄《やゆ》する感じがあった。

悪意を感じた。剝《む》きだしではなく、胸の奥の深いところに隠しこんだ悪意だ。先ほどから何度か出くわしてきた妙な感じが、悪意と呼ぶべきものとして像を結んだというべきかもしれない。

妄想だろうか。だが、栖本という苗字《みょうじ》はそれほど多くはない。弁護士名鑑にも、ほんの数個を数えるぐらいだ。私が義父の弁護士事務所で手がけた最後の事件、すなわち被告の無罪を勝ち取るために検察や警察捜査とのあいだで繰り広げた、ある意味では強引ともいうべき闘いを、この刑事も警察関係者のひとりとして記憶していても不思議はなかった。

「では、もう少しだけ待ってください」

いいおき、背中をむけた。

彼女の顔を、じっと見つめた。

白髪が一本、額の生え際に光っていた。いや、そのそばに、何本か纏《まと》まって生えている。光の加減で、一本だけが光ったのだ。

無意識に手をのばしかけ、途中で気がつき、躊躇《ためら》った。触れてしまうのが怖かった。

引っこめたくなる気持ちを押さえつけ、私は彼女の額に触れた。

冷たかった。毛髪の生え際の産毛が、草花の茎の繊毛のように柔らかい。誕生日はまだすぎていないから、まったく私と同じ歳だった。それなのに、これから先彼女を待っているはずだった三十代の後半の日々も、四十代の日々も五十代の日々も、消えてなくなってしまったのだ。奇妙で理不尽なことに思えてならなかった。突然、彼女の五年を思った。すがたを消してしまってからの歳月だ。

「ありがとうございました」

刑事の横をかすめて霊安室の出口にむかった。胸の奥で別れを告げていたが、それは芝居がかったものにすぎなかった。いや、ただ表面的な別れの言葉というべきだ。こんなかたちで、彼女に別れを告げられるはずがなかった。

4

喫茶室に移動して、私と刑事とはコーヒーを頼んだ。

昼食時にはまだ間があった。三つ四つのテーブルのそれぞれを、パジャマすがたの人間と見舞い客らしい人間とがセットで埋めているほかは、医者らしい白衣の男たちがぽつぽつとすわるだけだった。

白衣の男たちは、誰も彼もコーヒーを啜《すす》りながら新聞を拡げ、時おりサンドイッチを口に運んでは、胃の手術を前にした病人のようにまずそうな顔で食べていた。

「事件が起こったときの状況を教えていただけますか？」

先に口を開いたのは私だった。

刑事はたばこを取りだしてゆっくりと火をつけた。

煙のむこうから私を見つめた。たばこを挟んだ指は太く、節くれだっている。手の甲が掌《てのひら》の数倍焼け、緑色の太い血管ができそこないのあみだ籤《くじ》を思わせた。

計算したとわかる間合いを置いて、唇を動かした。

「その前に、もう少し先生と小林瞭子さんとのご関係を、くわしくお話しいただけないでしょうかね」

仕方なくうなずいて見せると、さらにもう一服煙を吐いた。

「恋人同士とおっしゃったが、なぜ別れたんです？」

「当時、私には妻がいました」

はっきりと告げた。

「すると、いわゆる不倫関係というやつですな」

無言でうなずいて見せた。

「それが奥さんにバレた？」

「いいえ。ただ、彼女が私の煮えきらない態度にうんざりしたんだと思います。ある日、いきなり私の前から、すがたを消してしまったんです」

そんなに単純にいえる話ではなかったが、複雑に伝えるつもりはなかった。

「それが五年前だということですね」

「ええ」

「きのうお会いになったのは、なぜなんです？」

「電話で申しあげたとおり、まったくの偶然ですよ」

「どこで？」

「刑事さんの職場の、目と鼻の先です。私は地裁からの帰りでした。桜田門の駅の階段を下りようとしたところで、ちょうど下から上がってきた彼女と出くわしたんです」

「それは、何時ごろでしたか？」

「夕方。四時前だったと思います」

「小林さんの口から、どこへ行くつもりだったというようなことは、お聞きになりましたか？」

「いいえ、何も教えてはくれませんでした」

「話のなかで、何か予想はつきませんでしたか？」

僅《わず》かなあいだ考えた。そして、「いいえ」と首を振った。

「ところで、きのうの深夜一時ごろは、どちらにおいででしたでしょう」

「アリバイの確認ですか？」

「そんな正式なものじゃなく」

「関係者には、一応訊《き》いてまわっているということですね」

押し被《かぶ》せるようにしていい、相手の顔を見つめた。

刑事はたばこを灰皿にもみ消し、新しいたばこをパックから抜きだした。指先で、それを弄《もてあそ》びはじめた。ハイライト。私は喉《のど》が鳴るのを感じ、ポケットのチューインガムを出した。

「マンションで、寝ていました」

正確には、まだ酒を飲んでいた時刻だ。

「それを証明できる方は？」

「いません」

「ゆうべのご帰宅は何時ごろでした？」

「十時半か十一時ごろだったと思います」

「それまでは？」

「銀座で飲んでました」

店の名を告げると、藤崎は店を出た時刻と、マンションの場所、そして帰宅に要した交通手段をひとつひとつ尋ねた。

「小林さんのお宅を訪ねたことは？」

「きのう五年ぶりにばったり出くわしたと申しましたでしょ。ありませんよ」

アリバイについては、それ以上突っこんではこなかった。刑事は誰でも多かれ少なかれ、弁護士に対しては遠慮がある。心証を悪くしたくないし、下手な反撃も受けたくないというわけだ。

私のほうから訊いた。「事件の模様を教えてください。犯人の様子とか特徴はわかっているんですか？」

「複数だったことはわかっています」

「どんな男たちだったんです？」

「それはちょっと、ご勘弁ください。捜査上の秘密事項に属しますので」

「彼女の住所を教えていただけますか？」

「きのうお会いになったときに、聞かなかったんですか？」

「ええ」

刑事は手帳を取りだした。「練馬《ねりま》の氷川台《ひかわだい》です」番地とマンション名を述べた。

私は彼女の部屋の電話番号を尋ねた。刑事が告げた番号は、きのう彼女が書き留めてくれて、いつの間にか記憶に染みこんでしまったものと同じだった。

「犯人の目星は？」

「それはまだですね」

一応尋ねただけだった。たとえ付きはじめていたとしても、ここでいうわけがない。

警察内部でさえ、手柄になるような話を他人にはもらさないのが、刑事たちの特徴だった。本能的に手の内を隠したがるという意味では、弁護士も刑事も共通している。

「少しくわしく、現場の話を聞かせてもらえませんか？」

「聞いてどうなさるおつもりです」

「むかしの恋人が殺されたんです。知りたくて当然じゃないですか。男たちは何人だったんです？」

「正確にはまだ」

「なぜ複数だと」

「犯行前後に、マンションの前に駐車していた車が目撃されています。車はエンジンをかけたままで、運転席には男がすわっていました」

「車のナンバーは？」

「わかっていません」

「車種は？」

「まだ断定できません」

「凶器はすでに出ているんですか？」

「ええ、部屋にありました」

「指紋は？」

「それはこれからの捜査を待たないことには何とも」

明らかに嘘だった。事件から半日ちかくが経とうとしている。日本の警察がそんなに悠長なわけがなかった。

「物取りといった犯行なんですか？　それとも怨恨《えんこん》？」

「一応、双方の線で捜査を進めると、じきに記者発表もあるはずですよ」

――くそ、のらりくらりだ。

「通報は、所轄にあったのですか？」

「110番通報です」

110番通報は、警視庁のオペレーション・ルームに直結している。

「通報者は？」

「悲鳴を聞きつけた住人のひとりです」

「名前を教えていただけませんか」

首を振った。「申しあげられません」

コーヒーが運ばれてきて、私はチューインガムを包み紙に吐きだし、刑事はたばこを灰皿に消した。

薄いコーヒーを舌のうえに拡げ、ゆっくりと喉に落とした。

「先生、それよりも、ちょいとひとつご意見を聞かせていただきたいんですがね」

堅い岩盤とむきあっているような気分を感じながら、私が次の質問を選んでいると、逆に藤崎のほうから尋ねてきた。

「彼女はつまり、自己破産とか、そういった事情で、いわゆる親類縁者との関係が途絶えてたということはなかったですかね？」

刑事の顔を見つめかえした。

いつの間にかまた弄《もてあそ》んでいた新たなたばこを唇に挟み、百円ライターで火をつけようとしている。

「五年前にということですか？」

「ええ」

「なぜです？」

「じつは、ちょっと気になることがあるんですよ。被害者の部屋にあったアドレス・ブックからいくらたどっても、手帳の住所録や名刺フォルダーを調べても、今のところ親類縁者と思われる人間がひとりも出てこないんです。先生が先ほど小林さんの故郷だとおっしゃった福島県の三春も、アドレス帳に一行もありませんしな」

「知人も何も書かれていないんですか？」

「ええ」ゆっくりとうなずきながら、刑事は私の目を見つめた。先ほど彼女の出身を尋ねてきたときに、何か考えこんでいるような気がした理由を知った。

一般的に、自己破産に至る人間は親戚《しんせき》中から借金をしているものだった。彼女の身の回りに、親類縁者との関係を告げるものが何ひとつなかったのだとしたら、自己破産というのは確かに考えうるひとつの可能性かもしれない。

そう思うと同時に、頭の芯《しん》を、耳には聞きとれないような音が駆けぬけた気がした。

――ひとりで、ぽつりとそこにいたような女。

五年前の彼女を思いだすたびに、そういう印象が必ず蘇《よみがえ》る。

――だが。

私は仕事的に慣れた思考回路への糸口を見つけ、客観的な感想へと足を踏みだすことにした。

つまり、悲しいかな、他人事のような口調になったのだ。

「自己破産という線は、可能性がまったくないわけじゃないでしょうが、かなり薄いと思いますよ」

「小林さんをご覧になっていて、そんなふうにはお感じになりませんでしたか？」

「客観的に考えて、たとえ自己破産をしたからといって、それで親類縁者の連絡先をすべて自分のほうから破棄してしまうことなどありえないと思いませんか。基本的に誰でも、天涯孤独になるのは恐れるものです。たとえ両親が死んでしまっているにしろ、親戚の誰それや故郷の誰それの連絡先は、書き留めておくものですよ」

刑事が考えこむ顔をした。

だが、考えているのは、私がいま話したこととは別の何かだ。法廷でのやりとりを経験していると、相手方の弁護士からこういう感じを受けることが頻繁にある。

「それじゃあ、他にどんな可能性があるとお思いですか？」

尋ねてきた。いま胸のなかで考えたことは、そのましまいこむ腹だ。

「あるいは、犯人たちが、何らかの理由で持ち去ったのか？」

「いえ、それはないんじゃないでしょうか。親類縁者や故郷の知人だけが、別のアドレス帳に書かれてあったというのは不自然ですよ」

「それじゃあ、刑事さんはどうお思いなんです？」

「小林瞭子さんに、前科があったという事実はありませんでした。つまり、それで親戚からつきあいを絶たれているということは考えられない」

「――」

「ただし、栖本さん。どうでしょう、私らの経験から申しますと、身内に犯罪者が出た場合、家族が元の場所には居にくくなり、他の場所へ転居するというケースはよくあるのですがね」

私は首を振った。

「たしかにそういった場合は刑事さんがいうように、故郷や親戚との関係がつづけにくくなるのは事実でしょう。特に長期刑を受けた人間の家族の場合は、弁護士会の調査でも、七、八割が元の住まいから他の場所へと越しています。だが、だからといって、それで親戚との関係をいっさい絶つつもりで、住所から何から破棄してしまうとは思えませんよ」

「と、いうことは、故郷の三春には近づきたくない、何かよほどのわけがあったのかもしれませんな」

半ば呟くように告げながら、私の顔を覗《のぞ》きこんできた。

「先生は、何か聞いてらっしゃいませんか？」

首を振って見せた。「いいえ」

「本当ですか？」

「本当です」

「よほどいいにくいような何かだったんでしょうかな」

ひとりごちるような口調だった。唇を閉じてやり過ごしていると、尋ねてきた。

「五年前の、彼女の勤め先はおわかりですか？」

彼女と出逢った根津のスナックと、当時彼女が勤めていたクリーニング屋の話をして聞かせた。スナックの名前は憶《おぼ》えていたが、クリーニング屋のほうは思いだせなかった。藤崎はさらに私の口からおよその場所を聞きだし、手帳に書きとめた。

鉛筆を動かす刑事に問いかけた。「ところで、彼女の遺体はどうなるんでしょう」

「——と、おっしゃると？」

「親類縁者が見つかっていないとなると、区役所に引き渡されますね。それは私には忍びないんです」

「とにかく三春をあたってみますよ」

熱心な口調とはいいがたかった。縁の薄い親戚が見つかったところで、大概は引き取りを拒否される。

「親戚が見つかったら、ご連絡をもらえませんか。いっしょに、葬儀の手配をしたいんです」

「あなたがですか？」

「もう、引き取ってもいい状況なんですか？」

「一両日中には大丈夫だと思います」

告げたのち、刑事はすぐに言葉を継いだ。「実は先生以外にも、お店の従業員で、自分が葬儀を出したいといっている人がいるんですよ」

「お店？」

「ええ、お聞き及びじゃなかったですか。小林さんは、池袋でクラブを経営してたんです」

聞いてはいなかった。ただ、きのうの彼女の格好や雰囲気から、もしかしたらと思っていただけだ。

マニキュアを塗って尖《とが》らせた長い爪。心持ち茶色がかった髪。そして、フォルダーに名刺が大量に納まっていたビジネス手帳。想像させるのは、水商売関係の経営者か、そうでなくともかなり店の中心的な役割を果たしているホステスといったところだ。

それに、二十九歳だったあの当時、クリーニング屋に勤め、スナックでアルバイトをしていた彼女が、五年経ってひとりで生きている環境として自然な可能性のひとつは、そういった仕事のはずだった。

店に立っているときには、ずっと濃い化粧をしていたにちがいない。そんな想像をしかけて、やめた。

「店の名と、その従業員の名前を教えてもらえますか」

刑事は手帳を繰った。

「従業員は、名取佐代子《なとりさよこ》さん」

「女性ですか」思わず呟《つぶや》いた。理由もなく、男のような気がしていたのだ。「店のほうは？」

「ラオという名前ですね」

手帳に店の名と住所、それに名取佐代子という名を控えた。佐代子という女性のアパートの住所も教えてもらった。クラブの経営者が亡くなったのだ。今夜店をやっているとは思えない。

これ以上この男と話すことはなかった。レシートを藤崎のほうが摘《つま》みあげ、そろって腰を上げた。

レジで自分の飲んだコーヒー代を、消費税までふくめて別々に払った。

「お時間を取っていただき、ありがとうございました」

刑事は儀礼的に頭を下げて私から離れていった。

後ろすがたを見やりながら、最後まであの男が三年前の東京高等裁判所における「OL強姦《ごうかん》殺人事件」の控訴審については、ひと言も触れてこなかったことの幸運を思っていた。

藤崎があの裁判と私の関係を知っていたと感じたのは、ただの思いすごしだったのだろうか。それとも裁判では勝って被告の無罪判決を得ながらも、本当の意味では敗北した弁護士に、皮肉をいう必要も感じなかっただけなのか。

私は負け犬になったつもりはなかったが、あの法廷とその後の展開を知っている人間の何人かにひとりは、確実に私を負け犬だと思っている。

5

地下鉄に乗る気にはなれなかった。

タクシーを摑《つか》まえ、神保町と告げた。

しばらくして、御茶ノ水《おちゃのみず》の駅前で降ろしてほしいといいなおした。地下鉄に乗る気になれなかったのと同様に、事務所にもどる気にもまたなれなかった。

きょうの午後は来客が二件。一件は土地相続にからむ分与問題についての二度めの相談で、もう一件は家屋の貸借問題についての相談だった。これは地元のつつじヶ丘の公民館で先日行なった法律相談から持ち越してきたもので、詳細をあらためて訊くところからはじめねばならない。さらにはいつものように次から次と生じてくる雑用。仕上げねばならない申請書が一本と証拠申立書が一本。

依頼人というのは大概、何らかの人間関係のなかからやってくる。地元のライオンズ・クラブの知人や、大学のOB会を通じて、あるいは地元の名士や代議士を通じてといったぐあいだ。だから、断りきれないのだ。弁護士は、よほど経営の才能がないかぎり、決しておヤマの大将にはなれない。ひとりで収支決算を合わせながら、人間関係にがんじがらめになって商売をつづけるフリー・ランサーだ。上司も部下もいない自由など、塵《ちり》ほどの自由にしかすぎない。

くそくらえだという気分が、普段の何倍も強かった。

結局、御茶ノ水駅の手前、神田川に差しかかったところで車を降りた。そのまま、タクシーで進むはずだった通りを歩きだした。

淡い日射し。光と暑さとが、風を押しのけて降ってくる季節はすぎている。

いつもは足早なのが癖だったが、今の私は、端からはまるで散歩を楽しんでいるかのようにでも見えるのかもしれなかった。心のほうは、走っていた。思い出に追いつかれないように、必死で逃げまわっていたのだが、実際は、すでに目の前にあった。

「――楽しいね」

彼女の声が聞こえた。

いや、今が初めてではなかった。遺体を見た瞬間に聞こえていた声だ。先ほど刑事と話しながら、彼女がぽつりとひとりでいたという感慨を抱いた瞬間に聞こえていた声だ。いや、違う。五年のあいだ、私はこの声を聞きつづけていたのかもしれなかった。

寒い夜だった。深夜のコンビニエンス・ストアで寄せ鍋《なべ》のセットを買った。アルミホイルの入れ物に寄せ鍋の素がすべて入ったものだった。アパートの部屋で、ガスコンロを炬燵《こたつ》に載せて煮た。彼女のアイデアで、つけたす具も買いそろえていた。鍋をつつきながら日本酒を飲んだ。

「――楽しいね」

鍋のむこうで彼女が呟いた。

不倫をしたことがある人間ならば、誰でも感じるただの錯覚にちがいなかった。自分はこの女といるときにこそ幸せになれるのだという、身をゆだねているとたまらなく心地よく、甘美で、切なく、そしてどこかに罪の痛みが潜んでいることさえもが心地いい錯覚。

心の温かい女だった。硬い殻の奥に、とてつもなく柔らかな笑顔を持っていた。

私はただ、彼女の温もりのうえに、胡坐《あぐら》をかいていただけだ。自分が泣きたがっているらしいことに気づいたが、一方ではそんな自分を冷ややかに見るもうひとりの自分もいた。

剣道の素振りをしよう。事務所に着いたら、真っ先に、雑居ビルの屋上へ上がって素振りをするのだ。高校の剣道部を辞めてからも、ずっとつづけている習慣だった。汗とともに、何かが流れる。流れたものが何かが問題ではなく、流すことに意味があった。そしてまた、日常のなかに帰るのだ。

靖国《やすくに》通りにたどり着き、信号を待って横断した。

神保町の交差点を折れ、そこからはすずらん通りを歩いた。古本屋が連なるほそい通りだ。車は北側からのみの一方通行、イミテーションの石貼りの歩道が、路地の両側にしつらえてある。見慣れた風景。悪くない。午前中は通行人が少なかった。東京堂書店の先の一方通行を左に折れた。事務所は、この路地の先の右側だ。

古びたビルの汚い階段を上りながら、素振りを済ましさえすれば、目先の仕事にとりかかれそうな気がしていた。ドアを開け、普段と変わらない部屋を目にしたとたん、大きなまちがいだと気づいた。

事務所を持った当初からずっと秘書をしている典子が私を笑顔でむかえ、肉付きのいい躰《からだ》を椅子から持ちあげた。

応接間と、私の仕事部屋。それ以外には典子の机やらファイル・キャビネットやら冷蔵庫、小さなテーブル・セットなどがごった返した部屋があるだけの事務所だった。だが応接間には、壁の一面を埋めて、一応豪勢に見える本棚がしつらえてある。本棚には、どの弁護士事務所とも同様に、判例時報、民事法情報などのファイルがぎっしり詰まっていた。実用性と見栄えとを兼ね備えた〝調度品〟なのだ。義父だった塩崎礼次郎の巨大な法律事務所にしても、同じ〝調度品〟を備えていた。弁護士は信用が第一だ。信用はまず表面に宿る。塩崎の得意なシニカルないいまわしを、あのころ私は好いてもいたし嫌ってもいた。本棚の隅に、ニューズ・ウィークと科学雑誌と競馬雑誌のバック・ナンバーが立っているのが、私自身の好みだった。科学雑誌も競馬雑誌も中綴《と》じ式の製本なので、並んでいる分には背表紙が客には読めず、弁護士事務所としての品位を傷つけることはない。裁判記録は、典子が陣取った部屋のファイル・キャビネットで、紙袋に入れて整理されていた。

典子にきょうの予定の確認をしながら自室の扉を開けた。自室とはいえ、ベニヤ板ほどの薄い壁でへだてられているだけだった。

「それから、夜のうちに、留守電に伝言がひとつ入っていました。仕事の依頼をなさりたいようです」

上着をハンガー掛けにかけた私が、木刀に手を伸ばしかけたときだった。いつもの習慣どおり、典子はそう告げながら、自分の机にある電話の伝言を再生した。

私は木刀に屈《かが》みこんだままの姿勢で動きをとめた。

「――ひとつ、相談に乗ってほしいことがあります。またあした、電話をします」

留守電から流れでてきたのは、懐かしいとしかいいようのない瞭子の声だった。

近づいていくと、典子は飛びのくようにして脇によけた。自分がどんな顔をしているのか想像がつかなかった。息を深く吸いこんだあと、あらためて再生ボタンを押した。

細かいことはまだ考えられなかった。

――ただ、ひとつ。

彼女には、あすという日はなかったのだ。

第二章　追　憶

1

　呼出音二回でつながった。

　腕時計に目をやった。正午前。まだ出勤していないかもしれない。そんな考えがよぎったものの、取り次ぎをたのむと友人が電話口に出た。「よお、久しぶりだな」と太い声でいった。

　新聞社の社会部にいる友人だった。

　最後に会ったのは、今年の五月ごろにあった大学の同窓会の席だった。同じ大学の法学部に通った仲だ。私が四年で取り終えた単位を、この男は六年かけて取った。あの当時、私のほうが急いでいただけだ。

　しばらく無駄話を交わしたのち、用件を告げた。無駄話も、用件も、予想していたよりもスムーズに口にできた。

　友人は当然のことながら、瞭子《りょうこ》の事件を知っていた。

「氷川台の事件か。朝刊《あさかん》には間にあわなかったようだな」

「おまえが担当してるのか？」

「いや、担当方面が違う。俺は第六方面なんだ」

東京都の警察署は、地区ごとに八つにわかれている。第六方面がどこなのかまではわからなかった。

「じつはあの事件のことを調べたいんだが、親しい記者で担当している人間はいないか？」

「後輩がいるぜ」

あまり長いことは考えずにそう答えた。紹介を頼むと、ふたつ返事でオーケーしてくれた。

仕事をつつがなくこなして事務所を出たのは、四時すこし過ぎだった。

御茶ノ水まで歩いて丸ノ内線に乗り、池袋で乗り換えて練馬にむかった。

電車で移動するあいだ、留守電に残っていた彼女の言葉を、頭のなかで何度も反復していた。

《きょうはごめんなさい。急いでいたので、きちんと話もできないで》そこまでひと息にいった口調は、用意していたもののようにも思えたが、自然なものだと思いたかった。僅《わず》かな間があいたあと、《じつは、悩んだんだけれど、あそこであなたに会ったのも縁という気がして、もしも勝手なことをと思わないのなら、ひとつ、相談に乗ってほしいことがあります。またあした、電話をします》それだけだった。伝言が残されたのは、午後十時過ぎ。私がまだ銀座でべろべろの状態だった時刻だ。そして、彼女の人生は、実際にはあと三時間ほどしか残されていなかった。

練馬駅のすぐ傍らに練馬警察署がある。新聞記者との待ちあわせは、警察署とは反対側の駅前にある喫茶店だった。

ビルの二階の喫茶店はすぐに見つかった。窓から千川通りが見下ろせた。買い物の主婦と学生服の子供たちで埋まった駅前だ。

約束どおりの時間に、新聞記者はやって来た。自分の社の新聞を右手に丸めて持っており、目の合った私に軽く掲げてみせた。それを目印とするようにと、電話で友人の記者から聞いていた。

予想したよりも若い男だった。社会部に配属されて最初の仕事先が、今の部局といったところか。ネクタイをきちんと締め、白いYシャツを着ていた。黄土色に臙脂《えんじ》のチェックが入ったジャケットと黒いズボンとの取りあわせは、ノータイでポロシャツでも着ていたほうが合うと思わせるものだった。最低限の誉め言葉が、ラフな着こなしというやつだ。

私のところにたどり着く前に、ウエイトレスに声をかけてコーヒーを頼んだ。顔見知りと思わせる口調だった。

「お時間を取ってもらって、すいません」

私は腰を浮かせて頭を下げた。

新聞記者は頭を下げかえし、むかいの椅子に腰を下ろした。右手で内ポケットを探り、下ろすとともに名刺を差しだしてきた。

「お気になさらないでください。先輩にはいつも世話になってるんですよ。栖本《すもと》さんは、大学が同じだそうですね。じつは、僕も大学の後輩にあたるんです。同じ国際法ゼミでした」

「そうなんですか」

応じながら、名刺に目を落とした。活字をしばらく見つめれば、ひと月ほどはその名前と正確な部署名まで憶えている。弁護士になって二年めほどから定着した能力だった。

新聞記者のフル・ネームは、後藤益男《ごとうますお》。後藤が言葉を継いだ。

「ただ、恐縮なんですが、あまりゆっくりはしていられないんです。なにしろ、警察の動きがかなりめまぐるしいですし、現場取材もまだ途中なもんですから」

「もちろん、けっこうです。なるべくお時間は取らせませんので」

「クラブのママの刺殺事件に、興味をお持ちということですね。よろしかったら、これをどうぞ」

持ってきた夕刊を差しだしてきた。

——クラブのママの刺殺事件。

OL殺し、学生殺し、保母殺し、看護婦殺し……いつでも事件が起こったときに、殺された人間の名前でではなく職業や立場でその事件を呼ぶことの違和感を、初めて感じた。

「いえ、もう夕刊には目を通してありますので」

首を振ってみせた。

神保町のあたりは、三時ごろに夕刊が配達される。宅配の新聞にくわえて典子に頼み、地下鉄の駅の売店で手に入るすべての新聞を買ってきてもらった。最後の来客を帰してから事務所を出るまでの三、四十分ほどのあいだ、夕刊に目を通しつづけていたのだった。

スポーツ紙のほうがわずかに大きいぐらいで、どの新聞も社会面のほんの片隅で、小さく扱っているだけだった。事件そのものについて、報じられている情報はどれもほぼ同じ。藤崎という刑事がしぶりながら聞かせた話と大差はなかった。

池袋にある瞭子の店の関係者にも取材をしたらしく、経営状態や客筋、瞭子の評判なども伝えられていた。経営状態はそこそこ、評判もそこそこ。新聞によって書き方が異なるものの、要するにあおり方と憶測が違うだけで、犯人の目星も動機もいまだ掴《つか》めていないという一点では同じだった。

犯人が複数だったことから、警察は暴力団関係者の犯行も考えているとのことだった。誰でも想像する可能性だ。暴力団関係者は掃いて捨てるほどに、しかも私たちのつい身近にいる。その存在を意識させないのは、各自の生活に何の裂け目も生じていない時だけだ。生じたときには、彼らと警察とが、先を争って絡んでくる。

――いずれにしろ事件の真相解明は、今後の捜査の進展を待つしかない。新聞記事は、結局はそう締めくくられていた。

ワイド・ショーのほうが遥《はる》かに賑《にぎ》やかだったが、観ていることには一分と耐えられなかった。

「なぜこの事件に興味をお持ちなんですか？」

運ばれてきたコーヒーを口に運びながら、後藤が尋ねてきた。

「被害者が古い友人なんです」

かすかな驚きを顔に表し、慎重な手つきでカップをもどすと、同情したようにうなずいて見せた。

私はすぐに問いかけた。「警察の動きは、どうなんでしょうか？」

「四十人ほどの帳場が立ちましたね」

帳場とは、合同捜査本部のことだ。四十人といえば、この手の殺人事件として普通の規模と見るべきだろう。

「難航しそうなんでしょうか？」

「それはまだなんともわかりませんが、つい先ほどの警察発表で、ひとつ新事実が出ました。鑑識からの報告で、現場には小林さん本人の血痕《けっこん》以外に、もう一種類別の血痕が残っていたんですよ」

「別の人間の……」

「それも、出血の量からして、もうひとりもかなりの大怪我のはずだということです。もう少し早い時刻に記者会見を開いてくれたら、テレビに抜かれることはないんですがね。このところどこの署も、たいがい会見を夕刊に間に合わない時間にずれ込ませるんですよ」

「血液型と性別は？」

「A型の、男性です」

「瞭子」と口にしかけて、いいなおした。「小林さんを襲った男のものだということですね」

「いちおう、その可能性は高いでしょうが、別の可能性も検討中です」

「どういう意味でしょうか？」

「被害者を殺害した凶器は現場に残されていました」

「ええ、それは私も刑事から聞きました」

「その凶器には、被害者の血痕しかついていなかったんです。つまり、男を傷つけた凶器は別物だということです」

瞭子の血液型は、確かABだった。AB型の射手《いて》座。芸術家肌でもの静かだが、内側に激しい感情を持っている。本人が、冗談でそう話したことがあった。

「別の凶器は？」

「まだどこからも発見されていません」

——どういうことだ。

襲った連中が持ち去ったのか。思いかけて、ふと気がついた。

「被害者と加害者以外の人間が、その場にいたということですか？」

「その可能性も考えられますね」

「目撃者は？」

「なにしろ深夜の一時ごろのことですし」

「だが、警察は、マンションの表にエンジンをかけっぱなしにした車が停まっていたことはわかっている、といっていましたが」

「ええ、タクシーで帰宅した住人が目撃したらしいですが、それ以上のことはまだ」

「何者かが小林さんを襲ってきたところに、たまたまその男が来あわせたってことでしょうか？　警察はどう見てるんでしょう」

「——あるいは、元々部屋にいたか。なにしろ深夜です。その時間に部屋を訪ねたか、もしくは部屋に上がっていたということは、被害者とかなり親しい間柄の人間だったと見て、小林さんの男関係をくわしく洗っていますね」

私は表情を堅くした。瞭子にどんな男関係があったのか。あって当然の仕事だ……。

質問をつづけた。「動機については？」

「いえ、その点についてはは、今のところまだ不明なままです」

「残されていた凶器の形態は？」

「刃渡り二十五センチほどの短刀です」

「指紋は？」

「該当指紋は出てないですね」

「他に何か加害者の手がかりは？」

「マンションの表にあった車がグレーのクーペだったことは、デカ長に食らいついて聞きだしたんですが、ナンバーのほうは本当にわかっていないようで、なんとも」

聞き落としがないようにと、いくつか質問をつづけたが、それ以上の情報はなかった。何か新しいことがわかったら、連絡をくれないかと頼んだ。

後藤はコーヒーを飲みほした。

気持ちはすでに職場へともどっているようだったが、世間話のひとつもしないのは悪いと思ったらしい。

「先輩から聞いたんですが、大学を出てすぐ司法試験に合格なさったらしいですね」

そんなふうに話しかけてきた。

「まぐれですよ」と、私は答えた。

「とんでもない、まぐれじゃ受かりませんよ。すごいですね」

今度は無言で小さく首を振って見せた。

夜の池袋は久しぶりだった。

サンシャイン・ビルができたのは、十代のはじめごろだ。

私は台東区《たいとう》の生まれなので、東京の繁華街にはそれなりに馴染《なじ》んできたが、池袋のイメージはこの高層ビルの誕生とともにずいぶん変わった。街はずっと綺麗《きれい》になり、そのぶん浮浪者や乞食、仕事待ちでたむろしていた日雇い労働者など、目を背けていても視界の端に必ずいた連中がいなくなった。視界の端にいるのとまったくすがたを消してしまうのとでは、天と地ほどの差だ。

新聞記者と別れたのち、瞭子が住んでいたマンションを見てみたい気もしたものの、結局はまっすぐ池袋へと移動した。事件現場だ。警察によって封鎖された部屋のなかを目にできるわけがなかったし、ブン屋やテレビ局もまだ陣取っているにちがいなかった。

ごった返した駅のターミナルを出て、東口の大通りを横断した。

そのまま大通りに沿ってすこし歩き、五差路をサンシャインの方角に入った。《60階通り》と呼ばれる通りだ。

三本めの路地を左に折れた。あらかじめ地図で確認して、目安をつけていた。

店は簡単に見つかった。制服警官がひとりビルの正面に立ち、じっと番をしていたからだ。

店の名は、《羅宇《ラオ》》と漢字で書くのだと知った。ビルの側面に、店の名が並んでいる。様々な地色で彩られた看板のいちばん下に、白地に濃い緑色で《羅宇》と書かれてあった。ビルの地下だ。

警官が立っているのは、地下へ下る階段の下り口らしかった。地下にはあとふたつ店が入っているようだ。あそこに警官が立つことで、今夜の商売は上がったりだろうと予想がついた。

店のなかの様子を窺《うかが》うことはあきらめて、《60階通り》にもどった。サンシャインへ流れる人の波に乗って黙々と歩いた。目の前の空に、豪華な超高層ビルが聳《そび》えていた。超高層ビルへつづく地下通路の入口を素通りし、高速道路の架橋をくぐると、嘘のように人波が途絶えた。真新しく美しい繁華街の勢力は終わり、街灯までが打ち捨てられたようにみすぼらしくなった。

十分も歩くと、地元住民に混じり、東南アジアやコロンビア、イランなどから出稼ぎで来た人間たちが暮らしを営む地域に入った。不法でこの島国に滞在している人間たちにも人権があるといって騒ぐ左寄りの同業者たちならば、いっそうこの地域にくわしい。

指定された喫茶店は、春日《かすが》通り沿いにあった。

壁が飾り煉瓦《れんが》の三階建てマンション。その一階に入った店で、隣りにはラーメン屋の暖簾《のれん》。喫茶店とはいえ、ラーメン屋と競えるほどにメニューが豊富で、通りに面した窓硝子《ガラス》にコロッケ定食、ハンバーグ定食、カレー、ピラフといった文字が、短冊《たんざく》状の紙にマジックインキで書かれてあった。

五人ほど客がいた。私は窓際の席にすわり、コーヒーを頼んだ。

約束の七時まで、まだ少し間があった。鞄《かばん》からポケット・マップを取りだすと、刑事の藤崎に聞いて控えた名取佐代子という娘のアパートの場所に、あらためて見当をつけた。

真剣にアパートの場所を検討しだしたのは、約束から十五分が過ぎてもなお、娘が現れなかったからだった。部屋に電話を入れてみたが、呼出音がつづくだけで、留守番電話にもなってはいなかった。

二十分がすぎて、すっぽかされたという疑念がいよいよ強くなった。瞭子の古い知りあいだ。遺族を見つけて彼女の葬式を出すつもりなので会って話がしたい。電話でそう告げると名取佐代子は会うことを承諾したものの、どこか警戒するような受け答えだったのだ。

じかにアパートを訪ねるかどうか迷っているところに、店の扉に取りつけられた鈴が鳴った。入ってきた娘は、店のなかを見渡し、私のところへまっすぐに近づいてきた。

ジーンズにトレーナー、そのうえから薄手のジャンパーを、ジッパーを開けたままで羽織っていた。青いトレーナーの胸のあたりに、CANADAとあり、大きくデフォルメされた鹿が、白い歯を剝《む》きだしにして笑っていた。

背の高い娘だった。私とそれほど変わらない。バスケットやバレーボールの選手を連想させた。モデルというべきか。童顔で、二十代前半の感じもしたものの、パーマをかけた髪の落ち着け方からすると、もうすこし上の年齢なのかもしれない。化粧をして綺麗なドレスを着て微笑んでいれば、たとえお客のほうが小さくとも、確実に常連の何人かは摑《つか》むにちがいない顔立ちだった。

2

「名取佐代子さんですか」

鞄を隣りの椅子にもどしながら尋ねると、無言でうなずいた。

ジャンパーを脱ぎ、畳んで私の正面の椅子に置き、自分は斜め前のほうに腰かけた。口をきかず、瞬《また》きさえしなかった。

「何か飲みませんか」

促すと、

「ビールをもらっていいかしら」

間を置かずにいった。

小さな唇から出てくるのにふさわしい可愛らしい声だったが、口調自体はそうではなかった。挑むような顔だ。これだけはっきりわかるということは、かなりそう意識しているにちがいなかった。

「どうぞ。私も飲みたいと思っていたところなんだ」

私は微笑んで見せた。顔つきを変えない娘から目を逸《そ》らし、店の女にビールを頼んだ。

「時間を取ってもらって悪かったね。きょうは警察からいろいろと訊《き》かれて、大変だったでしょ」

敬語は使わないことにした。丁寧に話せば打ち解けるたぐいの相手ではないはずだと、そんな予感がしていた。

「弁護士さんだといったわね」

「ああ」

「お店では、会ったことのない顔ね」

娘は吐きだすようにいい、ジャンパーのポケットから出したたばこをテーブルに置いた。巻きの細いメンソールだ。

「電話でいったろ。むかしの知りあいだと。お店には行ったことはないんだ」

たばこに火をつけた。「知りあいなのに、どうして来たことはなかったの？」

「店の場所を知らなかったんだ」

「古い知りあいなのに？」

「彼女に振られたのさ」

「それで、店に出入りができなくなったってわけ？」

「いいや。もっとずっと前の話だよ。五年ほど前のことだ。彼女の店のことは、きょうになるまで知らなかったんだ」

ビールが運ばれてきて、話が中断した。

ビールの中瓶をテーブルから取りあげ、彼女のグラスに注いでやった。私が自分のほうに注ぐのを待たず、娘はビールに口をつけた。たばこを指に挟んだまま、かるく舐《な》めるような感じだった。

「ずっと前に振られた人が、どうしてママのお葬式を出したいのよ？」

「瞭子」と敢《あ》えて呼んだ。「には近しい身寄りがない。そうだろ」

「だからって、どうしてあなたなの？」

「正確には、私自身ってことじゃないさ。警察から聞かなかったかい。親類縁者を見つけて引き取ることを諒承《りょうしょう》してもらえないかぎり、遺体は区役所の手で焼かれる決まりなんだ」

娘はたばこを灰皿でもみ消したのち、もうひと口舐めるようにグラスを啜《すす》った。灰皿に消されたたばこはほんの先端が灰になっただけで、消す仕種《しぐさ》も、なんとなく喫いなれないもののように感じられた。

「そういう話はどうでもいいの。どうして、あなたがママのお葬式に関わりたいのかって訊いてるのよ」

「惚《ほ》れていたのさ」

「ママは美人だったもの。ひと晩に三人はそういったわ」

「だが、こうして葬式を出したいといってくる人間はそうはいないだろ」

「名刺を見せてちょうだい」

唇を引き結んだまま、ポケットから名刺入れを抜きだした。無言のまま、一枚を娘の正面に置いた。

娘は名刺を手に取りまじまじと見つめた。何か考えこんでいる様子だった。顔を上げ、刺すような視線で見つめてきた。

「どうやら弁護士ってのは本当みたいね」

「このバッジが証明だよ」

胸のバッジを親指の先で示したが、目をやろうとはしなかった。

「ねえ、正直に答えてちょうだい。ママの古い知りあいってほうは、嘘なんじゃないの」

「こんなこと、嘘をついてどうなるんだ」

「本当は、笠岡《かさおか》に雇われてる弁護士なんでしょ」

「笠岡って誰なんだ――」

問いかけようとすると、遮って吐きつけてきた。

「ねえ、正直に答えてちょうだいよ。ほんとはお葬式を出したいとか、そのためにママの親類を探したいってわけじゃないんでしょ」

「どんな事情があるのか知らないが、少しくどいと思わないか。笠岡って男は知らないし、何か妙な目的があるわけでも、誰かに頼まれてここに来たわけでもないよ」

「それじゃあ、どうしてなの？　あなた、自分で妙なことをいってると思わないの。むかしの知りあいで、それも長いあいだ連絡ひとつ取ったことのない人が、いきなりやってきてお葬式を出したいなんて」

そのとおりだった。

「哀れみなら、いらないわ。ママが喜ぶわけがないもの」

「哀れみなんかじゃない」

「それじゃあ何なの。お願いだから、惚れてたからなんて、安っぽいことはいわないで」

娘の目を見つめかえした。

ビールを飲みほし、さらに注いだ。娘のグラスに注ぎたしてやるつもりはなかった。

右手を内ポケットに入れた。それからはじめて、たばこを探しているのだと気がついた。禁煙だ。決めたことをつづけるのがモットーだ。小娘を相手に、腹を立ててみたところではじまらない。

「――きのう、ばったり彼女と出くわしたのさ。それで連絡先を教えあった。それが今朝、いきなり警察から電話があって事件を知らされた。何がなんだか、まだ自分にもわからないんだ。だが、彼女に親しい身寄りがないってことは知っている。むかし、本当に惚れた女だ。だから葬式のことを考えた。本当にそれだけなんだ。わかってくれないか」

「費用を全部出すつもりだったの？」

「費用なんかの問題じゃない」

娘は新しいたばこを抜きだし、火をつけた。

「笠岡ってのは、誰なんだ？」

「やっぱりママのむかしの男よ。だけど、あなたよりはずっと最近のね。本人はまだ、今の男だと思ってるのかもしれない」

「――――」

「ショック？　五年も前に別れたんでしょ。男がいても不思議はないとは思わなかったの？　純粋なんだ。それとも、男ってのはみんなそうなのかしら。女は一生自分のことを思いつづけてるとでも思ってるの」

口を開きかけて閉じ、ネクタイの結び目をなおした。法廷で意図的にやる仕種だ。いつでもこれで落ち着きを取りもどす。私は表情を押し殺した。どうしてこんな小娘から、彼女のことで不快な思いをさせられねばならないのだ。

「きみは、笠岡ってやつには瞭子の葬式を出させたくないようだな」

「そうよ」

「なぜなんだ？」

「あの男がろくでなしだから」一度言葉を切った。「そして、あなたにだって出させたくないわ。私たちの手で出すの」

「私たち、って誰なんだ?」

「決まってるでしょ。お店の女の子たちよ」

「みんな賛成してるのかい?」

「ええ」

見つめていると、はじめて目を逸らした。

「きみは瞭子に、どうしてそこまでしてやるんだ?」

主語はきみたちではなく、きみ、とした。

「ママが私たちにもそこまでしてくれたからよ」

佐代子は複数形で答えた。

「働いてもらわなけりゃならなかったからじゃあないのか」

「あなたって、意地悪ないいかたをするのね」

「きみほどじゃない」

睨《にら》みあったのち、私はビールを娘のグラスに注いだ。すでに空だった。店の女にむけ、空の瓶を振って見せて追加を頼んだ。

「笠岡という男のことを、もっとくわしく教えてくれないか」

「なぜ?」

「瞭子の事件を、自分の手で調べようと思っている」

「笠岡が関係してるというの?」

「きみが教えてくれなけりゃあ、まだ何もわからないさ。だが、警察からも聞かされたんじゃないのか。この事件には、瞭子とつきあいのあった男が絡んでいる可能性があるとね」

「――ええ。それは」

「警察にも、笠岡のことは話したのか？」

「話したわ」

当然という口調だった。

「どんな話だ？」

娘はテーブルを見下ろした。躊躇《ためら》っているのだ。

「瞭子は、いつあそこに店を開けたんだい？」

「今年で四周年。この夏に、記念パーティーをやったばかりだった」

「きみは、いつからあの店にいるんだ？」

「私は二年ぐらい前から。はじめは昼間の仕事と掛け持ちだったんだけれど、そのうちに毎晩入るようになったの」

「そのころから、笠岡はすでに彼女とつきあっていたのか？」

「開店当時からよ。はじめはママのパトロンだったの」

私のもとから消えて一年後。その月日を、長いというべきなのか短いというべきなのかはわからなかった。あれから三年後に、私は妻と離婚した。瞭子のほうは、一年後にはパトロンをつくり、池袋に店を持ったというわけだ。比較をしても意味のない、違う別々の人生だ。

「何をしている男なんだ？」

「本人は投資家のつもりでいるわ。だけど、実際は小汚い総会屋よ。だから、今じゃあもうさんざん。バブルのころまではそれなりに景気も良かったみたいだけれど、ここ数年は警察の締めつけも厳しいし、会社のほうだって利口になってるみたいだし。それにだいいち、株価自体がさんざんでしょ」

急に爺《じじ》むさい口調になった気がした。店で聞きかじった話をつなげているのだろう。

「金の切れ目が、縁の切れ目ということか」

「もっと前に切れてたのよ」

娘が私を睨んできた。違う、蔑《さげす》む目つきというべきだ。

「ママはお店の開店資金を、笠岡からもらったわけじゃないのよ。借りただけ。借用書もちゃんとつくったといってたわ。女のほうが、そういうことはずっとちゃんとしてるの。そう思わない？」

たぶん、ある種類の女は、ということだが、私は感想を述べなかった。

「それで？」

「丸三年で完済したそうよ。そのあとになってまで、ずるずるとつきまとっていたのは笠岡のほうなのよ」

「つきまとったって、いったいどんなふうに？」

「お店にぶらっとやってきては長い時間居座ったり、お店のあとで、ママや私たちを連れてどこかへ飲みに行きたがったり。いつまでたってもパトロン気取りで、色男気取り」

「つきまとっていたわけじゃなく、ただ惚れつづけてただけじゃないのか」

佐代子の瞳《ひとみ》に浮かんだあきれたような表情を、私は無視した。

「瞭子は、笠岡のそういった誘いは断っていたのか？」

「仕方なく、何度かに一回はつきあっていたけれど、全然楽しそうじゃあなかったわ」

「笠岡が、瞭子の葬式を出したがっている理由は何なんだ？」

「決まってるでしょ。ママのお金よ。内縁の夫とかなんとかいって、ママの残したお金を取り仕切るつもりなのよ」

「共同経営か何かになってるのかい？」

「そういうわけじゃあないけれど……」

「店舗は賃貸なのか？　それとも瞭子が買い取った私有財産なのか知ってるかい？」

「賃貸よ――」

「瞭子から笠岡に、お金の貸し借りが生じているといったことはあるのかな」

「わからないけれど、それは考えられるはずよ……。なにしろ、笠岡はもうどん底なんだから」

最後は呟《つぶや》くような声だった。こうして具体的な細かい質問をぶつけてみればいい。たしかな根拠がない場合は、自分の話に説得力を感じられなくなりはじめる。

だからどうだというわけではなかった。ここから先は、笠岡が実際にどんな男なのか、私自身で調べる必要があるということだ。

「笠岡以外に、瞭子に気があった男はいたんだろうか？」

「決まってるでしょ。気があった男ならいっぱいいたわ」

「瞭子のほうに気があったのは？」

無言で首を振った。見つめていると、口を開いた。

「いないと思うよ。ママのほうから惚《ほ》れてる男は、いなかったと思う。そういうことって、うちじゃみんなあまりあからさまにはしないし、特にママの場合はそうだったけれど、たぶんいなかったんじゃないかなって思う」

「暴力団関係の人間の出入りはどうだったんだ？」

「どうして？」

「事件に、暴力団関係者らしい男たちが関わってる可能性もあるのさ」

「笠岡の知りあい以外には考えられないわ」

この娘は、この意見を警察にも話したにちがいない。

「笠岡とつながりがある暴力団関係者を、きみは誰か知ってるのか？」

「具体的には知らないけれど、龍神会の連中とつきあいがあるって、酔っぱらって自分でいってたことがあるもの」

龍神会は、池袋界隈《かいわい》をシマにした暴力団だ。

「お客には、暴力団ぽいやつはいなかったかな？」

「私が知るかぎりじゃ、常連さんにはいなかったわ」

「事件があった日のことを聞かせてほしいんだが、あの日は何時ごろまでお店にいたんだろうか？」

「ううん。あの日はママは休んでたのよ」

「前から休むことになってたのかい」

「そうじゃなくて、電話が来て、風邪で熱があるからって」

「それは何時ごろ?」

「六時ごろだったと思う」

「その日に電話が来て休むってことは、よくあったのか?」

「ないわよ。皆勤賞の人だったから。ただ、このところちょっと体調がすぐれないっていって、沈みがちなこともあったけれど」

「きみの目から見て、沈みがちだったのは、いつごろからだろう?」

「そういわれても……。なんとなくそう思っただけだから」

「沈みがちになるような理由は何か考えられないか?」

しばらくしてから、黙って首を振った。

「話はちょっと変わるんだが、彼女の故郷のことで、何か話を聞いたことはなかったかい?」

「故郷の話って?」

「ちょっと気になることがあってね。彼女は親戚《しんせき》とのあいだで、つきあいを絶っていたみたいなんだ」

「親戚なんか、あてになるわけがないでしょ」

強い口調だった。何か家庭環境と関係しているのかもしれない。瞭子の葬式を自分の手で出すといいはっているのも、それと関係があるのか。聞かされるのは億劫《おっくう》だった。

「だけど、誰ともつきあいを絶つとなると、ちょっと尋常じゃない気がしないか?」

「私だって、何年も親戚となんか会ってないわ」

「瞭子の生まれ故郷を知ってるかい？」

「福島県っていってたわよね」

「里帰りをして、お土産をもらったこととかは？」

首を振った。

「同郷の友人を連れてきたことは？」

「いいえ」

「思い出してくれないかな。本当に誰もいなかったのかな。誰か、瞭子の故郷のことを知ってる人に会いたいんだ。瞭子の親類縁者が同意してくれないかぎり、彼女の遺体は区役所に引き渡されることになってしまうしね」

娘はしばらく考えたのち、改めて首を振った。「ごめんなさい。思い出さないわ」

空のグラスに手をのばし、空のビール瓶に目をやってから娘のほうを見た。やっと相手の口がこなれてきたのだ。このまま帰す手はなかった。

「夕食は食べたのか？　よかったら、何かお腹に入れるものを頼まないかい」

「質問攻めにされながら、夕食を食べるなんてまっぴらだわ」

「それじゃあもう質問はしないよ」

佐代子はしばらく私の胸のあたりを見つめていた。

やがて顔を寄せてきて、小さな声でささやいた。

「それなら隣りに移りましょうよ。ここの食べ物は、最低なの」

3

隣りのラーメン屋は繁盛していた。

赤いカウンターのむこうの大釜《おおがま》から、盛大に湯気が上がっている。食べ物は、すぐに差し出されてきた。麺《めん》を吹いては口に運ぶ佐代子の隣りで、私は黙々と紹興酒を飲んだ。

「悪い人じゃなさそうね」

娘がいった。歳下の女が考えるよりも、たいがいの歳上の男は悪い人だ。

「一応、悪い人にならないように気をつけて生きてるからな」

「気をつけないと、なるってこと？」

「たぶん誰でもな」

「私、いまね、税理士の免許を取るために勉強してるの」

感心した顔でうなずいて見せた。

「店のほうはどうしてるんだ？」

「今年に入ってからは、週に三日にしてもらったの。収入は減っちゃったけれど、それまでに貯めたお金もあるから大丈夫。ねえ、内心じゃいま、だからどうしたって思わなかった？」

「いいや」

「ママは違ってたの。応援してあげるといってくれたし、それより何より、私が税理士の免許を取りたいって相談したときに、自分のことのように喜んでくれたのよ。応援するから、どんどんトライしてみなさいって。家族より、よっぽど親身になってくれたわ」

「出身はどこなんだい？」

「青森」

「訛《なまり》がないんだね」

「莫迦《ばか》にしないで」

咎《とが》める響きは感じられなかった。私は紹興酒を口に運んだ。佐代子はほんのつきあい程度に啜《すす》っているだけだった。それでもほんのりと頰が赤くなっている。もともと酒にそれほど強いほうではないのだろう。

「去年ね、店で働いていた子が死んだの」

グラスを口の前でとめ、そのままじっと娘を見つめた。

「彼氏のバイクの後ろに乗ってて、事故を起こしてそのままだった」

「瞭子が葬式を出したのか？」

「いろいろあった子でね。お父さんはもう亡くなっていて、母親のほうはとっくに再婚して、完全に絶縁状態だった。嫁ぎ先に先妻の子供がいたり、自分も新しい子供を産んだり。だから、むかしの娘のことなんか気にかけてはいられなかったんでしょ。別に暮らす妹がいて、喪主はその妹だったんだけれど、取り仕切ってあげたのはママだったわ。親なんて、冷たいものよ」

うなずいたが、納得したわけではなかった。私は両親を憎んでいたが、どこかで愛してもいた。親子の関係は切れるものじゃない。切れて見えるときにはいつも、当人同士にしかわからない特殊な事情がある。切れないでいるほうが、心の負担はずっと少ないのだ。親戚についても、同様のことがいえるはずだった。そして、故郷についてもだ。

「それで、今度はきみたちがママの葬式を出してやる番だというわけなんだな？」

佐代子は無言でうなずいた。娘の態度を窺《うかが》うかぎりにおいて、本当に店で働いていた全員が、この娘と同じ気持ちなのだとは思えなかった。

「瞭子が死んで、お店はどうなりそうなんだ？」

「わからないけれど、もしも笠岡がどうにかするつもりなら、私はやめるわ」

「そうならなかったら、どうなるんだい？」

何かを隠す沈黙ではなかった。店がなくなるという事実を口にしたくないのだろう。

「ママのお店に行くことにしたのは、ちょうど彼と別れたばかりだったし、かといって青森に帰るのも嫌だったし、ひとりでどうしようって思ってたときだったのよ」

そうか、と私は呟《つぶや》いた。

「あ」娘が声を出した。私のほうにひねった顔に、光がひと筋射した気がした。

「もしかして、あなた、キセルの人なの？」

「――何のことだ」

「ねえ、ラオって意味わかる？」

「それこそ、キセルのことだろ。正確には、先の雁首《がんくび》と吸い口のあいだの竹の管のことだったかな。羅生門の羅に宇宙の宇」

「けっこう学があるんだね。店のお客さんでも、半分ぐらいは知らないよ」

「なぜ瞭子は、自分の店を《羅宇》とつけたんだ？」

「――いま自分でいったじゃない。雁首と吸い口をつなぐ竹。つまり、コミュニケーションの架け橋ってことよ」

かすかな沈黙を置いて答えが返ってきた。たった今表情をよぎったばかりの、明るい光は消えていた。

「キセルの好きだった男がいたんだな」

娘はしばらく何も応《こた》えずに、ほとんどつゆだけになった丼《どんぶり》を見下ろしていた。

「――一度ママに、店の名前を《羅宇》にした理由を訊《き》いたことがあるの。答えはふたつで、最初に教えてくれたほうの理由は、たったいま私がいったみたいに人と人とのコミュニケーションの架け橋になりたいんだってことだった」

「ふたつめは?」

「それからまたしばらくお酒を飲んだあとで教えてくれたんだけれど……、むかし世話になった人で、キセルを集めるのが趣味だった人がいたって」

これで笠岡という男についでふたりめ。それもまた、私ではないだけの話だった。

「ごめんなさい。よけいな話をしたかしら」

私は首を振って見せた。「いいや。どんな男か、もう少しくわしく聞かせてくれるかな?」

「聞いてどうするの?」

さっきまでのような皮肉な口調はなかった。皮肉がこもっているほうがマシだった。

「いっただろ。自分の手で瞭子の事件を調べると。何でも知っておきたいんだ」

佐代子は視線を私の顔にとめたまま、ゆっくりと数回瞬《まばた》きした。

「――ごめんなさい。それ以上は何も話してくれなかったの。ママって、むかしの話をするのが好きじゃなかったみたいだし。その時も、酔ったのでついぽろっといっちゃったって感じで、あとはどうつっついても笑ってごまかすばかりで、もう何も教えてはくれなかったのよ」

私は相手を見つめかえしたままでうなずいた。

「話はまた変わるんだが、彼女はこのところ、何か弁護士を必要とするようなことで悩んでいなかっただろうか」

「弁護士を？　つまり、あなたをってこと？」

「昨夜のうちに、私の事務所の留守電に、彼女からの伝言が残されていたんだ。相談したいことがあるといっていた」

娘はカウンターの表面を見つめ、しばらく考えこんでいた。

「だめ、わからないわ。笠岡とのあいだのことなのかしら……。

違うはずだ。男関係の相談を、私に持ちかけてくるような女じゃない。

「ありがとう。時間をとってもらって悪かったね。もっと何か思いだしたら、さっきの名刺に電話をくれないか。携帯の番号も書いてある」

娘がカウンターを指さした。「まだほとんど食べていないじゃないの」

「これぐらいで充分なんだ」

いいながら財布を抜きだし、つづけた。「警察が戸籍を上げるには、少し時間がかかるかもしれない。自分で彼女の生まれ故郷の三春に行ってみるつもりだ。親類縁者が見つかったら、連絡を入れるよ」

「わかったわ。ありがとう」

「それから、さっきの話だけど、笠岡って男の住所はわかるかな？」

「会いにいくの？」

「じゃなきゃ、訊かないさ」

しばらく考えているようだった。

「ねえ、弁護士さん。あなた、本当にママに惚《ほ》れていたの？」

「たぶんな」

「それなら、会わないほうがいいと思うよ」


気のいい娘だった。

正確な住所はアパートに帰らなければわからないが、マンションの場所はおおよそわかっているので連れていってやる。そんなふうに申し出てくれた。私は断った。「それならアパートから携帯に連絡をくれないか」「だいたいの場所を教えてくれたら、そこを目指して移動しているよ」そんな台詞《せりふ》を繰りかえして、娘と別れた。気がいいだけじゃなく優しい娘でもあるのだろう。優しさが負担になるときがあるのを、まだ知らない年齢だった。

春日通りを、池袋六ッ又陸橋の方角に進んだ。そこから明治通りに右折して、徒歩で十分もかからないところにある賃貸マンションだとのことだった。

住所は上池袋の三丁目にあたるらしい。それ以上くわしい番地までは、明治通りに差しかかり、しばらく歩いたあたりでかかってきた電話で教えてもらった。

「道路の左側をずっと歩いていって。目印は、ちっちゃな神社の鳥居があるから、その先の路地を折れるんだと思ったわ。たしか酒屋の角じゃなかったかな。上池袋の交差点まで行ったら行きすぎよ」

礼をいって、電話を切った。

じきに赤茶けた鳥居が見つかり、さらに苦もなくマンションまで行き着いた。半ばコンビニになっている酒屋の角を左だった。

二〇二号室。三階建てのマンションでエレベーターはなかった。建築法上は、五階建て以上になるとエレベーターの設置が義務づけられている。

落ちぶれた。笠岡という男を指して佐代子はそういった。落ちぶれる前から、ここに住んでいたわけではないことは、ひと目で確信できた。専用でついているのは自転車のための駐輪場だけで、車を置くスペースはなかった。エントランスのメイルボックスは全身に錆《さび》を浮かべており、床には埃《ほこり》と塵《ちり》がたまっていた。

コンクリートがすすけた階段を二階に上がった。屋外廊下の片側に、薄汚れた扉と、油にまみれた台所の窓とが交互に並んでいた。窓は細かいぎざぎざを浮かべた曇り硝子《ガラス》で、桟の内側には部屋ごとに洗剤や調味料やインスタント・コーヒーの瓶などが立っていた。

二〇二号室の窓には何もなかった。ただ、奥の部屋のものと思われる光をむこう側に置いて、埃と黄土色に変色した油汚れとを浮きたたせていた。

表札を確かめてから呼び鈴を押した。笠岡和夫《かずお》とフル・ネームが記してあった。紙に書いたうえにプラスチックのカバーをつけただけのものだ。しばらく待って、ふたたび押した。

三度めを、やや強く押そうとしたときに、ドアのすぐむこうで何かが倒れる音がした。

「笠岡さん」

私は呼びかけながらドアを叩《たた》いた。

「――誰だ」

不機嫌を絵に描いたような声が返ってきた。

「《羅宇《ラオ》》の小林さんのことで、ちょっとお話が聞きたいんです」

「誰なんだ。警察はもうこりごりだぜ」

「警察じゃない。弁護士です」

「――弁護士が、俺に何の用なんだ」

酔っている。ろれつが回っていなかった。おそらく床に倒れたまま、けだるく躰《からだ》を横たえているのだ。

「小林さんのことで、話を聞かせてもらいたいんですよ」

繰りかえしたのち、ひと呼吸置いてつけたした。

「もしかしたら、お役に立てるかもしれないと思うんですがね」

笠岡は沈黙したままだったが、やがて鍵《かぎ》のはずれる音がした。ドアが開くとともに、何日も風を通していない部屋に特有のすえた臭いと、猛烈な酒臭さに襲われた。

すでに紹興酒をかなり飲んでいる私の鼻が敏感なわけはなかった。私の前にいる男は、目を開けているのがやっとで、立っているのがやっとで、息を規則的にしていることさえやっとに見えた。ぼさぼさの髪には艶《つや》がなく、目に光もなかった。油気のない頬が痩《こ》け、皺《しわ》が寄ってたるんだ皮膚は、顎《あご》が蝶番《ちょうつがい》の役割を果たすことでかろうじてまとまりを保っている。頬に絆創膏《ばんそうこう》を貼っていた。他にも小さな切り傷があり、切れ味のよほど悪い剃刀《かみそり》で髭《ひげ》をあたったか、よほどとんでもない状態であたったかにちがいなかった。

目鼻立ちは悪くなかった。納まる場所に、納まるべき大きさで納まっている。しゃんと背筋をのばしてさえいれば、翳《かげ》りのある色男にも見えるはずだった。翳りに全身が覆われれば、誰でもこんなふうになる。予想はできたが、この男の何かを認める気になったわけじゃなかった。

「どこの弁護士が、俺の役に立ってくれるってんだ？」

声がかすれていた。

「警察に何を訊《き》かれたんです。面白くない状況になっているなら、役に立てると思いますよ」

男は聞いていなかった。「くそ」と吐き捨て、顔をしかめながら屈《かが》みこんだ。

足下のマットレスが濡《ぬ》れていた。空のグラスが、マットレスの端に落ちている。さっき倒れたときにいっしょに落としたのだろう。拾いあげて上半身を起こした男は、屈みこむときよりもっと顔をしかめていた。

頭痛がするのだ。マットレスに落ちている氷を、足先で蹴《け》って三和土《たたき》に落とした。砂漠の旅人が水筒に残った最後の一滴を飲み干すかのように、空のグラスに口を傾けた。こういうタイプの男が、こういうふうに飲む理由はひとつしかなかった。現実逃避だ。警察にさんざん締めあげられ、これ以上ものを考えているのが嫌になった。飲めば考える必要がないというわけだ。

「どう役に立てるのか教えろよ……」

呟きながら、すとんと腰を下ろした。

私は何も応えなかった。忍耐力と嫌悪感とを天秤《てんびん》にかけていたのだ。答えはすぐに出た。

「どうもタイミングが悪かったようだ。出直してきますよ」

吐き捨てて背中をむけた。

階段にたどり着いても、ドアを閉める音は聞こえてこなかった。躰を動かしてドアに手をのばすことさえできないのだ。

佐代子がつい先ほどしてくれた忠告を思いだしながら、自分にむかって問いかけていた。私はただ、彼女の思い出を汚しているだけではないのか。

4

北にむかうと秋だった。郡山《こおりやま》の駅で磐越《ばんえつ》東線に乗りかえるとともに、新幹線とその沿線には持ち越されていた東京のなごりが薄れていった。

新幹線は、確実に、東京の影を様々な地方都市へと出前している。数限りない小型の模倣をつくりあげ、土建屋とその地方出身の政治家とを喜ばせて、実際にそこに暮らす人々には表面的な便利さを見せつけながら元の景色を奪い去っていった。時代の変化という美辞麗句のなかで、過疎と過密を助長して、どちらの側もそれほど幸福にはしなかった。それがたぶん、この小さな島国が突き進んできた発展の正体なんだろう。

磐越東線は、二両連結だった。

郡山の駅を離れてしばらくは建て売り住宅の家並みが点在し、隣り駅の舞木《もうぎ》には郡山のベッド・タウンの面《おも》もちもあったが、過ぎると時代が徐々にもどった。

窓の外の田圃《たんぼ》と、そのなかに建つ茅葺《かやぶ》き屋根の農家を見やりながら、パックのお茶をちびちびと啜《すす》った。

あすは神奈川県の地方裁判所に出むかなければならなかった。仕事は東京のほか、埼玉、千葉、神奈川にまたがっているので、時おり東京都外の地方裁判所に行かねばならない。なるべく法廷の日付を調整してまとめるので、そういう出張は月に二、三度だったものの、いったん行ったら半日以上はつぶれる。あすも例外ではなく、午前と午後とに一件ずつ裁判を抱えていた。三春に足を運ぶのならば、きょうしかなかった。

今朝は九時に事務所へ出勤した。雑用を済ませ、上野発十一時六分の《やまびこ》に飛び乗った。郡山に着いたのは十二時二十七分。新幹線を降りる直前に、かっこむように昼食を済ませた。上野で乗る時に買った幕の内弁当だった。

彼女の故郷は福島県の三春。

――本籍をあらためて確認する必要はなかった。五年前に一度、彼女の住民票を上げて確認済みだったのだ。

鞄《かばん》から手帳を取りだした。挟んできた彼女の写真を見つめた。昨夜のうちに、自分の部屋をあさって見つけだしたものだった。

いや、見つけだしたなど嘘だ。この五年のあいだ、その写真が部屋のどこに眠りつづけているのか、いつでもすぐにいいあてることができた。ただ、思いださないようにして、忘れた振りをしていただけだ。

私が持っていたポケットカメラで、大した理由もなく写した写真だった。

いつものように根津のどこかでいっしょに飯を食い、それから彼女の部屋に転がりこんだ。帰るときに、ポケットカメラを持っていることを思いだしてレンズをむけた。彼女は写されることを嫌がって、私を睨《にら》みつけてきた。

「やめてよ、もう。趣味悪いわ。こんな時に写真なんて」

だからいま、写真のなかの彼女もまた、睨むような拗《す》ねるような目をしている。

当時の彼女は髪が長かった。うっすらと茶色がかった髪が、華奢《きゃしゃ》な肩をすっぽりと覆い、先端は腋《わき》の下のあたりまで垂れていた。幅が狭く、とがった鼻。その鼻が私の腕のなかで、かすかにひくつく様をいまでも憶《おぼ》えている。その他のこともいくつも憶えていたが、思いだしても意味がなかった。

――写真を撮った、数週間後のことだった。

待ちあわせ場所で彼女を三十分待った。アパートに電話をかけても出なかったので、むかっている途中だと思ったのだ。一時間後、私は彼女の部屋を訪ね、合い鍵を使って中に入り、もぬけの殻になっていることを知った。

両隣りの住人に事情を聞き、店が閉まっていたのをシャッターを叩いてクリーニング屋の夫婦に事情を聞き、彼女がアルバイトをしていたスナックにまで足を運んだ。アパートの大家を探しだし、さらにはすでに遅い時間になっていたにもかかわらず、彼女に部屋を斡旋《あっせん》した不動産屋まで叩きおこした。

誰ひとり、彼女の行方はおろか、突然にアパートを引きはらった理由すら知る者はなかった。

昼間の勤め先であるクリーニング屋にも、アルバイト先であったスナックにも、その日のうちにいきなり辞めたいとの話を切りだしたとのことだった。

彼女の部屋に、外が明るくなるまでいたのはその日がはじめてだった。莫迦莫迦《ばかばか》しい話だ。本人がいるときは、そそくさと暗いうちに引きあげていたのが、本人のいなくなった部屋で、私は朝を迎えたのだ。

翌日から、付近の聞き込みをした。いっしょに行ったことのあるレストランや飲み屋も隈《くま》なく歩いてまわった。仕事上の知恵を使い、彼女の住民票を上げ、知りあいの興信所に依頼して引っ越しを請け負った運送会社を探させた。彼女は住民票を移してはおらず、引っ越しを手伝った運送会社も、いくら待ってもわからなかった。

最後には、彼女のいなくなったスナックに入り浸り、理由もなく酒を飲むようになった。すでに他の人間が部屋に納まったアパートの前に立ち、一時間もたばこをふかしていたこともある。どうして自分がここまでひとりの女に拘《こだわ》るのかわからなかった。いや、違う。拘ってなどいなかった。納得ができなかったのだ。なぜ彼女が、いきなり消え去ってしまったのか。微笑んでいたはずだ。それなのに、どうして突然に姿を消したのだ。何十回何百回と、そんな同じ問いかけを繰りかえした。

ふと昨夜目にした笠岡和夫のことが思いうかんだ。泥酔し、息をするのさえやっとで、玄関先で私とまともな応対さえできなかった男。もしかしたらあの男は、警察にあれこれ尋ねられたことで現実逃避をしたかったのではなく、暸子を失ったショックそのもので、あそこまで酔っていたのではなかろうか。いったんそう考えると、むしろそう気づかなかったことのほうが不思議に思えた。

——彼女の生まれ故郷にまで、足を運んできた私もまた、あの男と同じなのかもしれない。

私は知っていた。本当は私は、自分が思うほどに冷静な人間ではないのだ。

三春の駅は町外れで、地図で確かめたところ、中心部までは一、二キロほどの距離があった。駅舎はつい最近建て替えられたかのように清潔で、スーパーひとつない駅前のターミナルも、つくり自体は綺麗《きれい》に整えられていた。客待ちのタクシーに乗りこんだ。

「どっからだね？」「東京から」といった会話を交わしながら走りだした。

細く開いたサイドウインドウから入ってくる風が秋だった。タクシーはJRの線路をまたいだあと、古ぼけた民家に両側を取りかこまれた舗装道路を上っていった。道が左右にくねっていた。

三春は梅、桜、桃の花が同時に咲きそろうところから名付けられた名だとのことを、運転手の口から聞いた。観光客慣れしているのか、気さくな感じでいろいろと観光案内ふうの話をしてくれたが、私は適当な相づちを打つだけだった。

町なかに入るとともに、目の前に城跡の小高い山が見えた。蔵や寺の多い町だった。蔵が住居として使用されている家もあり、スナックや喫茶店の看板を掲げた蔵さえ混じっていた。甍《いらか》が空からの光にてかっている。町なかを抜けているのは、とても国道とは思えなかったが、標識は国道288号線となっていた。

家のあいだを埋めるように、ぽつりぽつりと桑畑があった。

「ここは養蚕の町だったからねえ」

運転手に教えられた。

あちこちに枝垂れ桜があり、この季節にはなんとなく淋《さび》しげな印象だった。町の中心の三差路を直進、《藩講所の表門》と書かれた銅葺《ぶ》きの門のすぐ先、道の右側に町役場は建っていた。

「少し待っていてください」

運転手に告げて車を降りた。

町役場には、穏やかというよりむしろ気怠《けだる》い空気が満ちていた。

東京で生まれ育った人間には、田舎暮らしへのあこがれもある。私もまた、性懲《しょうこ》りもなくそういった夢想をするひとりだったものの、それが夢想にしかすぎず、むしろ実行すべきではないように思えるのは、田舎のこういった空気を嗅《か》いだときだった。私はおそらく、好むと好まざるとにかかわらず、裁判所の水を打ったような静寂とそのなかに漂う緊張感とを必要としている。

弁護士用の申請書に、自分の登録番号と事務所の電話番号、住所、所属弁護士会の名前、それに申請理由を書いて提出した。

登録番号も電話番号ももちろん本物だったが、申請理由のほうは「裁判所提出」と書いただけだった。どんな場合でも、この欄にはこう書けば事足りる。他人の戸籍謄本を易々と上げることができるのは、弁護士という職業のメリットのひとつだ。

ガムを二枚嚙《か》みながら待った。一枚を吐きだしてまた一枚を口にふくむのではなく、一枚の味がなくなったころに、新たな一枚を足した。柔らかいガムにまだ板のままの新たなガムが混じっていく噛み心地が好きだった。

上っ張りを着た係りの男が、目当ての謄本を差しだしてくれた。

聞いていたとおり、両親は死亡しているため、戸籍の筆頭者は彼女自身。父親の名前は小林大吉《だいきち》。それを確認し、今度は父親を戸籍筆頭者としていた当時の戸籍を上げた。母はタエ。死亡し除籍になったのは、大吉が一九七七年の六月でタエが八五年の三月。それぞれ今から二十年前と十二年前だった。父が死んだとき彼女は十五歳。その八年後、二十三歳のときには、母親も亡くしたことになる。

長椅子に腰を下ろして、つづきを読んだ。

付票によると、小林一家は、七四年、そろって三春の本籍にあたる住所から他県へと転出していた。転出先は、長野県の信濃大町《しなのおおまち》。手早く計算し、彼女が十二歳の時のことだと知った。月は七月。中学にあがり、一学期が終わろうとする頃だ。

その後彼女ひとりだけが、信濃大町から大阪へと住民票を移していた。八〇年。十八歳。高校を卒業した年だ。その三年前に父親は亡くなっている。働きに出たのかもしれない。二十四歳の時、大阪から名古屋へと転居していた。その後、二十九歳でさらに東京に転居。転居先の住所は、根津。私と出逢《であ》った町だ。

あらためて申請書類に記入して、小林大吉の親の代の戸籍にさかのぼった。瞭子にとっての伯父《おじ》伯母《おば》の存在をあたるには、ひとつさかのぼった戸籍と付票とを上げる必要がある。

祖父母は亡くなっていた。伯父がひとり。大吉の兄で、歳は大吉とふたつ違い。やはり亡くなっている。名前は太郎。太郎の戸籍を洗い、太郎のつれあい、すわち瞭子にとっての義理の伯母の存在を調べた。

あたった。

しかも、太郎とそのつれあいの鈴子《すずこ》とは、付票によれば東京に転居しており、鈴子は現在でも葛飾《かつしか》区に健在だ。転居した年は、彼女の一家と同じで、七四年。鈴子に連絡を取れれば、瞭子の遺体を区役所に渡さず、私たちで手厚く葬ってやれる。


タクシーにもどり、彼女の本籍の住所を告げた。

もうひとつ、三春に来た目的が残っている。なぜ彼女のアドレス帳に、鈴子という伯母の名前も、三春に暮らす友人知人の名前も何ひとつなかったのだろうか。

「なんてうちだね?」

サイド・ブレーキを解きながら運転手が訊《き》いてくるのに、「小林大吉」と父親の名前を告げた。

運転手は上半身をひねり、じかに後方を確認してから車を出した。小さな町としてはだが、交通量が多いように思えた。砂利を載せたトラックが、先ほどから時おり通過していく。どこか奥で勤勉な土建屋によって山が取り崩されているのだろう。

「小林かい、聞いたことねえなあ」

「小林さん自体は、二十年以上前に、一家でこの町から出ていってるんです」

バックミラーごしに運転手と目が合った。

「それがまたどうして? お客さん、東京の刑事さんか何かかね」

「そんなに人相は悪くないだろ」

軽口はそれほど受けなかった。

「だけども、お客さんがいったあたりにゃあ、今はもう何にも家はないはずだよ」

「近所の人に、小林さんのことを憶《おぼ》えている人がいるかどうか確かめたいんですよ」

「ふうん、憶えてる人ねえ。それなら、まあいいけれど。あの辺は、あんまり家もないところだからなあ」

小さな町をじきに外れ、すこし先の三差路を右に折れた。

襞《ひだ》をなす丘陵の底を走るような感じになった。段々畑が、丘の斜面をぽつぽつと埋めている。北をむいた丘は翳《かげ》り、南むきの丘も対面の丘の影を受けてかなりの高さまで日陰になっていた。左右の斜面の間隔が縮まって、道がさらに狭くなったころ、運転手が呟《つぶや》いた。

「ここらあたりだと思うんだがな」

たしかに段々畑以外は、何もないところだった。一家が引っ越したあとの廃屋ぐらいは期待していた私は、拍子抜けした気分と困惑とを隠せなかった。彼女が生まれ育った家を見てみたい。三春に足を運ぶことを決めたときから、そんな願いが巣くっていたのだ。

「ちょっと待ってくれよ」

いいながら、運転手が地図を出して調べてくれた。

「やっぱり住所はここら辺だな。どうするね？　もっと正確な場所が知りてえなら、事務所に電話して、古株の同僚に聞いてやるがな」

「近所で話を聞きたいと思っていたんだが——」

見渡すかぎり家はなかった。

「そういうことなら、憶えてるかね、一キロほど手前に農家があったろ。それと、この道をやっぱり一キロほど行くと、林業と農業を半々にやってる家があるがね」

「年輩の人がいるのは、どちらですか？」

「両方さ」

頻繁にではないが、弁護士も聞き込み調査を行なうときがあった。付近をしらみつぶしにするというやつだ。話を聞くべき対象が、とりあえず二軒しかないとは、東京では考えられない事態だった。

「まずは奥の家にむかってください」と頼むと、運転手は「はいよ」と答え、今度は後方も確認せずに車を出した。車がすれ違うのがやっとぐらいの道だったものの、道幅が狭くなってからは、対向車も後続車もともになかった。

さらに両側の丘に押し狭められた谷間の日陰に、その農家は建っていた。

道に沿って横に長い家だった。玄関がいちばん右側にあり、その隣りに縁側がのびている。縁側は真新しく、サッシの硝子《ガラス》窓は上半分が曇り硝子で下が素通し。素通しの部分から、奥の白い障子が見えた。屋根瓦《がわら》の色が、左右で微妙に違っていた。違っているところを境にして、半分は建て増しされたものらしい。

運転手にまたしばらく待っていてほしいと頼み、「車のむきを変えとくよ」という返事を背中に聞きながら玄関に歩いた。

石垣が道と前庭とを隔てている。門はなく、石垣の一角が小さな階段になっていた。庭に洗濯物が揺れている。プラスチック製の三輪車が一台転がった隣りに犬小屋があり、柴犬が頭を前足にのせてすやすやと眠っていた。

ごめんくださいと声をかけてしばらく待つと、硝子戸の奥に人影が立ち、「はいはい」と歯切れよく応じながら女が出てきた。子供を負ぶった、四十歳前後の女だった。ネクタイに背広すがたの私を見て、親しげだった表情を心持ちよそ行きに変えた。

女に頭を下げた。「お忙しいところをすいません。じつは、ちょっとお聞きしたいことがあってお訪ねしたのですが、ここからもう少し町のほうへ下ったところに、むかし小林さんというお宅があったのを憶えておいででしょうか？」

女は目をぱちくりさせながら首をひねった。躰《からだ》をずらし、タクシーに視線をむけた。女の肩のむこうから、黒豆に似た赤ん坊の黒目がのぞいた。

「小林さん……」と呟いたのち、「小林さんねえ」少ししてから繰りかえした。それがどうしたのか、と訊きかえされるかと思ったが、呟きながらそのまま背中をむけ、家の奥に呼びかけた。

「じいちゃん。小林さんって家を知ってるかい」

老人が、薄暗い廊下の奥から、ナメクジのようにゆっくりと出てきた。

「なんだと？」訊きかえし、女がふたたび説明するあいだ、瘦《や》せて皺《しわ》だらけの顔をしかめ、その皺の一本ぐらいにしか見えない両目をしょぼしょぼさせていた。

「小林なあ……」

記憶をたどっているのやら、欠伸《あくび》を嚙《か》みころしているのやら、見当がつかなかった。よほど必要な証人ではないかぎり、七十歳以上の人間を法廷に連れてくるのは控えるべきだ。仕事上のそんな鉄則が頭をよぎった。

老人は女を見つめたままで、

「大吉のことかい」

と呟いた。

「憶えてらっしゃるんですか？」

「小林大吉なら、むかしいろいろと相談に乗ってやったもんさ」

「それなら、じいちゃん。この人がね、何か訊きたいらしいんだよ。教えてやってくれるかい」

はじめて私の顔を見上げた。

私はすぐに質問を発した。「小林さんのところに、瞭子ちゃんという女の子がいましたね？」

「ああ、名前までは憶えちゃおらんが、確か娘がひとりいたなあ」

「小林さん一家が、ここを離れたときの事情を知りたいんですが」

老人は喉仏《のどぼとけ》を上下に動かした。「聞いてどうするんだね？」と尋ねてきた。

「じつは、瞭子さんが先日亡くなりまして。私は親しい友人だったんです。ですから、彼女の故郷を見てみたかった」

女が、「まあ、お気の毒に」という顔をする。

老人が、「いくつだったんだ？」と尋ねてきた。

「三十五でした」

「何をしておったんだ？」

「東京で、飲食店を経営してました」

ふたたび喉仏を上下に動かし、ほおという顔でうなずいた。

しばらく待ったのち、私があらためて切りだそうとすると、自分のほうから呟いた。

「大吉のところは、夜逃げ同然だったなあ……」

「桑畑が、今でも点々と生き残っとるだろ」

老人はそんなふうに話しはじめた。

女は私に軽くお辞儀をし、家のなかに引っこんでしまったので、玄関先に立つのは私と老人だけだった。田舎の主婦は、私には想像できない様々なことで忙しく、突然の客と老人のむかし話につきあっている時間はないのだろう。

「むかしはな、こんなものじゃなかった……。大概の家が屋根裏やらに蚕を飼い育て、お蚕さんお蚕さんと大事にしとった。今じゃうちの孫もそうだが、お蚕さんを見て気持ち悪がる始末さ。中国からの安い絹に押されて、養蚕農家はどこもどんどん立ちいかんようになっとる。今に始まったことじゃないぞ。長い年月のあいだで、だんだんそんなことになってきたんだ」

息を継ぐだけの間合いを置いた。

「そうそう。だが、一度だけ、ちょっとよかったことはあるぞ。天安門事件って知っとるだろ。あれで大陸製の絹が中断したときは、三春を活気が駆けぬけたっけ」

「小林さんのところも養蚕農家を？」

話が逸《そ》れそうになるのを危惧《きぐ》して問いかけた。

「ああ。親父の代からそうだった」

瞭子にとっては祖父にあたる。

「たぶん理屈じゃない。大吉は、農家をやることにこだわっておったのさ。兄貴もそうだった。ふたりは隣りあって暮らしておった。あれは、そうさな。インフレで、絹なんぞは売れにくくなってる時代だった。絹の値段そのものも上がったが、それは間の業者がもうけとっただけで、農家から買いあげる値段が変わったわけじゃない」

戸籍にあった付票を思いだし、七三、四年ごろの話だろうと見当をつけた。

中東戦争をきっかけとした石油ショックが始まったのが七三年。一方で、その前年に首相となった田中角栄が打ちだした《日本列島改造計画》以降、全国の土地が急速な勢いで値段を釣りあげていた時代だ。連合赤軍事件。連続企業爆破事件。金大中氏事件。トイレットペーパー・パニック。国鉄労組は何かというとストを行ない、怒った乗客が都内三十八ヵ所の駅に放火をしたこともあった。釜ケ崎《かまがさき》では労働者と警察の争いが繰りかえされ、水俣《みなまた》病は泥沼の裁判に入ろうとしていた。私の歳の人間にとっては、すべてがテレビニュースで見たり大人たちが話すのを聞いたりしてきただけの事件だ。だが、この国が、今とはまた違ったかたちで右往左往を繰りかえして、変わろうとしていた時期だったことはなんとなく実感している。

「大吉たちは運が悪かったんだ。ヤマっ気が多かったという者もおるだろうが、ヤマっ気のひとつもなけりゃあ、やっていけんだろ。生き残り策を模索するなかで、あの兄弟はお蚕さんの品種改良に努め、養蚕の大規模経営を町の連中に提案したんだ。各農家が個別に作業をするのではなく、広い養蚕場を作ってお蚕さんを育てることから絹の生産までを分担してできるようにしたいとか、そんなことをさかんにいっておったな。そのための資金集めと説得に走りまわっていたものの、誰も二の足を踏むところもあった」

――この老人自身はどうだったのだろうか。尋ねてみたい気がした。

「――兄弟は、あの年に、試験的にお蚕さんから自分たちで絹糸を作り、織物をし、販売ルートに乗せてみるというて、借金をして手を広げたんだ。だが、運が悪いことに、そんな矢先に火事に見舞われてな」

「火事にですか……」

「ああ、お蚕さんは全滅。家もほぼ全焼だった。残ったのは借金だけだ」

「原因は？」

「消防署によれば、プロパンのガス漏れだとのことだった」

「それで、借金はどうなったんです？」

「家の土地を売り払ったり、畑を村の管理地にしたりで、なんとか人様に迷惑をかけることはなかった。ただ、あれ以上ここに居たたまれんかったんだろうさ」

「この町を出たあと、小林さん一家は信州に移っているんですが、その後については、何かお聞きおよびじゃないですか？」

「ああ、たしかに信州へ行くと、儂《わし》らほんとに限られた人間にだけは打ち明けておったよ。信州でわさび園をやっとる友人に誘われたらしい。それ以上は、ちょっとわからんな」

礼を述べて頭を下げると、老人はまたもとの眠っているような顔つきにもどり、「なあに」といいながら顔の皺を深くした。

5

——一家の夜逃げ。

夜逃げとまではいえないにしても、家族ぐるみで故郷を捨てたことになる。当時中学に上がったばかりだった瞭子には、周りの大人たちが、自分の父親たちを裏切っているように見えたのかもしれない。

それが彼女を、故郷の三春から遠ざけた理由なのか。

運転手は、私がこの先三春の小中学校を回りたいと告げると、時間単位での貸し切りを提案した。その方が、待ち時間中にメーターがあがることがなく、得になるとのことだった。

過去にさかのぼるのには、あまり知られていない良い手段がある。出身学校の学籍簿と卒業アルバムだ。長く保管している学校が多く、五年しか保管を義務づけられていない一般企業の社員の履歴書や医者のカルテよりよほど頼りになる。義務よりも善意のほうが長生きなのだ。

三春には小学校が三校あった。彼女の当時の住所から、運転手がすぐに母校の見当をつけた。田舎町の学区はわかりやすい。

校門前でタクシーを降り、校庭に足を踏み入れた。ほとんど人気がなく、隅の砂場でほんの数人の子供が砂遊びをしているだけだった。児童用のものと思われる入口はすぐにわかったものの、来客用の入口は目につかなかった。

鉄筋の建物にそって進むと現れた庇《ひさし》屋根の奥が、教員と来客用の玄関口らしかった。

庇屋根の下に入りかけたとき、建物の奥にある花壇に人影が見えた。作業服を着た初老の男が、季節外れの麦わら帽子をかぶって肩に白い手拭《てぬぐ》いをかけ、土いじりをしていた。私は花にくわしくない。咲いている花の名前はわからなかった。用務員というのはほとんど死語になっていると思いながら近づいた。

「すいませんが、職員室はどちらでしょうか」

男は角張った顔をこちらにむけて微笑んだ。

「入口を入った廊下のすぐ右側がそうですよ」腰を上げ、小さな鉄製のシャベルを持った右手の甲で顔の汗を拭った。「どなたか先生をお訪ねですか？」

「ちょっと卒業生のことでうかがいたいことがありまして」

「父兄の方ですか？」

「そういうわけではないのですが」

私は自分の恋人が数日前に亡くなり、彼女がここの卒業生だったはずだと告げた。「恋人」としたほうが、協力を得やすいと判断したためだった。

男はなるほどと呟《つぶや》き、いったん屈《かが》みこんでシャベルを花壇の土に突き刺すと、手拭いをはずして両手を拭《ふ》いた。

「それで、何年ほど前の卒業生でしょうか？」

二十三年前と告げると、顔を曇らせた。

「困ったな。私が赴任してくるずっと以前の話ですね。とにかく校長室にお入りください。調べてみましょう」

礼を述べ、男につづいて入口を入った。

長田《おさだ》と名乗った男は私を校長室の応接ソファにすわらせ、いったん部屋を出ていった。弁護士の名刺を差しだして、卒業アルバムと学籍簿を見せてもらえないかと頼んだのだった。その段になってはじめて、男が校長本人と気づいたことを、押し隠さねばならなかった。

もどってきたときには、老眼鏡を鼻に垂らしてかけていた。銀縁で横長の老眼鏡が、男を心持ち校長らしい風貌《ふうぼう》に変えていた。

私のむかいに腰を下ろし、アルバムの後ろのほうを開いて差しだしてくれた。

「確かに小林瞭子さんは、その年の卒業生ですね」

私は住所録にあった瞭子の名前を確認した。住所は本籍と同じだった。

アルバムを前にめくりもどし、学級写真のページを開いた。私が通った小学校は、十二クラスか十三クラスあったのだが、瞭子が卒業したときのクラス数は全部で三学級だった。

かすかな緊張を感じながら、卒業写真に目をこらした。教師を真ん中に、生徒たちは二段になって並んでいた。男の子は全員半ズボンで、八割はイガグリ頭だ。女の子のほうは大半がスカートにおかっぱ頭。名前と照らしあわせる前に写真を見渡した。結局どれが瞭子か判断できず、写真の下に添えられた名前から見つけた。

心持ち大柄なためだろう、後列に立っていた。やはりおかっぱ頭だ。

その顔を、穴が開くほどに見つめた。見つめすぎたために、印刷の粒子の集まりにしか見えなくなった。目と鼻の感じに面影があった。そう感じただけかもしれない。こうしてカメラの前に立ってからおよそ十七年後、彼女は東京で私と出逢った。二十三年後に、ただ一度ほんのすれ違うように再会し、その翌日には死んでしまった。彼女の人生のなかで、私との接点など、ほんのささいなものにすぎなかった。

長田が、お茶を入れて私の前に置いてくれた。

「どうぞ」という言葉の響きがあまりに温かかったため、自分がどんな顔をしているのか見当がついた。恋人の死のショックを受け入れられず、こうして恋人のかつての母校に足を運んできて卒業写真を見つめ、蒼白《そうはく》になっている男……。

だが、実際は彼女は五年前に何ひとつ理由を告げず私を捨てた女であり、私は妻も子もあった男にすぎなかった。

学籍簿を開いた。彼女の成績や教師が感じとった性格が、黄ばみかけた紙に書いてある。成績はそれほど良くはなかった。性格は、穏和で協調性あり。私の子供時代とは正反対だった。

「恐縮ですが、コピー機をお借りしてもよろしいですか?」

私は冷静な口調を保つように努めていった。

校長は優しく微笑んでうなずき、「こちらです」とうながした。

相手の笑みから目を逸らし、あとにしたがった。

職員室はがらんとしており、中年の教師がふたり、机で赤ペンを動かしていた。校長室と職員室をつなぐドアの脇にあったコピー機で、瞭子の写った卒業アルバムと学籍簿とをコピーした。

同級の生徒は三十二人。男が十七人で女が十五人だった。

まず女子の同級生に片っ端から電話をかけた。中学に上がったあと、彼女は一年の一学期だけで転校している。中学校をじかにあたるよりも、小学校の同級生で親しかった人間を探しだすほうがいい。弁護士の習慣として、老人の話の裏も取りたかったし、何よりも彼女の子供時代の話を聞きたかった。

タクシーで移動しながら電話をかけた。途中で缶コーヒーを買い、一本を運転手に渡して一本を自分で飲んだ。タクシーを駐車場に残して城跡の小高い丘に上り、ベンチに腰を下ろして町の景色を眼下に見やりながらさらに電話をかけた。

城跡を選んだ理由はなかった。小さな町だ。喫茶店で電話をかけて、妙な噂を残すのはためらわれた。タクシーの後部座席でかけまくることもためらわれたので、落ち着いてすわれる場所を運転手に訊《き》くと、城跡に連れてきてくれたのである。

女子の同級生は大概がすでに嫁いでおり、住所録の実家から嫁ぎ先の電話を聞きだす必要があった。ただし嫁ぎ先さえつかめば、日暮れ前のこの時間には大概は本人が家におり、なにがしかの話を聞けた。小林瞭子と名前を告げて、すぐに思いだせる人間はあまりいなかった。不思議な話ではない。私だって、ある日いきなり電話がかかり、小学校の同級生の名前を告げられて何か憶《おぼ》えていることはないかと尋ねられても、ただ戸惑うばかりだろう。農家に育った人間の何人かは、瞭子の父親たちが試みた計画を憶えてはいたが、昼間の老人以上の詳細を知るものはなかった。遠いむかしの話なのだ。

——なぜ彼女は、自分の過去について、ただのひと言も私に話そうとしなかったのだろうか。電話をかけつづけながら、そんな問いかけを繰りかえしていた。

いや、そうじゃなかった。五年前に彼女が消えてから、何度も自分に問いかけつづけ、その度に悔やまれてならなかったのは、なぜ彼女の過去をきちんと問おうとしなかったのかということだ。訊こうとすれば、巧みに話を逸らされた。だが、訊かれたくないだろうと考えて尋ねなかったことが、はたして思いやりだったのか。

私は自分の過去を話したくはなかった。二十年以上のあいだ、心の奥に封印し、誰にもしゃべらずに暮らしてきた。根掘り葉掘り訊かれれば、たまらなく苦痛だったはずだ。尋ねようとする人間とは、距離を置いてきたし、およそ七年にわたる結婚生活のあいだも、妻にさえきちんと話さなかった。妻は父親の塩崎礼次郎の調査を通じて、私の過去の出来事を、あらかじめ知っていたにちがいない。塩崎とはそういう男だ。娘の伴侶《はんりょ》を選択するのに、あらゆることを調べあげずに、結論を出したわけがない。妻は知っていて訊いてこなかったのだろう。

瞭子はといえば、私が自分から語りだすまではずっと、やはり何ひとつ訊いてこようとはしなかった。それもまた、思いやりにちがいない。だが、私はどうなのか——。触れることが、億劫だった。語りたがらないことには、必ず重たい意味がある。ただ、そこから目を背けていたかっただけではないのか。過去をしゃべろうとはしない、三十代を目前にした女が、根津という町にぽつりとひとりでいた。そんな女が内側に抱えているはずのものを、自分に振りむけてほしくなかったのではないか……。

阿武隈山地が見渡せた。

山並みは女性的な感じで、穏やかだ。高く聳《そび》えている大滝根《おおたきね》山は見当がついたものの、かたちも平凡で大した高さでもなかった。三春は、町全体が丘の襞《ひだ》のような隙間を縫って広がっていた。甍《いらか》が無数に連なっている。その甍の感じの違いから、かなり寺が多いことをあらためて感じた。

庭先で何かを燃しているらしく、ところどころから煙が立ちのぼっている。煙はどれも穏やかな風に押し流され、山の稜線《りょうせん》の高さにたどり着く遥《はる》か以前に掻《か》き消えていた。

こんな時間に、屋外で風に吹かれているのは実に久しぶりだった。親戚《しんせき》が葛飾区にいることがはっきりしたのだ。もう引き上げればいいのかもしれない。そんなふうに思ったものの、駅へ引き返す気にはなかなかならなかった。

私はただ日暮れまでのひと時を、彼女が生まれた町で過ごしたいだけなのかもしれなかった。

運転手は、今村《いまむら》酒店を知っていた。

ひとり娘が、婚家とうまくいかずにもどってきたことまで知っており、ぺらぺらと話して聞かせた。娘は一枝《かずえ》という名前だった。電話ののち、じかに訪ねることにした家はこれで三軒め。一軒は級長だったという男の家で、畑仕事の最中だったものの、手を休めて私の質問につきあってくれた。二軒めは瞭子と学校の席が隣りあわせていた女性の家だったが、中学になってからはほとんどつきあいがなく、ともに大した話は聞けなかった。

今村酒店は細い路地にあった。

大柄な女が、出迎えてくれた。金太郎を連想させるような顔。瞭子の同級生なのだから、私とも同じ歳のはずだったが、顔つきから少し歳下の感じがした。電話で瞭子の死を告げていたので、笑顔で待ち受けるというわけにはいかなかった。

「まあ、どうぞ。奥に入ってください」

躰《からだ》に似合わぬ細い声でいい、店の奥の客間に私をいざなった。

「驚きました……。まさか、瞭子ちゃんが亡くなったなんて」

顔を伏せたままでいい、茶っ葉を急須に入れてポットのお湯を注いだ。

殺されたという話は伏せたままだった。電話で告げるようなことではない。一枝にかぎらず、新聞やテレビの《クラブのママ殺し》と、同級生だった瞭子とを結びつけている人間はいなかった。二十年以上の歳月は、殺人事件の被害者とかつての同級生とを結びつけるには遠すぎるのだろう。ただし、一枝の場合は他の同級生たちと違い、瞭子の名前にすぐ反応したのだった。

「親友だったということですが……」

お茶を差しだしてくれた女に頭を下げて切りだした。

「ええ。小学校もいっしょで、中学も一年生のとき同じクラスでしたし。でも、瞭子さんは、家庭の事情で、中学校の一年の時に転校してしまったんです」

「その話は、他の方からもうかがいました。お父さんたちがやろうとしていた養蚕所が火事で焼けてしまって、うまくいかなくなったと」

「──そうなんです」

思い出をたどってくれるようにと話をむけたものの、昼間の老人以上の話は出なかった。

率直に切りだすことにした。

「じつは、ちょっと気になっていることがあるんですが、彼女のアドレス帳には、この町の知人の名前がひとつもないんです」

一枝が目を上げた。「ひとつもですか……」

「ええ。いくら故郷を離れて長い時間が経ったにしろ、そんなにきっぱりと故郷との関係がとぎれてしまうものかどうか、よくわからないんです」

「――やっぱり、瞭子ちゃんは、あの事件のことでずっと傷ついていたんですね……。うちはこうして酒屋ですから、両親は直接関わらなかったんですけれど、その後何度か話を聞かされたことがあります。あの時は、本当に夜逃げも同然だったって。瞭子ちゃんも、一学期の終わりが近づいたある日、いきなり学校に来なくなってしまってそれきりでした」

「今村さんも、瞭子さんが故郷と疎遠になったのは、そのことが原因だと思いますか？」

「たぶん……」

「彼女は、どんな子供だったんでしょう？」

「芯《しん》の強い人でした。男の子を相手にしたって、ちょっとやそっとじゃ引かないって感じがありました」

「その後、彼女と会ったり、手紙が来たりしたようなことは？」

「いいえ。同窓会にも一度もやってこなかったし、だいいち、誰も彼女の住所を知らなかったんです。いつかあやまらなけりゃって思っていたんですが、そのままになってしまいました」

「あやまるとは？」

「――瞭子ちゃん、私のために怪我をしたことがあるんです」

「怪我を？」

「ええ」

息を継いで、つづけた。

「小学校の卒業間近のことでした。あのころは学校の裏手が、竹藪《たけやぶ》の混じった雑木林だったんです。大概そこで遊びまわるのは男の子たちだったんですけれど、私も瞭子ちゃんも活発でやんちゃなほうでしたので、いっしょに遊んでたんです。その日は、木の上から垂れさがっている太い蔓《つる》に捕まって斜面を飛んではもどるターザンごっこをしていました。でも、何回めかで私が手を滑らせてしまったんです。あの時の感覚って、なんだかまだ掌《てのひら》に残っている気がします。その斜面って、かなり急で深かったんです……。あっと思った、ほんの一瞬のあいだのことでした。ちゃんと元の場所にもどることができず、バランスを崩していました。咄嗟《とっさ》にのばした右手を、瞭子ちゃんがぎゅって摑《つか》んでくれたんです」

「——いっしょに転がり落ちたんですか」

「空と地面とが何度もひっくり返って、どっちが上か下かもわかりませんでした。でも、運良く私はかすり傷程度ですみましたが、瞭子ちゃんは、竹の切り株が太股《ふともも》に刺さってしまって。血が出てもう大変でした。あのときの瞭子ちゃんの顔を、よく憶《おぼ》えてます。涙ひとつ見せないで、唇を嚙《か》みしめて。男の子たちは大人に怒られると思ったらしくて、みんな逃げてしまうし。私だって、本当は恐ろしくて、大丈夫大丈夫って訊きながらも、逃げたくてしょうがなかったくらいでした。そしたら、瞭子ちゃんがいちばんしっかりしてて、ハンカチで足をきつく結んで、大丈夫だからって、逆に私を慰めるようにして立ちあがったんです。私、瞭子ちゃんを家に送ってあげさえしなくて、あれから二十年以上経ったいまでも、なんて自分は嫌な子だったんだろうって悔やまれてしょうがないんです。あとで聞いたら、翌日病院に行って、何針か縫ってもらったということでした」

途中から一枝の顔が赤らんできた。

先ほどの小学校を思い浮かべた。その裏手にあった丘で遊ぶ、暸子のすがたが目に浮かぶ気がした。太股から血が出ているのに、涙ひとつ見せずに黙々と帰っていったというのが、いかにも彼女らしかった。

「彼女の写真、お持ちですか？」

一枝が小声で尋ねてきた。

上着の手帳から写真を抜きだした。一枝は両手でそっと包みこむようにして受けとった。

「二十年も経つと、人ってずいぶん感じが変わってしまうものですね」

「――――」

「とっても綺麗《きれい》になった……。東京で、いろんなことがあったんでしょうね――。彼女、何をしてたんですか？」

「飲食店を」と、私は口を濁した。同性に対して「綺麗になった」と呟《つぶや》く意味は、必ずしも賞賛だけではない。

「経営してたんですか？」

「ええ」

「立派だな」

呟いて「かわいそうに」とつけたした。「死んでしまうなんて……」

印象を自分の脳裏に刻みこむかのように写真をふたたび見つめてから、返してよこした。

「彼女とは、いつからのおつきあいだったんですか？　結婚のお約束をもうされていたとか」

「いいえ。そこまでは……」

それからできたのは、ただ口を濁しつづけることだけだった。

6

タクシーの運転手に郡山の駅まで送ってもらった。

礼を述べ、決めておいた金額に千円札を二枚上乗せして渡した。グリーン車の指定券を買って改札をくぐった。

ホームには人気が乏しく、それが肌寒さを意識させた。あたりはすっかり夕闇に絡めとられ、ホームの蛍光灯の明かりが、妙な寂しさを生んでいる。

新幹線に乗りこむとともに、ビュッフェで缶ビールを買った。酢烏賊《いか》のパックも買い、座席に腰を下ろすなり飲みはじめた。通路をやってきたカートの売り子からワン・カップの日本酒とバッテラとを買った。酔いは気配をさえ見せなかった。

デッキに出て、社会部記者の後藤益男に連絡をとった。練馬署の記者部屋の直通だったが、電話に出た同僚から、後藤は外出中で不在だと告げられた。自分の姓名を名乗り、きのう頼んだ件で何か進展があったら連絡をほしいと伝言を託した。

電話を切ると、列車の振動音が鼓膜に張りついてきた。座席にもどり、ワン・カップの酒をちびちび飲んだ。

新幹線は、景色を楽しむには速すぎる。窓にもたれ、遠い明かりに目をやった。気がつくと、窓に映る自分の顔のほうに焦点が合ってしまっていて不快だった。

あの町にあったのは、ただ彼女の過去だけだ。

過去の傷が必ずしも簡単に消え失せるわけではないことを、私はよく知っていた。他人には窺《うかが》えない心の傷であればあるほど、根が深い。彼女は、故郷の人間たちが許せなかったのかもしれない。父親たちを裏切った人間を、二度と思いだしたくなどなかったのではなかろうか。

だが、忘れようとしても、忘れられないこともある。

私には、父の自殺がそうだった。

――違う。父の自殺がじゃない。

私が父を殺したのかもしれないということがだ。

あの日の父の目。瞼《まぶた》を閉じればいつでもそこにある。いや、こうして窓に映る自分の顔を見ていると、父の顔が重なってくる。父親と息子だ。特に三十歳を過ぎてから、私の顔は父によく似てきた。あの頃、子供の私にはわからなかった。大人の気持ちがあんなに脆《もろ》いということが。大人というものが、実はそんなに確固たる存在などではなく、ひとりひとりは非常に脆い足場しか持っていないことが。

父が自分の部屋で首を吊ってから、私が学校に行かなくなるまでに、およそ半年の時間が流れた。通夜と葬儀とが無事に済んだあと、私はそれまでとまったく同様に、朝迎えに来た友達と学校へ行き、いっしょに授業を受け、淡々と勉強をして帰宅する日々を、じつに半年間にわたってつづけたのだ。

中学校の最終学年になって、私が登校拒否をはじめても、担任はその背景として父の自殺を位置づけこそすれ、私の登校拒否と父の死とを直接的に結びつけて考えることはなかった。生活指導の教師も、母でさえ、受験のためのある種のノイローゼにちがいないと思いこんだ。教師は志望校のランクをひとつ落とすようにと勧め、母は学校のランクと自分の思い描く息子の将来とを天秤《てんびん》にかけながら、私の進路に悩みつづけた。私の苦しみが、未来にではなく過去にこそあることを知ろうとする人間は、誰ひとりとしていなかった。私が隠しとおしたのだ。私のあのひと言が、父に自らの命を絶たせた大きな原因かもしれない。どうしてそんな話を他人に話せたろう。

遊園地。夜空に巨大な観覧車が、美しい明かりを灯《とも》してゆっくりと回転していた。ハンバーガーを、父とふたりで食べたのを憶えている。ひとつ半ずつ。三つ買って、うちのひとつは半分ずつ食べたのだ。あの頃の父にはもうほとんど食欲がなかった。フライド・ポテトとコーラも買った。冬の夜。閉園間際の遊園地に人影は少なかった。私たちは屋外に設《しつら》えられた季節はずれの白い丸テーブルに並んですわり、観覧車を見上げながらハンバーガーを頰張った。

寒かったが、私は寒いとはいわなかった。いえば父を哀しませるような気がしたからだ。だが、私は、確かにどこかで苛立《いらだ》ってもいた。あの夜、父は私を塾の真ん前で待ち受けていて、いきなり遊園地へ行こうと手を引いた。手を引いた時の父の、優しさに紛らせながらその奥に潜んでいた怯《おび》えた小動物のような目つきが私を苛立たせた。職場を追われたあと、家でふぬけたような顔で過ごす父。それまでは正義の使者だと思っていた父が、私には正確な理由もわからないまま突然弱々しい男になってしまったことに、苛立っていたのかもしれない。

観覧車に乗った。ゆったりと観覧車が上るに連れ、遊園地の敷地のむこうに線路が見えた。線路に沿って聳《そび》えるビル。商店街が、家並みが、雲の多い灰色の空を背にして広がっていた。かすかな風の音。観覧車は小さな軋《きし》み音をまつわりつかせながら、ほんのちょっとずつ前後に揺れた。私ははしゃいでいた。たぶん、自分らしくないほどに。そこで終われればよかった。終わってさえいれば、あの夜の記憶がその後二十年以上ものあいだ、私の躰《からだ》に染みついてしまうことにはならなかったのだ。

私は気づいてしまった。父は決してはしゃいでなどいない。それればかりか、街の景色が俯瞰《ふかん》できた一瞬、途轍もなく溟《くら》い表情を浮かべる父を目のあたりにしてしまった。父は街の景色を見やっていたのではなかった。駅前にひとつと、その遥《はる》かむこうにひとつ。夜のなかにくっきりと聳えた病院の窓明かりを見つめていたのだ。

父はいった。あれは、私がつくらせた病院だと。区の連中に働きかけて、ひとつは老人医療を充実させ、ひとつはその当時はまだ一般には知られていなかったようなホスピス機能を備えた病棟をつくらせたのだ。おまえにはまだわからんかもしれんが、地方自治体には何もできやせん。中央から私らがコントロールをするからこそ、福祉行政がはじめて成り立つんだ。

今の私には、そうかもしれないという気もするし、それは中央官庁の役人の勝手ないいぐさだという気もする。当時は何もわからなかった。だが、たったひとつのことだけはわかっていた。そして、溟い顔で話をする父の横顔を目にした瞬間、私のなかに巣くっていた苛立ちが歯止めを失い、弾《はじ》けたのだ。

私は自分の父親に吐きつけた。

「父さんは嘘つきだ」

父は、すぐには私のほうをむかなかった。我が子のいう意味がわからないという戸惑いを、父親らしい微笑みの奥に押しこめながら、そっと私の目を見つめかえしてきた。どういう意味だい。父がいった。父さんが病院をつくったわけじゃない。そんな意味のことを、私がいった。

「それじゃあ、どうして父さんは役所を辞めたの。どうして仕事を辞めさせられたの」

答えはなかった。父が何も答えないうちに、観覧車は静かに地上に着いた。

翌朝、母が書斎で首を吊っている父の遺体を発見した。

因果関係。弁護士になってからの私は、いつでもとことんそれに拘《こだわ》りつづけ、時にはそこから正義を主張し、時にはそれで誰かを罪へと追いこみもした。だが、本当のところの因果関係など、当人にしかわからない。当人にさえ、わからないかもしれないのだ。

私は父を殺したのだろうか。私のひと言が、父を自殺へと追いこむ最後の一歩を踏みださせてしまったのか。父はすでにかなりの神経衰弱に陥っていたはずだ。まじめな人だった。まじめな人ゆえに、収賄が完全に発覚して捕らえられる恐怖に堪えられなかったのかもしれない。自分の手でいくつもの病院をつくり、老人ホームをつくり、福祉行政にひと役もふた役も買ったのだとのプライドを、最後のよりどころにしていたのかもしれない。

今なお、わからない。

はっきりしているのは、息子が罵倒《ばとう》の言葉を吐きつけたその夜に、父親は自分の部屋で首を吊って死んでしまったという事実だけだ。

私が立ち直ったのは、志望校のランクをひとつ落としたからではなかった。それでもまだそこそこの高校であることを考慮した教師たちが、私の内申書から登校拒否の経歴を消し去ってくれて、安心して受験できることになったからでもない。

ひとりで背負っているしかない。そのことに、中学三年生だったひとりの少年が、ある日自分で気づき、そして、背負っていく決意をしたからだ。

だが、背負うとはいったい何だろう。人生は、哀しいぐらいにひとつづきだ。子供は別の青年にはならない。青年は別の大人にはならない。高校の二年で剣道部を辞めたのは、剣道に熱中することなどでは逃れられないと思ったからだ。私は法学部を目指して勉強した。その次にあった目標は司法試験で、その先の目標は弁護士として正義を貫くこと。だが、私は少しも正義を信じてなどいない。

――くそ！　なぜ今、こんなことを思いだしているのか。

腹の立つことに、私はその理由を知っていた。

「あなたは自分から逃げたがってるのよ」

ポケットカメラで写真を撮った夜に彼女がいった。

「苦しいから逃げてると思ってるんでしょうけれど、逃げるから苦しくなるのよ」

私は即座に否定した。

あの頃の私は、忙しかった。冤罪《えんざい》の証明という、勝ちとるべき正義にむかって闘いつづけていた。今の数倍の法廷を同時に抱えてもいた。義父とのお互いの思惑のなかで、やがて義父の弁護士事務所をナンバー2として牛耳っていく足場固めにも忙しかった。弁護士の仕事の幅は実績と人間関係で決まる。義父の人脈と事務所の実績を受け継ぎ、私がそこから先の道を切り拓《ひら》いていく。決して悪いことではないはずだった。妻は私に良くしてくれたし、娘の視線がいつでも私と妻にいい父親と母親の役割を演じさせてくれた。

それなのに、瞭子にいいあてられた。あの頃はそれが癪《しゃく》でならなかった。憎しみさえ抱いていたのかもしれない。喧嘩《けんか》になった。だが、あれはあの場かぎりの喧嘩だったのではないのか。その後も何度かデートを重ね、ベッドで愛しあった。そして、その数週間後、彼女は突然私の前から消えてしまったのだ。

彼女は微笑みの後ろに、自分の気持ちを隠していたにちがいなかった。父の自殺後の私が、半年のあいだ自分の気持ちを隠しとおして黙々と学校に通いつづけたのと同じように、自分の気持ちを隠してデートを重ね、私に微笑んでいたのではなかったのか。

たぶん、怒りだ！

ふたたび彼女は、「相談事がある」というただ一本の伝言を留守電に残したまま、今度は永遠に消え去ってしまった。事件を自分の手で調べてみたいなど冗談じゃない。相談事とは何だったのかなどどうでもいい。私はただ、彼女ともっと話がしたかっただけだ。彼女の話を私が聞き、私の話を彼女に聞いてほしかった。本当に彼女を愛せることを告げ、彼女との歳月を生きてみたかったのだ。

歯を食いしばっているしかないことを私は知っている。逃れることなどできず、ただ、前へ前へと行くしかないと知っている。いや、前へ行く以外にはやり方を知らないというべきだ。だが、本当に私は前へ行くために受験勉強に打ちこんだのだろうか。弁護士になり、それからの人生を生きてきたのだろうか。

逃れたかっただけではないのか。そうでなければ、どうして彼女と過ごした半年のあいだ、飢えを癒《いや》すかのように彼女を求めたのだろう。すがりつくかのように、彼女と会えることばかりを考えていたのだろう。

目の前にいた時には気づけなかったことに、彼女を失ったあとで気がついた。五年が経った今ではもう、ほぼ確信に近かった。彼女には匂いがあった。同じような何かを背負っている。そう感じさせてくれる匂いだ。だから私はただひとり彼女だけに、父が自殺した夜の出来事を話したのだ。彼女とならば何かを分かちあっていける。過去から逃れるために前に行くのではなく、ただ、歯を食いしばって前に進んでいける……。

思いこみにすぎない。

彼女のほうは、三春であった出来事を、ただのひと言も口にしなかった。じっと自分ひとりで抱えこんでいただけだ。

グリーン車が空《す》いていることに感謝した。頬の筋が突っ張っている。私には、涙を流す習慣はなかった。あの出来事が、そんな習慣を奪ったらしい。代わりに頬が張って顔がむくむ。目が乾き、表情がすっと抜け落ちる。

いきなり空気が希薄になった。

何度となくこの感じに出くわしたことがある。それは時には法廷における争いにおいて私に勝利をもたらし、時にはただの思い違いで何の役にも立たない信号ではあった。だが、いずれにしろ、何かが背中を押したのだ。

この警告は無視するべきじゃない。経験的にそう知っていた。

深呼吸を繰りかえした。

遠くの明かりに目をこらした。

――何かが妙だ。記憶の底から呼ぶ声と、自分の知覚とのあいだで何かがすれ違っていた。

酔っぱらいの頭が呪わしくなった。呪っているあいだに新幹線は新白河を過ぎ、那須《なす》塩原《しおばら》に差しかかろうとしていた。

そして、いきなり、はっきりした。携帯電話をポケットから抜きだし、座席にすわったまま通話ボタンを押しかけた。留まったのは、規則を思いだしたからではなく、もう一度頭を整理してみる必要を感じたからだ。

デッキに出た。

卒業アルバムからコピーした住所録を取りだし、三春の今村酒店にかけると、一枝がじかに電話口に出た。

礼を述べてから、言葉を選んで問いかけた。

「小さなことで恐縮ですが、もう一度教えていただきたいんです」

「なんでしょうか？」

「嫌な記憶を思いださせて申し訳ないんですが、瞭子さんが竹藪で怪我をした話なんです」

沈黙した相手にむかい、慎重に言葉を継いだ。

「彼女に刺さった竹の切り株というのは、どれぐらいの太さだったんでしょうか？」

「――そんなに太くはなかったと思います」

なぜそんなことを訊《き》くのかという口調になった。当然だ。

「股《もも》の、どの辺りに刺さったんですか？」

「後ろ側です」

「どっち足の？」

「左だったと思います」

「お尻《しり》に近いあたりですか？　それとも、だいぶ膝《ひざ》よりのほうでしょうか」

問いつめる口調になっているのに気づいたが、とめることはできなかった。

「どうしてそんなことをお訊きになるんです！」

「すいません。それじゃあ、あとひとつ。きょう私がお見せした写真の女性は、本当にあなたが知っていた小林瞭子さんだと思いますか」

一枝は「どうしてそんなことを訊くのか」と繰りかえして電話を切った。

——確かに莫迦莫迦《ばかばか》しい問いかけだ。

だが、彼女はなぜ故郷の話も家族の話も、私にしようとしなかったのだろう。なぜアドレス帳には、親戚《しんせき》の名前も故郷の友人の名前もないのだろう。夜逃げ同然に故郷を離れたから、などというのではない、とんでもない理由は考えられないだろうか……。

傷跡は一生消えるものではない。皮膚のひきつりが、どうしても残る。だから検死でも裁判に提出される検察資料でも、過去の傷は、本人かどうかを見極めるうえでの重要な証拠になる。一枝の話にまちがいがなければ、瞭子は竹を突き刺した翌日には、傷を縫うために病院へ行ったという。縫うほどの傷だったということだ。

なぜ私が愛して慈しんだ瞭子の躰には、太股のどこにも傷跡がなかったのだろうか。

第三章　疑　惑

1

大概の刑事は、名刺を二種類携行している。

聞き込みの際にばらまくための、自宅の電話やポケベルの番号まで刷りこんだものがひとつ。最近では、携帯電話の番号を書きこんでいる刑事もいる。もう一種類は、ただ所属警察署の代表番号のみを記した名刺で、こちらは儀礼的に差しださねばならない時のものだ。

警視庁の藤崎幸助が私に渡した名刺は後者だった。私が藤崎と親密になりたくないと思っていたのと同じぐらい、むこうでもそう思っていたにちがいない。

帳場が立つ練馬署でも、警視庁でも、藤崎をつかまえることはできなかった。連絡を取りたい。折りかえし電話を入れてくれと伝えてほしい。私はそう告げ、念のために自分の携帯の番号をあらためていいおいたものの、上野にもどってもまだ携帯が鳴ることはなかった。

上野駅からもう一度練馬署に電話をかけると、先ほどとは違う声が、同じような答えを返してきた。伝言が伝わっているのか尋ねたが、「と思いますよ」と、何の根拠でいっているのかわからない返事を聞かされただけだった。

駅の構内を歩きながら考えた。練馬署に押しかけてみるべきだろうか。被害者の遺体は、〝証拠品〟のひとつとして、事件担当の所轄署に保管されるのが通例だ。人は息絶えた瞬間から、法律的には物でしかなくなる。事情を話し、遺体をじかに確認してみてはどうだろう。

ただ、考えただけのことだった。

私の話を真に受けて、遺体安置所に通してくれるとは思えなかった。万がいち通してくれたとしても、彼女の躰《からだ》を裏返し、太股《ふともも》を調べることが私にできるだろうか……。

死体はいくつも目にしてきた。死体検分の証拠写真のときもあったし、遺言の執行や刑事事件で拘束下にある依頼人からの求めに応じ、じかに死体を確認したこともある。

だが、私が愛した女の死体ではなかった。

中央口を出た。時間的に、駅舎から出てくる人間よりも、アメ横と広小路から駅舎にむかってくる人間のほうが多い。人込みに辟易《へきえき》し、すぐ右手のコーヒーショップに入った。三春よりもずっと蒸している。東京という街は、ほんの数時間離れていただけで、普段は忘れようとしている息苦しさをあからさまにする気がした。

――男と女のあいだのささやかな記憶。

そんなふうに呼ぶしかないものだった。私は彼女をうつぶせに横たえ、背中に唇を這《は》わせるのが好きだった。背骨に沿って、腰のくびれへ下り、そこから優しい膨らみに上り、太股にまで滑っていく。

私には右の臀部《でんぶ》に傷がある。子供の時分に、海水浴の岩場で滑ってできたものだ。水で皮膚がふやけていたために、岩の角で深く切った。

彼女にその臀部の傷の話をしたことがある。彼女の背中にも臀部にも太股にも、傷跡などなかったことをはっきりと憶《おぼ》えているのはそのせいもある。

——彼女は、きょう一日訪ね歩いた三春で少女時代をすごした、小林暸子ではないのかもしれない。

新幹線のなかで何度となく問いかけた疑念を、できるだけ冷静に考えてみることにした。気持ちを落ち着けるほどに、莫迦莫迦《ばかばか》しく思えてならなかった。

同じ本籍を持った同じ名前の人間が、別人であるわけがない。われわれは、世界一戸籍が整った国に暮らしているのだ。

彼女が故郷の話をしたがらなかったのは、夜逃げ同然にして家族で故郷を離れたことの負い目があったからにちがいない。父親たちの養蚕の拡大計画に、他の連中が見むきもしなかったことが、心の傷として残っていたからに他ならないはずだ。アドレス帳に三春の親戚の名がひとつもなかったのは、実際に親戚が誰もいなかったためだし、友人知人の名がなかったのもまた、夜逃げにまつわる負い目と心の傷のためだ。

「人ってずいぶん感じが変わってしまうものですね」

一枚の言葉が蘇《よみがえ》った。

——二十三年の歳月。

試みに中学一年の時の友達の顔を思い浮かべようとしたが、すぐに思い起こせるのは、せいぜいが親しかった二、三人程度だった。中学のクラス会は、高校に上がった年以来やっていない。その時も、集まったのは五、六人らしく、私自身も出席しなかった。条件としては、一枚と瞭子の関係と同じだ。仮に私がいきなり同級生だった男の写真を見せられたとして、別人だと区別がつくだろうか？　女なら、どうだ？　自信はない。つく気もしたし、つかない気もする。

そんなはずはなかった。別人ならば、はっきりいいあてられるはずだ。いくら二十年以上の歳月が流れても、記憶はそこまで曖昧《あいまい》になるものじゃない……。

だが、私自身も卒業アルバムにあった子供時分の写真に、彼女の面影を見た気がしたのだ。顔立ちが似ているとしたら、二十年の歳月が、別人と見分けがつかないぐらいに記憶を曖昧にする可能性はないだろうか。まして、男と女では違う。

いやむしろ、二十三年前の小林瞭子はまだ少女であり、写真の彼女は大人だったことを考えるべきだ。子供のころと成人してからの顔では、印象が大きく違う。私には母の葬儀のときに、実に十何年ぶりで会った従兄弟《いとこ》の顔がわからなかった。彼を従兄弟と認めたのは、子供のころの面影からではなく、そこが母の葬儀の場であり、親戚以外の人間は同席しないとわかっていたからだ。

だが、竹の切り株の件に、一枚の思い違いが入りこんでいる可能性はないだろうか。自分のせいで瞭子が怪我をしたという罪の意識から、子供だった一枚には、瞭子の傷が実際以上に大げさなものに思えた。ただのかすり傷程度のものが、傷を縫うために病院に行ったという記憶をも生んでしまった。

いや、私自身の記憶をこそ、疑ってみるべきなのかもしれない。太股に傷跡がなかったというのは、ただの記憶違いではないのか。子供のころの傷跡ならば、ほとんど目立たなくなっていたはずだ。彼女はすべてを私に見せてくれた。だが、だからといって傷跡が、私の記憶に残っていると断言できるだろうか。彼女の躰にのめり込んでいたからこそ、目に入らなかったということはありえないか。

記憶は、いつもその時点での感情や置かれた状況に左右される。法廷での経験から痛いほどにわかっていた。そんな曖昧なものに頼る以外には、私たちは何の足がかりも持てないだけだ。

腕時計に目をやった。

十時を回ろうとしている。

手帳を抜きだし、携帯電話で番号案内にかけた。瞭子の伯母《おば》にあたる、鈴子という女の住所を告げて問いあわせた。

電話は、番号案内に登録されていなかった。戸籍によれば、瞭子の伯父《おじ》夫婦に子供はなかった。鈴子の夫である太郎は何年か前に亡くなっている。独り暮らしの女の場合、番号案内への登録を拒むことが多い。

コーヒーショップを出、タクシー乗り場にむかって歩いた。鈴子の住所は葛飾区四つ木。上野から大した距離じゃない。

深夜一時。

疲れた躰をつつじヶ丘のマンションに引きずって帰った。

住所を頼りに探しあてた小林鈴子の家は、綾瀬川《あやせがわ》の堤防沿いに建つ小さな二階屋だった。日付が変わるまで待っても、留守のままだった。玄関に自分の連絡先を記したメモをはさんで引きあげるしかなかった。

引きあげる前に、もう一度練馬署と警視庁に電話をかけたが、藤崎を捕まえることはできなかった。何時でもかまわないから電話をほしいと伝言を頼んだ。

部屋に入っても鳴らないままの携帯をテーブルに立てて、着替えを済ませたあと、それを睨《にら》みつけながら薄い水割りを飲んだ。

電話が鳴ったのは、二時を回ったころだった。

「夜分に申し訳ありませんね。まだ起きておいででしたか。大至急に連絡をという伝言でしたので、ご迷惑かと思ったもののかけてみたのですが」

電話のむこうの藤崎がいった。

「お待ちしてましたよ」

努めてゆっくり話した。大した量を飲んではいなかったが、ひとりで黙って飲みつづけたあとは、思いの他ろれつが回らなくなることがある。

「それで、どういうご用件でしょうか？」

刑事がいうのに押しかぶせ、ちょっとだけ待っていてくれと告げ、携帯を残したままで洗面所に立った。冷たい水を思いきり出して顔を洗った。

部屋にもどり、呼吸を整え電話を口元に運んだ。

「申し訳ない。風呂に湯を張っていたので」

言い訳を遮るように藤崎が口を開いた。「栖本《すもと》先生。恐縮なんですが、こっちは今大変立てこんでいるところなんです。手短にご用件をお聞かせ願えますか」

「きょう三春に行ってきたんです」

とりあえずそう口火を切った。

何の反応もなかった。早く先を話せというわけだ。

「それで、ちょっと妙な話を聞きましてね。彼女は小学生の時分に、竹を太股に刺して怪我を負い、病院へ行って縫ったことがあるというんです」

「それで？」

「ですが、私の記憶では、彼女にそんな傷跡はなかった」

「それで？」ともう一度訊きかえされて、相手がこっちの話に何の興味も持っていないことを知った。

「死体検分の結果報告に、ちょっと目を通していただけないでしょうか」

「太股に傷跡があるのかどうかを調べろというわけですか？」

「ええ」

藤崎が黙りこんだわけを、どう理解すればいいのかわからなかった。

「彼女の小学校にも行って、卒業アルバムをコピーさせてもらってきました。私には、そのアルバムに写っていた少女の顔が、どことなく彼女とは違うような気もするんです」

「――妙なことをおっしゃるんですね」

「自分でも妙な話だとは思ってます。たしかに卒業写真の顔などひとりひとりは小さなものですから、面影が感じられないのだと思います。ですが、傷跡のほうはどうにも引っかかるんですよ」

「先生のおっしゃることはわかりました」

「ですが、今夜は本当に立てこんでるんです。あす、またお電話をしますから、それまで待っていただけないでしょうか」

「――――」

「それじゃあ……」

「よろしいですね」

電話を切られる気配を感じ、私はあわてて口を開いた。

「待ってください。検死報告書をちょっと見てくれるだけでいいんだ。なぜそれだけの手間がかけられないんですか」

「立てこんでいると申しあげたはずです」

「しかし、あなただって、なぜ彼女のアドレス帳に故郷の人間の名前がひとつもないのかが気になるとおっしゃっていたはずです」

「たしかに、きのうの時点ではそうでしたがね」

「卒業アルバムはどうですか？」

「なんですか？」

「彼女の部屋に、卒業アルバムや、その他三春で撮ったと思われるような写真はあったんでしょうか？」

「そういわれれば、ありませんでしたな」

「それじゃあ」

「栖本先生。ちょっと私にもいわせていただきたいんですが、先生は酔ってらっしゃいますね」

声の冷たさが私を沈黙させた。すぐに、怒りを呼んだ。

「人の話を、酔っぱらいの戯言《たわごと》とでも思っているんですか。もしも彼女が小林瞭子本人ではないとしたら、紛れもなくこれはひとつの事件なんですよ。彼女が殺された理由だって、そこにあるのかもしれない」

吐きつけたのち、自分の言葉に愕然《がくぜん》とした。

もしも彼女が小林瞭子ではないのだとしたら、小林瞭子本人はどうなったのだ。それがひとつの事件だとすれば、何らかのかたちで犯罪を企てたのは、小林瞭子になりすましていた彼女自身だということになる……。

「先生は、すると彼女が小林瞭子さんの戸籍を、何らかのかたちで不法に入手したとおっしゃりたいわけですか」

刑事は私が黙りこんだ隙間に、さらに言葉を差しこんできた。

「我々だって、小林さんの周辺を調べなかったわけじゃありません。彼女の一家は、三春から信州のほうに移った。そうですね。その後、信州で両親は死亡している。彼女は信州から大阪へ働きに出た」

「――ええ。私も付票の住所から、そういう流れは確認しました」

「両親が死亡したあと、しかも子供の頃に暮らしただけの故郷とのあいだでまったく連絡が途絶えていても、不思議はありませんよ。小林さんが卒業アルバムを持っていなかったことが、そんなに問題になりますか。私だって、とうにどこかに紛れてしまっています。ましてや小林さんの場合は、引っ越しを何度も繰りかえしているんです。その途中で、どこかに紛れてしまったぐらいに考えたらいかがですか」

「彼女には、東京にひとり親戚がいるんです。父親の兄夫婦です。兄の方は亡くなっていたが、鈴子という伯母《おば》が健在です」

「もちろん存じてますよ」

「それじゃあ、鈴子に確認は取ったんですか？」

「ええ」

「鈴子の名前が、彼女のアドレス帳にあったんですか？」

「ありました」

「しかし、きのうは、親類縁者の名がひとつもないとおっしゃったはずだが」

「栖本さん、いいかげんにしてもらえませんか。三春で何をお調べになったのか知りませんが、現に小林鈴子という、被害者の伯母にあたる人物が断言しているんですよ。いったいどこに疑問を差しはさむ余地があるというんです。頑固な人だという噂は聞いていたが、思いこみが強いというべきでしょうな」

なんのことです……。いいかけて、言葉を飲みこんだ。やはりきのう逢ったときに感じた印象はまちがっていなかった。初対面の刑事が、私の噂を聞いていたとなれば、あの冤罪《えんざい》事件以外にはありえない。三年前、東京高等裁判所において行なわれた、二十年前の「ＯＬ強姦《ごうかん》殺人事件」の控訴審。私たち弁護士が、国家をむこうに回して正義を貫いたはずの闘いだ。

私たちは検察に勝った。検察が提出した証拠の信憑性《しんぴょうせい》をことごとく崩し、有罪の決めてが結局は自白にしかないことを証明し、日本の警察機構が内包している自白優先主義に異をとなえた。そして、ひとりの男を檻《おり》の外に出したのだ。塩崎の政治的ともいうべき工作が効を奏し、先輩弁護士の関谷宗吉が病で倒れたあとに、この男の担当弁護士となったのは私だった。私もまた一躍脚光を浴び、その男と並んで記者会見を行なうことにもなった。

——だが。

檻を出た男が、二十歳の女子大生を強姦して殺害するまで、それから一年とかからなかった。娘の葬儀の記憶がどうしても消せない。雨だった。母親が娘の写真を胸に抱えていた。父親がつれあいと自分に降りかかる雨を避けるために傘を差していた。雨のなかを、娘の棺《ひつぎ》が霊柩《れいきゆう》車《しゃ》に収まり、火葬場にむけて消えていった……。彼女を犯し、殺したのは、あの男だ。だが、あの男を社会に出してしまったのは私たちだ。私たちは、まちがえたのだ。敗北感。劣等感。いや、ひたすらな恐怖だ。何が正義かなど問題ではなかった。問題は、罪のないひとりの娘が命を落としたという事実だった。

躰《からだ》が強《こわ》ばるのを感じた。

——自分はもう、誰にも相手にされない弁護士に成り下がったのではないのか。

いつからか生じた強迫観念。時の経過のなかで、罪の意識がほんのわずかに薄まったと思った途端、待ちかまえていたのがこの強迫観念だ。否定し、前に進もうとすると、ふたたび同じ過ちを犯すのではないかという恐怖心がぶり返す。片足を上げると残った片足が沈みこむ。沈みかけた足を抜き取ろうとすると、もう一本の足まで沈んでいく。

「傷跡を調べてください」

私はいいはった。

「被害者は小林さんの名前で保険証を持っており、小林さんとして治療も何度も受けています。印鑑登録も、もちろん銀行口座も小林さんのものです。それでも別人だとおっしゃるんですか」

「いちばん古い治療の記録はいつです?」

「お伝えする必要があるとは思えません」

「それを調べたということは、あなただって彼女の身元について、何らかの疑問を感じていたんじゃないんですか?」

「お言葉ですが、それはきのうの時点ではと申したはずです。それに、身元調べは捜査の基本ですよ。一からきちんとはじめています。あとで、弁護士の先生からあれこれつつかれんようにね」

皮肉を聞き流した振りをした。「きのうの時点というのはどういうことです? その後、何が変わったんです?」

「犯人が逮捕されました。もっとも、主犯は死んでおりましたがね。まだ、これ以上はお話しできる段階ではありません。こっちは今、取調と裏取りでてんてこまいなんです」

「――――」

「栖本さん、あなたのとり乱すお気持ちはわからんでもないが、事件は現実的な解決にむけて動いているところなんです。切りますよ」

口を開きかけた私は、受話器から流れてる機械音を吸いこむしかなかった。

新聞記者の後藤益男と連絡が取れた。

朝刊に間に合わせるために容疑者逮捕の記事を書いているところなので、手があいたら自分から電話をするということでいいかといわれ、よろしく頼むと告げて電話を切った。

それからはアルコールを躰に入れなかった。コーヒーを沸かし、一杯めは素早く飲み、二杯めは時間をかけて啜《すす》った。あすは神奈川で裁判がある。公判の裁判資料を整理して鞄《かばん》につめた。気を紛らわせる目的もあって、じっくりと再検討しながら詰めたのだが、それでも期待したほどの時間はかからなかった。

あとは何もすることがなかった。テレビを付けっぱなしにしていたが、ただ目を画面にむけているだけで、金魚鉢であっても同じことだった。

三時過ぎに電話が鳴った。

「すいません。すっかり遅くなって」

天使の声に聞こえた。

「こっちこそ、無理をいってしまってすいませんでした。お疲れだと思いますので手短に済ませますが、犯人は、いったい？」

「主犯は、黒木京介《くろききようすけ》という男です。三十七歳。黒白の黒に木々の木。京都に介護の介です。もっとも、小林さんに刺された傷が元で、すでに死亡していました」

「瞭子に刺された傷――」

「ええ。小林さんの部屋にあった本人以外の血痕《けつこん》は、その黒木という男のものと一致しました」

「逮捕の状況は？」

「オフレコですが、タレ込みのようですね。練馬署のデカ長に張りついて聞きだしたんですが、女だったそうです。タレ込みによってヤサに出むいた捜査員が、黒木の早稲田《わせだ》のマンションで、やっこさんの死体を発見しました」

「黒木の身元は？」

「犀川《さいかわ》興業という暴力団の構成員です」

「犯行は単独ではなかったはずですが？」

「共犯も割れました。沢村仁《さわむらひとし》。ひとしは仁義の仁です。黒木と同様に犀川興業の構成員で、弟分にあたります。黒木が死んで、弱りはてていたんでしょう、死体が発見されてから間もなく自首してきました。急転直下の解決ってやつです。沢村によると、黒木が小林さんに横恋慕してたらしいですね。振られた腹いせに、暴行することが目的だったとのことですが、小林さんに抵抗された。それで刺してしまったが、逆に黒木も刺され、沢村に連れられて逃げたというわけです。沢村たち弟分の手によって、ある程度の手当は受けていたようですが、医者のようにはいきません。出血多量で助からなかったんです」

「男ふたりに対して、女がひとりで、黒木を刺せたというのはちょっと妙じゃありませんか？」

「いいえ、部屋に入ったのは黒木だけで、沢村のほうはマンションの正面に駐車した車で待っていたそうです」

「黒木は刺されながら、ひとりで車まで逃げたんですか？」

「そういうことになります」

「しかし、深夜の突然の訪問に、なぜドアを開けたり？」

「男と女のことですから、そのへんはなんとも……。開けるような間柄だったというしかないでしょうが」

心持ち遠慮した響きがあった。

——痴情のもつれによる殺人。

藤崎がいっていた、現実的な解決というやつだ。あすの新聞に掲載される記事が想像できた。夜の巷《ちまた》に起こったありふれた事件のひとつとして、紙面のほんの片隅を埋めるのだろう。

「黒木を刺した凶器は発見されたんですか？」

「それはまだです。抜くとよけいに出血がひどくなると思い、刺さったままで逃げたようですね。刑事の追及に対して沢村は、黒木が死んだあとで怖くなって、マンションのそばを流れる神田川に捨てたといってます」

「自首してきたわけは？」

「黒木の死体の処理に困っていたそうですよ。組にも隠しておけないし、自分はただ命じられて手伝っただけなので、自首したほうが得だと思ったと証言してます」

「タレ込んだ女の正体は割れたんですか？」

「いえ、それはまだです。デカ長は、死体の処理に困った沢村が、知りあいの女にタレ込ませたという線も考えているようですよ」

争ったのが黒木と瞭子である以上、沢村の罪はそれほどのものにはならないはずだ。食らいこんでもせいぜい一年か二年。死体遺棄の罪が重なったり、組の上の人間たちに黒木の死を責められたりするより、自首して出たほうがいいと判断したわけか。

「黒木がいつごろ瞭子と出逢い、どんな関係だったのかといったことまで、くわしい話は出たんでしょうか？」

「黒木本人が死んでしまっていますので、その辺はまだ曖昧《あいまい》なままですね。沢村は、その夜に黒木から声をかけられ、ちょっと手を貸せといわれたにすぎないといってるそうですし」

「瞭子といっしょにいた可能性がある、もうひとりの男はどうなったんでしょう？」

「その可能性は否定されました。『女に刺された』黒木は沢村に、はっきりとそう告げたそうです」

「部屋から、黒木の指紋は発見されたんですか？」

「いえ、手袋をしてたとのことです」

「その手袋は見つかってるんですか」

「ええ、血染めの手袋が押収されました」

「黒木という男の、犀川興業における地位は？」

「地位ってほどの地位もありませんね。チンピラに毛が生えたようなものですよ」

礼を述べて電話を切った。

カップの底に残ったコーヒーを飲みほした。

躰《からだ》じゅうに疲労感がしみ付いていたが、頭の芯《しん》は冴《さ》えていた。グレンフィディックをロックで飲みはじめた。あすは神奈川で裁判だ。パジャマに着替えてベッドに入り、じっと眠気を待つのが私のやるべきことだったが、眠気は蜃気楼《しんきろう》ほどに遠かった。

窓の外が白みはじめるころ、朝刊をポストから抜いてきた。社会面の片隅に載る事件の記事に目を通した。後藤に告げられたのと同じ内容が、味気ない文字で述べられていた。

2

もやもやした感じが消えない。

目覚ましの音を遠くに聞き、瞼《まぶた》を開いて天井を見つめた瞬間にそうわかった。眠ったとも、ただベッドに躰を横たえていただけともいえる眠りだった。

私は後藤の説明に少しも納得していない。朝刊を飾った事実というやつに少しも納得できない。根拠を突きつめれば、彼女の太股《ふともも》には傷跡などなかったという、個人的な記憶にしかすぎなかった。だが、そのもやもやは、シャワーを使うあいだも朝食をかっこむあいだも、電車で神奈川の地方裁判所にむかうあいだも消えず、薄れる気配すら見せなかった。

当然というべきか、公判のあいだは集中できた。それが私の仕事であり、日常なのだ。だが、午前と午後の公判のあいだの昼食時間は、完全に心ここにあらずの状態だった。本当は公判の最中だとて、わかったものじゃない。習慣どおりのやりとりをさえまちがわなければそれでいい。裁判における真実とは、そうしてできあがる程度のものでしかなかった。

午後の仕事もつつがなく終え、横浜地方裁判所の石造りの建物を出た。午前中は証人尋問だったものの、午後は準備書面の提出だけだったので、大した時間はいらなかった。

JRの関内《かんない》駅へつづく銀杏《いちょう》並木を歩いた。まだ樹々の葉は青みを残している。躰そのものが、こうして裁判所へ出むいたことで、だいぶ日常に引きもどされていた。きのう三春に足を運んだときのような高ぶりは、ほとんどおさまったというべきだ。

心のもやもやにつきあう理由は何もないはずだった。

たとえ彼女の太股に傷がなかったとしても、同級生の今村一枝の記憶違いということもありえる。病院のカルテの保管義務は五年。到底二十年までは保管されない。瞭子が傷を縫った外科のカルテが残っている可能性は皆無に等しく、一方で、彼女は小林瞭子としての保険証を持ち、それでかかった病院が存在することもはっきりしている。

だいいち、藤崎によれば、瞭子の伯母《おば》にあたる鈴子という女によって、遺体が小林瞭子本人であるとの確認が取れたというではないか。伯母《いかり》が確認したとなれば、まちがいの生じるはずがない。常識は私たちを社会につなぎとめる錨だ。人が入れ替わっているなど、常識的に考えてありえない。

五年前、クリーニング屋に勤めながら小さなスナックでバイトをし、妻子ある弁護士とつきあっていた女は、その後その弁護士の知らないところでうまく金をつくって店を開けた。店はそれなりにうまくいっていたものの、ある日突然彼女を不幸が襲う。くだらないヤクザのチンピラが、クラブのママである彼女に惚《ほ》れ、いたずらをする目的が誤って殺してしまった。

マスコミが名付けるところの、《クラブのママ殺害事件》だ。

あとは黒木というヤクザの弟分だった沢村仁という男の送致、勾留《こうりゅう》、起訴を待ち、公判が成立して事件がひとつ終わる。ただ、それだけの話ではないのか……。

逆に、もしも彼女が小林瞭子ではない別の人間だとしたらどうなるのだ？　だとすれば、彼女自身が何かの犯罪に絡んでいた可能性がある。日本の警察は無能ではない。彼女が小林瞭子ではないのだとすれば、彼女の犯罪とともに、遅かれ早かれ必ずその事実を突きとめるはずだ。それは弁護士の私の仕事ではなかった。私はただ、私が知っていた彼女を小林瞭子だと信じ、遺族の許可を取りつけて葬儀を行ない、静かに送ってやればいい。留守電に残っていた、彼女からのメッセージなど忘れてしまえ。今村一枝がした話も、傷跡への疑問もどうでもいい。そして、また、自分を宥《なだ》めながら毎日を暮らしつづけていけばいいのだ。

――そうではなかった。

秘書の典子は、事務所にもどるなり用件を口にした私に驚きの視線をむけ、口を半開きの状態にした。

「――それは、どういうことでしょうか？」

遠慮がちに尋ねてくるのに、同じ言葉を繰りかえした。

「ですから、この先一週間の公判すべてについての期日変更申請を、裁判所に提出してもらいたいんです。変更日程の調整は、園島さんに任せます」

「でも、どうしてまた？」

「本腰を入れて調べてみたい事件が生じたんです。そのために、躰をあける必要があるんですよ」

典子は下腹のあたりで太い指を握りあわせると、時おり垣間見せる母親のような目つきになった。四十代後半の彼女には、大学生と高校生の息子がいる。

「でも、先生。変更申請の理由はどうなさるんです？」

「私は盲腸がまだついてます。それを取るためってことにしときましょうよ」

微笑みに応《こた》えてはくれなかった。

「しかし、明後日には、麴町の河野先生とのお約束で引き受けていらっしゃる公判もありますし」

「河野には私から電話をしておきます」

典子が口を開きかける気配を感じ、私は先んじていった。

「それから、同様に一週間のあいだは、アポもすべて延期してください。事務所に丸一日出られない日もあるかもしれない」

ますます母親の顔つきになった。

心配するのはもっともだった。弁護士はごった煮の世界を生きている。ひとつの事件を口に入れては、咀嚼《そしゃく》しながら次の事件に箸《はし》をのばす。休暇以外で一週間の時間をまるまるあけるという事態は、典子がここで働きだしてからにかぎらず、私が弁護士になってからでもはじめてのことだった。

だが、私は動く決心をしていた。

理屈ではなかった。ただ、そう決めたのだ。私にとって、彼女の死は、新聞の片隅を飾っただけの事実でも、私以外の誰かが摑《つか》んだ事実から一件落着となる事件でもなかった。

事実はいつでも記憶のなかにある。法廷では、それを他人の記憶のなかの物語から探していく。どうして私自身が抱えた記憶を頼りに、事実にたどり着けないはずがあるだろう。

「でも、先生……。いったい掛かりきりにならなければならない事件って」

いっそう遠慮がちな口調で呟《つぶや》く典子を、軽く睨《にら》みつけた。

事件の細かい話については口にできないことがある。二年前に彼女を雇ったとき以来、お互いが暗黙に守りつづけてきた了解事項だった。

「暴力団関係の資料を持ってきてください。それから、福島県の三春近辺にある外科医に端から電話をし、二十三年前に傷を縫った小林瞭子という少女のカルテが残っていないか確認してもらいたいんです」

メモ用紙に、《小林瞭子》と書いて渡した。

警察の捜査がそこまで杜撰《ずさん》だとは思えなかったが、何か特別な事情で伯母の鈴子が嘘をついている可能性だって考えられないわけじゃない。鈴子本人には、きょうのうちに再び出むいて会うつもりだった。

腕時計に目を落とし、薄い壁をへだてた自室に入った。

午後の四時になろうとしている。ブラインドを下ろして西陽を避けた。机にすわってガムを口に投げ入れ、手早く河野に電話を入れた。

受話器を置く前にはすでに、典子が持ってきてくれた資料を開いていた。黒木京介という男が属していた犀川興業についての関連項目をじっくりと読んだ。途中で典子がお茶を置いていってくれたが、もう何もいおうとはしなかった。

犀川興業は、構成員二十人ほどの暴力団で、上野から俵町《たわらまち》にかけての一帯を縄張りとしていた。旧吉原《よしわら》のソープ街を、しのぎのポケットに入れているということだ。組長は二代目で犀川靖《やすし》、年齢四十五歳。初代組長であった犀川昇《のぼる》の実子ではなく、養子縁組みののちに組を譲られたとあった。十年ほど前、若頭として、大阪の組から引っ張られてきたのだ。ヤクザ世界のスカウトだ。頻繁に起こる事態ではないが、跡目となる人材が内部にいない場合は、他組織からこれといった人間を引きぬき、養子縁組みをする。スカウト先は、歴史と伝統に富んだ組が多かった。後ろ盾をも同時にいただこうという狙いだ。

犀川靖のかつての苗字《みょうじ》は和辻《わつじ》。和辻靖だ。当時属していた組は、広域暴力団共和会系の末広会。犀川興業の親組織も共和会だ。和辻靖が犀川靖となって二代目を継いだ経緯をくわしく知るには、共和会と末広会の関係を探るべきだろう。遠い西の男を二代目に選んだとなれば、犀川興業の先代ひとりの決断というより、上部組織を通した話しあいの結果なのかもしれない。

犀川興業の住所と、幹部として判明している人間の名前を手帳に控えた。

机のわきにあるパソコンの電源を入れた。データベースに接続し、企業ガイドにアクセスした。案の定、スカウトされた二代目は、なかなかの腕利きらしかった。裏稼業の伝統的なしのぎに頼らず、きちんと表の世界への進出を果たしている。暴力団新法によって潰《つぶ》されなかった所以《ゆえん》だ。ふたつの会社の取締役として、犀川靖の名があった。ひとつは瀬戸内にある一般廃棄物処理会社、もうひとつは組の地元にある土木資材搬入業だ。名前が出ない商売なら、おそらくこの何十倍もあるのだろう。

詳細をプリントアウトした。

警視庁の藤崎に電話を入れたが、相変わらず留守のままだった。

今度は違うことをいってみた。

「藤崎さんが担当されている事件の被害者の、小林瞭子さんの友人なんですが、遺体はいつごろまで所轄署に留めおかれるんでしょうか」

なぜかと訊《き》かれたので、遺族とともに葬式の準備をしたいのだと答えた。相手は少し待ってくれといいおいたのち、しばらくしてから「まだわからない」と答えただけだった。買い置きのチューインガムの封を切り、さらに一枚を口に投げこんだ。

アドレス帳を繰りながらしばらく思案したのちに、ふたたび電話をかけた。

若い女の声が、

「清野《きよの》興信所です」

とすぐに応じた。

社長の清野伸之《のぶゆき》に取り次いでもらった。

やはり神保町に事務所を持つ、興信所の経営者だ。清野はかつて警視庁の総務に勤務していたが、表沙汰《ざた》にはできない事件がきっかけで退職した。本人は決してしゃべりたがらないが、かなり確かな筋からの話によれば、署内の金を帳簿上でごまかすことによって博打《ばくち》の借金をチャラにしようとしたらしい。警察のほうは、公務員としての安定した暮らしへの引導を渡すことで、すべてをチャラにしたというわけだ。

電話口に出た清野は、「やあ、どうも」と、商人を思わせる口調でいった。「儲《もう》かってますかな」根拠のない落ち着きを感じさせる声だった。

「また仕事をお願いしたいんですが」

「わかりました。すぐに誰かをやりましょう」

私の勘と記憶にまちがいがなければ、こっちに派遣できる誰かとは、本人以外にはいないはずだった。まさかうまく隠しおおせているつもりだとは思えないが、私と同様にパートで秘書を雇っているだけの個人営業なのだ。

「いえ、こっちも時間がないので、用件をいいますからそれで手配してください。調べてほしいのは、犀川興業の黒木京介という男です」

「尾行ですか。それとも、身辺調査」

料金が違う。

「黒木は、すでに死亡が確認されています。練馬区で、クラブの経営者が殺された事件です」

「ちょっと待ってくださいよ」

清野はいいおき、どうやら新聞を持ってきたらしかった。「ふむ」と呟《つぶや》いたのち、あらためて口を開いた。

「調査の狙いは、この殺人事件との関連と考えていいんですね」

「そうです。被害者の経営するクラブは、池袋にありました。黒木の属する犀川興業の縄張りは浅草です。池袋界隈《かいわい》は、龍神会の縄張りですね。被害者が、浅草界隈に繰りだすともあまり考えられない」

「ふたりの接点を探りたいわけですな」

「それと、組の内外における黒木の評判や人となりもです」

思いついて、つけたした。

「組長の犀川靖についても、くわしい情報がわかれば助かります」

「期限は?」

「できるだけ早く。わかったことから報告してください」

「わかりました。それにしても、めずらしいですなあ。栖本さんが刑事事件に手を出すなんて」

私は曖昧《あいまい》に笑って電話を切った。

手帳で《羅宇《ラオ》》のホステスだった名取佐代子の電話番号を探した。

佐代子は部屋にいた。

「捕まったのね、犯人……」

囁《ささや》くような声だった。

「新聞を読んだのか」

「ひどい話」

さらに小さな声になった。

「その件で電話をしたんだが、きみはお店で、黒木というチンピラに会ったことがあるかい?」

「この前も話したでしょ。店には暴力団関係者は来なかったって」

「だが、笠岡は龍神会とつながりがあるともいってたろ」

「記憶がいいんだね。でも、黒木っていう男は、龍神会ではなかったんでしょ」

「それはそうだが。新聞に出た黒木の顔写真に、見憶《みおぼ》えはなかったのか?」

「ううん。私はないわ」

「瞭子の口から、黒木や犀川興業の名前が出たことは?」

「ごめんなさい。憶えがない」

「ひとつ頼まれてくれないか。店の人間全員に、黒木のことを憶えていないかどうか確かめてほしいんだ。憶えている人間がいたら、瞭子との関係をできるだけくわしく聞きだしてくれないか」

娘はすぐに、「わかったわ」といった。

かすかな躊躇《ためら》うような間を置いたのは、そう答えてからのことだった。

「ねえ、弁護士さん」

「弁護士さんというのはやめてくれ。栖本という名前があるんだ」

「それじゃあ、栖本さん。私のほうからも連絡するつもりだったんだけれど、今夜ちょっと時間をくれないかしら。お葬式のことで、もう一度相談に乗ってほしいの」

ピンと来た。娘のセンチメンタリズムを理解はしても、それにつきあえるほどの金銭的な余裕は誰にもないのだ。

「わかった。まだ時間が読めないんだが、どうせ笠岡のアパートをもう一度訪ねなければならないと思ってたんだ。用事が済んだら電話を入れるよ」

「いいの。私のほうから事務所に行くわ。むしゃくしゃするし、これからちょうど外へ出ようと思ってたところだったの」

いったん言葉を切ったのち、我慢しきれなくなったらしく言葉を継いだ。

「冷たいものよ。ママにあれだけ世話になっておきながら、いざお葬式を出すってことになったら、カンパのお金さえ渋ってるの」

「仕方ないさ。それなりに都合があるんだろ。それよりも、君とふたりで葬式を出すにしろ、親戚《しんせき》の承諾がまだなんだぜ」

「それは、きょうもらってきたわ」

「誰から?」

「葛飾区にいるおばさん。小林鈴子さんっていったわね」

「どうやって知ったんだ?」

「お葬式の相談をしたいって警察にいったら、教えてくれたわよ。でも、糖尿で入院してて、ご主人も亡くなってたし、とても自分じゃあお葬式は出せないって。他に親戚はないのか訊いたんだけど、首を振るので、遺体を引き取る諒承《りょうしょう》だけしてくれたら、私たちで納骨まで全部やるからって請け負っちゃったの。協力してくれるでしょ?」

もちろんさ、と答えると、娘は胸を撫《な》でおろしたらしかった。

「鈴子さんは、葬式を出してくれるような親戚は、他にいないといったんだね?」

「うん、そういってたの。よかったわ。鈴子さんも喜ぶと思う。誰かが遺体を引き受けなけりゃ、区役所に渡されちゃうっていったら、あんまり見えない目をぱちくりさせて、とっても悲しそうにしてたのよ」

3

京成線の四ツ木の改札で待っていると、十分ほど遅れて佐代子がやって来た。

薄手の赤いセーターにジーンズ。きょうも、リラックスした格好だ。ヒールの高いサンダルを履いているせいもあるのだが、背丈はほとんど私と変わらない。童顔と痩《や》せた躰《からだ》つきから、二十歳過ぎの女子学生のような印象だった。水商売の女が普段めかし込まないのは、仕事を思いだしてしまうからだろうか。

「悪かったね、いきなりつきあってもらって」

佐代子に方向を示され、並んで歩きだしながらいうと、可愛らしい笑みを浮かべた。

「いいのよ。気晴らしに外へ出るつもりだったっていったでしょ」

「病院じゃ気晴らしにはならないぜ」

「でも、もう一度訪ねるのも悪くないわ。あのおばあさん、嫌な感じじゃなかったもの。林檎《りんご》が好きだというんで、買ってきてあげちゃった。青い林檎。王林っていうの。柔らかくて食べやすいのよ」

肘《ひじ》に提げていたビニールの袋を掲げて見せた。

「鈴子って女性の目は、そんなに悪いのか？」

「糖尿が目に来たんですって。私にも同じようなことになった叔父《おじ》さんがいるんだけど、人工のレンズを入れなければ失明しちゃうかもしれない」

「瞭子の写真は持ってきてくれたかい？」

「ママって写真があまり好きじゃなかったんで、探すの苦労しちゃった」

ポシェットのなかを探る。「去年の暮れに、お店のみんなで温泉に行ったの。その時に写した写真よ。大半はママがシャッターを押したんで、ママのはあんまりないんだけど」

フィルム一本が一冊に納まるミニ・アルバムだった。

歩きながらめくった。何枚めかに、化粧を落とした瞭子が微笑んでいた。いまの佐代子と同じように、ジーンズ、セーターに、ドラゴンズの野球帽。さらにめくると、温泉宿に変わり、瞭子も浴衣《ゆかた》に褞袍《どてら》すがたでくつろいでいた。だいぶ酒が入っているようで、どの女も目がすわりはじめている。客がいるところでは絶対に見せない飲み方だろう。瞭子が写っているのは、その二枚だけだった。

私が持っている写真よりも、顔がはっきりしているとは思えない。

「あとで鈴子さんにも見せてくれと頼むかもしれない」

アルバムを返した。

「ねえ、どういうことなの？」

鈴子に会ったあとで話すと口を濁した。

先入観は与えないほうがいい。娘にではなく、私自身にだ。話せば、それが私の先入観になる。いくら糖尿が目に来たといっても、別人を自分の姪《めい》と勘違いするわけがない。だが、私は小林瞭子だと思われていた女が、別人かもしれないと思っている。先入観が先立てば、誘導尋問になりかねない。

病院までは、徒歩で十分ほどだった。

四階建ての建物が二棟。敷地はそれほど広くはなく、肩を寄せあうように建っていた。二棟の外見が異なっているのは、建て増しの結果だろう。エントランスを入り、受付で見舞い客の台帳に記入し、佐代子とロビーを横切った。小林鈴子の病室は奥の建物の三階だった。

六人部屋のネームプレートに名前が並んでおり、鈴子は右側のいちばん上だった。ベッドは名札順どおりで、右側の窓際に、白髪の老婆が置物のようにすわっていた。

まさに老婆という感じだった。パジャマの上からでも、乳房より肩胛骨《けんこうこつ》がはっきりしていた。胸の膨らみはなだらかに下腹にのびている。頭は地肌が透け、目の下には輪郭をなぞるように、細かい皺《しわ》が刻まれていた。肌が白いためにシミが目立つ。七十になるかならないかというところだろうか。

ぼんやりと窓をむいていた。窓の視界は広く、隙間なく立ち並ぶ家並みや、高速環状線をのろのろと移動する車、そのむこうの荒川の流れまで見渡せた。景色全体が、曇り日でどんよりと沈んでいる。

「おばあちゃん、林檎を買ってきたよ」

佐代子が声をかけると、ぼんやりしたままでこっちをむいた。

笑顔が、炙《あぶ》りだしのように、数秒ほど遅れて浮いてきた。

「なんだい、また来てくれたのかい――」

脂肪も筋肉もほとんど感じさせない筋だけの腕を持ちあげて、嬉《うれ》しそうに掌《てのひら》をひらひらと振った。

「林檎食べたいっていってたでしょ。それに、紹介したい人もいたもんだから」

話の途中から、老婆がこちらをむいた。私は黙って彼女を直視していた。そうされていれば、普通は反応を示すはずだ。

鈴子は笑みを浮かべたまま、私を見ているだけだった。右目の濁りのほうがよりはっきりしており、寒天に包まれているようだった。正確には、私の顔からわずかに右側にずれた一点を見つめている感じがした。

「この人ね、暸子さんの古い知りあいで、私たちといっしょにお葬式を出したいっていってくれてるの」

佐代子が紹介すると、深々と頭を下げた。「それはそれは、すいません……。大吉さん夫婦は、とうのむかしに亡くなってますので、こんな躰じゃなかったなら、私がやってやりたいんですけれど……」

話し方全体に、舌にまとわりつくような感じがある。肺活量が少ないのか息継ぎが頻繁で、言葉がブツブツと切れる。彼女を疑ってかかろうとすることに、居心地の悪さを感じた。

病室に薬品と消毒液の匂いとともに漂っていたものが、痰《たん》の匂いらしいと気がついた。

「ごく親しい友人なんです。そうおっしゃらないでください。それより、暸子さんのお話を聞かせていただきたいんですが」

「いい子でしたよ」顎《あご》を前後に揺らしながらいい、佐代子に顔をむけた。「羊羹《ようかん》があるんだよ。もらいものだけれど、食べてくれないかね。ポットにお湯があるし、棚にお茶も入ってるし」

「おばあちゃんの好きな林檎を剝《む》いてあげるわよ。ナイフある？」

「優しいねえ……。棚の下にあるよ」

ナイフを探しあてた佐代子が、ベッドの横の丸椅子に腰を下ろし、ビニール袋から林檎を取りだした。

私は隣りの患者にことわって丸椅子を借りると、ベッドの反対側、鈴子のすぐそばにすわった。

「三春に行ってきました」と、切りだした。「小林さんたちが住んでらした場所にも、行ってきましたよ」

鈴子は「まあ」という顔をした。話を聞きたがるのに応じ、きのう目にしてきた町の様子を聞かせた。

「三春を離れたのが、確か七四年でしたね」

考えこんでいた。

「――昭和四十九年か五十年だったはずだよ」

「離れられた時の事情は、だいたい聞きました。弟さんの家族も、同じ時に長野に行ったんですね」

「大吉さんのほうが、ひと月ばかし早かったかな。わさび園を手伝ってほしいって友人がいてね。私たちのほうは、あてがあって東京に出たわけじゃなかった。私もつれあいも、もうそんなに若くはなかったし、石油ショックでえらい時代だったからさ、出てきてどうなるものやらわからなかったんだけどね……。あのまま、三春にいるわけにはいかなかったし」

「その後、弟さんの家族との交流は？」

「そりゃあ、親戚だもの」

「よく行き来したりしましたか？」

「東京と長野だから、頻繁ってわけにはいかなかったけど、大吉さんとタエさんが亡くなるまでは、年に一、二回ぐらいは会ってたかね。電話とかでも話したし。うちのも大吉さんも、酒が好きだったし」

心持ち雄弁になった気がした。同じ質問を、警察から細かく訊《き》かれているのだろう。

「瞭子さんは、高校を卒業した年に大阪へ行ってますね」

「——いい子だったよ」

一瞬反応が遅れた。

「働きに出たんですか？」

「そうだった、そうだった」

今度は反応が早かった。弁護士がいつも気にするのは、相手が何をいったかよりも、どんな様子で口にしたかだ。人は必ず嘘をつく。嘘と呼べないまでも、自分に有利にニュアンスを変える。まずはそう考えるべきだ。

「どんなところで働いていたか、聞いてませんか？」

「さてね。洋服屋だったか、デパートだったか……、そんな話を聞いたような気もするけれど」

「洋服屋というと、アパレル関係という意味ですか？」

「そういうのかね。よく憶《おぼ》えてないよ」

「瞭子さんと最後に会ったのは、いつでしょう」

またしばらく間があいた。「——最後って、いきなりいわれてもね」

しばらく老婆を見つめていた。

「最近もお会いになりましたか？」

「何年も会ってないよ。だいいち、東京にいるなんて、こういうことになるまで知らなかったんだ……」

「瞭子さんが大阪に出てから、会ったことはあるんですか？」

「タエさんのお葬式の時に会ったかな。そのあともう一度ぐらい会ったかどうか……」

母親のタエが死んだのが十二年前。小林瞭子は二十三歳だった勘定になる。

「年賀状とか、手紙は？」

「何度かもらったけれど、むかしのことだね。うちのが死んだ時だって、瞭子の連絡先はわからなかったんだ――。子供がなかったから、あの子が小さい時分はずいぶんかわいがったんだけどね……」

「瞭子さんからの年賀状や手紙は、残ってないでしょうか？」

「ないと思うよ。おじいさんが亡くなってから、むかしのものは処分しちゃったんだよ。私だって、あまり三春でのことは思いだしたくなかったし……」

筆跡を確認したいと思い、くどく尋ねると、一応は探してみると約束したものの、あまり期待はできそうもなかった。

「信濃大町のわさび園の住所はどうですか？」

「わさび園？」

「義弟《おとうと》さんが三春を離れたあと、働いていたわさび園です」

「どうしてそんなことを知りたいんだい？」

「彼女の生きてきたところを知りたいんです」

「――さあて。なにしろ、タエさんが亡くなったのも、十年以上前のことだし。それからは、さっぱり行き来もなくなったしね」

「おばあちゃん、林檎剝けたよ。紙のお皿も使わしてもらったよ」

佐代子が林檎を差しだした。手際よく剝かれた林檎が、三日月型に切ってある。老婆は礼をいい、先に私に勧めてきた。譲ると、ひとつをつまみ、小さな口元へ運んだ。のばした手に危なげはなく、手探りという感じはしなかった。

私は内ポケットから手帳を抜きだした。

「警察から、暸子さんの遺体の確認を頼まれましたね」

「ええ」

「じかに警察署で遺体と体面したんですね」

「――あまり気は進まなかったんだけれど、身内はもう私だけだから。確認してやらなけりゃ、あの子だって浮かばれないだろ」

何かをいい残している。そんな印象を感じた。口を閉じたまま待ってみたが、それ以上何もいおうとはしなかった。

彼女の写真を鈴子に差しだした。

「ちょっとこの写真を見てほしいんです」

佐代子が渡してやったティッシュで手を拭《ぬぐ》い、写真を受けとった。林檎をつまんだときと同様に手つきは危なげなかった。

目をしかめた。

遅れて、口を開いた。

「いつ写したんだい？」

「──よく見てください。本当に瞭子さんですか？」

「どういう意味だい？」

訊きかえしながら、写真を返してきた。

「ねえ、いろいろ尋ねるばかりじゃなく、瞭子の話も聞かせておくれな」

「もう一度、見てもらえませんか。本当に瞭子さんなんですね」

戸惑いが、一瞬よぎっていた。苛立《いらだ》ちに変わりかけたものの、すぐに人の良さが勝った。

「お嬢さん、悪いけど、そこに眼鏡ケースがあるんだ」

老眼鏡のレンズ越しに、老婆の目元が大きくなり、目の動きがはっきりした。目をすがめ、細かく瞬《まばた》きを繰りかえし、またすがめる。

「すこし痩《や》せたみたいだね」

写真を返してきた。

「鈴子さん」私は呼びかけた。「私の頬にほくろがあるんですが、どっち側だかわかりますか？」

今度は人の良さよりも、苛立ちのほうが勝った。

「右側だよ」

私はうなずいて微笑んで見せた。微笑んだことは、老婆に伝わったはずだった。視界の端から、佐代子が睨《にら》んでいる。気がつかない振りをしたまま口を開いた。

「ところで、警察に、瞭子さんの部屋から証拠として押収したものの一覧を見せられて、サインさせられませんでしたか？」

警察は、押収品目について、遺族の了解を取る義務がある。警察が押収品を返却してきたときに自由に調べるためには、この老婆と友好的な関係をつづけておく必要があるのだ。

「ああ、読みあげてもらって、ハンコを押したよ」

「控えを見せてもらいたいんですが」

確か棚のなかに入っているはずだと教えてくれた。


「どういうことなの？」

エレベーターに乗りこむとともに、佐代子が尋ねてきた。咎《とが》めだてする響きがあった。私たち以外には乗っていなかった。

「おばあさんを問いつめるみたいにして。弁護士さんって、いつもああいう口のきき方をするのかしら。はっきりいって、私は感心しないよ」

私も同じだ。あの老婆は、問いつめるような悪人じゃない。

「突拍子《とっぴょうし》もないと思うかもしれないが、私たちの知っていた小林瞭子と、三春生まれの戸籍上の小林瞭子とは、別人じゃないかという気がしてるんだ」

佐代子は私の顔を見上げたまま、じっと何も応《こた》えなかった。瞬きを繰りかえし、いったん私の胸のあたりに視線を下ろした。「――どういうこと？」

エレベーターはまっすぐに一階まで下りきった。

扉が開き、ロビーへとつづく廊下に出たところで、あらためて口を開いた。

「三春で暸子の幼友達から聞いたんだが、彼女は小学校の時分に、竹の切り株が太股《ふともも》に突き刺さったことがあるらしい。病院で縫ってもらうほどだったそうだ。だが、私の記憶では、彼女の太股には傷跡などなかった」

「それだけなの？」

「それだけじゃいけないか」

ポケットに手を入れ、卒業写真のコピーをつまみ出した。

「三春の小学校でもらってきたものだ。どれが暸子か、君にはわかるかい？」

佐代子がコピーに顔を近づける。私の手からコピーをもぎ取り、立ちどまって見つめた。

「これよ」と、暸子の顔を指さした。「名前が並んでるもの」

「顔だけ見て、わかったわけじゃないんだな」

「殿方にはわからないでしょうけど、女って男の人の何倍も感じが変わるのよ。私だって青森の田舎じゃ、林檎のようなほっぺたをした丸っこい女の子だったわ」

「その顔を見て、ほんとに暸子だと実感できるかい？」

「栖本さんはできないの？」

「なんともいえないというのが正直なところさ」

「三春の友達に、さっきの写真を見せなかったの？」

「見せたさ。別人だといわれたわけじゃない」

「鈴子さんの目がよく見えないことを気にしてたみたいだけど、林檎だってちゃんと手に取ったし、私の顔だって憶えてたんだよ」

「だが、私の顔にはほくろはないぜ」

「右か、左かなんて、訊き方が意地悪だよ」

「きみなら、ほくろはないと答えるだろ」

口をつぐんだ。

「それともうひとつ。鈴子は、たぶん何かを隠してる」

「――どういうこと？　ほんとはママは小林瞭子じゃないのに、嘘をついてるといいたいの？」

「いや」と、首を振ってからも考えつづけたが、的確な答え方は見つからなかった。「はっきりとはいえないんだが、何かを隠していることだけは確かなのさ」

「なぜそう思うのよ？」

「彼女はすでに警察から、姪《めい》にあたるかもしれない遺体の身元確認を頼まれてる。当然ながら、色々と質問をぶつけられたはずなんだ。さっき私が瞭子と最後に会ったのはいつだと訊いたときの、彼女の答えを憶えてるかい」

「――――」

「『最後って、いきなりいわれてもね』。しばらく間があいたあとで、そう答えたろ」

「それがどうしたの？」

「殺人事件の場合は特に、警察はすべての関係者に必ずこの質問をぶつけるのさ。ましてや、遺体の身元確認を頼まれてるんだ。絶対に警察から同じことを訊かれてるはずだ。つまり、私の問いかけは、少なくとも彼女には二度めにあたる。きみならそれに対して『最後って、いきなりいわれてもね』って答えるかい。彼女が間をあけたのは、何かをとぼけるつもりで答え方を考えていたんだ」

「考えすぎじゃないの」

「そうは思わないね」

「――だけど、あのおばあちゃん、とても悪い人には見えなかったよ」

「悪い人じゃなくたって、隠し事もすれば嘘もつくさ」

「でも、ママが自分の姪ではないのに、そうだと嘘をつく理由があるとは思えないでしょ」

そのとおりだ。

玄関を出て階段を下りた。

「警察って、そんなにいい加減なのかな」佐代子が、いった。思いついて呟《つぶや》いた感じだった。

「ねえ、被害者の身元調べを、そんなにいい加減にするものなの?」

「身元確認は捜査の第一歩さ。きちんとしておかなければ、起訴の時に困るからね。私たちよりも先に鈴子に会いにいっているし、身辺調査だって、当然きっちりやってるはずだ」

「それじゃあ……」

「四十人近くの捜査員が、捜査本部を構成しているそうだ。警察の捜査ってのは実際すごいもんさ。だが、考えてほしいんだが、彼女がどこの誰であれ、小林瞭子として生きてきた以上、それを証明する証拠だって山のようにあって当然なんだ。小林瞭子であることを証明するほうが、むしろたやすいとさえいえるかもしれない。それにもうひとつ。組織には組織の弱点がある。誰かひとりが疑問をおおっぴらに提示しないかぎりは、一度決まってしまった方針は覆らない。だが、組織のなかにいると、周りが信じこんでいることに対してなかなか疑問は差しはさみにくい」

「方針じゃなく、事実が何かって問題でしょ」

思っていたよりも聡明《そうめい》な娘らしかった。聡明な娘に、組織における事実と方針の違いを説明するのは億劫《おっくう》だった。

「いずれにしろ、おかげでひとつははっきりした。たとえ伯母《おば》であっても、証言を鵜呑《うの》みにはできないってことさ。そうだろ」

一方で、あくまでも証言は証言として、捜査においても裁判においても多大な重みを持つことを、痛いほどにわかっていた。鈴子は何かを隠している。それは確かなはずだ。しかし、だからといって佐代子にも指摘されたとおり、どんな理由があれば、自分の姪でもない女の遺体を姪だと断言するというのか。その理由を解き明かせないかぎり、老女の証言は絶対の重みを持つ。警察にとってだけでなく、私にとってもだ。

買収されたといった想像はナンセンスだった。一般人が買収されていれば、嘘をついているという匂いがぷんぷんするものだ。私はもとより、捜査のプロである警察だって見逃すはずがない。ならば、刑事の厳格な目に晒《さら》しても露見しなかったほどに些細《ささい》な隠し事だというのか。それがいくつか積み重なり、結果として姪だと証言させたと考えるべきなのか。

そんなことが、実際にありえるだろうか？

「それで、これからどうするの？」

佐代子の問いに、長く考える必要はなかった。

「藤崎という刑事に会いに行く。警察のむこうを張るつもりはないのだから、太股に傷跡があったのかどうか、死体検分書の内容を聞きだすつもりさ」

「いっしょに連れてって」

「よせよ。遊びに行くわけじゃないんだ」

「遊びのつもりなんかないわ」睨んできた。「ママが別人かもしれないなんて話を聞いたら、私だっていてもたってもいられないじゃない」

「携帯電話は持ってるのか?」

「持ってるけど、なぜ?」

「何かわかったら、必ず電話を入れる」

佐代子が口を開こうとするのを遮った。

「きみのほうは、さっき頼んだように、お店の人間をあたって、黒木京介という男と瞭子の関係を知らないかどうか確かめてくれないか。一緒に動き回るよりも、そのほうが余程助かるんだ」

「――――」

「分担作業だよ。協力しあおう」

4

警視庁のロビーで待った。

電話を入れ、地元署からもどっていることは確認済みだった。受付で姓名と藤崎の名前を告げると、刑事部屋に電話をしたのち、ここで待つようにと告げられたのだった。

およそ二十分ほど経って、藤崎はのっそりと現れた。

「何度かお電話いただいたそうで、申し訳ありませんでしたな」

礼儀正しく告げながら、頭を下げた。私は礼儀正しく頭を下げかえした。

「まあ、おすわりください。検死報告書の件ですね」

「太股に傷跡があったのかどうか、確かめてもらえましたか?」

前置きをおかず、問いかけた。余計な会話を交わすつもりはなかった。

「ええ。確かに先生のご記憶どおり、小林さんの太股に傷跡はないですね」

あっさりと告げられた。私は口を開きかけて、相手の表情から、この事実の意味を私と同じようには理解するつもりがないのだと察した。

そのまま、何と言葉を継ぐかを待つことにした。刑事も、私が何というかを待っている。先に焦れたのはむこうだった。

「今でもまだ先生は、小林さんが別人と入れ替わっているとお考えなんですか?」

「葛飾にいる、小林鈴子さんに会って来ましたよ」

「ほほお。それで、なんといっておいででしたか?」

「小林瞭子にまちがいはないと」

「それならば、私が聞いた話とも一致します。もっとも、鈴子さんに身元確認をお願いしたのはほかのデカで、私は捜査会議で報告を聞いただけですがね」

「鈴子が糖尿病によって、白内障を併発しているのはご存知でしたか？」

「それも報告がありましたな。だが、まったくの別人と姪とをとり違えるほどではないはずです。私の身内にも、白内障をやった人間がいますよ。インクを水に落としたみたいに、視界に膜が掛かってくるそうです。ですが、比較的クリアに見える部分だってあるそうです」

水掛け論だ。

「本当に、彼女のアドレス帳に小林鈴子の名があったんですか？　先だって会ったときに、あなたは三春の地元署に応援を頼むつもりだとおっしゃった。小林鈴子の現住所にたどり着いたのは、アドレス帳からなんですか。戸籍の付票からじゃないんですか？」

「付票からです」

怒りを躰《からだ》の内側で押しとどめるには、少なからぬ努力が必要だった。

「それならば、電話では嘘をついたんですか」

「なにしろ、先生は酔ってるご様子でしたからな。ああでもいわないことには」

「先生というのはやめてもらえませんか」

「弁護士の方に対したときの、習慣ですのでね」

睨《にら》みあった。長いことではなかった。視線をはぐらかせた刑事は、内ポケットに手を突っこみ、たばこを唇に挟んだ。

煙にむかって問いかけた。「事件当夜の状況は、その後もっとはっきりしたんでしょうか？」

「はっきりとは？」

「深夜の突然の訪問者に、なぜ彼女がドアを開けたのかが、どうしても解せないんです」

「解せないとおっしゃられても、現に開けているんですからな。先生のようなご職業の方はご存じないかもしれんですが、水商売の人間というのは、本能的にヤクザを無下《むげ》にできないものなんですよ。嫌がらせを受けたら、やっていけませんのでね」

「逮捕された沢村は、黒木がどうやって部屋に入ったのかについては、何といってるんです？」

「取調中ですので、お伝えできません」

「私は沢村仁の弁護を担当するつもりです」

はったりだった。もしも弁護を担当すれば、沢村に不利な行動は取れなくなる。

「それならば、正式に担当なさってからおいでください」

私は黙って腰を上げた。太股《ふともも》に傷跡のなかったことがはっきりしただけで充分だ。

「ちょっとお待ちください」

藤崎が声をかけてきた。引き留めてから、つづきの言葉を考えているようだった。見下ろしていると、もう一度煙を吐いてから尋ねてきた。

「栖本さんは、被害者が別人だとしたら、どうなさるおつもりですか？」

「決まっています。私の手で、彼女が本当は誰だったのかをつきとめます」

「十年前です」

こちらがいい終わらないうちに吐きつけてきた。

「――なんですか」

「十年前に歯を治療したカルテが、当時暮らしていた名古屋の歯医者に残ってましたよ。その歯形は、被害者と完全に一致しました」

「――――」

「われわれだって、居眠りをしてるわけじゃないんです。黒木の舎弟の沢村は自供をはじめています。被害者の伯母は、自分の姪であるとはっきり証言してる。それに引き比べて、あなたの主張の根拠は、小林瞭子という女性の太股には傷跡があったはずだという、非常に曖昧《あいまい》なものだけだ。冷静に考えてください。どちらが道理にかなっているかは明白だと思うが、いかがです。お気持ちはわかるが、これはただの情事のもつれによる殺人事件です。現在、証拠固めを急いでいるところです」

かすかにだが、同情の響きもともなっていた。

「名古屋の歯科医が、こんなに早く割りだせたのはなぜなんです?」

「部屋から、むかしの診察券が見つかったんですよ」

「どうして十年も前の、しかも名古屋の診察券があったんです。わざと残して置いた可能性だって考えられる」

「何のためにです」

「十年以上前に、彼女は小林瞭子と入れ替わった。そして、自分が小林瞭子であることを証明するために歯医者にかかり、その診察券を残しておいたのかもしれない」

「憶測はやめていただきたい。あなた自身の暮らしを考えてみてください。部屋のどこかに、なんとなくむかしの診察券が眠っていることがあるはずです」

そのとおりだ。このまま立ち去ろうとしたが、口のほうが勝手に動いてしまった。

「藤崎さん。これはただのクラブのママ殺しだ。だから、被害者が十年以上前に誰かと入れ替わっていたとしても、あなたには関わりがないというんですか。被害者は水商売の女で、加害者は暴力団員。そして動機は情事のもつれ。それで一件落着しようとしているのに、混ぜ返されたくない。それが本音じゃないんですか」

「わからん人ですな。

「あなたがすべきは、本当に被害者が小林瞭子なのかどうかを、もう一度きちんと確かめることだ」

「捜査への口出しは無用に願いたい。居眠りをしてるわけじゃないと申しあげたはずだ。そこまでおっしゃるなら、いわせてもらうが、栖本さんは十年以上前に誰かと入れ替わっていた女性が、それが原因で殺されたとお思いですか。ならばいったい、理由は何です。共犯が捕まり、理由を証言しているにもかかわらず、あなたがそう主張する根拠を教えていただきたい」

「黒木と瞭子の関係は、裏付けが取れたんですか？」

「質問に答えていませんよ」

一瞬言葉を探しかけたものの、無駄なことは明白だった。「今のところはありません」

「それでは、捜査方針に口出しは無用に願います」

「教えてくれませんか。黒木と瞭子の関係は、裏付けが取れたんですか？」

「現在、やっているところです」

「タレ込んできた人間の正体は？」

「どうしてそんなことをご存知なんです」

「主犯の黒木は死んでいます。やつだけが、本当の理由を知っていたのかもしれない」

「いい加減にしてもらえませんか。住民票、戸籍、医療カルテ、近所の聞き込み、親類縁者への身元確認。私たちは手を尽くしているんだ。私にご自分の考えを納得させたいのならば、小林鈴子がなぜ赤の他人を小林瞭子だと認めたのかということもふくめて、はっきりとした理由や根拠を示してからにしてください」

「名古屋の歯医者を洗ったのなら、三春の外科も洗ってください。二十年以上前のカルテだって残っているかもしれない」

吐き捨てるようにして頭を下げ、答えも待たずに背をむけた。

わかっていた。完敗だ。これがもし法廷でのやりとりだったなら、本当に彼女が小林瞭子とは別人だったところで、そんな事実は存在しないことになる。たとえ私に悪感情を持っているにしろ、藤崎の主張には正当性がある。

見た目どおりのものなど、この世には何ひとつ存在しないのだろう。だが、すべてが見た目どおりのものであっても支障はない。それが世の中だ。私は常識の巣である警視庁をあとにした。

腕時計を確認し、桜田門の地下鉄の下り口にむかった。歩きだしてから、よそうと思った。タクシーを拾ってしまうのだ。

遅かった。歩みをとめられず、地下鉄の下り口が近づいてきた。つい三日前、ここで彼女と出くわしたのだ。時刻はもう少し早かった。

官公庁からの帰りにちがいない無口な男たちが、地下鉄の駅に下りていく。私は人の流れからはずれ、ガードレールによりかかった。

彼女と交わした会話のひとつひとつが胸をよぎっていった。

ずっと早くに思いつくべきだった疑問が浮かんだのは、ぼんやりと時が経過してからだった。

――この駅を出て、彼女はどこへ行くつもりだったのだろう？

警察は、事件当日の彼女の足取りを、どこまで摑《つか》んでいるのだろうか。あの日彼女は、風邪だといって店を休んでいる。夕暮れ時に、ここにいたのは何のためだったのか。

桜田門が最寄りの駅となるのは、官公庁の合同庁舎や、裁判所、警視庁、それに衆参議員会館や国会議事堂ぐらいのものだ。他の交通機関への乗り換えに利用する人間はいない。桜田門で降りる人間は普通、お堅い職業と相場が決まっている。

あの時、彼女は急いでいるといった。

私を避けるためではなく、本当に時間が限られていたのだとしたらどうだろう。

彼女との会話を、あらためて思いかえした。

――まさか。

「裁判所の地下に食堂があるんだ」

私がそう告げると、いかにも気乗りのしない顔になったのだ。

思いすごしだろうか……。誘いを拒まれただけなのか。だが、もしも「裁判所」という言葉に反応したのだとすれば、彼女は私といっしょに裁判所に歩きたくなかったとは考えられないか。

この時間では、もう裁判所はもぬけの殻だ。携帯電話を出し、秘書の典子の自宅に電話をかけた。

上か下かはわからなかったが、息子が電話口に出た。代わった典子に、夕食時の電話を詫《わ》びてから用件を告げた。

「あすの午前中に地裁に行って、三日前の四時台の《期日簿》をすべて調べてほしいんです」

三時は法廷のラッシュ・アワーだが、幸い四時から始まる法廷の数はそれほどではない。裁判所もお役所のひとつに変わりはなく、五時すぎにさっさと仕事を切りあげるために、四時からの裁判はなるべく避ける傾向があるのだ。

5

やはり彼女の死によって、うろたえていたとしか思えない。

弁護士である私の事務所に、「相談事」があるという伝言を残していたのだ。相談事とは、何かの裁判に関するものだと考えるのが自然ではないだろうか。

彼女はあの日、地方裁判所へむかう途中だったのではないのか。《じつは、悩んだんだけれど、あそこであなたに会ったのも縁という気がして、もしも勝手なことをと思わないのなら、ひとつ、相談に乗ってほしいことがあります》彼女が留守電に残した文句が浮かんだ。相談事が裁判と関係していたからこそ、《あそこであなたに会ったのも縁という気がして》という言葉が、口をついて出たのではないのか。

外堀通りを日比谷《ひびや》の方角に歩きながら、これからの攻めに思いを巡らせた。彼女が小林瞭子とは別人かもしれないという疑問がたとえ妄想だとしても、それが自分に証明できるまでは拘《こだわ》ってみるべきだ。

あの日の裁判については、あす典子が《期日簿》を上げてきてくれるのを待つしかない。私の知っていた女が小林瞭子ではないとすれば、なぜ嘘をつく必要があるのか、小林鈴子の周りを探る必要がある。

いや、それよりもあす一番で、信州に飛ぶべきだ。三春を出た小林瞭子の一家が移り住んだ信濃大町を訪ね、高校時代を知る人間を探しだすのだ。信州ならば、彼女が小林瞭子なのかどうかを写真ですぐに判断できる人間が必ずいる。

そこまで考え、胸のなかにふと異物を感じた。

彼女が小林瞭子と入れ替わっていたことが原因で殺されたのだとすれば、黒木との関係は、十年以上前までさかのぼるはずだ。それとも、たとえ別人に成り代わって生きてきたとしても、そのことと黒木というチンピラに殺されたこととは無関係なのだろうか。十年前に小林瞭子として名古屋で歯の治療を受けている以上、その時点で小林瞭子として生きていたのは動かしがたい事実だ。

十年。長い時間だ。そんなに時間が経過してから、小林瞭子と入れ替わっていることが原因で殺されたのだとすれば、いったいどんな動機が考えられるのだろうか。その動機を探りあてない限り、真相が明らかになることはないだろう。

まずは足下から埋めていくことだ。引っかかるのはドアの鍵《かぎ》だった。黒木が襲ったのは、情事のもつれなどではなく、彼女が小林瞭子と成り代わっていたことが原因だとしよう。すると、彼女が深夜に警戒もせずに、ドアを開けたのは不自然きわまりない。

合い鍵という線は弱い気がした。合い鍵を手に入れていたにしろ、ドアにチェーンがかかっていれば手も足も出ない。計画的な殺人ならば、チェーンがかかっていた場合には押し入れないような計画を立てるわけがない。

もう一点。確かな殺意が存在したのだとすれば、押し入ったのは本当に黒木ひとりだったのだろうか。複数だった可能性も充分に考えられる。だとすれば、女がひとりで抵抗し、黒木に致命傷となる傷を負わせるなどできるだろうか。

やはり部屋には、彼女以外の人物が、——黒木の傷から考えれば、おそらく男がいたのではないのか。深夜に部屋にいた男となれば、彼女の周辺を探っていけば必ず正体がわかるはずだ。

だが、すると違う疑問が出てくる。黒木が男に刺されたとすれば、自首してきた沢村という舎弟は偽証をしていることになる。兄貴分を刺した相手を庇《かば》う理由などがあるだろうか。

わからないことは他にもある。警察にタレ込んだ女とは誰なのか。なぜ女は、黒木たちが犯人だと知ったのか。

思考が行きづまりかけたとき、突然に、先ほど胸に生じた異物の正体を知った。

小林瞭子と成り代わっていたことが殺された理由だとしたら、黒木たちは彼女が別人であることを隠したがっていたのか、それとも、隠す必要がないと思っていたのか。

隠したがっていたのだとすれば、死体が部屋に残されていたことこそが妙なのだ。日本の警察は決して無能ではない。死体という動かぬ証拠を警察の手にゆだねるのは、彼女が小林瞭子とは別人だということを隠しておきたい人間にとっては危険が大きすぎる。

突発的な出来事！

部屋で立ちまわりとなり、彼女を刺し、黒木のほうも重傷を負って逃げたのは、計画外の出来事だったのではないのか。

マンションの表には、エンジンをかけっぱなしにした車が停まっていた。彼女を拉致《らち》する計画だったのではなかろうか。拉致し、秘密裏に始末し、死体を闇に葬る。だが、部屋に予期せぬ人間がもうひとりいて、計画が台無しになった。彼女があの部屋で殺されたのは、計画が頓《とん》挫《ざ》した結果だと考えるべきではないのか。

戸籍の付票の流れによれば、小林瞭子は、信州までは家族といっしょだった。大阪に出たのが、十八歳の時。二十四歳の時には、名古屋に転居している。その後、二十九歳で東京の根津に転居。彼女が小林瞭子と入れ替わったとすれば、大阪での六年間のどこかでということになる。二十四歳の時に、大阪から名古屋へ住民票を動かしている時が要注意だ。彼女と小林瞭子との接点は、大阪にあると考えるべきだろう。

その前に、とにかく東京で当たるべき筋がふたつ。どちらも気が進む相手ではなかった。迷いかけたときに携帯電話が鳴った。

通話ボタンを押して耳にあてると、佐代子の声が聞こえてきた。

「今どこ？　警察かしら」

声に急《せ》いた感じがある。

「いや、たった今刑事と別れてきたところさ。どうかしたのか？」

答えを聞き、私は小一時間ほど前に別れたばかりの娘のもとへ飛んでいくことを約束した。

娘は、たとえ気が進まなくとも私が当たらなければならず、しかも今夜のうちにでも会える可能性があるほうの男と、すでにいっしょにいるのだった。

春日通りでタクシーを降りた。

池袋六ツ又陸橋の方角から見て、はじめて佐代子と待ちあわせた喫茶店の少し先だった。目印のガソリンスタンドを探した。日が短くなりはじめている。西の空がほんのりと明るいぐらいで、てっぺんは奥行きの深い群青色。あたりは夕闇に包まれていた。

スタンドの前には水が打ってあった。油の匂いと混じって、一日分の日射しを受けたアスファルトから立ちのぼる、夏のなごりの匂いを嗅《か》いだ。

横の路地を入った。

スタンドの外壁にそって回りこみ、袋小路となった行きどまりのアパートが、電話で告げられたとおり《柏《かしわ》荘》だった。モルタル塗り。アスファルト舗装が途切れた先で土が剝きだしになっていて、自転車が何本もの轍《わだち》を描いていた。プランターで花が萎《しお》れている。

鉄製の階段を二階に上った。名取佐代子の表札を確かめ、ノックした。

娘はすぐに扉を開けた。「よかった、来てくれて」

「どこにいるんだ?」

「しょうがないから、寝かしてあるわ」

玄関を入ってすぐが小さな台所で、その奥に、左右に長い部屋がひとつある。玄関から見えるところには、布団も、横たわっている男のすがたもなかった。

「上がってちょうだい。私ひとりじゃ、事情を問いただすにもどうしたらいいかわからないし。ほんとに来てくれてよかった」

靴を脱ぎながら尋ねた。「どうして笠岡のところへなんか行ったんだ？」

「だって、黒木とママの関係を知ってる人がいないか、確かめてほしいっていったでしょ」

「お店の人間に連絡をとって、訊《き》いてみてほしいといったんだぜ」

「いちおうはそっちも当たってみるつもりだけど、お店の人間じゃだめよ。男関係は、ママだって私たちに明かさなかったし、私たちだってそうだもの。こういう商売をしてるんだから、互いに隠して当然でしょ。男の嫉妬《しっと》は女よりも怖いってね。こういう時は、笠岡がいちばんだと思ったのよ。すわってて。お茶を入れるから。冷たいもののほうがいいかしら」

冷たいものを頼み、奥の部屋に入った。

窓際に勉強机があった。机も椅子もシンプルなものだったが、椅子の背に、赤い布にかわいらしい刺繍《ししゅう》の入ったカバーが掛けられていた。熊の絵の小さな座布団。机の横に小振りの本棚。二段にわたって参考書と問題集が並んでおり、下段にはＢ４判の解答用紙が積み重なっていた。試験本番の用紙がＢ４判なので、市販の問題集もそれに合わせてあるのだ。

――財務諸表論、簿記論、法人税、法人税法規集、法人税取扱通達集。

背表紙にざっと目をむけた。

机には、ノートと半端紙とがちらかっていた。半端紙は、裏が白の広告だ。半端紙のうえに、なぜか細かく折られた何本ものマッチの軸……。

ひと部屋と思ったのはまちがいで、台所のすぐ隣りにもうひと部屋あった。本来は台所からも行き来ができるようだったが、棚で塞《ふさ》いでいて、こちら側の部屋からしか行き来ができなくしてある。

ベッドに横たわる笠岡和夫のすがたが見えた。

押し入れを背に二人掛けのソファが置いてある。私はソファに腰を下ろした。

「ほんとは、惚《ほ》れた男しか寝かさないベッドなんだよ」

佐代子がグラスに入れたコーラを持ってきてくれた。

ソファの前の小さなサイドテーブルに置いた。礼をいってひと口飲んだ。

「そっちを塞いじゃってるから」と、台所を指さした。「外が明るくなってからでも寝やすいの」

「法人税のほうを選択したのか？」

税理士試験は、年に一回。財務諸表論と簿記論は必ず取らなければならないが、法人税と所得税は選択で、それ以外に相続税法、消費税法、国税徴収法など七つの科目のなかから、ふたつをパスする必要がある。

「事務所を開けることを考えれば、法人税のほうがメリットが大きいでしょ」

「どこまでパスしてるんだ？」

「まだ、ぜんぜん。大学行ってないから、日商一級から取らなければならなかったし」

「学校は？」

お茶ノ水にある、比較的有名な専門学校の名を口にした。

「週に二回だけ。働かなければならないから、それが限度。週末は、この部屋に閉じこもりきりなのよ」

税理士になるのに、この娘は何年を費やすつもりなのだろう。夢。悪くない。実っても、実らなくても、追っているあいだの生き甲斐《がい》がある。

「笠岡から話を聞きだす前に、きみが目にしたことをくわしく話してくれないか」

切りだすと、娘は肩で息をついて机の椅子にぺたんと腰を下ろし、机にちらばっているマッチ棒の一本を摘《つま》みあげた。

「くわしくっていっても、良くわからないの。マンションに近づいたときに、ちょうどエントランスから出てくる笠岡が見えたの。男ふたりに両側から挟まれてたわ。車が前の路地に横付けしてあって、それに乗りこもうとしてたの」

「男たちの顔は？」

「知らない人よ」

「もう一度見れば、わかるかい」

「たぶん。ふたりともサングラスをかけてたけれど、雰囲気は憶《おぼ》えてるから。ひとりは大柄で、シャツがはち切れそうにがっちりしてた。もうひとりは、陰気で痩せた男。背もちっちゃかったわ。大柄なほうは五分刈りってところで、ちっちゃなほうは薄い髪を後ろに撫《な》でつけてた」

「どんな格好をしてたんだ？」

「ふたりとも黒いスーツにカラーシャツ。いちおうネクタイはしてたわ」

「ほくろとか、傷とか、あるいは髭《ひげ》とか、顔に何か印象に残るような特徴は？」

「――たぶんなかったと思う」

「それで？」とつづきをうながした。

「せっかく訪ねてきたんだから、声をかけようとしたときに、笠岡がこっちを見たの。目が合った瞬間、背中がぞくっとした。必死の目つきっていうのかしら。それで、笠岡さんって、大きな声で呼びかけたの。怖かったけど、あの人が車に乗ってしまったら、とんでもないことになる気もして……。そしたら、男たちが睨《にら》みつけてきたわ。サングラスで目の感じはわからなかったけど、ぞっとする顔だった。すぐに陰気なほうが、私に近づいてきた」

その時、大柄な男が笠岡の腹に押しあてる刃物が見えたとのことだった。

「お腹に刺さっちゃうぐらいに強く押しあてていて、先っちょが服に食いこんでいた。ああいうときって、悲鳴が喉《のど》から出ないものだと知ったわ。金縛りにあったみたい。男の指先が躰《からだ》にかかる直前に、やっと悲鳴を上げることができたの。運がよかったけど、ちょうど酒屋のライトバンが路地に入ってきて、ヘッドライトで私たちを照らしだしたの」

六本。そこまで話すあいだで、娘が摘みあげては折ったマッチ棒の数だ。それぞれを、神経質にさらに細かく折る。携帯で声を耳にした瞬間の直感は、まちがっていなかった。怯《おび》えている。だが、驚いたことにこの娘は、それをなんとか他人に窺《うかが》わせまいと押し隠すタイプなのだ。

「男たちの車の種類は?」

「普通のセダンだけど、私は運転しないし、なんていう車かまではわからないわ」

「ナンバーは?」

娘は黙って首を振った。立ちあがり、たばこを持ってきて火をつけた。このあいだと同じ細巻きのメンソールだ。

「ライトバンのおじさんが何度もクラクションを鳴らしてくれたので、マンションの一階やむかいの家の窓が開いてこっちを見たの。それで連中は逃げ出したのよ」

「警察には？」

「ううん。笠岡が、内輪の喧嘩《けんか》だからって。笠岡ったら、バンのおじさんにお礼をいうわけでもなく、脅しつけるみたいな口調だったんだよ。でも、私たちだけになったら、急にぐったりしちゃって。その時になって気づいたんだけれど、右手の指がものすごい膨れあがってて、顔が真っ青だった。とにかく、ふたりで大通りまで出てタクシーを摑《つか》まえたのよ。病院へ行こうかっていったんだけれど」

「嫌だといわれたわけか」

「顔は怪我してなかったけど、他はずいぶんひどくやられたみたいで、部屋に連れてくるなり、少しでいいから休ませてくれって、勝手にベッドを占領して倒れちゃったの。ずっとお腹を押さえてたから、そこをずいぶん殴られたのかもしれない。指だけは氷で冷やしてやったけど、あとは触るのも嫌だからそのまま。相変わらずお酒臭いし」

私のほうに心持ち躰を乗りだしてきた。「こんなところでいいかしら」

ベッド・ルームは、ほのかな香りに包まれていた。香水の類ではなく石鹼《せっけん》の匂いだ。笠岡に近づくと、それを押しのけるように酒臭さが伝わってきた。

佐代子がいっていたとおり、右手の人差し指と中指、薬指の三本が、根本からウインナーソーセージほどに膨れあがっていた。顔は傷つけず、指を折り、腹など目立たないところに打撃を与える。素人のやり口じゃない。

肩に手を載せ、呼びかけながら軽くゆすった。

さらに力を込めると、眉《まゆ》をしかめながら目を開けた。眩《まぶ》しそうに瞬《まばた》いたのち、怯えを顔いっぱいに漲《みなぎ》らせた。

「一昨日一度お訪ねした、弁護士の栖本です」

はっきりと告げると、「栖本……」と反復した。頭だけを気怠《けだる》げに持ちあげ、部屋のなかを見渡した。激痛が蘇《よみがえ》ってきたにちがいない。呻《うめ》き声を漏らし、猿のように顔をしかめた。

「――佐代子はどこだ？」

「私の部屋だもの。ここにいるわよ」

むこうの部屋から声が来た。「いつまでもベッドを占領してないでちょうだい。喉が渇いてるんじゃないの。冷たいものを用意してあげたわよ」

笠岡は上半身を起こしかけ、ふたたび小さな呻きを漏らした。左手で脇腹を押さえ、右手をベッドについて両足をそっと床に下ろした。氷の入ったビニール袋を見つけ、左手で右手にあてた。ひっと息を吐いた。

私は何ひとつ手を貸さなかった。笠岡がソファまで移動するのを待った。

「コーラなんかよしてくれ。酒のほうがいい」

ソファにへたり込んだ笠岡は、佐代子に無愛想に告げた。声がかすれ、かすかに小さく震えている。

「欲しけりゃ自分で買ってきて。家じゃアルコールは飲まないことにしてるの」

「――ビールぐらいないのか」

「ないわ」

聞こえよがしに舌を打ち、上着のポケットを探った。

「弁護士さん。たばこをくれねえか」

「喫わないんだ」

「ここにゃあ何ひとつねえのか」

「メンソールでよければ、喫う？」

佐代子が差しだすのに、ふたたび舌打ちしながら手をのばした。

「痛むか？」

尋ねただけで同情はなかった。

「なんてことねえさ」顔色は、裏腹に真っ青だ。「たぶん、肋《あばら》に罅《ひび》が入ってるのさ……。なあ、酒がねえなら痛みどめをくれねえか」

「話せば飲ませてやるよ。あんたを連れだそうとしたのは、誰なんだ」

「――知らねえよ」

「嘘をつけ。知らないやつがいきなり部屋を訪ねてきて、おいでくださいと誘ったってわけか」

「刑事だと名乗りやがったんだ。鍵《かぎ》を開けないわけにゃいかねえじゃねえか。それが、いきなり殴る蹴《け》るの暴行だ」

「何を訊《き》かれたんだ」

「何だって？」

私は顎《あご》をしゃくった。「その指は、連中に折られたんだろ。一本一本折りながら口を割らせようとした。そうだろ」

「そんなんじゃねえさ……」顔を逸《そ》らし、メンソールを口に運んで煙を吐いた。たばこを挟んでいるのは左手で、右手は氷の袋にじっと当てている。

「いったい、何のために、このヤマに首を突っ込んでくるんだ？」

問いかえしてくるのを無視した。

「質問に答えろよ。連中は誰で、いったい何を訊かれたんだ？」

「知らねえよ……」

「犀川興業の人間なのか」

「――なぜそう思うんだ？」

「違うのか」

「何も知らねえ」

「あんた、黒木京介って男を知ってるか？」

「瞭子を殺《や》った野郎じゃねえか」

「前から知ってたのかと訊いてるんだ」

「知らねえ」

「彼女はあんたの女だったんだろ。横恋慕してるやつを知らずにいたのか」

「警察からも訊かれたが、知らないもんは知らないんだ。あの店のあたりは、龍神会のシマだった。黒木ってやつは、おおっぴらにゃあ店に顔を出せなかったんだろうぜ――」

私は顔をじっと見つめた。口先だけで話している。

内ポケットから携帯電話を抜きだした。

「もう一度訊くが、さっきのは、犀川興業の連中じゃないんだな」

「ああ」

「それじゃあ、犀川興業に訊いてみよう」

「莫迦《ばか》いうな」

「連絡先はわかってるんだ。じかにあたってみにゃならんと思っていたから、ちょうどいい」

気が進まないが当たる必要のある相手。目の前にいる男の次は、犀川靖だった。手帳にはさんであったコピー用紙を広げて笠岡に渡した。事務所でデータベースからプリントアウトした、犀川靖を取締役とする企業の詳細だ。手帳にメモしてある犀川興業の番号を押した。

「おい、ちょっと待てよ。待てっていってるんだ。落ち着けよ」

呼出音が流れだす携帯を、屈《かが》みこんで笠岡の耳元に運んだ。じきに笠岡が硬直した。相手が出たのだ。無言のまま、私を見つめて首を左右に振る。唇を硬く閉じ、鼻孔をひくつかせながら息をしている。

私は携帯を自分の耳にあてた。すでに切れていた。

「もう一度やってみるか」

「莫迦なことはやめろ。きょうの連中は、犀川興業のやつらじゃない。あんたには何もわかっちゃないんだ。連中を刺激してどうするつもりだ」

「犀川興業じゃないなら、どこの連中だ」

「知らない。ほんとだよ、信じてくれ。だが、犀川興業と対立してる連中にちがいないんだ」

「ああ、だから電話なんぞよせといったんだ。こっちからわけのわからない争いに巻きこまれるなんて、まっぴらだぜ」

「対立してるだと？」

「なぜ対立してる連中だと思ったんだ」

「犀川興業のことをいろいろ訊きたがったからさ。いくら知らねえといっても、信じねえんだ。連中に瞭子を売ったのは俺じゃねえかってな」

「売っただと？」

「ああ、そうさ。なあ、弁護士さんよ。これはきっと、ただの色恋沙汰《ざた》のもつれの殺人なんかじゃねえ。瞭子が殺されたのには、何か裏があるんだ。俺たち素人は、触らねえほうがいいような裏がな」

6

笠岡は痛みどめを水で流しこんだ。

服用量の何倍かの錠剤を流しこんだところへ、佐代子が新しい氷を詰めたビニール袋を渡してやった。

質問を再開した。

「あんたが知るかぎりじゃ、犀川興業と瞭子とはまったく無関係だったんだな」

「さっきもいったろ。池袋は龍神会のシマだぜ。浅草の犀川興業なんぞ、俺だって瞭子だってずっと無関係でやってきたさ。もっとも、あの女が俺と出逢う前の話は知らねえぜ」

「きょうの連中が、地元の龍神会の人間だという可能性は？」

「ねえよ。やつらが俺にこんな仕打ちをするわけがない。それに、あいつらはたぶん東京の人間じゃないぜ。ところどころ関西弁が混じってたからな」

「ふたりともか？」

「ああ」

「瞭子が大阪にいたことは知ってるな」

「なんとなく話を聞いちゃいるが、くわしいことまでは知らないね。あの女は、何もしゃべりたがらなかったんだ」

「大阪で何をしていたのか、話したことはないのか？」

「同じ水商売だったといわれただけさ」

「デパートとか、アパレル関係、あるいは洋服屋で働いてたといった話は？」

「へっ、聞いたこともねえや。根っから夜の商売の女だぜ」

「大阪のどのあたりの店にいたのか、見当はつくか？」

「わからんよ」

「もっとよく考えろ」

睨《にら》みかえしてきた。「俺だって、ずっと考えてきたんだぜ」

「ほかに男たちから訊かれたことは？」

「もういいじゃねえか。痛くって気が狂いそうだ」

「じきに薬が効いてくるさ。大したことはなかったんじゃないのか」

「けっ、他人事《ひとごと》だと思いやがって……。あと他に訊かれたのは、俺とあの女の関係だよ。いつ出逢って、どんなふうにしてきたのか」

私はしばらく考えた。

「俺にも聞かせろよ。あんたと彼女の関係は、いつどんなふうに始まったんだ?」

「そんなことを聞いてどうするんだ」

吐き捨てたあと、笠岡の表情がわずかに変わった。

「そうか。なんで弁護士なんぞがこの事件を調べてるのかと思えば、あんた、むかしあいつの男だったあの弁護士だな」

「――――」

「どうやらその顔は、図星だな」目の表情が、小狡《こずる》くも小賢《こざか》しくも感じさせた。

「ならばどうしたんだ?」

「どうもこうもねえさ。弁護士が出てくるなんぞ、おかしいと思ったんだ。相変わらずの正義漢気取りか。ニュースを憶《おぼ》えてるぜ。暸子のやつが、あの裁判のニュースをよくテレビで観てたからな。とんだ正義のヒーローだ。その挙げ句、サツがとっ捕まえてた強姦《ごうかん》殺人魔をわざわざ塀の外にもどし、女子大生を殺させたんだからな」

吐き気を覚えた。人を殴る習慣はなかった。最後に喧嘩《けんか》をしたのは、高校二年。受験勉強のために、剣道部を辞めたいといいだした私を、ある先輩が罵倒《ばとう》した。その場で私が殴りかかったのだ。

暴力は弁護士の自己否定につながる。だが、人を殴りたい衝動自体が消え失せるわけはなかった。ネクタイの結び目をなおし、息を深く吸いこんだ。

「あんたと彼女の関係を訊いてるんだ」

「まだ話は終わっちゃいねえぜ。あいつが、いってたよ。あんたのその、正義漢気取りがたまらなかったとな」

「嘘だ」語気が強まるのがわかった。

「なんで嘘なんだ」

「そんなことをいう女じゃない」

「なら、あんたにとっちゃあ、いったいどんな女だったんだ。けっ、これだから弁護士なんてのはおぼっちゃんだっていうのさ。教えてやるよ。俺と出逢ったとき、あの女はチンケな店のホステスだった。金さえあれば、この何倍もの店をやりくりできると、威勢だけはよかったぜ。俺もあの頃は羽振りがよかったからな。《担保》をよこしゃあ、金を融通してやると持ちかけたのさ。するとどうだい、ほんの一週間と悩まなかったぜ。次には仲良くベッドでおねんねさ。俺がいたからあの店を持てたんだぜ。それを恩も忘れて、落ちぶれると冷たい扱いをしやがって。これでも俺はな、本気で惚《ほ》れてたんだ」

私は笠岡を殴らなかった。

先に、佐代子の平手が頬に飛んでいたのだ。手加減のない叩《たた》き方だった。不意打ちを食らった笠岡の頬が派手な音を立てた。娘は大きく胸を膨らませ、痩《や》せた躰《からだ》じゅうに空気を呼びこみ、そのまま一気にまくしたてた。

「甘ったれるんじゃないよ！　男ってのはほんとに、どいつもこいつも。金が目当てで抱かれちゃ悪いのかい。ママは借用書もつくったし、しかももう全額返済したんだろ。銀行はそんなことじゃお金を貸さないけれど、あんたは貸した。それだけでしょ。不景気で、大の男さえ借りた金を返さずにでかいツラをしてる時に、女が躰を張って金をつくり、耳をそろえて返したんだ。すごいと思えよ。それを、いつまでもぐずぐずと。普通なら、二度と店に出入りできなかったはずだよ。それをママの人の好さに甘えてつけ上がって。たったひとつしかない自分の躰を担保にするってのがどういうことか、わかるかい。本気で惚れてたの何のって、笑わせるんじゃないよ。何杯ただ酒をかっくらったんだ。羽振りが悪くなったら、消えるのが男だろ」

娘に殴りかかろうとする笠岡を、私はソファに押しかえした。笠岡は、肩で大きく息をして、苦痛と憎悪とを交互に吐きつづけた。

佐代子が私に顔をむけた。思わず目を逸《そ》らした。上気した娘の顔に面食らっていた。娘が露わにした怒りにじゃない。ただのっぽの痩せた娘だとばかり思っていた佐代子が怒りとともに現した、色気にだ。

「聞きださなけりゃならないことは、これぐらいでいいの？」

気圧《けお》されたまま「いい」といいそうになって、軽く首を振って見せ、あらためて笠岡を見下ろした。

「きのう、暸子の故郷の三春に行ってきた」

「――だからどうした」

顔を横にそむけたまま、ふてくされた声を出した。

「どうも妙なのさ。あの町で少女時代を過ごした小林瞭子は、彼女と別人のような気がしてるんだ」

ちらっとこっちに視線を投げた。「そりゃ、いったいどういう意味だ……」

「言葉どおりさ。あんた、彼女が小林瞭子じゃないかもしれないと思ったことはないか？」

「やめろよ。そんな話は聞きたくもねえ。俺は何も知らねえし、関係ねえ。前に何があったって知ったことじゃない。わからねえのか。犀川興業と、さっきの連中と、組織がふたつ動いてるんだ。これ以上のごたごたはごめんだぜ。あんたも、二度と俺の前に現れないでくれ」

私は笠岡を見つめつづけていた。ただの怯《おび》えなのか、何かを隠しているのかを見極めたかった。

「もういいだろ。帰してくれ」

笠岡が躰を持ちあげるのを、そのまま遮らずに立たせてやった。

「どこへ帰るつもりなんだ」

「ほっといてくれ。自分のヤサへ帰るほどの莫迦《ばか》じゃねえよ」

左手で肋骨《ろっこつ》のあたりを押さえ、右手は氷袋を握ったまま、笠岡はゆっくりと玄関を目指した。靴べらをいかにも使いにくそうに使って靴を履き、いらだたしそうに捨てて出ていった。

「ありがとう、助かった」

笠岡が玄関からすがたを消すとともに、佐代子に礼をいった。

「野郎の口から、貴重な情報がいくつも聞けた」

相手の目は見なかった。

「——へへ」と佐代子は笑いを漏らした。「荒っぽい女だと思って、あきれたでしょ。でも、お店じゃあ、まちがってもお客さんに手を上げたことなんかないんだよ」

「わかってるさ」浅く微笑みかえした。

コーラを飲みほし、部屋を出ようとすると呼びとめられた。

「もう少しゆっくりしていけないの。話を聞かせてもらいたいし」

一拍置き、いいにくそうに言葉を継いだ。「ねえ、さっき笠岡がいってた裁判って、何のことなの？」

「あらためて連絡を入れるよ。野郎のあとを尾《つ》けるつもりなんだ。どこに落ち着くつもりなのか、確認だけはしておいたほうがいい」

「――わかったわ。じゃあ、必ず連絡をちょうだい」

玄関を目指そうとすると呼びとめられた。

「ねえ、栖本さん」かすかな沈黙のあとで、つづけた。「あなたって、なぜそうやって手放しで、ママのことを信じられるの？」

私は中途半端に振りむいただけだった。

「――そう見えるか？」

「信じてるんでしょ。そうでなけりゃ、笠岡にさっきみたいなことはいえないわ」

先を急ぐ振りをして靴を履いた。

何かをいえば嘘になる。そんな気がしてならなかった。

タクシーでおよそツー・メーター。川越《かわごえ》街道でJRの線路を越え、最初の大きな十字路を左折。そこから逆に少し駅の方角へもどったところで笠岡は車を降りた。

運転手にいい、笠岡のタクシーを越した先で車を停めてもらった。舗道に降りたった笠岡が、ゆっくりと路地に入っていくのを見届けてから車を降り、早足で路地の入口に近づいた。

その先に、龍神会の事務所があった。タクシーが池袋界隈《かいわい》を離れなかったことから、ある程度予想はしていた。蛇の道は蛇。組織が絡んだごたごたからしばらく身を隠すために、別の組織を頼るというわけだ。誰かに頼ればほっと息をつけると思っている男を、私は嫌というほど知っていた。

デザイン事務所でも入っているかに思わせる、小綺麗《こぎれい》な三階建てのビルだった。一階は清楚《せいそ》な白い遮光カーテンを引いてある大きな硝子《ガラス》張り。ビルに合わせたと思える洒落《しゃれ》た街灯が、入口わきに一個と両端に一個ずつ。

十分ほど、私は何もせず、じっと路地に立っていた。

笠岡から聞きだした話を、どこに位置づけるべきか考えていた。大阪の影。断言はできないものの、笠岡を拉致《らち》しようとした男たちの言葉に関西弁が混じっていたことと、彼女が大阪で小林瞭子と入れ替わったという可能性のあいだには、何か関係があるように思えてならなかった。

ふたり組は、笠岡に、彼女を犀川興業に売ったのはおまえかというい方をしたという。だとすれば、連中は彼女の側に身を置く人間ということになる。彼女の過去には、どこかの組織との関係が潜んでいるのだろうか。犀川興業が彼女を狙ったのは、その組織とのいざこざのためなのか。

腕時計で時間を確認した。まだ八時前。心持ち移動したが、ビルの入口が見えなくなるところまでは離れなかった。携帯で、昼間一度連絡を取った興信所の清野伸之に電話をした。簡単に用件を伝えて承諾を得たあと、もう一本電話をかけた。

待つこともなく、「もしもし」と品の良さそうな声がした。

私は自分の職業とフル・ネームとをきちんと名乗った。

そこから先は、きちんとした話ではなかった。

「犀川靖さんと話したいんですが」

何の用だと、訊《き》きかえしてきた。

「犀川さんとじかに話さなければ、通じない話です」

弁護士然とした冷たい口調を保つと、しばらくして別の男が電話口に出た。

「社長に何の用ですか?」

声も口調も、最初のチンピラよりもずっと落ち着いていた。犀川とじかに話さなければ通じない話だと、同じ言葉を繰りかえした。

「社長は現在留守です。留守中のことは、私がすべて任されています。どういったご用件でしょうか?」

私は瀬戸内海にある町の名前を口にした。

「犀川さんが経営されている、あちらの廃棄物処理場の件です」

「それが何か?」

その会社の所在地にはじまり、設立年度、資本金、簡単な経営実績等、データベースによって引きだした知識を、さも大事そうに羅列した。記憶していたわけではなく、プリントアウトしたデータを、目の前に広げていたのだった。

一拍置いたのち、「これでまちがいありませんね」冷静な口調で問いかけた。

相手はしばらく黙りこくっていた。「ええ、まあ、私には細かいところまではわかりませんが」

「河野高次《こうじ》という名前に聞き覚えは？」

「いいえ」

あるわけがなかった。麹町に事務所を持つ、弁護士の河野から思いついただけだ。

「河野さんが、ゴミ処理場についての訴えを起こすつもりでいます」

「待ってくださいよ、弁護士さん。あれは地方自治体の許可も取ってある、きちんとしたゴミ処理場ですよ」

「とにかく一度、犀川さん本人と会って話しあいたいのですが」

「留守だといったでしょ」

「私の雇い主は、内容証明を送りつけるといってるんですがね」

「莫迦な。うちはきちんと法律どおりにやってるんだ」

「それなら、話しあいに応じてくれませんか」

「あんたなあ、ずいぶんいいぐさが強引じゃねえか」

だんだん地金が出てきた。

「強引なことにならないように、こうしてお電話をしてるんです。私の依頼人にとっても、犀川さんにとってもです。あすの早いうちにでも、一度お時間を取っていただけないでしょうかね」

いかにも渋々という口調で、とにかく犀川に連絡を取ってみるという男に、自分の携帯の番号を告げた。

電話を切り、チューインガムを口に入れた。

しばらくして携帯電話が鳴った。「犀川興業のものですが」先ほどの声が名乗るのに、栖本ですと応じた。

「社長がお会いになるそうです。あすの正午、浅草ビュー・ホテルのロビーということでどうでしょう」

7

一時間まで費やさずに、龍神会の前を離れた。

笠岡が男ふたりに連れられて、車で出ていくのが確認できたのだ。

隠れ家にしろ、龍神会が懇意にしている病院にしろ、今のところ行き先まで必要だとは思えなかった。連中が笠岡を追いださなかったからには、この先は龍神会をほじれば笠岡にたどり着ける。

タクシーで銀座に出た。

《ポエム》の扉を開けると、清野伸之はすでにスツールに陣取って、ロック・グラスを傾けていた。量が多く、色が薄い。ハーフ・ロックらしかった。

カウンターのいちばん隅、塡《は》め殺しの窓から表が見える、私の気に入りの席だった。

きちんとした背広すがた。髪を短く刈りあげ、ぶ厚いレンズの黒縁眼鏡をかけている。銀行の支店長、あるいは落ち着いた会社の部長クラスと一致する雰囲気を持つ男だ。競馬場や場外馬券場に足を運んだときだけは、この印象が百八十度変わるそうだった。そうでなければ、今でも警察にいたはずだ。元々そんな雰囲気を表に出していたら、博打《ばくち》の負けを警察の金で埋めあわせようにも、現実的に実行できる地位は得られなかっただろうし、一年三百六十五日、お堅いままでいられたとしたら、今でも馘《くび》にはなっていなかったにちがいない。弁護士をしているとしみじみ思うが、性格というのは、本人をそれで幸せにするよりもむしろ、不幸の原因となることのほうが多いようだ。

引導を渡されてからも、警察時代と同様に外見を整え、浮気調査やら弁護士の下働きやらに身をやつしている。何人か人を使っているポーズを取りつづけ、低音のよく通る声と独特の押しだしで相手に信用を与えるものの、どれだけ内実が伴うものなのかは誰にもわからない。ようするに、警察官ではなくなったあとも、なるべく警察官らしくふるまっていたい男なのかもしれなかった。一部の芸術家や宗教家が考えるほど、違った人生に足を踏みだすというのはたやすいことじゃないのだ。

チーフの植木にラガブリンを頼み、清野の隣りの止まり木に滑りこんだ。

「悪かったですね。急に時間を取ってもらって」

「なあに、毎晩どこかでは飲んでるんです。誘ってもらってうれしいですよ。数えてみたんです」

「何を？」と訊いた。

「栖本さんと出逢って何年になるのかなと。はじめは、塩崎さんのところでだった」

「六年前ですか」

「足かけ七年になります。だが、いっしょに飲むのははじめてだ」

そうですね、と応じる以外には思いつかなかった。私は弁護士仲間や仕事仲間から、偏屈屋と呼ばれている。そして、この男はほぼ確実に、私もまた大の競馬狂であることを知らないはずだった。滅多なことでは、仕事以外の話をしないのだ。偏屈屋と呼ばれる所以《ゆえん》だ。

ラガブリンを、喉《のど》の奥に落としこんだ。最初の一杯は、啜《すす》らずに落としこむのが旨《うま》い。植木がボトルのラベルをこちらにむけて置いた。

この止まり木を気に入っている理由を、ふと考えることがあった。塡め殺しになった窓の下に並んでのびる首都高速とJRの線路。そのどちらを使ってでもいい。酔って最高の気分で東京を離れれば、その夜のうちにどこまで行けるのか。一度試してみたいのだ。もちろん、もどることは、一ミリたりとも考えない。

たぶん嘘だ。愚か者や楽天家を装うことはできても、どちらにもなりきれない。それが私の正体だった。競馬で取ったときの、ホッとした気分。黙々と調べあげたデータを頭に叩《たた》きこみ、それから馬の顔を見つめる。人間よりも遥《はる》かに寿命の短い動物の、レースを目前にした輝きを読みとろうと試みる。そして、直感がまちがっていなかったことを証明できたとき、私を待ち受けているのは喜びよりも安堵《あんど》だ。

「犀川興業の事務所には、ひとり張りつけてあって、付近の聞きこみもさせてます」

清野がいった。「なんなら別に、犀川靖にもひとり張りつかせますが、どうでしょうね」

早速セールスというわけだ。習慣どおりに手持ちの調査員を水増ししている。資産調査、基本料金十万。結婚調査は本人対象が六万、家族全般なら七万。最近の流行では、盗聴器発見が五万。尾行調査となると、ぐんと跳ねあがる。一日八時間を基本として、概算二十万が基本。しかも営業案内のパンフレットには、《報酬は成功報酬ではありません》と、慇懃《いんぎん》なただし書きが入っている。

「張りつかせてください。少しは何か耳に入ってきましたか？」

「さすがに、まだ。組員が殺人事件に関係したんです。事務所の雰囲気は剣呑《けんのん》らしいし、犀川も忙しく飛びまわっているようですがね」

「飛びまわっているとは？」

「もちろん表沙汰《ざた》になった場合にかぎっての話ですが、特に暴力団新法成立以降、ヤクザ組織は一般人が絡んだ殺傷事件に神経を使ってるんですよ。犀川も上部組織の連中に、組員の不始末を詫《わ》びてまわる必要があるってことです」

これがただ組員の色恋沙汰がもつれた挙げ句の殺人ならば、そういうことになるだろう。だが、犀川興業というひとつの組織の思惑による殺人だとすれば、犀川靖の行動にも違う意味あいが生じるはずだ。

清野は上半身をひねり、肉付きのいい顔をむけてきた。

「それで、あらためて相談というのは？」

私は相手の口元を見つめた。

「本格的に、手伝ってもらいたいんです」

「――どういう意味でしょう？」

意識の何割かは自分の内側にむいている。そんな顔つきだった。額の奥数ミリのところにある専用計算機の目盛りを読みつづけているのだ。悪いことじゃなかった。何年も博打のツケを警察の金で精算しつづけてもバレず、バレても馘をいいわたされただけで刑務所行きを免れた男には、そんな男なりの切れ味がある。いま必要なのはそれだった。

「丸一週間、私は法廷も相談もすべてキャンセルしました。だが、ひとりじゃあ、どうしても動ける範囲に限界がある」

清野は正面に顔をもどした。「ずいぶん入れこんでるんですな。この事件の何を調べたいんです。まさか、犯人が別にいるとでもおっしゃるつもりですか」

「とりあえずは、被害者が殺害された理由です。色恋沙汰のもつれによる殺人などではないと思うんです」

「根拠は？」

「きょうの夕方、被害者とつきあいのあった男が、妙なふたり連れに拉致《らち》されそうになりました。襲ってきたのは、西のほうの人間だったらしい。男たちは、その男に暴行を加え、犀川興業に彼女を売ったのはおまえかと問いつめたそうです」

「売ったとはまた、穏やかな話じゃありませんな。男たちの正体に見当は？」

「それもまだなんとも。ただ、やり口はあきらかにどこかの組織の人間です。それに、小林瞭子がかつて大阪にいたことはわかってる」

「誰かを大阪に派遣したいってことですか？」

「いや」首を振った。「やがてお願いすることになるかもしれませんが、今は違います」

「それじゃあ――」

「あす、できれば一番で、長野の信濃大町に人をやってくれませんか」

「信濃大町？」

「小林瞭子は、福島県の三春で生まれ、本人が十二歳のときに、家族で信濃大町に転居してます」

　手帳から彼女の写真を抜きだした。

　清野は写真の端をつまみ、掌《てのひら》に載せてじっと見つめた。

「なぜ、長野なんです？」

「その写真の彼女が、本当に戸籍上の小林瞭子と同一人物なのかを確かめてほしいんですよ。正確にいえば、別人である確かな証拠を見つけてきてほしいんです」

「別人とは、また。どうもよくわからんですな」

　今夜はじめて清野の興味が動くのを感じた。

「その酒をもらってもかまいませんか？」

　ラガブリンを指すのに応じ、植木にショットグラスをもらってアイラ・モルトを注いでやった。ひと口舐《な》め、息を吐きおとしたのち、清野はあらためて私を見た。うまいと感じたようにも、そうでないようにも見える顔をしていた。

「しかし、栖本さん。警察は何といってるんです?」

「私の考えを莫迦《ばか》にしてます」

「担当デカは?」

「帳場を仕切っているのが誰かはわかりませんが、私が会ったのは藤崎という刑事です」

「警視庁《オモヤ》の藤崎ですか?」

「ご存じなんですか」

問いかえすと、「同期です」と応じ、ショットグラスの中身を唇のあいだに落としこんだ。しばらく黙って待ったが、それ以上は何もいおうとはしなかった。

もう一杯いただきますよとことわって、ラガブリンを注ぎながら訊《き》いてきた。

「彼女が小林瞭子とは別人だと考える根拠は?」

彼女の太股《ふともも》の傷の件を告げた。

清野は口をつぐみ、しばらく何かを計るような表情をしていた。ほんのわずかに唇を開き、隙間からまたラガブリンを流しこんだ。「三春の外科のカルテは?」

「それは私のほうで調べてますが、二十年以上前の出来事です。保存されている可能性は少ないでしょうね」

「歯形は?」

「十年前に名古屋で治療している小林瞭子のものと一致します」

「傷跡以外の根拠は?」

「ありません。彼女の小学校を訪ね、卒業アルバムの写真をコピーしてきましたが、同一人物のようにも別人のようにも思える」

「女ってのは、化けますからな」

微笑んだ。

「親しかった級友に、この写真を見せたんですが、別人だという感想は聞かれませんでした。それに、瞭子の伯母《おば》にあたる女性にも会ってきましたが」

「ちょっと待ってください、栖本さん。いくらなんでも、親戚《しんせき》が自分の姪《めい》にあたる人間の顔を見誤るとは思えないですよ」

「その女性は、白内障なんです。それに、何かを隠していることは確かです」

「それにしろ、自分の姪以外の人間を、自分の姪だと偽る理由があるとは思えませんがね」

「私もそうです。ですから、信州で、その理由も調べてほしいんです」

目が合って、清野は小さく鼻から笑いをこぼした。「頑固な方ですね」

私はクスともしなかった。「思いこみが強いというべきかもしれない」

「ご存じでしょうが、成功報酬じゃありませんよ」

「わかってます」

「大町の住所は？」

三春の役場で上げた付票の住所を告げた。

「父親はわさび園を手伝っていたはずです。わさび園の名前まではわかりません」

「なあに、当時の住所とわさび園って手がかりがあれば、何とでもなりますよ。この写真は、このまま預かってしまってかまわないんですか」

「ネガがあるので、かまいません」

私は植木に声をかけ、ラガブリンをオンザロックにしてくれるように頼んだ。ショットで飲むのは二杯までと決めていた。

窓に映る清野の顔に問いかけた。「私と彼女の関係を訊かないんですか？」

「訊かれたいんですか？」

「いや」

「依頼の理由は、必要なときしか訊きませんよ。経営方針です。むしろお訊きしたいのは、どうして私を選んでくれたのかってことですがね。興信所ならいくらもご存じのはずだ」

「だが、あなたとのつきあいがいちばん古い。いちばん信用してるんです」

「そういってもらえると、嬉《うれ》しいですよ」少しも嬉しそうではなかった。「ただ、よけいかもしれんですが、もし一週間して片がつかなかったらどうするつもりです。あなたの話が本当で、女が入れ替わってるんだとしたら、えらいこった。けっこう根が深いヤマかもしれませんよ」

「片がつかなけりゃ、片づくまでつづけますよ」

清野はほほおという顔をした。おそらく、この男が知っている私という人間とはほど遠い台詞《せりふ》に思えたのだろう。

私はラガブリンを啜《すす》り、ふたたび相手の顔に視線を走らせた。「弁護士ってのは、刑事とはあまり仲がよくないんです。特に、私の場合は、なかなか友好的な関係になれない」

「わかりますよ。お互いを立てるとかいいあって、その実、敬遠しあってる」

具体的な理由を、この男も知らないわけがなかったが、口にしようとはしなかった。

「もうひとつ頼みがあるんですが。むかしの知りあいで、できれば藤崎という刑事以外に、今度のヤマの帳場と関係している刑事が見つかりませんかね」

「警察の内部情報がほしいってわけですか」

「特に、事件があった夜の詳細を知りたいんです」

「藤崎からは訊きだせなかった？」

「喧嘩《けんか》別れになりました」

「なるほどね」清野は私をちらっと見返してから、窓に映る私のほうに視線をむけた。

「ですが、栖本さん。悪いがそれはできない」

「――――」

「確かに袖《そで》の下のいくらかも渡せば、情報を提供してくれるようなかつての同僚はいます。だが、意固地と思われるかもしれんが、私にはひとつ決めてることがあるんですよ。警察からは、いっさい内部情報めいたものは引きださない。今のところを開けてから、ずっと貫いてる方針なんです。あなたも、私が本庁を辞めた理由について、何か聞いてらっしゃると思う。大方が、そのとおりです。まちがえたのは、私だ。本庁はそんな私を追っ払っただけだ。退職金で使いこみの穴を埋めさせ、穏便な処置をしてくれたことに感謝すべきだし、逆恨みにしかすぎないはずだ。だが、わかっていても、どうしようもないものだってある。二度と桜田門には近づきたくないんですよ。過去を振りかえると、前に行けない。そう思いませんか、栖本さん」

私は、頼んだことを詫《わ》びた。

「詫びんでください。その代わりといっちゃ何だが、優秀な男を信州に派遣しますよ。むこうで何か摑《つか》めれば、そのままその男が大阪に回るというので如何《いかが》です」

にっと笑い、たばこに火をつけて、ライターを握ったほうの親指を立てた。「つまり、私が自分で行くってことです。正直いえば、警察の捜査方針にあなたが異を唱えているのが気に入ったんですよ。鼻を明かしてやれれば、溜飲《りゅういん》が下がる」

いったん言葉を切ったあと、私の顔を視線で撫《な》でてきた。一瞬意地の悪さがのぞいたのは、錯覚ではなかったはずだ。

「栖本さん。ほんとは私に声をかけてきたのは、私ならそう思うと予測したからじゃないんですか」

何も答えずに、ラガブリンを口に運んだ。

漠然とだが、知りあってから七年近く、自分がこの男とはあまり馴染《なじ》みになりたくないと思っていたわけに気づいていた。

見栄っ張りで、他人に心を許そうともしなければ、たやすく信用しようともしない。自分には隠れた力があると思いこんでいて、それを他人が知ろうとしないことについては、すべて他人が悪いと思っている。

この男と私とは、たぶん良く似ている。

清野と別れて表に出ると、小雨が降りはじめていた。

マンションに帰りつくなり、寝室の壁に立てかけてある竹刀を取りあげて居間を横切った。

事務所にある木刀は、事務所を開けてから買ったものだが、これは高校時代に使っていたものだった。剣道は、六歳の時にはじめた。都大会優勝。思春期の小さな夢。剣道で飯が食えるわけじゃない。犠牲にして受験勉強に励んだ。母は喜んだ。父よりも偉い人間になってほしかったのだ。何でもいい。ただ、父よりは偉いと母が思える人間にだ。現役での大学合格。そして、司法試験の合格。思春期の夢と引き替えに得たものは、それほどに大したものだったのか、考えねばならないのは私自身だった。

ここには、私ひとりしかいない。そう感じるのは少しも苦ではなかった。だが、いつでも私だけがいる。そう感じるときが時折りあった。それは苦痛でたまらなかった。

ルーフバルコニーに出ると、素足にコンクリートが冷たかった。その上に溜《た》まった雨はむしろ温かく思えた。霧のような雨が躰《からだ》にまとわりついてきて、眠りはじめた街が眼下に見渡せた。

構え、振りおろした。長く竹刀を手から離していると、重たく感じられる。最初の十回ほどは、その重さにつきまとわれた。途中から、徐々に気合いが込めやすくなった。

汗ばんできてもなお、完全に集中はできなかった。

「なぜそうやって手放しで、ママのことを信じられるの」

佐代子の言葉が、そのまま頭に張りついていた。

――そこそこの信頼とそこそこの裏切り。

たぶん日常生活は、そんなものでできている。私はいったい彼女のなかの何を信じているのだろう。五年前、瞭子が消え去ってから実に長いこと、不実をなじりつづけていた。勝手な不倫関係を棚に上げ、彼女の裏切りを憎み、そしり、その果てには、私との関係など、ひと時の腰掛けにすぎなかったのだとさえ思うようになった。いったんそう思ってしまうと、ドミノが倒れていくように、彼女との思い出のひとつひとつが、すべて違った意味に感じられてならなかった。

いや、そんなことでさえないのかもしれない。

母と暮らしていた頃も、結婚生活もその後も、私は自分の生き方について疑うことばかりをつづけてきたのかもしれなかった。信じ、その場所に留《とど》まることができなかっただけではないのか。私には、自殺した父親の人生を、母がまるまる受け入れていたように信じることなどできなかった。父は業者から集めた金で家を建て、最後はその代償であるかのように自ら命を絶った。それでも母は最後まで父を信じつづけ、誰もこの家を取りあげにこないのが、父が無実だった証拠だといいつづけて死んだ。そんな母のことを、まちがっていたとも愚かだったとも思えない。時には愛《いと》おしく、時には疎ましく思うだけだ。

私が時折り訪ねると、母はいつでも縁側から猫の額ほどの庭を見やり、起きているのかわからないような目をしょぼしょぼとさせて、ちんまりと背中を丸めていた。南側にマンションが建ってからは、庭に陽があたるのはほんの短い時間だけだった。夫も息子もいなくなった家は、母ひとりが過ごすには広すぎた。

母のなかには、家族という存在があった。父もそれを守りとおしたのだ。私は、家庭生活に失敗した。妻の芙美子《ふみこ》でも、義父だった塩崎礼次郎でもない。私自らが壊したのだ。それは感傷でも何でもなく、認めねばならないただの事実だった。その事実が、時が経つうちに私の自信を損ない、私を予期せぬかたちで苦しめていた。家庭に安住するという欲求自体が、元々私にはなかったのだ。そう考えることで納得できる瞬間はあったものの、それはあくまでも瞬間であって、人生の支えにできるほどに長い時間ではなかった。私と妻の芙美子、そして私と義理の父親だった塩崎礼次郎とのあいだには、将来とか地位とかをふくめた、様々な約束ごとが存在していたのではなかったか。存在させていたのは周りの誰かではなく、私自身ではなかったか。私は弁護士という生き方を、仕事やステイタス以上のものとして信じたことがあったのだろうか。

なかなか素振りに意識が集中しない。酔った勢いで莫迦《ばか》なことをやっているだけだ。たまらなく芝居がかったことをしているように感じられて、バルコニーの手すりにもたれた。

私は自分の過去にこだわっているわけでも、彼女の過去にこだわっているわけでもないのかもしれない。自分を信頼しきれぬまま、偏屈者といわれる不眠症気味の弁護士がひとり。前へ行くために調べつづける必要があるだけなのかもしれない。真綿で首を絞められるかのように、少しずつ身動きが取れなくなってきたのだ。身動きを取れなくしているのは、誰か他人ではなく、自分自身ではないのか。それが、私が歩いてきたエリート・コースというやつと、その後の挫折《ざせつ》の正体だ。

理屈じゃなかった。自分の手で、彼女が誰だったのか、何を抱えていたのかを知る必要がある。

眼下に広がる夜の景色を、ぼんやりと眺めているうちに、大きなくしゃみがひとつ出た。

第四章　不在

1

翌朝、午前九時過ぎに事務所に入った。

留守電に三本伝言が残っていた。二本までは依頼人からの法廷を延期したことに対する苦情であり、三本めは友人弁護士の河野からだった。

《何か動きまわってるようじゃないか。俺が頼んだ法廷だけじゃなく、軒並み延期してるという噂を聞いた。デカいヤマを掘りあてたのなら、一枚乗らせろ。何か手に負えない事態に巻きこまれているなら、相談に乗るぜ。いずれにしろ、気がむいたら連絡をくれ》

依頼人からの伝言には心が痛み、河野からの伝言には心が騒いだ。東京で仕事をする弁護士は全体でもおよそ七千人。よくいえば結束が固く、悪くいえば噂の足の速い閉塞《へいそく》的な世界だ。弁護士の数を増やせなどという御託《ごたく》は、ただのかけ声にすぎないし、それにともなう裁判の迅速化も完全なたてまえだった。数を増やせば食い扶持が減る。医者余りの状況を他山の石として、賢い弁護士たちは同じ過ちは犯さないのだ。

そんな結束固き〝エリートたち〟の集団のなかで、軒並み法廷を延期しているという噂が、尊敬を醸す道理はなかった。

秘書の典子のメモが机に載っていた。きのう帰宅時にしたためたものだ。当初から、私と会えずに帰宅するときは、仕事の報告をこまめにメモで残しておいてくれる。結婚する以前に取ったらしい《秘書検定試験一級》の資格が、履歴書に誇らしげに書いてあったのを憶《おぼ》えていた。次の外科医院にはカルテの有無を確かめたが、見つけられなかったとあり、リストが添えられていた。気を利かして郡山まで調べてあり、合計八軒並んでいた。

薄手で太罫《ふとけい》の大学ノートを買い置きの棚から出してきた。表紙に事件の日付を書き、一ページめにきょうの日付を書きこむと、わかっていることをひとつひとつ書きだしはじめた。出くわした人間の一覧を作り、彼ら彼女らの発言を、細かいことまでふくめて箇条書きにする。推測はいっさい書いてはならない。いっしょにあの《OL強姦《ごうかん》殺人事件》の法廷を闘った先輩弁護士である関谷宗吉から教えられた方法だった。推測を書けば、事実が推測に引きずられる。

むかしは事件に関わるたびにこうしてメモを取ったものだが、独立してからは簡単な覚え書き程度で、すっかり疎かにしてきた習慣だった。弁護士には、他人が想像するよりもずっとデスク・ワークが多い。書き物をできるだけ避けるのはある種の道理といえた。法廷にむけての準備書面をワープロで下書きし、少し時間を置いてから細かい点を洗いなおして、仕上げる。ここ二年の私はといえば、せいぜいがそれで済むような仕事としか出会わなかったし、それが仕事だと思うようにしていた。

刑事の藤崎幸助。新聞記者の後藤益男。ホステスの名取佐代子。三春で出会った老人と、今村酒店の今村一枝。そして、笠岡和夫。瞭子《りょうこ》の欄には、ただ一行しか書くことがなかった。

《相談したいことがある》それだけだ。

一行あけて犀川《さいかわ》靖の名前を書いた。どんな発言が出るのかは、もう何時間もしないうちに明らかになる。暴力団の組長。会って嬉《うれ》しい相手ではなかった。会わなければ何もはじまらない。弁護士として培ってきたやり方で通してみるしかないのだ。

時計を確かめ、すずらん通りにあるスピード現像の写真屋へ行き、瞭子の写真の焼き増しを取ってきた。聞きこみの相手に渡すことを考えて、多めに焼き増しを頼んでいた。

雑居ビルの入口で、階段を上がる典子の背中が見えた。

「裁判所へ回って、期日簿を上げてきました」

声をかけると、振りむいて、笑顔でそう報告した。きのう法廷のキャンセルを頼んだ時のような不安は窺《うかが》えなかった。てきぱきと動きまわれる仕事があることで、ひとまず安心しているのかもしれない。

「ありがとう。メモを見ましたよ。三春、郡山付近の外科で、まだいくつか当たってないところが残ってますか?」

「ええ、まだいくつか」

「じゃあ、それを当たってしまってください」

私は自分の机にもどり、期日簿に目を通した。

瞭子が傍聴のために足を運んだのだとすれば、証人尋問のはずだった。同じ公判とはいえ、準備書面の提出は、ほんの十数分で終わる。身体検査のように列をなした弁護士が、名前ばかりの〝開廷〟を待っている。さて、お次の正義はどなたかなというわけだ。どの弁護士も、事件関係者はなるべく法廷に呼ばないし、関係者のほうだって、よほどでなければ来るつもりにはならない。

四時から始まる証人尋問は三件。

事件番号に丸をつけた。

裁判所へ電話を入れ、書記官室につないでもらった。裁判所の事務手続きを仕切っているのは書記官だ。知りあいの書記官を呼びだして口説き、この三件を担当した弁護士の名前を調べてもらうために、夕食をおごる約束をさせられた。

民事が二件で、被告・原告双方担当の弁護士が四人。あとの一件は刑事で、弁護士はひとり。

民事の一件は、世《せ》田《た》谷《がや》区の土地相続で、争っているのは佐伯朋子《さえきともこ》という未亡人と、先妻の息子の佐伯雅也《まさや》という男。もう一件は、新橋の土地の所有権をめぐるもので、期日簿にあった被告の名は須藤章一《すどうしょういち》ほかふたり、原告は西上隆司《にしがみりゅうじ》。刑事のほうは、広域放火事件で、その日の証人尋問は放火魔の情婦だった高橋清美《たかはしきよみ》という女だった。

合計五つの弁護士事務所を書きだし、部屋を出た。一ヵ所だけは茨城県だったが、それ以外は都内だった。

「こちらからも連絡を入れるようにしますが、もしもカルテの存在がはっきりしたら、携帯を鳴らしてください」

「お出かけですか？　コーヒーを沸かしてるところですけれど」

「人と会わなければならないんです」

「あの、先生。さっきの期日簿についての調査はいいんでしょうか？」

「それは自分でアポを取って当たってみます」

弁護士は、基本的に秘密主義だ。法廷の前後に誰と会ったかを尋ねるのには、微妙な心遣いが必要で、典子に電話をしてもらえば済むというものではなかった。

事務所を出、階段へ歩きかけたところで典子に呼びとめられた。

「先生にお電話ですが、どうしましょうか？」

「用件だけ聞いておいてくれませんか」

「しかし、急用だということで、名取佐代子さんという人からですが」

事務所にもどった。保留を解除し、電話を取った。

「ごめんなさい。忙しいときに」

「いや、いいんだ。どうしたんだ？」

「小林鈴子さんからたった今電話があって、警察から、あしたの午前中には遺体を引きわたせるという連絡が入ったそうなの。どうしたらいいかしら？」

「わかった。葬儀屋の手配は、すぐに私がするから心配するな。きみのほうから、鈴子さんにもそう伝えてくれないか」

「わかったわ」

私はきのう鈴子に見せてもらった証拠品の押収リストを思い浮かべた。〝証拠品〟としての遺体を引きわたすということは、遺族からの正当なる申し出があれば、押収品も返却する可能性が生じたということだ。

「きょうの予定はどうなってるんだ？」

「大丈夫よ。何でもいって」

「それなら鈴子さんに暸子の部屋の整理をしたいと話し、警察から部屋の鍵《かぎ》を受けとる許可を取りつけてくれないか」

「それから警察へ行くのね」

「それともうひとつ。鈴子に一筆書いてもらって、警察が押収したもののなかから、アドレス帳と手帳類、銀行の預金通帳、それから店の帳簿と売掛帳の返還を願いでてくれ。ごねられるようなら、携帯に連絡をくれれば、私が遺族の代理人として警察へ出むく」

日記は押収品目に入っていなかった。あれば当然押収されているはずだから、つけていなかったということだろう。だが、預金通帳や帳簿類は、人間関係を知るうえで大きな手がかりになる。そして、そういった金に絡んだ証拠品は、警察も返却を断りにくいのだ。

皮肉な気分は禁じ得なかった。私は小林鈴子を彼女の伯母《おば》とは少しも信じていない。にもかかわらず、自分の手で彼女を弔ってやり、警察が押収した証拠品を取りもどすためには、あくまでもあの老婆を彼女の遺族として扱う必要があるのだ。

「うん、わかった」

佐代子はありがとうといって電話を切った。

コーヒーに口をつけながら、比較的懇意にしている葬儀屋の番号を調べた。遺産相続は弁護士にとって割のいい仕事になることが多い。葬儀屋とは懇意にしておくにかぎるのだ。

腕時計に目をやって、連絡は移動しながら携帯電話で取ることにした。コーヒーを飲みほし、典子に礼をいって事務所を出た。

すずらん通りを歩きながら葬儀屋に連絡を入れ、神保町の交差点付近でタクシーを拾った。私が説明した事情を聞き、葬儀屋の社長は遺体安置所から斎場までの運搬を請け負ってくれた。出席者の予定人数はという質問に対して、一瞬返答に困った私に、親戚《しんせき》のだいたいの人数と故人の職業とを訊《き》いてきた。親戚はなし、職業はクラブの経営者と告げると、いちばん小さな斎場でいいとの答えがすぐに返された。

「経験的に見て、それでまちがいないですよ」

きっぱりと断定した。

タクシーを西浅草三丁目の十字路で降り、男と落ちあった。声をかけられた瞬間、困惑と不信感とを隠さなければならなかった。

清野興信所の調査員だ。きのうから犀川興業に張りついている男で、名刺には、長谷《はせ》継男《つぐお》と書かれていた。すらりとした、けっこうの二枚目。二十代の半ば過ぎぐらいに思われたものの、この歳まわりでこういう髪をしたこの商売の人間に会うのははじめてだった。ジーンズに、カウボーイ・ブーツ。ジーンズ地の上着の下に、黒いトレーナーを着ていた。

「犀川との約束は、正午でしたね？」

長谷のほうから尋ねてきた。

「ええ」

「じゃあ、まだ少し時間があります。犀川興業の事務所を見ておきますか？　すぐ目と鼻の先なんですよ」

私もそのつもりで早めに来たのだ。

「どんな様子です？」

並んで歩きながら訊いた。

「とりたてて変わったところはありませんね。ただ、犀川は相変わらずきょうも朝から飛びまわってます。どうしましょう。いま詳細をご報告したほうがいいのなら、歩きながら話しますが」

私はちらっと腕時計を見てから、「あとでけっこうです」と告げた。第一印象で人を判断するのは避けるべきだ。だが、期待できるとは思えなかった。よほどの人材不足なのか、調査員について、清野という男が私の予想した何倍もいいかげんな水増しをしているのか。

「それじゃあ、黒木京介について聞きまわった結果を先にお話ししましょう」

長谷は私の猜疑心《さいぎしん》には無頓着《むとんちゃく》に話しはじめた。

「黒木の出身は茨城県で、組に入ったのは五年ほど前ですね。地元のソープや飲み屋で評判を聞いたんですが、組長の犀川から比較的気に入られていたようです。意外なことに、地元での評判もそれほど悪くはなかったですよ。一応飲み屋のツケとかもきちんと払ってますし、ソープ嬢なんかには、けっこう気前よくこづかいをやったりもしてましてね」

「黒木と小林瞭子との接点は？」

一応尋ねてみた。笠岡がいうように、事件が犀川興業と関西の組織とのあいだの対立によって引き起こされたものだとすれば、黒木は組織の命令で動いていただけで、彼女と個人的な接点などはないと考えるべきだろう。

「それはまだわかっていません」

しばらく黙って歩いた。

言問《こととい》通りの一本北側。寺の裏側の小さなビルに、犀川興業は陣取っていた。

地名でいうと入谷《いりや》にあたる。比較的小さな寺が多い地域だ。境内で立ち話をしている振りをしながら、ビルの様子を窺《うかが》った。一階が駐車スペースで、三階建て。二十人ほどの組のビルとしては、豪勢で立派に思えた。正面に、黒いベンツが何台か横付けされていた。

「よけいな質問かもしれんのですが、ひとついいですか」

一応の遠慮を示しながら尋ねた。「その髪は、興信所の調査員としては目立ちすぎるように思うんだが」

視線で長谷の頭髪を指した。それなりにカット・スタイルの名称があるのかもしれないが、私にはざんばら髪としか見えなかった。

しかも、金色に染めてある。

長谷はにこっと微笑んだ。それで不信感は本物になった。前歯がボロボロだったのだ。レモンを食べ過ぎたスポーツマンということではあるまい。

「よくいわれますよ。でも、逆にいえば、こんな髪型をした人間が調査員だとは誰も思わないでしょ。木を隠すなら森のなかにですよ」

適当な比喩《ひゆ》とは思えなかった。

「それにね、すぐに黒にも紫にも染められるんです。がらっと印象が変わりますよ」

私は咳払《せきばら》いをした。

「ちょっと教えてほしいんですが、清野さんのところには、ほんとは調査員は何人いるんです？」

「僕以外にってことですか？」

「ええ」

くすっと微笑んだ。

「いないんですよ。所長は内緒にしてるようですが、僕が働きだしたのも、ここ一年ほどのことなんです。よくいやあ一匹狼で、悪くいやあ、世間の外れ者っていうところですか」

会話をつづけるのをやめにした。気むずかしい中年弁護士の顔を覗《のぞ》かせたくはなかったが、もう充分覗いているだろう。

黒い車が一台、路地を徐行してきて犀川興業の正面で停まった。

国産車だったが、値段は普通の車が二、三台は買える高級車だ。ウインドウに遮光フィルムが張ってあり、車中の様子はわからなかった。

運転手が飛びだし、後部座席の扉を開けた。

「犀川ですよ」車から降りたち、腰をのばした男を見て、長谷が早口で告げた。

顔の彫りの深い、一瞬混血かとも思わせる男だった。調べたところによると四十五歳のはずだが、遠目には三十代の後半ぐらいに感じられた。姿勢がよく、均整の取れた躰《からだ》つき。週に何度かは、トレーナーつきのスポーツ・クラブに通っているのではなかろうか。皮膚の色は、そのクラブに日焼けサロンもついていることを想像させた。櫛目《くしめ》の通った頭髪。眉《まゆ》が濃い。薄茶色のサングラス。髪にも、眉にも、白いものは見えなかった。怒り肩。マオ・カラーというのだろうか、中国人を連想させる襟の高い上着には、紺の地色に臙脂《えんじ》の細かい線が入っていた。胸のボタンを二番めまではずしており、胸元からブルーのYシャツがのぞいている。歩きだす前に、犀川はサングラスをはずして内ポケットにおさめ、二番めのボタンをとめた。指にはめた大きな指輪が、動きに合わせて光を宿した。

出迎えの男たちが頭を下げるあいだを、つまらなそうな顔で抜けた。

私は腕時計を確認したのち、金髪の調査員と別れて浅草ビュー・ホテルを目指した。

2

時間に正確な男だった。

正午の五分前に、ロビーの入口を入ってきた。手下がふたり。ひとりは若頭と思わせる落ち着いた四十男で、もうひとりはボディーガードだろう、肩を怒らせた若者だった。

腰を上げて会釈した私に、三人そろってゆっくりと近づいてきた。犀川と四十男とが並んでおり、若者は一歩遅れていた。

「栖本さんですか」

犀川みずからが口を開いた。想像したよりも、声の高い男だった。甲高いというべきだ。

私はうなずき、名刺を出した。

「私の顔をご存じだったんですか？」尋ねてきた。

「雰囲気で、見当をつけただけですよ」

「どんな雰囲気と思われたのか、不気味ですな」微笑み、喫茶スペースのほうを指ししめした。「あちらで話をうかがいましょうか」

テーブルまで付いてきたのは四十男のほうだけで、若者はロビーに残された。コーヒーを注文したのち、犀川は名刺を差しだして礼儀正しく頭を下げた。

「犀川です。よろしくお願いしますよ」

四十男のほうは名乗らなかった。

「そちらの方は？」

うながすと、「天野《あまの》です」と、低い声が返ってきた。

差しだされた名刺には、ゴミ処理場の所長の肩書きと天野猛《たけし》という名前が書かれていた。

暗い目をしている。猪首《いくび》。そして猫背だ。歩いてくるあいだも、むかいあって腰をおろしてからも、猪首と猫背が合わさった上に顎《あご》を引いた上目遣いのため、下半分の白目が目立っていた。レストランに飾ってある、蠟《ろう》でつくられた目玉焼きの白身のように、精気の感じられない濁りを帯びている。名前を名乗った声のほうには、嫌な感じのねとつきがあった。だが、本当に嫌な相手となるのはそういうヤクザではなく、何ひとつこだわりなどないかのように明るい声を出すほうにちがいなかった。

「瀬戸内の廃棄物処理場の件だそうですな」

犀川がいった。「場合によっては、ここでは話せないこともある。つまり、あなたの同業者を、こちらも同席させなければならないってことです。あれは社会奉仕のつもりでやっている事業でして。まさか訴えられるとは思えんのですがね」

そうですか、と私は応じた。

「お話の骨子をお聞かせくださいますか」

今度は、適当な間合いを計った。

「犀川さん。できれば、ふたりで話したいんですが」

睨《にら》みつけてきたのは、天野という男のほうだった。犀川は相変わらず微笑んでいた。

「実質的には、あの廃棄物処理場の経営はこの男に任せておりましてね。私ひとりじゃ、あなたのお話に応対できませんよ」

「ゴミ処理場のことは二の次というか、はっきりいえばどうでもいいんです」

「――どういう意味ですかな？」

「小林瞭子さんの件をうかがいたい」

微笑みにすこしも変化はなかった。答えるまでのあいだに、ほんの微《かす》かな空白をあけただけだ。

「事情がよくわからんが、あなたは嘘をついて、私を呼びだされたというわけですか。不愉快ですな。天野はわざわざむこうから出むいてきたんですぞ。それとも、小林瞭子さんの件と、廃棄物処理場に何か関係があるとでも」

不快そうな口調だったものの、実際には慎重に身構えたのを、不快げな態度で押し隠した感じがした。

「嘘といえば嘘ですが、じかにお会いしたかったものですからね」

私がいうと、天野のほうが気色ばんだ。

「弁護士さんよ。あんた、どういうつもりなんだい」

怒鳴りつけてきたわけではなかった。隣りの席にさえ聞こえないほどの声。怒りをこめているわけではなく、蟹《かに》が泡をふくかのようにぼそぼそとした口調だ。そのほうが、ずっと威圧感を与える。

犀川が右手を天野の膝頭《ひざがしら》にあてて制した。

「小林さんのことは、うちの社員がしでかした不始末です。私にも何がしかの社会的責任があるとは思っている。だが、栖本さん。こうしたやり方は、いささか気分が悪いですな。どういうことなのか、ご説明願いましょうか」

「小林瞭子さんは、私の依頼人でした」

「――依頼人ですと？」

「殺される前日に、相談事があるといわれましてね」

微笑みが消えさった。現れたのは、ただ悠然とした表情だった。

「どのような相談だったんです？」

「この先はふたりでお話ししたい」

犀川はほとんどためらわなかった。

「わかりました」うなずき、顔を天野に転じ、「車で待っていろ」と告げた。

立ちあがった天野にむけ、「車は表に回しておけ」とつけたした。時間はかからないというわけか。

「はじめにお断りしておきますが、黒木のことは、すでにきのうの時点で破門にしました」

ふたりきりになるとすぐ、すらすらと切りだした。「私たちと黒木とのつながりは、過去のものだということです」

「ずいぶん冷たいものですね。可愛がっていた組員だと聞きましたよ。それに、死人を破門するなんてことがあるとは思わなかった」

「筋は筋だ。色恋沙汰《ざた》に舎弟を引っ張っていき、相手の女性をあやめてしまうなど、到底身内とは認められない」

「黒木といっしょだった、沢村という舎弟も破門ですか？」

「やつは命じられて連れていかれただけだそうです。そこまでするつもりはありませんよ」

「私には、黒木が小林暸子さんを殺した理由は、他にあるように思えるんですが」

「と、おっしゃると？」

「例えば、誰かに命じられ、拉致《らち》するか秘密裏に始末するつもりだったとか。それが、思わぬことで表沙汰になってしまったとか」

「面白いですな」

「きのうは、親分衆のあいだを回って、黒木の不始末を詫《わ》びてまわるのに忙しかったのですか？」

「まあ、そんなところですよ。下の者が素人衆に手を出すなど、私の監督能力も疑われかねませんからな。こう見えても、われわれだって、ずいぶんと気を遣って生きてるんですよ」

「親分衆のあいだを回らなければならなかった理由が、他にも何かあったのではないですか？」

「どういうことでしょうな。栖本さん、おっしゃるとおり私も忙しい躰《からだ》でしてね。小林さんから受けた相談事というのは何でしょうか？」

「気になりますか？」

「妙なことをおっしゃる方だ。あなたがいいだしたので、尋ねているだけですよ」

私は相手の目を見すえた。

見かえしてきた。どちらに迫力があるかは歴然としていた。ただし怖じ気《おけ》は感じなかった。自分よりも迫力のある相手はいくらでもいて慣れていた。

「ご意見を聞かせてほしいことがあるんです。彼女はほんとは小林暸子じゃないと指摘されたら、どう思われますか？」

悠然とした表情が剝《は》がれた。その下から現れたのは、木面のごとくに表情の抜け落ちた顔だった。

「どういうことでしょう。被害者は、小林暸子さんじゃなかったんですか？」

犀川は私の口元のあたりに視線を固定している。微妙に視線をずらしたままで微動だにしない。

「小林暸子の生まれ故郷である三春に行ってきました」

ゆっくりと切りだした。「その後の転居先である長野県も、現在人を使って調べさせているところです」

「それで？」

「何らかの事情で、彼女は元の戸籍を捨て、小林暸子という女性と入れ替わった。私はそう推測していいます。三春では彼女と小林瞭子とが別人であるという確信は得られませんでしたが、小林瞭子は高校を卒業するまで長野にいました。長野でならば、別人である確証が必ず見つかると思っています」

「すると、女は犯罪を犯したわけだ。私らにゃあ法律のことはくわしくわからないが、戸籍がどうしたとかいう、そんな罪になるわけですな」

「私には、それはどうでもいいことなんです」

「どうでもいいとは、それはまた、正義の弁護士さんの口から出る言葉とは思えませんな」

「私たちは、正義のために働いてるわけじゃないですよ。依頼人のために働いてるんです」

犀川は愉快そうに笑った。笑いおわるのを待った。

「私が関心があるのは、彼女が本当はいったいどこの誰で、なぜ他の人間に成り代わらなければならなかったのかという点です」

「あなたの想像は想像で面白いが、こちらからもお訊《き》きしたいですな。どうして私にそんなことをいいに来たんです」

「犀川さんなら、何かご存じではないかと思いましてね」

「そりゃ、お門違いだ。どうしてそんなふうに思われるのか、よくわかりませんな。ところで、小林さんの相談事のほうはどうなったんです?」

コーヒーが三杯運ばれてきた。躊躇《ためら》った様子のウェイトレスを見上げ、犀川は三杯とも置いていくようにと告げた。私が犀川のほうに砂糖の瓶を運ぶと、

「けっこう。糖分は控えるようにしてるんですよ」

コーヒーに口をつける素振りはなかった。

私はクリームだけをカップの端から垂らしこみ、掻《か》きまわして口に運んだ。すべてを緩慢な動きで通した。

そうしながら、考えていた。ひょいと踏みこめば、それだけで危険なはったりになるのかもしれない。それとももう、踏みこんでしまっているのか。ヤクザの怖さを知らないわけではなかった。弁護士のもとに持ちこまれるもめ事で、未解決のままになる比率が圧倒的に高いのは、暴力団が絡んでいる場合だ。警察の統計が自殺や行方不明として処理している人間の何割かは、そのどちらでもない理由でこの社会から消えている。

「あることについての調査を依頼されました」

「なんですって？」

「小林さんからです」

「何の調査です？」

「具体的には申しあげられませんが、小林さんが殺された理由は、おたくの構成員だった黒木との色恋沙汰《ざた》のもつれなどではない、と私は思っています」

探るような目。目のなかを覗《のぞ》きこもうとしている。長いことではなかった。逆に覗きこまれることに気づいたのだ。

私は言葉を継がず、相手が何といいだすかを待った。

「それで、こうして会いにいらしたというわけですね」

「ええ」

「その調査と、あなたが今までぶつけてきた憶測とは関係があるというわけですか」

「依頼人が殺害された理由は、そこにあると思っています」

「――栖本さん。私にはよくわからんのですがね、依頼人が死んでしまった場合、それでもまだ依頼というのは有効なんでしょうかな」

「弁護士の考え方次第です」

「だが、依頼人もなく訴訟は起こせない。あなたは調査結果を、いったい誰に報告するつもりです」

「社会に報告します」

「悪いことはいわない。忘れてしまわれることだと思いますよ」

「脅すつもりですか」

「まさか。ビジネスをやっている人間からの忠告ですよ。死人のことは忘れ、生きているもの同士でうまくやっていく。社会正義なんぞ、くそくらえってことです」

最後のところだけ、まったく同感だった。犀川の指がレシートにのびた。先に私が摘《つま》みあげた。

「お時間を取っていただいたんです。私に持たせてください。またお目にかかることもあると思いますし」

「それじゃあ、ご馳走《ちそう》になりますよ」

相手が立ちかけるのを制して、私はいった。

「関西のほうから、もめ事が舞いこんで来てるんじゃないですか？」

「何をいってるんです。こうしてお会いしている理由はないんだ。引き上げますよ」

吐き捨てたときには、もう犀川は腰を上げていた。

写真の犀川昇は小柄な老人だった。

グレーがかった硬そうな髪が、まっすぐ空を目指すのを、整髪料で強引に後ろに撫《な》でつけていた。太くつり上がった眉《まゆ》。引き結ばれた唇。老人の過去を知らない人間が見れば、大工の棟《とう》梁《りょう》か、頑固一徹の蕎麦《そば》うち職人や畳職人、そんな連想をさせそうだ。白地に茶色で、左肩から下へ錨《いかり》のような模様を編みこんだセーターを着ていた。犀川靖と並んでマンションのエントランスを出てきたところが、ポラロイドカメラによって写真におさめられていた。

犀川昇と靖の他に、痩《や》せた初老の男がいっしょだった。犀川昇よりは若そうに見えたものの、この年代の人間の正確な歳は、外見からでは判断しにくい。シルエットがたっぷりして見えるスーツを着ていた。アルマーニだ。

髭《ひげ》を生やし、短めの髪を几帳面《きちょうめん》に七三に分けている。ひとえの両眼が、どことなく爬虫《はちゅう》類を連想させた。受験のプロの予備校教師といった感じ。目の前にいる人間を人間扱いしないことが、気高い愛情だと信じこんでいるような男に見えたのだ。

「犀川靖が二代目なのはご存じですか？」

運転席にすわった長谷がいうのに、写真を見つめたままで「ええ」とうなずき返した。

「たしか、大阪の末広会から引きぬかれてきた男ですね」

車はいま、浅草寺《せんそうじ》の裏手に停まっていた。サイドウインドウの外に、歩道をへだてて寺の裏庭が拡がっている。昼休みの時間帯だ。ＯＬやサラリーマンが、てんでの場所に陣取って、ひなたぼっこをしたりサンドイッチを口に運んだりしていた。冷房の放出熱で真夏日がつづいていた季節には見かけなかった風景だ。

「午前中に犀川靖が足を運んだ先は四軒。床屋も数に入れるとすると五軒ですがね。俵町にある自宅の近所の床屋で、毎朝髭をあたらせ、頭を整えさせるのが習慣だとのことです。その後、犀川自身が経営者となっている《犀川開発》の事務所に顔を出したのち、小一時間ほどでこの犀川昇のマンションへむかいました」

犀川開発とは、先日引いたデータベースにもあった土木資材搬入会社だった。住所は人形町。犀川はそこの取締役責任者となっている。

「先代の犀川昇のマンションの場所は？」

「深川です。八年ほど前に組を犀川靖に譲ったあと、小料理屋をやらせている女と隠居暮らしってところですね。永代橋《えいたいばし》のたもとに建つ高級マンションで、小料理屋も目と鼻の先です」

「跡目を譲った経緯については、何かわかりましたか？」

「体調的な問題のようです。先代は、心臓に持病があるようでして。跡目を取らせる前に、一度長い入院をしたそうですから、それで隠居を考えたんじゃないでしょうか」

「この写真に、先代と犀川靖といっしょに写っている男の身元は？」

「いえ、それはわからないんです」

「調べてください」

「わかりました」

「犀川靖が、先代のマンションにいた時間は？」

「一時間ほどでした。それから《寺木《てらき》興産》という事務所へ足を運んでますね。寺木のほうの写真は撮れませんでした。必要ならば、改めて張りつきます。フル・ネームは、寺木照男《てるお》。靖の兄貴分にあたる男で、靖が先代から犀川興業を譲られるのとほぼ期を同じくして、独立して寺木興産を起こしました」

体よく追い払われたというわけだろう。跡目相続のもめ事を避けるため、ヤクザはよくこの手を使う。本命を組に残し、そうでない男は暖簾《のれん》わけという名目で別の組を開けさせるのだ。先代からの暖簾である以上、しきたりとしてある程度立ててもらえる部分はあるだろうが、結局は本家の傘の下にいるしかない。西の組織からスカウトされてきた男を、一生目の上の瘤《こぶ》として生きていく不幸をしょいこまされたというわけだ。

長谷は、犀川がここにいた時間はほんの三十分かそこらだったとつけたした。

「つまり、午前中の先代や兄貴分への訪問は、かたちばかりのものといえるんじゃないでしょうか。世間を騒がしてしまったことで、スジを通して詫《わ》びに足を運んだってところかと思いますが」

にわかにはうなずき難かった。

長谷の推測するとおりだとすれば、事件に裏があるにしろ、犀川靖は先代や兄弟分たちに対しては今度の一件を、あくまでも組員による色恋沙汰の不始末として通していることになる。だが、西の組織とのあいだでいざこざが持ちあがりかけているのだとすれば、助勢を頼みにいったとも考えられる。

先代のマンションから、いっしょに出てきたアルマーニの男は何者だろう。この男の正体がわかれば、犀川靖が先代を訪ねた目的にもっとはっきりとした推測がつくのかもしれない。

「寺木興産のあとは?」

「浅草にもどってくる前に、同じく深川にある《硯岡建設《すずりおか》》という建設会社を訪ねています。これもくわしいことが必要なら追って調べますが、犀川がやっている土木資材搬入会社の取引先かもしれませんね」

「硯岡建設の誰を訪ねたのかは?」

「はっきりしません」

「犀川開発との取引状況もふくめて、調べてみてくれますか」

もしも硯岡建設が犀川の大手取引先であり、担当者の名前がわかれば、そっちから揺さぶりをかけていく切り口が見つかるかもしれない。表世界とのビジネスは、組織にとって確実な収入源にもなる反面、先方がいざこざを忌み嫌うために、アキレス腱《けん》ともなりえる。

「ところで、犀川との話はどうでしたか?」

長谷が金髪を掻《か》きあげながら尋ねてきた。「何か、尻尾《しっぽ》を出しましたか?」

「きょうは顔を見ただけという感じですよ」

口を濁したものの、気むずかしい中年弁護士を演じたかったからではなかった。

話しているうちに、清野伸之がこの男を雇ったわけが少しずつわかってきていた。見かけはどうでもいい。きちんとした報告のできる男は、頭の回転が早い。髪の毛の色が何色だろうとかまわないのだ。

長谷にやってもらうべき点を再確認して、助手席のドアを開けた。

「ところで、怪人二十面相のつもりなんですか？」

首だけ長谷にむきなおって尋ねた。

「なんです？」

「いや、その格好は変装なのかと」

長谷は私をしばらく見つめていたが、それから吹きだした。笑顔が印象を幼く変えた。

「栖本さん、弁護士さんっていうのは、案外つまらない冗談をいうんですね」

ふうん、そうかと思っていた。こういう若者を、私はまんざら嫌いではないらしい。鎧《よろい》を着ずに、あけすけに他人と会うことができる。

車を降り、同業者の事務所へとむかうために地下鉄の駅を目指した。

鎧を着ている世界の男たちだ。

3

あたるべき弁護士は五人。

新橋にある弁護士事務所の持ち主は、丸太《まるた》良樹《よしき》という男だった。期日簿から調べた、新橋の土地売買に関するトラブルの被告側、すなわち須藤章一ほかふたりの男の代理人を務める弁護士だ。アポイントは二時半。痩せた男だったが、Yシャツの腹は不思議なぐらいに丸く突きでており、顎の肉も二重三重にたるんでいて、輪郭を曖昧《あいまい》に見せていた。撫で肩で、髪は左右と後ろを刈りあげている。Tシャツにつなぎを着ているべきだ。私たちぐらいから下の世代にとっては、見事なほどに《セサミ・ストリート》のクッキー・モンスターを連想させる体型と顔立ちだった。

　私は早速本題に入った。

「小林さんですか」丸太は口のなかで転がし、それからすまなそうに首を振って見せた。「申し訳ないですが、あの日法廷の前後に、そういったご婦人と会ったことはありませんし、心当たりもないですね」

　私は瞭子の写真を差しだした。

「この女性なんですが、当日の傍聴席にいた記憶はないでしょうか?」

　丸太は写真をじっと見つめたものの、ふたたび首を左右に振った。「申し訳ないです」

　陪審員制度のために、傍聴席もふくめた法廷全体を味方につける必要があるアメリカなどとは異なり、この島国における裁判では、弁護士は傍聴席に注意を払うことはない。大法廷でないかぎり、傍聴席はそれほど広くはないし、超満員になることもまれではあるが、その数少ない傍聴人の印象さえもがほとんど残らないのが普通だった。

「簡単にでけっこうなんですが、抱えてらっしゃる要件の概要と、あの日の法廷の内容とを教えていただけますか?」

　切りだすと、たばこを口に運んで火をつけた。

「ついこのそばの、マッカーサー通りというのはご存じですか。敗戦時にマッカーサーが通ったところからの通称ですがね。新橋駅から浜松町のほうに、徒歩で十分ほどのところにある通りです。原告は、その通りの一角に、割烹《かっぽう》料理の店をかまえていたんです」

「西上隆司さんですね」

手帳に控えてあった名前を見て確認すると、丸太は顎《あご》の肉をいっそうたるませてうなずいた。

「ええ。戦後はジープに乗るマッカーサーのすがたが遠方からでも見えたそうですが、今はビルに囲まれて、しかも狭い通りです。都の方針ともあいまって、数年前から道の拡張計画が起こってましてね。それにともない、沿道の店舗や家屋などをテイク・バックさせる必要が生じたんですよ。原告の店は、ちょうど十字路の角にあり、店舗を後ろへ下げるよりは違う場所に移動させるほうが合理的だったんです。原告にとっても被告にとってもということですが。条件は、等価交換による、新築のビルへの店舗の移動。および、相応の立ち退き料」

「訴訟が起こったのは、いつですか？」

「去年のことです」

「西上さん側が訴えた理由は？」

「新築されるべきビルが、契約どおりの場所には建たなかったんです」

「建たなかったとは、なぜです？」

「それはちょっと、秘匿義務に属する事柄ですので」

質問を変えることにした。

「訴えの内容は？」

「契約不履行。原告自身の店は、すでに解体業者に取り壊され、拡張された十字路に飲みこまれてしまっておりましたので、その慰謝料の請求と、商売ができなかった何ヶ月かのあいだの損害に対する賠償請求です」

丸太はかなり真摯《しんし》な男なのかもしれない。今の説明で、およその成り行きに見当がついた。

「法廷に持ちこまれる前のむこうのいい分は、詐欺ですか？」

率直に尋ねると、丸太は同業者にだけ通じるたぐいの笑みをにじませながらうなずいた。

「被告は不動産仲介業者とある大手都銀の営業課長、そして、等価交換で店舗が移動するはずだったビルのオーナーである須藤さんの三人です」

おそらく九割方まで詐欺だろう。そして、私たち弁護士がそういう印象を持つときは、ほぼ明らかに詐欺が行なわれている。だが、ビルのオーナー、都銀の営業課長、不動産仲介業者の三者がつるんでいる以上、詐欺を立件させないように、正当な書類が都合のいいバランスで配置されていると考えるべきだ。それをこの丸太も相手側の弁護士もわかっているために、詐欺での訴えが見合わされたにちがいない。この国では、真正面から法廷で闘うことで、その労力に見合った成果が上がることは希《まれ》だ。だからそういった調整役を務めることもまた、ある意味では弁護士の仕事のひとつだった。

「暴力団が絡んでるんですか？」

「いえ。ご存じでしょ。バブルの崩壊以降は、土地に絡んであくどいことをやりつづけてるのは、ヤクザよりもむしろ普通の顔をした連中ですよ。ある意味じゃ今度のケースだって、素人がヤクザを食い物にしたようなもんです」

新橋の道の拡張となれば、相応の利権がからんでくる。地元のヤクザだとて稼ぎ時だったはずだ。にもかかわらず、うまい汁を吸っているのは都銀と不動産会社とビルのオーナーという、

〝堅気の衆〟ばかりということか。

たばこを灰皿にもみ消す丸太の顔を見つめ、心持ち躰《からだ》を前にせり出した。

「被告の連絡先を教えていただけますか？」

丸太は目を上げてきて、首を振った。

「それはちょっと、申し訳ないですができかねます。先ほどの小林さんという女性を知っているかどうかをお知りになりたいのでしたら、私から訊《き》いておきますよ」

予想どおりの答えだった。依頼人の住所をやすやすと同業者に教える弁護士はいない。

「よろしくお願いします」頭を下げ、できるだけ早くにと頼みこんだ。瞭子の写真を丸太に託し、できれば顔を知っているかどうかも確認してもらいたいとつけたした。「殺人事件に絡んだことなんです」

丸太はうなずき、請けあってくれた。


佐代子から携帯に連絡が入ったのは、丸太の事務所を出てしばらくした頃だった。

私は、新橋駅の日比谷口にある、Ｄ51広場に差しかかっていた。西上隆司という原告側を担当する弁護士の事務所も新橋にあり、ＪＲの線路をへだてたむこう側だったので、徒歩でむかうところだった。広場では青空古書市が開かれていて、人を避けながら進んだ。

「警察の前からかけてるんだけど、栖本さんのほうはどこ？」

「新橋だ。首尾はどうだい？」

「いわれたとおり、鈴子さんに一筆書いてもらったのがよかったみたい。刑事のやつ、ゴネてたけれど、ねばったら鍵《かぎ》を返してきたわ。お店の鍵もいっしょよ」

事件から三日が経っている。警察だって、よほどの理由がないかぎりは、現場保存の名目で被害者の住居等を押さえていられる限度だ。

「アドレス帳や帳簿類は？」

「それも返してもらった。ここからママのマンションまでは大した距離じゃないわ。何時になったら合流できるの？」

娘はすっかり私といっしょに瞭子の部屋を訪れる気になっていた。

「これから一件あたってみる先があるんだ」

腕時計に目を落とした。「五時に駅前で落ちあうってことでどうだろう」

「それじゃあ、マンションまで先に行ってるわね」

「それはよせ」

反射的にとめた。進行方向を変え、広場の真ん中にある噴水に寄って人の流れを避けた。

「でも、二時間も待ってるなんて、無駄じゃない。大丈夫よ、ママの過去がわかるような物を探しだせばいいんでしょ」

「簡単にいうがな、見当はつくのか」

「探しながら考えるわ。大事そうに思ったものは、全部栖本さんに見せるから大丈夫。ママの部屋には、何度か遊びにいったことがあるの。私のほうが、どこを探せばいいのか心得てるかもよ」

殺人事件のあった部屋だ。本職が、すでに隅から隅まであたっている。娘が考えるほど単純な話ではなかった。それにもうひとつ、告げておかねばならないことがあった。

「部屋は、フローリングだったのか。それともカーペットだろうか?」

「なぜ?」

「事件当夜の血の染みが、まだ残ってるかもしれない」

「——わかったわ。覚悟していく」

あくまでも待つ気はないらしい。娘の提案を受け入れるしかなかった。

葬儀屋の手配を済ませた旨を告げた。「所轄署から斎場への運搬もふくめてやってくれる。馴染《なじ》みの業者だから、安心してくれていい。死体検案書や死亡届などの書類手続きは、私がやるから大丈夫だ」

「ありがとう」佐代子はいい、「それじゃあ、また五時に」と告げて電話を切った。

携帯をポケットに戻し、歩きだそうとして、ふと噴水の周りを見渡した。

先ほど進行方向を変えて噴水に寄った瞬間、誰かの視線を視界の端に感じた気がしたのだ。

尾行。——まさかとは、思った。いくらなんでも、犀川がいきなり尾行をつけさせたりするだろうか。だが、まさかと思う根拠はといえば、いまだかつてそんなことをされたことはないという、なんとも頼りない経験則しかなく、逆に尾行の可能性を考えた場合には、つい数時間前の犀川の人を食ったような顔と、私が口にしたはったりとが、大きく存在を主張していた。

スモッグと排気ガスで汚れた淡い日射しのなかで、噴水のしぶきが、それなりの清潔さとすがすがしさとを振りまいている。私はそれでひとときを休めたような振りをしてから歩きだした。

夜道をひとりで歩かない。自分にできる対抗策は今のところそれぐらいしかなかったし、何か手出しをしてくるようなら、そこから付け入る隙をこっちに与えるわけでもあるから、相手も慎重な動きをするはずだ。とりあえずはそう高をくくっておくことにした。

外堀通りでJRの架橋をくぐった。

原告側の弁護士事務所は、十仁《じゅうじん》病院の裏手に建つ雑居ビルの三階だった。

名前は根本《ねもと》日出夫《ひでお》。丸太と同じぐらいの歳格好に見えたが、対照的に太っていた。それに、対照的にサバけて率直で、よくいえば歯に衣を着せない男だと形容することもできた。

「詐欺も詐欺。ひどい話ですよ。悪漢三人組が、寄ってたかって、立ち退きに難色を示していた原告を追いだしちまった。私個人の意見をいやあ、同じことをやったのが他の人間だったら、とっくに手が後ろに回っているはずですよ」

野太い声でいい、憤っているのかと思いきや、肺に息を吸いこむだけの間を置いてから豪快な笑いを破裂させた。ズボンのベルトに差していた扇子を引きぬくと、良い音をさせて開いて顔を扇いだ。

私は肩幅に膝《ひざ》を開き、躰《からだ》をソファに深く沈ませ、不快なことなど何もないかのような顔をしていた。

根本も丸太と同様、法廷の前後に瞭子と会ったことはなく、名前にも心当たりがなかった。写真を見せたが見覚えもなし。ただし、依頼人の連絡先を教えてほしいと頼むと、閉じた扇子の先で窓のほうを指した。

「それだったら、新橋の他の場所を探して、店を開けてますよ。前よりは駅からも離れていて、店も細々としてしまいましたけどね。背に腹は替えられませんからな。まあ、自分で包丁を使えるんで、つぶしが利くから強いですよ。行ってみますか」

依頼人について、まったく他人事のような口調だった。正直者なのだ。それに、硬いことをいわない気さくな男だ。

私は「ええ、ぜひ」とうなずいて見せた。じかに当たる以上に確実なことはない。根本は大声で秘書を呼び、西上隆司の店の住所と電話番号を調べるように命じてくれた。

「先に丸太君のほうに回ってきたんですか？」

「ええ」

「ならばちょっと残念だったな」

「何がです？」

「これから回られるのだとしたら、伝言のひとつもお願いしようかなと思ったんですよ。あんまりいじめんでくれってね」

相手が笑いかけるのに薄い笑みで応じた。

西上隆司の店は、日比谷通りの御成門《おなりもん》の信号から左に折れた路地の一角にあった。《香彩》という名だった。同じ新橋ではあるものの、道一本へだてた先は芝公園一丁目だ。タクシーを使った。佐代子との約束が頭に引っかかっており、少しでも時間を短縮したかった。

日比谷通りで降り、路地を奥にむかいながら、西上が裁判沙汰《ざた》にしたくなるのももっともだという気がしていた。駅前の繁華街から大分距離がある。慈恵医大や港区役所、日赤会館などが近かったものの、どれも飲み屋に流れる客筋とは縁遠い。体よくもとの店を追い払われた挙げ句が、こんな場所にしか新たな店を持てなかったというわけだ。

路地の両側には、三階建て前後の雑居ビルが連なっていた。一階には小さな印刷工場など、車を横付けするのが必要な商売や、むかしから営業しているように見える豆腐屋、魚屋、床屋などがちらほらと納まっていたが、二階から上は大方が小さな事務所と見てとれた。

《香彩》は、真新しいビルの一階に入っていた。二階は空き室になっているものの、三階には歯医者の看板が出ていた。バブルの崩壊以降の東京では、新しいビルがまるまる埋まっていることのほうが希《まれ》だ。

店はまだ暖簾《のれん》を出していなかった。ガラス戸の内側に、藍色をした暖簾が見える。京風割烹《かっぽう》を名乗っていた。

ガラス戸に近づき、暖簾の隙間から店内を覗《のぞ》き見た。
七、八人もすわればいっぱいになるカウンターの他に、テーブル席が三つ。焼酎の瓶が、カウンターの奥の棚を埋めている。これが京風割烹ならば、私も大弁護士事務所のオーナーということになる。清潔で気のきいている分だけ、私の本拠地よりはマシだった。
痩せた、どちらかといえば陰気な感じの小男が、カウンターのなかでせっせと両手を動かしていた。仕込みの最中らしい。四十の半ばぐらいか。髪が薄く、肌は年相応にたるんで張りがなかった。眼鏡はかけておらず、目を引くものは丸い鼻だった。料理の油が染みつくのか、開いた毛穴が夏蜜柑《なつみかん》の皮のようにでこぼこしている。形と大きさからいえば、柚子《ゆず》というべきだろう。一心不乱に、仕事に熱中している。そんな時、ただ熱中しているように見える人間と、この男のように、陰気に見える人間とがいる。

引き戸に力を込めるとするすると開いた。

男が目を上げて私を見た。

「すいません、ちょっとよろしいでしょうか？」

愛想笑いを浮かべていうと、愛想のかけらもない顔で、「あんた、誰だい？」と訊《き》きかえしてきた。

「栖本といいます。弁護士です。西上さんですね」

「弁護士ね。弁護士は間にあってるぜ。うんざりしてるって感じかな」

唇を微《かす》かに歪《ゆが》めたので、軽口のつもりなのかもしれなかった。

「お仕事中に申し訳ないんですが、じつは、根本さんに紹介されてうかがったんです」

いいながら、それとなく店内を見渡した。奥に部屋があり、半分ほど開いた襖《ふすま》のむこうに畳が見えた。トイレの扉の右横だ。薄暗い。襖《ふすま》の手前の靴脱ぎに、靴が一足とサンダルが一足。靴は、蛇革で、サンダルは温泉街などで見かける安物だった。襖のむこうに人気が感じられなかったので、西上の靴だろう。

「根本か」西上はつまらなそうにいいながら、包丁を持った右手の甲で顎の下を撫《な》でた。「連合軍でも組んで、裁判に挑んでくれるというのかい」

根本の話題に触れると、悪感情を持たれそうな感じがした。

「西上さんが根本弁護士に依頼されてることとは別件なんです。ちょっとお訊きしたいことがありまして」

「弁護士の先生が、俺なんかに何を訊きたいんだ？」

すでにかなり悪い感情を持たれている。当然だろう。私は根本や丸太と同業者であり、望むと望まざるとにかかわらず、時と場合に応じて同じような振るまいをするにちがいない人間だ。依頼人に対し、力を尽くしたもののとかいいながら、実際はそれほど親身にはならない。

私はまたもや愛想笑いを浮かべた。

「四日前に、裁判所へ行きましたね」

「ああ。行かにゃならんだろうが。こちとら、ひとりで突っ張りつづけていられるわけもねえ庶民だからな」

西上は微かに白い歯をこぼした。陰気さの奥に、人の好さが潜んでいるのかもしれない。客商売をしている男だ。私に対して取っている態度は、根本たちと同業者であるが故のものなのだろう。

「そのとき、法廷の前後に、小林瞭子という女性に会いませんでしたか？」

「小林瞭子だと？」訊きかえし、もう一度右手の甲で顎を撫でた。「そりゃ、誰だい？」

「会ったんですか？」

私の顔を見つめてきて、首を振った。「あんた、インテリなんだろ。頭を使えよ。会っていたなら、そりゃ誰だいと訊くと思うか」

ポケットから彼女の写真を抜きだして、カウンター越しに差しだした。

「この女性なんですが、見覚えがないですか。西上さんの法廷と同じ時間に、東京地方裁判所にいたはずなんです」

「知らねえといってるだろうが」いいながらも、包丁をまな板に置き、前掛けで軽く手を拭《ぬぐ》ってから写真を受けとってくれた。

じっと見つめたものの、あまり長い時間ではなかった。

「知らない女だぜ。この女がどうかしたのか？」

「殺人事件の被害者なんです。それで、当日の足取りを洗ってるんですよ」

「弁護士も、そんな警察紛いのことをするのかい」

「まあ」と口を濁した。

それ以上興味を示すことはなく、「わりいな。役に立てなくて」と、つまらなそうにいった。

こうしてじかに答えを聞けただけで充分だった。

礼をいって店を出、日比谷通りでタクシーを拾った。

タクシーのなかで携帯を使い、新宿に事務所を構える矢部《やべ》という弁護士に電話を入れた。

もう一件の民事事件、世田谷区の土地相続について、未亡人を担当している弁護士だった。

方針を変え、電話で切りだしてみることにしたのである。正直なところ、自分が無駄骨を折っているような気がしないでもなかった。

同じ裁判でも、この件のほうが報酬からいえば、根本と丸太のふたりよりもかなりいい額を取っているにちがいなかった。相続関係の裁判は、弁護士にとって大きな儲《もう》け口のひとつだ。

矢部は幸い事務所におり、事情を説明した私に協力を引き受けてくれた。

丸太や根本と同様に、小林瞭子という名に心当たりはなかった。依頼人に確認が取れしだい、連絡をほしいと頼んで電話を切った。

さらに茨城県の弁護士に電話を入れた。世田谷の土地を義母と争っている佐伯雅也の代理人だ。佐伯は茨城の男なのかもしれない。最初の電話では、先方が来客中で取り次ぎを断られたが、タクシーが練馬区に入る頃にかけなおした電話で話すことができた。小林瞭子という女は知らないという答えだったものの、依頼人に訊いてみるといってくれた。

もう一件の刑事事件の弁護士は、休暇で一日留守にしているとのことで、あすを待たねばならなかった。

目を閉じ、瞭子のマンションが近づくのを待った。

接触を持った弁護士に感謝していたが、誰ひとり完全には信用していなかった。逆を考えてみれば、完全になど信じられない。私が同業者から同様の質問を受けたとして、私なり私の依頼人がその女を知っていたとしても、認めることで現在進行中の法廷が不利になるのならば絶対に本当のことはいわないはずだ。互いに示せる範囲の誠意で本当のことをいってくれていると信じるしかない。

弁護士の必要条件のひとつは、平気で嘘をつけることだった。

4

葉を切ると樟脳《しょうのう》の匂いがした。

むかしの記憶だった。

マンションのむかいに、子供の時分には東京でも頻繁に見かけたような、巨大な楠《くすのき》が立っていた。農家らしい家の庭だ。太陽は楠のむこうにあり、夕暮れを背中に引きつれた日射しが形づくる長い影を、マンションのエントランスにむかって落としていた。葉影が光を巻きこんで、アスファルトで跳ねていた。

タクシーを降りた瞬間に感じた緊張は、エントランスへの階段を上るとともにいっそう高まった。ロビーに入るなりネクタイをなおした。

特に高級とはいえないものの、小綺麗《こぎれい》に設《しつら》えられているロビーだった。壁は白いタイル張りで、天井も白。床だけは薄めの臙脂《えんじ》色。エントランスの右横に、メイルボックスと並んで、管理人室の窓があった。窓の奥で、パーマをかけた中年の女が、うつむいて雑誌を読んでいる。顔を漫画的にデフォルメしやすそうな、丸顔に丸眼鏡の女だった。

私が近づいてもなお、顔を上げようとはしなかった。事件当夜の状況について話を聞いてみようかと思ったものの、後回しにしてエレベーターを目指した。背中を押されているような気分で、足をとめることができなかったのだ。

瞭子が暮らしていた部屋は、マンションの最上階だった。廊下の突きあたりの角部屋だ。チャイムを鳴らすと、「栖本さん？」という声がした。チェーンの外れる音につづいて鍵《かぎ》が開いた。

靴を脱ぐ前に気づいたのは、彼女が持っていた靴の多さだった。

下駄箱の上にプラスチック製の収納ボックスが積みかさなり、下駄箱には収まりきらなかった靴が詰めこまれている。私にはどれも一様に黒のハイヒールとしか見えなかったものの、服に合わせて微妙な取りあわせがあったのだろう。

玄関から真っ直ぐに、フローリング敷きの廊下がのびていた。突きあたりが居間らしく、縦長の硝子《ガラス》を填《は》めこんだ扉が半開きになっていた。

三和土《たたき》から上がってすぐ左側の扉を佐代子が指ししめした。

「この部屋をママは収納ルームとして使ってたので、さっきからこっちを探してたのよ」

娘につづいてその部屋に入った。真っ先に居間の様子を見てみたい気もしたものの、胸のなかが虚《うつ》ろで、いざなわれるままに躰《からだ》が動いてしまっていた。

四畳半ほどの大きさで、長方形の部屋だった。洋服箪笥《だんす》の横に、ビニール張りの洋服入れが並んでいる。箪笥は値が張りそうに見えたが、洋服入れのほうは通販でよく見かけるような品でアンバランスだった。右側の壁はウォークイン・クロゼットで、一メートルほどの奥行きがあり、中にも服がたくさん掛かっていた。

「――物持ちだったんだな」

呟《つぶや》くと、佐代子が軽く首を振って見せた。

「好きでじゃないんだよ。私だって、押し入れのなかは、吊ってある服でいっぱいなんだから」

洋服箪笥を開けてみた。

防虫剤の匂いに混じって、石鹼《せっけん》の香りがした。石鹼ではないかもしれないが、清潔さを連想させる香りだった。

五年前の記憶が蘇《よみがえ》った。寄り添っていたときに感じた香りを、彼女が死んでしまったあとになって嗅《か》いでいる。それよりも驚くべきは、いまでも自分が鮮明に香りを憶《おぼ》えており、はじめてそれが清潔さを連想させる香りだと気づいたことだった。

横顔に佐代子の視線を感じた。

「ポケットがある服は、全部裏返して探してみたの。そういうところに、何かが入れっぱなしになってることってあるでしょ」

「で、何か見つかったのかい？」

「大したものはなかった」

殺人事件の起こった部屋なのだ。あったとしたら、警察が押収している。

「――彼女は、香水は何か使ってたんだろうか」

「ううん。プライベートでは知らないけれど、お店では使わないの。香水を振りまいてるみたいに誤解してるお客さんが多いけれど、匂いには好みがあるし、お酒の邪魔になるので使わないのよ。ママは口臭にもすごく気を遣ってたから、お呼ばれの席なんかでも、ぜったいに匂いの強い物は口にしなかったわ」

そうか、と相づちを打った。

「ねえ、最初に部屋をひと通り案内してあげるよ。栖本さんだって、そのほうがやりやすいでしょ」

娘の顔を見て、逸《そ》らし、小さくうなずいた。

「――そうだな。そうしてもらったほうがいいのかもしれない」

どこかぎごちない雰囲気。娘だけではなく、自分にもその原因がある。いや、原因の大半は私にあるのだろう。胸の奥に冷たい塊が居座り、消えていこうとはしなかった。なんとかして除け去ってしまいたいような気がしたが、その後ろからドロドロに溶けた感情の澱《よど》みが溢《あふ》れでてきて、身動きがとれなくなるような気もした。

部屋を出ようとすると、呼びとめられた。

「その前に、ひとついっておくことがあるんだけれど、居間にはカーペットが敷いてあったの。いわれたとおりだった。黒いのは血の染みだと思う……」

今度は無言でうなずいて見せ、佐代子をうながして部屋を出た。

廊下をへだてた対面にもうひと部屋あった。扉は閉まっている。そこにはいざなおうとはせず、佐代子は廊下を奥にむかった。

「トイレとお風呂が並んでるの」

トイレの前を素通りし、洗面所を開けた。曇り硝子を張った扉の奥が風呂場だった。洗面所には、硝子製の花瓶が置いてあった。枯れた花が頭を垂れている。洗濯機も洗面所に陣取っており、その上に家庭用の乾燥機。洗面台には、ブラシ、洗顔用品、スキン・クリーム、剃刀《かみそり》、ヘア・パックとヘア・マニキュア。歯ブラシ立てに歯ブラシが五本……。

二本でないことにほっとした。

「私たちが泊まった時のために、歯ブラシを用意しといてくれたのよ。あと、誤解しないでね。剃刀は女のたしなみのためのものなんだから」

佐代子が何げない口調でつづけた。

「――それに、変よね。ママって歯を磨くのが好きだったの」

――私も知っていた。

私が部屋を訪れたときも、ベッドに入る前に必ずくどいぐらいに歯を磨いていた。洗面所で磨き、そのうちに歯ブラシをくわえたまま部屋に出てきて窓辺で磨き、時には泡だらけの口で私との会話をつづけもした。まるで一日の汚れをすべて洗い落とし、微塵《みじん》たりとも飲みこむまいとしているかのようだった。

「これが私の歯ブラシよ」

佐代子がオレンジの歯ブラシを手に取って笑った。本当でも嘘でもよかった。弁護士が嘘をついても当然であるのと同様に、男を泊めることがあっても当然の仕事だ。嫉妬《しっと》が死んでしまった相手に対しても働くことを知った。

居間にむかった。

居間と廊下の仕切りになっている扉を抜けた瞬間、かすかに鼻孔を動かした。そこから先は浅緋《あさひ》色のカーペットが張ってあり、黒ずんだ血の跡が鮮明だった。フローリングの床は拭《ぬぐ》うことはできても、カーペットは張りかえなければ跡が消えない。なぜ佐代子が居間をさけて箪笥部屋を探していたのか、理由は明らかだった。

想像以上の範囲にわたる染みだ。

傾きつつある日射しが、レースのカーテン越しに射していた。窓は開けはなたれており、下の通りを走る車の音が、途切れ途切れに上ってくる。風はほとんどなかったものの、微かにカーテンを動かしていた。その影がゆれながら染みと重なり、小さな虫がたむろしているような錯覚を生んだ。ひときわ血の跡が濃いのは、窓に近いその一角だ。まちがいない。彼女はそこに倒れて息絶えたのだ。私の女はこの部屋で殺された。刃物を躰に突き立てられ、血を流し、痛みと苦しみと悔しさと、想像するのが辛《つら》いあらゆる感情に押し包まれながら、息絶えたにちがいない。胸の奥に居座っていた塊が大きくなり、喉《のど》から飛びでてきそうだった。

「──テーブルやソファは、きみが元どおりにもどしたのか？」

平静を装って訊《き》いた。

「ソファはあのままだったけど、テーブルは隅に寄せられていたので、元にもどしたの」言葉を切ってから、つけたした。「なんとなく、そうしたほうがいいような気がして」

「──きみはむこうの部屋を探してくれないか」

カーペットを見つめたままで告げた。

「こっちの部屋は、俺ひとりで大丈夫だ」

染みから目を離さなかった。目を逸らすことには何の意味もない。持ちこたえ、乗り越えるのだ。

息を吸い、吐いた。何度か繰りかえしてから、染みを踏まないように気をつけて窓辺に移動した。佐代子がついてきた。

窓辺から部屋を振りむいた。私と佐代子の影がふたつ、実物よりも近くに寄り添ってカーペットにのびている。右側の壁に寄せてステレオ・セット。その隣りにふたり掛けのソファ。ソファの前に、黒いテーブル。ステレオ・セットとは反対側にCDの収納ボックス。彼女が交響楽をよくかけていたのを憶《おぼ》えていた。かといって、クラシック・ファンというわけではなさそうで、作曲家はベートーベンやバッハぐらいしか知らなかった。左側の壁に、作りつけられてある電話台。電話の背後にカレンダー。カレンダーの写真は、どこか遠い南の島の風景だ。白い浜辺。椰子《やし》の木。透き通った青い空。ここととは無縁の世界だった。窓から真正面にあるキッチンカウンターに目を移した。そこにも花瓶があり、洗面所と同様に花が完全に萎《しお》れている。口を開けていない高い洋酒の瓶が二本。横に、童話のムーミンに出てくるスナフキンのぬいぐるみがひとり、すました顔ですわっていた。

居間を横切ってキッチンにむかう私に、佐代子は今度は付いてこようとはしなかった。システム・キッチンは綺麗《きれい》に整頓《せいとん》されていた。食器棚に、趣味のいいグラスが並んでいる。冷蔵庫だけが古かった。その冷蔵庫にだけ見覚えがあった。気づくと同時に、思い出が堰《せき》を切った。最新型とは違いモーター音が大きい。古い冷蔵庫なの。音が気になるでしょ。布団のなかで、そんなことをいわれた。あの頃の彼女のアパートには、六畳一間とほんの小さな台所しかなく、冷蔵庫はほんの目と鼻の先だったのだ。扉を開くと、がらんとしたなかに、スイス・チーズが入っていた。それから同じ銘柄の健康ドリンク。炭酸と甘さのバランスが好きなのよ……。流しのわきにコーヒー・メーカー。苦みの利いたモカが好きだった。調味料と並んで、インスタントのみそ汁とスープの袋。棚を探っても、インスタント麵《めん》を見つけることはできないだろう。インスタント麵はだめ。いちばん躰《からだ》に悪いのよ！　私は食器棚に目をもどした。あの頃はたったひとつしかなかった切り子のグラスが、今は棚の一段全部を埋めていた。いっぱい買いそろえられたらいいな。ささやかな願い。笑うでしょ……。そんな希望を、実行に移したというわけだ。自分の顔がむくんでくるのを感じていた。頬がぱんぱんに膨れている気がする。

居間にもどった。

佐代子は何も話しかけてはこなかった。

CDの収納ボックスに歩みより、綺麗に並んだレーベルを読んだ。曲の好みも変わっていない。彼女を失ってから気づいたことがある。彼女は音楽を楽しんでいたわけではなかったのかもしれない。ヴァイオリンの音も、チェンバロの音も、ハープも太鼓もオーボエもピアノも、自分を奮いたたせるために聴いていたのかもしれないということだ。音楽を聴くときのすがた。膝《ひざ》を抱え、上半身を少し前倒しにして、じっと一点を見つめながら耳を傾けつづけるのだ。リラックスしたポーズじゃない。

はっきりとわかった。彼女が小林瞭子であろうとなかろうとどちらでもいい。どんな理由で他人に成り代わったとしても問題じゃない。ここに暮らしていたのは、まちがいなく五年前の彼女であり、私が知りたいのは、彼女が何を抱えていたのかということだ。何があろうと、私は彼女の側に立つ。弁護する必要も、正当性を主張する必要もない。ただ、彼女の人生を受け入れるのだ。どうして彼女が生きているうちに、私の前から去ってしまわないうちに、私を愛してくれていたうちに、こんなに簡単なことがわからなかったのだろう。私の人生にずっと欠けていたのは、人を受け入れようとする生き方だ。それほど失敗はしていなかったはずだ。

佐代子を振りむく前に、冷静な顔を繕った。

「それで、何か見つかったのかい？」

佐代子はゆっくりと首を振った。

「――数えてみたら、五回だった」

私は軽く首をひねって見せた。

「五回、泊めてもらったことがあるの。最初はお店に勤めだしてすぐで、ほら、私、男と別れたばかりでさ。いいやつだったんだけど、結局は私がいろいろやりたいことをわかってくれなくて。そんな話も聞いてもらった……」

「お店の子たちは、けっこう来てたのか？」

「それほどでもないと思う。私がいちばんかな。この窓から、むかいの大きな木を見下ろせるでしょ。朝になると、すごい数の小鳥が鳴きはじめるの。ママがパン屑《くず》を撒《ま》いてあげてたものだから、ベランダまでやってくる小鳥もたくさんいた」

無言のまま、佐代子に近づいてレースのカーテンを開けた。

むかいに立つ楠《くすのき》が見下ろせた。日暮れの日射しを受けて、葉影の陰影をくっきりと浮きたたせていた。葉影はおだやかな風に揺れ、一日分の光をせっせと蓄えたかのようにきらきらしている。

「ママったら、部屋にいる時はものすごい格好をしてるの。フリーサイズのシャツにスエットパンツとか。髪の毛はバンダナでゆわいてるだけ。酔ってきたりすると、スエットパンツは脱いじゃって、下はパンティー一枚の時もあったのよ。――お店にいると、疲れてる時だって笑わなければならないでしょ。だから、普通に笑ってたって、ちょっとだけどこかが違う笑顔になるの。でも、この部屋で飲んだときは、とってもリラックスした笑顔をしてた」

私はといえば、うまく微笑むことができなかった。

「ここに」と、私は自分の両目のあいだを指さした。「ここに、ちっちゃな皺《しわ》が寄るんだ」

「なに？」

「彼女がほんとに楽しそうに笑うと、目が線のように細くなって、鼻の付け根のちょっと上あたりに皺が寄るのさ」

思いだしたことがすぐに苦痛になった。

窓を離れようとした。

娘の華奢《きゃしゃ》な手がのびてきて、私の動きを封じこめた。袖口《そでぐち》を掴《つか》まれただけだったのに、完全に身動きがとれなくなってしまった。娘の手は小さく震えており、指先がかすかに私の腕の皮膚に触れている。

「こんなふうにかな」

佐代子はいい、笑い顔をつくって見せた。

すぐに輪郭がぼやけ、ちひろが描いた子供の顔のようになった。笑顔と泣き顔は紙一重だ。

「ねえ……ひどいよ……こんなに血が出て……。きっと、すごく痛かったんだ。優しい人だったのに、ひどいよ……栖本さん」

声がくぐもった。

私の胸に飛びこんできて、顔をYシャツに押しつけたからだ。

佐代子のことを恨みがましく思っていた。やはり私ひとりで来るべきだったのだ。私には泣く習慣はなかった。気づいたときには、そんな習慣は消え失せていた。子供の私は、感情を露わにしないといわれた。やがて感情表現が下手な青年と呼ばれ、今では、偏屈屋の弁護士。立派なものだ。いつでも自己本位で、他人の痛みを思いやる気持ちにかけるというわけだ。

だが、泣きたい時はある。

一瞬躊躇《ためら》った末に、右手をそっと背中に載せた。痩《や》せた背中は、肩胛骨《けんこうこつ》も背骨もくっきりしていた。私は浅い呼吸を繰りかえしたまま、相手が泣きやむのを待つことにした。

いきなり私を押しやった佐代子が、涙の溜《た》まった目で睨《にら》みつけてきた。

「変だよ、栖本さん。どうしていつも、そんなに冷静なの。なぜこの部屋を目にしても、冷静なままでいられるの」

私は両目を見開いたはずだ。

それから、もの凄《すご》い顔で、娘を睨みつけたはずだ。

佐代子が目を逸《そ》らした。

「――ごめんなさい。そうじゃなかったのね」

背中で聞いただけだ。靴下のままでベランダへ降り、手すりに両手をついた。色を濃くしていく空に目をむけた。

自分自身が落ち着くまで、そうしているつもりだった。

5

ソファにすわりこんでいる佐代子は、私が部屋にもどっても視線を上げようとはしなかった。

「警察から返却されたものを見せてくれるかい」

告げると、こちらの胸のあたりを見てうなずいた。居間の隅にむかい、てきぱきと手提げ袋を持ってきた。ソファに並んで腰を下ろした。涙の跡が残り、両目とも瞼《まぶた》が腫《は》れぼったかったが、微塵《みじん》も気にしていないような素振りだった。つい今しがたのやりとりについてもだ。

「これ二冊がアドレス帳。それから、名刺フォルダーもいっしょに返してくれたわ」

アドレス帳は小型の手帳サイズのものがひとつと、文庫本ほどの大きさのものが一冊だった。名刺フォルダーのほうは、A4判でかなり厚い。

文庫本サイズのアドレス帳をぱらぱらとめくった。さ行のページを開いて膝《ひざ》に載せ、小型のアドレス帳と照らしあわせた。大概の住所録のたぐいは、さ行の名前がいちばん多い。同じ名前が双方に存在することを確認した。二冊を使い分けていたわけではなく、小型のほうは携帯用だ。

名刺フォルダーは重たかった。一ページに十二枚ずつ入る式のフォルダーだった。この厚さなら、千枚近くはある。客関係の住所は名刺によって整理しているとすれば、アドレス帳にある名前はプライベートなつきあいの人間たちだ。

佐代子が手元を覗《のぞ》きこんできた。

「親しかった常連さんには、お通夜とお葬式の時間を伝えようと思うんだけど……、ねえ、どう思う。飲み屋のママが死んで、そういう連絡が行ったなら、男の人って迷惑がるかな？」

しかも殺人事件であり、新聞やテレビの報道では、暴力団の組員にちょっかいを出されて刺し違えるように死んだことになっている。

私は静かに首を振った。親しかった客なら、そんなことはないんじゃないか。そう告げるつもりだったものの、少し違ったニュアンスの言葉が出た。現実的な応対をしたのだ。

「本当に親しかったお客さんを選んで、電話をしてみたらどうだい」

佐代子はまだ考えこむ顔をしたまま、「うん、そうしてみる」とうなずいた。

「預金通帳と売掛帳は？」

うながすと、紐《ひも》でくくられた通帳の束を出してきた。お客からの入金で、通帳が何冊も必要だったのだろう、軽く四、五十冊はある。飲食店の場合、預金通帳、売掛帳、伝票のたぐいは、五年間にわたって保存の義務がある。かつては源氏名でも通帳をつくれたのだが、商法の改正以降、本名でしかつくれない。税務署との関係で、仕事の通帳とプライベートな通帳は別になっているはずだが、表紙を見ただけではわからない。

「それから、これがママのハンドバッグ。中にシステム手帳が入ってる。いっしょに返してきたわ」

佐代子が最後に手提げ袋から出したのは、私が桜田門で出くわしたときに持っていたバッグだった。

「通帳に目を通して、プライベートな口座のものを探してくれないか」

頼んで腰を上げた。

「栖本さんはどうするの？」

「お店の権利証などを探しだす。この部屋は賃貸なのか分譲なのか知ってるかい？」

「賃貸よ」

「ならば、賃貸契約書を探せば、誰が保証人になったのかわかる」

「――お店の保証人には、笠岡のやつがなってるはずよ。ここもそうじゃないかしら……」

「この目で確かめてみなけりゃ何ともいえないだろ」

いいおいて居間を出た。それとともに、小さな息の塊を吐いた。佐代子も私も、先ほどのやりとりはなかったことにする企《たくら》みに成功したらしい。

重要な書類の置き場所はだいたい限られている。

廊下をもどって箪笥《たんす》部屋へ入った。

店の賃貸借契約証書とこの部屋の賃貸契約書は、地元警察署が発行する風俗営業許可証と、保健所による営業許可証、それに食品衛生責任者の手帳とともに、クロゼットの奥に置かれたポシェットに入っていた。

佐代子のいうとおり、店もこの部屋も保証人は笠岡だった。ただしどちらも二年前に更新されており、更新後の証書には保証人の名前はなかった。きちんと家賃を払っていれば、更新時にはそれほど煩《うるさ》いことはいわれない。笠岡のような男はもう必要がなかったのだろう。

箪笥部屋を出、むかいのドアを開けた。佐代子がドアの前を素通りした時から気づいていたとおり、そこが寝室だった。セミ・ダブルのベッドが、部屋の中央に陣取っている。息苦しさを感じ、カーテンと窓を順番に開けた。角部屋だったので、窓は屋外に面しており、手すりをへだてて、マンションの側面にある駐輪場とゴミ置き場とが見下ろせた。

ベッドの足下の方角にあるクロゼットに歩いた。

奥行きはそれほど深くなく、四段に区切られ、下から二段にわたって本屋のカバーが綺麗《きれい》にかかった単行本が並んでいた。二冊ほど抜きだして開くと、両方ともここ何年かで話題になった小説本だった。小説を滅多に読まない私は、どちらもタイトルを知っているだけだった。

上の二段には、買い置きのティッシュとトイレットペーパー、蛍光灯などとともに、段ボール箱が納めてあった。全部で四つ。ひとつには《文庫本》とあった。あとの三つは何も書かれていなかったものの、ふたつは箱から扇風機とバーベキュー用の鉄板セットだと知れた。最後のひとつを持ちあげると軽かった。

足下に下ろし、屈《かが》みこんで蓋《ふた》を開けた。

中身を見つめたのち、ベッドを振りかえった。枕《まくら》と並び、薄べったい猫のぬいぐるみが眠っていた。

――三十五歳とは、大人なのだろうか。

あるいは、大人になりきれない部分が残っているのか。他人には見えないように隠しているどこかに……。

彼女はこの四年のあいだ、池袋のクラブを切りもりしてきた。躰《からだ》を担保に笠岡から金を借りた。嫌な客だとて山ほどもいたはずだ。どんな時でも笑顔をつくり、応対をしてきたにちがいなかった。佐代子たちの相談相手となり、励ましたり、労《ねぎら》ったりもしたのだろう。客が抱えてきては落としていく生活の垢《あか》を、笑って受けとめていたにちがいない。

キッチンカウンターに載っていたスナフキンを思いだしながら、箱に眠るキリンのぬいぐるみに手をのばした。

可愛らしかった。

象も虎も、実物の何十倍も可愛らしい。クラブのママが愛《め》でるには可愛らしすぎる。ざっと十近くはあった。

キリンの頭を撫《な》でた。いっしょに入っていた刺繍《ししゅう》のセットを取りだした。そこにもキリンがいたが、首から胴体の一部しか完成してはいなかった。独り暮らしにもどってから、発見したことがある。スーパーに買い物に行くと、妻や娘と暮らしていた頃には想像もつかなかった食品をたびたび買いこんでしまう。豆菓子であったり、レトルトのカレーであったり、鯨《くじら》の缶詰だったり。どれも子供の頃の味を記憶しているものばかりだ。むかしのままの自分がいるらしい。

キリンを箱にもどしかけたときに気がついた。

ぬいぐるみをよけ、底に横たわっているアルバムを取りだした。フィルム一本分を納める式の薄いアルバムだ。心が騒いだ。何の意味もなく、こんなところに隠すはずがない。

だが、中を開くとともに、肩すかしを食らわされた。写真は一枚も入っていなかったのだ。

現場検証の刑事が見つけて持っていったのだろうか。だとすれば、彼女が小林瞭子とは別人であることを示す写真だったのか、本人と証明する写真だったのか。前者だとすれば、刑事の藤崎は完全に私を騙《だま》しきっていたことになる。警察も彼女を小林瞭子とは別人だと判断し、独自の捜査を進めているということだ。後者なら、私が自分のまちがいを認めて一件落着だ。

だが、確固たる証拠が出ていたのならば、きのう激しい言葉の応酬になったときに、それと告げてきたはずではないのか。だいいち、証拠品として押収したのなら、正式な手つづきを踏むはずだが――そうしなければ、裁判所は証拠能力を認めない。――鈴子のところにあった押収品目のリストに、写真という項目はなかった。

警察が持っていったのではないとすれば、可能性はふたつ。彼女がぬいぐるみをしまっておいた箱の底に、安物の空のアルバムを一冊入れ忘れていたか、警察以外の第三者が抜いて持っていったかだ。

ベッドの枕元の化粧台に近づき、丹念に引出しの中身を調べたものの、何も見つけることはできなかった。人の気配を感じて振りむくと、入口に佐代子が立ち、私のほうを見つめていた。目が合うと逸《そ》らし、消え入るような笑みを浮かべた。

「パチンコね」

意味がわからずに問いなおした私のほうを見ようとはしないまま、段ボール箱とぬいぐるみを指さした。

「ママったら、景品でそんなものばっかりもらって。少女趣味よね。一度いっしょにやったことがあるんだけれど、くわえたばこで台を弾《はじ》いて、いっぱしの姐《あね》さん。それなのに、換金する一部をぬいぐるみにしたりして、アンバランスったらありゃしない」

何も応《こた》えなかった。

「プライベートな通帳がどれかわかったんだけれど、あとはどうすればいいの?」

娘に微笑みかえした。「ありがとう。あとは自分でやるよ」冷たく見える微笑みなのかもしれなかったが、スペアは持ちあわせがないのだ。

「そんなことをいわないでよ。どうすればいいのか、教えて」

「それじゃあ、頼むかな」といいながら、手帳を抜きだして、挟んであるメモを差しだした。期日簿の写しだ。

「やってほしいことは、ふたつある。ひとつは、この一覧と同じ名前がないか、プライベートな通帳、お店の入金用の通帳、売掛帳、アドレス帳を順にあたってほしいんだ。それから、きみがお店で会ったことのない人物には丸を、住所が長野か大阪か名古屋になっている人物には二重丸を付けてくれないか」

「わかったわ。長野、大阪、名古屋ね」

「ああ」

「この一覧は何なの？」

私はきちんと説明した。

「ねえ、あとひとつ、気になるものを見つけたんだけど」

娘がシステム手帳を差しだした。

「手帳に書かれた丸印なの」

「丸印？」

佐代子が広げたページに目を落とした。土曜と日曜の日付を丸く囲ってあった。二週間前の週末だ。

「この次の月曜に、ママはお店を休んでるのよ」

「確かか？」

「ええ。それと、これ」

丸がしてあるページの右ページに、電話番号がメモしてあった。番号だけで、住所も、誰のものなのかも書かれてはいなかった。

娘が目を上げた。

「どう、気にならない？」

「あとで確認してみよう」

手帳をいったん娘に返し、腕時計に目を落とした。五時三十分になろうとしている。管理人は、住みこみでないかぎり、大概は六時か六時半までの勤務だ。

「ちょっと、隣りと管理人に話を聞いてくる」

腰を上げ、壁に歩いて天井灯のスイッチを押しあげた。

夕闇が窓の外に押しだされ、窓硝子《ガラス》に部屋が浮かびあがった。私たちはどちらからともなく窓硝子に映る自分たちを見やった。窓辺に歩き、一瞬考えたのちに、窓は開けたままにしてカーテンだけを閉めた。

「ひとりで大丈夫か？」

「大丈夫よ。さっきまでだってひとりだったのよ」

佐代子は宵闇にちらっと視線を走らせてから、微笑んで見せた。

廊下に出て隣室の呼び鈴を押した。表札を読むと、夫婦のほかに一男一女がいる。しばらく待ってふたたび押すと、インタフォンに女の声で応答があった。私が身分を名乗ってちょっと話を聞かせてくれないかというと扉を開けてくれたものの、歓迎している顔つきからはほど遠かった。

隣りで人が殺されたのだ。事件があってから、彼女と夫とは毎晩のように預金通帳の残高を睨《にら》みながら引っ越しの算段をし、子供の教育とか住宅環境について議論を闘わせ、最後には殺人事件などが起こったことに対する身の不運を嘆きつづけてきたにちがいなかった。

警察から、何度も同じ質問を受けたのだろう。彼女は私が質問を繰りだすと、その都度先回りするようなところまで答えてくれたが、内容はといえば答えがないにも等しかった。すなわち、悲鳴も聞いてはおらず、隣りで人の争う音も聞かなかったという。窓を閉めて寝ていたのかという問いかけに、それの何が悪いという顔で、

「そうです」

と返された。マンションでは、上の部屋の足音などは比較的聞こえるが、左右の音はほとんど聞こえない。

「失礼ですが、寝室は廊下側ですか？」

「いいえ、奥の部屋です」

「すると、手前の部屋は子供部屋？」

「ええ」

「お子さんたちは、何か聞いていませんか？」

「深夜ですよ。眠っていました」

「事件のあと、男が何人か小林さんの部屋から逃げてるんです。廊下の物音とかには気づきませんでしたか？」

「いいえ」

結果的には無意味にしかならなかった質問をいくつかつづけたあと、エレベーターで一階に降りた。

管理人の女は、先ほどと同様に、じっと手元に目を伏せていた。声をかけた私を見上げた顔

には、読書を中断されて現実に引きもどされたことへの不満が満ちており、管理人としての愛想は窺《うかが》えなかった。

「ちょっとお尋ねしたいことがあるのですが」

いいながら名刺を女に差しだした。指先で天井を指しめした。

「小林瞭子さんの事件を調べているんですが、事件の夜も、ここにおいでだったでしょうか？」

女が伏せた新書判サイズの本に目をやると、有名なロマンス・シリーズだった。真夏の光にあふれた南洋のビーチや、秋の色が美しい古都や、雪景色にきらめくスキー場など、そこかしこで世紀の恋が繰りひろげられているとの噂だ。

「小林さんね」一度そう反復してから、私の顔を睨《ね》めつけた。「いませんでしたよ。警察からも聞かれたんですが、私は毎日六時までなんです」

名刺を手に取ろうとはしないまま、腕時計に目を落とした。五時四十五分。じきにお勤めが終わる。

「小林さんのことは、よく見かけましたか？」

「そりゃ、見かけたかといわれりゃ見かけてますよ。マンションの出入りには、みんなここを通るわけですからね」

「小林さんを殺したとされている黒木京介という男を、見かけたことは？」

「ないですよ」

「彼女が誰か男性といっしょだったのを見たことは？」

「警察にも訊《き》かれたけれどね、憶《おぼ》えてないですよ、五十世帯以上入ってるんですから。住んでる方の顔は一応はわかりますけれど、小林さんと親しかった男といわれてもね」

「誰かと出入りするのを見たことはありませんか？」

「わかりませんね。どうせああいう商売だったんだから、夜の時間帯にゃあいろいろあったんでしょうが、さっきいったように私は六時までですしね」

自分自身のほうは、活字にはぐくまれた美しいロマンスの世界にいるというわけか。

「事件のあった日に、何か気になるようなことはありませんでしたか？」

「さあてね」

よく考えてくれとうながしたものの、結果は同じだった。

「ところで、スペア・キーについて伺いたいんですが、マンションの各室の鍵《かぎ》はどうなっていますか？」

面倒くさそうに、左側の壁を指さした。

「あのボックスのなかにしまってあります。この部屋自体、私が帰るときに鍵をかけて出ますからね、勝手に持ちだすことはできませんよ」

「警察にも、同じことを訊かれましたね」

「ええ」

「この部屋の鍵を調べてみましたか？」

「調べましたね。問題があるとはいわれませんでしたよ」

挑むような口調になった。

女の勤務時間の残りを、いくつか質問を重ねることで埋めてみたものの、成果はなかった。マンションのなかを尋ねまわって、警察に通報した住人と目撃者とを探しだすことに大きな意味があるかどうかは、もう少し状況を見ながら判断せねばなるまい。彼女の部屋の鍵の件も、謎《なぞ》のままで持ち越すしかなかった。

女に礼をいい、自分の名刺をつまみ上げた。女は私が背をむけるのを待たずに読みさしの本を拡げかけたが、時計を確認して帰り支度をはじめた。自宅には、どんなロマンスが待っているのだろう。

エレベーターを待ちながら振りむくと、管理人室に鍵をかけた女が、ヒールの音を響かせて出口にむかうところだった。

男がひとり、女と入れ違いに入ってくるのが見えた。エレベーターが開いて私が乗りこむと、待ってくれと合図を送るように軽く手を上げ、急ぎ足で近づいてきた。

「すいません」と、控えめな声でいいながら微笑みを浮かべた。

革ジャンにチノパンすがたの大きな男だった。見かけは遊び人風だが、声の感じは穏やかだったので、堅くはない商売の経営者あたりを連想させた。俳優の誰かに似た二枚目だったが、誰かは思いだせなかった。

エレベーターが閉まり、私が最上階のボタンを押すと、追ってのばしかけた手をとめた。私が右側のすみに、男が左側に寄った。階数を告げる丸いランプが上っていく。私はランプをじっと見つめた。視線を感じた気がしてちらっと横目で見ると、こちらを横目で見ている男と目が合った。理由もわからず知覚する嫌な感じ。動物的な勘ときわめて近い。私とは縁が薄いものだった。

正面をむいて息を吸い、何ごともなかったかのように吐きだした。そうしていても、視線を感じてならなかった。

新橋のD51広場で感じた尾行者の影が、舞台を横切るかのように、右から左によぎっていった。心臓が音を立てたが、認める気分にはなれなかった。夕暮れの都会のマンションだ。しかも、被害者のマンションであり、周りの目が神経質になってもいれば、何かを思いついた刑事が現場お百度でもどってくる可能性だってある。どんな大胆な尾行者が、わざわざ相手と同じエレベーターに乗る気になるのだ。

躊躇《ためら》いがちに男を盗み見た。

男は完全に顔をこっちにむけ、じっと私を見つめていた。つい一瞬前に感じた穏やかな印象は霧消しており、瞳《ひとみ》がガラスのように冷めている。

ここを出ろ！　頭のどこかで声がした。ふだん使う脳細胞とは違うどこかだ。

ランプが示す、すぐ上の階のボタンを押そうと腕を動かしかけた。

巨大な影がのしかかってきて、抉《えぐ》られるような衝撃を脇腹に喰《く》らった。

呻《うめ》いて躰中《からだ》の息を吐きだした私は、痛みよりもまず一本一本の髪の毛の先までが冷えるのを感じた。恐怖だ。男は躰を前に折った私の肩を摑《つか》むと、今度は鳩尾《みぞおち》を殴ってきた。拳《こぶし》が背骨まで届いた気がした。吐きだす息が残っておらず、頭のなかが白くなりかける。息を吸いこもうとするものの、鳩尾の衝撃が妨げていた。重心を失ったと感じるとともに、くらっとして、気がつくとエレベーターの冷たい床が頬に張りついていた。すきま風の抜ける音。そうじゃなく、私は喉《のど》をか細く鳴らしながら、肺に息を吸いこもうとあがいていた。

頭だけが床に落ちており、躰は離れたところにあるように思った。引き寄せようと考えた途端、殴られた瞬間に走りぬけた痛みがもどってきて、波打ちながら苦痛を増した。吐き気を覚え、痛みを堪えながら躰を動かすと、靴、脚、腰、最後にこっちを見下ろす顔が見えた。男はつまらなそうな表情を浮かべ、手袋をはめようとしていた。ルーティーンの、簡単な手術を前にした外科医という風情だ。

屈《かが》みこみ、ごつい手で私の頭髪を摑みあげた。躰に力が入らなかった私は、頭の皮が引き剝《は》がされそうな力に引きずられて立ちあがった。男が微笑みかけてきた。すぐにもう一発。まったく同じ場所で、正確に鳩尾に入っていた。胃液が上がってくる。ご丁寧にもう一度鳩尾を殴りつけてから、髪の毛を放した。私は床にへたりこみ、そのまま横に転がった。躰を丸めようとしたところへ、靴の爪先《つまさき》が飛んできた。エナメル製の尖《とが》った靴。何発かまでは、逃げまわっていたつもりだったが、実際は転がるほどには動けなかった。ただ躰を丸めているしかなくなってからも、背中といわず脇腹といわず何度か蹴《け》りつけられた。助けてくれとはいわなかった。心のなかで、誰かが偶然現れて、めでたくこの密室の状態が終わりになる可能性を祈りつづけていたものの、一階以外の階から上りのエレベーターに乗る住人はほとんどいないはずだと気がついた。都会のエレベーターは、夜道よりも人目が存在しない。躰中が熱を持ち、舌がむくんで口のなかに張りついた。痛み以外のことは何もわからず、頭が半分朦朧《もうろう》となるころ、ふたたび髪の毛を摑まれた。

「おまえは誰や？」

男が低い声でいった。

関西弁だ。どこかでそう思いながら、薄目を開け、相手の顔を見つめかえした。

五分刈りの頭髪。シャツがはち切れんばかりに厚い胸。笠岡を襲ったうちのひとりか。頭の端でちらっと思った。何かを考えられる部分が、わずかにでも残っているのは喜ばしい。

私は口を開きかけたのち、いったん閉じて舌を湿らせた。

「――あんたのほうは、誰なんだ？」

かすれた声しか出せなかった。

男がほうという顔をしたように見えた。すぐに左頬を殴られた。骨と骨とがぶつかる音を耳の奥で聞いた。顔の半分が痺《しび》れ、顎骨《あごぼね》がずれたような気がしていっそう朦朧とした。

「訊《き》いてるのはこっちだぜ。おまえは誰や？　女の部屋に何をしにきたんや？」

私がもう一度舌を湿らせ、「あんたは誰だ？」と問いかけると、往復びんたを喰らわされた。三往復か四往復。訊きかえすなということなのか。朦朧とした頭のすみでそう思いながら、

「――あんたは誰だ？」ともう一度訊いた。

男は舌を鳴らしたあと、今度は一瞬だけ愉快そうな顔をした。恐怖で背中が縮みあがったが、それを悟られるのはシャクだった。

手は飛んでこず、代わりに上着の襟元に伸ばしてきてバッジをつまんだ。裏に造幣局製と銘打たれ、弁護士登録番号が彫りつけてある、正真正銘の弁護士バッジだ。従順になるつもりはなかったものの、躰がいうことをきかなかった。

男は私のポケットを探った。

「部屋の鍵はどうしたんだ？」

「何のことだ？」

「とぼけるなよ。女の部屋の窓に明かりがついてた。おまえが中で、あれこれやってたってことや。そうだろ」

「――――」

「なんでこの事件に興味を持ってる？　どこから鍵を手に入れたんや」

口をつぐんでいると、男はエレベーターの表示ランプを読み、右手をジャンパーのポケットに入れた。ぞっとする間もなく、ナイフが首筋に押しあてられ、目の奥がじんと熱くなった。

――俺たち素人は、触れねえほうがいいんだ。笠岡がいっていた言葉を思いだし、思わず両目を閉じた。

「立てよ。いいか、声を出したり妙なまねをしようとしたら、すぐにブスっといくぜ」

使い古された脅し文句だ。相手は同じような文句を何人もの人間に使ってきたのかもしれなかったが、はじめて吐きつけられる身にとっては充分な効果があった。私は神妙にうなずくと、ナイフが首筋で引かれなかった幸運を感謝しながら、おそるおそる腰を上げた。

エレベーターが最上階でとまり、廊下にゆっくりと押しだされた。ナイフは脇腹にぴたりと押しあてられている。廊下のつきあたりにある彼女の部屋まで二十メートルほど。そのあいだでどこかに消え去ってしまいたいと、埒《らち》もないことを考えた。

このままでは、佐代子まで男の手に落ちる。佐代子が内側から鍵をかけていてくれることを願ったものの、理性はおそらくそうしていることはないはずだと告げていた。すぐにもどるといって部屋を出たのだ。

「部屋の鍵などないぞ。あんたは、何か勘違いしてるんだ」

痛みで躰中の筋肉が強《こわ》ばっており、相変わらずかすれ声しか出せなかった。

男は私の目を覗《のぞ》きこむように顔を近づけてきて、短く笑みを浮かべた。

「ポケットに入ってねえってことは、鍵が開いてるってことさ。アタッシェケースはどうしたんだ。部屋に置いてきたんだろ」

部屋の前にたどり着くと、男が無言でうながした。動かずにいると、自分でノブに手をかけた。

私を三和土《たたき》に投げだして、後ろ手にドアを閉めてしっかり鍵をかけた。

男がジャックナイフを折り畳んでポケットにしまいかけたところに、寝室から佐代子が現れた。目を丸くして、私と男を交互に見つめた。

「なんでえ、もうひとりいたのか」

男は動じた様子もなく、つまらなそうにいった。

ナイフの刃をもう一度立てると、芸当の準備運動でもするかのように手の先で揺らした。

6

「奥の部屋へ行きな。ねえちゃん、あんたもだ」

戸惑った顔で見つめてくる佐代子に、私は小さくうなずいて見せた。大丈夫だ任せておけという意味にとられたのだとしたら、とんだ誤解だ。

佐代子は背中をむけ、一歩先に立って居間にむかった。私は男に引きずりあげられ、そのまま引きずられるようにして歩いた。心臓が警鐘のごとき勢いで打ちつづけている。

男は居間のカーペットに広がる血の染みを目にすると、チッと小さく舌打ちした。居間全体を見渡して、「こないなところに住んでおったのか」と呟《つぶや》いた。独り言と感じさせる口調だった。

私をソファまで引きずっていき、荷物を投げだすように突きはなした。

肋《あばら》が猛烈に痛んだ。吐き気は少しも治まらず、胃は湿った新聞紙でもつめこんだように重くしこり、腰から下には体重を持ちあげるだけの力がなかった。

男は佐代子の横をかすめて窓辺に歩いた。窓硝子《ガラス》とカーテンを順番に閉めた。宵闇が外に押しだされ、そのぶん密閉感が強くなった。私たちを振りむいて、ナイフをテレビの上に置き、ポケットから小さな巻きのガムテープを取りだした。

「ねえちゃん、ちょっと後ろをむきな」

「彼女は関係ない。手荒な真似はするな」

私が腰を浮かしかけると、薄く笑って「すわってろ」と命じた。

「俺かてあんたが素直に話すなら、なにも女を責めたてる気などないんや。安心しろ。むこうでおとなしくしてもらうだけだ」

佐代子がちらっと私を見、口を開きかけて、閉じた。

男が声を荒らげた。

「聞こえなかったのか。むこうをむけといったんだぜ」

肩に手をのばしかけ、眉《まゆ》をひそめ、佐代子の顎《あご》の下に右手の人差し指を入れて持ちあげた。

「おめえ、どこかで見た顔やな」

佐代子は目を逸《そ》らしかけたものの、持ち前の気の強さが勝ったらしかった。

「失礼ね。手を離してよ。誰なのさ、あんた。ママとどんな関係なの」

「ママだと？」呟いたのち、うなずいた。「そうか、なるほどね。笠岡の野郎は元気かい」

「知らないわよ。あんな男のことなんか」

「そうかい。まあ、それならそれでかまわんがな」

「笠岡を捕まえて、どうするつもりだったの」

「おめえさん、怒ると色っぽいな」

男は佐代子に笑いかけ、無造作に腕を捻《ひね》りあげた。「なにするのよ」と、苦痛と怒りの混じった声を上げるのを無視し、両手を背中でくくりつけ、最後に小さく切ったテープで口を塞《ふさ》いだ。

「心配するな。何もしやしねえよ」

男は佐代子を引き連れて、バスルームに消えた。ひとりで出てきて、もどってくるかと思いきや、寝室と箪笥《たんす》部屋にむかった。私が逃げだせないことを知っている。自分が与えたダメージを正確に知っているのだ。

「さてと、それじゃあ話を聞こうじゃねえか」

居間にもどってくると、私の正面のテーブルに足を組んですわり、そんなふうに話しかけてきた。たばこをポケットから一本抜きだし火をつけて、テーブルの灰皿を指先で引き寄せた。

「まず、名前から教えろよ」

「人に話を訊くときは、自分から名乗れ」

息も絶え絶えにいうと、上半身を近づけてきた。

「なあ、弁護士さんよ。あんた、自分が強がりをいえる状態かどうか、鏡を見なけりゃわからないほどのアホやないんやろ」

「栖本だ」と、私はいった。

「栖本ね。初対面なんだ。名刺をくれよ」

口を引き結んで動かずにいると、上着の胸ぐらをめくって内ポケットを探り、革の名刺入れを抜きだした。

「嘘はついとらんようだな」呟きながら、名刺を一枚ポケットに入れた。

さらには整理してフォルダーに移す時間がなかったここ最近の名刺を、カルタを切るように眺めていった。眺めおわると、もう興味がなくなったかのようにばらまいて捨てた。他のポケットも探ったが、男が気にとめる物は何も入っていなかった。

「ええか。一度だけしか訊かんで。どうして小林瞭子に興味を持つんだ？」

——私の恋人だった。喉元まで上がったがいわなかった。こんな状態でいえば惨めな気持ちが増すだけだ。

「楽しみやな。弁護士野郎にしちゃあ、めずらしく骨がありそうやないか」

誤解だった。意地っ張りなだけだ。男は足を組みなおした。

「おまえの依頼人は誰や？　小林瞭子の部屋の鍵《かぎ》を持っとったのは、なぜなんや？」

私は呼吸を整えた。必死で頭を整理しようとしていた。この男は、部屋の鍵のことを気にしている。ということは、私と同じく彼女が殺された夜の状況に、何らかの疑問を持っているのか。

事件とどのように絡んでいる男なのだろう。この男と相棒とのふたり組は、彼女を犀川興業に売ったのはおまえかといって笠岡を締めあげたらしい。彼女の側に立つ人間である可能性が高いと見るべきではないのか。私のほうも、ただ意地を張っていればいいというものではないはずだ。そこまで思いかけたものの、口のほうは勝手な動きをした。

「秘匿義務だ。依頼人が誰かなど話せるか」

男が煙を吐きだした。

「おまえ、おもろい男やな。そうやっててめえの躰《からだ》さえ支えられなくなっとるのに、秘匿義務も何もあるかいな。強情はっとると、腕を折るで」

何も答えない私に、さらに吐きつけてきた。

「正直にいえや。犀川興業に雇われとるんか？」

「違う」

「それならば、なんで犀川靖の名刺を持っとるんや」

いたずらに名刺を眺めていたわけではなかったのだ。いや、この男ないしは仲間が、犀川興業から私を尾《つ》けてきたのだとすれば、犀川の関係を尋ねてきて当然だ。

「昼間会ってきたのさ」

「どうして会ってきた？」

「あんたには関係ない」

「おまえなあ」

「小林瞭子が殺された事件の調査のためだ」

「まさか、小林瞭子がおまえの依頼人といいたいんか」

「そうだ」

「もっとくわしく話してみろや。いつ女と会《お》うたんや？」

「事件があった日の昼間だ」

「何を頼まれた？」

「わからん」

煙を吐いた。「もう一度殴られたいんか」

私はソファで躰の位置をなおそうとした。潰《つぶ》れた蛙のように躰を横たえていることにプライドが堪えられなかったのだ。利き腕をついて力を込めると、腕が震える。罵《のの》り声を嚙《か》み殺しながら尻《しり》をずらし、なんとか普通にすわった。そうした瞬間、左の肋に猛烈な痛みが走り、躰が反射的に右に傾いだ。

「事務所の留守電に伝言が残っていて、相談に乗ってほしいといわれただけだ。その数時間後には、彼女は殺されてしまっていた。相談の内容はわからないんだ」

「冗談いうな。内容もわからんと、弁護士が何のために動きまわるんや」

「彼女のためさ。なあ、あんたは事件とどう関わってるんだ？」

「弁護士さんよ」男は微《かす》かに首を振った。「ひとつ教えといてやるがな、俺は人からものを訊《き》かれるのが嫌いなんだ」

「彼女が殺されたのは、色恋沙汰《ざた》のもつれなんかじゃなく、もっと違った理由があるんじゃないのか。仕切ってるのは、犀川興業の犀川靖なんだろ」

「おまえな。俺を舐《な》めとるとほんとに腕を折るで。ちゃんと答えんかい。どうして留守電だけの依頼を受けることにしたんだ。だいいち、依頼人は死んだんやで。調べてどうするつもりなんや」

「犀川にも同じことを訊かれたよ。どうするかはまだ考えていない」

男はたばこの灰を落としたあと、先端を親指と人差し指で挟んで消した。

じっとこっちを見ていた。

「おまえ、さっき彼女のためいうたな」面白そうに、唇を歪《ゆが》めた。「電話があったんは、あの日の何時ごろやったんや？」

「十時前後さ」

「電話をしてきた理由は？　以前からの知りあいやったんか？」

「ああ、彼女が店を開ける前のな。だが、この何年かは会ってなかった。何かに巻きこまれて、弁護士だった俺のことを思いだしたんだろうさ。これで全部だ。もう正直に話したんだから、いいだろ」

「あの一件が、色恋沙汰によるものなんかやないと思うたんは、どうしてや？」

「弁護士の俺に相談事があったってことは、きっと厄介なことに巻きこまれてたんだ。そうだろ」

「色恋沙汰のもつれで、相談したかったのかもしれないやないか」

「男のことを、俺に相談してくるような女じゃない」

男はふふんと鼻を鳴らした。

「それで、犀川興業のことで何がわかったんや？」

「いまのところは何もわかっちゃいない」

「そりゃ幸いやな。どうやって部屋の鍵を手に入れた？」

「なぜ鍵のことを気にするんだ？」

「訊かれたことに答えろよ」

「小林瞭子の伯母《おば》にあたる女性から、葬式などのいっさいの手配を頼まれた。伯母の代理人として、警察から鍵を受けとってきたのさ」

「おまえが小林瞭子の葬儀をするんか？」

無言でうなずいた。

「ここでいままで何をしておった？」

「何か手がかりになるものはないかと思ってやってきたんだ。それに、葬儀の通知を送る知人の住所も調べたかったんでな。あんたにも送ってやるから、住所を教えろよ」

男が立ちあがった。

「忠告しておくぜ。これ以上この件には関わるな。次にもしも見かけたら、もっとひどいことになるぜ」

私は腰に力を込めた。

ソファに手をつき、肋《あばら》の痛みを思いださないように努めながら腰を上げた。離れかける男に一歩近づくと、男はこっちにむきなおった。ざまあみろ。大したダメージじゃない。自分の足で立って歩けるのだ。

「あんたらと犀川興業の問題だということか」

吐きつけると、またもや髪の毛を摑《つか》まれた。殴られることを予測して、反射的に奥歯を嚙《か》みしめた。ごつい手に頰を撫《な》でられた。爬虫《はちゅう》類のように冷たい。私の躰が熱を持っているのか。

「わかってるんやないか。表社会の人間が首を突っこむことやないんや」

男は吐き捨て、ひたひたと私の頰を叩《たた》いた。

躰を軽く突き飛ばされた。

それだけで私は、ソファの横の壁にふっとんだ。CDの収納ボックスが巻き添えを食って倒れ、CDが飛び散る。男が背中をむけ、居間の出口に歩くのを見ていた。小林瞭子と名乗ってきた彼女は本当は誰なんだ？　喉元《のどもと》まで出かかった問いを、胸の内に留め置いた。訊いても答えを得ることはできない。

男が扉のむこうに消えるとともに、躰を持ちあげた。大したことじゃなかったと、もう一度自分に呟《つぶや》いた。弁護士になってからはじめての暴力沙汰に巻きこまれただけの話だ。次からは、これほどのショックはなくなる。あたりを見まわして中腰になり、名刺入れを拾いあげた。名刺を一枚ずつ集めてもどしかけた。

そこまでで限界だった。倒れるようにして窓を目指し、アルミサッシを開けてベランダに上半身を折った。同時に、胃のなかのものが盛大に口をつき、嘔吐《おうと》しながら前に倒れた。

しばらくは震えがとまらなかった。じきに筋肉が痛みで痙攣《けいれん》しているのだと知った。少しだけ安らかになった。怯《おび》えて震えているわけじゃない。呼吸を整えながら、痛みが治まるのを待つことにした。気が変わり、少しでも楽になるのを待つことにした。痛みが治まるのを待つつもりなら、翌日まで動けない。

呼吸を数えはじめた。吸っては吐く、動物としての基本的な動作の繰りかえし。深く吸いこむことはできなかった。肺が膨らむと肋がびりびりする。罅《ひび》が入ったのだろうか。夜空が見えた。地上の明かりの照りかえしで、ぼんやりと雲の表情を浮きたたせていた。雲を見ながら呼吸を繰りかえしていると、何もかもが面倒くさいような気分になった。

数分が経ったろう。夜空に背をむけて、這《は》うように居間を横切りバスルームにむかった。

のっぽの娘が、バス・タブのなかに押し込められていた。口をテープで塞《ふさ》がれているために、両目の大きさと光の強さが際だっている。照りかえしを放つ水面のように、無数の細かい表情を宿した瞳《ひとみ》だ。

口のテープを剝《は》がしてやるのはたやすかったが、手足は大変だった。こっちは屈《かが》みこむ動作にさえ苦労する有様だった。

「行っちゃったの？」

「ああ」

佐代子はバス・タブのなかで立ちあがり、「大丈夫？」と、私が先に訊きたかったことを訊いてきた。

「ああ」

とふたたび応じ、バスルームを出た。

洗面所の鏡のなかに、見覚えがないでもない男がいた。目の周りも頬も、じきにもっと腫《は》れあがってくるだろう。唇が切れていた。瞳は充血し、顔色は病人のように青かった。外見などどうでもいい。問題は、躰をがちがちに締めつけている痛みと、がんがんと鳴りつづけている頭、相変わらず治まろうとしない小刻みな痙攣、両足の気だるさ、それより何より、ずたずたに引き裂かれたプライドだった。

殴りあいをしたことがなかった。男にとって殴られることの意味を知らずにここまで来た。喜ばしいことに今は違う。考えまいとしても、少し前から思い知らされていたのだ。力で他人に屈服を強いられたことは、あらゆる理屈を越えて精神的なダメージになっていた。

「居間に行っててくれ。顔を洗って、すぐに行く」

心配そうに見つめている佐代子に、目を合わせないままで告げた。

何も声をかけてはこなかったものの、私のそばを離れて洗面所を出ていく気配もなかった。

蛇口をひねり、両手で包みこむようにして顔を洗った。すぐに後悔した。唇といわず、頬といわず、熱湯を振りかけられたように痛んだ。我慢して水をかけつづけると、皮膚の表面だけは冷えはじめたものの、奥に留《とど》まる熱はどうしようもなかった。

佐代子がハンカチを差しだしてくれた。小声で礼をいって受けとった。

折り畳んで返すと、「ぬいぐるみは？」と訊いてきた。

意味がわからず見つめかえした。

「待ってて」

怒ったような声だった。

寝室にむかう娘の後ろから、私はよろよろと付いていった。

寝室の戸口に立ってなかを覗くと、段ボール箱から熊のぬいぐるみを取りあげた娘がこっちを振りむいた。黒いビーズ玉で目をつけ、焦げ茶の糸で口をかたどっている。ペンキ屋を思わせる帽子が縫いつけてあり、紺色のツナギを穿《は》いていた。

「これよ」

佐代子がツナギを脱がすのを、ぼんやり見ていた。

手品のように、娘の指が紙片を抜きだすのを目にしてもなお、私はぼんやりしたままだった。

四つ折りにされた、A4判ほどの大きさの紙だ。開くと、新聞のコピーだとわかった。二枚あった。

「良かったわ、気づかれなくて。ずっとはらはらし通しだったの」

娘はそういいながら、もう一度熊の背中に指先を入れた。

「それから、これってたぶん貸金庫の鍵よね」

得意げに鼻孔を動かした。私が隣人や管理人を相手に無駄な質問をしていた間に、彼女のほうは大働きだったのだ。

私は微笑んだつもりだったが、そう見えるかどうかはわからなかった。

第五章　傷　痕

1

広い通りに出てタクシーを拾った。

タクシーは冷房を利かせており、窓を閉めきっていたが、私は自分の側の窓を細く開けた。吐き気がまだ治まりきっていなかった。せめて風のなかで呼吸したほうが、わずかにでも気分がマシになる気がした。

行く先を尋ねる運転手に、神保町と答えかけたのち、「京王線のつつじヶ丘の駅前に行ってくれ」と告げた。環七から甲州街道に入れば、大した時間はかからずに着く。

「大丈夫？」

抑えた声で佐代子が尋ねてきた。

「へっちゃらさ。だが、事務所までもどる元気はないんだ。申し訳ないが、つきあってくれ。つつじヶ丘に住んでるんだ」

急《せ》く気持ちを落ち着かせながら、呼吸を整えていった。

「それよりも、ぬいぐるみに入っていたコピーをもう一度見せてくれないか」

絶望の淵《ふち》の底まで沈み、必死で水を掻《か》きわけ掻きわけ浮きあがったら、岸辺に光り輝く幸運の女神がたたずんでいた。そんなことを期待したのである。

佐代子はうなずき、膝《ひざ》に大切そうに載せた熊が着ているツナギの作業服をずらした。指先の震えを気取られないように努めながら、コピーを受けとった。躰《からだ》じゅうの痛みと、神経そのものの興奮状態で、今も震えが治まってはいなかった。

一枚は轢《ひ》き逃げ事件を、一枚は白骨死体の発見を伝える記事だった。

車の揺れのなかで細かい文字を読んでいるとくらくらしてきたが、何度も目を休ませながらも、彼女の部屋ではざっと目を通しただけの新聞記事をじっくりと読みすすめた。

轢き逃げ事件の被害者は、山岸文夫《やまぎしふみお》、三十六歳。新聞に添えられた写真には、目つきのきつい、角刈りの男が写っていた。痩《や》せて心持ちエラが張っている。事件が起こった瀬戸内海の町の名を、あらためて目にするとともに、記憶がひょいと顔を覗《のぞ》かせた。犀川《さいかわ》靖が経営する廃棄物処理場がある町だった。

偶然なのか？　問いかけるとともに、遠くの囁《ささや》き声を聞いた気がした。しばらく意識を集中してみた結果、はっきりした。〝それとも、小林瞭子《りょうこ》さんの件と、廃棄物処理場に何か関係があるとでも〟犀川靖はたしか、そんなふうにいったのだ。

廃棄物処理場は、ただやつとの面会を取りつけるための方便にすぎなかったのに、犀川のほうでは、瞭子の事件とあの町の産廃場とを結びつけられることを、無意識に恐れていたとはいえまいか。しかし、それはただ漠然とした感じであって、思いつきを補強する材料は見つからなかった。

コピーを読みすすめた。

山岸の死体が発見されたのは、深夜の二時頃。十一月で、季節は晩秋。田舎町ならば、町全体が眠りについている時刻だ。発見者はスナック経営の男。帰宅途中、道に倒れている山岸を発見、すぐに119番通報をしたものの、その時点ですでに死亡していたらしい。現場検証および検死の結果、死因は全身打撲《だぼく》による内臓破裂と判明、轢き逃げ事件と判断されて捜査が開始された。目撃者は現在のところ見つかっていないというところまでが、この記事が掲載された時点でわかっていることだった。

ただし、新聞記事はさらに事件の周辺を説明するかたちを取りながら、この町への工場誘致およびそれにともなう公害問題に触れ、山岸がこの工場誘致に暗躍した土地ブローカーだった事実を指摘し、轢き逃げと工場誘致問題との関連に疑問を投げかけて筆をとめていた。

《奈良山中に、身元不明の白骨死体》

もうひとつの記事のほうには、そんな見出しが振ってあった。発見したのは、五人のハイカーたち。車道から三、四十メートルほど奥に入った場所という記述とともに、略図が挿入されていた。その数日前に関西地方を通過した台風の影響で、土砂の一部が流れだし、死体が表に出てきたらしい。検死の結果、死後二、三年とは結論できたものの、衣類等から身元を確認する手がかりは、この記事が出た時点では見つかっていなかった。

指先で両目の付け根を揉《も》んだ。奈良山中から発見された白骨死体と、轢き逃げ事件――。どのような関わりがあるのだろう。さらには私の心を強く捉《とら》えて離さなかったのは、この二枚の記事がともに最近のものではなく、十一年前と十三年前のものであることだった。

奈良山中で白骨死体が発見されたのが、十一年前——。轢き逃げ事件は、十三年前——。だが、コピー自体は新しく、最近取ったものだ。なぜ彼女は、このふたつの記事に関心を示したのだろう。

窓の外をぼうっと見つめた。あいだに二年のへだたりがあるが、白骨死体の死後経過時間は二年から三年。被害者が殺害されたのは、今から十四年前から十三年前のどこかということになる。つまり、轢き逃げ事件があった年と重なる可能性があるのだ。

——連続殺人。

恐れを感じた。彼女が別人に成り代わらなければならなかった理由こそが、このふたつの事件にあるとしたら……。人を殺した女が、事件と自分との関係を完全に絶とうと考えたとき、最良の方法のひとつはまったくの他人に成り代わってしまうことだろう。きのう警視庁の藤崎が口にした話によれば、十年前の彼女は、すでに小林瞭子として歯の治療を受けていた。

こんな状態でものを考えるのは無意味だ。想像には何の意味もない。大切なことは、彼女がこのコピーと貸金庫の鍵《かぎ》を、ぬいぐるみに隠していたという事実だけだ。私は自分にそういい聞かせた。まずは、この事件のその後の展開を調べる必要がある。それぞれの犯人は逮捕されているのか。捜査はどこまで及んだのか。そして、鍵がどこの銀行のものであり、何が入っているのか。ふたつの事件のどこかに、小林瞭子と成り代わる以前の彼女がいたにちがいない。へとへとになってたどり着いた岸辺には、やはり幸運の女神がいたというべきだ。

「この程度の記事じゃあ、大した手がかりにもならないかしら」

佐代子が戸惑いがちに話しかけてくるのに、はっきりと首を振って見せた。

「大発見だ。部屋のコンピュータで新聞と雑誌のデータベースを検索すれば、この二枚を足がかりとして十倍以上の記事が出てくるはずだ」

佐代子を居間のソファにすわらせ、寝室で着替えを済ませた。

いちばん楽なものをと思い、Tシャツにトレーナーを着て下はスエットパンツにした。ひっくり返らずに足を通すには、壁に寄りかからねばならなかった。上下を黒で合わせた。シャワーを浴びて薬のひとつも塗りたい気もしたものの、そこまでの元気はなかった。熱いシャワーなど浴びようものなら、痛みで飛びあがりそうだったし、その後はベッドに倒れこみたくなるにちがいない。

キッチンで冷凍庫から氷を取りだした。ビニール袋に入れ、小型のタオルを巻いて頬にあてた。そのままで今度は冷蔵庫を開け、烏龍茶《ウーロン》のペットボトルを出してコップに注いだ。盆に載せて居間にもどった。

佐代子は私を心配そうに見つめた。

「お医者に行かなくて大丈夫なの？」

「へっちゃらだっていったろ」

サイドボードからアスピリンを出し、バリバリと噛《か》んでは烏龍茶で飲みくだした。口のなかに広がる苦みには慣れていた。十代の頃の遺産のひとつだ。噛んで飲んだほうが効き目が早い。剣道をやっていた頃に生じた思いこみを、その後も習慣的につづけてきたのだ。これだけ大量に飲みくだしたことは一度もなかった。

「でも、肋骨《ろっこつ》に罅《ひび》が入ってるかもしれないんでしょ」

「そんな気がするだけだ。罅が入った経験がないんだから、なんともいえないさ。あとで自分で湿布しておくよ」

烏龍茶を勧めてやり、テーブルのむかいの座椅子にすわった。それほど――ほとんど、というべきか――来客のある部屋じゃない。ソファはふたりがけをひとつ設《しつら》えるにとどめ、あとは座椅子があるだけだった。

「通帳やアドレス帳の調べはどうなった?」

「渡されたメモと同じ名前は見つからなかったわ。指示されたとおりに、私が知らないお客さんには丸をつけたけど、長野と大阪と名古屋が住所の人というのは、アドレス帳にはひとつもなかった。売掛帳のほうには三人いたけど、私も知ってるお客さんで、こっちに本社があって転勤で大阪に行った人だとか、こっちの会社と取引をしている大阪の会社のひとたちとかだった。請求先は個人じゃなく法人よ」

「そうか」烏龍茶に口をつけた。「興信所に長野を調べてもらっているんだ。今夜かあすのうちには、彼女が小林瞭子なのか別人なのか、結論が出るはずだ。俺は、彼女の通夜と葬儀とが終わったら、大阪に行ってこようと思うんだ」

「大阪へ?」

「ああ。彼女が別人だとしたら、成り代わったのは大阪じゃないかと思う」

それから、と、先ほどの新聞記事にあった瀬戸内海の町の名前を挙げた。

「犀川の経営する廃棄物処理場が、同じ町にあるのが気になるのさ」

佐代子が話を遮った。いいだしかねたように、しばらく黙りこんでいた。

「あなたは今でもママのお弔いを、自分の手でするつもりなのね」

「決まってるじゃないか。きみとも約束しただろ」

「でも……」

私の胸のあたりを見つめたまま、視線を上げようとはしなかった。

「——ママは、小林瞭子ではない可能性が高いんでしょ。それなら、小林瞭子の伯母《おば》さんは、ママとは縁もゆかりもない人のわけでしょ」

佐代子の顔を見つめかえした。

娘は目を伏せ、ほんのひとくち烏龍茶に口をつけた。メンソールたばこに火をつけ、煙を細く吐きあげた。

禁煙をはじめてから、私の居間には灰皿がない。キッチンの戸棚に歩き、ガラス製の灰皿を持ってきてやった。

テーブルに置くと、佐代子が小さな声でいった。「ごめんなさい。栖本さんは喫わなかったんだね」言葉を切ったあと、同じ口調でつづけた。「私、ほんとをいうと怖くてたまらないの——。考えまいとしてきたんだけれど、ママが小林瞭子ではないとしたら、本物はどうなったの？」

「この国では、同じ戸籍を持った人間が、しかも十年単位の長い期間ふたり存在することは不可能だ」

「ちょっと待って」

「つまり?」

「九分九厘、小林瞭子という女は死んでいるはずだ」

「——ママが殺したということなの?」

「その可能性も考えられる」

「さっきの新聞記事だけど、あのどちらかの被害者も、ママが殺したということなの? それで、元のままの人間ではいられなくなって、小林瞭子に成り代わったの?」

私は同じ言葉を繰りかえした。この世は可能性でできている。

佐代子はしばらく何もいわなかった。

「——ママを信じてるのね?」

顔が腫《は》れていなかったら、表情を動かしたことに気づかれたはずだ。氷の袋を頬に当てなおした。

「どうしてこのあいだ私がそう訊《き》いた時にも、答えてはくれなかったの」

「信じることがそんなに大事なのか」

「大事でしょ」

「どうしてそんなことの答えを、俺の口から聞きたいんだ。信じているといえば、今の状況が何か変わるのか」

声が堅くなっていることに気づいたが、とめられなかった。私自身も同様に、彼女が何人かの人間を手にかけた殺人犯である可能性を恐れている。

「誰もきみに、いっしょにこの事件を調べてほしいと頼んでいるわけじゃないんだ。怖いのなら、忘れてしまえばいいだけの話だ。通夜も葬儀も俺のほうで全部やる」

娘が唇を嚙みしめた。「そんなことをいってるわけじゃないでしょ」

「じゃあ、何をいってるつもりなんだ」

「お願いだから、信じているといって」

「何度も同じ話をさせないでくれ」

「信じないままで調べていく勇気が、栖本さんにはあるの？　ママを信じていないのなら、あなたが事件を調べているのは何のためなの？」

娘の顔を睨《にら》みかえした。瞬《まば》きし、微笑みかけようとした。半分ほどはうまくいった。

「そういう話はまた今度にしないか。俺がどうして事件を調べつづけているのかといえば、たしかに彼女の何かを信じているからさ。その先はわからないし、人をまるまる信じようとすれば、押しつけにしかならない気もしてる。とにかく、何かにたどり着くまでは何も判断できない。そう思わないか」

佐代子はたばこを灰皿に消し、「強いのね」と呟《つぶや》いた。そういう発言に何かの意味があるとは思えなかった。

佐代子は何度か呼吸を繰りかえしたのち、微笑みを浮かべて立ちあがった。何かを振りきったわけではないのだろうが、振りきったようにふるまえる。たぶんそんな女なのだ。

「ねえ、少し休むんでしょ。こっちのソファのほうが楽なんじゃない。それとも、しばらく横になる？　扱い方を教えてくれたら、私が新聞記事をコンピュータから引っ張りだしてあげるわよ」

見かけよりもずっと賢い娘だ。私自身でアクセスまでやれば、あとは教えた手順に従ってやってくれそうな気がした。

それに、賢いだけではなく、実は世話女房タイプなのかもしれない。

首を振って見せた。

「いや、自分でやるさ」

「そうしたら、ちょっと電話を借りてもいいかしら？　それとも、パソコンを使っているあいだは使えないの？」

「大丈夫だが、どこにかけるんだ？」

一回線を振り分け、独立して使用しているので、同時に利用可能だ。

「お店の連中で、まだ連絡が取れていない何人かに葬儀場の場所を知らせたいし、本当に親しかったお客さんにだけは、やっぱり知らせておきたいの。栖本さんはそんな躰だから、あしたの葬儀場での仕切りは私に任せて」

電話の場所を顎《あご》でしゃくりながら腰をあげた。

「この部屋で電話をかけてかまわない。俺はむこうの仕事机で、コンピュータをいじってるよ」

佐代子が呼びとめた。

「それと、お粥《かゆ》か何か、食べやすいものをつくってあげるわ。湿布薬はあるの？　ないなら、薬局が開いてそうなうちに買ってきてあげるわよ」

私は首を振りかけたものの、そのまま部屋を出た。

2

携帯用のパソコンを机に置き、電源コードと電話線とを接続して液晶画面を開けた。事務所にはデスク・トップのパソコンを設えているが、自宅に陣取らせるのは目障りな気がして携帯用を選んだのだ。

ＮＩＦＴＹサーブに接続し、ログ・インメッセージをぼんやり眺めた。疲労の度合いを悟っていた。

一般紙系のニュース記事情報につなぎ、コマンド検索のフリー・タームに山岸文夫の名前を打ちこんだ。轢《ひ》き逃げ事件の被害者だ。同姓同名の人間もふくめて、記事中に山岸の名前があるニュースはすべて取りだしてくれる。

検索できた記事は十三件だった。

詳細を呼びだすと、検索数から半ば予想したとおり、事件は犯人が捕まらないままにお宮入りしていた。捜査そのものについては、続報のなかで目をとめるべき点はそれほどなかった。アスファルトのタイヤ痕《こん》にブレーキの痕跡がないこと、近くの住人が、同日の深夜一時過ぎに何かがぶつかる大きな音を聞いていたこと。その二点が最大の手がかりにすぎず、それ以上の進展は伝えられていなかった。雨の夜だったことが、現場検証を難航させた大きな原因らしい。

ただし、土地ブローカーとしての山岸文夫については、きわめて興味深い記述があった。山岸の背後にいたと思われる組織は、大阪の末広会。犀川靖が先代と養子縁組みをする以前、和《わ》辻《つじ》という苗字《みょうじ》だった頃に属していた組織だ。犀川靖の関係した廃棄物処理場があの町にあるのは、やはり偶然じゃない。あの町と犀川とは、少なくとも十三年前から関係がある。

氷の袋を瞼《まぶた》にあてた。裏側で、複雑な曲線が躍っている。そのまましばらく考えているつもりだったものの、実際はひと休みしているだけだった。

白骨死体記事の検索に移った。

ビンゴだった！　一瞬疲労も痛みも忘れ、生まれたてのすがすがしい躰で椅子から跳ねあがった。

犯人は結局不明だったものの、警察は居眠りをしていたわけではなく、白骨死体の身元は間もなく割りだしていた。

名前は渥美《あつみ》嘉信《よしのぶ》。山岸文夫が轢き逃げされた町で、工場誘致を推進していた市役所の開発課長だ。

烏龍《ウーロン》茶で喉《のど》に湿り気を与え、ドアのほうに目をむけた。佐代子に報《しら》せるのはもう少し詳細が摑《つか》めてからにして、白骨死体に関する記事データをすべてフロッピーに落としたあと、今度はあの町の工場誘致に検索の矛先をむけた。ふたりの被害者を結ぶポイントは、そこにある。

大量のデータが該当した。

条件を加えた《アンド検索》による絞りこみを考え、キーワードとして山岸文夫と渥美嘉信を入れかけたものの、思いなおしてすべてに目を通すことにした。はじめは大きく網を打ってみるべきだ。

プリンタのスイッチを入れ、データを吐きだすように命じた。印字されたものを読むほうが、躰への負担が少ない気がした。

数件ぶん目を通してからは、心覚え用の大学ノートを机に開き、メモを取りながら読みすすめた。


工場誘致計画について、市長が高校同窓の財界人——地元出身ということだ——を招き、開発計画を説明して協力を仰いだのは今から二十年前。

翌年には、《産業開発会議》が発足、具体的な誘致企業との接触が始まっている。会議には、中央から、建設、運輸、通産各省の官僚も名をつらねていた。中央なしでは、地方は身動きが取れないのだ。調査および試案作成に一年、マスタープランの完成に一年。十七年前には、用地取得が始まった。開発対象となった土地は、田畑、原野山林、砂浜、それに宅地。問題は、農地と宅地だった。

反対運動の火種が各地にあったのだ。

市長は、対策として、《農工両立》のスローガンを掲げ、農地の単純買収は行なわない方針を立てた。用地入手の際には、必ず代替地を用意した上で、六割はその代替地と引き替えとし、あとの四割を現金で買いあげる。農業保護育成を目的とする、《六四方式》と名づけられたシステムだった。

地元説明会を繰りかえす一方で、同年には用地取得の実行部隊となる《工業地域開発組合》を発足させている。地元の有力者に開発推進委員を頼み、関係する町村長を推進委員に任命することで、周辺地域を一本化する開発組織をつくったのだ。

このような流れのなかで、用地取得を始めた一年後、すなわち十六年前に、市の秘書課長だった渥美嘉信が開発課長に任命された。新聞では、「抜擢《ばってき》」という言葉が使われていた。私はノートに「抜擢」と書き、周りを丸く囲った。土地ブローカーや投機を目的とした土地取得者の暗躍を恐れたため、誘致工場の名はぎりぎりまで秘密にされ、公害問題への配慮として、大学教授や識者をふくむ対策委員会も発足された。

何年もあとになって、新聞記事を順に読んでいくと、妙な感慨を抱くことになる。少しでも歴史をひもとき、土地収用に関する裁判や公害裁判などを見れば明らかだが、どの社会でも、どの地域でも、見えない意志が導くかのように同じ展開に陥っていくのだ。反対が繰りかえされるなかで、事態が進展していき、最後は発展開発という名目で食い荒らされた土地と押しつけられた倖《しあわ》せと、ある者には大きな犠牲を残し、町も人間も変わっていく。

この市でいえば、開発派は開発推進委員に周辺地域の町村長を取りこもうとしたものの、足並みをそろえられず、やがて周辺の三つの町村のうち一つが、開発反対を表明した。開発派は切り崩し作戦を行なったが、最終的には一括開発を断念せざるをえなくなり、一期・二期と計画を分散させる必要に迫られた。やがて、一期計画の地域のみが工場の建設と稼働を始めた結果として、行政の調査や行政が依頼した学者の調査では到底起こらないはずだった公害が発生し、反対派はいっそう頑強な姿勢を堅持した。そういった間隙《かんげき》を縫うように、土地ブローカーの存在が明らかになってきて、土地の値段が吊りあげられ、二期工事にむけての土地取得をさらにやりにくくした――。

ブローカーであった山岸文夫が轢き逃げにあったのは、第二期計画がそんな膠着《こうちゃく》状態に陥っていた頃だった。

《六四方式》といわれる土地取得方式について、くわしくメモをとることにした。

土地売買契約書を作成する窓口は、《工業地域開発組合》に一本化されていた。住民と企業との直接売買をなくし、ブローカーを締めだす狙いだ。すぐに代替の土地を提供できる場合には、《代替地取得書》が、代替地の造成が間にあわない場合には、造成しだい入手できる旨を記した《念書》が発行された。

だが、土地ブローカーはこの念書を買い集め、値を吊りあげたのである。行政側は、ブローカーが集めた念書を《開発組合》の窓口に持っていっても、買いあげた時と同じ価格で回収するので問題はないという、絵に描いた餅《もち》のようなコメントを出していた。だが、いったん人の手を回りだせば、土地転がしと同様に値が吊りあがっていくことはとめられない。子供にだってわかる理屈だ。

地価が上昇したぶん、農家のなかにも、イロを付けなければ市の要求には応じられないと主張するところが出てきた。

代替地となる農地造成の遅れが、事態をいっそう困難にしたようだ。

日を追うにしたがって、発行できる代替地取得書の割合は減り、代わって念書の割合が増していった。

やがては、具体的な代替地の面積も場所も書かれていない念書までが発行されるようになった。

行政得意の空手形であり、民間がやればお叱りを受けるような処置が、公務員ならば立派にまかり通ってしまう。そのうえ、代替地の野菜栽培や畜産の不振も顕在化した。行政が用意した代替地は、農業に必ずしもむいていなかったことになる。

こうした状況のなかで、ついには市議会も市長と袂《たもと》を分かち、市長に《農工両立》のスローガンを取りさげるようにとの申し入れを行なった。

それが、十三年前。山岸文夫の轢き逃げ事件の年のことだ。月は六月で、山岸が死んだのが十一月だから、半年ほどさかのぼる。

開発計画から七年後、《工業地域開発組合》が生まれて用地取得がはじまってから四年後にして、《農工両立》は事実上崩壊したことになる。

新聞は、山岸の死亡事故と市の開発計画のあいだに何らかの関係があった可能性はほのめかしているものの、具体的なことは何も書かれていなかった。推測の域を出るほどのものは、当時見つからなかったということか。

いずれにしろ、《農工両立》の取りさげは、市にとっても市長にとっても苦渋の選択だったにちがいない。

——今後は《六四方式》とそれに伴う念書の発行を取りやめ、農民とのあいだで現金の直接売買による土地取得を目指す。

市長が市議会で発言したひと言は、賛成派・反対派の区別なく、大きな衝撃として駆けぬけた。土地を所有する農家からは市政に対する不信感が表明され、すでに代替地に移っている農家のあいだにも、大きな不満の声が湧きおこった。元々開発反対を掲げていた村長が、同じ日のニュースで「市政の市民に対する裏切り行為だ」といったコメントを寄せている。

そのふつか後の新聞で、開発課長であった渥美嘉信の自殺が伝えられていた。秘書課長から開発課長へと抜擢された渥美嘉信は、《農工両立》のスローガンを先頭だって説き、地元の農民たちのあいだを駆けずりまわっていた。市長がスローガンを引っこめた翌々日、現場の責任者であるこの男は、町のはずれの岬から身を投げたのだ。遺書と鞄《かばん》とが、岬に残されていたという。

渥美嘉信についての条《くだ》りを、プリントアウトしたデータから拾っていくと、おのずと公務員の悲哀を思うことになった。秘書課長を務めていた渥美は、市長の鶴のひと声によって開発課長に抜擢された。《六四方式》がその市長自らによって撤回されたとき、渥美は足下の梯子《はしご》を外されたことになる。「真面目な人柄で、責任感の強い男」こういった場合に、誰でも口をそろえていう評価を、この男も同僚から受けていた。遺書には、家族への詫《わ》びと、市民への詫びの言葉が書かれてあったそうだ。遺書はほんの短いものだったのではないか。反射的にそう思った。

父のときもそうだった。公務員には秘匿義務がある。死んだ瞬間には消滅するが、その直前までは存在している。本人が抱きしめて死ぬしかない秘密がある。父は本気でそう信じていたのではなかろうか。渥美という男も――。いや、秘匿義務などという綺麗《きれい》ごとじゃなく、あらゆる職業に共通する、仲間を守ろうとする意識の現れというべきか。男というやつは、集団のなかでしか自分を見いだすことができない生き物なのかもしれない。

――それにしても。

岬から海に身を投げたはずの開発課長の死体が、二年経過したあとになって、奈良山中から白骨化して発見されたとは……ノアの方舟《はこぶね》がアララト山の山頂にたどり着いた伝説ほどに驚くべき奇跡じゃないか。

3

奇跡について、新聞記事は何も答えてはくれなかった。

だが、おぼろげながらも記憶が蘇《よみがえ》っていた。このニュースなら、かつてオン・タイムで目にしたことがある。私はまだ司法修習生だった。奈良山中で白骨化した死体が、じつはその二年前に遺書を残して消えた公務員のものだったというニュースは、それなりにショッキングに報じられた記憶がある。

とはいうものの、残念なことに、当時私はくわしくは新聞記事を読まなかったし、テレビのニュースにも耳を傾けなかった。我が家では、この類のニュースはタブーだった。母に父のことを思いださせたくなかったし、哀しむ顔を見たくはなかった。いや、母をダシに使うのは卑怯《ひきょう》というものだ。私も同様に、自殺した父を思いださせるようなニュースなど、見たくも聞きたくもなかったのだ。

おぼろげな記憶は今、すこしずつ私を過去へと引きもどそうとしていた。

たぶん雑誌だ。電車の吊り広告か、どこかでぱらぱらとめくった程度という気がするが、記憶の底にはこの事件について、印象に残っていることがある。だからこそ、目を逸《そ》らしたというべきだ。

新聞記事情報のサービスから抜けて、雑誌情報にアクセスした。新聞データとは違い、見出しまでしか引きだせない。詳細は、雑誌の現物をあたれる大宅文庫まで足を運び、バック・ナンバーを見るしかない。

だが、いくつかの見出しが私の注意を引きつけて、否が応でも記憶を再確認させた。

《開発課長の死とブローカー轢《ひ》き逃げ事件の奇妙なつながり》《地域開発に黒い影！　誘致企業リスト漏洩《ろうえい》疑惑》《開発課長に汚職の疑い》――思いだしていた。私は当時、汚職というひと言から目をそむけたのだ。単なる公務員の死の疑惑ではなかった。この摩訶《まか》不思議な事件は、しばらくすると、週刊誌に汚職疑惑と絡めて報じられはじめた。私にとっては、もっとも見たくない範疇《はんちゅう》の事件だった。

八割の誇張と二割の真実。大方の読者が、雑誌の記事とはそんなものだと思っている。私もそうだが、それはとりもなおさず二割の真実が潜んでいることを意味している。そうでなければ、雑誌出版社は、名誉毀損《きそん》等の訴えで軒なみ潰《つぶ》れているだろう。一千万読者に報じる新聞では書けない真実を、伝えているといい替えてもいい。

新聞社なら、雑誌のバック・ナンバーもある程度は保存している。反射的に、練馬署詰めの後藤益男を紹介してもらった友人や、後藤本人の顔がよぎった。連中にバック・ナンバーのコピーをファックスしてもらうのはどうだろう。

思ってみただけだった。これ以上は遠慮したほうがいい。連中が鼻を利かせれば、私の目の届かないところで独自の動きを始める。彼女が事件とどう絡んでいるのか、皆目見当がつかない現在、マスコミに動きまわられる危険は冒せない。大宅文庫は京王線沿いにあり、つつじヶ丘から新宿寄りに四つ目の駅だ。あすを待てばいい。

パソコンの電源を切り、プリントアウトしてあるデータをクリップで綴《と》じ、同じデータを落としたフロッピーをしまって部屋を出た。

「ねえ、渥美嘉信という開発課長を殺したのが、土地ブローカーの山岸文夫だという可能性は考えられないのかしら」

説明を聞きおえた佐代子がいった。

「簡単に結論を出すことはできないさ」

なるほどな——。いいながら、内心そう思っていた。先走りは危険だ！　いまのところはまだ想像にすぎない。だが、佐代子も同じことを想像したのだ。

出力できたデータのなかには、渥美の事件と山岸の轢き逃げとを、直接結びつける新聞記事はなかった。

新聞は憶測では記事を書けない。警察は渥美嘉信殺しと山岸文夫殺しのあいだに、確固たるつながりを見いだせなかったということだ。渥美の死体が発見されるまでの二年という歳月と、そうして死体が発見される遥《はる》か以前に山岸が轢き逃げされていることとが、捜査上の大きなネックになったのではなかろうか。

だが、白骨死体の発見から十一年が経った今、私と佐代子は当時の新聞が知らなかった事実をひとつ知っている。

それは、他でもなく、小林暸子として生きてきた彼女の部屋に、二枚の新聞記事がいっしょに隠されていたということだ。彼女は、ふたつの事件につながりがあると思っていたか、つながりがあることを知っていた。

そして、なんらかの理由で事件を調べていく過程で、当時は和辻靖として末広会に属し、現在は犀川興業の二代目となっている犀川靖にたどり着いた。

渥美がすがたを消した時点で殺されていたとはかぎらないが、殺されていた可能性は充分にある。当時土地ブローカーとしてあの町にいた山岸がその犯人で、さらに山岸もまた何者かによって殺害されたと考えることも可能だ。

あの町の汚職疑惑の詳細を知り、渥美と山岸の接点がそこに見いだせるのかどうかを調べる必要がある。

「いくつかの週刊誌が、後追い記事を書いているんだ。データベースじゃ見出ししか確認できないが、工場誘致に絡んだ汚職疑惑と、山岸の轢き逃げの関係を追っている記事もある。あすいちばんで、そういった週刊誌を当たってみる。渥美の顔写真も確かめたいしな」

データベースで引きだせるのは本文だけで、写真はだめだ。山岸の顔は、佐代子が見つけた新聞のコピーで確認できたが、渥美のほうは、身元不明の段階での記事だったので、顔がわからないままだった。

疑問がよぎった。

なぜ彼女が持っていたのは、この二枚の記事のコピーだったのだろう？　ともに事件の発端にすぎない。

——貸金庫。

二枚の記事は、調べていたことの核心ではなく、おそらく端緒だ。貸金庫に納める必要もなかったので部屋に残されていた……。彼女が知っていた、さらなること。知ろうとしていたことを示す何か。それが貸金庫にあるのではないか。

「いっしょにあった鍵《かぎ》のほうなんだけど」

佐代子から話しかけてきた。「どこの鍵かってことは、どうしたらわかるのかしら？」

「それほど難しくはないさ。彼女の口座がある銀行にあたってみればいい」

彼女は店の入金のために、三つの銀行に口座を持っていた。どれも池袋の支店だ。電話の問いあわせではっきりする。

貸金庫を開けさせるには、登録印と暗証番号が必要だ。印鑑は、店の権利証や賃貸契約書などといっしょに入っていたもののどれかが該当するはずだ。たいがいは通帳と同じものと考えて支障はない。私はマンションを出るときに、入っていた印鑑をすべて持ってきていた。

暗証番号は、その数千倍も難しい。だが、私は弁護士だ。しかも、《小林瞭子》の唯一の身内である小林鈴子から委任を受け、警察から押収品を返却させ、通夜と葬儀の手配をしている。

「私も、いっしょに行かせて」

首を振っても聞かない娘であることは、すでに実証済みだった。

うなずいて見せると、「近所に薬局は？」と尋ねてきた。

「それと、食欲が湧くようなものを思いつくなら、いって。いっしょに買ってきてあげるわ。お腹が空っぽなんでしょ。その前に、お米の場所が先ね。炊飯器をセットしておく。いっしょに食べてかまわないなら、二合炊くわ」

娘が出ていくと、いつもどおりの部屋にもどった。

ソファにへたりこんでいたが、やがてコードレスホンを取りあげた。秘書の典子の自宅に電話をすると、ふたりの息子のうちのどちらか――いまだに声では区別がつかない――が電話に出て、「お母さん」と呼んだ。

「何か連絡は入りませんでしたか？」

典子はメモを読むように正確な口調で報告してくれた。本当にメモを見ているのだろう。

「矢部さんという弁護士の事務所と、楠木さんという弁護士から電話がありました」

協力を頼んだ弁護士たちだ。

「伝言は？」

「おふたりとも同じで、依頼人は小林瞭子という女性には心当たりはないということでしたが、これでおわかりになりますか」

「わかります。ありがとう」

あと返事をもらっていないのは、新橋の事件の被告側を担当している丸太良樹の依頼人三人と、休暇をとっていた刑事事件担当の弁護士だ。

「他には？」

「麴町の河野さんがお電話をくださいましたが、お留守だと答えると、電話があったことを伝えてほしいとおっしゃっただけでした」

事務所の留守電に入っていた、河野の伝言を思いだした。心配して、あらためて電話をくれたのだ。

「それから、三田の塩崎先生から電話がありました」

「——本人ですか？」

思わず訊《き》きかえした。

典子は塩崎礼次郎との関係を知っていた。一度たりとも、私の事務所に顔を出したことも、じかに電話をしてきたこともない。だが、娘の親権を懸けて芙美子と争ったときに、むこうの弁護人を務めたのは、かつて義父だったこの男なのだ。当時、私はすでに塩崎の弁護士事務所を辞め、いまの事務所を開けていた。

あらゆる意味で、勝ち目のない争いだった。塩崎と、彼が抱えるエリート弁護士集団、そして抜群の調査力を持つ興信所。それに引き比べて私はといえば、家庭を継続する意志が欠如していると社会的に考えられて当然の状態になっており、娘の養育を認められるような生活からは、大きく逸脱をはじめていた。

無益な争いでもあった。私を裁判へと駆りたてたものは、娘への愛情ではなく、塩崎たちへの意地にすぎなかったのかもしれない。

「はい、そう名乗られました」

「何の用だったんでしょう？」

「先生がお留守だと申し上げると、直接の用件はおっしゃいませんでしたが、ただ……」

「なんです？」

「先生が公判の予定をすべてキャンセルしているという噂は、本当かと——」

法曹界。さすが立派なエリート集団だ。いちばん耳に入ってほしくない人間の元にまで、早ふつかめにして噂の足が届いたらしい。もっとも、弁護士会綱紀委員会をはじめ、いくつかの委員長を兼任し、次期会長の有力候補。法曹界の古狸に、法廷を軒並み延期している私の噂が届かないほうが不思議だろう。

「それから、新しいお仕事の依頼が二件ありまして――。どうお答えしていいかわからなかったものですから、連絡先を事務所にメモを残しておきましたが……」

「わかりました。それは、あす処理します。興信所の清野さんからは連絡はありませんでしたか?」

「いえ、受けておりませんが」

とにかく午後には一度事務所に立ち寄ると告げて電話を切った。典子がまだ何かをいいたげにしている雰囲気を感じていた。事務所を開けたときから付いてくれている秘書の心に、ふたたび不安の影が頭をもたげているのは明らかだったが、どうすることもできなかった。

そのまま、ソファにへたりこんでいた。空腹感がそれほどなかったのは、躰《からだ》じゅうの痛みと強烈な疲労感のせいだ。

時計を見上げ、佐代子がもどってくる頃合いかと思った。どんなシチュエイションであれ、相手が誰であれ、そういう気分は悪くなかった。妻と別れてから三年のあいだ、味わえなくなっていた気分だ。

システム手帳を取りあげた。桜田門で彼女が身につけていた手帳だ。

週末に丸がふたつ並んでついているページを開け、メモしてある電話番号をじっと睨《にら》んでいた。市街局番から、あの町のものであることだけははっきりした。番号が誰のものかといった問いあわせには、104は応じてくれない。疲労が、普段の私ならば絶対にしないような行動を取らせた。

電話を取る者はなかった。夜の誰もいない部屋のなかで、電話が鳴っている。行ったことも見たこともない町の、どこかの部屋だ。おそらく彼女がむかし、人生のある時間を過ごした町だ。どんな少女だったのだろう。どんな青春期を送ったのだろう。どんなふうに人を愛し、人から愛されたのだろう。そんなすべてを捨てて、別の人間になって生きる決心をしたのはなぜなのか。

電話のむこうで彼女が息を潜め、すべての答えを摑《つか》んだ私が微笑みかけるのを待っているような気がした。今の私と同様に疲労困憊《こんぱい》し、不安と寂寞《せきばく》感と孤独とを抱えているものの、微笑みあえさえすればそれで何ひとつ問題はなくなると信じ、じっと電話を見つめているような気がした。

莫迦《ばか》な錯覚は長くはつづかず、通話ボタンをオフにするなり、私は安堵《あんど》のため息をついた。つながらなくて良かったのだ。番号の持ち主が誰であり、どう切りこめばいいのかもわからないままで、コンタクトを取ったりすれば、貴重な手がかりのひとつを断ち切ってしまうことにもなりかねない。

軽く目を閉じ、両目の付け根を揉《も》んだ。瞳《ひとみ》を休めるだけのつもりだった。気がつくと、佐代子が見下ろしていた。反射的に時計を見上げた。二、三十分がどこかに消し飛んでいる。しかも、いつの間にか毛布をかけていた。眠ったというより、気を失っていたというべきだ。

いわれて、私は毛布をかけていたのではなく、たったいま佐代子にかけられたのだと気がついた。

「ごめんなさい。起こしちゃったわね」

顔をしかめた。

「少し待っててね。すぐに用意しちゃうから」

無言でうなずいた。意に反し子供のような反応だった気がして躰を動かしかけ、肋《あばら》の痛みに顔をしかめた。

佐代子は湿布薬と夕刊を差しだし、くるっと背中をむけてキッチンに入った。湿布薬は包帯を必要としない、皮膚にじかに貼る式のものだった。

「湿布薬を貼ってしまったら」

キッチンカウンターのむこうから佐代子がいった。

「ああ」と応じた。「あとで、シャワーを浴びたら貼るよ」

すこし経ってから、「去年の試験は、東京で受けたのか？」と訊《き》いた。

「ええ」

「それじゃ、暑くて大変だっただろ」

佐代子は手元からこっちに顔を上げ、くすっと小さな笑いを漏らした。

「どうして知ってるの？」

「司法試験だって、ほぼ同じ会場を使うのさ。どこもエアコンのない大学の大教室だ。もっとも、早稲田の会場は去年あたりから冷房が入るようになったらしいがな」

「そうなんだ。私、去年は暑さにまいってしまったんで、今年は大阪で受けようかと思ってたの。東京の税理士学校じゃあ、中には六月ごろから冷房を切っちゃうところもあるのよ。試験会場が蒸し風呂なんだから、授業も蒸し風呂の状態にしてやらないと試験慣れできないって」

大阪で受けるほうが賢い。受けたい土地に願書を出しさえすれば、どの地方でも受けられるのだ。

「どうして税理士になりたいんだ？」

「資格があれば、ひとりで生きていけるでしょ」

「そうか」とだけ答えた。

「どうして弁護士になったの？」

「なかなかひと言じゃいえないさ」

「満足してる？」

「たぶん、一応はな」

あまり正直な答えではなかった。いつの間にかこの娘に対し、「俺」というようになっていた。

「休みの日は何をしてるの？」

「休みはなるべく取らないようにしてるんだ」

「土日も事務所に出てるってこと？」

「そういうわけじゃないが、平日にできなかった書類整理を持って帰ったり、つきあいのゴルフに行ったり、地域のクラブのパーティーに顔を出したり、いろいろさ。弁護士なんて言葉から想像するより、ずっと退屈で雑用の多い日常なんだ」

「趣味はないの？」

「競馬」

今度は正直に答えた。佐代子は意外そうな顔をした。

「賭事《かけごと》なんかしないように見えるけど」

「そういわれるのがいやで、始めたってところもあるのかもしれない」

「なぜいやなの？」

「なんとなくさ。だが、始めてみると面白くてな。賭事全般はわからないが、少なくとも競馬ってのは、細かいデータの積み重ねなんだ」

「それで大概はスッちゃうんでしょ」

「そういうことさ。それで違った目でデータを見つめなおしてみると、なるほど取れなかったわけだと納得する」

「こじつけじゃないの」

佐代子は愉快そうに目を細めた。チャーミングな表情だった。

「そうかもしれん。だが、競馬をやってると、負けたときはデータ的な必然で、勝ったときには何かの偶然が作用したと思えるのさ。それが気持ちいいんだ」

今度は考えこむような顔をした。考えこまれるような話をした覚えはなかった。もう少し競馬のデータについて話したい気もしたものの、娘が休みの日に何をしているのかを尋ねたいような気もした。

どちらもしないうちに電話が鳴った。

電話を耳にあてると、数年ぶりに聞く男の声が流れてきた。リラックスしかけていた気分が消し飛んだ。

「栖本君か」

塩崎礼次郎は、名乗ってからそういった。「ご無沙汰《ぶさた》してます」と丁寧に答え、キッチンカウンターのむこうに立つ佐代子をちらっと見た。娘はまな板の音を立てはじめた。

「事務所に電話をいただいたそうですね」

「声を聞きたかったものだからね。事務所にはもどらないかもしれんといってたので、そこに電話をしてみたんだが、帰っていてよかったよ。二、三十分ほどで着けるんだが、訪ねてもかまわんかね」

二年近い空白を経て、久しぶりに思いだしていた。この男にとって、都合を訊いてくるのは、すでに自分がどうするつもりかが決まってからだ。訊かれた相手に残された選択は、無益に意見をぶっつけてみるか、あっさりと屈して見せるかのどちらかしかない。

「来客中なんですよ」

「話は十分とはかからない」

「それなら、いま電話でおっしゃっていただけませんか」

何度か言葉を往復させた。押し問答らしくならなかったのは、塩崎のボキャブラリーの豊富さとそれを押しだす巧みさ、声の質と話し方と間の取り方、すべてが完璧《かんぺき》に弁護士としての資質に満ちあふれ、相手を紳士的に振る舞わせてしまうからだ。

かつての義父の訪問を、紳士的に受け入れなければならなくなって電話を切った。

包丁を使う佐代子が、しばらくして「誰からだったの？」と訊いてくるのに、「仕事関係の弁護士さ」と答えた。

それ以上は告げないまま、夕食ができあがるのを待つことにした。

塩崎に対する、紳士的にしてささやかな抵抗だった。

4

チャイムが鳴ったとき、ふたりの夕食は終わろうとしていた。佐代子の料理は手慣れたもので、秋刀魚《さんま》を焼いて大根下ろしを添え、おひたしを出してくれた。あさりのみそ汁と卵焼き、それにお新香も食卓に並び、ほとんどが私たちの腹に納まった。私は自分の食欲に驚いて見せ、こんなことならふつうの飯もほしかったなと、粥《かゆ》を二杯平らげてから冗談をいった。私のほうは缶ビールをほぼ一本飲みきろうとしており、佐代子は半分ほどで頰をうっすらと染めていた。

税理士試験の勉強法について、私が質問し、佐代子が答え、私がちょっとしたアドバイスをするといったことを繰りかえしていた。私はやがてチャイムが鳴ることなど忘れた振りをしていたし、実際に何割かは忘れてしまっていたのだ。

別れた妻の父親である男を迎え入れるのには、なかなかもってこいのシチュエイションだった。

「先輩の弁護士が、ちょっと顔を出しにきただけだ。すぐに帰るはずなので、気にしないでいてくれ」

ソファを立つと、佐代子が気を利かせて食卓のものを盆に移してキッチンに下げはじめてくれた。

――この男は何も変わらない。

ドアの外に立つ塩崎を見た瞬間に、あらためてそんな感慨が走りぬけた。

塩崎に流れた歳月は、数を増した白髪と、いくぶん増えた体重とに若干にじみ出ていたものの、それは本人が握り潰《つぶ》そうとすれば、すぐに握り潰してしまえそうなほど些細《ささい》なものにしか感じられなかった。握り潰せないものなど、この男には存在しないのだ。首が太く、短い。怒り肩に、四角い顔がどっかと居座っている。身長は百七十センチに足りないが、顔の大きさはバスケットボール選手ほどの大男にも負けない。頰に厚く肉がついている。たるんだ様子はなく、脂ぎっててかてかし、内側の肉によって皮膚が張りつめている感じにさえ見えた。針で突いてあけたような目。その小さな目を覆い隠さんばかりに眉《まゆ》が太く濃い。この男は大概のものは持っていたが、眉だけは一本しかないのだった。

左の頰に大きなほくろがある。よく陽に焼けている。ゴルフ、麻雀《マージャン》、釣り、旅行。激務のなかでよくぞというほどに多趣味な男だった。独自の趣味は何ひとつなかったものの、どの趣味とも独自のつきあい方をつづけているのは確かだ。今も激務をこなし、その合間に趣味を楽しみ、事務所と部下たちと、何人もの友人知人たちと娘と孫とを愛し愛されながら、満ち足りた毎日を送っているにちがいなかった。

塩崎のほうでは、私の顔を見て、ずいぶんと変わったものだと思ったにちがいない。この男としては大きい驚きが、かすかに両目と眉に漂った。軽蔑《けいべつ》でも憎しみでも愛情でさえ、ひっそりと背後に隠しおおせる男だった。

「めずらしいですね。私の部屋を訪ねる気になるなんて――」

私がいうのを遮るように、「どうしたんだね、その顔は？」と尋ねてきた。

「仕事上のちょっとしたトラブルです」

笑いかけようとした。傷を負ったのがなるべくむかしで、ダメージがなるべく些細であるかのように振るまいたかった。顔の筋肉がひきつっただけで、うまく笑えたかどうかには自信がなかった。

「とにかく中へお入りください」

招き入れ、先に立って居間にもどった。

キッチンと居間とは、キッチンカウンターでへだてられているだけだ。私が振りむいたとき、塩崎はポカンとした顔でキッチンを見つめており、洗い物をしていた佐代子が軽く頭を下げようとしていた。

「友人の名取さんです。こちらは弁護士の塩崎さん」

私はそれぞれを紹介した。

塩崎は礼儀正しく佐代子に頭を下げかえし、居間の真ん中に移動して、「ここでいいかね」とソファを指さしながら腰を落ち着けた。

私が冷蔵庫の扉に手をのばすと、「いいわ。私がやってあげる」佐代子がいい、烏龍茶《ウーロン》のペットボトルを出してくれた。

「すまない。それじゃあ、食器棚のなかのグラスを適当に使ってくれ」

私は告げ、居間に歩いて塩崎のむかいの座椅子にすわった。テーブルに載ったままだったビールの空き缶を潰して寝かせた。

「電話で申しあげたとおり、来客中なんです。恐縮ですが、ご用件だけお聞かせ願えますでしょうか」

「まあ、そう話を急がんでくれよ。どうだね、仕事のほうは？」

「可もなく不可もなくといったところですよ」

塩崎は、烏龍茶を持ってきてくれた佐代子に礼を述べ、「夜分に、申し訳ない。すぐに失礼しますので」と、相変わらずの礼儀正しさでいった。

佐代子がぎごちなく頭を下げてキッチンにもどっても、塩崎には何もいう気配がなかったので、仕方なく私から口を開かねばならなかった。

「そちらの事務所はいかがですか？」

にっこりと微笑んだ。「貧乏暇なしさ。あれやこれやと抱えておるんで、すっかり所属弁護士のスケジュール管理と健康管理に追われっぱなしだ」

烏龍茶を口に傾けた。

「それで、きょうはいったいどうしたんですか？」

もう一度うながした。

「ちゃんとやっとるようだな」

「何をです？」

「私が教えた、それさ」

顎《あご》をしゃくり、ソファの横のサイドボードに載せてあった大学ノートを指ししめした。

「事件関係者の発言は、自分の手を動かして書き留めておくべきさ。手を動かすことで、頭のなかが再構築されるんだ」

私は不機嫌な顔をしていたと思う。

「最近じゃ、すっかりおろそかになってたんですよ。頭を再構築する必要に迫られるような事件にめぐり会うことも、ほとんどありませんしね」

くだらない反発心だとわかっていた。だが、反発心というやつは、くだらないほど根が深い。

塩崎は私を見据え、「ところで」と切りだしてきた。これが曲者《くせもの》であることを、私はよく知っていた。会話のイニシアチブを取れる確信を持ったとき、この男はこう切りだすのだ。

「練馬のクラブ経営者の事件に足を突っこんでいるといった話を耳に挟んだんだが、本当かね」

私は呆《あき》れた。

公判を延期している理由まで知っているとは思わなかった。

「誰からお聞きになったんです?」

「新宿の矢部君とは、同じ勉強会に出席する仲でね」

塩崎は、私が電話で小林瞭子のことを尋ねた矢部の名前を口にした。

勉強会とは、派閥の宴会のことだった。弁護士が一匹狼だというのはたてまえで、実際はひとり一党をきどっている故にこそ、複雑な派閥関係が存在する。弁護士会選挙の前になると、私のような人間にさえ、いくつもの方面から投票の依頼が来るのだ。

肉厚な両手を膝《ひざ》のうえで組み、大きな顔を応接テーブル越しに近づけてきた。

「栖本君、正直に答えてくれんか。その顔は、いったいどうしたんだね？」

「仕事上のトラブルだと申しあげたはずです。それ以上は、お話ししたくありません」

「いったい君は、何をやっておるんだ？」

「あなたには関係のないことです」

「弁護士がそんな傷を顔に負って、恥ずかしいとは思わんのかね」

「別に顔で弁護士をしているわけじゃありませんので」

「まじめに聞きたまえ。練馬のクラブ経営者は、小林瞭子という女だな」

無言で塩崎を見つめかえした。

「なぜなんだ？」

「──あなたは、彼女のことを知ってらしたんですか？」

気がつくと問いかけていた。

塩崎が苦虫を嚙《か》み潰したような顔をした。

「なぜ小林瞭子の事件に首を突っこんでいるのかと訊《き》いてるんだが、答えてくれんかね」

「いつから彼女のことを知っていたんです？」

「訊いているのは私だぞ」

「──あなたには関係のないことだ」

「誠次君」と、塩崎は私をむかしのように呼んだ。「正当な理由もなく公判を延期するのが、どういうことかわかっておるのかね」

「それならば、なぜそんなことをするんだ。まさかと思って尋ねるんだが、小林瞭子という女の事件に、かかりきりになるためではないんだろうね」

「なぜ、まさかなんです」

塩崎は唇を引き結び、しばらく私を見つめつづけていた。私がもっとも苦手とする表情が瞳《ひとみ》に浮かんでいた。軽蔑だけならよかった。その後ろに、愛情と呼ぶべきものが寄り添っている。もちろん溢《あふ》れるほどにではないが、こういうシチュエイションで忠告に来るほどには寄り添っているのだ。

心配と、私の未来への心遣いをも引き連れているような愛情だ。しかも、亀裂《きれつ》が生じて以降もなお、私もまたこの男のことをどこかで認めている。敬愛に近いかもしれない。ただ軽蔑されていればいいという話ではないのだ。

「ひとつ訊きたい。依頼人があっての仕事なのか？」

答えられなかった。

「答えたまえ、依頼人はいるのかね？」

「そういう問題じゃありません」

「じゃあ、どういう問題だというんだ。依頼主がおらずに、弁護士の仕事が始まるというつもりなのか」

「依頼はありました」

「誰からだ」

「わかっています」

「本人からです」

「それでは、依頼人自身が死亡したわけだな」

「依頼は依頼です」

「何を頼まれたんだ？」

「あなたに説明する必要はありません」

「私は、芙美子の父親として訊いておるんだがな」

「やめてください。それとこれとは話が別だ」

私は思わず声を荒らげた。

塩崎の針の穴のような目が、一瞬額の皺《しわ》をも巻きこむほどに大きくなった。それだけ見開いても白目はほとんど覗《のぞ》かず、黒目の部分が拡大したように感じさせた。私は目を逸《そ》らさなかった。相手の目のなかを読もうとしたのだ。塩崎もやはりそうしていた。

塩崎の右手が内ポケットに動いた。目を逸らしたのは、太い指がたばこを摘《つま》みだしてからだった。むかしと変わらないゴロワーズ。ジッポの火を先端に運んだ。

塩崎の視線が右側に動いて、佐代子が居間の隅に立っていることに気がついた。

佐代子は私を見、塩崎を見、そしてふたたび私を見た。

「お嬢さん、誠に申し訳ないんだが、ちょっと内輪の話をしたいんだ。ほんのしばらくでいいので、ふたりきりにしてもらえんだろうか」

塩崎がおだやかな声でいうのを私は遮った。

「勝手なことをいわないでください。彼女は私の客なんですよ」

「栖本さん」と、佐代子が呼びかけてきた。

「私、そろそろこんな時間でもあるし、引きあげるわ」

いいながらポシェットを取りあげて、私たちに背中をむけた。

私は財布をポケットにねじこみ、佐代子を追って廊下に出た。

「冷蔵庫に、食後にと思って買ったイチゴが入ってるの。もう洗ってヘタを取ってあるから、あとで食べて」

靴を履きながら、佐代子はいった。

「話はすぐに終わるんだ。いっしょに食べよう」

私を見て微笑んだ。

「いいの。難しそうな話だし。私がいないほうが話しやすいでしょ」

玄関を出た。

「ねえ、公判を延期してるって、どういうことなの？」

私が後ろ手に玄関の扉を閉めるとともに、訊いてきた。

「なあに、しばらく躰《からだ》を空けたほうがいいと思って、そうしただけさ」

「だけど、あの人がいってたように、弁護士さんとしての信用に関わるんでしょ」

「大丈夫。信用はすでに充分築いてるさ。きみが心配することじゃない」

エレベーターにたどり着いたが、私は下りのボタンを押さずに言葉を継いだ。

「すまない。嫌な気分にさせてしまったんじゃないか」

「大丈夫よ」と微笑んだ。その微笑みを消さないままで訊いてきた。「誰なの、あの人は？」

「別れた妻の父親だ」

佐代子は小さくうなずいた。「そうなんだ。むかしの奥さんのお父さんも、弁護士さんなんだ」目を上げた。「あの人が来るとわかっていたんで、私と親しくご飯を食べたの」

「――それは違う」私は首を振った。

「でも、来るのがそういう人だとはいわなかったでしょ」

静かな口調のままだった。いいながら、エレベーターのボタンを押した。私は口を開きかけて、閉じた。

「下まで送ろう」

エレベーターにいっしょに乗りこもうとする私を、佐代子はとめた。

「ここでいいの。お客さんを待たせてしまっては悪いわ。あした、貸金庫に連れていってね」

私はスエットパンツのポケットから財布を出した。

「疲れていると思うんで、これでタクシーを使ってくれ」

一万円札を握らせようとすると、首を振った。

「大丈夫。こんな時間にタクシーなんておかしいわ。それじゃあ、またあしたね。栖本さん」

エレベーターのドアが閉まった。

最後まで娘が静かな口調で話しつづけたことが、かえって自己嫌悪につながった。

部屋にもどると、ゴロワーズが一本完全に灰になっており、塩崎は二本めのたばこの煙を吐きあげていた。

「小百合《さゆり》はどうしてます？」

私はそう話しかけた。

長いこと口にしたことのない名前だった。私の娘だ。口にしたあとで、先に妻だった芙美子の名を口にするべきだったかと思った。塩崎の娘だ。

「元気にやってるさ。芙美子から聞いたが、春に学習用のパソコンを送ってやったそうだな」

「ええ」

私には、小学校の二年生の暮らしがどんなものなのか想像がつかなかった。『赤毛のアン』を贈ればいいものやら、ままごとセットがいいものやらわからなかったのだ。思いついたなかで、有意義そうでいちばん値の張るものを贈ったのである。愛情ってやつは、対象と離れる時間が長くなればなるほど、表現の仕方がわからなくなるものなのだろう。

塩崎は一拍間を置いてから、何かつけたさねば悪いと思ったらしく、「喜んで使っているそうだ」といった。

「そうですか」

私は烏龍《ウーロン》茶を啜《すす》った。去年の春は、ランドセルを贈った。小学校に入学する年だったのだ。贈りたいものは他にもたくさんあったが、思うだけで留めておいた。私の影は、少しずつ薄れていったほうがいいような気がした。

「今年の夏に、わいわいとキャンプに行ってきたよ。村田君の家族と、芙美子たちと私と、六人でな。村田君のところのほうがちょっとお姉ちゃんだから、小百合の面倒をいろいろ見てくれた」

村田はかつての先輩だった。五年前、瞭子が勤める根津のスナックに私をはじめて連れていったのはこの男だった。塩崎の口から村田の名前が出てきたのは、何かの暗示なのかもしれない。暗示と腹芸によって会話を進めることを好む男だった。

「そうですか」と、もう一度相づちを打った。

次の言葉を探したが、見つからないので黙りこんだ。先ほどのビールの影響で、肋《あばら》の痛みがぶり返していた。

「小林瞭子ときみとのことは、あの当時から知っていたよ」

塩崎がいった。

またしばらく考えてから、「そうですか」と呟《つぶや》いた。

ショックを押し隠すのに必死だった。いわゆる不倫の間柄が、自分たちだけの秘密だと思っているのは、往々にして当人たちだけの場合が多い。私は他人の不倫について、そんな真実を知っていた。塩崎ならば、彼女のことを知っていても不思議はなかった。なぜ一度もその可能性を考えなかったのか。

「他にいえんのかね」

「何です？」

「その、そうですか、というやつさ。むかしはそんな気のない相づちを打つような男じゃなかった」

さらに「そうですか」といいそうになり、代わりに、「芙美子には、小林瞭子のことは？」と尋ねた。口にして嫌気が差すことには変わりなかった。

「告げるはずがあると思うかね」

塩崎は瞳に怒りを現し、煙を吐いた。「それに、この女のことまで持ちださんでも、きみはすでに夫としても父親としても、不適当であると判断されるのに充分な要件を満たしていた」

「そうですか」といってしまってから、いったことに気がついた。

目が合い、つい気まずさを隠すために微笑むと、塩崎も似たような笑みを浮かべた。

たばこを灰皿に押しつけて消し、すぐに次のたばこを取りだした。半分ほどまで喫うと、それで消してしまう男だ。チェーンスモークになるのがどんな精神状態の時かも、私はよく知っていた。

「娘を傷つけられた父親の気持ちがわかるか」

黙って目を逸らした。

「父親の贔屓目《ひいき》かもしれんが、いい娘だ。きちんと教育も施し、きちんとした娘に育てたつもりだ。母親を早くに亡くしたので、行き届かないところもたくさんあったとは思う。だが、わがまま放題に育てた覚えはない。ひとりの妻として、母親として、充分にやっていける娘だと思う。社会のルールも、人を労《いたわ》る気持ちも、私なりに教えたつもりだ」

「…………」

「私だって女遊びはした。だが、その場かぎりのものだ。教えてくれんかね、誠次君。なぜ五年も経って、あの小林瞭子という女にこだわるんだ」

「小林瞭子と離婚とは別問題です」

「そんな話を聞きたいわけじゃない。誠次君、はっきりいうぞ。誰が何といおうと不倫は不倫だし、水商売の女はただの水商売の女だ。公判を軒並み延期し、依頼人もない仕事をしているなど、正気の沙汰《さた》とは思えん。先輩弁護士としても、芙美子の父親としても忠告するぞ。こんなことで、これ以上自分を汚すのは即刻やめたまえ」

「そんないい方はやめてください」

「他にどんないい方があるというんだ。私のところを出ていってからの仕事ぶりについて、何も聞いていないと思っているのかね。むかしの情熱はどうしたんだ。自分で自分をおとしめているのがわからんのか。それとも、五年も前に、それも一方的に消えた女が、弁護士としての仕事も信用も失ってつきつめるほどに大切な存在だとでもいうつもりかね」

「――――」

「どうなんだ、誠次君。ただの不倫相手だった女が、今でもそんなに大事だというのか」

この男は、私を苦しめにきたのか。一瞬、そう思った。かつての義理の父親に、そんなふうに答えられるはずがないことを知っている。どんなことを突きつければ、私がいちばん苦しむのかわかっている男だ。いや、芙美子の父親として当然の怒りだ。私は自分が苦しんでしかるべきことをした。芙美子には何の落ち度もなかった。優しい女だった。いい妻であり、母親だった。

いい夫をつづけることができず、いい父親をつづけられなかったのは私だ。

離婚は、暸子が消え去ってから三年めの夏。直接のきっかけは、あの冤罪《えんざい》裁判ののちに、私と塩崎との亀裂が決定的になったことだった。だが、それはあくまでもきっかけにしかすぎなかった。父親か私か、私は芙美子に選択を迫った。それもまた、表面上のことだ。私は芙美子が私を選ばないようにしむけていたのだ。今になってみると、わかる。だが、瞭子のことが尾を引いていたのでもない。私はその三年前に私を捨てた女の存在を引きずり、離婚というきわめて現実的な選択ができるほどにロマンチストでも愚かでもなかった。

「――申し訳ないが、帰ってください」

目を逸《そ》らして小声で告げた。左手で、痛む肋を押さえていた。

塩崎はゴロワーズの煙を吸いこみ、吐いた。長くなっていた灰が崩れ、私と塩崎のあいだに落ちた。

「あの日もきみはそういった」

「――――」

「きみも一人前の弁護士だ。何度も忠告するつもりはないが、こんなことをしていてどうなるのか、自分でよく考えてみたまえ。弁護士は信用が第一であり、我々の商売は人間関係で保《も》っているんだぞ」

「帰ってください」

「もう一度だけいうぞ。即刻莫迦《ばか》なことはやめ、きちんとした生活にもどるんだ」

「充分にきちんとしています。あなたからそんないい方をされたくありません。私にはもう、あなたのいいつけを守る必要は何ひとつないんだ」

「誠次君、こんなことをしていると、きみは本当に潰《つぶ》されちまうぞ」

「あなたにですか」

吐きつけたのち、思わず目を伏せた。ほんの一瞬、塩崎が哀しそうな目をしたからだ。

たばこを灰皿でばらばらにした。堪忍袋の緒が切れたというわけだ。そのほうがよかった。軽蔑《けいべつ》のほうが、人間的な感情をもたれるよりはずっといい。

「――五年前に、もっとちゃんと話をするんだった」

だが、塩崎の口をついて出たのは、予期したよりもずっと小さく、予期したのとは違う何かがこめられた声だった。

「この五年、ずっとそう思ってきた。いっておくが、きみのためじゃない。芙美子と小百合のためにだ。だが、あのとき、どうしてもきちんとした話をする自信がなかった。娘が不幸になる。その事態に、どう対処していいのかわからなかった。きみも芙美子も子供じゃない。しかも、小百合の父親と母親だ。見守っていればなんとかなる。自分にそういいきかせつづけていた」

新しいゴロワーズを抜きだした。火をつけないまま、指に挟んでいるだけだった。

「――小百合の親権を争う裁判になったとき、後悔した。終えてもなお後悔していた。法廷や法律が事態に解決はもたらしても、誰の癒《いや》しにもならないことは、きみの何倍も知っているつもりだ。芙美子のことを思うと、どうしていいのかわからなかった」

ゆっくりと目を上げ、こっちを見るのを感じた。私は目を上げられなかった。

「来るべきじゃなかったのかもしれん。きみが小林瞭子の事件にかかわり、公判を延期していると聞いたとき、自分をとめられなかった。五年前にいうべきだったはずのことが、ぐるぐると頭のなかに渦巻いた――。いや、とにかくきみを罵《ののし》りたかったのか……」

塩崎はゴロワーズをパックにもどし、パックをポケットにもどし、腰をあげた。突然話を打ちきられた感じがした。この男は、私に素顔を見せたことを悔いている。

私のほうだって、この男の父親としての素顔など見たくはなかった。苦しみが増すだけだ。

「とにかく、あすから弁護士の仕事にもどるんだ。いいな」

怒りを込めた声でいい、背中をむけた。

玄関で靴に足を入れ、振りむいた。

「ちょうどいい。ひとつ耳に入れておきたいことがある。芙美子は、近々再婚するかもしれん」

塩崎の顔を見つめ、まばたきしながら「相手は?」と訊《き》いた。

「弁護士だ」

「あなたの事務所のですか――」

「なぜそう思うんだ?」

「なんとなくです」

間を置いたのちに、「ああ」と答えた。

「最近、あいつと話したことは?」

「小百合との、月に一度の面会が近いんです」

「そうか」と、うなずいた。「ならば、そのときに芙美子自身の口から話すかもしれん」

「――」

ドアを開け、こちらを振りかえろうとはせずにつけたした。

「再婚したら、小百合との面会は差し控えてほしい。理由は、わかるな。芙美子たちのことを思うなら、ふたたび法廷で争うようなまねは、まちがってもせんでほしい」
塩崎は答えを聞かずに扉を閉めた。

5

佐代子が洗っておいてくれたイチゴを、パックのままで持ってきてつまんだ。水割りを飲みたくなった。酔いがまわりはじめると肋が疼《うず》きだしたのでアスピリンを噛《か》みながらまたイチゴをつまんだ。飲みはじめてからも、事件の覚え書きをした大学ノートを目にさらしつづけていたものの、内容は頭に入る前にさらさらと崩れ去ってしまった。

窓の外に、少し前から雨の音がしていた。篠《しの》つく雨で、激しくなる気配も熄《や》む気配も見せなかった。夜が更ける前でも、最上階まで上がってくる地上の物音は少なかった。雨の夜は、部屋がいつもより狭く感じられる。

ノートを閉じて雨音に耳を澄ましているうちに、塩崎の小さな勘違いを思い出した。大学ノートにメモをとる習慣を私に教えたのは、塩崎ではない。あの裁判をいっしょに闘った、関谷宗吉だった。

「塩崎君がまだ新米弁護士で、私が検察官だったころに、彼にも教えたんだ。もっとも、私が彼に教えたのはそれぐらいだがな」

私が出逢った初日に、関谷はそんなふうにいったのだ。

あとで同僚から聞くと、初対面の後輩には、大学ノートにメモをとれという話しかしない男だったらしい。ヤメ検弁護士。検察官を辞めて弁護士になった人間を、法曹会では俗にそう呼ぶ。蔑視《べっし》と愛嬌《あいきょう》と差別と親愛感。様々なものを含んだ呼び名だ。同じ司法試験を通りながらも、違う人生を選択して〝敵〟となった人間への、複雑な感情が含まれている。

代用監獄の問題性。関谷は検察官のころから一貫してつづけてきた主張をつきつめるために、弁護士の道を選びなおした。歳下ながら親しくつきあっていた塩崎の事務所に入った。第一印象は、気むずかしいとっつきにくい男。その後も印象は変わらなかった。そう感じながらも、予想以上に親しくなった。

関谷は、私たちが勝ちとった裁判で釈放された男が、その後犯した女子大生強姦《ごうかん》殺人事件を知らずに死んだ。男の無罪が決定する数ヶ月前に躰《からだ》の不調を訴え、肝臓に癌が発見されたのである。手術のため、最後の法廷にも立ちあえず、病院のベッドで結果報告を待っていた。判決の日、私はじかに病院に出むいた。半蔵門《はんぞうもん》の病院で、高等裁判所から車でなら大した距離じゃなかった。

無罪判決を聞いたときの、関谷の顔が忘れられない。喜びは、奥のほうから時間をかけて、顔の表面ににじみ出てきた。それまでのあいだ厚く顔を覆いつくしていたものは、虚脱した表情だった。四十代に弁護士となってじきに出食わした冤罪《えんざい》事件。それから二十年近く、関谷は弁護士として、あの男の無罪を勝ちとるために闘いつづけてきたのである。背負いつづけてきた荷物を、あの瞬間に下ろすことができた。そのための、安堵《あんど》の表情だったにちがいない。

酒の好きな男だった。

まじめくさった顔が、酒を口に運ぶときだけはとろけた。

病院では、ましてや手術を終えて間もない躰とあって、祝宴というわけにはいかなかった。焙《ほう》じ茶で乾杯した。ポットの湯は生ぬるく、焙じ茶はうっすらと味と色がついているだけだった。

女子大生強姦殺人容疑によって、あの男がふたたび逮捕されたとき、関谷は二度めの入院をしていた。癌が転移したのだ。私が見舞ったときにはもうベッドから動けない状態になっており、本を持つ力も多くを読む気力さえ残っていなかった。つれあいがコピーした時代小説を、身を横たえたままで毎日十枚かそこら読むことを唯一の楽しみにしていた。新聞もラジオも遠ざけてある。あらかじめ私は彼女の口から耳打ちされていた。

関谷の顔を目にする直前まで、彼女の耳打ちなど無視するつもりだった。本当はあの日関谷を訪ねたのは、私たちはまちがえたという事実を関谷に告げるためだったのだ。

国が判断を下した有罪に、二十年にわたって闘いを挑んだ男。代用監獄による強制的な自白がつくりだす冤罪の可能性に目を光らせ、検察官を辞めて弁護士としての第二の人生を選びとり、信念のなかで格闘をつづけた男。だが、人生の最後にまちがいを犯した。関谷から担当を引きついだ私には、裁判の本当の結末を告げる責任がある。関谷の顔を見る直前までそう思っていた。

私の前に横たわっていたのは、死を目前にした老人だった。

前の入院のときよりも、十歳も二十歳も老けて見えた。死を受容しようとしていたのか、闘おうとしていたのかわからない。いずれにしろ、関谷はもういっしょに裁判を闘いつづけた男ではなくなっていた。

私は、事実を告げなかった。

一週間後に、関谷のつれあいから、電話で関谷の死を聞いた。

関谷は、あの無罪判決がゆるぎない正義であることを信じて生きられた、おそらくただひとりの男だ。関谷宗吉のなかでは、闘いは正義を摑《つか》んだままで終わった。幸福ではないが、幸運だったとはいえる。引き受けていくのは、私たちだけで充分だった。哀れみではなかった。死んでいく者への労《いたわ》りでも、愛情でもなかった。あらゆる信念は尊く、他人によって汚されるべきではない。同時に、信念はただ信念にしかすぎない。

「あの日もきみはそういった」

先ほど塩崎が吐きつけた言葉が、頭にこびりついていた。辞表を出した夜。「申し訳ないが、帰ってください」と、ついさっきとまったく同じことをいったのだ。離婚届を出す以前のことだ。私と塩崎のみならず、私と芙美子との関係にとっても、事務所への辞表が離婚届以上に大きな意味を持つことを、塩崎も感じていたにちがいない。だから、わざわざ夜になってから、私たちのマンションを訪ねてきたのだ。

——ふたりで話そう。そういって、塩崎は深夜までやっているファミリー・レストランに私を誘った。私は辞表を出したことをまだ妻に話していなかったし、塩崎は受けとったことを娘に告げていなかった。あとでそのことが、芙美子をひどく傷つけることになる。芙美子は娘や妻である以前に、ひとりの女だった。私も塩崎も、当時そのことを深く理解していなかった。

愚かなことに、ファミリー・レストランで私と義理の父親とが交わしたのは、辞表を出した ことで結婚生活がどうなるのかということではなく、あの裁判の話だった。辞表を出し、私が義父のもとを離れれば、私たち夫婦の関係がどうなっていくのか。ふたりとも予測していたのに、弁護士事務所の経営者と雇われ弁護士として、仕事の姿勢を闘わせるような会話に終始したのだ。

「きみはあの男のことを気にかけすぎだ」

義父がいった。

「あなたはなぜ自分たちの犯した過ちを、そんなに簡単に忘れられるんですか」

私がいった。

「あの裁判のことは、すっかり忘れ去ったというんですか？　私たちのまちがいの結果、連続強姦殺人魔が社会に解きはなたれ、女子大生がひとり、強姦されて殺されたんですよ」

「まちがいなど犯してはおらん。仕事として、被告の無罪を勝ちとっただけだ。一事不再理。検察が上告しなかった以上、二十年前の有罪判決自体は、あくまでもまちがいだったということだ」

「そんなたてまえをいってるんじゃない」

「われわれの仕事は、そういうものなんだ」

「仕事の話でもない」

「それじゃあ何の話だというんだ」

何の話なのか。今でもわからない。四人の弁護士が、関谷を助けていた。若さからいっても、関わった順番からいっても、私の立場は下から数えたほうが早かった。うちふたりは、ヤメ検で弁護士になった男たちで、関谷との個人的なつながりによって関わっていた。私ともうひとりは、塩崎の事務所に属し、そこには塩崎の心づもりが働いていた。

塩崎が何も、事務所の売名行為としてだけ関谷をバックアップしていたとは思えない。あの時の義父には、歳上の関谷に、友情も尊敬の念もあったはずだ。

だが、関谷が倒れたあとの担当弁護士を、私にやらせた背景には、事件をあくまでも塩崎弁護士事務所の実績にしたて、娘婿を花形弁護士として売りだす計算が働いていたはずだ。問題は、私自身にはそうとしか思えなかったことなのだ。

塩崎の事務所に勤めだしてちょうど十年。芙美子と所帯を持ち、塩崎を「お義父《とう》さん」と呼ぶようになってから六年の歳月が経とうとしていた。私はそのあいだに溜《た》まりつづけていた澱《おり》を、綺麗《きれい》に吐きだすきっかけを待っていただけなのかもしれない。

義父であった六年のあいだ、塩崎はあらゆる意味で本当の父親よりも父親らしい存在だった。強さと、公平さと、周りを強引に引っ張っていく統率力と、頑固さと、それを押し隠すユーモアまでをも持ちあわせている男だった。確かな信念と、相手を安心させもすれば追いつめもする愛情もだ。

本当の父親はそうではなかった。

父は、いつでも何かに怯《おび》えていた。母が守っていた家庭生活に覆い包まれて、ほんの垣間見られる程度の気配にすぎなかったが、息子の記憶に蘇《よみがえ》る父は、いつもどこか怯えて寂しげに感じさせる存在なのだ。父の不安の原因はよくわからない。私が父を自殺へと追いやってしまったのかどうかと同様に、未《いま》だによくわからない。それとも、父の不安を記憶している私自身こそが抱えた不安なのだろうか。

はっきりしているのは、塩崎の娘と所帯を持ち、塩崎を「お義父さん」と呼ぶようになるとともに、父親とはこういうものかもしれないと、どこかで思ってきたらしいことだ。今でも私は塩崎を、憎むとともに敬っている。親愛の情を抱いている。憎しみと愛情。その双方を持つ厄介さを、両親とのあいだで嫌というほどに味わったにもかかわらずだ。

「どうしてそんなに意地を張るの」

妻の視線が焼きついている。

意地を張っているわけじゃない。私はそんな言葉を繰りかえした。私たちの誤りで、強姦殺人鬼を世に送りだし、ひとりの娘が命を落とした。その責任をとるだけだ。そんなふうに繰りかえした。

——依頼人の離婚調停は無数にこなし、他人の身の上話は掃いて捨てるほどに聞いてきたにもかかわらず、結婚生活が、どこでうまくいかなくなったのかをいいあてるのなどは不可能だということを、私は自分が離婚を経験するまではわかっていなかった。

互いの心が砕けてしまったのは、私が妻に何の相談もなく辞表を出したあの瞬間だろう。芙美子はいつからか、私の帰宅が遅いことや、娘をかまってやらないことや、週末の食事時にビデオに夢中になっていることや、そうした細かいことへの不満を漏らすようになっていた。だが、時が経つにしたがって、芙美子が細かいことにこだわっていたわけではなく、それは妻のもっと奥底の何かを私が充たしてやれず、目をむけようとさえしなかった結果にすぎないとわかるようになった。

事務所を辞めた二月後に、私たちは別居した。半年が過ぎ、ある人妻と浮気をした。大学時代の友人を介して知りあった女で、三つ歳下だった。亭主は単身赴任でアムステルダムに駐在しており、彼女は娘の学校の関係で東京に残ったのだった。

三度ふたりきりで酒を飲んだあと、ベッドに入る関係になった。誘いをかけたのがどちらかもはっきりしない関係だった。はっきりしていたことは、夜遅くまで酒を飲むよりも、私が予約しておいたホテルで昼間会うほうが、娘と暮らす彼女に都合がよかったことだけだ。互いが互いを慰めあえるという、甘えた幻想を抱きあうのに都合がいい相手だった。

離婚調停にも、小百合の親権争いにも、この人妻を引きずりださずに済んだのは、私も塩崎もそれを望まなかったからだ。人妻本人のためではなく、芙美子の気持ちを考えてのことだった。

調停から娘の親権争いに至る一連の手つづきを、私がイニシアチブを取って進めることは不可能だった。その時期、私は酒くさいまま事務所に出勤するようになっており、依頼人の何人かを莫迦者《ばかもの》呼ばわりし、一度は法廷侮辱罪に問われかけてもいた。依頼人だけでは満足がいかず、裁判官と検察官まで莫迦者呼ばわりしたのである。浮気の証明などしなくとも、夫としても父親としても不適当な男と認めるのに充分だった。

受け身一方のやりとりをつづけた結果、妻と娘は法律的にも離れていき、私は望んだとおりのひとりぼっちになった。ほっとし、思いのままに偏屈者になり、どこかで自分を持ちこたえる術にも精通し、依頼人を莫迦者呼ばわりすることも裁判官たちを莫迦者呼ばわりする愚も犯さないようになった。

偏屈でも、つきあってみればそれほど悪いやつじゃない。そう思ってくれるゴルフ仲間や飲み友達が何人かでき、馴染《なじ》みの飲み屋が生まれ、のびのびと振るまえる事務所と、気がつく秘書と、それなりの仕事とがあった。日当たりのいいマンションと、少しずつ増えていく貯金と、それによってある部分は約束されるだろう未来の自由もだ。株の投資でちょっとしくじったものの、大怪我には至らず、競馬はしくじっても喜びがあるぐらいだった。

月曜日から金曜日まではそれなりに張りつめて過ごし、土日はリラックスするものの、ゆるめきってしまうことはない。過去を思いだす余裕などは持てないまま次の月曜日を迎え、颯《さっ》爽《そう》と事務所へ出勤していく。

だが、驚くべきことだ！　私は自分がこうしていることを、どこかで後悔してもいる。時々、莫迦莫迦しいほどに哀しくなる。いちばん最近は、深夜のテレビで、小津安二郎の『東京物語』を観たときだった。老夫婦が遊びにきても、子供たちは誰も相手をしてやらない。夫婦が二階でぼうっとしていると、娘婿が声をかける。「お父さん、銭湯へでも行きましょうか」帰りに餡蜜《あんみつ》など食いませんか。いいじゃないですか、行きましょう……。

芙美子と営もうとした家庭生活にもどりたいのかといえば、首を振るしかなかった。父と母、そして私がいたあの頃にもどりたいのかと問いかけても、答えは否だ。だが、どこかへは帰りたかった。自分以外の人間が喜ぶのを考えながら過ごす暮らしに。

――誰にも秘密にしている話があった。

ただ一度だけ、私は娘の小学校のすぐそばまで行き、校門から出てくる娘のすがたを探したことがある。ひと月に一度と定められた、面会日以外のことだった。その三月前には、母親が病院で亡くなっていた。飲み屋の女に手ひどくふられ、その飲み屋で飲む習慣と飲み友達とを失ったところだった。片手間のはずの株で予想外の損をし、事務所の壁紙が気に入らないのに張り替える気になれず、禁煙に失敗し、家で飲むグレンフィディックが酒屋で切れており、気がつくと私は小学校の前にいた。すがたをみるだけだ。私が贈ったランドセルを背負い、学校から帰っていく娘を見るだけだ。そういいきかせていた。

結局は、見ずに引きあげた。会うのは月に一度というルールがある。破れば、自分がもっとひどいことになる気がした。ひとりでいることにしくじれば、その先の支えがわからなかったのだろう。

6

清野伸之がとびきりの調査結果をひっさげて、意気揚々と電話をしてきたとき、私は三杯めの水割りを飲んでいた。

一杯めは惰性で大学ノートに目を落としながら飲み、二杯めはノートを閉じ、テレビニュースを観るでもなく、三杯めにいたって、ルーフバルコニーに降る雨をぼんやりと見ながら飲んでいたのだった。これぐらいで酔うわけがない。だが、気分が崖下《がけした》から這《は》いあがるのにも充分な量とはいえなかった。アスピリンがそれなりに効いているらしく、いてもたってもいられない苦痛は治まっていたが、ソファから腰を上げて電話にむかう途中で肋《あばら》の痛みが蘇った。

「もしもし、連絡が遅くなっちまいまして、申し訳ありません」

そう口火を切った清野は、私とは対照的に、すがすがしいほど勢いこんだ様子だった。

「小林大吉が働いていたわさび園は、潰《つぶ》れちまってましてな。まずは、それで時間を食ってしまったんです。その他にも時間がかかった理由はあるんですが、結論から申しますとね、栖本さんのいってたとおりでしたよ。わさび園の元経営者に、預かった写真を見せましたところ――」

「小林瞭子とは別人だったと証言したんですね」

私がいうと、拍子抜けしたような声を出した。

「なんだ、驚く声が聞きたかったんだが、そっちでも何かわかったんですか？」

「いえ、確信が持てたわけじゃありません。やはり長野に足を運んでもらってよかったですよ」

相手と自分と、両方の気持ちを盛りたてるつもりでいい、気付け薬として水割りを口に流しこんだ。

彼女の部屋から見つかった新聞のコピーの話をした。ソファにもどり、肋をかばいながらそっと腰を下ろした。

「――なるほどね。土地ブローカーの轢《ひ》き逃げ事件と、海に身を投げたはずの開発課長の白骨死体ですか。なかなかえらい話になってきましたな。しかも、昨夜お聞きした話によれば、東京では犀川興業が、西は西でどこかの組織が動いてるらしい。女が別人になりたがったとしても、もっともって気さえしないでもない」

「清野さん」と、呼びかけた。「しかし、彼女が小林瞭子とは別人だとなると、わからないのはなぜ小林鈴子が、彼女を姪《めい》だと証言したのかということなんです」

「それを訊《き》いてくださると、俺がこっちに来た甲斐《かい》があるってもんですよ」

「理由がわかったんですか？」

思わず声を高くした。

今度は満足したらしく、してやったりという声になった。

「なあに、簡単なことでしたよ。ようするに、小林鈴子という伯母《おば》は、姪の顔をよく知らなかったんだと思いますね」

「なんですって……」

受話器を持ちなおし、反射的に大学ノートを開いたものの、何を書けばいいのかは見当がつかなかった。

「小林鈴子は、自分たちと小林瞭子の家族との仲を、どんなふうに話していましたか？」

清野にうながされ、先日鈴子の口から聞いた話を思い浮かべた。

「小林瞭子の父親と兄とは、故郷の三春で、養蚕を積極的に行なおうとして失敗したそうです。瞭子の家のほうは、信州のわさび園の知人の元に行き、小林鈴子とつれあいとは、東京に出てサラリーマンになった」

「三春を離れた時の、くわしい話は？」

「同じ年に離れているんですが、小林瞭子の家族のほうがひと月ばかり早かったとかいってましたね。それ以上くわしくは聞かなかったんですが、三春を離れてからも、年に一度ぐらいは互いに行き来し、電話などもかけあっていたということですが」

「それで、小林瞭子と最後に会ったのは、いつのことだと？」

　ちょっと待ってくれといいおき、大学ノートを開いた。小林鈴子のページにあらためて目をさらしながら、もうひと口水割りを啜《すす》り、電話をふたたび口元へ運んだ。

「瞭子の母親の葬儀で会ったのが最後だということで、今から十二年前、瞭子はその時、二十三歳だった勘定になりますね」

「栖本さん、それは全部でたらめですよ」

「どういうことです？」

「潰れたわさび園の経営者がいってたんですが、小林鈴子とつれあいとは、三春で養蚕にとったあと、借金をすべて小林瞭子の家族に押しつけ、自分たちだけは何ヶ月か早く三春から逃げちまったそうなんです」

「――夜逃げってことですか？」

「ええ。そうです」

「――――」

「自分たちの畑を売ったりした金は、そっくり持っていってしまったそうで、養蚕事業の失敗による借金は、瞭子の両親が一手に引き受けたってことですよ。借金を何年ものローンに組みなおしてもらい、せっせと返しつづけたらしいですね」

「――ですが、三春で話を聞いた人たちは、そんなことはいってませんでしたが」

「兄が夜逃げしちまって、借金は自分たちだけが一手にかぶったなんて話は、小林瞭子の両親だって故郷の連中にゃあ表沙汰《ざた》にする気にはなれなかったんでしょうよ。ですが、こっちに来てからは、恨みごとを漏らしてましてね。兄夫婦は行方知れずで、自分たちも二度とは会いたくないといってたそうです。鈴子が栖本さんに話したような、年に一度行き来してたとか、電話のやりとりもあったなんて話は、その老婆のでっちあげた大嘘なんです。借金を全部弟の家族に押しつけたことが後ろめたくて、そんなことをいったんでしょうね」

あるいは、身内を失ったひとりきりの病院暮らしが、老婆の頭の中にそんな偽りの過去を生んだのだろうか。

「いいですか。するとここが肝心なんですが、小林鈴子は、三春を離れる前の、小学校六年か中学に入ったばかりの頃の小林瞭子の顔しか知らないことになるんです。栖本さん自身だって、小学校の卒業アルバムの顔を見て、死んだ女が小林瞭子とは別人なのか本人なのか、判断できなかったわけですよね」

「まあ、そうですが……」

「それと同じで、鈴子にも正確な判断などできなかったんですよ」

「ちょっと待ってください」

私は清野をとめた。

「たとえ子供の頃の顔しか知らないにしろ、伯母と姪ならば、何か違和感を感じるように思うんですが」

言葉を切ったのち、「いや」と自ら訂正した。

「私がいいたいのは、小林鈴子は姪の顔をよく知らないのなら、そう警察に証言するはずではないかということなんです。自分たちが借金を押しつけて逃げた話は、誰にもしたくなかったのかもしれない。だが、それを隠したままでも、何年も交流がなかったので断定することはできないと、正直にいうことだってできたはずです。そう思いませんか」

「いや、ごもっとも。おっしゃるとおり、そこから先がまだ推測の段階で、調査を必要とする点なんですが。想像してくださいな。小林鈴子は、白内障で目がよく見えなかった。姪とは三春を離れて以来会ってなんぞいないのに、会っているかのように振るまいたかった。だから、小林瞭子の死体を確認させられて、自信がないにもかかわらず姪だと断定してしまった。そういうことがないとはいえない。だが、たしかに今おっしゃったように、自分には確認できないと、首を振る可能性だってある。とすれば、私が考えた可能性はふたつです」

いったん口をつぐみ、言葉を選ぶようにしてつづけた。

「警察官だって、それで給料をもらってる商売です。身元確認を疎かにするわけはなく、可能な限り手を尽くして調べますが、被害者は小林瞭子として亡くなっており、主犯は死んでいたものの、共犯者は自首してきて、色恋沙汰のもつれによる殺人だと証言してる。戸籍はもちろん、住民票も店の営業許可証も、十年も前の名古屋の歯科医院のカルテも、彼女が小林瞭子である事実を示している。あと必要なのは、遺族による身元確認だけで、身元確認を要請できる人間は小林鈴子ひとりだけだった。となりゃあ」

「たとえ鈴子には、断言できるまでの自信がなくとも、刑事のほうで彼女が自信を持てるような説明をし、確信を強めさせてやったということですか」

清野は低い笑い声を漏らし、「ずいぶんと、おとなしいいい方をするんですな」といった。

そのとおりで、元警察官であるこの男に気を遣ったのだった。弁護士同士の会話だとしたら、担当刑事による誘導尋問とはっきりいっている。

「担当デカに振り当てられたのは、加害者ではなく被害者の身元確認であり、気分を悪くされるかもしれませんが、被害者は情事のもつれで殺されたとされる水商売の女にすぎない。共犯者は証言をはじめ、一件落着はすでに見えてるわけです。警察の捜査ってのは、無論、大部分が綿密に進められるんですが、えらく杜撰《ずさん》な面だってある。人間がやってる仕事ですからな。手つづきとして、鈴子に証言を強要した。強要とまではいかんでしょうが、担当刑事は、鈴子が確認さえしてくれれば、次の作業に移れる。鈴子のほうは、小林瞭子の家族に負い目があり、むかしの話はほじくられたくないので、とにかく死体が小林瞭子であるとうなずいてしまいたい。そんな両者の希望が合わさり、ひとつの証言をつくっちまった」

窺《うかが》わせるか窺わせない程度にだが、かつての職場への皮肉がこもっている。

――〝ちょっとした人間的要因〟

私はといえば、仲間内のいい回しを思いだしていた。冤罪《えんざい》が起こるのは、多くがこの〝ちょっとした人間的な〟誤りに原因がある。どんなに科学捜査が進歩しようとも、人間様のほうは、完全に厳密にはなりようがない。

「ですがね、そうだとしたら藤崎の野郎でもとっちめて、ケツのひとつもひっぱたき、もう一度鈴子をあたらせりゃあいいんですがね。もうひとつの可能性を考えると、ちょっと妙なことになってくるんですよ」

「――というと？」

「これを訊きまわるのに、いささか時間を食ってしまったんですがね」

いささか時間がかかった分、もったいつけた前置きをした。

「小林鈴子は、自分の姪《めい》の小林瞭子に成り代わっていた別の女、つまり今度の事件で殺された彼女の顔を、何年か前に、おそらく写真でだと思うんですが、これが小林瞭子だといわれて見てる可能性があるんですよ」

「どういうことです?」

「先に、一点、確認したいんですが、栖本さんは、三春で小林瞭子たちの戸籍を上げましたね」

「ええ」

「小林瞭子の祖父までさかのぼって調べたわけですね」

「祖父の代から三春です」

「なるほどね。じつは、小林瞭子の父親と伯父《おじ》とは、瞭子の祖父、つまり自分たちの父親から、むかしちょっとした広さの土地を分け与えられたらしいんです。雑木林が広がる斜面の、実にどうでもいいような土地だったらしくて、実際に三春での借金の返済のためにも売り払わなかったところを見ると、返済の足しにさえならないようなものだったんでしょうな。——ところがです。八年ほど前に、その土地のある一帯が、市の福祉センターか何かの建設予定地になったらしい」

「土地の値段が、跳ねあがったわけですか」

尋ねかえしたものの、清野が何をいいたいのかはまだわからなかった。

「まあ、跳ねあがるまではいかんでしょうが、それなりの値段にはなったでしょうな。瞭子の父親が分け与えられた土地の相続権は小林瞭子にある。それでね、栖本さん、ここが興味を惹《ひ》かれたところなんですが、その当時、東京の信用調査所からわさび園に電話があって、きょう私がやったみたいに、あれこれと小林瞭子の行方を訊《き》いたそうなんですよ」

「八年前にですね？」

思わずつり込まれ、訊きかえした。

十年前に、彼女は小林瞭子として、歯の治療を受けている。その信用調査所の人間が、八年前に小林瞭子にまでたどり着いているのだとすれば、それは本物ではなく彼女だったことになる。

「そうです。土地買収というのは、驚くべき執拗《しつよう》さで、土地の持ち主の居所を探りあてるものですよ。どこか一ヵ所でも買収が終わらなければ、上物が建てられんわけですから、当然といえば当然でしょうがね」

「その信用調査所の人間が、彼女と接触し、何かの折りに写真を撮った。それを音信不通だった伯母の小林鈴子にも見せた可能性がある。そういいたいわけですか」

「ええ。私はそう思うんですが、どうでしょうね。興信所の習慣といやあいいんでしょうか、私がその仕事を請け負っていたとしたら、必ず写真を撮りますよ。相手が嫌がるようならば、気づかれないようにしてでもね。鈴子のほうだって三春の土地のことで、その連中と接触があったでしょうから、姪の居場所が知れたなら教えてほしいし、写真の一枚ぐらいは見せてほしいと頼んでたとしても不思議はない」

当時、小林瞭子の両親はすでに死亡している。鈴子のつれあいの太郎もだ。独り暮らしの鈴子が、姪の居場所や大人になったすがたを知りたくなったとしても当然だろう。借金を押しつけた過去を後ろめたく思っていても、一方では血のつながりのある人間とは会いたくも思う。そんなものだ。

「それにね、栖本さん。警察の遺体確認ならば、刑事が小林鈴子に姪かどうかを問いただすわけです。だが、ひょいと写真を見せられて、これが何年も会っていない姪ごさんの成長したすがたですといわれるのは、それとは大きな違いですよ。もちろん、極端に顔の感じが違うとか、ほくろや痣《あざ》などの特徴があれば別ですがね。ふつう私たちは、人間が入れ替わってるなんて考えもしませんからな」

「それが事実だとすれば、小林鈴子は、遺体を自分の姪の小林瞭子だと断定したのではなく、成り代わっていた女だと断定したことになる」

私はひとりごちるように呟《つぶや》いた。

「そうなんです」

「小林瞭子を探しまわっていた調査所の連絡先は、わかったんですか？」

「まだわかりませんが、市の施設建設のための土地買収だったとすれば、比較的簡単にたどれますよ。その点は、任せてください。それでね、栖本さん。私はこれから名古屋にむかおうと思うんです。まだ最終の特急に間に合いますので、今夜のうちに入り、あすいちばんから調べまわるっていうのでどうでしょう。信州でこれ以上調べるよりも、そっちのほうが手っ取り早いですよ。付票からわかっている、十年前の小林瞭子の住所も手がかりになりますし、三春の土地買収のほうからもたどれる」

「お願いします。こっちでの調査の進み方いかんですが、私もできるだけ早く合流します。山岸文夫と渥美嘉信の事件を調べるには、じかに瀬戸内まで足を運び、工場誘致とそれに絡む汚職疑惑を調べてみる必要もある。それを、いっしょにやってくれませんか」

「わかりました。だが、彼女が小林瞭子と入れ替わったのは、いつどうやってなのかを知るためには、大阪も調べる必要があるでしょう。いずれにしろ、うまくすると、またじきに驚かせる話をできるかもしれませんな。あすの夜、またこれぐらいの時間に連絡を入れるというのでどうです」

「頼みます」

「ところでね、栖本さん。それによって状況が変わってくるので訊いておきたいんですが、被害者が小林瞭子とは別人だって話は、警察には告げるんですか」

「今のところは、そのつもりはありません」

私は、はっきりと答えた。「私は小林鈴子から小林瞭子の葬儀を頼まれ、鈴子の代理として、警察から押収品を返却させたんです。被害者が小林瞭子ではないとなると、法的にそれをこっちで押さえておく根拠がなくなります。それに、彼女が持っていた、貸金庫の鍵《かぎ》を見つけたんですよ」

「貸金庫の鍵？」

「ええ、あすその中身を調べるつもりです」

「被害者は、小林瞭子だったとしておくほうがいいわけですな」

「ええ」と答えると、清野は「フフン」と鼻を鳴らした。

7

電話を切ってから、グレンフィディックをオンザロックに変えた。

水割りではいつまでも眠くならず、いたずらにグラスを重ねるだけだ。

はじめのうちは、清野とのやりとりの興奮を引きずっていた。私の記憶はまちがっていなかったのだ。太股《ふともも》に傷跡のなかった女。それはやはり、子供時代に竹藪《たけやぶ》で怪我をした、小林瞭子とは別人だった。あとは、彼女が誰だったのかを探ればいいだけだ。彼女が誰なのかを探りだすことは、別人だった事実を知ることの何倍も難しい気もしたが、今の私はあと一歩のような気分でいられた。なかなかいい酒だ。

貸金庫のなかに、きっと謎を解く鍵がある。名古屋にだってあるだろう。三春の土地の取得のために《小林瞭子》の足取りを探した連中がわかれば、そこから彼女の当時の住所や暮らしぶりがわかる。大阪時代の彼女を知る人間を見つけだすことも可能かもしれない。それは清野がやってくれる。私のほうは、あすいちばんで、彼女が口座を持つ銀行の支店に順に電話をするのだ。それから大宅文庫に足を運び、あの町の工場誘致とそれに絡んだ汚職疑惑に関する記事を取りよせよう。山岸文夫と渥美嘉信の周辺を徹底的に洗おう。どこかに、必ず小林瞭子に成り代わる以前の彼女がいる。貸金庫ですべてがわかるかもしれない。あすの夜の清野からの報告で、すべてが判明するかもしれない。

もう一杯オンザロックを飲むと、さらに希望は大きくなった。希望を弄《もてあそ》びながら飲むのは気分がよかった。

——心の歯車は、不思議なぐらい簡単に切り替わる。

そうではなく、気になっていたことを押し殺し、あたかも気になどならなかったかのように振る舞っていただけかもしれなかった。

「小林瞭子ときみとのことは、あの当時から知っていたよ」

塩崎が発したひと言。

塩崎の性格はわかっていた。彼女と私の関係に気づいており、それを娘にも娘婿にも隠していたのは、あの男なりの愛情と見るべきだ。

だが、愛情は、それ以上の行動にまであの男を駆りたてはしなかったろうか。娘婿の愚かな行ないを正すため、不倫相手のところに自らおもむき、あるいは人をやり、黙って身を引いてくれとうながすような行為にまで……。彼女が突然消え去ってしまったのは、そのためだったのではないのか？

わかっていた。五年も経過してしまった今、そして、彼女が亡くなってしまっている今、そんなことは考えても無意味だ。だが、私の心に張りついて離れようとはしないこの考えが本当だとすれば、彼女と私に対する侮辱に思えてならなかった。私は妻を侮辱し、傷つけた。塩崎を責めることなどできはしない。そういい聞かせようとしたものの、それは理屈にすぎなかった。罵《ののし》り声を上げた。塩崎にではなく、ひとり楽しく飲むひと時を、台無しにしようとしている自分に腹が立ったのだ
想像にすぎない。なのに、侮辱を受けた気がしてならず、いったんそう思ってしまうと、動

かしがたい事実に思えてならなくなった。五年間、私の心のなかに彼女は居つづけた。そして、彼女を失ってしまった痛みが、常にその思い出に寄り添いつづけていた。なぜ彼女は私にひと言も告げず、消え去ってしまったのか。私は何度となく同じ問いを繰りかえし、原因を自分の態度や言葉のどこかに求めようとした。その徴候を、彼女の表情の小さな変化や言葉を思いだすことで見つけだそうとした。決定的な理由がはっきりしないままで突きつけられた突然の別れを、どうしても受け入れることができなかったのだ。

それが、もしも義父だった男が私の知らないところで彼女と会い、私から遠ざけようとした結果なのだとしたら……。

酒を切りあげた。

冷えたトマト・ジュースをボトルからじかに飲み、ソファにすわりなおして彼女の店の売掛帳に目を通しはじめた。調べるのだ。前へ行くのだ。過去を振りむき、苛立ったところで仕方がない。

売掛帳は、佐代子が自分の知らない客に印をつけてくれていた。法人名とともに記入されている請求先も多かった。目が走りすぎないように気をつけながら、客の名前を順に読みつづけた。データベースで引きだしたニュース・データに目を通すより、ややもすれば集中力が途切れそうな作業だったものの、そのほうが今の私にはよかった。他人の名前に意識を集中することだけを考え、他の考えのいっさいは、頭から追いだしてしまえばいい。

眠気は少しもなかった。疲労にくわえてアスピリンの飲み過ぎのせいもあるのか、気怠《けだる》さが躰《からだ》にまとわりついていた。だが、頭の芯《しん》は冷たく冴《さ》えてしまっている。

どれぐらい経ったのかはわからなかった。いつまでも単純作業に没頭しつづけ、そのうちに嫌なことはすべて消え去ってしまうような気がした頃、ひとつの法人名が記憶のどこかを刺激した。

《硯岡建設》

思いだそうとするのに記憶は逃げるばかりで、頭の芯が冴えているなど、ただの錯覚にすぎなかった。大学ノートを開きかけた瞬間に思いだした。興信所の長谷から聞いた話に出てきた会社名だ。きょうの午前中に、犀川興業の犀川靖は、この硯岡建設を訪れている。土木資材搬入業をしている、犀川開発のお得意先だ。犀川靖は、硯岡建設へと、身内の黒木京介の不始末を詫《わ》びるために足を運んだのかもしれない。午前中の時点では、長谷も私もそんなふうに予測しただけだった。だが、彼女の店に、この硯岡建設の人間が飲みにきたことがあるとなれば、事情は違ってくるのではないか。事件ともっと深く関係していると見るべきだ。

日付は、先月の終わり。彼女が殺される三週間ほど前になる。請求書に記された客の人数は五人。請求先は、総務部の木下荘六《きのしたそうろく》という男だった。さかのぼって調べたものの、木下宛ての請求書はこれ一通だけで、硯岡建設の他の人間の名前もなかった。

念のため、犀川興業や犀川開発の名前にも注意したが、存在しないことが確認できたにすぎなかった。

彼女の名刺フォルダーを探った。木下荘六の名刺は納められておらず、硯岡建設社員の肩書きを持つ他の名刺もなかった。請求書を発行している客の名刺を、もらわなかったわけがない。となると、彼女自身がその名刺だけをほかに分けておいたのか、何者かによってフォルダーから持ち去られたかだ。

アドレス帳を取り出して、《か》行のページを開けた。こっちのほうも、佐代子がすでに目をとおし、知っている人間とそうでない人間とを区別してくれている。

《木下荘六》の名前はなかった。

閉じかけたアドレス帳を見つめ、指先で下顎《したあご》の髭《ひげ》を抜いた。指先に力が入るのを感じた。

どことなく陰気な、髪の薄い中年男。

むっつりと料理の仕込みをしていた、板前すがたの西上隆司を思いだしていた。佐代子に頼み、アドレス帳と照らしあわせてもらった裁判所の期日簿の写しには、西上の名前が載っていただけだ。娘がアドレス帳を調べてくれたときに見逃しても、当然だといえた。足を運んで正解だったのだ。私だって、じかに足を運ばなかったなら、西上の経営する店の名前までは気にとめなかったはずだ。

——《香彩》

西上が経営する居酒屋の名前が、アドレス帳のか行の欄にあった。

第六章　探　索

1

目覚めるとともに、奇妙な格好に躰を折っていたことに気がついた。

動こうとすると、躰じゅうが悲鳴を上げて、きのうの仕打ちを思いださせた。ベッドを起きだす勇気がなかなか湧かなかったので、やるべきことを頭のなかで浚《さら》いなおしてから、思いきって躰を起こした。シャワールームに這《は》っていき、ベッドに逆もどりしたい気分を押し殺して熱めのシャワーを浴びた。

何度か温度調節レバーを操って、あいだで冷たい水を差しはさんで浴びると、筋肉の凝りがほぐれてくるのを感じた。シャワールームを出、下着を着けて電気剃刀《かみそり》を恐る恐る顔にあてた。息が少し酒臭かった。鏡のなかの私は、別人になっていた。左頬の目に近いところに大きな青痣《あおあざ》があり、瞼《まぶた》が腫《は》れあがっている。それだけで顔の印象はずいぶん変わるものだ。いや、目つきが何かをやらかしかねない男のものに近くなっている。思いすごしにちがいないといいきかせながら、職業用の笑いを浮かべて見せた。成功しなかった。それならそれで大いにけっこう。

歯を磨き、トイレを使い、キッチンに入ってコーヒーを沸かした。機械的にカレンダーの日付をひとつ塗りつぶしかけて、サインペンのキャップを抜いたところで思い知らされた。彼女の死の知らせを聞いてから、きょうで五日めになる。

新聞にざっと目を通したものの、小林瞭子《りょうこ》殺害事件の続報はまったく出ていなかった。容疑者が逮捕され、一件落着した事件を社会が忘れさるのには、五日は充分な時間なのだ。

トマト・ジュースを出し、パンをトースターに突っこんだ。テレビのニュースをつけ、新しい湿布薬を肋《あばら》のうえに貼った。罅《ひび》が入っているのだとすれば、テーピングをするべきなのかもしれなかった。トマト・ジュースといっしょにビタミン剤を多めに飲んだ。アスピリンを、きのうよりも分量を加減してがりがりと食べた。

食事を終えるとともにかけた電話で、貸金庫のある銀行が判明した。担当者に事情を説明し、訪ねる時間を打ちあわせて電話を切った。佐代子に電話をかけ、待ちあわせ場所を決めた。私も佐代子も、余計な話はしなかった。

いつもどおりにグレーの背広を着て、喪服はツーリスト・バッグに納めて部屋を出た。

大宅文庫で一時間ほど費やした。検索してある雑誌の一覧を係りに見せて、現物の記事をすべてコピーしてほしいと頼み、あとは待つだけだった。たばこの代わりに何枚かガムを口に運んでは捨てた。池袋にむかって移動しながら記事に目を通した。佐代子と西武デパートの入口で落ちあった時にはすでに目をさらし終え、赤ボールペンでチェックを入れていた。その時点で希望の光は半分ほど幻と化していたものの佐代子には告げなかったし、自分でも考えないようにしていた。貸金庫の中身と照らしあわせさえすれば、雑誌記事が伝える周辺の事実というやつが、いろいろと意味合いを帯びて立ちあがってくるはずだと思ったのだ。

きょうの佐代子は、そのまま通夜に行くつもりなのだろう、黒いワンピースに黒い薄手のジャケットを羽織っていた。童顔の娘が大人びて見えた。年相応というべきか。

銀行の係りの男に面会を求め、自分の身分証明書を提示して、彼女の部屋から持ってきた金庫の鍵《かぎ》とすべての印鑑を差しだした。どれが該当するか選んでくれというわけだ。必要な書類に、弁護士登録番号をふくめて記入したことで、暗証番号はわからないままでも、〝開けゴマ〟の呪文《じゅもん》に替えることができた。

希望の光は、そこまでだった。

私と佐代子は、空っぽの貸金庫のボックスを前にして顔を見合わせた。

「記録を調べていただきたいんですが、小林瞭子さんが貸金庫を開設したのはいつですか?」

個室を出てカウンターにもどり、私は冷静な口調で尋ねた。

男はちょっと待ってくれといい、思いついたように、「おすわりください」と椅子を勧めた。カウンターに載った、パソコンのキー・ボードを弾《はじ》く。眉間《みけん》に皺《しわ》をよせた顔つきはなかなか精《せい》悍《かん》だった。満員電車のなかで英字新聞を読んでいる男は、たいがいこんな顔つきをしている。

佐代子が私の横でポシェットを開け、メンソールのたばこに火をつけた。煙が鼻孔を刺激して、私はガムを口に投げ入れた。

「今月の二日ですね」

男が答えた。

「最後に貸金庫が利用されたのは?」

ふたたびパソコンに問いかけて得られた答えは、彼女が殺される三日前だった。

「その時、貸金庫を開けに来たのが本人かどうか知りたいんですが、書類をチェックしていただけるでしょうか」

男はふたたび「待ってください」といいおき、席を立って遠ざかっていった。ファイル・フォルダーを持ってもどってきて、指先に唾《つば》をつけてはぱらぱらと繰った。

「ご本人ですね」

「サインを見せてもらえませんか？」

「必要なんでしょうか」

無駄な話をいっさいしない応対をしていた男が、はじめて訊《き》きかえしてきた。役所や銀行といった堅い商売の人間は、書類のたぐいを自分で調べて相手に答えるやり方を好み、書類の現物自体は、どんな些細《ささい》なものでも、外部の人間に見せたがらない。

「サインをこの目で確認したいんです」

私は腫れあがった顔に礼儀正しい笑みを浮かべ、それに劣らぬ礼儀正しい口調でいった。男はちょっと考えたものの、数倍完璧《かんぺき》な笑みを浮かべてファイルを差しだした。

「こちらが小林さんのサインと、それから印鑑です」

違う書類をめくりもどした。

「こちらが、貸金庫を開設されたときの印鑑。それに、ご本人がお書きになった名前の筆跡です。ご確認ください」

私はしばらく照らしあわせていた。

「最後に金庫のなかのものを持っていったのは、どんな感じの人だったか憶《おぼ》えてませんか？」

横から私の手元を覗《のぞ》きこんでいた佐代子が、男に視線を移して尋ねたものの、

「さあ。さすがにそういうことは」

考える様子もないままに返事をした。書類と印鑑と暗証番号、それに貸金庫の鍵を仲立ちにしただけのつきあいだ。

佐代子は灰皿にたばこの先端を擦《こす》りつけた。

私は男に礼を述べ、佐代子をうながして腰を上げた。同じ筆跡で、同じ印鑑だと判断するしかなかった。

「いったい、ママはあそこに何を預けていたのかしら」

表に出ると、佐代子は呟《つぶや》くような声でいった。銀行は明治通りに面しており、池袋駅の東口が目と鼻の先だったので、歩行者がせわしなく行き来していた。

「わからんな。だが、きみが鍵といっしょに見つけた新聞のコピーと関連した、何かだということはたしかな気がする」

「どうしてそれを取りだしたのかしら。誰かに脅されたとか——」

憶測は危険だ。だが、貸金庫が空だった以上、可能なかぎり順序だった推測はしておく必要がある。

「きのういってた、雑誌の記事のほうからは何かわかったの？」

「直接的な情報としては、あまり大したことはわからなかった。どこかでコーヒーでも飲まないか。ちょっと頭のなかを整理したいんだ」

「それなら、池袋まで来たんですもの、お店に行かない。何か見つかるかもしれないし。コーヒーなら、私がお店でいれてあげるわ」

《羅宇《ラオ》》の鍵も、彼女の部屋の鍵といっしょに返還されていた。望むところだった。

がらんとした廃墟《はいきょ》。

佐代子が店内を明るくしすぎたのだ。男たちが生活の垢《あか》を落とすために、仕事先との関係をよくするために、あるいは一夜の恋やら満足感を求め、愚痴を聞いてくれる相手を求め、自分はふだん思っているよりもマシな人間かもしれないといった錯覚を求めてやってきただろう彼女の城は、いま私の目の前に、寂しげな廃墟を連想させるたたずまいを見せていた。

入口から左に折れた廊下の先が、クロークとレジとを兼ねたカウンター。そこから右に曲った先の壁は、両側ともずらっと高級酒のボトルで埋められていた。突きあたりに、スツールが六つか七つ並んだバー・カウンターが設《しつら》えられ、その奥に鎮座するボトルは種類が豊富だった。

スツールに腰を下ろした。私の好きなラガブリンもそろっていた。三十年ものものボーモアもあった。

スツールを回して店内に目をむけた。柔らかそうなソファをコの字型に並べた島が、左右の壁ぞいに六つずつ。角のソファは、大人数を陣取らせることができるよう、スペースが取ってあった。地下のせいか、天井は高くなかった。壁から突きでた照明が照度を落とされていれば、ホステスが雰囲気を醸すのだろうが、今はただの真っ黒く塗られた低い天井にすぎなかった。

客にはべるための丸椅子は、すべて裏返されてテーブルに載っている。店内を広く見せるため、奥の壁は大人の腰から上あたりが鏡張りになっていた。その鏡のなかに、私と佐代子がぽつんと並んでいた。

「お客さんはコーヒーでよかったわね」

佐代子が微笑み、カウンターに入った。屈《かが》みこみ、コーヒー・メーカーを取りだした。豆を挽《ひ》いてからドリップできる式のものだった。

私はカウンターに肘《ひじ》を付いた。

「じつは、ちょっと訊きたいことがあったんだ。硯岡《すずりおか》建設という会社に聞き覚えはないか」

「硯岡建設――?」

「昨夜きみが帰ったあとで、店の売掛帳を当たりなおしてみたところ、硯岡建設の総務部宛てに請求書が切られてるのを見つけたんだ」

硯岡建設の社長は硯岡健吾《けんご》という男で、生年月日から計算すると今年七十二歳。本社の所在地は深川で、創業は三十四年前。硯岡太平土木という子会社を、あの町に持っている。資本金、役員名、取引銀行など、会社情報で判明することはすべて確認済みだった。準大手にあたるクラスの建設会社だが、バブル時の放漫経営がたたって、ここ何年かはあまりかんばしい状態ではないようだ。

心覚え用の大学ノートを取りだし、メモを指でたどった。

「正確な宛て先は、総務部の木下荘六。先月末に、五人で来てる。総務部ってところは、請求書の送り先に指定されることが多いから、客のなかに木下本人がいたのかどうかはわからない」

犀川《さいかわ》興業と硯岡建設の関係を説明してから、請求書の日付を告げた。

「木下ね。それって、何曜日だったのかしら？」

曜日を告げた。

「ごめんなさい。私はお店に入ってなかった日だわ。その連中が来たのは、その夜一度だけなのね」

「ああ、それ以前にも以降にも、硯岡建設の名前は出てこない」

「その夜来た五人のなかに、犀川靖がいたのかどうかを知りたいわけ？」

「犀川かどうかはわからないが、客が誰だったのかを確かめたいんだ。彼女は自分の過去に呼びもどされ、渥美嘉信と山岸文夫のことを調べていた。そして、犀川靖が絡んでいることもおそらく割りだした。だが、過去ってやつは消えることもないが、何かがなければ、現在の暮らしのなかに関わってくるはずだってないものだ」

「この日来た客の誰かが、そのきっかけになったかもしれないというのね」

「彼女がむかし知っていた人間かもしれないし、その時交わされた会話が何かを思いださせたか、あるいは知らずにいた事実を教えたのかもしれない。彼女がさっきの銀行に貸金庫を開設したのは、今月のはじめだ。先月末にここに来た客がきっかけとなって、何かを調べはじめ、摑《つか》んだものを保管しておくために貸金庫を開けた。そんな可能性だって考えられるだろ」

「今夜のお通夜には、チーママは絶対来るっていってたし、他の子たちだってだいたいは来るもの。その時に、みんなに訊いてみるわ」

「頼む。俺もそうだが、入ったことのないクラブに行く時ってのは、連れの誰かが知ってるか、あるいは、その店の子が違う店にいた時に知っていたかのどっちかだと思うんだ」

「そっか。たしかに一見《いちげん》さんがぷらっと来るはずはないもの。うちの誰かが、この五人の誰かと親しかったのかもね」

「ああ。硯岡建設をじかにあたると、こっちの動きが筒抜けになる。きみが店の子のほうからたどってほしいんだ」

「わかったわ」

佐代子はスイッチを入れてコーヒーを挽いた。いい香りが拡がった。

「ところで、ママの手帳にあった、あの町の局番になっている電話番号の主とは連絡はとれたの？」

「いや、下手に電話してしまうより、持ち主を、なんとかして調べるのが先決だと思うんだ」

「私、さっきから考えてたんだけど、ママが最後に貸金庫を利用した日付なの。手帳に丸がしてあった週末から何日も経ってないでしょ。あの週末に、ママは渥美嘉信と山岸文夫の事件を調べる目的で、あの町に足を運んだんじゃないのかしら。そして、何か決定的なことを見つけ、調べてあった事実と照らしてみるつもりで貸金庫を開けに来た。あるいは、コピーを取りなおすとかして、なんらかの方法で犀川に突きつけた。どう？」

「俺も、彼女はあの町に行ったのかもしれないとは思いはじめてるんだ。だが、もどってきて貸金庫の中身をすべて取りだしたって点は、今ひとつわからない。取りだしてから殺されるまでに、三日ある。中のものを複写したとしても、もう一度もどしておくことは充分に可能だったはずだ。貸金庫のほうが、自宅や、駅のコイン・ロッカーなどよりずっと安心だろ。なのに、そうしなかったのはなぜなのかがわからない」

彼女が決定的な証拠を摑んだために、犀川に殺されたのだとしたら、命綱ともなる大事な証拠を貸金庫にもどしておかなかったのは、いかにも迂闊《うかつ》だ。もどさなかった理由が、何かある。

佐代子は顎《あご》を引き、コーヒーのドリップをセットした。

私はコーヒー・ポットに落ちてくる焦げ茶色の液体を見つめた。むかしの彼女がいた町。過去を切り離して生きてきた彼女にとって、そこはよほどのことがなければ足を踏み入れたくなかった場所にちがいない。

あの町に出向き、何かを調べようとしたのだとしたら、よほどの決心が必要だったのではないか。

「雑誌の記事からは、どんなことがわかったの？」

コーヒーカップを差しだしてきた佐代子がいった。

見出しだけはずいぶん立派で、町の当時の状況をくわしく知るにはそれなりに役だったものの、結局のところ山岸文夫殺しと渥美嘉信殺し自体については、あまり大したことは書かれていなかったことを告げた。ミルクも砂糖も遠慮して、コーヒーをそのまま啜《すす》った。

「汚職疑惑というのは？」

「黒い噂ってやつさ」

――多量の念書を買い集めてまわったブローカーの山岸文夫には、ひとつ大きな危険があったはずだ。

きのう、私が新聞記事のデータに目をとおしながら漠然と思っていたことを、雑誌記者の何人かも察知したようだった。

念書を買い集め、転がすことで値段を吊りあげ利ざやを稼ぐという意味では、念書の売買は土地転がしと同じことだ。だが、念書と土地売買のあいだには、ひとつ大きな違いがある。土地の売買は登記をともなうが、念書の売買はともなわない。

当時暗躍したブローカーは山岸ひとりではなく、山岸よりも小物と見るしかない雑魚《ざこ》が何人もいた。何人かは警察に逮捕されたことを伝える記事もあり、その逮捕理由は、脱税だった。念書による金の動きは、登記簿の書き換えをともなわないため税務署に見えにくい。それを踏んで何人かの小悪党が税金の申告を怠り、ひっくくられたというわけだ。

登記を伴わない土地転がし。

土地ブローカーは念書を買い集めるほど高く売って利ざやを稼ぐ可能性も高まる一方、最後にババをつかまされる危険も高まる。

新聞データのなかで、《開発組合の窓口に持ちこまれた念書は、すべて規定どおりの値段でしか買いとらないので、それが投機的な売買に利用されることはない》といったコメントを役人が出していた。絵に描いた餅《もち》のようなコメントにすぎないが、一方では、それが土地ブローカーにとっては、念書につきまとう危険性となる。

法律的に見て、あの町の念書が有価証券と同等に扱われるかどうか、簡単には判断がつかなかった。判例集に当たってみる必要がある。だが、ポイントは、判例から見てどんな判断を下せるかにはないのだ。念書を有価証券と同等に機能させていた礎《いしずえ》が、《農工両立》というスローガンと、その下に作られた《六四方式》による土地取得というシステムそのものにある点だ。

このシステムを提唱した行政側の思惑は、農地をただ買いあげることで農業を衰退させることなく、代替地を用意して農業の発展育成にも努めるという、それなりの理想にあったはずだ。同時に、市が土地取得窓口を一本化することで、投機目的の土地転がしを締めだす狙いもあっただろう。

だが、それは一方で、念書は最後には市が買いあげざるをえなくなるという、単純な事実をも意味している。土地ブローカーたちにとっては、《六四方式》による市の土地取得システムが機能しているかぎり、念書を押さえてさえいれば、市は身動きがとれないということだ。念書が土地を登記したことと同等の意味を持つ。

連中にとって、唯一にして最大のリスクは、《農工両立》のスローガンと《六四方式》とが白紙に返されることだ。念書は、土地の登記簿謄本とも有価証券とも違う。土地の所有農家と《工業地域開発組合》という一団体とのあいだで取り交わされた、約束書きにすぎない。もちろん、土地の売買について、念書を第三者として実際に入手している土地ブローカーにも、法律的な権利を主張できないことはない。だが、念書を有価証券と同等に扱い、それを入手している第三者に全面的な権利を認めるのかどうかについては、多くの法律関係者が私と同様に頭を捻《ひね》るはずだ。ややもすると、法律論議になりかねない。

法律論議になどなろうものなら、山岸たち土地ブローカーは、裁判所に引きずりだされる。裁判所に引きずりだされることを望む人間など、土地ブローカーのなかにはおろか、まともな生業をしている人間たちにだっているわけがない。裁判の相手が、役所である場合はなおさらだ。役人たちは何年かで担当が代わっていく。裁判も前任者から引き継がれた仕事のひとつであり、しかも、自分が担当の席にいる時には、負けることだけは避けようとする。裁判で役人に太刀打ちできる民間人はいない。《六四方式》が取りさげられ、《農工両立》というシステムが崩壊した場合にかぎっては、役人の誰かが口にした《開発組合の窓口に持ちこまれた念書は、すべて規定どおりの値段でしか買いとらない》というコメントが、現実的な強みを帯びることになるのだ。そうなった場合、土地ブローカーに残された現実的な解決策は、入手した時の何分の一かの値段で念書を手放すことしかない。

かなり大がかりに念書を買い集めていた山岸文夫にとって、唯一の心配ごとは、ここにあったはずだ。

《農工両立》は、市長が掲げたスローガンだ。それに、工場誘致の反対も根強く、一期の誘致工場地域からの公害も問題化していた。そんななかで、《農工両立》のスローガンを取りさげることは、市長みずからの政治生命にも関わるはずだとする読みはあったろう。だが、読みだけで満足できる人間はいない。ましてや市議会までが、開発推進派と反対派に分かれていた。推進派が主流で来たのはもちろんだが、反対運動の追いあげで工場地域開発を一期・二期と分けざるをえなくなってからは、反対派も勢力を持ちなおしたらしく、新しい市長候補を擁立し、選挙戦に持ちこむ動きまであったようだ。山岸たちブローカーにとっては、先行きの読みがきかないグレーゾーンが、かなり存在する状況だったと見るべきだ。

——確かな情報源。

こういった場合、誰もが考えることは、相手の内部に確かな情報を伝えてくれる人間がいたらいいということで、そういった人間を摑むための手段は決まっている。

「ある雑誌は、市長が議会で《農工両立》のスローガンを撤回して、金銭による土地の直接取得を表明するほんのわずか前に、山岸文夫が念書を工業地域開発組合に売り払っている事実を嗅《か》ぎつけてるんだ」

私はそう説明をつづけた。「いや、山岸というよりも、山岸の後ろにいた人間たちというべきらしい」

「後ろにいた人間たちって？」

「《室井《むろい》》と名乗っていたことしかわからない人物が、当時山岸の後ろに見え隠れしてたらしいのさ」

「室井――」

「山岸文夫のほうも、いくつか他の名前の名刺もつくっていたらしいから、室井もおそらく偽名だろう。山岸が、大阪の末広会とつながりがあったことはわかってる。この室井って男は、そのつなぎ役だったのかもしれんし、あるいは、もっと大物で、念書を買い集めることであの地域の土地を吊りあげていた黒幕かもしれんと、その雑誌記事は見ている。どうも俺には、黒幕か、そうでなくとも黒幕にかなり近い男じゃないかという気がする。まだ推測にすぎないが、山岸文夫が渥美嘉信殺しの犯人で、自身もその事実を隠すために殺されたのだとすれば、この室井って男がずっと姿をくらまし、その正体が割れなかったので、両方の事件がお宮入りしたと考えれば辻褄《つじつま》が合うだろ。いずれにしろ、市長が《農工両立》を取りさげる直前に、開発組合によって山岸の手にあった念書が買いあげられたことは、誰の目にもただの偶然とは見えないさ」

「つまり、情報が漏れてたってこと？」

「そうでなけりゃ、念書が紙切れになる直前にうまく売り抜けられないだろ」

「開発組合のほうは、何といってるの？」

「取材に対して、市長の議会演説はまったく突然で、誰にも予想できなかったと答えている。たしかにいくつかの新聞が、市長の側近たちでさえスローガンの撤回を寝耳に水として受けとめていた事実を伝えていたから、まったく信憑性《しんぴょう》がないコメントともいえないだろう。どの記事も、山岸たちが演説内容の情報を誰から摑《つか》んだのかまでは確定できていない」

「でも、それじゃあ――」

「待ってくれ。つづきがあるんだ。だが、市長に抜擢《ばってき》され、工業地域開発組合とも深く関わっていた渥美嘉信ならば、前もって知っていた可能性は充分にある。雑誌得意の黒い霧をぷんぷん臭わせる書き方で、そんな推測がされていたよ」

佐代子は口をつぐんだ。

私は冷めはじめているコーヒーを、もうひと口啜った。

コーヒー・ポットを差しだしてくるのに首を振ると、佐代子が自分のカップに注ぎたした。

「渥美嘉信の死体が発見されたのは、岬から身を投げたと思われてから二年あとのことよね。そのあいだに、工場誘致のほうはどうなったの？」

「金銭による直接取得で土地を取得しおわり、市長の思惑どおり、順調に工場の建設が進んだよ。公害反対派も、工場建設反対派もあきらめてはいなかったようだが、町の発展開発ってのはそんなもんなんだ」

「その市長は、その後は？」

「二期の工場誘致も無事にやり遂げた翌年には、国会議員に立候補して当選してる。民自党の川谷晃三《かわたにこうぞう》さ」

2

コーヒーを飲みほしてから、わずかな望みを込めて店のなかを探しまわってみたものの、何も発見できなかった。

「それで、これからどうするの？」

尋ねてくる佐代子に、新橋へつきあってほしいと告げた。

「新橋？」

「ああ、きみに顔を確かめてもらいたい男がいるのさ。彼女のアドレス帳に、西上隆司が経営する《香彩》という居酒屋が記されていたんだ。憶《おぼ》えてるかい。きのう、裁判所の期日簿というやつのメモを見せて、アドレス帳や売掛帳と照らしてもらったろ。俺が彼女と出くわした日に、裁判所で行なわれていた法廷に、この男は原告として出廷してる」

「――でも、私に顔を確認してもらいたいっていうのは？」

「西上とは、きのう会ってるんだ。どことなく陰気な感じのする、髪の薄い小男だった」

佐代子が「あ」という口をした。

「笠岡を襲ったふたり組の片割れが、西上って男かもしれないのね」

「ああ。きのう手ひどいことをしてくれた、デカい男の相棒じゃないかと思うのさ。もしそうなら、連中のひとりの身許《みもと》が割れることになる」

貸金庫が空で、彼女が調べていたことがはっきりしない以上、周辺から攻めていくしかない。私を襲ったあのデカい男の口ぶりからすると、彼女が抱えていた事情について、連中はずっとくわしく知っているはずだ。彼女が本当は誰なのかまで知っているのかもしれない。だからこそ、「素人は関わるな」と私を脅したのではないのか。

あの大男か仲間の誰かが、犀川興業を見張っていたのではなかろうか。そして、犀川靖が私と会っているのを目撃した。私のあとを尾《つ》けると、あろうことか仲間の西上隆司の店を訪ねた。連中の関心は、私が何者かというところにむき、締めあげるつもりで襲ってきた。そんなところか。

私たちは戸締まりをして表に出た。

池袋で昼食を済ませてから、地下鉄で新橋にむかった。

《香彩》の表にたどり着くとともに、思わず罵《のの》り声を漏らした。西上は店を閉めており、しかも貼り紙に、しばらく店を休む旨が書かれていた。

「あら。そういやあ、どうしたのかしらね」

斜《はす》向かいのビルに入った喫茶店で尋ねると、経営者らしい中年の女は首をひねって見せたものの、べつだん不審がっているようにも見えなかった。道をへだてたむかいのことには、それほど関心がないらしい。

昼食の時間は過ぎようとしており、喫茶店にはほとんど客がいなかった。ランチ・メニューの小さな黒板が、入口の横に立っていたが、昼食の時間でもそれほど繁盛しそうにも見えない店だった。

「風邪でもひいたんじゃないのかしらね。時々アルバイトも使ってたみたいだけど、ふだんは店主がひとりで切りもりしてたみたいだから。ダウンしちまったら、それまでだろ」

風邪ぐらいで、しばらく休業するという貼り紙をするわけがなかった。

「ああして店を突然閉めるってことが、時々あったんでしょうか？」

尋ねると、肩をすくめて見せた。

「別におむかいを見張ってるわけじゃないんでね、よくは憶えてないけど。そういやあ、このひと月ほどのあいだは、何度かあった気がするね」

「昼食時もやってる店なんですか」

「一応、二時ぐらいまでやってて、あとはまた夕方からだよ」

店を閉めなければならなかったのは、裁判のためか。だが、女が「このひと月ほど」と区切ったのが気になった。ひと月ほどのあいだは、関心のない女の目にさえとまるほどに、店を閉めているということだ。裁判はたしかに日にちも時刻も特定はされるが、そんなに頻繁に出廷しなければならないわけじゃない。

「西上さんとは、親しいおつきあいはありましたか？」

「どういう意味だね？」

「つまり、いっしょに商店街の旅行に行ったりとか」

「ここは商店街じゃないんだよ」

「西上さんの写真をお持ちじゃないですか」

訊《き》いてみたが、無駄だった。

弁護士の根本日出夫は私の話を聞き、意外そうな顔で小さく首を振った。

「ううん、西上さんがですか？」

太鼓腹を右手で撫《な》で、それから上着の内側に手を割りこませて、Yシャツのうえから左胸を搔《か》いた。

私はうなずいて見せた。

「そうなんです。小林瞭子さんは、西上さんの法廷の傍聴席にいたか、その前後に、西上さんに会っているはずなんです。それにもかかわらず、きのう私が訪ねたとき、彼は嘘《うそ》をついたことになるんですよ」

「ふうん、嘘をねえ……」

呟《つぶや》きながら、佐代子のほうに横目をむけ、それとなく躰《からだ》を視線で撫でた。どんな事情でいっしょに動いている娘なのか、私は根本に説明しなかったし、私が顔を腫《は》らせている理由もまた、駅で転んだとしか答えなかった。

「ところで、お時間を取ってもらったのは他でもないんですが、根本先生は、西上さんの写真はお持ちじゃないでしょうか？」

「写真ですか――」

きちんと考えているふうではあったが、長い時間ではなかった。

「それはちょっと困ったな。ご存じのように、私らの仕事は、顔写真にはあまり縁がないですからな」

そのとおりだった。弁護士は、必要に応じ、依頼人を裸にするほどに様々な書類を入手する。住民票はいうに及ばず、戸籍も、銀行やカード会社の財政的明細も、不動産関係の書類も。だが、ただひとつ、顔写真とはほとんど縁がないのだ。

「どこに行けば手に入るか、何か思いつくことはありませんか？」

尋ねると、根本はベルトに挟んだ扇子を、小刀を抜くように引き抜くと、きのうと同様にいい音をさせて開いて自分の右頬を扇ぎだした。きのうとは絵柄の違う扇子だった。

「そうですね——。手に入るかどうかは断言できませんが、マッカーサー通りのパチンコ屋の店主ならば、持ってるかもしれませんよ。赤城《あかぎ》という男ですが、町内の人間を集めて、釣りのクラブを主催してるんです」

「西上さんも、そのクラブに？」

「ええ。彼の店は、以前は赤城のパチンコ店のすぐそばにあったんです。私に西上さんを紹介したのも赤城さんなんですよ。ただ、赤城さんには、私の名前は伏せておいてください。殺人事件に絡んだ調査だということなので、協力しているんですが、たとえ同業者に対してであれ、依頼人の話をいろいろしたというのはまずいですからね」

「わかってます。御協力に感謝します」

頭を下げた。根本は微笑みを私と佐代子へと均等にむけた。およそ邪気のない笑顔だ。私はこういう男が好きではなかった。

「根本さん。もうひとつだけ教えていただきたいんですが」

笑顔を浮かべかえし、アタッシェケースを開けて心覚え用の大学ノートを取りだした。記憶しているページを開き、目を落とし、あらためて口を開いた。

「じつは、きのう被告側の代理人を務めている丸太先生が、こんなようなことを漏らしたんです。バブル以降は、土地に絡んであくどいことをしているのは、ヤクザよりもむしろ普通の世界の連中だと」

「同感ですな」善意の弁護士はいった。

「それから、今度のケースも、素人がヤクザを食い物にしたようなものだと。聞いた瞬間は、むこうの依頼人の三人が、地元の暴力団を差しおいてうまい汁を吸っているという意味かと思ったんですが、思いかえしてみると、どうも違うような気もするんです。根本さんは、西上さんが関西にいた頃に何をしていたのか、お聞きおよびじゃありませんか？」

根本は扇子を閉じ、ちらっと私の目を覗《のぞ》きこんできた。

「私は、人を人の過去から判断して、色眼鏡で見るのは好かないんです。そういった意味でお尋ねになっているのなら、何もお答えできませんが」

だが、答えたも同然だった。

「属していた組織の名前はわかりますか？」

「宇津木《うづき》組といいましたな。大阪のどのあたりを縄張りにしていたのかまでは、私にはちょっと」

丁寧に礼を述べ、西上隆司の自宅の住所を尋ねた。

根本は西上が組織を抜けたときの詳しい事情までは知らなかった。だが、その組の組長が亡くなって分裂騒ぎが起こったときに、ヤクザ世界に嫌気が差し、足を洗って東京に出てきたという話は、本人の口から聞いたことがあると教えてくれた。「ずいぶん、むかしらしいですよ」というだけで、正確に何年前なのかはわからなかった。

西上にはちゃんと小指があった。私はそのことに興味が動いていた。足を洗ったあとも小指が無事残っているヤクザ者というのは、テレビドラマや映画のなかにしかいない。けじめをつけずに表社会へもどりたがるような人間を、組織は決して許さないのだ。小指が残っていることには、それ相応の理由があるはずだった。そのことと、西上が、きのうの大男とコンビを組んで動いていることとのあいだには、何か関係があるのだろうか。

「ああ、西上さんとは釣り仲間でしてね。月に一度ぐらいは、いっしょに繰りだしますよ。房総が多いかな。釣り船を借りきって、沖釣りです」

赤城は頭の禿《は》げあがった男だった。口髭《くちひげ》をのばし、黒縁のがっしりした眼鏡をかけていた。話し好きらしく、しばらく釣り談議をつづけた。佐代子の相づちが、必要以上にうまかったのだ。

パチンコ屋の事務所の壁には、立派な魚拓と釣りコンテストで入賞したらしい表彰状とが、ともに立派な額に納まってかかっていた。

頃合いを見計らって尋ねると、「写真ね」と呟きながら、禿げた頭をぺろっと撫でた。

「家に帰れば、仲間内で撮ったやつがあると思うけれど、さてさて」

顔を輝かせた。

「ああ、そうだ。ついこのあいだの房総のを、会の連中に渡してやろうと思って焼き増ししたのが、ちょうどできあがってきてましたよ」

腰を上げ、「私は写真も趣味でしてな」そんなことをいいながら、壁際の机に歩いて引出しを開けた。これだこれだと、写真屋の袋を取りだした。

「でも、弁護士さん。いったい何のために、西上さんを調べてるんです？」

「なあに、大したことじゃないんですよ。現在私が調査している人と西上さんとが、ある場所で会っていたと思われるんですが、西上さんはきょうは店を休んでいるようなので、とりあえず写真があれば、彼なのかどうかだけでもわかると思いましてね」

何か実体のある説明をしたとは思えなかった。いい加減な出任せが、おしゃべりな相手には通用しやすいと知っていた。

赤城は「ほお」と言葉を返し、納得したともしないともとれる顔をした。

「とにかく、西上さんが何かしたわけじゃないんですね？」

「もちろんですよ」

それで安心したらしい。

「この右端に写っているのが、彼ですよ」

房総のどこかの港だろう。海べりで、バーベキューの火を囲みながら写した写真だった。五人。全員男ばかりだ。赤城がシャッターを押したらしく、赤城本人は写っていなかった。

私は写真の右端で、ビールの入った透明なプラスチックのコップを片手に、ひっそりと微笑む男の顔を見つめた。きのう店で会った時のような陰気さは感じられなかったものの、仲間たちの中心になって騒ぐという男には見えなかった。

佐代子のほうに目をやると、ちらっと私を見返してはっきりとうなずいた。

私は赤城にむかい、写真を拝借することを頼みこんだ。

3

西上隆司の暮らすマンションは、京浜東北線の大森にあった。新橋まで電車に乗ってしまえば十分かそこらだが、山手線の内側よりも住宅費は安くて済む。

新橋駅で佐代子と別れて、ひとりで大森にむかった。

彼女の——正確には、小林瞭子のというべきだが——通夜の打ち合わせを、葬儀屋としなければならない。それを佐代子に頼んだのだった。

もうひとつは、西上を問いつめなければならなくなったとき、佐代子がいっしょでないほうがいいと思ったのだ。私には、力ずくで相手の口を割らせることは到底不可能だ。どうやって西上の口を割らせればいいものやら、想像がつかないというのが本当のところだった。

それは杞憂《きゆう》に終わった。

根本に教えてもらった番地を、小型の地図帳と照らしあわせながら、京浜東北線の線路づたいにもどる格好で数分歩いた。線路沿いに建つ、年代物のマンションの三階が西上の住居だったものの、留守だった。

マンションの入口が見えるところに陣取り、三十分ほど待った。線路の架橋の足下にのびる、小さな細長い公園のなかだった。やがて、携帯電話で連絡を取りあっていた、長谷継男の車が現れた。

公園の端に駐車した車に乗りこむと、長谷は驚きを露わにし、あからさまに人の顔を指さしながら「それはどうしたんですか」と訊《き》いてきた。

手短に話して聞かせてから、西上の写真を見せた。

「西上のほうでも、私が存在を探りあてるはずだと予測したとしたら、しばらくはここには帰ってこないかもしれません。だが、今のところは西上だけが、犀川興業に対抗している組織の動きを探りあてる唯一の手がかりなんです」

「わかりました。とにかく張りこみますよ。西上を見つけたら、どうします？」

「その時点で、すぐ携帯を鳴らしてください」

自分の顔を親指で示した。

「いろいろと、荒っぽいことをやる連中だと思います。長谷さんも、迂闊《うかつ》にはひとりで動かないでください」

長谷は私の顔を見つめ、あながち演技ではない感じで大きくうなずいた。

「犀川興業に、何か動きは？」

「いえ、目を光らせていたかぎりでは、ないですね」

そこからは、長谷に頼んでおいた調査の報告になった。

すなわち、きのうの午前中に犀川靖が先代の犀川昇のマンションに出向いたとき、ふたりと並んで出てきたアルマーニの男の正体と、その後、犀川靖がひとりで足を運んだ硯岡建設の詳細および犀川開発との関係についてだ。硯岡建設の重要性については、すでに私のほうから説明済みだった。

「あれは、共和会の槙泰樹《まきやすき》という幹部でしたよ。隠し撮りしたポラを、親しくしてる四課の刑事に見せたところ、すぐに教えてくれました」

「共和会の槙――」

私は呟《つぶや》いた。

犀川興業も大阪の末広会も、ともに共和会の傘下にある組織だ。

「ええ。ってことは、考えられるのは、末広会の若頭だった和辻靖を、犀川興業に仲立ちしたのが槙かもしれない。その点も刑事に確かめたところ、予想どおりでした。槙は、犀川興業の先代と兄弟分の契りを結んでるそうで、槙のほうから犀川昇に、二代目として和辻靖を推薦したらしいですね。十年ほど前のことだそうです」

私は下顎《したあご》の髭を指先で探った。

「栖本さん。こうなると、犀川靖は自分のところの組員の不始末を、先代に詫《わ》びにいってたわけなんかじゃなく、上部組織の槙も交えて、何か意味深な相談をしてた感じがしますね。西上隆司を後ろで動かしている連中とのあいだで、すでに生じているか、あるいは生じようとしているトラブルについて、上部組織の槙に相談したとも考えられる」

私も同じ意見だった。

「西上隆司がむかし属していた宇津木組について、くわしいことはわかってるんですか？」

長谷が訊いてきた。

「それはまだです。組長が亡くなって、分裂騒ぎが起こったらしい。西上は、その時に足を洗って大阪を離れ、こっちに出てきたようですが、詳細はこれから調べてみるつもりです。硯岡建設については、何かわかりましたか？」

長谷はぼろぼろの前歯を剝《む》きだしにした。

「犀川開発との関係について、面白いことがわかりましたよ。犀川開発が、二代目の犀川靖によってつくられた会社であることは、御存じですよね」

「ええ」

「とぼけたことに、創立以来、この犀川開発の取引先は、この硯岡建設と、その子会社である硯岡太平土木二社だけなんです。それ以外の営業活動は、一切なし。この二社との取引のためにだけ、設立された会社だってことですよ。小判鮫《こばんざめ》のように硯岡建設にくっついていて、右から左に建設資材を動かすだけで見返りが入ってくる。犀川靖が、硯岡建設のために何かもっと別の仕事をしていて、その見返りとしてこの甘い汁が吸えていると思うんですが」

「もしくは、過去に何かしてやったことの見返りかもしれない」

私が呟くと、長谷は面白そうにうなずいた。

「それなんですがね、栖本さん」

いってから、もったいつけるような間を置いた。

どうやら、何かこちらが知らないことを、してやったりという感じで話したがるのは、所長の清野仲之と同じらしい。横で見ていて、真似する気になったのだろう。

「硯岡建設の下請けをしてる会社の社長から聞きだしたんですが、この硯岡建設は、栖本さんが昨夜話してた工場誘致とも、深く関わってるんですよ」

「なんですって――」

「誘致された工場建設の大部分を、硯岡建設が、市の仲立ちによって受注してるんですね。それから、硯岡太平土木のほうは、本社があの町にあって、仕事のメインは、市や県から発注される土木工事なんです」

「――」

「栖本さん、犀川興業と硯岡建設は一枚岩ですよ。いや、あの町に工場が誘致された時から、ずっと一枚岩だったというべきでしょうね」

清野仲之から電話が入ったのは、事務所にもどる途中のJRの車中だった。

通話ボタンを押すと、清野の声が聞こえてきた。

「わかりましたよ」やや意気込んだ様子だった。「やはりきのう、私が聞きこんでいたとおりで、三春の市役所が福祉センターを建てるために、小林瞭子の祖父のものだった土地を取得してましてね。その時、名古屋にまで人をやってるんです。東京の信用調査所の人間でして、なあに、ようはうちと同じ興信所ですが、つい今しがた、先方と連絡が取れたんです」

「それで、小林瞭子本人にまでたどり着いたんでしょうか?」

「くわしい話は、実際に動いた調査員とまだ連絡が取れないのでわからないんですが、実際に三春に福祉センターが建ってるんですから、その可能性は大ですよ。それでね、栖本さん。むこうの所長がいま、調査員に連絡を取ってくれてるんですが、どうです、栖本さんのほうで会ってみてくれませんか」

「もちろんです。ぜひ、先方にそう伝えてください」

「わかりました。それじゃあ、それで都合のいい時間を聞いておきます」

ふたたび電話が鳴ったのは、神保町の駅を降りて事務所にむかう途中だった。東京駅から大手町へと地下通路をたどり、そこから地下鉄に乗ったので、そのあいだは携帯電話に電波が届かなかったのかもしれない。

「遅い時間なら大丈夫だということで、九時に、新宿のマイ・シティーの上にあるバーでってことにしたんですが、いいですか？」

彼女の通夜の時間を考えれば、こっちにとっても好都合だった。

承諾した旨を告げ、清野がむこうの社長から聞いておいてくれた、調査員の名前と歳格好とを憶《おぼ》えこんだ。

事務所に着くなり、典子に頼みごとをした。

「ＮＴＴのサービス・センターへ行って、電話帳でこの番号に該当する人間を調べてほしいんです」

ここ何年かは、特に女のひとり暮らしの場合はそうだが、電話帳や１０４の電話案内への登録を断る人間が増加している。典子に徒労を強いることになるのかもしれなかったが、彼女の手帳にあった電話番号の持ち主を割りだす手段として、今のところはこれぐらいしか思いつかなかった。

薄い壁で仕切られた自分の部屋に入ると、机に昨夜典子が電話でいっていたメモが二枚載っていた。新たに私に弁護を依頼したいという、奇特な人間の連絡先だ。私は友人の河野の事務所に電話を入れ、この二件の依頼を引き受けてくれないかと頼みこんだ。河野は最初、おいおいどうしたんだと茶化し、それから今度は少し深刻な声になって、何か相談があるのならば乗るぞといいだし、最後は何も訊かずに私の頼みごとを聞いてくれた。

司法試験をパスしたのは同期だったが、河野は社会人を一年に浪人を三年経たので、私より四つ上だった。司法修習で警察の司法解剖に立ちあった直後に、しゃあしゃあと食欲を持てたのは、私の周りではこの男ひとりだけだった。弁護士には横のつながりが大事だ。おのずと飲み会もすごい数になる。だが、塩崎のところを辞めて以来、私はめったなことではそういった飲み会に顔を出さない。そんな私にとって、河野は今でも親しいつきあいがつづいている数少ない――心を許せるという意味では、ただひとりの男だった。

電話の最中に、典子がコーヒーを持ってきてくれた。母親然とした肉付きのいい秘書は、しばらく部屋の入口に立ち、私の電話が終わるのを待っていた。

それから私の机に近寄ってきて、コーヒーカップをそっと置いて引きあげていった。ちらっと垣間見た表情が、何かを押し隠しているのがわかったので、私はそれ以上は典子を見なかった。

河野との電話を切ったあと、コーヒーに口をつけながらパソコンを操り、国会議員の川谷晃三についての情報を引きだした。データをすべてフロッピーに落としたあと、プリンタのスイッチを入れた。データが印字されるあいだに、ツーリスト・バッグを開けて喪服に着替えた。

今年で六十二歳。国会議員としてはこの国ではまだ若手の部類に入る。とりたてたスキャンダルも手柄もないものの、ここ何年かの政治の混乱のなかで徐々に力を付けている存在だった。情勢を見るのに秀でており、信念には乏しいというわけだ。詳細は、斎場までの移動の途中で目を通すつもりだった。

今まで着ていたスーツをツーリスト・バッグに納めて黒ネクタイを結んでいると、ノックがあり、典子がまた顔を覗《のぞ》かせた。

覗かせたまま、何もいおうとはしない典子に微笑みかけた。右の瞼《まぶた》から頬にかけてひきつるのはどうしようもなかった。

それに、私の仕事ぶりに不安を抱いている秘書に対して、二年のつきあいではじめてこっちも内心の苛立《いらだ》ちを覚えていることもだ。

「何か用でしょうか？　顔のことでしたら、気にしないでください。これから、小林瞭子さんの通夜に行ってきます。NTTのほうをお願いしますよ。きょうは、それだけで引きあげてくださって結構です。もしも電話の持ち主がわかったら、携帯を鳴らしてください」

ひと息に告げると、典子は躊躇《ためら》いがちな動きで、小さな薬入れを差しだした。

「これ、家でよく使う軟膏《なんこう》なんです。漢方の特別な成分が入っているということで、治りが早くなるそうなんですが」

私は左手の指先をそっと頬にあてた。

それから小声で「ありがとう」といった。

4

JRの窓に雨滴が流れてきた。

夕暮れを前に混みはじめる時刻で、窓硝子《ガラス》の内側が乗客たちの吐息で曇っていた。四ッ谷から地下鉄に乗り換え、新中野でふたたび地上に出たときにはもう、本格的な降りになっていた。

アタッシェケースから折り畳み傘を出し、青梅《おうめ》街道を新宿の方角にもどった。風に舞う霧のような細かい雨は降りやむ気配がなく、気温も明らかに下がっている。このあたりは比較的寺が多く、今夜も通夜が重なっているようだった。道の角には、喪服を着た若者が傘を差し、《小林家斎場》と書かれた電気仕掛けの提灯《ちょうちん》を持って立っていた。ふたりめの若者に目で挨拶《あいさつ》をして、通りすぎてから気がついた。彼女の店の従業員たちだ。佐代子が、道案内に立つように手配してくれたのだろう。

斎場は全体がこぢんまりしていた。二、三十台も入ればいっぱいになりそうな駐車場の三方を囲み、建物が建っていた。駐車場から見て正面と右側には斎場用の部屋が並び、左側が、ロビーと精進落としのための部屋が入ったビルだった。

斎場の前の屋外廊下に佐代子が立っており、私に気づいて声をかけてきた。娘は昼間とは違い、髪を後ろでまとめていた。いっしょにいる喪服すがたの女を、「船越弥生《ふなこしやよい》さん。お店のチーママをしてた人」と紹介した。

　痩《や》せた女で、佐代子ほどではないが背が高かった。目が大きく、鼻筋がすっと通っている。私と同年輩の感じがした。下顎の左側に薄いほくろがあった。

　佐代子よりもずっと水商売の匂いが強かった。彼女だけではなく、小さな斎場にいる十人以上の女たちも同様で、昼間の商売ではないことを窺《うかが》わせた。喪服と水商売の匂いはどことなく引き立てあうのかもしれない。どうでもいいような感慨がよぎった。

「硯岡建設宛ての請求書のことなんだけど、まだ当日の夜のことは、あまりはっきりしたことがわかってないの。お通夜が終わってから、全員にあらためて訊いてみるってことでいいかしら」

　佐代子が小声でいった。

「もちろんさ。それよりも、悪かったな。道案内にまで店の同僚たちを駆りだしてもらって」

「なにいってるのよ。みんなママには世話になってるんだから、当然よ」

　今度は少し大きな声だった。

「すいませんね」と、弥生がいった。「カンナちゃんから聞きました。お客さんのことは、私がきちんと把握してなけりゃいけないんですけど、今すぐには思いだせなくて。自宅で名刺を確かめてみれば、はっきりしてくるかもしれないですが」

　佐代子の源氏名をはじめて知った。

　私は「よろしくお願いします」と、頭を下げた。

　二十畳ほどの広さの部屋だった。葬儀社の男はふたり来ており、すでに斎場を整え終えて隅に控えていた。知りあいの社長はすがたを見せていなかった。もっと大きな斎場を取りしきりに行っているのだろう。

彼らと挨拶を交わしていると、弥生が娘たちを集め、通夜の段取りをはじめた。受付は誰、お清めを渡すのは誰と、名指しで割りあてている。開店前の打ちあわせのような感じもした。

佐代子ひとりはさっきと同じ屋外廊下に、ぽつんと立っていた。

私は彼女の祭壇に歩みより、線香を上げて手を合わせた。ロクな写真がなかったことがあらためて悔やまれた。佐代子が持っていたのは店の慰安旅行のときに写したものだけで、私の手にあるのは、五年前に戯れに写したものだけだった。悩んだ末に、結局、私が撮った写真を引き延ばして使うことにしたのだった。酒が入っていないぶんだけマシというしかなかった。

手を合わせながら、胸のなかで何かを呼びかけてみようとしたものの、芝居がかったもの以外には言葉を思いつかなかった。彼女に呼びかけられるのは、きっとまだ先のことなのだ。

ひとり立つ佐代子のほうにもどった。

「生憎《あいにく》の雨だな」

屋外廊下の庇《ひさし》から落ちる水滴を、佐代子はじっと見ていた。

「受付は、私とチーママでやるわ。栖本さんは、ずっと席にすわってて」

私はうなずいた。

「今夜来てるので、だいたいお店の全員なのか？」

ちらっとだけこっちを見た。

「とんでもない。半分ね。チーフをはじめ、男連中はみんな来たけれど、女の子のほうは半分以下」

　たばこを抜きだし、火をつけた。

「西上隆司には会えたの？」

　私は首を振ってみせ、興信所の調査員に頼んで張りこんでもらっていることを告げた。

　雨を見ている娘の横顔に、「一日何本ぐらい喫うんだい」と、どうでもいいことを問いかけた。

「そういえば、きょうはちょっと多めかしらね」

　娘は薄く微笑みかえした。

　雨のなかをやってくる弔問客は少なかった。

　何人かは同じ水商売のホステスや経営者らしい人間で、何人かは懇意にしていた客といった感じだった。

　佐代子とチーママだった弥生のふたりが、受付で応対をし、従業員の娘たちの何人かが、精進落としの部屋への案内をしてくれた。客の何人かにひとりは、内輪の優しさといった感じを振りまいて佐代子たちに二言三言声をかけている。

　私はといえば、顔を伏せ気味にして、祭壇のわきの椅子に腰を下ろしつづけているだけだった。大きな痣《あざ》をつくって片目を腫《は》らした男が、しゃしゃり出ても仕方がないと思ったのだが、ここにすわるのもまた妙な気もしてならなかった。妻でもなんでもなかった女の通夜で、本来ならば家族がすわるべき席を、私ひとりが占めている。悲しみよりも、滑稽《こっけい》感がまさりそうな気分だった。

彼女の本当の家族はどうしているのだろう。私たちがこうして彼女を小林瞭子として弔っていることを知ったなら、いったい何と思うだろう。そういった想像が何度かよぎりかけたが、理性はそれを感傷だと告げてもいた。親しい家族が生きていたならば、この五日のうちに、警察に申しでていたはずだ。親ならば、マスコミが報じた娘の顔を見誤ることはない。

彼女が私に告げていた、天涯孤独だという話だけは、嘘偽りのないものだったにちがいない。考えてみれば、小林瞭子という女のほうもそうだ。親兄弟のいない人間というのは、この社会から消えてしまっても、たとえ他人と成り代わって生きていても、誰にとっても支障がないらしい。

通夜が始まっておよそ三十分ほどが経過すると、弔問客は疎《まば》らになった。

機械的に頭を下げてから持ちあげた私は、目の前に笠岡和夫が立っていることを知った。焦げ茶色のスーツに、黒いネクタイを締めていた。

瞳《ひとみ》に蔑《さげす》みの色があった。

思い違いではなかったはずだ。私が目を伏せふたたび頭を下げると、焼香を済ませて出口にむかった。佐代子たちと何か言葉を交わす笠岡を、横目でちらっと見たきりで放っておいた。

読経も終わり、やがて式の終わりが近づいて、駅からの道程を案内していた佐代子の同僚たちもどってきた。ひとりずつ線香を上げるのを見届けて表に出ると、笠岡は先ほど佐代子が立っていた屋外廊下で、駐車場に降る雨を見ながらたばこを喫っていた。半ば予想していたことだった。

「生憎の雨ってやつだな」

私が佐代子にかけたのと同じ言葉をかけてきた。何も答えずにいると、顔だけこっちにむけてきた。

「その顔はどうしたんだ?」

「あんたには関係ない」と、私はいった。

同時に、この男が酒臭いことに気がついた。

「俺と同じかい? 瞭子のやつのために、誰かにやられたってわけだ」

ご名答だ。誰かではなく、この男に暴力を振るったのと正確に同じ人間だとわかっていたが、告げる必要など感じなかった。

「関係ないといったのが聞こえなかったのか」

「いい気なもんじゃねえか」

「どういう意味だ?」

睨《にら》みつけてきた。

「けっ、すっかり亭主気取りかい」

「そんなつもりはないさ。彼女には身寄りがない。誰かが式を出さなけりゃならないだろ」

「別にそれが、あんたである必要はねえんだ」

「因縁を付けにきたのか」

「そんないい方はねえだろうが。これでも、俺だってあんたと同じで、あの女を愛してたんだからな」

あんたと同じ、というところに力が籠《こ》もっていた。深く籠めれば籠めるほど、私が嫌な思いをするとでも思ったのかもしれない。

　私は目を逸《そ》らさなかった。

　笠岡は、たばこを雨のなかに投げ捨てた。私が背をむけようとすると呼びかけてきた。

「それで、何かわかったのかい？」

「訊いてどうするつもりだ」

「どうもしねえけどな。俺だって、興味があるじゃねえか」

「余計な興味など示さずに、地元の暴力団に匿《かくま》ってもらってろよ」

「なんだと——」

　戸惑ったような顔になった。今夜の私は、私自身の予想を超えて意地悪だった。

「よくひとりでここまで来れたな。それとも、誰か護衛付きなのか」

「なんだと、この野郎！」

　詰め寄ってきて、私の胸元へ右手をのばしてきた。笠岡の声に驚いた佐代子たちが斎場から飛び出てくるのと、笠岡の腕を振りほどいた私が、相手の胸を両手で突くのとほぼ同時だった。

　それほどの手加減はしなかった。だが、笠岡が大きく後ろによろけ、屋外廊下と駐車場のアスファルトの段差に足を取られ、雨のなかに背中から倒れるとは思いもしなかった。

「この野郎！」

　笠岡はものすごい形相で私を睨みつけ、立ちあがろうとした。よろけて、尻餅《しりもち》をついた。

　違った。睨みつけたわけではなく、泣いていたのだ。この男なりに、彼女の死を哀しんでいた。

さっきこの男が意図して試みたの何倍も嫌な気分になった。笠岡は、私たちから顔を隠すかのように背中をむけた。右手と右膝《ひざ》とを地面に付き、立ちあがろうとしかけたままで動かなくなった。

この男は、いったいどれだけ酒を飲んできたのだ。私は雨のなかでみっともなく涙を流す男を、助け起こすような優しさを持ちあわせた人間ではなかった。だが、笠岡に近づいて、腋《わき》の下に手を入れて立たせようとした。見ていればいるほど、嫌な気分が増す気がしたのだ。たぶん、この男が原因ではあっても決してこの男に対するものじゃなく、もっと漠然とした嫌な気分だ。

「気取るなよ、弁護士野郎。てめえがいったい何だというんだ」

私の腕を振りほどくようにしながら、今度はかすれ声でい、笠岡は自分の力で立ちあがった。

「くそ……。俺だってあの女に惚《ほ》れてたんだ……。それを、寄ってたかって莫迦《ばか》にしやがって……」

喚《わめ》きながら雨のなかを歩きだした。

後ろから走り寄った佐代子が、ビニール傘を開いて差しだすと、ひったくるようにして遠ざかっていった。

佐代子が私のほうを見つめた。咎《とが》めだてする視線が痛かった。

目を逸らした私は、さらにもうひとり、佐代子と同じような目つきでこっちを見つめる女に気がついた。

小柄な女だった。

喪服を着込み、右手に数珠《じゆず》を持っていた。その数珠と同じかそれ以上の大きさの真珠を指にはめていた。ふたえの大きな両目と高い頬骨が印象的で、眉《まゆ》は描いているようだった。鼻梁《びりよう》のくっきりした鼻。唇は厚めで、ちょこんと尖《とが》った下顎とのバランスのなかでは、いっそう明らかな存在感を主張していた。五十を超えているのは確かに思えたものの、いくつかと考えるとなんともいえない。そんな感じの女だった。それに、ほんの一瞬だったものの、どこかで彼女のことを思いおこさせる雰囲気を持っている気がした。雰囲気というのは違うかもしれない。だが、顔立ちでも躰《からだ》つきでもない何かが、私のなかで彼女の記憶を掻《か》きたてた。

女はほんの短い時間だったが、私の視線を真正面から捉《とら》えると、すっと躰のむきを変えた。

斎場の受付にいた弥生に香典袋を渡して記帳を済ませ、礼儀正しく頭を下げた。入口から覗《のぞ》くと、祭壇に線香をあげ、じっと両手を合わせている背中が見えた。撫《な》で肩で華奢《きやしや》な背中をしており、束ねた髪の下から覗くうなじが細かった。

「知ってる人か？」

隣りにいる佐代子に小声で尋ねてみた。

「ううん。どこかの店のママなのかもしれないけど、私は知らない人よ」

焼香を終えた女は、顔を伏せ気味にしてこちらに近づいてきた。

弥生が清めの塩を差しだした。むこうの建物の二階に簡単な食事が用意してあると告げると、ゆったりと微笑んで頭を下げた。

私の横をかすめて表に出、屋外廊下を歩いていった。

受付で記帳した名前を確認すると、《佐藤花子》と書かれてあった。

「銀座のママかしら」

佐代子がいった。笠岡と出逢った頃の彼女が銀座にいたという話を、佐代子も聞いているらしい。

私はといえば、違うことを思っていた。どう考えても、銀行や郵便局の書式見本に書かれてある名前のように思えたのだ。

佐代子たちのもとを離れて女を追った。

5

ロビーには人気がなかった。

香典返しの品を展示した売店も今は閉まっており、事務所も蛍光灯に照らされているだけで、中に人はいなかった。エントランスを入り、横切って階段を目指す途中で、ロビーのいちばん奥に設《しつら》えられている長椅子に女のすがたを見つけた。

女は私のほうに横顔をむけ、硝子越しに降る雨を見つめてたばこをふかしていた。

私が近づくのを、硝子に映る影で知っており、椅子の横に立つと顔をむけてきた。

「隣り、よろしいでしょうか」

私がいうと、微笑んだ。「どうぞ」

間近に見て、驚いたことに、かなり歳がいっていた。遠目の印象よりも、どう見ても十近くは上で、六十は確実に過ぎている。同時に、かつてはほとんどの男が振りかえりたくなったにちがいない美人であることもはっきりした。左手の薬指には指輪はなかった。真珠をはめているのは、右手の中指だ。

「佐藤さんとおっしゃるんですか？」

尋ねると、「ええ、佐藤です」と鸚鵡《おうむ》返しに答えた。

「失礼ですが、彼女とはどういうお知りあいなんでしょう？」

「むかしの知りあいです」

私が名刺入れを出しかけると、女は首を振ってとめた。

「名刺はけっこうです。栖本先生ですね」

「私をご存じなんですか――」

「ええ」答えたきり、つづきをいおうとはしなかった。

たばこの灰を灰皿に落とした。

「なぜ私を知ってらっしゃるんです？」

無言でたばこを唇に運んだ。

「さしつかえなければ、彼女とどんな関係なのか教えていただけませんか」

女が微笑んだ。

「何がおかしいんでしょうか？」

「ごめんなさい。おかしいわけじゃなくて、歳をとると、こうして時々まともで自然な話に出逢えるもんだと思って、なんだか嬉《うれ》しくなりましてね」

私のほうが口をつぐむ番だった。

「弁護士さん、あんた、あの子に惚れてたんですね」

道でも尋ねるような口調だった。

「自然とは、どういうことです？」

「決まってます。こうして、先生があの子の通夜をしてることですよ」

「――――」

「あたしらにゃあ、小難しいことはわかりませんから、法律的にどうかなんて知りませんがね。惚れた男が、相手の女の葬儀をする。誰が送ってやるよりもいちばんいいことですよ。違いますか、先生」

「あなたは誰なんです？」

「暸子の古い知りあいだと申しましたでしょ」

「ちゃんと聞かせていただけませんか」

女は口を閉じたまま、私の顔をじっと見つめた。咎めるでもなく、はぐらかすでもない視線だった。そうして見つめられて居心地のいいわけはなかった。ましてや、大きな青痣《あおあざ》をこしらえて片目を腫《は》らせている顔だ。

「顔に、何かついてますか？」

「いいえ」

女はまた首を振り、半分ほどが灰と化しているたばこを消した。

そのとき私は、女が私の顔を見ていた視線の意味に気がついた。同時に、女が水商売の人間ではないことを確信した。女が私を見つめたのは、顔の傷に興味があったわけでも、咎めるわけでもはぐらかすわけでもない。そうしていれば、相手が気後れして話題を変える。そんな環境に慣れた暮らしをしてきた者に特有の視線だ。

客商売であるわけはなく、逆に、周りから気を遣われることに慣れた女。

――いったい何をしている女だ？

「自然なことかどうかはわかりませんよ」

私がいうと、女は小さく首を傾げた。

「なぜですの？」

「正直申しますと、ずっと通夜の席にすわりながら、どうして自分がここにすわってるんだろうって、胸のなかで何度も自問してたんです。私は小林瞭子の夫だったわけでも、身内だったわけでもない」

いったん言葉を切った。

「それに、御存じでしたか。彼女は、小林瞭子という女でもなかったのかもしれないんです」

女は私のほうを見ようともしなかったし、横顔から窺《うかが》える表情を動かすこともなかった。

「おっしゃる意味がよくわかりませんけれど、とにかく、新聞では、あの子には身寄りはないと伝えていたはずですね。親身に思ってくださる方が、こうして送ってやるのがいいことですよ」

「彼女に身寄りがあったかないかなど、新聞では何も伝えていませんよ」

私が見つめると、女はいたずらを見咎められた子供のような笑みを浮かべた。右の頰に靨《えくぼ》が出て、歳と不釣りあいに可愛らしくもあった。実際のところは、大してしくじったとも思っていないように見えた。むしろ、どこかでやりとりを楽しんでいるらしい。

「教えてください。あなたは誰なんです。彼女について、何か知ってらっしゃるんですね」

「ねえ、先生。私のほうも正直に申しますとね、ここに来たのは、あなたに会ってみたかったんですよ。五年前に別れた女の葬儀を、生真面目に自分でやろうとするのがどんな男か、ぜひ見てみたいと思ってね」

私は何もいわなかった。相手の話のペースに引きずられがちなのを感じて、不愉快だった。

「答えてくれませんか。あなたは誰なんです」

「つまらないことを訊《き》くのはおよしなさいな。だから、あなたに会ってみたかっただけの女です。それじゃあ、いけないかしら」

今度は、子供をたしなめるような口調になった。

「あの子は、小林瞭子としてあなたが弔ってやった。それでいいんじゃないかしら」

「そんな話で、納得できると思いますか。あなたはいったい、誰なんです。知っていることがあるのなら、話してください」

「ねえ、先生」

「栖本という名前があります」

「なら、栖本さん。惚《ほ》れてたんでしょ。それならば、どうしてあの子の全部を知る必要があるの」

「────」

「世の中にも、男と女のあいだにも、知る必要のないことがある。そんなふうには思えないかしら」

私は言葉を選んでいた。

いや、そうじゃない。何と吐きつければ女の腹を探れるのかを考えているつもりだったにもかかわらず、実際は、女から吐きつけられた言葉自体を考えこんでいたのだった。

「──放っておけといいたいんですか」

「そういうことです」

「私は、知りたいんです」

「惚れてたから、なんていわないでね」

「山岸文夫と渥美嘉信の事件はご存じですか?」

「つまらない質問をするのはおよしなさいといったはずよ」

ぴしゃりとしたいい方だった。

ざわめきがロビーに響き目をやると、佐代子たちの一団が、エントランスの自動ドアを入って階段へむかおうとしているところだった。

女は黙って私を見つめつづけていた。先ほどと同じ視線だった。私は気後れすることも、話題を変えることもしなかった。

「彼女がなぜ小林瞭子として生きなければならなかったのかという理由と、このふたりの事件とは関係がある。私は、そう思っているんです。彼女は最近、この事件を調べていた。だから、殺されたんじゃないかとも思っています。もしもあなたが何かをご存じならば、教えていただけないでしょうか」

「それがあの子のためだというの」

「そうです」

「私は何も知りません。たとえ知っていたとしても、きっと教えたくはないでしょうね」

「佐藤さん」

「栖本さん、どうして男性というのは、そうやって全部を理屈で考えようとするのかしらね」

「そんなことじゃない」

「じゃあ、何なの」

「事件は事件です」

「事件だとしても、あなたが真実とやらを解きあかす必要がどこにあるんです」

私が黙りこむと、女は口調をゆるめてつづけた。

「ねえ、おばあちゃんが、ひとついいことを教えましょうか。女なら誰でも、愛した男に受け入れてもらいたいと考えるわ。自分のことを理解して、受けとめてほしいと望んでる。でも、それは、何もかも知ってほしいってこととは違うの。そして、あの子は女だったのよ。死んでしまったあとだって、同じじゃないかしら」

「…………」

「栖本さん、よく考えてみてくださいな」

女は私を見て微笑んだ。その瞬間に、気がついた。

視線だ。さっき遠目に見たとき、なんとなく彼女と似ていると思ったのは、目の感じがそっくりなのだ。微笑みがそれをはっきりさせた。紛れもない穏やかな微笑み。だが、たぶん穏やかすぎる。

私は楽天家ではなかった。穏やかすぎる微笑みとは、決して相手を認めているわけじゃない。何かが通じないとあきらめている。

五年前の彼女もそうだった。

時の経過とともにはっきりした。彼女がいなくなってしまってから、私を苦しめたのは、あの微笑みだ。

彼女が浮かべていた微笑み。――私はそこに、様々なものを見てきた。出逢った夜は、話の合う相手を見つけたと感じたにちがいない彼女の安堵《あんど》を、ひと月ほど経ってふたたびあのスナックを訪れたときには、私と同じぐらいは彼女も私と会いたがっていたにちがいないというときめきを、親しくなってからは喜びを、躰《からだ》の関係ができてからはそれらのすべて――安堵ときめきと喜びにくわえ、それがまだ当分はつづくはずだというふたりのあいだの了解を、私は彼女の微笑みから感じてきた。

唯一感じられなかったもの。それは、彼女が何かを私に決して告げるつもりはなかったということだ。隠しつづけていたからこそ、彼女の微笑みはあんなにも穏やかで、優しく、柔らかく、深かった。当時の私には、そのむこう側に何かがあるということさえ感じとることができなかった。

安らぎがあった。私は誰といるときよりも穏やかに微笑むことができた。それが快かった。子供じみた感慨だとわかっていても、本当の自分にもどれる気がしたのだ。だが、彼女のほうは……。

「待ってください」

去りかける女のあとを追った。

「待ってください。まだ、話は終わっちゃいないんだ」

女は振りむかなかった。横に並んでもなお、私のほうを見ようとはせずにロビーを横切った。自動ドアを抜けて表に出た。同時に私は、なぜ女が私の名刺はいらないといったのか、あらかじめ私の名前を知っていたのかを悟っていた。

デカい男は、私を無表情に見つめるだけで、何もいおうとはしなかった。大男の立つ後ろに、大男と同じようにじっとリムジンが控え、女が乗りこむのを待っていた。男が傘を開いて差しかけると、女は屋外廊下から駐車場に降りた。

私が追いすがろうとすると、男は彼女に傘を差しかけたまま顔だけこっちにむけ、薄く微笑みながら首を振って見せた。

「雨に濡《ぬ》れるぜ。中へもどれよ」

「どいてくれ。もっと訊きたい話があるんだ」

吐きつけたものの、それ以上前に出ることはできなかった。躰のほうは正直で、すでに心臓が内側から胸を激しく叩《たた》いており、肋《あばら》はきりきりと痛んで二度とあんな目に遭うのはごめんだと主張し、両脚が地面に張りついていたのだ。

女はゆっくりとリムジンに乗った。

男がドアを閉めた。ウインドウには遮光フィルムが貼ってあり、女のすがたが影になった。

運転席にむかおうとする男の肩に手をかけると、ゆっくりとこっちを振りむいた。すっと肩に視線を流した。私は手を放すしかなかった。

男はリムジンの鼻面を回って運転席にむかった。私は後部シートの窓を叩きながら、「待ってくれ」と叫び声を上げた。女の影はこっちをむこうともしなかった。

いうべきかどうか迷ったまま、車が動きだす気配を感じると、結局口が動いていた。

「わかってるんだ。あんたら、宇津木組の人間なんだろ。どういうつもりで、この一件に関わってるんだ。犀川興業と、ことを構えるつもりでいるのか」

動きだした車が停まり、後部シートのウインドウが開いた。

女は無表情に私を見た。

「栖本さん、あなた、私が想像していたよりもずっとわからず屋のようね」

「莫迦《ばか》をいわないでくれ。こんな話で、納得できる人間がいると思ってるのか」

運転席のドアが開きかけた。

大男が雨のなかに降りようとするのをとめてから、女はあらためて私を見た。

わざとらしくため息を吐き落とした。

「それじゃあ、こう話したらわかってくれるかしら。これはあなたたちの世界の出来事じゃないのよ。私に、黙ってすべてを任せてちょうだい。近いうちに、片がつくわ。私たちのやり方でね。裁判とも、弁護士とも関係ない。違う世界には、違う世界の片のつけ方があるってことはわかるわね。こっちの世界ではじまったことは、こっちの世界で片をつけて終わらせる。それが、道理っていうものでしょ。あなたはあの子を送ってあげてちょうだい。あの子は、小林瞭子として瞑るのがいちばんいいの。あなたがすべきは、何かをほじくり返すことじゃない。それが愛情だなんて思いたがるのは、男たちのいちばん悪いところよ」

返す言葉がない私の前で窓が閉まり、リムジンは雨のなかに消えていった。

「いいわね。それが、あの子のためなのよ」

そんな言葉を、最後に残したまま。

雨の音がするだけで静かだ。

佐代子が呼びにやって来たとき、私は彼女の祭壇の前にすわっていた。

写真の彼女は、五年前のまま、五年前の微笑みを私にむけていた。

あの頃、彼女が微笑みの後ろに何かを隠し、私にそれを見せようとしなかったのも当然なのだと、そんな気がしてならなかった。

「今度は光の下をいっしょに歩かないか」

彼女にいったことがあった。そんなふうにいってみれば、喜ぶような気がしたのだ。

実際は半年ほどの時間のなかで、いっしょに太陽の下を歩いたことさえなかった。私には忙しくしていることが唯一の支えであり、彼女のことを思いだすのは酒を飲みだす時間になってからか、酒を飲みだしてからか、酒を飲むのにも疲れてからかしかなかった。

いや違う。そんなことではなかった。私は、彼女のことを、いつでも見たいようにしか見ていなかったのだ。固い殻の内側に、とてつもなく柔らかな笑顔を持った女。だが、その笑顔のなかに、私は自分の見たいものを見ようとしていただけだ。誰からも何も期待されない落ち着き場所。期待されていることは、ただ一定の時間だけ、私がそこにいることだけ。

それは、私が勝手に思い描いていただけの場所だ。

離婚のきっかけとなった人妻との不倫だけじゃない。離婚した独り身の弁護士という肩書きが呼び水になって、その後も私は何人かの女たちと関係を持った。限定した何時間か何週間か何ヶ月かのあいだ、都合のいい錯覚を押しつけあって、限定した時間を共有した。人生よりはずっと短いひと時を。

――彼女と過ごした時間も、本当はただそれだけのことにすぎないのではないのか。

「あら、たばこを喫うんだったの？」

尋ねてくる佐代子に微笑みをむけた。

「ほんの時折りな」

佐代子は横に並んですわった。

「むこうはどんなだい？」

尋ねると、「そろそろどんちゃん騒ぎの宴会と化してきたわ」と明るい声を出した。「親しかったお客さんも、何人か残ってくれたものだから、店の子たちも半分はお店にいるみたいな気分で盛りあがっちゃってるみたい」

私はうなずいて見せながら、セブンスターを唇に運んだ。およそ半年ぶりのたばこにくらっとなったのは、最初の一服だけで、今はもうそんなことはなかった。

「さっきの人は、誰だったの？」

「西上隆司たちを使っている人間だと思う」

「――じゃあ、宇津木組の人間ってこと？」

「ああ」

しばらくしてから、訊いてきた。

「どうしたの、栖本さん。変よ。あの女とどんな話をしたの？」

「いろいろとな」

「いろいろって、何よ」

佐代子をちらっと見たが、視線に出くわしてすぐ正面をむいた。

「きみから訊かれた、彼女のことを信じてるのかという話な」

「――――」

「彼女は俺に、自分の過去を探ってほしいなどと望んでいるんだろうか」

「――どういうこと？」

「うまくいえないんだが、ほんとに彼女を信じているのなら、彼女の過去を探るんじゃなく、ただ黙って見送ってやるべきなんじゃないか。そんな気がしたんだ」

「あの女からそういわれたの？」

「ああ」

くそ、と思った。今の私は、自分であきれるぐらいに正直だ。正直者で素直な三十五歳。あの女にいわれたからじゃない。私の心のなかに、ずっとこの問いがあったからこそ、あんなに狼狽《うろた》えたのだ。こんな状態のときに、誰にもそばにいてほしくなかった。

たばこを灰皿にもみ消し、すぐに次のたばこを抜きだした。

「五年前な」

煙を吐きながらいった。「俺は、たぶん彼女に俺のことを押しつけていたんだ」

佐代子は何も応えなかった。

「会えることがいつでも嬉《うれ》しかった。家庭の話はもちろんだが、自分の仕事の話も、生い立ちも、俺は話そうとしなかった。だが、話さないままでも、たぶん俺は俺自身を彼女に押しつけていたんだ」

「しっかりしてよ、栖本さん。いったい何を考えてるの」

すまん。混乱しているだけだと、私は言葉を押しだした。

「相談事があるという伝言が電話にあったんじゃない。ママは、あなたに何かを聞いてほしかったのよ」

「だが、それが何なのかはわからない」

「だから探っているんじゃない」

「それが彼女の望んでいることだとはかぎらない」

「今もそうよ」

「なんだと――？」

「あなたはただ、自分で悩んでいれば、答えが出ると思ってるだけ。ママはそんな男には、きっと何も知ってほしくなんかないと思う。知ってほしいのか、ほしくないのかはあなたが決めることじゃない。さっきのあの女が決めることでもないわ。違う、栖本さん。どっちなのかわからないけれど、好きなら知りたいと思う。そうでしょ。私はこんな女だし、あなたから見れば、ほんの子供でしょ。でも、そんなふうに悩んでいるあなたのすがたを、ママが見たくはないってことはわかるわ。あなたはきのう、ママの何かを信じてるといった。好きだから知りたいっていうのじゃ、なぜいけないの」

「やめてくれ」

私は佐代子の声を遮った。

目の光の強さにたじろぐ気持ちを抑え、佐代子にむかって微笑みかえした。

「確かに、きみのいうとおりだ」

6

精進落としの部屋は、確かにすっかり宴会と化していた。和室で、十二畳ぐらいはありそうな長方形の部屋だった。

私はビールをつづけざまに二杯ひっかけた。一杯めは佐代子が、二杯めは弥生が注いでくれた。

「ちょっと、カズちゃん」と、弥生は自分のグラスにビールを注ぎたしながら、隣りのテーブルでこっちに背中をむけている娘に呼びかけた。

「さっきの話を、もう一度弁護士の先生にしてちょうだいな」

呼ばれて振りむいたのは、ショート・ヘアで少し太めの娘だった。目がきょろっと大きくて、普通にしていても何かに驚いているような感じがした。酔いはじめているらしく、顔全体がほんのり赤い。今までむこうでしていた話の名残りで笑いを浮かべていた。

弥生から「しゃきっとしなさい」といわれて無理に真面目ぶったような顔になり、「和美《かずみ》です」と、頭を下げた。

弥生が私に顔をむけた。

「ママと私で手分けして、なるべく店全体に目を行きわたらせるようにしてたんですけどね。この子と話しているうちに、だいぶ記憶がはっきりしてきたんだけど、やっぱり私は、そのお客さんたちのテーブルには付いてなかったんですよ」

「それじゃあ、あの夜の客たちには、弥生さんじゃなくママのほうが付いたわけですね」

「ううん」

と、横から和美が口を出した。

「席には付かなかったわ。ずっと付いていたのは、私とミー子で、あとひとりが何人か入れ替わったけれど、ママは軽く挨拶《あいさつ》に来ただけ。お客さんは四人だったから、こっちだって三人付けば充分でしょ。お店が込んでいる時間帯だったら、ふたり付くのがせいぜいよね」

弥生が「よけいなことはいいの」とたしなめるのを遮るように、

「売掛帳によると、お客は四人じゃなく、五人だろ」

と訊《き》いた。

娘はびっくり眼《まなこ》をきょろっとさせた。

「ああ、それはね。ひとりはホステスだったから」

「客が連れてきた、別の店のホステスってことかい」

「そう」

「それで、あとの四人の名前はわかるかな」

尋ねると、弥生のほうが私に名刺を差しだした。

「さっき、この子に探させて預かってたんです。お客さんのひとりは、この名刺の、羽田牧夫《はだまきお》さんって方でした」

しっかりした女だ。彼女が店のチーママとして選んだわけがわかる気がした。

「羽田ってのは、やな親爺《おやじ》だったわよ」

和美がいった。

「ひとりだけべろべろに酔ってて、何かっていうと私の躰《からだ》に触ろうとしたの。いやらしいったらありゃしない。こっちに来ることがあるなら連絡をくれ、なんていって、名刺をお店の子たちにばらまいてたわ。ミー子にも渡してたし、ちょっとすわっただけの、ほかの子たちももらってた。あれって、時々新聞なんかに書かれてる、業者との癒着、ホステス付きの接待ってやつよね」

「ちょっと黙ってなさい」弥生が叱りつけた。

私はといえば、満足な気持ちで名刺の肩書きを眺めていた。

羽田牧夫という男は、工場誘致を行なった市役所の人事課長だった。

「なぜ業者との癒着って感じがしたんだい？」

「なぜっていわれると困るけれど、わかるわよね、そういうのって」

後ろのほうは、私をではなく弥生と佐代子を見ていった。

「思いだしてくれないかな。ほかの三人は、何という男だったんだろう。ふつうきみたちは、なるべくお客の名刺をもらおうとするだろ。この連中には、そうしなかったのかい」

「だからね、羽田ひとりだけ、名刺を配りまくってたのよ。私たちのほうじゃ、他のお客さんのももらおうとはしたけど、なんかいばった感じで、くれなかったの。ミー子ならもらってるかもしれないけれど。だって、ミー子が連れてきたお客さんだから」

「お客同士、なんと呼びあっていたかは憶《おぼ》えてないかな」

「それがね——、さっきいわれてから、よく思いだそうとしてるんだけれど」

「犀川って名前は出てこなかった？」

佐代子が尋ねると、しばらく思案してから首を振った。

「出てこなかったと思うよ」

「確かね」

「硯岡建設の、木下荘六という男宛てに請求書が切られてるんだが、そんな名前は聞かなかったかな」と、私。

「あ、それは聞いたわ。そうそう、ひとりは木下さんって呼ばれてた」

いってから、びっくり眼をいっそう大きくした。

「ちょっと待って。それから、もうひとりは、たしか事務長さんって呼ばれてたみたい」

「——事務長」

私は言葉を転がしながら、そんな役職の存在する職業をいくつか思いうかべた。少なくとも、ふつうの会社じゃないことはたしかだ。

「話題から、その男の職業が何だかわからなかったかな？」

和美はまた頭をひねってくれたものの、結果としては無駄な努力を強いたことにしかならなかった。

「そうすると、羽田以外のひとりは、硯岡建設の木下で、もうひとりは事務長と呼ばれていた男。最後のひとりは、どうだろう？　やはり、役職で呼ばれてたかな」

「どうだろう……。違う気がするけれど、ごめんなさい。思いだせない……」

「あきらめないで、考えてみてくれ。さっききみは、業者との癒着っていったけど、どうしてそんな感じがしたんだろう。接待されている感じがしたのは、誰だい？」

「羽田と、事務長って呼ばれてた男よ」

「じゃあ、残りのもうひとりと木下とが、接待する側ってことになるね。その男も、硯岡建設の人間のようだったかな」

「――ええと、それは違う気がしたわ」

「木下とその男は、お互いにため口を利いてたかい？」

「ふたりとも、敬語を使ってた」

「この四人の人間関係で、他に何か思いついたことはないかな」

「事務長って呼ばれてた人と羽田とは、ふたりとも同じ、むこうの町の人だったと思う」

「なぜそう思うんだい？」

「そうね。時折り、自分たちだけに通じるって感じのローカルな冗談をいってたし。そういえば、もうひとりの男は、瀬戸内海と東京とを行き来してるようなことをいってた。なんとなく、羽田って男たちふたりと木下って人との中間に立つ感じで、場をもたせてた気がする」

頭の隅を、ひとつの名前がよぎった。

犀川興業があの町に持つゴミ処理場について、難癖をつけた弁護士である私に対し、犀川靖があの町から呼びつけた、猪首《いくび》で暗い目をした男だ。

「その男は、天野という名前じゃないか？」

和美は、喉《のど》に刺さっていた骨が取れたという顔をした。

「そう、天野よ。そう呼ばれてた」

――犀川興業の天野と硯岡建設の木下とが、ふたりであの町からの客をもてなしていた。そういうことになる。硯岡建設とあの町との関係はいよいよ大だ。

「さっきの話なんだが、この連中が来たとき、店はそれほど込んではなかったんだね」

「ピークってわけじゃなかったわ」

「どうしてママは、席にすわらなかったんだろう。そんなふうにお客を放っておくってことが、よくあるのかい？」

「ごめんなさい。いい方が悪かったかしら。席に完全にすわらなかったわけじゃないのよ。もちろんちゃんとご挨拶はしたわ」

「すると、ママなら名刺をもらってるね」

「うん、もらってたと思うけど」

「席についた時のママの様子で、何か気になることはなかったかな」

「気になるって、どんな？」

「たとえば、客のなかの誰かを知っているようだったとか」

「――そんな感じはしなかったけれど」

「客のほうはどうだい？」

「そんな感じはなかったよ」

「きみはその時、ママが挨拶だけで立って他のテーブルに移動したのは、どうしてだと感じたかな」

「ちょっと待って――。そういわれても……」

「その客たちがすわってた席がどのあたりだったかは、憶えてるかい」

「うん。憶えてるわ。そっか、たしか、奥のテーブルにもっと大人数のお客さんがいて、ママのお馴染《なじ》みだったんじゃなかったかな。それで、むこうへ行ったのよ」

「呼ばれて行ったのかな」

「ううん、挨拶だけして、すっと腰を上げてそっちへ行った感じだったと思う」

この四人の客の誰かに会って驚愕《きょうがく》したにしろ、彼女はそれを、少なくともこの娘の目から押し隠すことには成功したらしい。

羽田たちが飲みに来た夜、テーブルにきちんと付かなかったということは、彼女にとって、この男たちの会話が問題だったわけではないはずだ。この四人の誰かと再会したことが問題だった。あるいは、全員もしくは誰かと誰かの関係を知ったことが問題だったのかもしれない。

それが彼女を過去に引きもどすきっかけとなったのではないのか。頭に浮かぶのは、山岸文夫と渥美嘉信の死に絡んで黒い噂が出た、当時のあの町の汚職疑惑以外にはなかった。

「ところで、ミー子は、今夜は来てるのかな？」

尋ねると、佐代子が代わって口を開いた。

「一時期いた子なんだけれど、もう辞めてしまったのよ」

私はうなずいてから、和美のほうに顔をもどした。

「さっききみは、連中はミー子が親しかったお客さんだといったね。その中の誰と親しかったんだろう。事務長といわれてた男かな、それとも、羽田かな」

「ううん。ふたりじゃないわ。天野って男がミー子を知ってて、他の連中をうちに連れてきたのよ。ミー子ならもっといろいろ知ってるんじゃないのかな。あの日も、飲みに誘われて、お店が終わったあといっしょに行ったみたいだし」

「それは確かかい？」

「うん」

「ミー子の本名は？」

「浅間喜美子《あさまきみこ》だったと思うわ」今度は弥生が答えた。

「本名のままで、キミちゃんって呼んでもよかったんだけれど、前のお店でもみち子でとおしてたっていうんで、そう呼ぶことにしたんです」

「辞めたのはいつです？」

「今月のはじめだったかな」

「働いていた期間は?」

「二、三ヶ月ぐらいしかいなかったですね」

「辞めた理由は?」

「ごめんなさい。ママならくわしく聞いてたかもしれないけれど。でも、私が知るかぎりじゃ、とりたてて理由はいってなかったと思うので、たぶん他の店を見つけたってことだと思うけど」

佐代子がこっちを見た。

「ねえ、ミー子に会って話を聞くのは、私にやらせて」

「頼む」

私はうなずいて見せてから、和美のほうに顔をもどした。

「ところで、連中といっしょに来たホステスだけど、名前を覚えてるかな」

「本名かどうかはわからないけど、ケイ子って呼ばれてたわ」

「どこの店の子だかわかるかい」

「ううん、東京の子じゃないの。やっぱりむこうの町から付いてきたのよ」

「特徴を思いだしてほしいんだが、どんな子だったかな」

「私よりももっとちっちゃかったよ。毛は長くて、ちょっと茶髪が入ってたな。そうそう、鼻の頭にちっちゃなほくろがあって、気にしてた」

「羽田と事務長の両方に、ただ付いてきたのかな。それとも、どっちかと特別に親しそうに見えたかい」

「事務長さんね。ずっと事務長さんの隣りにすわってた」

「店の名前を思いださないか」

「《マーメイド》。たしかそういってたわ」

私は和美にビールを注いでやった。

これで質問が終わったわけではなかった。天野以外の三人のくわしい特徴を、さらに根気よく尋ねはじめた。


清野が見つけてくれた信用調査所の調査員と会うのに、いくらなんでも喪服ではやりにくい。着替え用の部屋を借りて、ツーリスト・バッグのスーツに着替えた。中野と新宿は目と鼻の先だ。飲みなおすつもりになっている店の連中といっしょに、地下鉄に乗って移動した。私が誰に会うのかを説明すると、佐代子はいっしょに来たがったものの、何度か首を振って見せてから「彼女を賑《にぎ》やかに送ってやれよ」というとあきらめた。

「それじゃあ、時間があったら栖本さんも合流して。けっこう遅くまで飲んでると思うよ」

そう告げ、走り書きした店の電話番号を残していった。

待ち合わせのバーに入ったのは、九時少し前だった。店内を見渡し、聞いていた歳格好の男がいないことを確かめてから、入口の見える席にすわった。アベックと、それなりのステイタスのありそうな身なりの男たちで賑わう店だった。

初対面の男から話を聞くのに、酒臭いのは遠慮したほうがいいとは思ったものの、バーを指定したのは相手だと思いなおしてマティーニを頼んだ。すでに私は酒臭くもあった。

九時を回っても、それらしい男は現れなかった。連絡を取る方法はないのだから、待つしかない。アルコールをちびちび啜《すす》っていても、たばこを喫いたくはならなかった。つい数時間前に、禁煙を破ってたばこに火をつけた自分を滑稽《こっけい》に思った。心覚え用の大学ノートをテーブルに開き、あの《佐藤花子》と名乗った女とのやりとりと、その後和美から聞いた話とを細かく思いだしながら、バーには不釣り合いな熱心さでメモを取った。

目が疲れると、窓の外に拡がる新宿のネオンをぼんやり見つめた。雨のせいでいっそうけばけばしく見えた。

結局、書きだすことがなくなり、興信所の長谷が西上を見いだしさえすれば、するすると糸がほぐれていくはずだと考えておくことにした。あの女たちのほうでも、私が西上と宇津木組のつながりに気づいた可能性を予測しているにちがいない。だから西上は店を閉め、マンションにもいなかったのではないかとの危惧《きぐ》がよぎりかけたが、今は考えたくはなかった。

携帯電話が鳴って、慌てて取りだすと佐代子だった。

「さっき教えた店とは違うところに落ち着いたので、電話をしたの」

私は店の場所の説明を聞き、電話番号を書きとった。

「どんな感じ?」

「まだ先方が現れないんだ」

それだけ告げて電話を切った。

この男だろうと思える人間が入口にすがたを現したのは、九時半近くだった。

だいぶ白髪が混じりはじめている髪を、オールバックに固めている。身長も痩《や》せ形の体型も、清野からいわれていたとおりだった。眼鏡はしておらず、目つきがそれほどよくはないという話だったものの、実際はやぶ睨《にら》みに近かった。申しあわせのとおりに、丸めた週刊誌を持っていた。

私はテーブルから立ち、男にむかって頭を下げた。

男の視線が私を捉《とら》え、テーブルのあいだをぬって近づいてきた。

「栖本先生ですか」

声をかけてきた。微笑んで見せてもまだ、やぶ睨みの目はそのままだった。手に持った週刊誌は、あまり品のいいものではなかった。

「白井さんですね」

私は内ポケットに手を入れた。名刺交換を終えて席にすわった。やってきたバーテンダーに白井はビールを頼み、私はマティーニを追加した。

「忙しいところを、時間を割いていただいてすいません」

あらためて頭を下げた。

「いやいや、とんでもない。私のほうこそ、すいませんね、お待たせしちまって。ちょいと引っかかってる調査で、思いのほか時間を取っちまいまして。ただね、せっかくなら当時の手帳ぐらい、さらっといたほうがいいかと思いまして、それから事務所に寄ってたんですよ。小林瞭子さんという女性の調査について、お知りになりたいってことでしたね」

「そうなんです」

「ただ、こりゃ釈迦《しゃか》に説法でしょうが、私らも一応は秘匿義務があるものですからね。事情を伺って、お答えできる範囲でお答えするってことしかいえないですが、いいでしょうか」

「もちろんです」

実際に言葉を交わしあうと、白井という男の印象は変わった。

清野伸之とどことなく共通する落ち着きと押しだしが備わっており、ただ目の前にいるかぎりは清野と同様、誠意と熱意に満ちたセールスマンか、真面目一本槍《やり》の役場の人間といった感じをさえ抱かせかねなかった。

遠目に感じた斜《はす》に構えた印象のほうが本性なのかどうかは別にして、話しているとそういった印象は、すっぽりと覆い隠されてしまっている。調査員という仕事で何人もの人間と会うなかで、自然に身に付けてきた他人との接し方なのだろう。

白井はやってきたビールに口をつけ、唇の泡を拭《ぬぐ》いながら古い手帳を取りだした。

「うちの場合、調査報告書のコピーは五年で処分しちまうもんですから、あとは個人のメモに頼るしかないんですよ。それで、何をなぜお知りになりたいんです？」

「八年前に、三春に建設された福祉センターのために、土地を買いあげる必要があって、小林瞭子さんの居所を探した。そう聞いているんですが、よろしいでしょうか」

「ええ、そのとおりです」

「小林瞭子さんには、お会いになりましたか？」

「そりゃ、依頼を果たしたわけですからね。会ってますよ」

私はポケットから彼女の写真を出した。

「何年も前のことだから、当然記憶は曖昧《あいまい》だと思うんですが、ちょっと写真を見てもらいたいんです」

「ちょっと待った」白井は私を制し、やぶ睨みの目を歪《ゆが》めて微笑んだ。

「先生、順序が違いますよ。私は、事情を伺って、お話しできる範囲のことだったならお話しすると申しあげたはずです」

人当たりのいい顔の奥から、鋭いものが覗《のぞ》いていた。

私は詫《わ》びた。「すいません。最近の新聞はご覧になりましたか。じつは、この女性は殺されたんです」

「殺された？」

「練馬で起こった、クラブのママの殺人事件です」

ああ、そういやあ、といった顔をした。

「そうか、あの事件の被害者が、小林さんだったんですか。ママになってたわけですね」

「ママになってた、とおっしゃると、当時も同じような仕事を？」

「ホステスでしたよ」

五年前に根津のスナックで出逢った時に、なんとなく感じた印象はまちがっていなかった。

やはりそれ以前から、客商売をしていたのだ。

それで、と促してくるのに、間を置かずに告げた。言葉を選んでいる印象を与えたくなかったのだ。

「この事件の背後には、大阪とか名古屋とか、西の組織が絡んでいるように思われるんです」

「組織が?」

「それで、小林瞭子さんの過去を調べてるんですが、私が仕事を頼んでいる興信所が、長野の信濃大町で、三春の土地の件と、そのために小林瞭子さんのことを八年前に探していた人がいたという話を聞きましてね」

「それで私にたどり着いたってわけですか」

白井はうなずき、ポケットからたばこを出した。火をつけて、パックのほうはそのままテーブルに置いた。

老眼鏡を出してはめた。

「ちょいと写真を拝見しましょう」

差しだした写真を、しばらくじっと見つめていた。

写真を返してきて、鼻にずらしてかけた老眼鏡のレンズをさけて上目遣いにこっちを見た。老けた印象に加えて小ずるそうな印象が漂った。

「なにしろ、八年前ですからな。すいません、写真を拝見しても、顔はちょっと忘れちまってますね」

記憶をたどるとともに、何と答えるかをも考えていたような感じがした。そのまま何もいう気配がなかったので、私のほうから問いかけた。

「三春の本籍から、付票をたどって探しあてたわけですか?」

「そうです。そういう場合の調査は、まずそこからはじまりますからな」

「長野に電話で問いあわせたのは?」

「それは確か、住民票にあった名古屋のアパートが留守で、すぐには本人に会えなかったからで。たまたま旅行中かなんかだったんですがね、こっちも出張費がいくらでも使える身分じゃないものですから、早くに居所を探したかったんですよ」

「それで、お会いになって、三春の土地の件を持ちだしたとき、相手はどうでした？」

「どうとは？」

「どんな様子だったでしょう」

「様子ね。急にそういわれても、ちょいとね。ええと、待ってくださいよ」

手帳を繰っている振りをしたが、実際は目を走らせているようには思えなかった。

もったいをつけた態度と構えた笑顔が、この男の望んでいることを私に伝えた。

今度は私が黙っていると、「ただね」と、言葉をついだ。

「事務所にもどって手帳を探し、繰っているうちに記憶がかなり鮮明に蘇《よみがえ》ってきたんですが、ちょっと曰《い》わくありげな感じではありましたね」

「と、おっしゃると？」

「ええと、どこから話そうかな」

考えているような間を置き、

「つまり、会ったことは会ったんですが、最後には弁護士さんが出てきたんですよ」

「弁護士が？」

私が訊《き》きかえすと、深くうなずき、煙を吐いてビールを口に運んだ。

私は自分が男の望みを理解したことを伝えるため、財布を抜きだした。はっきりと要求してきたわけではないのだから、礼儀正しい男と見るべきだ。

こちらも早くに礼儀で応じるのが得策だった。

7

男の口が滑らかになった。

「私が八年前に会ったのは、確かに写真の女ですよ。相手の顔を誰でも憶《おぼ》えてるってわけにゃいかんですが、一応私もプロですのでね、ふつうの人間よりはきちっと憶えてます。それに、どうも意味深な感じもしたものですからね。それで印象に残ったんですよ」

「意味深とは？」

「門前払いを食らわされましてな」

「門前払いを——？」

「おいおい、そりゃないって感じでしたね」

「祖父の土地のことでやって来たと、きちんと用件は告げたわけですね」

「もちろんです。棚ボタの金が入るわけですからね。私なら跳びあがって喜んでますよ」

この男ならそうだろうと思ったものの、感想は述べなかった。

「話を聞いたときの、彼女の様子はどんなだったんです」

「はっきりいやあ、あきらかに顔色が変わってたんですよ。私を戸口の外に押しだしまして。私としちゃあ、何がなんだかわからない。何か勘違いをされたんだろうかと思って、何度か ノックを繰りかえしたんですがね、いくら叩《たた》いても閉じこもってるきりで、会おうとはしてくれなかったんです」

「それで、どうしたんです？」

「アパートの前で、女が出てくるのを待ちましたよ。しょうがありませんからな。ところが、ちゃっかりタクシーをアパートに呼びましてね。それに乗りこんで、走り去っちまいました。いよいよ変に思うでしょ。とにかく彼女と会って、きちんと土地を売り払う意志を聞かないことにゃあ仕事が終わりませんからね。アパートの大家を探して頼みこみまして、働く店を教えてもらい、その夜のうちに訪ねたんです」

「どんな店だったんです。名前は、憶えてますか？」

「ちょっと待ってくださいよ」

　手帳を繰った。

「《蘭《らん》》ですね。電話と所在地も控えてありますが、申しましょうか。まあ、八年前のことなんで、今でもあるかどうかはわかりませんがね」

　謝礼を払ったとたんに、持ち主の有能さを証明するための手帳に早変わりした。いいことだった。有能さなど、年中表に晒《さら》しておくものじゃない。

「それで、そこで彼女にお会いになった？」

「会いましたよ。今度は客ですからな。女のほうだって、門前払いってわけにゃいかんでしょ」

「どんなだったんです？」

「門前払いしてしまったことを、丁寧に詫《わ》びましたよ」

「理由は、何と？」

「三春にはいい思い出がなくて、夜逃げ同然に出た町だったのでなんていってましたね」

「夜逃げ同然といったんですね」

訊きかえした。彼女の口から「夜逃げ」という言葉が出たのだとすれば、彼女は小林瞭子の家庭の事情を知っていたことになる。かなり調べてから成り代わったか、元々知っている間柄だったということだ。後者なら、小林瞭子と彼女の接点はかなり大きい。小林瞭子の過去にさかのぼって探っていくことで、必ず誰か彼女の正体を知る人間に出逢えるはずだ。

「ええ。そうメモしてありますよ。そんな町のことだから、何も思いだしたくなかったし、それに、いきなりだったので、何か嫌な用件だとばかり誤解したんだとかね」

「他にはなんと？」

「夜逃げの状況についてですか？」

「それもふくめて、故郷の三春について」

「あまりくわしい話は聞きませんでしたな。とにかく、嫌な町だから近づきたくなかったと、そんなニュアンスを繰りかえして、失礼を詫びたって感じだった」

「怯《おび》えているような様子とか、平然としていたとか、どうでした？」

「そういうふうに分けるなら、平然としてましたよ。どんな手続きをすればいいのかと訊いてくるので、説明しました」

「実務的な手続きまで、あなたが依頼されてたんですか？」

「いや、それは役所とか銀行の関係もありますでしょ。私はとにかく小林瞭子を見つけだし、承諾の意志を確認しろといわれていただけです」

白井はビールを飲みほすと、「頼んでもいいですか」と確認してバーテンダーを呼んだ。オールド・パーの水割りを注文した。ご丁寧に十五年物とつけたした。誰が払うかわかっている。ボトルではないのだから大目に見るべきだ。

「彼女と話した時間は？」

「十分か、せいぜい十五分ぐらいでしたね。こっちが用件をひと通り説明し終わると、それじゃあ、って感じでテーブルから離れてしまったんです」

「それで、弁護士が出てきたというのは？」

「翌日、私の事務所に連絡が入ったんですよ。彼女に名刺を渡してありましたからね。それで、小林瞭子さんからこの件はすべて一任されたといわれましてね」

「その後の手続きは、すべてその弁護士がやったわけですね」

「ええ」

「弁護士の名前は？」

「斉木茂《さいきしげる》」

白井が手帳を繰って読みあげた名前を書き留めた。

「ありゃあ、九分九厘、あの《蘭》って店で紹介してもらった弁護士ですよ」

「なぜそう思うんです？」

「なぜって。先生方が考えるよりも、弁護士ってのは身近な存在じゃないんですよ。まして、水商売なんかの人間にとっちゃあなおさらでしょ。女を訪ねた翌日に、手早く私の事務所のほうに連絡が来るってのは、弁護士を誰かに紹介されたとしか思えませんよ」

「そう思って、調べたわけですね」

相手の目を覗《のぞ》きこんで尋ねた。

白井はやぶ睨《にら》みの目を細めた。

「ま、ちょっと気になりましたんでね。だって、そうでしょ。規定の書類にサインさえすりゃあ、金が入ってくるっていうのに、誰がいったい高い金を払って弁護士なんぞ雇う必要があるんです」

白井はやって来たオールド・パーをうまそうに啜《すす》った。高い相談料を取っている弁護士がおごる酒だ。私はバーテンにラガブリンの有無を尋ねた。酒への欲求をとめがたくなる時間帯だった。

「まあ、こういうことなんですがね。事務所からホテルに連絡が来て、弁護士が嚙《か》んできたって話を聞かされたわけです。東京にもどったあとだったなら、わざわざまた調べることもなかったでしょうが、前夜、彼女のあとで私についたホステスの電話番号も聞いてたものですからね。落ちあって、ちょいと探りを入れたわけですよ。弁護士の名前を告げますとね、そのホステスも名前を知ってましてね、ママと親しくしている客で、店に何度か飲みにきたことがあると教えてくれました」

「それで？」

「他人に金が転がりこむって話は、おおかたの人間を嫌な気分にさせるものですよ。理由のない嫉妬《しっと》を掻《か》きたてるといいますか」

「金が転がりこむという話を、そのホステスにしたわけですか？」

私は半ばあきれて訊きかえしたが、白井はこっちの心中には気づかない様子だった。

「ふつうは外にいわないだろう話を聞きだすにゃあ、そういう話をぶっつけて、相手の心を波だてるにかぎるんですよ。案の定、秘密めかして、ちょっと面白い話を聞かせてくれましたぜ」

私があきれたことを察して無視したらしい。

「その弁護士は、大阪のヤクザの顧問弁護士を務めてる男だったんです」

胸が騒いだ。

「そのヤクザ組織の名前は？」

「宇津木組。宇津木大介《だいすけ》って男が、組長でしたね」

「ご存じの男なんですか？」

店に入る時に丸めて持っていた週刊誌を、手の先で差した。

「この手の週刊誌で読んだ知識ですよ。けっこう剛胆な組長として、有名な男だったらしいですな」

「宇津木組と《蘭》のママの関係は？」

「組長の愛人だったことがあるそうで、開店資金の全額だか一部だかはわかりませんが、ぽんと出してやったのが宇津木だったそうです」

「つまり、《蘭》の経営者はむかし大阪にいたが、宇津木と手を切って名古屋に移り、店を開けた。そういうことですか」

「そうですが、手を切って、ってところはどうでしょうね。小林瞭子の件で、顧問弁護士を紹介してやってるわけですしね。それに、小林瞭子を《蘭》に紹介したのも、この宇津木だったそうです」

「宇津木大介と小林瞭子の関係については、何かいってましたか？」

「男と女の関係を想像されたんでしたら、違うようですよ。いくらなんでも、むかし別れた女の店に、自分の女を紹介はせんでしょ。なんでもママには、むかしの友人の娘だというふうに説明してたそうですね」

「友人の娘――。《蘭》のママの名前はわかりますか？」

「いや、それはどうだったかな……」

手帳を繰ったものの、顔をしかめた。

「申し訳ない。さすがにそこまではメモしてありませんな」

「ほかに、そのホステスから聞きだせた話は？」

「いや、それ以外はとりたてては」

私はラガブリンを啜った。

「話はもどるんですが、彼女が住んでたのは、どんなアパートだったんでしょう。あなたの目から見て、ホステスの収入として不釣りあいな感じはしましたか」

「それはありませんでしたよ。職場の繁華街まで、二十分ぐらいの賃貸マンションで、比較的小綺麗《こぎれい》だったと憶えてますが、むこうなら、家賃は東京よりずっと安いはずですしね」

「ひとり暮らしだったんですね」

念のために尋ねた。

「ええ、表札もそうでしたし、私の見たかぎりじゃ、男の影は感じられませんでしたね」

「彼女の写真は撮りましたか？」

「写真ね。ええ、撮りましたよ」

「いつも撮るんですか。それとも、依頼人からそう頼まれてたから？」

「だいたい習慣的に撮るんですよ。たとえ、こっそりとでもね。ただ、あの時は小林暸子の親《しん》戚《せき》に望まれたんじゃなかったかな」

それの何が問題なのかと問いたげな口調だった。


白井と別れたあと、マイ・シティーの表のタクシー乗り場に面した通路に出た。

携帯電話で、白井から聞いた《蘭》の番号に電話をしたものの、つながった先は違う店だった。電話番号は合っていた。《蘭》という店が以前にこの番号だったのだがと尋ねても、知らないといわれただけだった。念のために住所を訊《き》くと、《蘭》のものとは違っている。

名古屋にいる清野に連絡を取った。

「そりゃすごい」

白井から聞きだした話を告げると、清野はいった。

「《蘭》って店の住所がわかってるんなら、すぐに行ってみますよ。代替わりしてるにしろ、何か知ってるかもしれないし、周りの店にもあたってみましょう。じつはね、付票をたどって彼女の当時の住所を探りあてたものの、住人は全員変わってしまってて、当時を知る者はもう誰もいなかったんです。大家にも話を聞いたんですが、台帳のようなもんも残ってませんでね。今夜はもう、栖本さんからの連絡待ちしかないかなと、情けない気分になってたとこだったんですよ」

「白井を見つけてくれたのは、あなたですよ」

「いやいや」

私は彼女の通夜に来た女の話をした。

「宇津木組の関係者だと思うんです。組長だった宇津木大介と、どんな関係の女なのか」

「宇津木大介は、すでに亡くなってるんですね」

「ええ」

「西上たちを使っているのだとしたら、幹部か、あるいは宇津木本人と関係のある女と見るべきでしょうな」

「清野さん、あす大阪に移動してください」

「宇津木組の関係者を探るんですね」

「それと、宇津木大介が彼女に紹介した、斉木という弁護士です。組の顧問弁護士をしてたそうですから、きっと内情にくわしかったはずですよ。宇津木は《蘭》という店のママに、彼女のことを、旧友の娘だったと紹介したらしいんです。何かの方便かもしれませんが、本当だとしたら、宇津木の線から彼女の身元が割れる可能性もある」

「わかりました。ところで、西上のほうはどうなりました？」

「まだ長谷さんから連絡はありません。むこうでも、私が西上と宇津木組との結びつきに気づいたと予想してるかもしれませんな。

「しばらくすがたを消したかもしれないってわけですな」まあ、張り込みぐらいしかできん野郎ですから、せいぜい使ってやってください」

「見かけよりもずっと優秀な男ですね」

「髪をなんとかしろとしつこくいってるんですが、調査員らしく見えないほうがいいなどと、勝手な理屈をいいましてな」

私は笑い、電話を切った。

たった今話題にした本人のほうに連絡を取った。西上は、金髪の調査員の張りこむ自宅のマンションにはもどっていなかった。

携帯電話を内ポケットにもどし、腕時計を確認した。

佐代子たちがいるはずの店は武蔵野館の裏側で、徒歩で五分とはかからない場所だった。歩きださずに、通路の壁に寄りかかって頭を整理した。

結論を出すのに五分ほどかかった。その先、点検するのに数分を費やした。メリットとデメリットを天秤《てんびん》にかけてみれば当然の結論で、なぜ清野と話しているうちに思いつかなかったのかがむしろ不思議でさえあった。

駅前のターミナルを横断し、賑《にぎ》やかな通りをほんの一ブロックだけ歩き、店への階段を降りた時にはもう、佐代子への頼みごとははっきりしていた。

扉を開けると、こっちを見つめて微笑む佐代子と目が合った。カウンターだけが、ずっと奥まで真っ直ぐにのびる店で、彼女の両側には誰もいなかった。

「他の連中とは別れちゃったの。騒ぎつづける気にはならなかったんだもの」

私が近づき、隣りのスツールにすわるとそういった。

喪服の入ったツーリスト・バッグを背後の壁掛けにかけ、アタッシェケースをスツールの足下に置いた。

「みんなよくやってくれたよ。俺ときみだけじゃあ、満足に弔問客の案内さえできなかったんだ」

「そうね」と、佐代子はうなずいた。

「何を飲んでるんだ？」

「シンガポール・スリング」

バーテンダーに生ビールを頼んだ。

「どう、ちょっと雰囲気のいい店でしょ」

私は店を見渡した。

佐代子がたばこに火をつけた。

尋ねてくるのに応《こた》え、白井から聞いた話の要旨を説明した。

佐代子は頬杖《ほおづえ》をついて斜め前方を見ながら話を聞き、いくつか短い質問を差しはさんできた。

話しおえて私がビールを啜《すす》ると、呟《つぶや》いた。

「そっか。名古屋でホステスをしてたのか」

「大ヴェテランってわけだな」私は切れ味の悪い軽口をたたいた。

「私がね、税理士になりたいって相談したとき、話してくれたことがあったの。なりたいと決めたなら、水商売には深入りしちゃだめだって。もしも生活できるだけのお金があるのなら、店を辞めて勉強だけに打ちこんだほうがいいとさえいってた。――私には貯金なんかなかったから、週に二、三日は働かせてほしいって頼んだんだけどね」

私は無言で微笑みかえした。

「でも、それからママはこういったの。自分の場合は、水商売で生きていくことに決めてから、逆にいろいろなことがよく見えるようになったって。お客さんの人間性とか、社会のしくみとか、腹を据えて見えるようになったっていってたな」

私は「そうか」と呟いた。

「ママって、どんな人だったの？　栖本さんが知ってたママって」

予期せぬ質問だった。

「最初に思ったのは、いいヤツだなってことだった」

そういったきり、私が何もいわないので、「それから？」と促してきた。

「それから。そうだな――」

私はいくつか彼女の思い出を語った。通夜の夜っていうのはそうするためにあるのだろうと、語りながらなんとなく思っていた。佐代子の相づちがうまかったので、ひとつ語るとまた次のひとつが口をつき、気がつくとビール・ジョッキが空になっていた。話した内容に、大して意味があるとは思えなかった。

私はカナディアン・クラブを水割りで注文した。スモーキーな香りの強いラガブリンのような酒を好んでいると、反動でカナディアン・ウイスキーを挟みたくなる。

「店の連中は、新しい落ち着き先が見つかったみたいかい?」

話題を変えるつもりで尋ねた。

「そうね、まあまあ」

「きみはどうするんだ?」

「私は、とにかく栖本さんが全部事件を解決してくれてからよ。それから考える」

「責任重大だな」

今夜の軽口はほんとに冴《さ》えない。

切りだすことにした。

「じつは、ひとつ頼みがあるんだが」

「なに? 何でもいって」

「あすの葬儀は、きみと弥生さんのふたりでしきってくれないか」

佐代子は私の目を見つめ返してきた。

「——どういうこと?」

「あすの朝いちばんで、大阪へ飛ぼうと思うんだ」

「宇津木組のことを調べるの?」

「ああ。現在名古屋にいる興信所の人間も、あしたには大阪に移動してる。その男といっしょに動いてみようと思うんだ。顧問弁護士の名前がわかってるし、府警のマル暴に協力を頼めば、宇津木大介の過去を知ってる刑事もいるはずだ。宇津木と彼女の父親が旧友だったかもしれないという手がかりは見逃せない。それに、できればあした中に、瀬戸内の町まで足を伸ばしてみたいのさ。西上の部屋は、この時間になっても留守なんだ。すがたを消してるのかもしれん。今の手持ちの材料では、どうやろうと犀川興業にも硯岡建設にも切りこむことはできない。東京では今のところ、これ以上には調べられることがないんだ」

「――――」

「一方、足をのばして調べるべきことは、無数にある。大阪ももちろんだが、十三年前に起こった土地ブローカーの轢《ひ》き逃げ事件と、開発課長の殺人事件。当時あの市にあった汚職疑惑とこのふたりとの関係。山岸の背後にいたと思われる、室井という男の正体。犀川靖と、当時の事件との関わり。こういったことをひとつずつ塗りつぶしていけば、必ずそのどこかに、彼女についての答えもあるはずだ。犀川興業や硯岡建設に切りこむ手がかりだって、出てくると思うのさ」

「ママは、四人の客と出くわしたことがきっかけで、あの週末にむこうへ何かを調べにいったと思う？」

「ああ、よりいっそうその可能性が高いと思えてきてるところさ。手帳にあった、あの町の誰のものともわからない電話番号も気になるしな」

佐代子はしばらく考えこんでいるようだった。

「お葬式が済んでからじゃだめなの？」

「じきに片がつく。今夜通夜にやって来たあの女は、そういったんだ。どう片をつけるのかはわからない。ひとつはっきりしているのは、あの女があの女たちの世界のやり方で片をつければ、こっちが真相を探りあてることは、今よりも数倍困難になるはずなんだ。調べるのは、一日でも早いほうがいい」

「――うん」

今度は少しだけ考えた。いいだすのを躊躇《ためら》っただけかもしれない。

「ねえ、私もいっしょに行ってはだめ？」

「彼女を見送ってほしいんだ」

「――栖本さんの代わりに？」

「ああ」

「私には、代わりなんか務められないよ」

「それに、店のホステスだった浅間喜美子を探しだして、話を訊いてほしい」

「喜美子に話を訊くのは、大切なことなのね？」

「ああ」

それがどう重要なのかを説明するのを、佐代子は黙って聞いた。

たばこに火をつけ、「わかったわ」とうなずいた。

それからは、私も佐代子も、もうあまり話はしなかった。

いくつか言葉をやりとりしたあと、うちのひとつがきっかけとなって、佐代子が《羅宇《ラオ》》で働きはじめた頃に別れた男の話をはじめ、私はなるほどと、そうかと、うんで応じた。それから二杯ずつ、それぞれの好みの酒を飲んだ。気がつくと私は佐代子の正確な年齢と、男性の好みと、いくつかの思い出話と未来への展望と、もろもろのことを知ってしまっていた。

「タクシーで送ってやるよ」

店の階段を上がって告げると、首を振った。

「いいよ。まだ、電車がある時間だもの」

「ちょいと疲れた。俺も車で帰りたいと思ってたんだ」

「方向が逆じゃない」

そんなふうにいいあいながら新宿通りでタクシーを拾い、私は佐代子をアパートの近所で降ろした。

佐代子はタクシーが動きだすのを、舗道に立って見送っていた。

「つつじヶ丘」と運転手に告げた。

第七章　邂《かい》逅《こう》

1

米原《まいばら》の前後でいったん晴れたものの、大阪はどんよりと曇っていた。

東京発八時七分。新大阪に着いたのは十一時過ぎだった。新幹線はネクタイすがたの企業戦士たちで溢《あふ》れており、それぞれの仕事関係の話と社内の噂話で埋めつくされていた。バブルが崩壊して以降、あまり取りざたされることもなくなった戦士たちだが、日々の闘いに終わりはない。

私はといえば、移動のあいだ中、心覚えの大学ノートを何度も読みかえし、何かが頭に引っかかってくるのを待ちつづけた。それに疲れると、東京駅で買った新聞数紙に目を通して過ごした。二十代の私の仕事ぶりを思いださせる態度であり、なかなか感心だとはいえたものの、新たな思いつきは何もなかった。

携帯電話で連絡を取りあっていた清野が、大阪駅へ迎えにきてくれていて、歩みよるとともに頭を下げた。

「役に立たなくてすいませんでしたね」

《蘭》の調べが進まなかったことをいったのだった。店は六年前に閉めており、経営者の行方も判明しなかった。昨夜、店の周辺を探してくれたのにくわえ、今朝こっちへ移動する前に《蘭》が入っていたビルのオーナーを訪ね、店の契約書にあった連絡先まで探ってみたものの、女は転居してしまっていてそれきりだとのことだった。

「それなりに時間をかけられれば、見つけだせるとは思うんですがね」

「いや、それよりも宇津木組そのものですよ」

そっちから何かがたどれれば、《蘭》の経営者は飛び越してもかまわない。

タクシーに乗った私たちは、斉木茂という弁護士の事務所がある梅田の住所を告げた。先方には私から連絡済みであり、正午に事務所でという約束をとりつけてあったのだ。

ヤクザの顧問弁護士になるには様々な理由がある。

事務所で待っていた斉木茂を見た瞬間、この男の理由は何だったのだろうと考えた。

司法修習生時代に誰もが一度は先輩から教えられるのは、組織の関係者から酒に誘われたときは、絶対に個室で会ってはいけないということだ。金銭の授与云々《うんぬん》といった、証明不可能な難癖をつけられる可能性が生じるのにくわえ、襖《ふすま》を開けたら隣りの部屋には絶世の美女が横わっていたなどという、漫画的としか思えない落とし穴が待っている可能性も考えられる。

先輩弁護士はそこまで話して大笑いするのが相場だが、現実というのは、時折り漫画的なすがたをして現れる。たとえば博打《ばくち》の借金。妻以外との女が原因のもめ事。身内の不祥事。何かが原因で足をとられた人間は、弁護士のところに相談に来るが、弁護士自身は、おいそれとは誰にも相談を持ちかけられない。そうして弱みが生じるか身を持ち崩しそうな人間の匂いに鼻の利く人間が、ヤクザの世界にはわんさといる。

いったんヤクザ組織と関わりを持ってしまったら、一生抜けられないのは、警察官でも弁護士でも例外じゃなかった。

ただし、警察官と弁護士では、裏社会との関わりにおいて、大きな違いがひとつある。警察官の場合は、ヤクザに取りこまれた場合、ガサ入れの情報からはじまって、行き着く先は重要事件の捜査情報の提供まで、やがては大きく後悔する可能性が生じるが、弁護士のほうは、後悔をしないつもりならばしないでも済む人生が、つづいていくということだ。目をつぶりさえすれば、どんな組織であれ、依頼人であることには変わりがないのだ。

斉木茂の場合は、自分の置かれた状況をおそらく後悔はしておらず、むしろ自分なりの工夫で楽しんでいるかに見えた。

三つ揃いのスーツの色は紺で、ネクタイは臙脂《えんじ》色。弁護士の金バッジは、紺色のスーツにいちばん映える。

口髭《くちひげ》を生やし、頭をきちっと七三に分けていた。金バッジの数倍の輝きを放つロレックスをはじめとして、身につけているものひと揃いを見るだけで、私との生活レベルの違いは歴然としていた。秘書の案内で通された応接間は、私の事務所全体がすっぽりと納まってあまりある。その真ん中に置かれた巨大な机のむこうとこっちで、ずいぶん距離を置いてむかい合わなければならなかった。

ここは会議室なんでしょうかと、清野があながち皮肉ではなさそうな口調で尋ねると、斉木は満足そうな笑みを浮かべた。

「宇津木大介氏のことを、お聞きになりたいということでしたな」

穏やかきわまりない声だった。

「ええ、斉木先生が、宇津木組の顧問弁護士をしてらしたことがあるとうかがったものですから」

私は距離を考えて少し声を大きくしなければならなかったが、相手はごくふつうのしゃべり方だった。

「具体的には、どんなことでしょう？」

「八年前になりますが、宇津木大介から頼まれて、名古屋の《蘭》という店でホステスをしていた、小林瞭子《りょうこ》という女性の代理人をされたことがありますね」

「名古屋の小林瞭子——」

呟《つぶや》いてから、じきに思いだしたらしかった。

「ああ。一度、名古屋まで行かされましたからな。憶《おぼ》えてますよ。たしか、故郷の土地の件でした」

「先生が、先方とのやりとりはすべてなさった？」

「そうでしたな」

「なぜ代理人を頼まれたんでしょう」

「どういう意味です？」

「つまり、弁護士を立てるほどの要件でもないように思ったんですが」

「ああ、そういうことですか。無知な女で、いろいろ騙《だま》されないかと怖がってるようだから助けてやってほしい。そう頼まれた気がしますよ」

「それは、宇津木大介本人から」

「ええ」

「それで、謝礼は小林さんからお取りになった？」

「いや、もちろん大介からですよ」

斉木は、亡くなったヤクザの組長を呼び捨てにし、それからふっと笑みを浮かべた。全体に人を食ったような雰囲気の男だったが、この笑みは微妙に違っていた。たぶん、宇津木という男を懐かしんだのだ。

「きっと、女にいいところを見せたかったんでしょうな。顎《あご》の先で弁護士を大阪からわざわざ出向かせることだってできるんだぞ。そんなとこじゃなかったですかね」

「小林瞭子という女は、宇津木大介の旧友の娘だという話を聞いたんですが、いかがでしょう」

「旧友ね。そんなことをいってた気もしますが、どうだったかな。私としちゃあ、囲ってる女のひとりぐらいにしか見てませんでしたので。そっちのほうは、けっこうさかんな男でしたから」

私と清野は、ちらっと顔を見合わせた。

清野が私に気を遣うかのように代わって口を開いた。

「じつは、小林瞭子さんのことをくわしく調べているところなんですが、宇津木は旧友の名前をいってませんでしたかね」

「小林という苗字《みようじ》の旧友ですか？」

「いや、ちょっと事情がありまして、父親は苗字が違ってたと思うんです」

「なるほど」と、斉木は何か下卑《げび》た想像をして、納得したようにうなずいた。

「ちょっと失礼。よろしいですかな」

思案顔をしばらく保ってから、思いだしたように葉巻を出し、ガス・ライターで火をつけた。そうすればとびきりのことを思いだしたり、思いつきを得ることができるといった感じの仕種だった。同じポーズを、何人もの依頼人の前で取っているにちがいない。

「申し訳ない。ちょっと思いだせませんな」

よく考えたと思わせないでもない間を置いてから、煙のなかに返事を載せた。

「宇津木大介とは、だいぶ親しい間柄だったんでしょうか」

「まあ、顧問を引き受けてたくらいですからね」

「宇津木の出身は？」

「さて、そういったことは、ちょっと私には。たぶん、大阪だとは思いますがね。栖本《すもと》先生なら、依頼人ひとりひとりの出身を憶えてらっしゃいますか」

もっともな切り返しだった。

私は瀬戸内の町の名を口にした。

「そちらの出身だとか、あるいは、何か仕事で、その市に関わったことがあるといった話を聞いたことはありませんか？」

「いや、憶えはないです」

質問の矛先を変えてみることにした。

「宇津木組は分裂したと聞いたんですが、その後は？」

「消滅ですね。分裂というより、組を畳んだというほうがいいですよ」

「解散したわけですね」

「事実上は、そうですね」

「なぜ、そういうことに？」

「直接の原因は、大介が急死したからですよ」

「急死とは——。理由はなんです？」

「いや、もともと肺癌で入院してたんですが、容態が急変して、医者がいってた予後よりも早くに、ぽくっとね。六十ちょっとだったから、若かったですな」

「いつのことです？」

「六年前ですね。宇津木組ってのは、大阪の港湾関係の仕切りをメインのしのぎにしておりましてな。沖仲仕等の港湾労働者や船員の斡旋《あっせん》、船会社との折衝なんぞもしたり、時には逆に、船員たちのストをつぶしにかかったり、要は港湾の仕事をなめらかに運ぶには、宇津木組の存在が欠かせなかった。ヤクザとしちゃあ、比較的綺麗《きれい》な組でしたよ。港湾の仕事ってのは、大きなしのぎになるので、それほど汚い仕事に精を出す必要がなかったということですが」

「なぜ宇津木は、亡くなる前に跡目を誰かに継がせなかったんですか？」

「先ほど申しあげたように、容態の急変で最後の決定ができなかったってことですよ」

「それにしろ、癌だとわかった時点で、何らかの手を打ちはじめたということは？」

「どうでしょうな」

顧問弁護士ならば当然知っていそうなことだったが、斉木は口を濁しただけだった。

「すると、組を解散させたのは誰なんです？」

「未亡人のばあさんですよ。薫子《かおるこ》って名でした」

「未亡人――。解散の決断をしたのは、なぜだったんでしょう」

「その話になると、複雑なので長くなりますが、ひと言でいうなら、結局はこの大阪の情勢を睨《にら》んだときに、港湾という非常なうまみを伴う縄張りを、宇津木本人が亡くなったあとには維持できなかったということでしょうね。宇津木組が持ちつづけてきたのは、大介という組長がいたからこそですよ。親分衆への人望もそれなりにあったし、いったんタマの取りあいともなると、躊躇《ちゅうちょ》なく相手の心臓部を突くような冷徹さも持った男でした。海を仕切るってことは、日本人以外の人間と事を構えたり、逆にまとめ上げたりしなけりゃならんってことです。あの男の決断で、大阪湾に何人か沈めたりもしてるはずですよ。任俠《にんきょう》っていうんですかね。わたしゃ好きな言葉じゃないが、そんなところが生き残ってる男でしたね。パーティーやら、正式な場所に出るときには、若いころから和服で通していることが多かったですよ」

斉木は穏やかな笑みを浮かべて話しつづけたものの、目そのものは笑っていなかった。

「事実上は解散した、といういい方をされたのは、なぜですか？」

「そのことですか。これもまた、いろいろな見方はできると思うんですが、宇津木薫子って未亡人はご存じですか？」

私は首を振った。「いえ」

「宇津木組というか、宇津木大介を語る時にゃあ、この女を抜きにゃあできないんですが、なんとも切れ者の婆さんでしてな。つれあいが亡くなったあとで、他の組織との力関係を考えて、このままじゃ港湾の仕切りはやりきれないと判断したのは、組の幹部連中じゃなくこの女だと思いますね」

「それで、組を解散させた」

「それだけじゃ、誰も切れ者とは呼びませんやね。宇津木組は、港湾に入ってる船会社や運送会社の株をいくつか持ってましてね。うちのひとつの立てなおしを名目に、薫子が経営に参加したんです。一方で、関西最大の暴力団である共和会と話をまとめ、港湾の利権を引き継がせることを条件にして、自分たちの後ろ盾に仕立てました」

「――共和会を」

「ええ。その際には、何人か政治家を動かすようなこともしたようですよ。港湾の仕事ってのは、暴力団が絡んでなけりゃあやれない側面がありますからな。共和会と結びついている薫子のところが、表社会のなかでおのずと発言力を強めたのも道理ですし、一方、裏社会にしてみりゃあ、宇津木大介のあとを共和会が引き継いだとなれば、どこも口出しはできませんよ。あとで考えてみりゃあ、大介が亡くなったときってのは、ヘタをすりゃあ大阪にドンパチが起こる危険もあったものを、この婆さんがそれをすっと回避して、新たな落ち着き先をつくりだしたともいえるでしょうな」

「組員たちは、どうなったんです？」

「足を洗いたいやつは洗わせ、そのまま残りたいやつは自分の経営する船会社に連れていき、表社会じゃ生きられんって連中の何人かは、共和会に身柄を預けもしたようですよ」

私は薫子の容姿を尋ねてから、質問をつづけた。

「ところで、西上隆司という男の名を、お聞きになったことはありませんか？　かつて宇津木組の構成員だったんですが」

「西上ね」

写真を差しだした。「この男なんですが」

「ああ、憶《おぼ》えてますよ。構成員というより、幹部でしたね。兄貴分の柳田って男とふたりで、最後は宇津木組を支えてましたな。でも、大介が亡くなるとともに、足を洗ったはずですよ」

「足を洗った理由は？」

「そこまではわかりませんね」

「兄貴分の柳田というのは、どんな歳格好の男です？」

「そろそろ四十にはなるんじゃないかな。デカい男ですね。けっこう二枚目で、苦み走ったいい男でしたが、血の気が多かったのもたしかですな」

そういう男を、私はひとり知っていた。

「組が解散したあと、柳田のほうはどうしたんでしょう？」

「薫子について、いまでも右腕としてやってるはずですよ。幹部のなかで、この柳田と西上のふたりは、元から薫子寄りでしたからね。私が見た感じじゃあ、解散に否を唱える幹部たちを抑えつけたのは、柳田じゃないのかな」

「斉木先生は、現在は薫子たちとの関係は？」

「いいえ。わたしゃ、大介に雇われていたので、女に雇われるつもりはありませんよ。組が解散した時に、私も契約を解消しました」

実際はむこうから解消してきたような気もした。表社会に出ていった薫子たちにとっては、宇津木組の顧問弁護士を務めた斉木はすでに過去の男だ。

私は薫子の経営する会社の名前を訊《き》き、さらに宇津木組の関係者で、誰か会って話を聞ける人間はいないかと尋ねた。

礼を述べて部屋をあとにしかけ、ふっと記憶が蘇《よみがえ》った。

「斉木先生は先ほど、宇津木大介は若いころから和服で通していることが多かったとおっしゃったが、キセルを集めるような趣味はなかったですか？」

「キセルですか」

斉木はこっちの言葉を反復した。

「よくご存じですな。キセルの好きな男でしたよ」

ビルの表に出ると、雨が降りはじめていた。

水をたっぷりと吸ったスポンジが、含みきれない水分を垂らしはじめたような降りだ。

「小林瞭子の通夜に来たのは、宇津木薫子って女だと思いますか？」

清野が訊いてくるのにうなずいた。斉木の話は、私の第六感を刺激するのに充分だった。

「ところで、最後にお訊きになったのは、どういう意味なんです？」

「彼女の店のホステスだった娘から聞いたんですが、一度酔っぱらったときに、《羅宇《ラオ》》という店の名前の由来を尋ねたところ、彼女はむかしキセルが好きな男に世話になったことがあると答えたそうなんです」

「なるほど、少しずつつながってきましたな」

清野はうなずきながらたばこに火をつけ、うまそうに煙を吐きあげた。

そこで携帯電話が鳴った。

それぞれに自分のポケットを探ったのち、私の携帯のベルだとはっきりした。

電話の主は、目の前にいる男の部下だった。

「長谷です。栖本さん、西上が部屋にもどってきましたよ。それでね、いま東京駅から電話をしてるんですが、どうも新幹線に乗りこみそうなんです。行く先ははっきりしませんが、大阪かもしれないし、もしかしたら瀬戸内の町まで行くのかもしれない」

金髪の調査員は、早口で告げた。

「西上は、ひとりですか？」

「ええ、部屋にもどったときからずっとひとりです」

「部屋にいた時間は？」

「ほんの五分かそこらですね。表にタクシーを待たせてたし、十分まではいなかったですよ」

「何か部屋から持ちだしてきたとか？」

「そのへんははっきりしません。ビニール製の鞄《かばん》を持って入って、出てきたときも同じ鞄でした。それからもう一点、東京駅に着くまでに、タクシーを乗り換えたり、信号で急発進させたり、尾行を警戒してる様子なんです。ほんとのところ、なんとか東京駅まで着いてきたって感じでしてね。尾行が付いてること自体はばれてるかもしれません。それで、電話したのは、僕もこのまま西上といっしょに東京を離れてもいいものかどうか、判断願いたいと思いまして」

「もちろんです。順次行動を教えてください。くれぐれも気をつけて、先走りはしないでください」

わかりましたといって長谷は電話を切った。

「うちのですか？」

たばこを喫いおえた清野が尋ねてくるのに、長谷とのやりとりを説明した。

「まさか、こっちにむかってるんですかね？」

「あるいは、瀬戸内までむかうつもりなのか。西上はひとりだったそうです。もしかしたら、薫子たちはもうひと足先に、この大阪かあの町かに入っているのかもしれない」

「ま、一応は野郎も張りこみぐらいはきちんとできるってことがわかって、ほっとしましたよ」

清野は軽口を叩《たた》いて唇を歪《ゆが》めた。

「よくやってくれてますよ」

「そういってくださると、誠にもってほっとしますや」

いったん言葉を切ってから、何気ない口調でつけたした。

「じつは、あれは私の息子でしてね」

私は思わず清野の顔を見つめたが、清野は微妙に視線を逸《そ》らしていた。

「――しかし、苗字は？」

「長谷ってのは、別れたかみさんの苗字なんです。なあにね、親父はろくでもない警察官だったわけですが、野郎にとっちゃあ、それなりに立派な親父だった頃もありましてね。皮肉なもんで、それがかえっていけなかったらしいんです。警察官の息子ってことで、構えちまったというんでしょうか。中学ぐらいからは、えらく荒れましてな。学校にもろくすっぽ行ってない始末ですよ」

新しいたばこを抜きだして、吸い口を掌《てのひら》で躍らせた。

「ところが正義の味方だと思ってた親父は、じつのところとんでもねえ野郎だった。加えて、私とかみさんの離婚でさあ。一時期は、私と口をきこうとさえしなかったんですよ。当然、かみさんのほうが引きとりました。ところが、うちのやつもさんざん手を焼きましてね。高校を辞めちまってからも、無理やり仕事を見つけてきたって、大概は一ヶ月と保《も》たずに喧嘩《けんか》して辞めちまってたらしい。一度、警視庁《オモヤ》に厄介になりかけたことまでありましてな。私がかつての同僚にさんざっぱら頭を下げてまわって、最後は裏でやってたことをバラすぞと脅しまして、やっとのことで釈放させたんです。迎えにいって、なんとなくですよ。俺といっしょにやってみる気はあるかって訊いたら、まあ、退屈だからちょっとやってみるかってね」

たばこに火をつけた。照れ臭そうな笑みは、私が何度か仕事のつきあいをしてきたなかで、一度として見たことのないものだった。

「なぜ最初に話してくれなかったんです」

「なあにね、ガキとふたりでやってる零細興信所かと思われるのも、シャクだったもんですからね」

今度はいつもどおりの笑みだった。

私は口にしなかった理由を知っていた。プライドが高いにちがいない気難しがり屋の弁護士に、自分のプライベートなことなど話したくはないと思っていたのだ。

出逢ったのは七年前。塩崎のところにいたころから、友情ひとつないままで仕事を依頼してきたつきあいだ。私は興信所の人間と親しくなりたいと思ったことなどなかったし、むこうでもそんなことなど思っていなかったはずだ。

「それで、これからどうしますね？」

事務的な口調にもどって訊いてきた。

「清野さんは、もうしばらく大阪に残り、薫子の周辺と宇津木組の関係者とをあたってくれませんか」

私も事務的に応じた。照れ臭かったのだ。

「宇津木大介の線から、彼女の父親が判明する可能性に賭《か》けてみたいんです。それから、もう一点、末広会を調べてもらいたいんですが」

「犀川靖《さいかわ》が、犀川興業の二代目に納まる以前にいた大阪の組ですな」

「ええ。特に、土地ブローカーだった山岸文夫や、その背後にいたと思われる室井と名乗っていた男との関係をふくめ、当時、末広会があの町とどんなふうに関わっていたのかを知りたいんです」

「わかりました。栖本さんのほうは、これからむこうへむかってみますか？」

うなずいた。

「彼女は、あの町に何かを調べに足を運んでいると思われるんです。それが何かを知ることができれば、彼女の過去に何があったのか、犀川興業や硯岡《すずりおか》建設はそれにどう絡んでいるのかがわかるはずです」

「私も、こっちの調べが済み次第追いかけますよ」

「頼みます」

手を上げあって別れる際に清野がつけたした。

「念のために申しますが、気をつけてくださいよ」

「お忘れじゃないと思いますが、あの町には、犀川靖が経営するゴミ処理場がある。いま現在も、やつの手の者がいるってことです。それに、どうやらあの町には、事件の核心があるらしい。そう思いませんか。われわれが調べにきたとわかったら、何か動いてくるかもしれませんぜ」

罅《ひび》が入った肋《あばら》を撫《な》でた。

無言でうなずいて見せたものの、危険に対する実感を、この時点では私はまだ興信所の経営者ほどには持てずにいた。

2

一瞬だけ感傷的な気分が芽生えた。

大阪から新幹線を乗りついだのち、ローカル線でさらに小一時間。海まで迫ったなだらかな斜面の足下を、列車はいま、右左にかすかなカーブを描きながら走りつづけていた。

右側の車窓には、小雨混じりの薄暗い光の下ではいっそう深みを帯びて見える十月の緑と、そのなかにぽつぽつと混じった紅葉のはじまりの黄色とが流れ去っている。傾斜の角度が緩やかなところには、猫の額ほどの広さの段々畑が折り重なり、窓に顔を寄せると、ずっと上までつづいているのが見えた。

左側は、線路が海岸線からは少し高いところにあるために、町が一望にできた。田圃《たんぼ》のなかに民家が点在する風景は、数日前に訪れた小林瞭子の故郷と同じだった。むこうは山から押しこめられたなかに、こっちは山と内海とに押しこめられたなかに、田圃が地形を利用して拡がっている。

高いビルが存在しないため、かなり遠くまで眺望がきいたものの、さらに先にあるはずの海は見えなかった。海の存在を連想させたのは、町が近づくとともに現れた遠方の煙突と、コンクリートの直線で象《かたど》られた白い工場のすがただった。

河口付近に架かる鉄橋に差しかかるとともに、思ったよりもずっと間近に海が見えた。

想像していたような海ではなかった。

河川の両側も海岸線も、工場のやけに清潔な景観と、それを押しくるむ高い壁、そして工場同士をつなぐために期を同じくして生まれたにちがいない、アスファルト舗装の道路とで埋めつくされていた。

緑は少なくなかったものの、工場の敷地の内側や外周に植えられた街路樹と芝生だった。工場も壁も、雨の薄暗さにもかかわらず、灰色にくすむことのない完全な白だ。幅の広い舗装道路は、河川沿いに上流にむかってのびる一方、列車の鉄橋よりもさらに下流にあたる本当の河口付近で、海に沿って河を跨《また》いでいた。小雨が降るなかで、走行する車のすがたはほとんど見えず、道そのものだけが景色をいくつかに区切っている。

河は護岸工事がきっちりなされており、一部はグラウンドやゴルフの練習場になっていた。堤防に沿い、舗装道路とは別に、人工的につくられた散歩用の歩道がのびていた。

ここが一期誘致のときの工場なのか、二期めのものなのかはわからなかったものの、地域の発展のために、市長たちが音頭をとって立ちあげた計画の産物であることは明らかだった。この町で彼女が小林瞭子となる以前の人生を過ごしていたにしろ、こんな景色のなかではないはずだったこともだ。

下調べの知識を思いだした。市長がこのあたりに工場の誘致計画を持ちだした二十年前、工場の建設予定地だった市と三つの町村の合計人口は、六万人弱。農家戸数は五千程度で、どこもがほぼ半農半漁の生活を営んでいた。建設以降は、工場が安定した収入をもたらし、付近の町村から労働力が流入し、二十年のあいだに人口は数倍に増えた。工場で働く連中が飲み食いをするための飲食業からはじまって、大型マーケットやデパート、娯楽施設や医療施設の建設も進んだ。

同時に公害をも生み、反対運動は現在に至るまでつづいている。

ここの工場誘致が計画されたのは、ＩＣ工場や液晶工場といったハイテク産業の工場は清潔で、公害を伴わないと信じられていた時代だった。鉄鋼等の重化学工場とは異なり、原料および製品輸送のための巨大な港湾に隣接している必要はなく、もくもくと煙を吐きだすこともないクリーンな工場——。

実際は、クリーンさを保つために使用されるトリクロロエチレンやテトラクロロエチレンといった有機溶剤こそが、公害の元凶であり、そのことが各地で問題化するか、もしくは経営者と施政者とが必死で隠そうとしつづけるようになったのは、せいぜいここ十年ほどのことだ。この町でも、今なお同様のせめぎ合いがつづいていることを、新聞データは伝えていた。

駅が近づくと、マンションや商業ビルが現れた。名の知れた予備校の看板が、目立つところに立っていた。列車の田舎じみた印象よりもずっと垢抜《あかぬ》けたホームに降りたち、遊園地かリゾートホテルの入口でもイメージしたらしい駅舎のなかを抜けながら、時間を確認した。駅と駅ビルとをつなぐ通路に貼ってあったホテル案内で、ターミナルに建つホテルを見つけた。本屋に寄って市街地図を買った。

チェック・インを済ませ、値段相応の小さな部屋に入った。

佐代子に電話し、葬儀の模様を聞いた。骨は私がもどるまでのあいだは、佐代子が預かってくれる。さすがに三春にある小林家の墓に入れるわけにはいかない。大阪での進展を語ると、佐代子は《羅宇》の由来であるキセル好きの男の存在に驚きを現した。店にいた喜美子というホステスを見つけだすと約束して電話を切った。

秘書の典子から連絡が入ったのは、夜の巷《ちまた》が動きだすのを待つために小一時間ほど部屋で時間をつぶし、いざ出陣としかけた時だった。時間をつぶしていたというより、実際はベッドにぼうっと横たわり、骨になってしまった彼女のことを考えていた。

「連絡が遅くなりましたが、電話番号の持ち主がわかりました」

「――わかったんですか？」

思わず訊《き》きかえした。

期待していなかったといえば典子には悪いが、内心では、無駄足を踏ませかねないと思いながらの頼みごとだったのだ。

「堀井正章《ほりいまさあき》という男性です」

「住所は？」

典子がいう、この町の住所を書きとめた。

繰りかえし礼を述べてから、事務所のパソコンで新聞データと人物情報を当たり、もしも堀井正章で該当するデータがあったなら、ファックスしてほしいと頼んだ。

地図で、堀井という男の住所を探しあてた。

町の北側の郊外だ。どんな男なのか、正体がわかるまでは迂闊《うかつ》に電話をかけるわけにもいかない。あすにでも足を運んでみるのがいちばんだ。

上着を着て、手に馴染《なじ》んだアタッシェケースはそのまま残し、町の地図をポケットに突っこんだ。

駅前から真っ直ぐ海側にのびるアーケードを進んだ。

会社も引け、人通りはピークに達する時間帯のはずだったが、東京の繁華街と比べると終電が近いかと思わせるぐらいの人通りしかなかった。

アーケード自体は新しいらしく、駅のターミナルに面したゲートも、高いドーム型の天井も見栄えがしたものの、魚屋の隣りに肉屋が並び、おもちゃ屋のショーウインドウにはテレビ・ゲームといっしょにプラモデルが展示してあり、和菓子屋の店頭では蒸《ふ》かしたあんまんと肉まんを売っていた。

番地で見当をつけながらアーケードをだいぶ奥まで歩いてから、車が行き違えるほどの横道を左に曲がった。

持ってきていた折り畳み傘をのばして開いた。

道の両側には、若者むけらしいカフェやサラリーマンを狙った大店舗の居酒屋が並び、すこし行くとクラブや小料理屋の入ったビルが集まる一角になった。

地図で確かめると、市庁舎や裁判所、公民館なども近いようで、道の先のほうに見えるオフィス・ビルらしいたたずまいの建物がそうかもしれない。

時間は七時前だったが、《マーメイド》はすでに店を開けていた。

五階建てのビルの一階をまるまる占め、入口の横にはバニーすがたの女たちを低い角度から撮影した写真が、パネルになって納まっていた。

弁護士バッジを上着から外した。

店内に足を踏み入れると、実物のバニーが出迎えてくれた。かなりのボリュームでロック系の音楽がかかっており、店内は明るかった。

「お一人様で」と訊いてくる黒服にうなずいて見せ、案内されて奥に進んだ。もみあげを長くのばした男で、髪の毛は短めなため、後ろを歩いていても頭の両側からもみあげの先が見えた。

店にはこの時間としてはかなりの先客がおり、五、六人のグループがふたつと二人連れが三組、それぞれバニーたちにかしずかれていた。

テーブル数はその何倍もあったので、まだ込んでいるという状態とはほど遠かった。この時間帯から喜びいさんでやって来る客がいるのだから、八時九時ともなれば、かなりの繁盛を極める店なのかもしれない。

「お飲物は何にしますか？」

ビールを頼むと、いったん離れ、別のバーテンがおしぼりを持ってきたあとで、最初のもみあげの男がビールを盆に載せてもどってきた。

「ご指名はございますか？」

ビールをグラスに注ぎながら尋ねてくるのに、うなずいて見せた。

「ケイ子を頼む」

「あいすいません。ケイ子ちゃんはお休みをもらっておりまして」

私は残念きわまりないという顔をした。実際に残念な気持ちを、誇張して顔に現したのだ。

「なんだ。会えると思って楽しみに来たんだがな。風邪か何かかね」

まあ、そんなところですと、バーテンは半ば棒読みの口調で応《こた》えた。

しばらく意気消沈した表情をつづけながら、どう切りだしてみるかを考えた。

「僕がいってるのは、ほら、鼻の頭にちっちゃなほくろがあるケイ子なんだけどな」

「はい。あいすいません」

「それじゃあ仕方ないね。任せるよ」

バーテンは微笑んで去っていき、店が込む前のサービスだろう、ほとんど入れ替わりでバニーがふたりやってきた。

ひとりは狸のような顔をしていて、もうひとりは比較でいえば狐を連想させた。どちらもウサギの耳が似合っていないことは確かだった。

ですのあいだを長くのばして自己紹介する名前を聞くそばから忘れ、ふたりに飲物の好みを尋ねてやった。揃ってバーテンに烏龍茶《ウーロン》を頼み、私のビールグラスと律儀に乾杯を済ませてからちびちび飲みはじめた。

私はいい加減な名前を名乗り、どこの人？　と訊いてくるのに適当に応え、ご職業は？　と訊いてくるのに適当に応え、どうしてこの町へ来たの？　と訊いてくるのに適当に応えた。応えるまでに、「どこだと思う？」「何に見える？」「どうしてだと思う？」と、律儀に訊きかえしては軽口を差しはさみ、二十分ほどで気の置けないおじさんになった。

ビールを飲みほし、ふたりの最大関心事をひとつ満たしてやるために、国産で値段がそこそこのウイスキーをボトルで頼んだものの、こちらの関心事はまだ切りださなかった。

やがて、新しい客が入ってきて、狐顔はテーブルを離れていった。

私が待っていたのはこうなることだった。狸を選んだ理由はなかった。根掘り葉掘りには、相手がふたりではやりにくい。

水割りを啜《すす》りながら切りだすと、「ケイちゃん？」と、訊きかえした。「どうして？」

「どうしてって、今夜は会いたかったからさ」

「あら、うちのお店、以前にもいらしたことがあったんだ」

「商売先の人間に連れられてね。さっき、風邪って聞いたんだけど」

「うん、ちょっと休んでる」

「ちょっとって、今夜一日だけじゃないのかい」

「うん、ちょっとね」

「いつごろから？」

「先週から出てこないの」

「まさか、辞めちゃったんじゃないんだろうな？」

「ううん。そんなことはないと思うけど」

語尾を濁したきり、しばらく待ってみたものの、つづきをいおうとはしなかった。

「きみは、ケイ子とは親しいの？」

「特に親しかったわけじゃないけど」

「誰か、親しかった子を紹介してくれないかな？」

「どうして？」

清野たち興信所の人間や刑事たちならば、何か違う話の持っていき方もあるのだろうが、弁護士という職業は、弁護士であることを隠して人に質問を重ねるのには不慣れだというしかなかった。

「わかるだろ」

私はできるだけ好色そうな笑みを浮かべた。

「ケイちゃんの好みとか、いろいろ聞きたいのさ。できれば住所もね。病気のときってのは、気持ちが弱ってる。またとないチャンスさ」

狸は一瞬だけ嫌そうな顔をしたものの、押し隠すほどには接客慣れしていた。

「なんなら、きみでもいいんだぜ。彼女の連絡先を知ってるなら、一万出すよ」

ほんとにスケベ親爺《おやじ》になった気がした。

「ほんとにくれるの？」

「ああ、嘘なんかいうもんか」

「――でも、困ったな。そういうのって、いけないっていわれてるし」

「住所は知ってるのかい？」

「知らないこともないけど」

「きみから聞いたなんていわないよ」

「でも、ケイちゃんだって迷惑するかもしれないし」呟《つぶや》いてから、はっとしたように、「ごめんなさい。あなたがどうこうってことじゃないのよ。でも、誰だってプライバシーはあるでしょ」

私は手を合わせて見せた。

「そこをなんとか。なっ」

バーテンたちが立つ店の入口のほうに素早く視線を走らせてから、「お財布はそこに持ってるの？」と訊いてきた。

「ああ」と、うなずいてみせると、先に札を差しだすのを待っているようだったが、それほどのお人好しじゃない。

「ちょっと待っててね」

囁《ささや》いて腰を上げそうになる狸をとめ、小声で切りだした。

「ところで、事務長さんって誰なんだい？　前会ったときに、ケイ子がいってたんだけど」

「事務長さん――」

「ああ」

「知らないわ」と首を振って遠ざかった。

まあまあうまくやってのけたことに満足しながら、水割りに口をつけた。ケイ子を口説きたがっているスケベ男に、一瞬躊躇《ためら》ってから「知らない」と否定して見せたということは、「事務長」と呼ばれる男を知っている。どうやらケイ子のいい男らしい。名前は、じかに問いただして聞けばいい。

狸がもどってくるまでに四、五分かかった。

心持ち顔を上気させており、私の横にすわるなり耳元で囁いた。

「ここじゃまずいわ。ビルの裏に駐車場があるの。そこで待っててくれないかしら」

私はいわれたとおりにした。


いわれたとおり、裏手は駐車場だった。

繁華街の勢力はのびてきておらず、裏側の路地は静かで暗かった。傘を差すほどの降りではなくなっており、風もほとんどなくなっている。

呼びかけられて振りむいても、驚きはしなかった。狸の態度から、なんとなく予測していたとおり、もみあげをのばしたバーテンが、肩を怒らせて駐車場を横切ってくるところだった。

店の用心棒がしゃしゃり出てくるといった、もっと悪い可能性だってあったはずだから、喜ばしい事態だ。なりゆきに任せてみるしかなかった。

「お客さん、ああいうことをしてもらっちゃ困るんですよ」

口調は丁寧だったものの、目つきはそうではなかった。背丈はほとんど同じぐらいだ。バーテンは私の真正面に立ち、目を真っ直ぐに覗《のぞ》きこんできた。

「あの娘がきみに相談したのか？　それとも、こっそり住所を探そうとしてたのを見咎《みとが》めたってところかな」

「そんなことはどうでもいい。とにかく、従業員の住所は、教えられないことになってますんでね」

「何があったのか、教えてくれないかね」

「何だって？」

吐きつけたのに対し、訊《き》きかえしてきた。

「何かあったんだろ？」

「あんた、いったい誰なんだ？」

「弁護士だ」

「弁護士？」

「規則で住所を教えられないってのは、わかった。だが、それだけなら、俺のテーブルにやってきてそういえばよかったはずだ。勘定をしてたときだってかまわなかった。わざわざ駐車場に呼びだして降りてきたってことは、あんた、何か知ってるんだろ。だから、俺に興味を持ったんだ」

「弁護士が、いったいケイ子に何の用なんだ？」

「ある事件を調べてる。それで、ケイ子という娘に話を聞きたいんだ」

「どんな事件だ？」

「話したら、ケイ子の居所を教えてくれるのか」

「そんな約束はできないね。なんなら、腕ずくでおっぱらってもいいんだぜ」

「知りたいことさえわかれば、おっぱらわれなくても消えるさ。あんた、事務長って呼ばれてる男に心あたりがないか」

「――なぜ野郎のことを知りたいんだ？」

「先月の末、ケイ子はこの男に連れられて東京へ行った。その時のことをくわしく聞きたいのさ。それに、この男がどこの誰で、どんなことをしてるのかってこともな」

「なぜだ？」

なぜだ、と、私も胸のなかで同じ問いかけをしていた。なぜこの男は知りたがるのだろう。この男が犀川興業や、その事務長という男の側の人間だという可能性がひとつ。事務長たちに反感を持っていて、連中の尻尾《しっぽ》を摑《つか》むことで、溜飲《りゅういん》のひとつも下げたいと思っている可能性がもうひとつ。訊くべき質問を思いついた。

「なあ、もしかして、ケイ子って娘は事務長たちに絡んで、何かひどい目に遭わされ、それで店を休んでるのか？」

バーテンは私を睨《にら》みかえし、今度は考えこむように、頭の先から足の先まで視線を走らせた。

怒ったような声で訊いてきた。

「あんた、その顔はどうしたんだ？」

「調べまわっていてやられたのさ」

「弁護士ってのは本当なんだろうな？」

バッジを見せ、名刺を差しだした。

「何を調べてるのか、ちゃんと答えろよ。どうして顔がそんなことになったのかもな」

私はそれなりの説明をした。顔がこうなったのは、事務長と呼ばれる男の仲間にやられたのだといった脚色を付け加えた。

聞きおえたバーテンは、しばらくもみあげをいじっていた。促す前に口を開いた。

「ケイ子は、腕の骨を折って呻《うな》ってる」

3

バーテンは舟木という苗字《みょうじ》だった。

案外あっさり話しはじめたのは、私への信頼よりもむしろ、事務長への憤りのためらしい。

「いくら聞いても、ちゃんとした理由をいわねえのさ。マンションの階段から落ちたなんていってるが、俺は絶対にそんなことじゃないと睨んでる」

駐車場と路地とを隔てる金網に寄りかかって、舟木はいった。

「腕を折ったのは、いつのことなんだ？」

「あんたはなぜ、マンションの階段から落ちたなんてことじゃないと思うんだ」

「先週末さ」

「顔に痣《あざ》があった」

顎《あご》の先で私の顔を指し示した。「まあ、あんたほどじゃねえがな」

「階段から落ちても痣はできるぞ」

「もちろん、それだけじゃねえんだ」

「と、いうと？」

訊いたが、答えなかった。

「事務長ってのは、何という名前なんだ？」

「鷹津《たかつ》って苗字だ。たしか、名前は伸吾《しんご》」

「工場の関係者なのか？」

「なぜそう思うんだ？」

「なんとなくな」

「違う」首を振った。「病院さ」

「病院だと——」

予期せぬ答えだった。

「ああ。《小山内《おさない》総合病院》という、個人経営だが、ここ何年かで圧倒的にデカくなったところだ。鷹津って野郎は、そこの事務長をしてるのさ」

「ケイ子の腕を折ったのは、この鷹津かもしれないと思ってるのか？」

「わかんねえよ。だが、どうやらケイ子は鷹津とは切れたみたいだ。その時期と、あいつが腕を折った時期が重なるんだ」

「鷹津ってのは、どんな男なんだ?」

「やな野郎さ」

私は質問を重ね、体型や歳格好を頭に入れた。

「天野って男は知ってるか?」

思いついて、尋ねた。

「犀川興業の天野猛か?」

「ああ」

「鷹津とつるんで時々飲みにくるよ。なぜだ?」

「東京に行ったのは、この天野もいっしょだったようだ。それから、市役所の羽田という男は、お客で来ないか?」

「羽田ね」口のなかで転がした。「いや、その名にゃあ憶えはないな」

「ケイ子の居所を教えてくれ」

舟木は考えこんだのち、腕時計に目を落とした。

「ちょっとここで待ってろよ。チーフに話して、いっしょに行ってやる」

見つめる私に、にっと笑みを浮かべて見せた。

「べつに人を呼んできて、あんたをどうこうするわけじゃねえよ。うちの連中も、みんなケイ子がなんで腕を折ったのか気になってるんだ。鷹津の野郎に折られたんだとしたら、こっちにだって考えがある」

「ケイ子の家は近いのか？」

「利き腕を折られたんだ。ひとり暮らしじゃ飯も食えない。居酒屋をやってるおばさんが、この近所にいてな。そこの二階に厄介になってるんだ」

いったん言葉を切ってから、こっちを見ずにつけたした。

「それに、このあいだまで住んでたマンションは、鷹津が金を出してたんで、もういるわけにもいかなくなったのさ」


その居酒屋は、アーケードを越えて反対側にあった。

人通りが多いとはいいがたい場所だったものの、馴染《なじ》み客を摑《つか》んでいるらしく、なかなかの繁盛ぶりだった。舟木も顔見知りのようで、暖簾《のれん》のあいだから首だけ突っこみ、ふたことみこと言葉を交わすと、私を建物の横についた階段にいざなった。

二階に上り、ノックをしながら中に呼びかけた。

しばらく待つと、鍵《かぎ》の外れる音がして、ぽっちゃりとした小柄な娘がすがたを現した。鼻の頭のほくろは小さく薄く、こうして部屋のあかりを背にして立っているぶんには、あるのかないのかわからないほどだった。

佐代子と同じぐらいの年齢に思えた。二十代の前半というにはほろ苦いものを抱えすぎていて、三十代と見るにはまだ何かが剝《む》きだしすぎる。包帯でぐるぐる巻きにした右腕を肩から吊《つ》っており、Tシャツの上からカーディガンを、袖《そで》を通さないままで羽織っていた。トレーナーを穿《は》いている。Tシャツは白で、トレーナーはグレー。カーディガンだけは可愛らしいピンクだった。

舟木を見て微笑みかけたものの、私の存在に警戒したらしく、笑みを中途半端にとめた。

「どうだい、具合は？」

「ただ寝てるんじゃしょうがないんで、おばさんに下を手伝おうかっていったんだけれど、この腕じゃ何もできないからって叱られちゃったよ」

「ちょっと上がらせてもらっていいかい」

舟木がいうと、ふたたび私のほうを見た。

「こっちの人は？」

私が口を開く前に、舟木が代わって答えた。

「まあ、ここじゃ何だから、中で紹介するよ。それほど時間は取らせねえ。俺だって、店にもどらにゃならんのだからな。な、いいだろ」

ケイ子は戸惑った顔のままでうなずいた。

入ったすぐが台所で、奥の和室でテレビがついていた。娘は私たちに座布団を勧めてテレビをとめた。

「東京から来た弁護士なんだ」

冬はそのまま炬燵《こたつ》に早変わりするらしい正方形のテーブルでむかいあって初めて、舟木が私を紹介してくれた。

差しだす名刺を受けとろうとはせずに、娘は首を傾げて私を見た。「――東京の弁護士？」

「ああ、栖本という。ちょっと訊きたいことがあってね」

名刺を娘の前に置いた。

「私なんかにいったい何の用なの？」

名刺を見つめ、不審そうな顔で呟《つぶや》いたが、何か心当たりを持った人間が、まさかという感じで示している戸惑いのような感じがした。

「鷹津のことで、いろいろ訊きたいらしいのさ」

舟木がいうのを聞いて、娘は表情を硬くした。

「鷹津とは、もう終わったのよ」

「なあ、正直に話せよ。俺だって聞きたいんだ。その腕と、鷹津の野郎とは、何か関係があるだろ？」

「よしてよ。あんなただのスケベ野郎が、私に何をできるっていうのよ」

「階段から落ちて折ったなんて話を、俺が信じてると思うのか」

「信じるもなにも、本当なんだから。治ったら、またばりばり働くから、堪忍して」

娘は左手を上げ、拝むような仕種をして見せた。

舟木が助けを求めるように私を見た。

内ポケットに手を突っこみ、写真を入れた封筒を出し、彼女の写真を差しだした。

「この女性を知ってるね」

ケイ子はちらっと見るなり首を振った。

「知らないわ」

答えるまでの時間が短すぎた。

「鷹津と羽田と、それから犀川興業の天野の三人が、先月の末に東京に行ってる。そのとき、きみも鷹津に連れられていっしょだったね」

「やめてよ。そんなことは知らないっていってるでしょ」

「そんなことって、いったい何だい。東京行きの話と、この写真の女性とを結びつけて考えたのはなぜなんだ？」

ケイ子は私を睨《にら》んできた。

私は目を逸《そ》らさなかった。

「この女性は、一週間ほど前に自宅のマンションで殺されたんだが、知ってたかい？」

「――殺された」

呟き、瞳《ひとみ》を揺らした。

「新聞にも出たはずだが、見なかったか？」

今度は無言で首を振った。

「私は彼女の事件を調べてるんだ。もしも何か知ってることがあるなら、話してくれないか。もちろん、きみから聞いたことは誰にも漏らさないし、きみには何も迷惑はかけない」

しばらくのあいだ目を伏せて、私の名刺を見つめていた。それから、舟木のほうを見た。

「ねえ、フナちゃん。この人とふたりきりにしてくれないかしら」

舟木が目を剝《む》いた。

「なんで俺がいっしょじゃいけねえんだ」

「そういうわけじゃないけれど……」

「それじゃあ、俺にも聞かせろよ」

ふたりの顔を盗み見た。舟木にとっては、私を連れてきたのは口実で、実際は自分が知りたいのだ。

「お願いよ。フナちゃん」

ケイ子がまた左手を上げ、拝むような仕種をした。

納得して出ていったという表情ではなかった。

舟木は娘の強情に仕方なく折れ、それでも名残り惜しげな気持ちをぷんぷんさせながら部屋をあとにした。

「この人、池袋のお店のママでしょ」

ふたりきりになった部屋のなかで、心持ち声を潜めるようにして娘がいった。

「ああ」私はうなずいた。「きみが鷹津たちと池袋のお店に行ったときのことを聞かせてほしいんだが、鷹津、羽田、天野、木下の四人がいっしょだった。そうだね」

「ええ」

「この四人は、彼女とむかし馴染みというか、知りあいらしいような感じはなかったか？」

「ううん。それはなかったわ。羽田はべろべろに酔ってたから、たとえ知ってたとしてもわからなかったでしょうけど、他の三人だって、特にそんな様子はなかったよ」

「彼女のほうは、どうだったろう？」

「あの夜には、何もそんなことは感じさせなかった。だいたい、ママさんはちょっと挨拶《あいさつ》に来た程度だったし」

「だが、彼女はその後、この町まできみを訪ねてきた。そうじゃないかい？」

「来たわ」

「いつのことだ？」

「先々週。というか、三週間前の週末」

彼女の手帳に丸印がついていた日だ。

「何を訊きにきたんだ？」

「先にひとつ教えてほしいんだけれど、この人を殺した犯人は？」

「捕まることは捕まった。主犯とされた男は死んでいたがね。犀川興業の、黒木京介という男だ。共犯として逮捕されたのも、同じ犀川興業の人間で、沢村仁という名の男だった。このふたりの名前に、聞きおぼえはないか？」

考えこむ表情のまま、無言で首を左右に振った。

「彼女がきみを訪ねてきた用件は、何だったんだ？」

「会うことは会ったけど、何も私に会いに来たわけじゃないわ」

「どういうことだ？」

「鷹津が私といっしょのところに乗りこんできたのよ」

「――――」

「フナちゃんから聞いたかもしれないけど、私、あのスケベ野郎に囲われてたの。月々のお手当てもよかったし、広いマンションの家賃も払ってもらえたんで、そこに胡坐《あぐら》をかいてたって感じかな」

他人ごとのようないい方だった。

「そのマンションに、彼女が乗りこんできたってわけか」

「ええ」

「それで？」

「鷹津の目の前に、鷹津が私のところへ通ってきてる証拠写真を突きつけたわ」

「彼女は、その時ひとりだったのか？」

思いついて尋ねた。

「男がいっしょ」

「何人？」

「ひとり」

「どんな男だったんだ？」

「髪の薄い小男で、ちょっと陰気な感じがした。私と鷹津のことを調べあげてたのは、あの男のほうだった気がする。何もかも知ってるってところを見せるかのように、細かく鷹津の行動をいいあげてたし」

ポケットに手を入れて、また一枚写真を抜きだした。

「この男かい？」

娘は西上隆司の写真にうなずいた。

――そうか、と胸のなかで手を打った。つながってきた。西上は、初めから彼女の協力者だったのだ。背後で宇津木薫子という女が西上に、彼女を手助けするようにと命じていたのかもしれない。自分たちの世界で起こった出来事は、自分たちの世界で片をつける。昨夜、あの女はそんないい方をした。あれは、西上が初めから彼女と行動をともにしていたことを指していたのではないか。

「彼女たちが、鷹津を問いつめた目的は何だったんだろう?」

私は無意識に膝《ひざ》を乗りだしたものの、すぐに躰《からだ》の位置をもどした。娘が首を振ったのだ。

「それはわからないわ。ふたりは鷹津をさんざん脅したり締めあげたりすると、つづきの話は場所を変えようってことになって、鷹津のやつを連れだしたの。鷹津って、スケベなくせして恐妻家だから、私との写真を撮られちゃったのは決定的だったみたい」

部屋で交わされた会話で、彼女たちが鷹津から何を吐きださせようとしていたのか、見当がつけられるような手がかりはなかったかと尋ねてみたが、また首を振っただけだった。

「ふたりのほうも、私にはわからないようにって、いい方を選んでるみたいだったよ。私だってすっかりビビッちゃってたから、口出しなんかできなかった。そのママさん、とにかくすごい迫力だったんだもの。お店で見た時とはまるで別人」

「どんなふうに?」

「とにかく怖かったよ。すごく冷たい目で鷹津を睨んでた」

「――――」

「ただ さ、殺されたと聞いたんでいうわけじゃないけど、私、あの人は嫌いじゃなかったな。

鷹津にむけてる目は氷みたいだったけど、部屋を出る前に振りむいて、私を見た時には違ってたんだ。迷惑かけて悪かったって」

「そういったのか？」

「なんだか、私の事情をわかってるっていってるみたいだったよ」

「鷹津について、きみが知ってることを教えてほしいんだ。事務長って役職の人間に、きみにお手当てを出したり、部屋を借りたりしてやれるほどの収入があるとは思えないんだが」

「それはね。鷹津って男は、あの病院の院長の次女だか末っ子だかの亭主なのよ。小山内って一家は、たしか息子も医者だし、上の娘も医者を婿にとってるの。身内で病院経営を固めてる。医者じゃないあの男も、奥さんのおかげで、事務長って職に納まってのうのうとやってるのよ。恐妻家なのもわかるでしょ」

　だが、恐妻家の事務長が、妻や義理の父親たちにないしょでこっそり女を囲う金を、表だって手にできるわけがない。個人経営の病院の場合、あきれるほどに会計がいい加減なことがある。鷹津は、事務長という職を利用して、他人の目のとどかない金をこっそり懐に入れている。そんなところか。

「鷹津と天野は、どういう関係なんだろう。聞いたことはないかい」

「仕事上のつきあいよ。東京行きも、天野のほうが持ちかけたみたい。社長が挨拶したいからってことだった」

「鷹津は、東京で犀川興業の社長と会ったんだね」

「会ってると思うよ。昼間のうちは、私はホテルで待ってるようにいわれていっしょじゃなかったから見てないけど、社長に会いにいくって話だった」

「羽田と鷹津のほうは？」

「あのふたりは、学校の先輩と後輩よ」

「学校って、大学かい？」

「はっきりとはわからない。ずいぶんむかしから知ってる同士みたい」

「羽田がいっしょに東京へ行った理由は、何なんだろう？」

「羽田は、いっしょに行ったわけじゃないの。役所の用事でたまたま東京に行ってたみたいで、落ちあって飲んだだけ」

「具体的にどんな用事で行ってたのかは、わからないか？」

「どうだろう。わからないわ」

「羽田が合流してきたのは、あの日のいつ頃だったんだ？　犀川興業に行くといってホテルを出た鷹津が、きみのところにもどってきた時には、もういっしょだったのか」

「うん、いっしょだった」

「木下って男のほうは？」

「やっぱり、もどってきた時にはいっしょだった」

――犀川興業で落ちあったということか。

「私が知ってるのは、それぐらい」

「きみの腕を折った人間が誰なのかは、はっきりしてるのかい？」

「してないわ。でも、弁護士さんならどう思う。いつものようにマンションにやって来た鷹津に抱かれてやって、すっかりことが済むとともに、今夜で何もかも終わりだっていわれたの。もう部屋代を出してやることはできない。あとは、きみが自分で維持していくのなら勝手だなんて、したり顔で。最後の最後まで腹の立つ男。だから、啖呵《たんか》を切ってやったのよ。こっちだってもう、願いさげだって。あんたにはうんざりしてたって。そして、出てってくれって追いだしたの。その翌日よ。お店から帰る途中の階段で、後ろから誰かに突き飛ばされた。こういうのって、限りなく状況証拠ってやつになると思わない？」

腕を折ったのが鷹津なのか、それとも鷹津に頼まれた犀川興業の誰かなのかははっきりしないにしろ、それでこの娘がこうしてしゃべってくれたのだから、連中にとっては高くついたことになる。

「なぜ警察に届けなかったんだ？」

「届けて、何か意味があるの？」

「――――」

「警察が何かしてくれるって思ってるのは、弁護士さんとかそれなりの地位がある人たちだけで、私たちにとっちゃ、警察だって税務署だってヤクザだっていっしょなのよ。誰も彼も、関わりたくない連中」

私は微笑んで見せたが、気弱な笑みに見える気がした。

「ねえ、どうしてクソ親爺《おやじ》に抱かれたのかって思ってるんでしょ？」

私の目を覗《のぞ》きこむようにして尋ねてくるのに、いいやと首を振って見せた。

「鷹津ってのはね、時が経つにしたがって、虫酸が走るような男になったんだけど、最初はそれなりにいいやつにも見えたの」

「そうか」と、例の相づちを打った。

「ねえ、弁護士さん。ここで聞いた話は、フナちゃんには黙ってて」

「なぜだ?」

「私ね、人生を変えてみようかなと思ってるの。鷹津から巻きあげたお金が、たんまりあるの。物がほしいときは全部ねだってやって、月々の手当ては、ちゃんと貯めておいたのよ。頭が空っぽの振りしてたから、やつはそんなふうに思わなかったでしょうけどね。このお金で、ちょっとしたお店ぐらいは開けると思うの。《マーメイド》の常連さんにも来てもらうことを考えたら、この町のどっかにしたほうがいいでしょ。おばさんみたいな居酒屋もいいけど、若いんだから、バーかクラブでひと勝負を賭《か》けてみてもいいかもって、そんなことをね、この二階でぼんやり考えてたの」

娘はいい、微笑んだ。したたかなものなど何ひとつ感じさせないような、ある意味では無邪気にも見える笑顔だった。

「だから、フナちゃんに騒ぎたててもらいたくないのよ。変に鷹津を刺激して、鷹津とつながってる天野たちにまた仕返しでもされたら、損しちゃうでしょ。執念深く恨まれるよりは、腕一本折られて切れることができたんだから、それでよしとしなくっちゃ。どうせ、そろそろ別れる気になってたところだし」

私は「そうか」とうなずいた。

4

小山内総合病院は、市庁舎や裁判所の並ぶ国道の少し先にあり、車ならばほんの四、五分ほど、徒歩でも十五分ぐらいだった。娘から聞きだした鷹津伸吾の自宅のほうも、車でならば大した時間はかからない距離だった。

携帯電話でホテルに連絡を取ると、私宛てのファックスが届いていて、差出人は典子だった。いったんホテルに引きかえしてから、駅前でタクシーを拾うことにした。

歩きながら、考えていた。

――殺された夜、彼女は西上といっしょだったのではないのか。

犀川興業は、彼女を部屋で殺してしまうつもりはなかったはずだ。どこかに拉致《らち》し、そのまま葬るつもりだったにちがいない。ということは、反撃を食って殺された黒木京介や、自首した沢村仁以外にも、何人かいっしょだったとも考えられる。

ヤクザの襲撃に対し、なぜ女である彼女が、黒木に一太刀浴びせるような反撃が可能だったのか。それがどうしても解せなかったのだが、彼女があの夜ひとりではなく、犀川興業にとって予期しなかった別の人間といっしょだったとすれば、拉致して殺害する計画が頓挫《とんざ》し、あの部屋で彼女を殺してしまったことも、黒木が反撃を喰《く》らって刺されたことも説明がつく。

こないなところに住んでおったのか。――柳田という男は、彼女の部屋を見渡していった。演技とは思えない。あの男は、あれまで彼女の部屋に入ったことはなかったにちがいない。

大阪で薫子の片腕としてやっている男だ。事件に絡んできたのは、彼女が殺されたあとかもしれない。だが、西上のほうは、宇津木組が消滅するとともに足を洗い、東京に出てきた。薫子から命じられたか、自分自身の意志だったのか、陰ながら彼女を見守っていたとしても不思議じゃない。

彼女は西上に相談を持ちかけた。西上は、このひと月ほどのあいだに何度か店を閉め、彼女のためにいろいろ調べ、この町にも何度か足を運んだ。

黒木京介を刺したのは彼女ではなく、西上隆司だとは考えられないか。

彼女が殺された夜、いっしょにいたのが西上ならば、警察に通報しなかった理由は明白だ。警察などを仲立ちとして、片をつけるつもりは毛頭ないのだ。西上は関西に連絡を取り、薫子に事のなりゆきを説明し、連中とのあいだで片をつけることを頼んだのではないか。それで薫子が、東京に乗りこんできた。裏の世界の人脈を使い、犀川興業に対して落とし前をつけるために。

およそ弁護士らしからぬ、状況証拠だけから導きだした推論でしかなかったが、核心に近い気がしてならなかった。

どんなことについて、どんなふうに落とし前をつけようとしているのか。事務長の鷹津伸吾という男を締めあげれば、はっきりするだろうか。いずれにしろ、犀川興業や硯岡建設を攻めるより、岩盤が弱い場所ではないか。彼女もそう思ったからこそ、鷹津に目をつけたのではないか。そして、あまり近づきたくはなかったこの町まで、じかに足を運んできたのでは。

ホテルのカウンターでルーム・ナンバーを告げた。

ルーム・キーを納めてある棚のなかから、ファックスを差しだしてくれた。

ルーム・キーは断って、ロビーに設《しつら》えられた椅子のひとつに腰を下ろして目を通した。

新聞記事のデータだった。

囲み記事だ。彼女の手帳に電話番号が記されていた堀井正章は、なかなかの有名人であり、新聞のインタビューを受けていた。

テーマは、瀬戸内海の公害問題。IC工場等による、地下水の汲《く》みあげと、河川および海水の汚染。さらには、地下水自体の汚染まで、堀井は様々な観点から警告を発し、それが現在日本中で進展している問題であるとして、市民フォーラムの開催を提唱していた。

いわゆる市民運動家というやつだ。弁護士仲間にも、こういった問題に積極的に取り組んでいる人間がいる。私にはなじめない世界だった。

何のために、彼女は堀井に連絡を取ろうとしていたのか。いや、実際に連絡を取り、この町にやってきて会ったと見るべきだろう。

しばらく新聞データを睨《にら》んでいたものの、結局堀井に連絡を取ってみることにした。電話番号の持ち主が、どこの誰なのか判明した以上、当たってみるのが最上の策だ。

だが、電話を取る者はなく、無機質な機械の声が応答しただけだった。

私は自分の姓名を名乗り、細かい用件は告げずに、またこちらから連絡をするが、もしも連絡が取りにくいようならば電話がほしいといって、自分の携帯の番号を残した。

それから清野に電話をしてみた。大阪での調査の状況を知りたかったし、今夜のうちに合流してこられるものかどうかを確認し、これからの行動も相談したかった。

清野の携帯は、留守番電話サービスに転送されていた。このホテルの名前を告げ、堀井の件を伝言で残したのち、清野宛てのメッセージを添えた新聞記事のファックスを受付カウンターに預けた。

ホテルを出て、タクシーに乗った。

国道はJRの線路よりも海側を走っており、繁華街に近い一角を抜けるとすぐに寂しくなった。

道の両側は、民家よりも畑のほうが圧倒的に多く、畑を背にして酒や洋服などの安売り大型店がぽつぽつ建っていた。

時間は八時を回り、九時に近づこうとしている。小山内総合病院は、当然ながら正面玄関を閉めており、硝子《ガラス》越しのロビーは真っ暗だった。建物は二棟に分かれていて、ロビーのある棟は診察や検査のためのものらしく、どの窓にも明かりはなかった。もう一棟は、入院患者がいるのだろう、二階から上は蛍光灯が煌々《こうこう》とともり、白いカーテン越しに窓の四角い連なりをくっきりと描きだしていた。

国道に停めたタクシーの座席で考えた。鷹津伸吾の自宅にむかってみるべきか。大事なのは、不意打ちをかけることだ。

料金を払ってタクシーを降りた。病院の駐車場に、赤のBMWを見つけたからだ。ケイ子から聞いた、鷹津が乗りまわしている愛車と同じ車だった。

舗道と病院の敷地を分けているのは、幅五十センチほどの花壇だったが、土が剝《む》きだしになっているだけで花はなかった。花壇を乗り越えて駐車場に入った。車に近づき、車種を確認しなおしてから、駐車スペースの標識に目をむけた。職員用だ。

病院の建物を見回すと、近くに裏口の鉄扉があり、救急患者のための受付らしい窓口が設けられていた。受付窓口は電気がついていて明るかったが、人影はなかった。働き者の事務長は、人気のなくなった病院で帳簿整理をしているか、帳簿を誤魔化して金を捻出《ねんしゅつ》しているところかもしれない。

駐車場と裏口とが見渡せる物陰を探し、結局、駐車場のいちばん端に設えられた駐輪場が適当だと判断した。波形の屋根がスチールパイプで支えられた駐輪場で、自転車は一台もなかった。雨はすでに熄《や》んでいたので、屋根の下に入る必要はなかったものの、波形屋根が街灯の明かりを遮っていて目に付きにくい。

待ちながら、期待と不安の両方を感じた。時間が経つなかで、何度も天秤《てんびん》が左右に揺れた。九時を回ってじきに、男がひとり裏口を出てきた。

予想を裏切り、なかなかの色男だった。分量の多そうな前髪を、膨らませ気味にしながら六四ぐらいで分けて後ろへ撫《な》でつけている。身長は私と同じぐらい。内側に控えているのは筋肉ではなく贅肉《ぜいにく》のような気がしたが、スーツを着てネクタイを締めているぶんには、がっしりしているといった印象だ。形のよい両目と引きしまった口元は、渋く賢い中年男のものだった。病院関係者という立場が形づくった落ち着きまで兼ねそなえ、背筋をのばした大股《おおまた》で車に近づいた。

キーを抜きだし、ドアを開けようとしたところで靴音に気がついたらしく、手をとめてこっちを振りむいた。

あからさまに警戒している。駐車場で待ち受け、いきなり声をかけてきた人間に対し、ごく当然の反応だった。

「どなたでしょう？」

問いかけると、眉《まゆ》をしかめ、それによって不安を押し隠したらしかった。

「鷹津伸吾さんですね」

「弁護士の栖本といいます」

告げながら、相手を一応は安心させるために名刺を差しだした。怯《おび》えさせるには早すぎる。

「弁護士が、どういうご用件でしょう？」

鷹津は私の名刺を見つめてから、そうすれば何かが手のなかに落ちてくるとでもいった感じで、つまんだ指先を軽く振った。

「ちょっとお訊《き》きしたい話がございまして」

「失礼だが、待ちぶせてらしたんですか。こんな時間に、失礼じゃないですか。何かご用件がおありなら、昼間あらためて出直してくれませんかね」

「昼間の事務所ではないほうがいいと思いましてね。この時間なので、ご自宅とも思ったのですが、それも避けたほうがそちらのためかと思っておりましたところ、ちょうどお車が停まっているのを見つけたものですから」

鷹津は完全に警戒心の虜《とりこ》となり、貝のように口を閉ざした。

「あなたと《マーメイド》のバニーガールのことで、ちょっとよくない噂を聞きましてね」

あからさまに顔色が変わった。やはり賢そうな外面と内面とは、それほど一致していないならしい。

「何の話かわかりませんな」

声を低くし、「とにかく、私は忙しいので、これで失礼しますよ」慌てて車のドアを開けた。

私は慌てなかった。

「いまお忙しいのなら、あす事務所のほうに出直すか、ご自宅をお訪ねします。どちらがよろしいですか」

「きみね。何の話かわからんが、妙な難癖をつけるようならば、警察を呼びますよ」

「いっこうにかまいませんが、呼ぶかどうかは、私の話を聞いてから考えたらいかがです」

ふたたび貝だ。

「どうでしょう。喫茶店ではお困りかもしれないし、車に入って話しませんか」

鷹津は唇を引き結んだまま、うなずいた。

「この女性を知ってますね」

私は助手席に納まるなり、天井灯をつけ、彼女の写真を差しだした。

「知らん。いったい、何が目的なんだね」

「写真を、もっとよく見てもらわなければ困りますよ。この女性が、三週間前の週末にあなたを訪ねてますね」

鷹津は運転席で上半身をひねり、私のほうに顔を向けた。視線だけは合わそうとしなかった。

「知らんよ。だいいち、《マーメイド》のバニーとの関係がどうとかいったが、何の話なんだ。証拠があっていってるのかね」

観念したと思ったのはまちがいだったらしい。

「鷹津さん。証拠が必要ならお送りしますが、そんな手間をかける必要はないと思うんですよ。女を囲うための金を、どうやって捻出したんです。マンションの費用も、女の望む物を買ってやった代金も、正規の給料から出たものですかね」

「何の証拠があっていっているんだ」

「女のマンションの住所がわかっています」

本当は月々の手当てもケイ子がちゃっかり貯めこんでおり、どれぐらいの額になるのか調べがつくのだともいってやりたかったが、それではあの娘との約束を破ることになる。

「マンションの住所を、あなたの奥さんなり、あるいは院長に知らせたら、私が証拠など差しださずともあなたが金をどうやって浮かせたのかを調べてくれるでしょう。身内ですから、警察沙汰《ざた》にまではしないかもしれない。だが、それでどうなるかは、あなた自身がいちばん知っているはずだ」

うつむいてしまった鷹津を見つめ、私はしばらく待つことにした。

「――二度目は駄目なんだ」

「なんです?」

「なあ、頼むよ、弁護士さん。二度目は、連中だって許しちゃくれない。釘《くぎ》を刺されてるんだ。しゃべれば、俺だってあの女のように――」

「あの女のように、何です?」

「とにかく、しゃべれないんだ」

「鷹津さん。甘ったれたことをいわんでください。人がひとり殺されてるんだ。あんたの保身のために、隠しとおしていられると思うんですか」

「あの女が、よけいなことを調べるからだ」

心を鬼にする必要がなくなった。

このひと言で、すでにそんな状態になった。

「もう一遍そんなことをいってみろ。すぐに警察に突きだすぞ。悪あがきはよしなさい。俺はあんたを、洗いざらいしゃべらせるぞ。今ここでしゃべれば、警察沙汰だけはやめてやる。しゃべらないなら、考えがある」

鷹津は唇をねじ曲げて顔を逸《そ》らし、フロントグラスの先に助けがあるかのように視線をさまよわせた。

「あんた、ゲスな男だな。自分がつきあってた女を、腹立ちまぎれに階段から押しただろ。女は利き腕を折った。店の連中は、すっかりいきりたって、やった野郎を見つけだし、同じように腕を折るといってる。なんならこれから、《マーメイド》へ行こうじゃないか。そのあと警察だ。あんたが自分から話さないと、東京で起こった殺人事件との関連まで疑われることになるが、それでいいんだな」

「やめてくれ。俺は東京の殺人なんかとは、無関係だ」

「はたしてそうかな。彼女はあんたや、犀川興業のことを調べまわってた。そして、殺された。あんただって、動機がある人間のリストに入るんだ」

「――話したら、俺から聞いたことはいわないでくれるか」

私は癇癪が破裂しそうになるのを堪えながら、うなずいた。それからは、ここでしゃべりさえすればいかにうまい逃げ道が待っているのかという天使の囁《ささや》きを、鷹津の耳元でしばらくつづけた。何の根拠もない嘘を、百の根拠があるように聞かせるのは慣れている。良心の痛みを感じずにそれをするのは、あまり経験がなかった。

「うちの病院の廃棄物を、犀川興業のゴミ処理場に頼んでるんだ」

天使の囁きを聞きおえた事務長は、自分以外の誰かがやった悪事であるかのように、憎々しげに吐き捨てた。

なんとなく思いえがいていた予想が外れなかったことに満足しながら、犀川靖が社長となっているゴミ処理場について、データベースで引きあてた情報を思いおこした。犀川興業が経営するのは、一般廃棄物の処理場だ。病院からも一般廃棄物は出るが、大半は使用済みのガーゼや注射針、検査用に採取した血液や尿などの感染性廃棄物と、各種試薬をはじめとする有害化学物質だ。

そのどちらも、処理は医療廃棄物専門の業者が行なわねばならず、一般廃棄物の業者に任せることはできない。

この男と犀川興業がやっていることは、完全な違法処理なのだ。

「なあ、弁護士さん。あんたはわかってないんだ。医療廃棄物ってのは、全国で毎日五百トンは出るんだぜ。なのに、焼却施設の能力は、せいぜい百トン分しかない。どこかで折りあいをつけなければならないんだ」

「ご高説はけっこうだが、折りあいをつけようと思ったら、それなりの取り組みをしろ。医療廃棄物の処理と一般廃棄物の処理じゃ、料金が何倍も違うんだろ」

　吐きつけるとともに、私はある部分の思い違いを知った。この男がケイ子を囲っていた金の出所自体が、犀川興業と結びついたこの違法な投棄にあるのではないか。

「院長は、このことは知ってるのか？」

　無言で首を振った。

「あんたが独断でやってるわけだな」

「聞いてくれ。どこも予算にはかぎりがある。ましてや、うちは個人病院だ。おカミは廃棄物の《排出者責任》なんてお題目を唱えてるが、医療廃棄物をきちんと処理しようとしたら、大半の個人病院は潰《つぶ》れちまう。X線撮影で発生する放射性物質ひとつ取ってみたってそうだ。放射性物質ってのは、国が管理することになってるのに、それが、何ひとつ手を打とうとはせずに病院任せだ。任されてる以上、誰かが手を汚さなけりゃならないだろ」

　急にご立派な口調になった。自分が自分のためにしでかした悪事には目をつぶり、おカミだなんだと他人を罵倒《ばとう》するときには、理路整然としたたてまえを振りまわす。世のなかのどこをひっくり返せば、理路整然と片づくことなどあるというのだ。

「綺麗《きれい》ごとはよせ。あんたは犀川興業と組んで、医療廃棄物処理場に出すべき廃棄物を、連中が経営する一般廃棄物処理場に回した。そして、医療廃棄物として処理したら最低でもかかるはずの処理代金との差額を、ポケットに入れつづけてきた。そうだな」

　沈黙が肯定を示していたが、私はそれだけでは満足しなかった。

「そうだな」

「――ああ」

「いつからなんだ？」

「そろそろ三年ほどになる」

　虫酸がはしった。

　だが、同時に、小さな予感も芽生えていた。

　――これは違う。

　これはたぶん、彼女が知ろうとしていたことの本質じゃない。本質を探る手段として、犀川興業を締めあげるために探っていた材料かもしれないが、三年前から始まったこの男とゴミ処理場との癒着が、彼女が調べあげようとしていた狙いそのものではないはずだ。

「他にどんな話をするように詰め寄られたんだ」

「これだけだ」

「嘘をつけ」

「嘘などついてない。私がケイ子のマンションにいたときに、いきなり連中がやってきた。そして、女を囲ってる金は、病院からの医療廃棄物の処理をごまかすことで得たものだろうと詰め寄られたんだ」

「医療廃棄物をごまかしていたという点は、最初から彼女たちは知っていたんだな」

「そうでなけりゃ、俺だってなんとかとぼけとおそうとするさ」

　まだ判断はつかなかった。もしも本当のことをいっているのだとしたら、この男は通過点にしかすぎない。彼女が目的としていたものを、この男の口から引きだすことは不可能だ。

「順を追って話せ。おまえと犀川興業の天野とは、先月の末に池袋の《羅宇》という店に行った。そうだな」

「——ああ」

「東京に行ったのは、犀川興業の社長の犀川靖に会うためか」

「招待されたんだよ。ケイ子の分もふくめて、顎足《あごあし》つきでな。こう見えても、天野が任されてるゴミ処理業にとっちゃ、うちだって大事な取引先のひとつなんでな」

「羽田とは、犀川興業の事務所で会ったのか」

「——そうだ」

「羽田とあんたの関係は？」

「高校時代の先輩さ。それだけだ」

羽田の自宅の住所と電話番号を聞きだし、手帳に控えた。

「羽田は、何のために東京へ行ってたんだ？」

「そんなことは知らんよ」

「とぼけるな。よく考えて答えるんだ」

「ほんとだ。役所の仕事の出張だとしか聞いてない。たまたま行く日付が重なったので、合流して飲むことにしただけだ」

「羽田と犀川興業の関係は？」

「知らないよ。ほんとだ、信じてくれ」

「なあ、鷹津さん。公務員と、片や暴力団だぞ。それが暴力団の事務所で会い、あんたも合流して酒場へ繰りだした。それをあんたは、どんな関係だったのかも知らないという。通ると思ってるのか」

「――」

「汚職だな」

鷹津はじっとうつむいた。

「羽田って男の役所での経歴は？　人事課長になる前はどうしてたんだ」

「――たしか、公害対策課だ」

「その前は？」

「知らん」

「工場誘致のための、開発課にいたんじゃないのか？」

「そうかもしれん。わからないといってるだろ」

「そうなんだな」

「――ああ、たしか開発課だった」

虫の泣くような声だった。

「羽田は工場誘致に絡んで、犀川興業と関係が生じた。賄賂《わいろ》をとり、情報を流した。そうだな」

「具体的なことまでは知らん。本当だ。信じてくれ」

「渥美嘉信という男を知ってるな」

「誰のことだ？　なあ、頼むよ。もういい加減に許してくれよ」

「本当に知らないのか」

「ああ」

許してやることにして、ポケットのテープレコーダーをとめた。

「この男の曖昧《あいまい》な証言だけでは、工場誘致当時の汚職の証拠にはならないが、羽田に突きつける材料としては充分だ。公務員が東京へ出張した折りに、暴力団の事務所に立ちより、そのまま飲みに繰りだした。その一点だけからでも揺さぶりをかけられる。

鷹津をうながした。

「さて、それじゃあいっしょに、あんたの仕事場へ行こうじゃないか」

「——何のためだ」

「あんたと犀川興業が経営するゴミ処理場とのあいだの、不法な医療廃棄物処理の証拠をもらっていくためさ」

鷹津は子供がむずかるように嫌々をした。

5

経理関係のファイルをのろのろと探す鷹津を前にし、携帯電話で清野に連絡をとることにした。鷹津は青白い顔をしており、半分は時間を少しでも稼ぐ目的でのろのろとファイルを繰っているにちがいなかったが、あとの半分は、呆然《ぼうぜん》としているために緩慢な動作しかできないという感じがした。

私が会話の一部始終を録音したテープを見せたことで、自分が崖《がけ》っぷちから正に落ちようとしていることに気づいたにちがいない。崖っぷちってやつは、爪先《つまさき》が届くまでは、目と鼻の先にあってもなかなか目に入ってこないものなのだ。

鷹津の目の前で電話をしたのは、やつの背中を押すためだった。今なお混乱しているにちがいない頭のどこかで、やつがした話を知っているのが私ひとりだと気づいたら、テープを取りかえしさえすれば全てが元の鞘《さや》に納まって、幸せな日常生活がつづいていくといった、良くない考えを起こさないともかぎらない。

清野の携帯はまだ留守電センターに接続されたままだったので、鷹津の話の要点を手際よく吹きこみ、折りかえし連絡がほしいと告げて切った。これで証人が誕生した。

ファイルを差しだし、青い顔でたばこに火をつける鷹津を後目《しりめ》に、小山内総合病院から犀川興業の経営する一般廃棄物処理場への支払い明細をコピーした。

コピー機の作動する鈍い音を、十畳ほどの広さの事務長室に何度か響かせ、ファイルを元の棚にもどした。

皮肉のひとつも吐きつけようかと思った時だ。

外の廊下を、急ぎ足でやってくる靴音を聞いた。かすかに嫌な予感がしたものの、まさかという気持ちのほうがずっと強かった。

ドアが開き、男が三人飛びこんできて、私は自分に問いかけた。今度は崖っぷちに立ったのは、私のほうか……。

三人とも目つきが悪かった。

うちのひとりは、先日浅草で目つきの悪さを示したことのある天野猛だった。反射的に一歩下がった。それから、左側にもうひとつある、おそらく事務室へとつづいているだろうドアを見た。

男のひとりが素早く私の左側に回って、逃げ道を塞《ふさ》いだ。まさかという気持ちが消せないまま、私は壁際まで下がっていった。なぜこの男たちがここへ飛んできたのだ。

私とは対照的に、自分の人生を取りもどした事務長は、顔に明かりをともして天野に寄っていった。

「よく来てくれたな。助かりましたよ。どうなることかと思ってたんだ」

天野はにこりともせず、鉛でも流しこんだように鈍く光る両目を、ほんの一瞬だけ鷹津にむけた。

私が今の今まで立っていたコピー機の前まで歩き、まだそのまま残っているコピーを摘《つま》みあげて読んだ。

「間一髪ってやつだな」

唇を歪《ゆが》めたのは、この男がはじめて見せた笑みらしい。

「もしかしたらと思い、飛んできたんだ。堤防ってやつは、弱くなってるところから崩れるもんさ。そして、それなりに頭の利く人間なら、どこが弱くなってるのかに気付いて攻めようとするもんだ。なあ、そうだろ、弁護士さん」

コピー機の隣りに並ぶシュレッダーのスイッチを入れ、証拠品をゴミ屑に変えていった。

——もしかしたらとは、どういうことだ。

ふっと何かが頭に引っかかった。

なぜこの男たちがここに来たのか。私は合理的に説明できる！　きわめて合理的な説明であり、それを説明したとき、引っかかりつづけてきた他の厄介ごともまた、クロスワードの最後のヒントが解けたときのように、腑《ふ》に落ちる答えを得ることができる。

たしかにそんなふうに思ったはずだが、それ以上意識をそこに留《とど》めておくことはできなかった。考えごとをするのには、もっとも不適当な状況だ。

「天野さん、この男は、録音テープも持ってるんだ」

鷹津がいうと、天野は手下たちに顎《あご》をしゃくった。

抵抗を試みたものの、なんなく両腕を絡めとられた。鳩尾《みぞおち》を殴られ、もともと罅《ひび》が入っている肋骨《あばらぼね》が上げる悲鳴を聞きながら、躰《からだ》を折った。両腕を背中にねじ上げられ、腋《わき》の下に手を突っこまれて、天野の前に引っ立てられていった。手下のひとりが上着のポケットを探り、携帯用の録音カセットを抜きだした。

シュレッダーを終えた天野は、手下から録音カセットを受けとり、カセット・テープを取りだした。ニヤッとし、私の見ている前でテープを引きだした。

「鷹津さん。どれぐらいのことを話したんです？」

鷹津に顔をむけて尋ね、説明するのを黙って聞いた。羽田の話になったときに、冷たい目を私にむけてきた。

話しおえるころ、私の携帯電話が鳴り、鷹津は思いだしたという感じでつけたした。

「そうだ。それからあんたたちが来る直前に、仲間のところに連絡してたんだ。留守電に吹きこんだだけだがな。惜しいなあ、あと一歩だけ、早く来てくれたら良かったんだが」

天野は何もいわず、私の内ポケットから携帯電話を抜きだした。

私を睨《にら》みつけながら、床に叩《たた》きつけ、靴の底で擦りつぶすように踏んだ。ヤクザの靴の下でけなげに鳴りつづける携帯を、じっと見つめていたが、けなげさは長くはつづかなかった。

機械音がやんで静かになると、天野はすっと鷹津に近づき、人生を取りもどした喜びでてかっている顔を平手打ちにした。

「なあ、鷹津さん。俺は莫迦《ばか》だったよ。度胸のないうすら莫迦を、あれこれ嚙《か》ませちゃいけなかったんだ」

鷹津は頰を押さえ、驚愕《きょうがく》に口をあんぐりと開けた。

「あんたもいっしょに来てもらうぜ。二度目は駄目だといったはずだ。事のなりゆきによっちゃあ、覚悟してもらうからな」

先祖返りでもしたように歯茎を剝《む》きだしにして後ずさる鷹津をさらに殴りつけ、倒れた脇腹を何度か蹴《け》って起きあがれなくした。殴るあいだも蹴りつけるあいだもつまらなさそうな顔をしており、私の前にもどってきてもなお、つまらなさそうな表情を浮かべたままだった。

「誰に電話したんだ?」

「観念しろよ。手遅れだ。あんたらのやったことは、すでに全部話してあるんだ」

私はからからに渇いた舌を唾《つば》で湿らせたものの、声がかすれるのは防げなかった。

「だがな、あんたが持ってた証拠は全部なくなったんだ。なあ、弁護士さん。あんた、自分で思っているほど、自信満々じゃあいられないんだぜ」

顔色を変えまいと必死だった。

何かこっちの立場を有利にするか、そうでなくとも絶望的にだけはしない頼みの綱があるはずだ。そう思い、必死であれこれ探そうとした。大丈夫だ。私がここに来たことは、留守電を聞いた清野が知っている。ケイ子だって、《マーメイド》のバーテンの舟木だって、私が鷹津を調べていたと知っている。しかも留守電には、鷹津が白状した話の要点をそっくり吹きこんである。私の行方が知れなくなったら、すぐに鷹津を洗うはずだ。鷹津と天野との関係を洗うはずだ。

くそ、それは私がいなくなった後の話だ！　事のなりゆきいかんによっちゃあ覚悟してもらう。天野が鷹津に吐きつけた台詞《せりふ》はどういう意味だ……。

「あんた、深入りしすぎだぜ。じっくりと話を聞かにゃあならんだろうな」

天野は余裕を持って吐きつけると、顎をしゃくり、右側の手下が素早く動いた。

鼻先にハンカチが押しあてられた。

薬品の匂い。次の瞬間、私は必死で息をとめ、満身の力をこめて逃れようとした。手下たちの力は強く、実際は首を振ることさえかなわなかった。

恐怖は白い霧のようなものだった。躰全体が冷えるのを感じながら、藁《わら》にもすがるような思いで、命綱になるものがあるはずだともう一度考えようとした。意識そのものが霧に包まれ、何もわからなくなった。

——春まだきの冬の夜。

窓をじっと見上げていた。

窓は、暗く冷たく冷えこんでいる。寒さと孤独と喪失感とに包まれながら、そのいっさいを感じまいとしている自分がいた。

彼女は理由ひとつ告げないままで、私の前から消え去ってしまった。それなのに、こうして待ってさえいれば、窓に明かりが灯《とも》る気がしてならなかった。

いや、自分は明かりのなかにいて、隣りに彼女が微笑んでいる気がしてならないのだ。私たちは、いっしょに鍋《なべ》をつついている。コンビニで買った寄せ鍋だ。熱燗《あつかん》をつけた。ビールも飲んだ。彼女も私も、実に楽しげに笑っている。私はここ以外には帰る場所などないかのように、彼女は私といる以外の時間など存在しないかのように振るまっている。

あの頃の彼女は髪が長かった。並んですわり、肩に手をかけていると、柔らかな髪の手触りが感じられた。私はそれだけでも倖《しあわ》せになった。

知っていた季節は、秋と冬だ。東京にだって季節はある。秋から冬にかけての半年足らずを、私は彼女と過ごした。春を前に、彼女は消え去ってしまった。いっしょに春の穏やかな気候のなかを歩いてみたかった。彼女が行きたがっていた初夏の海に行ってみたかった。そして、ふた回りめの秋を、ふた回りめの冬を経験してみたかった。

「ねえ、今度の週末に、お母さんのお墓参りに行きましょうか」

彼女がいった。

「なぜなんだ？」

私は驚きながら、これが現実の会話ではないと悟っている。旅行しようと、彼女はいった。

映画に行こうと、彼女はいった。海が見たいと、おいしいレストランを見つけたのよと、来週根津の梅祭りなのよと、彼女はいった。そして、また会いましょうねと――。

だが、決して私の家族の話などしなかった。妻のことはもちろん、娘のことも、義父のことも、亡くなった父親の話も母親の話もしなかった。それなのに、なぜこうして頭のなかに出てくる彼女はいつも、こんなことをいうのだろう。

いつでもそうだ。現実ではない彼女は、私の家族の話をする。私とぴたりと寄り添って、まるで妻のように振るまいたがる。私は微笑み、返答に困る。彼女は私が困ることを知っていて、困らせることをいうのだ。

「あなたは、そうなのよ」

私は何がだと訊《き》きかえす。

「ただ私のところに逃げてるだけ。でも、それじゃあ私だって困るの」

私は違うと首を振る。

「むかしなら、受け入れてあげられたかもしれない。でも、もう駄目なの。二度としくじれないの。全部終わり。私、生き方を変えたのよ。お店を開けるの。居酒屋かしら。まだまだ若いもの、バーかクラブでひと勝負よ」

よしてくれ。それはケイ子がいった台詞じゃないか。

「私を縛りつけないで。あなたといる余裕はないの。私は、自分が生きていくのに精一杯なの」

縛りつける気なんかない。ただ、いっしょにいたいだけだ。

幻想の私はみっともない。そして、愛しているなんて繰りかえす。なんとか彼女の気持ちを引き留めようとする。

もっとみっともなくすれば良かった。現実の私は、いつでも立派だ。立派でいたいとばかり願いつづけている。

「違うのよ、誠次さん。そんなことが問題じゃないの」

それじゃあ何が問題なんだ。冷静沈着。議論はあらかじめ結論がわかってからしか始めない。そんな弁護士らしい節度を、すでに身に付けていたはずではないのか。それなのに、私は彼女にすがろうとしている。どんな話か恐怖さえ感じながら、聞かずにはいられずに食ってかかる。

「それじゃあ、はっきりいいましょうか。あなたは、ずっと私といっしょにいたいと思ったことがある？　何かを分かちあっていたいと思ったことがある？　あなたは、誰とも何も分かちあいたくないの。夫にも、父親にもなりたくないの。自分が誰かの息子だったことが、嫌で嫌でたまらないの。あなたはただ、自分の人生から逃げたがってるだけ。自分の父親が、汚職まみれで自殺した人間だと認められないだけ。自分がこうして生きてきたことを、母親の愛情による束縛のせいだと思いたがっているだけ。考えてみて。なぜ家庭生活をつづけられなかったの。なぜ自分で選んだ仕事に疑問を持っているの。あなたは、突きつめて考えることから逃げてばかりいる」

やめてくれ。こんなことをいうのは彼女じゃない。これは彼女ではない他の誰かだ。私に無理難題をふっかけようとしてきた、他の誰か。

――たぶん、私自身だ。

義務教育と、受験戦争と、弁護士になるための徹夜の勉強で、十代から二十代の前半を過ごし、人間はみな平等だと、煮ても焼いても食えないような戯言《ざれごと》を押しつけられ、それを押しつけられているほうが楽だとどこかで思いさえしながら生きてきた。

頭のなかでだけ、様々なことを理解して、理解しきれないことにはなるべく関わらないようにして、理解できる範囲で正義と正義じゃないものとを分けたがっている。

私には自分の父親が自殺したことが許せない。自分の母親が愚かな女に思えてならないことが許せない。父親が正義の男でなかったことが許せないだけじゃなく、大悪人でさえなかったことが許せない。父親が私を愛していたにちがいなく、私が父親を愛していたことが許せない。そのために、自分がどうしようもなく傷ついたことが許せない。傷つかないままで父との関係をつづけていられなかったことが何より許せない。

たぶん私は、明るく何の翳《かげ》りもないものこそがいいものだと教えられて生きてきた。そのほうがいいと思いこんできた。だから、逃れられないほどの傷を、忘れられないほどの過去をつくった父親が許せない。許せないほうがマシだとさえ、信じてきたのかもしれない。

夢のなかに現れる彼女が、ずっとぶつけてきたとおりだ。

「あなたは、別に私を求めてるわけじゃない。あなたはただ、自分の人生が見つけられないだけなのよ」

残念だった。

いつからこんな彼女しか思い浮かべられなくなってしまったのだろう。こんなことを問いつめてくる彼女しか……。

ひと言でいい。私の前から消え去った理由を告げてくれたなら良かった。おそらくそれで納得ができた。五年のあいだ、苦しまずに済んだ。ひとりの女のことなど、忘れ去って生きてきたにちがいない。

いや、違う。私は彼女を忘れたくはない。たぶん私は彼女といっしょの時に、自分の人生を見つけられそうな気がしていたのだ。錯覚かもしれない。だが、自分が丸裸でいられた気がしてならない。彼女を求めていることから、すべてを考えはじめることができた気がしてならない。それさえも、錯覚にすぎないのだろうか。錯覚で生き、時が流れ去ったあとでは、それが錯覚でしかなかったことを認識して生きていくしかないのだろうか。

残念だった。

鼻の奥が熱くなり、顔がぱんぱんに張りつめるのを感じた。そうじゃなく、私は彼女の目を避けて泣いていた。現実の私は、何十年ものあいだずっと泣いたことがない。しかし、夢のなかではこうしていつも泣いている。泣いていたことを、目覚めた時にはもうすっかり忘れているだけらしい。

目覚めたとき、残っているものは重苦しい虚脱感と、ぐるぐると回りつづけるだけで、決して答えの出るあてのない議論をしたあとのような徒労感。いやらしい自己憐憫《れんびん》と、そこにもたれかかり必死で自己肯定を試みようとしてもがいた記憶。自己憐憫も自己肯定もくだらないと突き放しながら、突き放しきれない矛盾を抱えこんでいる私自身——。

「きみは誰なんだ?」

彼女に問いかけた。

「俺は、きみの本当の心を知っていたのか。きみの俺に対する本当の気持ちを、きみ自身の人生に対する本当の気持ちをわかっていたのか」

彼女はいつものように答えない。

黙りこみ、私がいつまでも忘れられない笑顔を浮かべるだけだ。気の強そうな両目。寂しげな眉《まゆ》。だが、ふっと一瞬、無邪気なだけの彼女を剝《む》きだしにする笑顔……。

「忠告しておくぜ。これ以上この件には関わるな。表社会の人間が、首を突っこむことやないんや」

突然、柳田が彼女を連れ去って、私の鳩尾《みぞおち》を殴りつけた。

いや、柳田じゃなく、犀川興業の天野だ。

「なあ、あんた、深入りしすぎだぜ」

肋《あばら》を殴られた。

それから、側頭部を、殴打された。

あとには引けない。彼女はもうどこにもいない。だが、私は彼女の人生を見つけたい。そして、今ここにいる自分の人生を。

……ほんの微《かす》かに、側頭部の痛みが現実と重なった。

……どうやら、肩も痛んでいる。

……意識が肉体にもどりかけた。

……目を開けていて真っ暗なのか、目を閉じていて何も見えないのかわからなかった。ふたたび意識が白濁しそうになるのを、必死でこらえた。物音は聞こえなかった。そばに誰もいないこともわかった。いや、物音のほうは聞こえている。ひとつの単調な物音だけが、ずっと聞こえているために、ないに等しく感じられているだけらしい。躰《からだ》のどこかを、無数の細かい虫が這《は》っている。そんな感じがするとともに、ふっとまた全てが遠のいた。

……瞼《まぶた》がぴくっと痙攣《けいれん》した感じ。

……それとも虫が瞼に這っているのだろうか。意識が肉体の端っこにくっついている。たぶん、ふっと全てが遠のいた感じがしてから、いくらか時間が経っているのだろう。……痙攣している。だから瞼の存在は感じられる。だが、私には何も見えてはいない。白濁した波間に漂いながら、何かを感じることと感じないことの境目で、おろおろと、おどおどと、行きつもどりつを繰りかえしているらしい。

ひとつ学習した。何かに意識を集中するのだ。私は私でなくなるのを必死でつなぎとめながら、右手の人差し指を意識した。利き腕の、おそらくいちばん使う指だ。動かせ。そう命じた。

動け、と命じた。

わからなかった。

動いているのか、いないのか。だいいち、右手の人差し指はどこにあるのだろう。

指先の感覚がない。第一関節と第二関節を折り曲げる感覚がわからなかった。たった今、たしかに曲げようとしたらしい。探りあてた。下敷きになっている。その重みで曲がらない。曲がらないために、曲げようとする感じがわかる。人差し指を動かすと、人差し指以外のどこかが目覚めかけた。右膝《ひざ》の、外側だ。右手は膝の下敷きになっている。手の感覚がもどった。腕がもどり、腕の付け根までが自分のものになり、右腕全体をわずかに動かした。

膝を折っている。腰を曲げ、背筋も曲げている。えらく窮屈な場所に、えらく窮屈な姿勢で横たわっているらしい。

ここはどこだ？　考えかけたとき、また眠たくなった。意識が遠のこうとしている。躰に力が入らなかった。首をわずかに動かして、頭を振ろうとした。鉛ほどにも重たくなっていて、びくともしない。右手はだめだ。そう思った瞬間、ほとんど無意識に左腕が動いた。全身の力を込めて肋を殴った。意識を手放そうとしている肉体のなかで、いちばん意識に近い部分は、どんよりとした痛みとして躰にへばりついていた肋だった。

唸《うな》り声が漏れた。もう一度左の拳《こぶし》をためて、今度はずっと意識して強く肋を殴りつけた。

成功だった。

呻《うめ》き声を上げ、痛みと熱を帯びた肋に思わず掌《てのひら》をあてた。自分がどんな格好で、どんな方向をむいて横たわっているのかを知った。目を開けても真っ暗で何も見えないわけを知り、ずっと聞こえつづけている音の正体を知った。無数の細かい虫に這いまわられていたわけじゃなく、振動を躰が感じていたのだ。私は躰を折り畳まれて、走行する車のトランクに押しこめられている。意識を回復してもどった先が、バラ色の人生でなかったことは残念だったが、天野たちが目的地に到着する前に正気を取りもどした幸運を喜ぶべきだ。

しかも、手足を縛られてはいない。何かの薬品——おそらく、クロロホルムだろう——を嗅《か》がせて安心し、トランクへ押しこんだというわけだ。

私は反撃の意欲に燃えて、トランクの蓋《ふた》を押しあげようとした。無駄な努力だと認めてしまうことができず、ずいぶん長いこと同じことをつづけているうちに、突如吐き気を催した。三半規管がぐらぐら揺すぶられつづけた結果だろう。やり過ごそうとして息を深く吸いこんだが、油臭く濁ったわずかばかりの空気を肺に呼びこんだだけで、息苦しさと吐き気はむしろ大きくなった。

放っておくことにして、何かが見つからないだろうかと腕を動かした。トランクには普通何が入っているのか思いうかべようと試みながら手探りしたものの、吐き気が我慢しきれなくなって、私は胃のなかのものを吐きだした。

肩胛骨《けんこうこつ》から肩のあたりがどろどろになり、自分の吐瀉物《としゃぶつ》の匂いでいっそう吐き気が増した。堪える間もなく、ふたたびこみ上げてきた。口の周りも頬も吐瀉物にまみれ、頭髪がねとつくのがわかった。躰を折って吐きつづけているために、胃がごつい手で鷲掴《わしづか》みにされたように痛む。最後には胃液を吐いた。むかし何かの本で、真っ暗ななかで揺さぶられつづけると、人は気を失うまで吐きつづけるというような話を読んだことを思いだしてぞっとした。

気を失うわけにはいかない。

左手の先が硬いものに触れた。持ちあげると軽く、手の位置をずらすとざらざらした硬い毛のような手触りへとつづいていた。洗車用のブラシだろう。位置を確かめたまま手から離し、他のところをまさぐった。頭に近いほうには何もない。手を躰の下側にむかってのばしながら、同時に両脚でも探ることにした。足の爪先《つまさき》に何かがあたった。躰を深く折って手をのばすと、金属の冷たい手触りがあった。摑《つか》めるほどまで手がのびない。躰の位置を背中のほうへと目一杯にずらした。そこでもう一度胃液を吐き、私は思いつくかぎりの罵倒《ばとう》の言葉を呟《つぶや》きはじめた。口を動かしていたほうが、吐き気が治まるような気がした。唇を頻繁に舐《な》めることも効果がありそうだ。

足の爪先が探りあてた！

慎重に引きよせ、摑んだ瞬間、スプレー缶であると知った。いくら待っても目が闇に慣れることはなかった。トランクのなかというのは完全な真っ暗闇らしい。スプレー缶の表示を読むことはできなかった。私は免許を取得しており、自分の車も持っているが、あまり運転はしない。車のトランクに入っているスプレーが何だか思いうかべようとしたものの、思いつけなかった。

スプレーの頭をそっと押した。心持ち粘りけのある液体が出てきた。曇りどめのスプレーらしい。今度は少し勢いよく押し、液体が霧状に噴きでることを確認した。

あきらめるつもりはなかった。車がどこにむかっているのか、何度も想像しかけ、そして実際にいくつもの嫌な想像がよぎりもしたものの、それらは頭のできるだけ隅へと追いやった。想像してみても仕方がない。

私は天野と鷹津を罵《ののし》り、名前も知らない天野の手下どもを罵り、それから犀川靖を罵った。他人を罵るのに疲れると、知らず知らずのうちに自分を罵っていた。自分の不注意と無警戒がこうした結果を招いたのだ。

トランクの蓋が開いた瞬間が勝負だ。その時に、吐き気が治まっていなければ攻撃になど移れない。恐怖で縮みあがっていたのでは攻撃などできない。できなければ、おそらく私は一巻の終わりだ。

躰が跳ねた。

左肩と左の側頭部がトランクの天井にあたり、すぐ次の刹那《せつな》には右肩と右の側頭部が床にあたった。

舗装道路が終わったらしい。車の振動は大きくなり、私は躰があちこちぶつかるのを避けるために両腕を左右に突っ張った。

じきに腕が疲れてきた。カーブが多くなり、上下の揺れに加えて躰が頭のほうへ引きずられ、次に足のほうへと引きずられた。トランクの床が傾いていることに気がついた。山の斜面を上っているのだ。目的地が近づいているらしい。

やがて車のスピードが落ち、停止するとともに、私は心臓が高鳴るのを感じた。落ち着けと、口に出して呟いた。

運転席からの操作で鍵《かぎ》が外れ、トランクの蓋に隙間が生じた。飛びだすかどうかを考えるよりも早く、車のドアが開く音を聞いた。かすかな車体の揺れで、乗ってきた人間たちが表に降りたったのを知った。

耳を澄まして意識を集中すると、砂利を踏んで歩く足音がした。話し声。何をいっているのかはわからなかった。男たちがこっちに近づいてくる。

スプレーを右手で持ち、上着の内側に忍ばせた。洗車ブラシはすぐ手の届くところに置いてあったが、気休めの武器にすぎない。

トランクの蓋が持ちあげられ、外気が流れこんできた。涼しさと新鮮な空気のかぐわしさをともないながら、顔の周りに染みついているゲロの匂いをも強くした。

男のひとりが、「うへ」とおどけたような声を上げた。

「吐いてますぜ。このインテリ野郎」

天野の声ではなかった。

視線を感じ、肛門《こうもん》がむずむずした。

スプレーを握った右手が汗ばんで震え、呼吸が速くなった気がした。

呼吸の変化に気づかれれば、意識を取りもどしていると見抜かれる。いっそのことこちらから仕掛けてしまえ、仕掛けてしまえと思いながら、私は待った。

男が肩に手をかけた。

首をひねった。相手と目が合った瞬間、その目をめがけてスプレーを噴きつけた。男は私の肩から手を離し、両手で顔を覆ってのけぞった。

右肘《ひじ》と左手を、トランクの床に突っ張って腰を持ちあげた。左膝《ひざ》をどこかにしたたかにぶっつけ、筋がぴんと引きつる痛みを感じた。トランクのなかで膝立ちになろうとする私に、ふたりめの男が組みついてきた。天野だった。私が発射したスプレーを腕でよける。スプレー缶で相手の横面を殴りつけた。自分の体重を天野にかけ、もつれるように車の外に落ちた。

砂利を敷いた地面に倒れた瞬間、運良く私の肘が天野の胃を直撃し、苦しげに息の塊を吐きおとすのを感じた。天野を突きはなした。運転席と助手席から、それぞれひとりずつ降りたつのに気づき、私は反対に走りだした。

暗かった。道ではなく、一定の広さがある空間で、駐車場らしかった。あたり一面を埋めて虫の声がしている。蛙の声が重なっている。車の前方にちらっと視線が行ったとき、そっちに建物の影が見えた気がしたが、私が走る方角には人工的な直線は何も見えなかった。

どんよりと曇った夜空との明るさの違いで、遠くに山の稜線《りょうせん》が浮きたっていた。山そのものはただの黒い広がりだ。月明かりがないために、自分の爪先の地面がかろうじて見えるだけで、目と鼻の先が行きどまりだったとしてもわからなかった。

追ってくる足音はひとつじゃなかった。待ちやがれ、この野郎といった罵声もひとつじゃない。アスファルトに出た。舗装道路だ。街灯はなかった。左にするか右にするか判断もつかぬまま、私は左側にむけて走った。

目が慣れてきて、舗装道路の右側は藪《やぶ》の生い茂った山の斜面だとわかった。車が二台なんとかすれ違える程度の幅の道に沿って、ずっと藪がつづいている。左側は、奥行きが深い闇で、どうなっているのかわからなかった。道から少しくだったあたりが、田圃《たんぼ》か畑なのかもしれない。

ヘッドライトの明かりが、闇を撫《な》でて回転した。振りむいた私は、車が道路に出てくるのを見た。それよりも手前に、おそらくふたり、走って私を追っている男たち――。男たちとの距離は少し開いていたが、それは車で追えばすぐに捕まると高をくくっているからにちがいない。

闇雲に走るスピードを上げた。いくら上げたところで、車と競走して勝てる道理はなかった。藪の斜面に獣道を探した。このまま舗装道路を走っていても時間の問題だ。

ヘッドライトに照らされた。

あっという間に近づいてきた。

いつの間にか、びっしょりと汗をかいていた。髪を掻《か》きあげようとして利き腕を動かし、スプレー缶を握ったままだと知った。

追ってくるヘッドライトにむかって投げつけた。スプレー缶はフロントグラスに命中したようだったが、ただそれだけの話だった。

車は私を轢《ひ》き殺さんばかりに接近したかと思うと、まるで弄《もてあそ》ぶかのようにすっと走行速度を緩めて様子を窺《うかが》った。私はといえば、すでに肩で息をつきはじめていた。ジグザグに走った。私の意志によるものではなく、車にあおられていたためだ。

藪の斜面を駆けのぼろうと心を決めた私は、藪はすでに終わっており、いよいよ傾斜を増した斜面がコンクリートで塗り固められているのを知った。なぜさっき、躊躇《ためら》わずに、藪に駆けこんでしまわなかったのだろう。

道の反対側に逃げ降りることを考えて、考えると同時に躊躇いが起こった。暗闇に慣れはじめた目にさえ、田圃も畑も見えなかった。どれぐらいの深さがあるのかわからないのだ。

エンジンをふかす気配がし、車がぐんぐん迫ってきた。

避ける間もなく、腰骨に強烈な衝撃を受け、私はボンネット上に巻きあげられた。

目の奥に火花が散り、息が喉《のど》の奥で凍りついた。

半回転してフロントグラスにぶつかった。歪《ゆが》めた瞼《まぶた》の隙間から、愉快そうにこっちを見つめる顔と出くわした気がした。

車が急にバックして、私は車の鼻先に落ちた。腰と肩をアスファルトに叩《たた》きつけられ、それからご丁寧に後頭部をぶつけた。肋《あばら》はじんじんと喚《わめ》きたてていて、心臓は破裂しそうな勢いで打っており、首筋の血管からこめかみまで一直線に血が回っていた。私は何か喚いていたが、自分でもわけのわからない言葉だった。

車のドアが開き、天野たちが降りたった。

「手間をかけさせやがって。莫迦《ばか》野郎が」

天野がいった。

睨《にら》みかえして躰《からだ》に力を込めた。立ちあがりたかったが、躰が重たすぎる。かろうじて中腰になった。

両手を太股《ふともも》につき、上半身を支えていた。そうすることで、ひと呼吸だけ息をつけた。大きく息を吸い込もうとすると、胸が膨らむのに合わせて肋が痛んだ。腰骨と尾骶骨《びていこつ》との継ぎ目がずきずきしている。後頭部ががんがんする。

両脚に力を込めてダッシュを切った。

右側にむかって三歩。

四歩めはもう地面がなかった。

飛びこみたくて飛びこんだわけではなかった。飛びこむように躰を投げだす以外、躰を動かす力が残っていなかったのだ。

天野たちの罵声《ばせい》を聞いた気がした。その時にはもう、私は斜面を転がり落ちていた。両手で頭を覆った。膝を腹のほうに引き寄せたかったが、思うようにいかなかった。

空と地面がひっくり返り、頭と胴体がひっくり返った。斜面は土が剝《む》きだしで、草も木も生えていなかった。私はころころと転がって、最後は顔から生ぬるく湿った地面へと着地した。

硬い地面じゃなかっただけツキがある。口いっぱいに押し入ってきた泥を吐きだした。泥水を飲みこんでしまった。噎《む》せかえりそうになりながら、それでも斜面も着地地点も柔らかい土だった予想外の幸運に喝采《かっさい》した。木の枝や竹の切り株に、内臓のひとつも突き刺される可能性だってあったはずなのだ。

「くそ、どこまで手間をかけさせやがるんだ。おい、懐中電灯があっただろ」

天野が怒鳴りつけるようにいうのが聞こえた。

声との距離から察すると、ビルの二階分ぐらいの高さは転がったらしい。

私はやっと悟っていた。草も木も生えていない地面は人工の物だ。道から下る斜面も人の手が加わった結果だ。九分九厘、私は廃棄物処理場に連れてこられたのだ。今まで逃げてきた道はおそらく一般道ではなく、ゴミを運んできたトラックが通過するために、施設の外周に設けられた舗装道路ではないか。

そろそろと躰を動かした。

斜面の上にいる天野たちに気配を悟られないためというより、ぼろぼろになりつつある躰の痛みを計るためだった。

とにかく、ここにいては駄目だ。それならばどこに逃げたらいいものか判断がつかぬまま、斜面に沿ってゆっくりと移動をはじめた。それからやっと、こうして移動しているのでは、上の道路から懐中電灯で照らされればそれまでだと悟った。斜面に背をむけ、真っ黒なゴミ処理場の中心部にむかって走りはじめた。

懐中電灯で照らしだされる前に、一歩でも遠くへ逃げるのだ。夜の闇に乗じて逃げきるにはそれしかない。ゴミを落としこんだ広大な穴ぼこ。落としこんだ上から、土をかぶせてあるだけの穴ぼこ。逆にいえば、足の下数センチか数十センチのところには、膨大な廃棄物が眠っている。違法な投棄の話を聞いたばかりだ。気持ちのいい場所ではなかった。

土は夕方まで降った雨の影響でぬかるんでおり、靴の先が沈みがちだった。スニーカーではなく革靴なので、靴の踵《かかと》が土のなかに残って脱げそうになる。

懐中電灯の明かりが地面を照らしはじめた。距離はすでに三、四十メートルは離れている。それは希望的な感覚に過ぎないだろうか。幸いなことに、私がいるところよりもずっと手前を照らしているようで、明かりはこっちまで追ってはこなかった。

足がもつれ、前のめりに倒れた。ほんの何秒かでもこうして休んでいたかった。倒れたままで躰のむきを変え、連中がいる方角に目をこらした。喉《のど》が鳴っていた。倒れたままで躰のむきを変え、連中がいる方角に目をこらした。

口のなかがざらざらする。何度も唾《つば》を吐きだした。はっとした。懐中電灯の光が、予想したよりもずっと低いところにある。相手も斜面を下ったのだ。車のエンジン音が風に乗って聞こえ、ヘッドライトが移動をはじめたことを知った。

ふた手に分かれ、両側から私をあぶり出そうという魂胆か。視線を巡らせた。相変わらず月は雲の後ろに隠れていて、闇は懐深くすべてを飲みこんでしまっている。連中の目から、私のすがたを隠してくれるが、私の目からは最良の逃げ道を隠してしまってもいる闇だ。

いや、連中は光を手にしているだけ、有利でもあるが同時に不利でもあるはずだ。私からは、連中がどこにいるのかが一目でわかる。

私は自分が冷静さからはほど遠いところにいたことを知った。知ることで、少しだけ冷静になることができた。懐中電灯の光は、私よりも右側にむかって移動しつつある。呼吸を整えながら立ちあがり、上体を低くした姿勢で左斜めの方角に歩きはじめた。

喜ばしいことだった。やはり、ツキはこっちにある。先ほど連中が車を停めた駐車場が、たしかこっちの方角だった。さっきは駐車場を飛びでたあと、舗装道路を左側にかけた。だからゴミ処理場の外周を駆けることになってしまった。と、いうことは、駐車場から右側の道に行けば、ゴミ処理場から離れることができる。道路は避けたほうがいいだろう。だが、方角的にはそっちに逃げていくことに希望がある。

ヘッドライトは、ゴミ処理場の外周を回って走っていた。

それもまた私の目指しているのとは逆の方角だった。ヘッドライトよりも先に、施設の外周にたどり着きさえすればいい。あるいは、車が通りすぎたあとを狙って、ゴミ処理場を囲む舗装道路を越えてしまえばいい。とにかくここを出ることだ。あとはいくらでも逃げる方策はある。どこかに身を潜め、じっくりと明るくなるのを待ってもいい。

だいぶ呼吸が楽になって、ふたたび走りはじめた。走る先に何かがあることに気がついた。近づくと、ブルドーザーだった。闇のなかに眠るブルドーザーは、やけに冷たくやけに巨大で不気味だった。懐中電灯の明かりがこっちをむいた。ブルドーザーの影に躰を隠してやり過ごした。ブルドーザーに背をむけてまた走った。

いぶかった。

車のヘッドライトが、いつの間にかどこにも見えなくなっていたのだ。居場所を知られることを恐れて、ヘッドライトを消したのか。だが、この闇夜でそんなことをすれば、ハンドルを切りそこねてゴミ処理場の斜面へ車ごと落ちかねない。

耳を澄ましたが、エンジン音も聞こえなかった。どこかで車を停めたのだ。何か考えがあるように思えて不気味だった。暗闇を逃げる人間を探しだそうとするときに、私ならどんな策を練るだろう。

斜面が近づいてきた。

処理場のむこう端だ！　とにか考えるよりも、とにかく斜面を駆けのぼることだ。く斜面を駆けのぼることだ。連中が策を練るなら、それもよし。その前に斜面を上りつめ、さっさと逃げればいい。

あと一歩で斜面の下までたどり着こうとした正にその時、私は目がくらんで立ちすくんだ。そのいきなり強烈なサーチライトの光に射抜かれたのだ。

「弁護士さん。いい加減にあきらめろよ」

天野の怒鳴る声がした。光源が強いため、手で光を遮りながら目を細めても、天野のすがたはまったく見えなかった。こっちが丸見えなのは考えるまでもなかった。

後ろを振りむいた。

今はゴミ処理場全体が照らしだされており、懐中電灯をぶら下げた天野の手下たちが、私のほうにむかって走ってくるところだった。

6

私は逃げだしたことを怒られて殴りつけられ、つまらない逃走で連中の服を汚したことを怒られて殴りつけられた。私がインテリと呼ばれるような連中の気に入らない職業についていることと、それにもかかわらず連中の世界に深入りしすぎたことを怒られて殴りつけられた挙げ句に、最後はただ面白半分で殴りつけられた。

それからガムテープで両手をくくられ、腋《わき》の下を摑《つか》まれて斜面を上っていった。両手などくくらずとも、すでに自分で動ける状態ではなかったが、私が懲りずにまた逃走を企てることを完全に封じるつもりだったのだろう。

私はほとほと懲りていたが、逃走を企てる気持ちをなくしたわけではなかった。今しばらく胸に秘めているだけだ。自分に残された未来がどんなものか、想像することも嫌だった。

斜面を上ったところは、砂利を敷いた駐車場で、端には事務所らしい二階建ての建物があった。最初に天野たちが車を停めた場所らしかった。

建物のなかに引っ立てられた。

事務机がいくつか置いてある部屋を素通りして奥の扉を抜けた。

両側の壁にロッカーが並ぶ縦長の部屋だった。窓はなく、床はコンクリートを打ってあるだけだ。

床の上に投げだされた。

私は床をじっと見つめたのち、躰のむきを変えて天野たちを睨みかえした。天野はたばこの煙を吐きあげているところだった。

「まあ、とにかく手を洗ってこいや」

手下たちふたりに命じた。

ふたりきりになった部屋のなかで、天野はうまそうにたばこを喫いつづけ、私は天野の顔を睨みつづけていた。

「なあ、そんなに悲しそうな顔で見るなよ」

天野が楽しそうにいった。

口のなかに血の味がしていた。舌がからからに干涸《ひか》らびているため、鉄のような味はいっそう濃く、しかもざらざらと口中にまとわりついていた。

自分に声が出せるのかどうかわからないままで、唇を動かした。

「鷹津のやつはどうしたんだ……」

「他人の心配より、自分の心配をしろよ」

「——なぜ俺が、鷹津のところにいるとわかった」

「さて、なぜかな」

私はそれからもいくつか質問をぶっつけ、その度に天野からこっちを舐《な》めきったような返事をされた。

「兄貴、臭くてたまりませんね」

もどってきた手下が明るい声でいい、それからちょっと声を潜め、「親爺《おやじ》も三、四十分で到着するそうです」とつけたした。

天野はうなずき、たばこを消した。

「親爺というのは、犀川のことか……」

私はいい、そして、気がついた。自分がこうして話しつづけているのは、恐怖で黙りつづけていられないからだ。そして、弄《もてあそ》ぶような返事をする天野は、それを知っている。こういう状態の人間を、何人となく見てきたのだろう。

「たしかに臭えな」

　天野は呟《つぶや》き、それからいいことを思いついたというようにうなずいた。

「親爺が来る前に、弁護士の野郎を綺麗《きれい》にしてやろうじゃねえか」

手下にむかって顎《あご》をしゃくった。

ロッカー室の奥はシャワー室だった。

私をそこに投げこむと、天野はシャワーを全開にした。

傷口に水がしみたのは一瞬のことだった。痛みで火照った躰《からだ》が、ほっと息をついたような錯覚を覚えたのもまた、ほんの一瞬だった。

水は、あっという間に重たい凶器と化した。

私はすぐに震えはじめた。顎に力を込めることで、奥歯が鳴るのを堪えられたのは、ほんのわずかなあいだだけだった。両手が、両脚が、意思を裏切って震えだし、肘も膝も奥歯に合わせてリズムを刻みはじめた。水の冷たさは、痛みに取って代わられ、さらに熱さに取って代わられた。手下のひとりからバケツの水を浴びせかけられて、私の心臓はウズラの卵ほどの大きさまで縮みあがり、肺のなかが空っぽになった。床に倒れ、ほとんど痙攣《けいれん》に近い震えをつづける私に、手下たちは何度もバケツの水を浴びせかけた。

シャワーがとまり、天野が屈《かが》みこんできた。

「どうだ。情けねえだろ。おめえは濡《ぬ》れネズミになってブルブル震え、手も足も出せねえ腰抜け野郎さ。教えてやろうか。おめえらはおめえらの仕事をしてるだけで、よけいな嘴《くちばし》を突っこんでこなければ良かったんだ。なあ、弁護士さん。この世は弱肉強食だぜ。それを忘れて生きていると、あんたみたいな目に遭うんだよ。よく肝に銘じておくんだな」

私は何も応《こた》えなかった。自尊心のかけらを必死で掻《か》き集めようとしていたが、どこに残っているのか見当がつかなかった。

シャワー室から引きずり出された。天野は丸椅子を運んできて、私の正面にどっかとすわり、両側から手下が私の上半身を持ちあげた。お白州に引きずりだされた、罪人のような気分になった。罪人の前には、水を張ったバケツが置かれた。

「聞かせろよ。おまえが鷹津の事務長室から電話をした相手は、誰だ」

私は唇を嚙《か》みしめた。

後頭部の髪の毛を摑《つか》まれて、躰を力任せに前に倒され、私はバケツの使い道を知った。もがき、顔をバケツから持ちあげようとした。肩で息をついていた躰は、元から大量の酸素を求めており、鼻と口を覆っているのが水だった結果として、吸いこむべきではないものを吸いこんだ。私は右足の先で床をずった。左足に力を込めてなんとか躰を起こそうとした。頭がひと回り膨張し、やがてふた回り膨張した。鼻から喉《のど》にかけて、喉から肺にかけて、そして肺から脳味噌《のうみそ》へと、およそいいつくせない苦痛が拡がった。胸の奥底で、細かい破裂が無数に重なったのち、渦を巻いてひとつの大きな破裂となって躰全体を巻きこんだ。

頭を持ちあげられるとともに、私の躰は同時に別々のことをした。酸素を求めて息を吸いこもうとする一方、肺と胃に入った水を吐きだそうとしたのである。私は涎《よだれ》と涙と鼻水を流し、しゃくり上げるように喉を鳴らし、胃液をバケツのなかに吐きもどした。

すぐにまた後頭部を押され、今度は自分の胃液で濁ったバケツの住人となった。私はまたもや右足で床をずり、左足でなんとか起きあがろうと試みた。肩をゆすり、首を左右に振ろうとしたものの、状況はいっこうに良くならなかった。その次と次までは、水のなかに押しこめられた回数を数えていた。それからは心臓の鼓動がやけに大きく耳に張りついてきて、それを数えることになった。数えようにも、三までの数しかわからなくなり、気がつくと私は清野の名前を口にしていた。

「清野ってのは、何者だ」

「――興信所の調査員だ」

答えると、手下が若干腕の力を緩めた。私がこれ以上は堪えられないことを察し、あとは順を追って話していくと思ったのだろう。連中は、まちがっていなかった。

「興信所だと」

天野は憎々しげに呟いたものの、しばらく沈黙したあとで口調を変えた。

「なるほどな。それじゃあ、おまえがいったい何を知っているのかを、鷹津から聞いた話もふくめて全部話せよ」

必死で頭を働かせようとしたが、五十CCのエンジンで外車を動かそうとしているようなもどかしさに包まれた。どんな返答をするべきなのか。必要以上に何かを知っているように見せるべきか。知っていることのどこかを隠すべきか。どうすれば自分に生きのびられる可能性が生じるのだろう。

私はそれをなんとか計ろうとし、計って返答をしていたつもりだったが、根掘り葉掘りと訊《き》かれるうちに、いったい何を隠して何を知った振りをしているのかがわからなくなった。

結局は、あっけなく陥落したということなのかもしれない。

連中は素直さの塊となった私を残し、ロッカー室のドアに鍵《かぎ》をかけて出ていった。

床のうえで息を継ぎながら、とにかくはひとりになれたことに感謝した。

耳に意識を集中し、外の部屋で交わされている会話を聞きとろうとしたものの、そんなことをして何になるのだとじきに思いいたった。

頭が重たくてならなかったので、上半身を起こすことさえできなかったが、首を回して部屋中を見渡した。出入り口は、連中が鍵を掛けて出ていったドアがひとつだけ。部屋の奥はさっきえらい目に遭ったシャワー室で、ここにもシャワー室にも窓はなかった。壁の天井に近いところに、換気口の穴がある。私の両肩がないとしたらもぐり込めるかもしれないほどの大きさしかなく、足がかりになるような物もない。

ガムテープでとめられた両手を動かしてみた。水に濡れたために、糊《のり》がすこし弱まっているような感じがした。いくら糊が弱まろうと、三重にも四重にも巻きついたガムテープはしっかりと手首を固定しており、とても抜けそうな気はしなかった。私は両手首を擦《こす》りあわせつづけた。

相変わらず何かが心に引っかかっていたが、考える余裕はなかった。私には生きのびる可能性が残されているのか。連中は、興信所の清野を探しだすまでは私を殺さないだろうか。私が小山内総合病院の鷹津を訪ねたことは、清野が知っている。私が調べてわかったことも、清野が知っている。自分にそういいきかせようとして、舌打ちした。だが、清野は私が犀川興業の天野たちに拉致《らち》されたことを知らない。推測はできるかもしれないが、証拠はどこにも残っていない。たとえ鷹津を責めてみても、絶対にいわないはずだ。いや、鷹津まで消されるのかもしれない。

鷹津でさえ、私がこうしてゴミ処理場の事務所の床に転がされていることは知らないのだ。なんとかしてガムテープから両手を抜きとろうと、いっそう力を込めた。まさかという気持ちもないではなかった。ゴミ処理に関する法律はそれほど厳しくはない。厳しくすれば、手に負えない問題に直面しなければならず、政治家や役人の誰もがそこから目を背けたがっているからだ。小山内総合病院が、犀川興業に医療廃棄物の処理を任せていても、嗅《か》ぎつけただけの私をまさか殺そうとまではしないのではないか。

懲りもせずそう思いかけたとき、気になっていたものの一部が氷解した。何かがあるのだ！小山内総合病院と犀川興業のあいだには、医療廃棄物の不法投棄などだけではない、さらに深い関わりあいがある。おそらく彼女もまた、医療廃棄物の違法な処理を突破口として、そこに食いこむつもりでいたか、あるいはすでに食いこんでいた。だから、私がこの町にやって来たのを知った天野たちは、真っ先に小山内総合病院に駆けつけてきた。鷹津が私の標的になっていないかどうかを気にして、やって来たのだ。

くそ、こんな時に、なんともけっこうな謎解きじゃないか。

鍵の外れる音がして、首をひねった私は、犀川靖が部屋に入ってくるのを見た。

「なんでおまえがこの町にいるのかね」

犀川は、つまらなさそうに吐き捨てた。

「——俺も訊きたいさ……。なんであんたが……、ここにいるんだ……」

私のほうの声は、つまらなさそうではなかった。

犀川は私に近づいてきて、さっき天野が腰を下ろしていた丸椅子にすわった。天野たちは犀川の後ろに控えている。

「なあ、栖本といったな。なんでそんなに、ひとりの女の過去が気になるんだ。おまえ、童貞だったのか」

私は唇を嚙みしめた。

犀川を睨《にら》み、腹の底に力を込めて吐きつけた。

「この町の工場誘致にともなう汚職疑惑に絡んで、開発課長の渥美嘉信と、土地ブローカーの山岸文夫のふたりを殺したのは、あんたたちなんだろ」

不意を突き、反応を窺《うかが》おうとしたわけではなかった。何をどう切りだすかなどという、会話の順番を考える力がなかっただけだ。

「これはこれは、この期におよんで、まだ喰《く》ってかかってくる元気があるのかね」

犀川は後ろを振りむいた。

「なあ、天野、おまえらの痛めつけ方が足らなかったようだぜ」

天野は猪首《いくび》をすっぽりと肩のあいだに納め、暗い目でうなずいて見せた。組長がいるところでは、あまり多くを喋《しゃべ》らない男らしかった。口数少なく、てきぱきとやるべきことをこなす大番頭というわけか。

「いろいろ知りたいのなら、あの世へ行ってから、てめえ自身で真沙未《まさみ》に訊《き》けよ。いろいろと、驚くこともあるだろうぜ」

犀川は、私のほうに顔をもどしていった。

一瞬だが、私と犀川が、互いの目のなかを覗《のぞ》きあった。

食い違いを認識するのには、充分すぎる時間だった。

「――真沙未って、誰だ？」

――私は、尋ねた。

犀川はいぶかしげに両目を瞬《また》いたのち、もう一度天野を振りかえった。

それから、屈《かが》みこんできた。

「なんだ。おめえ、あの女の正体も知らずに、あすこを探りまわってたのかい」

「――あすこっていうのは、小山内総合病院のことか……」

犀川は何も答えなかった。

私は息を吸い、吐いた。

残っている力のありったけを使い、上半身を持ちあげた。手下のひとりが近づきかけたものの、犀川が右手の指先で制した。

気づくと、私は懇願していた。

「頼む、教えてくれ……。彼女の本当の名前は、真沙未というのか。苗字《みようじ》は？　この町で暮らしていたのか？　彼女は、いったいなぜ別人になる必要があったんだ。いったい、どんなことに巻きこまれたんだ？　工場誘致や汚職疑惑と、関係しているのか……」

「騒ぐなよ。おめえ、事件の周りをぐるぐる回りながら、何もわかっちゃいねえようだな。工場誘致に関係するも何も、真沙未ってのは、開発課長だった渥美嘉信の娘だぜ」

「――――」

頭を整理したかった。

ものをきちんと考えられる状態にもどりたかった。

——やっと彼女の正体に行き着いた。私と同じ時間を過ごし、私の腕のなかにいた彼女が本当は誰だったのかを、やっと知ることができたのだ。ここからだ。彼女の人生を引き寄せてみせる。彼女が抱えていたものを、私のこの手に引き寄せてみせる。だが、実際は、そんな大それた望みを果たせる時間など残されているのだろうか。

「殺《や》っちまいな！　いろいろと厄介なことになりかけてるんだ。これ以上、面倒は増やさないほうがいいだろ」

犀川は立ちあがり、天野に命じた。

「しかし、親爺さん。この男を始末しちまったら、あの女はどう出ますかね」

天野が囁《ささや》くように尋ねるのに、つまらなさそうに首を振った。

「かまわんさ。始末したのが、俺たちだとわからなけりゃいいだけの話だ。そうだろ。人間がひとりどこかにいなくなっちまう。それだけさ」

背中をむけかける犀川に、私はふたたび懇願した。

「待ってくれ。まだ話は終わっちゃいない。頼む、ちゃんと話を聞かせてくれ」

犀川が足をとめた。

「なあ、知ってどうするつもりだい、弁護士さんよ。おまえはもうすぐ、ゴミの山のなかに埋められちまうんだぜ。今さら、何を知っても遅いと思わねえか」

私は深く目を閉じた。

第八章　別離

1

それからどれだけのあいだ放置されていたのか、時間的な見当はまったくつかなかった。濡《ぬ》れた躰《からだ》が芯《しん》まで冷え、肉の奥に硬い心棒が一本できていた。真っ直ぐな心棒ではなく、いくつもに折れ曲がり、きしみ、呼吸に合わせて骨や筋や内臓を痛めつけた。

止まることのない寒気に襲われていた。発熱しているらしく、頭がぼうっとなりながら、ハンマーで殴られつづけているかのようにがんがん痛みだしていた。股《また》のあいだに温かいものを感じたのは、しばらく前のことだったが、今はそれもまた冷たく冷え、いちもつと尻《しり》のあいだに気色の悪い感じを残していた。それを気色悪いと思う気持ちも汚いと思う気持ちも、そろって失せかけていた。

私は希望にしがみつくことと絶望の淵《ふち》に落ちていくことを何度も繰りかえし、いくつかの懐かしい思い出にすがろうとしかけたものの莫迦莫迦《ばかばか》しくなってやめ、犀川《さいかわ》や天野たちへの敵意を燃やした。時間が経つうちに、希望も懐かしい思い出も敵意もそろってしぼんでいきながら、絶望の淵だけが、すべてを飲みこんで大きく口を開けはじめた。

遠くに響く物音を聞いてからずいぶんして、それが普通の車のものではないエンジン音だと気がついた。ダンプだと想像し、さらにはおそらく夜の人目のないあいだに、何かをちゃっかり捨てにきたのだろうと想像するのにもまた時間がかかった。

私が放っておかれたのが、このトラックの到着を待っていたためにちがいないとわかるのは早かった。投棄するゴミのなかに、人間をひとり埋めてしまえばいいだけの話で、一挙両得というものだ。

犀川が去ってから、ずいぶん時間が経っているのもたしかで、私は最後の淡い希望も手放さなければならなかった。すなわち、何かの偶然が作用して、清野なり息子の長谷なりが、犀川がこの町に入っていたことを偶然知り、いぶかり、あとを尾《つ》け、偶然このゴミ処理場にたどり着き、何か妙な雰囲気を感じて偶然私を救いに現れるといった、いったいいくつの偶然が重なればいいのかわからない幸運だ。

私の一生がこのまま終わらずに済むには、トラックいっぱい分の幸運が折り重なってくれるしかないらしい。

そんなことは認めたくなかった。認めれば、その時点で自分が発狂する気がした。両手の手首を擦りあわせてガムテープを剝《は》がそうとする作業は、不治の病の患者が新薬投与にすべてを賭《か》けるに等しい情熱でつづけられていたものの、剝がれる気配はない。たとえ剝がれたとしても、それでこのよれよれの自分にどんな反撃ができるのか、想像することもまたできなかった。

ドアが開いた。

入ってきたのは天野とふたりの手下で、犀川のすがたはもうなかった。

「さて、行こうじゃねえか」

　天野がいい、手下のふたりが近づいてきて私の躰を持ちあげた。

「兄貴、こいつ小便を漏らしてますぜ」

ひとりが、莫迦にしたような、あきれたような声でいった。

「まあ、いいじゃねえか。おめえだって、じきにお陀仏《だぶつ》って時にゃあ、同じようになるかもしれねえんだ」

天野の声は、労《いたわ》りと優しさに満ちていた。

私は必死で両脚を突っぱり、ロッカー室に一生住んでいたいという意志を示したが、簡単に駐車場へと引きずりだされた。

さっき私を引っ捕らえる時に使ったサーチライトがともり、ゴミ処理場を照らしていた。

車の後部座席に押しこまれた。

手下のひとりが、汚いものに近づくのを疎《うと》みながら隣りにすわり、天野は助手席にどっかとすわった。もうひとりの手下が、運転席に滑りこんで車をバックさせた。

砂利敷きの駐車場から舗装道路に出、何時間か前に私が必死で逃げたゴミ処理場の外周沿いの道をゆったりと進んだ。あの時は永遠にも思える距離を走った気がしたのに、サーチライトで隅々まで照らされていると、ゴミ処理場そのものがサッカーコートの半分ぐらいの大きさしかなかった。

さっきは暗闇のなかに眠っていたブルドーザーの横に、大型のダンプが停まっている。外周の舗装道路から、ゴミ処理場の斜面を下る道がいくつかつくってあった。車はうちのひとつを下り、そこからは土の上を走っていった。

「なあに、すぐに済む。あんまり気に病むなよ」

新たに漏らす小便で、車のソファを汚されたくないと思ったのか、天野は私を宥《なだ》めるようにいった。

何も考えられなかった。白く脱色された脳味噌《のうみそ》が、頭蓋骨《ずがいこつ》の内側で眠っており、躰はすでに自分の躰ではなく苦痛のタネがいっぱいに詰まった袋にしかすぎなくなっていた。この苦痛と恐怖の状態から抜けだせるのであれば、その手段が死であってもいいといった考えにさえとり憑《つ》かれそうだった。

「――なあ、どうして彼女を殺したんだ」

私はかさかさの声で尋ねた。

「おまえ、莫迦だな。そんなことを今さら訊《き》いてどうするんだ」

私がもう一度同じことを尋ねると、天野は舌打ちして前方にむきなおった。

隣りにすわる男を見て、

「――なあ、どうして彼女を殺したんだ」

と訊くと、男はそっぽをむいた。

車が速度を落とした。フロントグラスの先に、ダンプとブルドーザーが近づいてくる。ダンプのほうは、どうやらエンジンを掛けはなしたままらしかった。

「どうだい、いい残したことがあるなら、今聞いてやるぜ」

天野が、今度はもうこっちを振りむこうともしないままでいうのに、私は「どうして彼女を殺したんだ」と問いかけた。

隣りの男から、いきなり脇腹を殴られて、それでもう口をきけなくなった。恨みがましく同じことを訊かれるのに、うんざりしたということか。こういう男たちでも、どこかに良心が残っているらしく、それがこの拳《こぶし》となってやって来たらしい。

前のめりになった上半身をなんとか持ちあげ、同じ質問をぶっつけようとした瞬間、私は妙な光景をこの目にした。

停まっていたダンプのエンジン音が大きくなり、まっしぐらにこっちを目指して進んでいた。いや、すでにフロントグラスのなかの視界を大きく占めるほどにまで接近しており、相手の加速による目の錯覚も手伝って、ヘッドライトがこっちを飲みこみそうに見えた。

運転席の手下がステアリングを回し、なんとか車の方向を変えようとしたものの、猛烈な衝撃を受けて私は躰をドアに叩《たた》きつけられた。いっしょに後部シートにすわる男の躰が、私のほうに投げだされてきて、ドアと男の躰に挟まれてつぶされた。

そのまま車が傾いだ気がした。

次の刹那《せつな》には、天地がひっくり返っていた。

躰を折っていたために、頭のてっぺんが車の天井に激突することこそ免れたものの、両手をくくられている私は腕で衝撃を和らげることもできず、肩を打ち、首の付け根と肩胛骨《けんこうこつ》を打ち、最後に腰骨を打ちつけて呻《うな》り声を上げた。

「くそ……。いってえどういうことなんだ」

天野の声らしかった。

屋根を下にして横たわった車は、中にいる私たちがあがくのに合わせてぐらぐらと揺れた。私の側のドアが開き、「――栖本《すもと》さん。栖本さん」と誰かが私を呼んでいるような気がするとともに、両肩を摑《つか》まれた。腋《わき》の下に手が入り、誰かが私を引きずりだそうとしている。

「この野郎」

折り重なるように倒れていた後部シートの男が、両手をのばしてくるのを目がけ、思いっきり足を突っ張った。

運良く私の足先が男の顔の真ん中に命中し、男は何か喚《わめ》きながら手を離した。

「私です。大丈夫ですか」

どうしてこの男がここにいるのだ……。

土の上に引きずりだされると、遠いむかしに人間的愛情のありったけを交わしたように感じられる、清野伸之と目が合った。いや、愛情のありったけをこの男に注ぎたいのは、いまここにいる私だ。自分が微笑んでいるのか泣いているのか見当もつかず、酸欠の金魚のように口をぱくぱくとさせた。

運転席と助手席のドアが開き、天野と手下とが這《は》いだしてきた。

清野は私の躰を地面に横たえ、天野の顔を狙って蹴《け》りつけた。靴先が頬に命中し、天野は躰をのけぞらせた。私の蹴りのように運が味方したわけではなく、正確に狙った結果に思えた。

清野は蹴るのをやめなかった。

さらには二発三発と、天野の顔を狙って殴りつけた。喧嘩《けんか》はこうしてやるものなのかと、私はぼんやりそんなことを思っていた。

天野は鼻血を出し、やがて口からも血を流した。清野は天野の髪を鷲掴《わしづか》みにし、血だらけの顔を持ちあげると、鼻に右膝《ひざ》を叩《たた》きこんだ。天野は白目を剝《む》き、泥のなかに顔を落として動かなくなった。

私の足下に這いでてきた男を狙い、私も清野を見習ってもう一度蹴りつけたものの、私の躰には相手にダメージを与えるだけの力が残っていなかった。男は私の足の先を押さえつけ、臑《すね》から太股《ふともも》へと上がってきた。

「清野さん」

ありったけの声を振り絞って叫んだ。

助けを求めたわけではなかった。運転席から這いでていたもうひとりの男が、車の後ろ側を回ってこっちに近づいてくるのが見えたのだ。清野は天野のほうをむいており、迫ってくる男には背中をむけていた。

男が躍りかかろうとするよりも早く、清野は落とし物を拾うかのように腰をかがめた。重心を落として躰を低くしたままで、両手を薙《な》ぐように振りまわした。

握っているのが、何かはわからなかった。男の腰にぶち当たるとともに、肉を叩くいい音がした。スコップだと知った。

男は腰を殴られた衝撃で車にぶつかり、私の目と鼻の先に倒れた。腰を押さえてのたうち回る男の躰を、清野は所かまわず蹴りまわした。

私の太股にまで這いあがってきていた男は、恐怖を感じたらしかった。次は自分だと思ったのだろう。私を押さえつけようとするのをやめ、躰を乗り越えて一目散に逃げだした。

清野は男を追おうとしたものの、先にすべきことが足下に転がっていることに気づいて、私の躰を助け起こした。両手首のガムテープを剝がしてくれた。

そうされるあいだ中ずっと、私は母親の乳を求める赤ん坊のように、清野の腕を、胸を、腹を、腰を、顎《あご》の先を、頰の肉を、鼻の先を、とにかく首を無理なまでに捻《ひね》らずに見ることができる命の恩人の躰のどこかをじっと見つめていた。

「――どうして、あなたがここにいるんです」

目が合って、尋ねると、照れ臭そうに視線を逸《そ》らした。自分がどんな目つきをしていたのかわからなかったが、この男が私にとってのヒーローであることはまちがいなかった。

「くわしい説明はあとですよ。手荒に車をひっくり返しちまって、すいませんでしたな。正直いうと、多勢に無勢で、しかもあなたを盾にとられちまう危険もあったんで、どうしていいかわからなかったんです。一発、賭《か》けを打ってみるしかなかったってのが、ほんとのところですよ。とにかく、ここを離れましょう。ダンプで少し走りゃあ、あとは道に隠してレンタカーが停めてあります」

清野もいくぶん興奮気味で、いつもよりも早口だった。

喜びいさんで立ちあがろうとしたが、実際は力を貸してもらわなければ躰を起こすことさえできなかった。

「――待ってください。天野たちをこのままにしておくのはまずい」

驚くべきことに、つい何分か前までは考える能力をなくしていた脳味噌は、ふたたび働きだそうとしていた。

清野がうなずいた。

「わかってます。でも、それは堀井さんたちに任せましょう。じきにやってくるはずです。この野郎たちは、これで立派な殺人未遂です。ゴミの不法処理だけじゃない。堀井さんたち市民運動家も、ここを見張ってた甲斐《かい》があるってもんですよ」

「――堀井」

とっさに名前が思いだせなかった。

「それより、とにかく病院に行きましょう。すぐに医者に見てもらったほうがいい」

自分がどんな状態なのか見当もつかなかった。

清野に支えられ、ダンプの助手席におさまった。

清野は運転席にすわると、暖房を最高にしてくれた。私は肩で何度も息をつきながらも、ギアを入れようとする清野をとめた。

「待ってください……。やはり天野たちのことが気になる。もしも、連中が息を吹きかえしたら……」

「大丈夫」清野はすっと顎をしゃくった。

「ガムテープってのは、人を動けなくするのには便利な道具でね。私らも始終持ち歩いてるんです。ダンプの荷台に、天野の手下のひとりを、ガムテープでぐるぐる巻きにして乗っけてありますよ。連中は、ここまでダンプを運転してきた運転手は他のダンプといっしょに帰しましてな。事務所のなかにいた男のひとりが、運転台におさまって待機してたんです。天野って野郎といっしょにいた、手下の人数は？」

「たしか、三人だと思います」

「そうしたら、そのなかのひとりでしょうよ。あなたが全員の顔を見てて、自分は殺されそうになったと証言できる。どうですかな、弁護士の観点からして、万々が一天野が息を吹きかえして逃げたとしたって、これで大丈夫だと思えませんか」

薄く微笑んでうなずいた。

弁護士であるより、ただの濡《ぬ》れネズミの男にすぎず、私はダンプが吐きだす暖気を浴びて震えていた。

 事情を知らない人間が見たら、ふざけているような動きにさえ見えるのかもしれない。両肩に力を込めようとしても肩自体の震えがとまらず、両腕を絡ませて自分自身を抱きしめた。膝をくっつけてすわることもできない。右膝は左膝を、左膝は右膝を、それぞれの震えで押しのけてしまう。

クラクションが鳴って、目をむけると、ゴミ処理場の事務所の駐車場に車が二、三台滑りこむところだった。

飛びでてきた男が、こっちにむかって手を振った。

「いいタイミングだ。堀井さんですよ。まあ、欲をいやあ、あと一歩早く来てくれたなら、ダンプで乗用車を押し倒すようなことをせずに済んだんですがね」

「でも、あれで溜飲《りゅういん》が下がりましたよ」

冗談でいったのではなかった。

堀井正章は、私と同年輩の男だった。

典子がファックスしてくれた、公害反対を訴えるインタビューの囲み記事で想像した市民運動家という感じとは違い、黒目がちな目をした、どちらかといえばスポーツマンタイプの男だった。小柄だが胸が厚く、がっしりした体型をしている。

私は清野の留守番電話サービスに、二度にわたって伝言を残していた。結果としては、このふたつの伝言が、私の命を救ってくれることになったのだ。

この町の駅に降りたった清野は、私がファックスを受けとった直後にホテルからかけた伝言のほうで、私の宿泊するホテルを知った。そして、同じホテルにチェック・インを済ませるとともに、私が清野に残しておいた典子からのファックスを読んだ。この時点でもう、堀井のほうは私の残した留守番電話への伝言を聞いて、このホテルに電話をくれていたとのことだった。

清野は私が小山内総合病院へ足を運び、事務長の鷹津伸吾を問いつめて聞きだした秘密を吹きこんだ伝言のほうも聞いてはいたが、私がそのまま拉致《らち》されたとは想像しなかったので、ホテルで会えるはずだと考えていたらしい。

私が鷹津の前から留守電を残した時間から計算して、二時間以上が経過してもホテルにもどって来ず、電話連絡もなかったことに対して、頭の隅に嫌な感じが芽生えはしたものの、人間は最悪の可能性を考えるのはなるべく後まわしにするものだ。清野もそうで、思いついたのは、私が鷹津の元をあとにしてから堀井のところへ回ったのではないかということだった。

清野はそれを確かめるため、堀井に電話をした。

私は行っていなかった。

だが、清野は慌てなかった。もしこのとき清野が慌て、堀井との電話をそうそうに切りあげ、浮き足だって小山内総合病院へでも駆けつけていたなら、いま私はここにこうしていなかったかもしれない。

清野は堀井に、小林瞭子《りようこ》という女性を知らないかと尋ねた。堀井がそれらしい女の訪問を受けていた話を聞きだし、女が訪ねた目的は、堀井たちが最近目をつけて深夜の張りこみをつづけている、犀川興業のゴミ処理場の問題をくわしく聞くことにあったと知った。

あのゴミ処理場は、工場からの危険な産業廃棄物を、深夜にそっと投棄しているらしい。そんな情報を摑んだ堀井たちは、工場とゴミ処理場付近に毎晩交代の見張りを置き、同ナンバーのダンプが、工場とゴミ処理場とを何回往復するのか、じっと調べていたという。

――ところが、今夜にかぎっては黒塗りのベンツが一台、深夜にはめったに車など通らない一本道を、真っ直ぐにゴミ処理場目指して走っていった。仲間のひとりから堀井のところに、そんな報告が入っていた……。

この話を聞いたとき、清野の表現によれば、

「背中がざわっと騒いだ気がしたんですよ」

ということだった。

清野は堀井に、私が連中に拉致された可能性を話した。堀井と町中で落ちあい、ゴミ処理場の正確な位置を聞いた。堀井は仲間を集めてまわると約束し、清野はレンタカーで一直線にこのゴミ処理場を目指した。

なんという神の思し召しか！　いささか感傷的になっている私には、この偶然は彼女――小林瞭子ではなく、今や渥美真沙未《まさみ》という名前がある――が、私を助けるために、神の背中のひ

とつもついてくれたものだと思えてならなかった。

さっき私の躰《からだ》を乗り越えて逃げていった天野の手下も、すでに堀井たちに捕らえられていた。後ろ手に縛られ、誰もいないほうをむいてうそぶいている。

堀井たちの仲間は、七人。全員が、そのチンピラを取り囲んでいたので、誰とも目を合わせないでいるのはなかなか苦労がいるだろう。

「これで、このゴミ処理場を告発することができますよ」

事の成りゆきの説明を終えた堀井は、満面の笑みでいった。

「もちろん、証人になっていただけますね」

私はうなずいた。私ひとりは、堀井たちの乗ってきた車の一台にすわっていた。深夜の張りこみ用に使っていたヤッケを着せてもらい、毛布をかぶっていたものの、震えは治まる気配がなかった。躰が暖まりはじめるとともに頭痛は大きさを増し、顔だけは躰と別物のように火照りはじめている。

ひとりが差しだしてくれたポットのコーヒーを、私は両手で大切に包みこみ、胃の感じを計りながら少しずつ飲んでいた。

「――すいませんが、どなたかアスピリンを持ってらっしゃいませんか」

かすれる声で尋ねると、同情を誘ったらしく、それぞれが首を捻《ひね》ってくれた。

幸いひとりが車のグラブボックスに、アスピリンと風邪薬を持っていた。

礼をいってもらい受け、服用量と決められた倍以上をがりがりと噛《か》んではコーヒーで飲みくだした。無意識にやったことだったが、周りを啞然《あぜん》とさせたようではあった。

「警察への連絡は？」

清野が尋ね、堀井がうなずいた。

堀井の仲間の何人かが、今のうちに天野たちも縛ってしまったほうが面倒がないといいあいながら、車に乗って走りだした。

「とにかく、病院へ行きましょう」

清野が私に囁《ささや》いて、それから堀井にむかっていちばん近くの病院を尋ねるのを、なんとなくぼんやり聞いていた。

何かが引っかかってくる気配があり、いろいろ整理して考えてみたいと思ったものの、そんなことの可能な状態ではなかった。

「――あいつは、あなたたちがここに来たとき、何をしてましたか？」

相変わらずうそぶいている天野の手下を顎《あご》で差して訊《き》くと、

「事務所から、どこかへ電話をしてましたよ。どうせ犀川興業の事務所にかけてたんでしょうが、もう、あとの祭りですよ」

堀井の声は、私とは違って健康的に大きかったので、手下の耳にも届いたらしく、ふてぶてしい表情をこっちにむけた。

目があった瞬間に、電流が走った。

「役人の羽田だ――。清野さん、羽田と鷹津、特に羽田が危ない」

私の様子に驚いた清野が、顔を寄せてきた。私の声は相変わらずかすれており、聞き取りにくいらしい。

私は右手を清野の肩にかけた。

「羽田が危ない。工場誘致のときの汚職疑惑について、市役所の羽田は何かを知ってるんです。やつが消されたらおしまいだ。殺人未遂とこのゴミ処理場の問題では、連中を告発できても、天野たちは口が裂けてもその先は喋《しゃべ》りませんよ。羽田が消されれば、あとは闇のなかに葬られてしまう」

清野の顔色が変わった。

「羽田の住所は、わかりますか？」

私は上着のポケットを探るとともに、手帳が天野に取りあげられてしまっていることを知った。幸いそれほどかからずに、清野たちが見つけだしてきてくれた。

「私に任せてください。すぐにむかいます」

清野がいうのに、首を振って見せた。

「違う。私もいっしょです」

今度は驚いた顔をした。

「栖本さんは、一刻も早く病院へ行ったほうがいい。あとは私に任せてくださいよ。警察にも協力を求めてみます」

「あなたがさっき話したレンタカーはどこです。それで行きましょう」

「――――」

「早く、清野さん。考えてる間はないんだ」

清野は堀井のほうをむいた。

「レンタカーが、すぐ近くに停めてあるんです。そこまで、この車をお借りしてかまいませんか？」

「堀井さん。犀川興業の悪事を、根っこから絶つチャンスなんです。協力してください」

私がいった。

堀井はうなずいた。「わかりました。乗ってください。私が運転します」

2

レンタカーに乗り換えたあとも、堀井は私にヤッケと毛布をそのまま使わせてくれた。

私は親切に感謝し、天野たちを告発する証人になることを約束して堀井と別れた。

清野の助言にしたがって、濡《ぬ》れた上着とYシャツ、それに丸首の下着まで脱ぎ、毛布をじかに躰に巻いてくるまった。濡れたものを着ているよりもいくらかマシな状態になった。がんがんと暖房をかけており、清野のほうは額に汗を浮かべている。

喉《のど》の痛みに気がついた。頭痛や痙攣《けいれん》に近い震えや、体中の痛みなど、いろいろ苦痛が重なっていたときには、喉の痛みを感じるまでには及ばなかったのだろう。

清野は器用にステアリングを操りつづけたまま、携帯電話を取りだし、羽田の自宅にかけた。

電話に出たのは、羽田の妻らしかった。まだ帰ってはいないという答えを得たらしかった。どこに寄っているのかという質問にも、的を射た答えは得られなかったようだ。

「羽田のいそうなところに、どこか心当たりは？」

電話を切って、訊《き》いてきた。私は首を振った。

「それじゃあ、とにかくじかに家を訪ね、同じ質問を細君にしてみるしかないですな」

「いま、何時です？」

「そろそろ日付が変わりますよ」

こんな時間まで帰らないのは、おかしいと見るべきなのか。犀川興業から羽田に連絡が入り、何か言葉巧みに持ちかけられ、すでに出向いてしまっているのだろうか。ゴミ処理場の事務所の手下から連絡を受けるとともに、犀川も素早く動いたと見るべきだ。

羽田がすでに犀川の手に落ちているのだとしたら、望みは薄い。だが、羽田自身が危険を感じとり、犀川興業から逃げまわる可能性だって考えられれば、ただ単にどこかで誰かの接待を受け、飲んだくれて帰宅が遅れているだけだということだってありえる。

今はまだ、頭を悩ませても仕方がないのだ。

清野は額の汗を手の甲で拭《ぬぐ》い、ステアリングを握る手にも汗をかくらしく、何度かズボンに擦《こす》りつけた。

再び携帯を取りあげると、警察に電話をして協力を頼んだが、それは役人的な応対によってほとんど拒まれてしまった。かろうじて羽田と鷹津の自宅に警官をむかわせる約束を取りつけるまでに、長い時間を必要とした。警察というのは、それほど市民の役に立つ存在ではないのだ。

「たとえふたりの行方がわからなくなってるとしても、いまはまだ捜し回る手助けを求めるのは無理そうですわ」

元警察官の男は、電話を切ると、苦々しさを噛み殺した口調で告げた。

「とにかく、羽田の家に行きましょう」

とつづけるのに、私は「ええ」とうなずいた。今できるのは、それしかない。

「加減はどうです？」

「少し前と比べれば、天国みたいですよ」

少しも温かいとは感じられず、そればかりか背中に電流が走っているような寒気が張りついていることを思えば、とても快調とはいいがたかった。

「シートを、リクライニングにしたらどうです？」

いわれたとおりに後ろに倒し、頭をヘッドレストに落ち着けてみると、ささやかな天国にさらなる彩りが加わった。

「宇津木組のほうの調べはどうなりましたか？」

尋ねた。

「ええ、いくつか面白いことがわかりましたが、今は話をするよりも、しばらく目でもつぶって休んでらしたらどうですか？」

私はヘッドレストの上で首をひねり、清野の横顔にむかって微笑みかけた。

「なあに、大丈夫です。聞かせてください」

そこで初めて思いだした。大丈夫な状態などではないらしい。命の恩人に、いちばん大事な話をしていなかったのだ。

「その前に、私のほうから話すことがあったんです。彼女が誰なのかが、わかりましたよ」

「なんですって！」

清野が一瞬、フロントグラスから目を離して私を見た。

私はいつもこの男がするように、もったいぶって間を空けたわけではなかった。息切れがして、長く話しつづけていることができないのだった。

「渥美真沙未。市の開発課長だった、渥美嘉信の娘なんです」

「渥美の娘――」

清野は呟《つぶや》き、ブレーキを踏みわけながらカーブを曲がった。いろいろなことが頭のなかでぐるぐるして、運転から意識を離さずにいるのがひと苦労に見えた。カーブを抜けるとともに、大きくうなずいた。

「なるほどね。私が仕込んできた宇津木組やその他の話とも、これで一気につながってきました。彼女がその渥美真沙未って女なら、大いに解せるってもんですよ」

「――どういうことです？」

もう一度ちらっとこっちを見たものの、すぐにフロントグラスに顔をもどした。今度は逆の方向のカーブに入る。清野はオートマチックのギアを二速に入れ、エンジンブレーキを作動させた。道が下りはじめている。天野たちの車のトランクのなかで感じたカーブの多い坂道は、ここらしかった。

「宇津木組の古株だった男から聞いたんですがね、渥美嘉信と宇津木大介とは、同じ高校に通った仲なんですよ。浪速《なにわ》のほうの普通高校だったらしいですな」

「すると、弁護士の斉木がいっていた、親友の娘という話は正しかったんですね」

「ええ、親友も親友でした。ただ同じ高校というだけじゃなく、軟式野球でバッテリーを組んだ仲で、宇津木の部屋にはその頃を懐かしむように、額に納められた野球部時代の写真が飾ってあったそうですよ」

「ヤクザの組長と、市役所の開発課長がバッテリーですか」

呟いたものの、どちらも高校時代からヤクザだったわけでも、市役所の開発課長だったわけでもなかった。時の流れのなかで、それぞれの人生として落ち着くべきところに落ち着いただけの話だ。

「宇津木が投手。渥美が捕手だったらしいです」

「そうすると、渥美もこの市ではなく、大阪の人間だったわけですか」

「こっちは、母親の故郷だそうです。渥美が高校を卒業する間際に両親が離婚して、母親は実家にもどったらしいですね。話を聞いた男が、宇津木の口から聞かされていたのはそのあたりまでで、渥美についちゃあ、それ以上はわかりませんでした。母親の面倒をみるってことを考えて、こっちで就職したのかもしれませんな。

宇津木のほうは、高校を最後まで行くことはできなかったそうです。喧嘩《けんか》で相手を刺し、少年院送りになりまして、まあ、それ以降の話もあれこれ話してはくれましたが、ヤクザ世界のありきたりな出世話というところですよ。二十歳そこそこで組に入ってのち、人一倍の度胸のよさと、それなりの人の好さを買われたようで、めきめきと頭角を現して、やがて組のなかの勢力争いに参加するほどの実力をつけ、最後は先代から組を譲られることになった。省略しないほうがいいのならば、聞かされた話をもう少しきちんと話しますが、どうですね。それより、末広会に関係して聞いてもらいたいことがあるんですが」

私の様子を気遣うような清野の話し方から気づかされた。

私はおそらく自分で思っているよりもずっと、青い顔をしているらしい。

さっき躰《からだ》を温めるために飲んだコーヒーが、胃によくなかったらしくて、かすかな吐き気がぶり返しつつある。

頭は、いつの間にかヘッドレストに張りついてしまい、持ちあげるのが困難になっていた。

喉の痛みはいよいよ本格的になりつつあって、呼吸をするたびに喉の内側がサンドペーパーか何かで削られているような感じがした。

「末広会がどうしました？」

「渥美嘉信には、息子もいたことはご存じでしたか？」

かすかに首を振った。

「いえ。彼女の兄ですか？」

「年齢を計算してみたんですが、弟ですね。渥美房雄《ふさお》という名前です。この弟が、末広会の構成員だったことがあるんですよ」

「――なんですって」

この話は、どこに位置づければいいのだろう？　開発課長の渥美嘉信の息子が、この市の工場誘致の時に暗躍した土地ブローカーの黒幕だったと思われる、末広会の構成員だったというのか……。

「それは、この町の工場誘致の話が進行していた時のことですか？」

「その辺が、微妙な時期だと思うんです。ですから、こっちでもう少しくわしく調べてみたいと思ってたんですよ。むかしのツテをたどって、府警の四課から聞いたんです。ですから渥美房雄の年齢は正確だと見てまちがいないと思うんですが、父親が遺書を残してすがたを消した、今から十三年前、房雄は十八歳です。この前年、つまり十七歳のときに、一度少年課に補導されてるんですね」

警察時代のツテは使わないという禁を、少しだけ破ってくれたらしい。

「それは、大阪で？」

「いえ、この町です」

「補導の理由は？」

「窃盗です。初犯だったので、家裁の決定も軽く、親元で様子を見るといった程度のものだったらしいです。ところが、翌年、父親がすがたを消した年にはもう家を飛びだし、大阪に出てきてたようなんです。一応はバーテンか何かをして働いてはいたらしいんですが、この時にはもう、末広会の準構成員といったつながりになってたようなんですね」

「それは、父親の渥美嘉信が失踪《しっそう》する以前のことですか？」

「その前後関係は、まだはっきりしないんですわ。これから調べますよ」

「正式な構成員になったのは？」

「翌年には、バッジをもらってますね」

「犀川靖、いえ、当時は和辻靖ですが、との関係は？」

「これも具体的なことはまだわかりません。でも、犀川が末広会に属していた時のことですよ。

当然、つながりがあったと見るべきでしょう。私にゃあ、偶然だなんてとても思えないんですが、どうですね」

同感だった。

——だとすれば、これは何を意味しているのか？　もう一度そう問いかけたものの、どの方向に手をのばして考えれば答えに届くのか、想像がつかなかった。

「それで、渥美房雄が今どうしているのかはわかったんですか？」

「いえ、死んじまってるんですよ」

「——死んでる……」

「ええ」

「いつのことです？」

「大阪に出てから二年後ですね」

「というと、今から十一年前——。死んだ理由は？」

「自殺ですよ」

「理由は？」

「麻薬中毒だったんです。幻覚を見るような症状にまでなってたらしくて、家族が病院に入院させたらしいんですが、その病院で、首を縊《くく》ったってことでした」

「ちょっと待ってください……。家族っていうのは？」

「ええ、さっき大いに解せるっていったのはここなんです。父親はすでに死んでおりますし、母親もその直後に自殺してますよね」

清野はいったん言葉を切った。

いつものように気を持たせるわけではないことは、苦虫を噛《か》みつぶしたような横顔が雄弁に物語っていた。喉仏《のどぼとけ》をくりっと動かした。

「——当時、残ってた家族ってのは、渥美房雄の姉にあたる真沙未だけですよ。ねえ、栖本さん。渥美真沙未は、というか、あなたにとっては小林暸子と呼んだほうが馴染《なじ》みが深いかもしれませんが、父親を自殺で失い——実際は何者かに殺されたわけですが、当時は自殺だと思っていて、母親もその後を追うように自ら命を絶ち、最後は、麻薬で入院した弟まで自殺で失った。そういうことになりますね」

私はフロントグラスを見つめていた。フロントグラスのむこうの暗い夜空を、そして夜空の下からヘッドライトに浮かびあがり、するすると車の下へと吸いこまれていく濃紺色のアスファルトを見ていた。実際は、何も見えてはいなかった。

背中がざわざわと騒いでいた。

——それが、彼女が別人に成り代わって生きてきた最大の理由なのか。父親の汚職疑惑。それに絡む殺人。母親の後追い自殺。最後に、とどめを刺すように起こった弟のヤクザへの転落と麻薬中毒、自殺への道筋。

私が知っている彼女は、決して弱い人間じゃなかった。身内のすべてを自殺で失ったことだけが、別人としてその後の人生を生きなおしたいと思った理由のすべてではないだろう。父親の汚職疑惑について、何かを知っていたのかもしれない。それで犀川たちから身を隠す必要があったのかもしれない。あるいはマスコミや、警察や、世間の目から身を隠す必要があったとも考えられる。マスコミも警察も世間の目も、犯罪の疑惑をかけられた人間の家族にとっては、巨大な重圧となってのしかかる。

彼女には、渥美真沙未としての人生は重たすぎた。

重たすぎる人生から降りてしまえたならと思う瞬間が、誰にでも一度や二度はないだろうか。そんな望みを、心のどこかに抱えていた彼女が、父の古い友人である宇津木大介と出くわした。あるいは、父親から助言を受けていて、頼っていたとしたら。普通の世界に生きている普通の女に、他人に成り代わるといった犯罪を思いつき実行することなどは至難の業だ。だが、宇津木なら、思いつくことも、組織力と裏の社会の情報力を活用して、彼女が入れ替わるべき最適の人間を見つけだすこともたやすくできたにちがいない。

宇津木大介は、それを彼女のためにしてやったのではないのか。

小林瞭子としての人生を用意し、名古屋に《蘭》という働き場所を見つけて彼女を送りだした。大阪にいたときも、彼女はホステスをしていたらしい。《蘭》は、宇津木の女がやっていた店だということだ。新たな人生にとって、ヤクザの親分には最適だと思えた働き場所を用意し、彼女を大阪から送りだしたのではないのか。

――こっちの世界ではじまったことは、こっちの世界で片をつける。

宇津木薫子《かおるこ》は私にいった。

あの言葉は、西上隆司が今度の一件が起こったはじめから彼女に協力していたことなどを指していたのではなく、十年以上前に、小林瞭子としての人生を用意してやったのは自分たちだということをこそ、意味していたとはいえまいか。

彼女が自分で思いついて頼んだことなのか、宇津木大介たちが思いついたことなのかわからない。いずれにしろ、ひとつの人生が重たかった女の前に、違う人生を用意してやる人間がいたとしたら……、彼女は、やり直してみようと思ったのではないのか。宇津木が彼女にしてやったことが、陽の光の下に照らしたときに、公明正大と呼べる愛情によるものなのかどうかなどわからない。だが、何年もの時間が流れ去ったあとでも、彼女が自分の店を《羅宇《ラオ》》と名付け、キセルの好きだった宇津木への感謝を示していたことは否定できない事実だ。

そもそも、公明正大な愛情などあるのだろうか。義務や権利など他の何かならばあるとしても、愛情とは光の下に出れば消え失せてしまうような、およそ公明正大とはほど遠い、どこかに疚《やま》しささえともなうような存在ではないのか。

――ぽつりとそこにいたような女。

根津で出逢ったときの印象が今も離れない。五年のあいだ、時の流れも無視して、ずっと私のなかに留《とど》まりつづけてきた印象だ。

名古屋で働いていた彼女は、宇津木大介が亡くなるとともに、宇津木組の庇護《ひご》の下を離れることを決意したとはいえまいか。そして、ひとりで東京に出てきた。西上隆司とだけは、つきあいがあったのかもしれない。だが、それも最早、深いものではなくなっていたのではなかろうか。きっぱりしたところのある女だった。離れると決めたら、すべてを自分ではじめるつもりになっていたはずだ。だから、あの頃、クリーニング屋で働きだし、安アパートに暮らしていた。小さなスナックでアルバイトをしながら、自分の人生を見つけようとしていたのではないた。

私は苦痛に目を閉じた。

清野に断り、少し休みたいと嘘をついて顔を反対側にむけた。考えつづけたかったわけではなかった。それにもかかわらず、すでに考えつづけてしまっていのか。

彼女は私の前から消え失せた。それは、義父にあたる塩崎礼次郎が彼女を訪ね、あるいは人をやり、私と別れるように告げたためなどではないのではないか。

私は彼女といっしょに人生を見つけたかった。

だが、彼女が見つけたかった人生は、私といっしょにいる時間になどなかった。それが、別離の現実ではないのか。いや、それを私に突きつけまいとしたために、彼女は理由を告げないまま、ただ私の前から消え去った。それこそが五年前の現実ではないのか。

彼女はそれから銀座という街に出て、ホステスになった。ホステスの世界にもどったというべきだろう。十年以上前から東京に出てくるまでのあいだずっとホステスをしてきて、あの当時三十歳を過ぎていた彼女にとって、他の生き方があっただろうか。三十を過ぎた身寄りのない女をどこも雇ったりはしない。クリーニング屋や老夫婦のやるスナックがせいぜいだ。

彼女は銀座で笠岡和夫に出逢い、腹をくくって抱かれた。金を引きだし、笠岡を踏み台にしてクラブを開けた。それからはもう、人に使われるホステスじゃなかった。自分が人を使うクラブのママだ。笠岡に金を返した彼女にとっては、クラブは名実ともに彼女自身のものであり、彼女が生きていく城だった。

綺麗事《きれいごと》じゃない。それが彼女の見つけた人生だったのだ。私には妻があった。いや、それさえも問題じゃないのかもしれない。私には、誰のことも受け入れるつもりはなかった。誰かを受け入れなければならないのが苦痛でならなかった。私はただ自分のためだけに、自分の人生を探したがっていただけだ。いや、この五年の私はといえば、何ひとつ探そうともしなくなっていた。

私は、彼女とは正反対の方角を見て生きていたのかもしれない。彼女といっしょに過ごせたあの半年足らずのあいだ、同じものを見ても違うものを見ていたのかもしれない。

私の感じたことは、まちがっていなかった。

出逢ったとき、彼女は根津という街にぽつりとひとりでいた。剝《む》きだしのままで生きていた。だからこそ、私は彼女といる時に安らげた気がした。自分も人生を剝きだしにしたいと思え、できるような錯覚も感じていたのかもしれない。

だが、剝きだしの人生って何だろう。私は人生がわからない。三十五年生きてきてわかることは、私たちは人生なんて代物を生きているわけじゃなく、日々の生活を生きているということだ。朝を生き、昼間を生き、夜を生きているだけだ。

難しいことを思う必要はなかった。

私には、彼女に何もしてやれなかった。たぶん、それだけの話なのだ。

彼女に必要だったのは、私とともに過ごす時間ではなく、自分が生きていくための支えだった。彼女は消え失せてから、それを自分自身の手で築いたのだ。

私と出逢ったときの彼女は孤独だった。その前からずっと孤独で、私と出逢ったときも孤独で、そして、私といっしょに過ごしてもなお孤独だったはずだ。私は彼女の孤独を何分の一かでさえ理解できていなかった。しようとしなかった。自分を押しつけようとしていただけだ。

――私は、いったい彼女にとって何だったのだろう。失ってからずっと、それをもう一度彼女に会って聞きたかった。俺は、きみにとって何だったんだ。そう訊《き》きたいと願いつづけてきた。だが、答えはおそらく、彼女が消え失せたこと自体で出ていたのだ。私はただ、自分が彼女にとって何者でもなかったことから、目をそむけていたかっただけだ。

彼女はたぶん、私のことを愛してくれた。

だが、愛するだけでは、何ひとつ支えつづけることなどできやしない。

3

羽田の家は玄関の明かりを落としており、ひっそりと静まりかえっていた。

そろそろ深夜の一時になろうとしていた。警官のすがたはどこにもなかった。

「栖本さんは、車のなかで待っててください」

清野は家の周りに注意深く視線を巡らせ、警官以外の誰かが見張っている気配がないことを確かめてからいった。

「なにしろ、この時間でもありますしな。栖本さんがその格好で現れたら、何ごとかと思われるのがオチですよ」

私は苦笑した。

「しかし、清野さんなら大丈夫ですか？」

「なあに、こういうときは、私はむかしの職業に早もどりする特技を持ってるんです」

車を降りかけて振りむき、真剣な目をしてつけたした。

「あたりに怪しい人影はないようですが、私が離れてるあいだに、誰か妙なやつが車に近づいてくるようなら、躊躇《ためら》いなくクラクションを鳴らしてくださいよ。私もすぐに飛んでもどってくるし、住宅街のなかですから、あたりをはばかって逃げだすでしょうしね」

「わかりました」と素直にうなずいた。

清野が車を降りるとともに、内側からドアをロックした。

家の門のなかに消えるのを確かめ、それからしばらくはあたりに注意を払っていたものの、じきに目を開けていることが苦痛でならなくなった。

気配に耳を澄ましていればいいのだと自分を納得させ、目を閉じては開けることを繰りかえし、それがやがてほんの時おり開けるだけになり、最後は目を閉じてただ清野がもどるのを待ちつづけた。

寒気はいっこうにおさまらず、にもかかわらず少し前からは、手足も頭もとんでもないほどに熱くなっていた。四本の手足がそろって瓜《うり》のように膨らんでいるような気がして、舌は口のなかいっぱいに膨らんで、洗い物用のスポンジを詰めこまれているようだった。

首を一ミリ動かすことでさえ苦痛でならなかった。喉《のど》の痛みは、奥へ奥へと進行し、呼吸を繰りかえす度におかしな音がしはじめている。鎖骨の内側ぐらいまでざらついて、ひゅうひゅう風が吹きぬけていた。

そうとしていた。

窓硝子《ガラス》を軽く叩《たた》く音がした。慌てて目を開くと、清野が外から車のキーでドアのロックを外いた。

躰《からだ》を動かしたかったが動かせなかった。今や私の頭は頭ではなく、ただの頭痛の塊と化して

「羽田は帰ってませんでしたよ」

運転席に滑りこむなり、清野はいった。

「ただね、外からちょっと前に電話が入ったそうなんです」

「——それで、なんと？」

自分の声が、いつもと違うところから聞こえた。

「今夜は、仕事で泊まりになるといったそうです。ただ、細君は泊まる場所は聞いてないんですよ。そういうことが、今までも何度かあったそうでしてね。泊まる先は、役所の仮眠室か、役所のそばの提携してるビジネスホテルかのどちらかだってことで、とりたてて不審にも思わず、訊きかえしもしなかったそうです。まあ、実際は表で何をしてるのかわかりませんが、カミさんにとっちゃあ、働き者の公務員ってところなんでしょうね」

「警察は、ここには来なかったんですか？」

「来たそうですが、今したような話を聞くとあっさり引きあげたそうです。まったく、頼り甲斐《がい》のある連中ですよ。どうして深夜に叩き起こしてまた同じ話をさせるのだと、カミさんはすっかりご立腹でしたわ」

「ビジネスホテルの場所は？」

「訊いてきましたよ。そして、もしも亭主から何か連絡が入ったら、緊急の用件なので署じゃなく携帯に電話をくれ、二十四時間いつでもいいからといい置いてきました」

「それじゃあ……、そのビジネスホテルへ行ってみましょう……」

私がいうのにかぶせるように、清野は「ちょっと失礼」と呟《つぶや》いて躰を近づけてきた。

私は相手の右手が自分の額にあてられるのをぼんやり見ていた。

「まいったな。栖本さん、額でお湯が沸かせますぜ」

「コーヒーがいいな」

と、私はいった。


病院に運ばれたことはわかっていた。

意識を失うことと朦朧《もうろう》とすることを繰りかえしていたので、車がどれぐらいの時間走ったのかは見当もつかなかったものの、その町医者に私たちがたどり着いたのは、市民運動家の堀井正章のおかげらしいことだけはわかった。

清野のほうから電話をかけたわけではなく、堀井から携帯に連絡が入ったらしい。私は堀井が心配したとおりに――案の定というべきか――ひどい状態になっており、私たちふたりはといえば、私がこうなったきっかけである小山内総合病院しか、この町で医療施設を知らなかったのだ。公害反対の運動に加わっている仲間のひとりが、開業医をしているらしく、堀井は私たちをそこに案内してくれた。

注射を打たれ、点滴を受けた。

ほっとひと息ついた感じは少しもなかった。気分はどうだと訊かれたのに答え、頭が割れそうだと告げると、ズボンとパンツを脱がされて座薬を入れられたらしい。粘膜からの吸収がいちばん早いといった説明を受けたようだった。

次に正気づいたときは、乾いたパジャマを着せられて、誰もいない部屋のなかに横たわっていた。部屋は、天井の補助灯がついているだけで薄暗かった。腕には点滴の管が付いていて、後頭部に水枕が当てられていた。

少し前の記憶のなかでは、私は半魚人のように濡《ぬ》れた肌をしており、それは海水ではなく自分が流した汗のためだった。誰かがパジャマを何度か取り替えてくれたのだろうか。それとも、びしょ濡れで気持ちが悪いと思っていたのは、清野の運転する車の助手席で震えていたときの記憶なのか、どうもはっきりしなかった。

私は何度かベッドを離れて波間を漂い、空を漂い、その果てまで漂った。快適な旅ではなかった。頭は始終締めつけられているか割れて弾《はじ》ける寸前になっているかのどちらかで、躰は熱すぎるか寒気に襲われているかのどちらかで、ちょうどいいところで落ち着いてくれようとはしなかった。波間を漂うと波に酔い、空を漂うと高度に酔い、その果てまで行くと果てがわからないことの不安に酔った。

ふっと意識が浮き上がってきて、ベッドのわきに誰かがいることに気づいたときがあった。

「羽田を見つけましたか?」

私はそう尋ねたので、ベッドサイドにいたのは医者や看護婦ではなく、たぶん清野だったのだろう。

「いえ、残念ながら駄目でしたよ。でも、今はとにかく、そんなことは心配せず、一刻も早く良くなることです。忘れないでくださいよ、あなたは犀川たちの殺人未遂を証明する証人であり、私にとっちゃあ、今後も犀川たちを追及するための依頼人なんですからな」

私は強情を張ったらしい。

「私のことは大丈夫です。羽田を探してください」

おそらく清野は困ったはずだ。探してくれと懇願しても、いったい深夜にどこを探すというのだ。

――そう思ってから、まだあまり時間は経っていないらしいと気がついた。

目を開けて清野のすがたを探すと、清野ではなく長谷継男のほうが私を見つめていた。

長谷が水差しを差しだしてくれて、私は自分が水を望んだことを知った。喉を通過する冷たい感じから、躰にまだ熱がこもっていることを知った。だが、頭痛はほとんど治まっており、躰もだいぶ楽になろうとしていた。

「どうかしましたか？」

長谷が尋ねてきて、どうやら自分が微笑んだらしいことを知った。

「いや、たしかにこうして正面から眺めると、親父さんと顔が似てると思ってね……」

口をきくとすぐに喉が渇くような気がしたが、舌は口のなかいっぱいに膨れることだけはやめてくれたらしかった。自分の声が、やっと自分の声のような感じになっていた。鼓膜に頭の内側から圧力がかかっているみたいで、やけに周りが静かな反面、心臓の鼓動だけはよく聞こえた。

「なんだ。親父のやつ、話しちゃったんですか」

長谷は頭を掻《か》いて笑ったものの、私の頭痛に響かないようにとでも注意されているのか、声は抑えぎみで小さかった。

「仕事関係じゃあ、親子であることは隠しておこうと約束したんですよ。そんなのがふたりでやってる興信所なんて、信用をなくしますからね」

「俺はきみの髪の毛を見たときのほうが、信用をなくしかけたがね」

長谷は何もいわずに笑った。

「西上はどうなりました?」

尋ねると、しばらく答えなかった。

「驚いたな。事件のことしか頭にないんですか。とにかく、安静に寝てくださいよ。俺は、栖本さんの看病兼ボディーガードをするように親父からいわれて、この部屋に入ったところなんです。いろいろ話せとはいわれていません」

「話してくれたほうが、安眠できると思うがね。尾行に気づかれ、逃げられたなんてことは?」

「いえ、ちゃんと居所を押さえてありますから、安心してください。ただ――」

「ただ、何です?」

「これは漠然とした感じなんですが、もしかしたら僕が尾行してたことには、気づかれてたのかもしれないって気もして、わからないんです」

「なぜそう思うんです?」

「新幹線のなかで、挑発するように、僕の座席の横を何度か通ったんです。雑誌を読む振りをして顔を伏せてたんですがね、あの野郎、こっちを莫迦《ばか》にしたような目で睨《にら》んでた気がするんですよ」

尾行者がいても放っておく気になったということか。事態の決着が近いということなのか。近いのならば、なおさら神経質になるとはいえまいか？

「それで、その後は？」

「西上も宇津木薫子って女たちも、泊まってるホテルを押さえてあります。それに、この町には、あの女が経営する会社と親しい取引先があるんですが、そこの事務所がなんらかのかたちで協力してるらしくて、女たちはそこを打ちあわせや連絡のために使ってるようです」

「それから？」

「困ったな。ほんとに話したらおとなしく眠ってくださいよ。宇津木薫子たちは、今夜、国会議員の川谷晃三を訪ねてますね」

「川谷を――」

《農工両立》を提唱し、《六四方式》を提案。工場誘致を率先して行なった市長であり、その工場誘致の完成を地元への手土産として票を集め、国会議員に当選した男だ。

「ええ。国会の会期中じゃないですからね。川谷は、こっちの屋敷にもどってましてね」

「順を追って話してください。西上隆司もいっしょだったんですか？」

「ええ。西上と女たちとは、さっきいったそのホテルで落ちあったんですよ。海岸沿いに建つホテルで、駅からなら、車で十分程度ですね」

「女たちというのは？」

「いっしょにいたのは、栖本さんがマンションで出くわした、柳田って男だと思います。他に、何人か手下風の男が、ホテルのロビーを遠巻きにしてましたね。犀川興業からの逆襲を、警戒してるのかもしれない。僕も近づくことはできなかったので、連中が話した内容まではわかりません」

「川谷を訪ねたのは？」

「薫子、柳田、西上の三人です」

「川谷が、こっちの屋敷に帰っているのは確かなんですね」

「ええ。確かですよ」

「そこには、どれぐらいの時間いたんですか？」

「六時からだいたい一時間ぐらいです」

私は天井を見つめて目をしばたたいた。

この状態で可能なのかどうかわからないものの、いろいろと整理してみたかった。

薫子が川谷晃三に会った目的はなんだろう。裏の社会のやり方で片をつける。あの女はそういった。どんなふうに片をつけるために、川谷と会ったのだろうか。私は犀川と天野とが交わしたやりとりを忘れてはいなかった。この男を始末しちまったら、あの女はどう出ますかね。天野はたしか、そういった。かまわんさ、始末したのが俺たちだとわからなけりゃいいだけの話だ。犀川はたしか、そういった。あの女とは、九分九厘宇津木薫子を指している気がした。

あのやりとりが交わされたのは、何時ぐらいだったのだろう。私が清野に救出されたのは十二時過ぎ。逆算して想像すると、十一時過ぎというところか。薫子たちが川谷に会ってから、優に四、五時間は経過している。

連中は、川谷と薫子との会談を知ったうえであゝいうやりとりを交わしたのだろうか。知っていたとすれば、どんな経緯で犀川たちの耳に入ったのか。犀川の手の者が、薫子なり川谷の屋敷なりを見張っていたという可能性がひとつ。もうひとつは、川谷みずからが、犀川たちに耳打ちした可能性――。後者なら、川谷は犀川たちと通じていることになる。いや、その可能性は低いのではないか。当時《農工両立》と《六四方式》を掲げていた川谷にとって、それを食い荒らして金儲《かねもう》けをしていた犀川たちが、たとえ十年以上の歳月が経ったあとでも親しくなりたい相手であるわけがない。

薫子にとっては、片をつけるという思惑のなかで、川谷晃三という政治家はどこに位置づけられるのだろうか。川谷がこの地元において有力者であることはまちがいがない。その川谷を動かして、犀川興業をつぶしにかかっているということか……。

「とにかく、あしたはまた、朝から薫子たちに張りつきますよ」

長谷がいった。

「清野さんは？」

「犀川興業の事務所を張ってます」

「犀川興業を――」

「ええ。羽田ですが、役所が提携しているというビジネスホテルにも、念のために家族を装い深夜の役所にも連絡してみたんですが、どっちにも泊まっちゃいないんです。犀川興業が拉致《らち》してるとすれば、連中を見張っていれば、何か手がかりが摑《つか》めるかもしれないと踏んだわけですよ。それに、鷹津って男のこともありますからね」

私はもっと何か話していたい気もしたが、躰《からだ》のほうはそうではなかったらしい。

「栖本さん、ほんとにいい加減にしてください。薫子って女だって西上たちだって、今夜はもうぐっすり眠ってるはずですよ。僕は廊下に出てますから、休んでくださいよ」

長谷にそういわれて目を閉じると、あっという間にまた深い眠りのなかへと引きこまれていった。

私はいくつか夢を見た。脈絡のない部分もあれば、まるで理屈をこねるかのように脈絡がつきすぎる部分もあった。

私は父とふたりで、夜の遊園地でハンバーガーを頰張っており、いっしょに観覧車に乗っていた。私は受験勉強に励み、母のつくってくれた鍋焼《なべや》きうどんの夜食を食べていた。私は剣道の合宿中で、防具を着て汗まみれになりながら打ちこみを行なっていた。現実の私の躰のほうは、この夢を見ているあたりでは熱がふたたび上がりだしていたのかもしれない。

私は私の知らなかった彼女に会っていた。彼女は池袋の店で、派手なドレスを着て客たちと交わっていた。私は弁護士仲間何人かといっしょに奥のテーブルで飲んでおり、早く彼女がこっちに来てくれないものかと内心やきもきしてるくせに、仲間の手前態度には出せずにいらいらしていた。

「あの女かね」仲間内だとばかり思っていた飲み会の席に、どうしたことか塩崎礼次郎が混じっていて、私に話しかけてきた。「誠次君、あれがあの女かね」

私はつくり笑いを浮かべる。そんな時にかぎって、彼女がこっちに近づいてくる。私たちに礼儀正しく挨拶《あいさつ》して回る。礼儀正しく挨拶しているくせに、私の心の内を見透かしたかのように、私のほうだけは見ようとはしない。何か気のきいた冗談のひとつも話しかけたいと思っているのに、何と話しかければいいのかわからない。私が知っていた彼女と、目の前の彼女はずいぶん違う。

彼女がいきなり戸惑った顔をする。それはほんの一瞬だけのことで、次の瞬間にはまた元の笑顔にもどっている。だが、私は見逃さなかった。彼女の表情の変化なら、私には何でもわかるのだ。顔色を変えた原因もわかっている。私の横で、しゃあしゃあと水割りを飲んでいる犀川たちだ。犀川、天野、羽田、鷹津、木下。いや、犀川はいなかったんだなと、どこかで思う私がいる。思うとともに、私はもう店のなかにはおらず、彼女の前で飲んでいるのは連中だけだ。彼女は顔色を変えたことなどいっさい隠し、適当な会話を交わしてテーブルを離れる。

私が待っていたのは、この時だった。後ろから、何気なく声をかける。違う。声をかけてきたのは彼女のほうだ。

「先生、知ってる店があるんだけれど、ちょっと一杯どうかしら」

そうだ、こうして私たちは連れだって店を出た。今ではもう漠然とした顔の印象しか思いだせない根津のスナックの店主夫婦が、「瞭子ちゃんをよろしく」といったのを憶《おぼ》えている。秋の、かなり肌寒い夜だった。「聞いてほしい話があったの」彼女の部屋で、彼女がいう。「私の父は、汚職の無実の罪を着せられて、自殺に追いこまれたの」彼女が私にそう相談する前に、私のほうから話していた話がある。自分が、関谷宗吉たちといっしょに、冤罪《えんざい》事件の解決のために裁判を闘っているという話だ。彼女はうなずきながら聞いてくれていた。「僕の父も、汚職で追いつめられて自殺したんだ」そんな話も彼女にしている。

今はそんな話をしている時じゃない。彼女が話したがっているのに、どうして自分ばかりがとうとうと話しつづけているのだと、もうひとりの私がじれている。それなのに、私は話しやめようとはしない。自分の話を聞いてほしいという気持ちばかりが先行して、話している私はとても傲慢《ごうまん》な顔をしている。自分が正義の代弁者であるかのように結論づけた時には、私自身にさえ嫌悪感を催させるほどに嫌な顔つきになっている。

——おまえはそんなに大それた人間だったのか。

そう思っているのに、私には私をとめることができない。彼女が表情を押し隠す。さっき天野たちを前に押し隠したのと同様に、押し隠す。私は気づけずに、話したいだけ話し終えると、次には彼女の躰を求めだす。呆《あき》れはてた愛情だ。

私は私を罵《ののし》ってやりたいが、罵ることもできない。彼女の白い肌が私の目の前にある。肌理《きめ》の細かい、美しい肌だ。私の求めに応じて、様々な表情をさらけ出してくれた躰だ。のめり込んでいくうちに、これが愛情だと思いこめるような気がしてくる。そうだ、彼女をこうして抱いてさえいれば、何もかもがうまくいく。

莫迦《ばか》をいうな。考えなければいけないことが無数にあるはずだ。したり顔でそう説く私はもういない。大きくはないが、形のいい乳房だった。前歯のあいだで、乳首の尖《とが》ってくる感じが好きだった。足の付け根の小さな割れ目は、私の舌を受け入れて柔らかく包みこみ、舌を硬くして押し入ると、少しずつ奥へととろけていった。そのすぐそばの芽も、そばの小さな窪《くぼ》みも同じように可憐《かれん》で、舌を這《は》わせるとひくひくした。

とろけたさらに奥にある、赤ん坊の口の内側のような場所の感じを、私の指先は今でも憶えていた。かすかにざらつき、かすかに小さく起伏を繰りかえしながら、指の動きによって彼女の様々な反応を導きだした躰の敏感な中心部。私自身が押し入ると、包みこみ、蠢《うごめ》き、広がり、縮まりながら、私の快感を彼女の快感に、彼女の快感を私の快感にしてくれた。

時折り彼女は私を見た。薄く開いた瞼《まぶた》のあいだから、私の瞳《ひとみ》を見つめてきた。

薄ぼんやりとした天井を見ていた。普通の日本家屋を思わせる、節目模様の浮きたった天井だ。模様のひとつが、彼女の刺繍《ししゅう》していたキリンを思わせる。低いところから逆に射しあがってくる光の反射が天井で揺れていて、キリンは今にも走りだしそうな感じがした。

彼女のすがたを探した。

どこにもいなくなっていて、代わりに木の枠を白く塗った両開きの窓が見えた。下三分の二は曇り硝子《ガラス》で上が透明な硝子だ。透明な硝子のむこうに、まだら模様を描いた雲が見える。

雲は、朝焼けの赤でうっすらと湿り気を帯びて染まっている。雲の手前に、庭木の枝の先端が見えている。その枝は窓硝子すれすれまでのびていて、風で揺れるたびに影が部屋のなかに落ちてくる。

名前を呼ばれた気がして顔を転じると、佐代子がすぐ横から私を見つめていた。

はじめて会った日の佐代子だった。ふくれっ面をして、私を睨《にら》んでいた佐代子だ。いや、違う。つい先日、彼女の通夜のあとで、いっしょに飲んで別れたときの佐代子だ。いや、それとも違うようだ。

がついた。

「気分はどう？」

佐代子が尋ねるのに、「ああ」とだけ応《こた》え、私は実際に自分が口を動かしたらしいことに気

どうやら、佐代子という娘は瞬間移動ができるらしい。どんな交通手段を使ったのか、いつの間にか東京を離れ、翌早朝にはこうして瀬戸内のこの町までやって来ている。

「いま、何時だ？」

これが現実だと悟るとともに、私は佐代子に時間を訊《き》いた。

「そろそろ夕方の五時半になろうとしてる」

あんぐりと口を開け、窓のほうをあらためて見やった。そして、悟っていた。窓の外の空は、朝焼けではなく夕焼けなのだ。

ベッドがひとつあるだけの部屋だった。壁は大人の腰ぐらいから上はクリーム色の漆喰《しっくい》塗りで、下は焦げ茶色の板張りだ。床も同様に板張りで、映画のセットにでも入りこんだかと思わせるほどに時代が逆戻りした感じだった。

「驚いたな。こんなに眠ったのは、母親のお腹にいたとき以来だ」

「いちおう熱は下がったと、お医者さんがいってたわ。だめ、手を動かさないで」

点滴がついていることを忘れ、左手をベッドの脇のサイドボードのほうにのばしかけていた。

「何がほしいの？」

「水差しを取ってくれ」

佐代子は水差しを取りあげて、私の顔に上半身を寄せてきた。娘から水を飲ませてもらうの

は、長谷に飲ませてもらったときよりもずっといい気分だった。

「どうしてここにいるんだ？」

「栖本さんの携帯電話は、壊れたんですってね」

「ああ」

「連絡が取れなくて、どうしたのかと思って、事務所のほうに連絡したの。そうしたら、興信所の清野さんって人が、すでに秘書の人に連絡をしていて、自分の携帯の番号を教えていたのよ」

「清野と連絡を取ったのか？」

「何があったのかって話を、だいたいは清野さんが教えてくれた。栖本さんの状態を聞いて、とにかく飛んできたの」

「思っていたよりもひどくはないだろ。清野って男は、何でも大げさにいう癖があるんだ」

「そうね」

私はもうひと口水をねだってから、

「自分の興信所には、調査員が百人ぐらいいるって振りを、つい最近までずっとしてたんだぜ」

と軽口をたたいた。自分ではなかなか好調に思えた。

佐代子は静かに微笑んだ。

「いろいろ聞かせてほしい話があるんだけど、ちょっと待ってて。目を覚ましたらすぐに連絡をするようにって、お医者さんからいわれてるの」

いいおいて立ちあがり、部屋の外に出ていった。どうやらナース・コールひとつ設置されていない町医者らしい。それとも、ふだんは病室として使っていない部屋なのだろうか。朦朧《もうろう》とした記憶をたどってみると、堀井正章の知人の病院で、急にかつぎ込まれた私を気持ちよく受け入れてくれたはずだ。

じきに佐代子といっしょにやってきた医者は、かなりの老人だったが、背が高く姿勢が良かった。圧縮レンズといったものは考えにないらしく、牛乳瓶の底のように厚い黒縁の眼鏡をかけていた。

腕時計で時間を計りながら脈をとり、熱を計り、それから口を開けさせて舌と喉《のど》とを覗《のぞ》きこんだ。

技術や年齢とは関係なく、患者を安心させる落ち着きをともなった笑みを浮かべた。

「まだ、少し熱がありますね。堀井さんから、およその話は聞いていますが、躰がだいぶ傷《いた》んでもいるようだ。とにかく、ひと晩かふた晩ゆっくりすることですよ。そうすれば大丈夫」

私は頷《うなず》いて礼をいった。ひと晩どころか、一時間もゆっくりしているつもりはなかった。

生理現象を訴えると、点滴のチューブを持ってトイレまで付いてきてくれた。ベッドから躰を起こしたときに、自分でもまだ熱があることをはっきりと知り、ベッドから足を降ろして立ちあがると躰の節々がみしみしと痛んだ。用を足し終わり、後ろで待っていてくれた医者に礼をいい、元の部屋にむかって廊下をもどった。

廊下もトイレも、かなりの年代ものだった。私が眠っていた部屋以外には、三つか四つ部屋があるぐらいで、それらは全部大部屋らしい。

ベッドの上ですわろうとしたが、医者の助言にしたがってちゃんと横になった。医者が出ていってから、名前を聞かなかったことをはじめて思った。

「清野と長谷はどうしたんだ？」

佐代子に尋ねた。

「長谷って人のほうには会ってない。清野さんとは、さっきこの病院の廊下で挨拶《あいさつ》したわ。栖本さんがチェック・インしてたホテルには清野さんが出向いて、もう一泊分宿泊料を払ってきたから心配しないようにってことだった。栖本さんはここに寝てるんだから、場合によっちゃ、今夜、私が泊まっちゃってもかまわないよね」

なかなかちゃっかりしてる。

「それから」と佐代子はベッドの足下に屈《かが》みこみ、紙袋を持ちあげてみせた。

「換えのパジャマと、ついでに着替えを買っておいたわ。栖本さんが着てたスーツとズボンは、クリーニングに出すよりもあきらめたほうがいいみたいよ」

私は苦笑し、礼をいった。

「それで、清野は今は？」

「いろいろ飛びまわってる」

「いろいろってなんだ？」

「ねえ、それよりも先に教えてくれないかしら。ママが誰だか、わかったのね。清野さんは、電話で話したときも、こっちで会ってから話したときも、自分の口からはいえないって。それが興信所の秘匿義務だからの一点張りで、口を濁すばかりだったのよ」

ある意味では当然というべきだろう。いくら佐代子が私の知りあいだと名乗ったとしても、興信所の人間が、それをまるまる信じて調査内容を話していたなら信用に関わる。

私は、佐代子がこうして飛んできた理由を知った。

私の躰《からだ》を心配してというのは、調子のよすぎる想像で、いちばん大きな理由は、一刻も早く彼女の正体を知りたいということだったにちがいない。いちばん大きな理由は……。

何度か水差しを口に運んでもらいながら、自分がそれを知るために経験した苦痛については省略し、私は犀川の口から彼女が「渥美真沙未」であると聞かされるまでの経過をたんたんと告げた。

「渥美、真沙未――」

佐代子は口のなかで嚙《か》みしめるように呟《つぶや》き、自分の手元を見下ろした。ゆっくりと何度か瞬《まばた》きしてから、窓のほうを見てまた瞬いた。

「それじゃあ、開発課長だった渥美嘉信の――」

「ああ。娘だ」

「それが、どうして小林瞭子という女に成り代わったの？」

私は彼女の弟が自殺した話をし、彼女が他人に成り代わるのを手助けしたのは、宇津木大介という男らしいと話し、それから自分が推測した彼女の内面を話して聞かせた。

佐代子は私が話し終えてからもしばらくは、ゆっくりと瞬きをつづけ、口のなかで何かを反芻《はんすう》するような顔をしていた。

こっちの町でわかった、小山内総合病院の話もして聞かせ、そこと犀川興業の経営するゴミ処理場の話もした。ようするに、わざわざ飛んできてくれた娘に対して、最大限の敬意と好意とを示したのだった。

「羽田という男の行方について、清野は何かいってなかったか？」

「栖本さんが目覚めたら伝えてほしいといわれて、羽田という男は、まだ見つからないと伝言を頼まれた」

「それは、どれぐらい前の話なんだ？」

「二時間ぐらいになるかな」

私は質問を選びかけ、佐代子がさっきから何かをいいだしかねているのを感じた。いや、どう話せばいいのかを、考えているという感じだろうか。

長いこと待つ必要はなかった。

「それから、いま清野さんがくわしい情報を集めて飛びまわっているところだけれど、犀川靖が死んだわ」

呆然《ぼうぜん》と佐代子を見つめかえした。

4

「どういうことなんだ？　殺されたのか……」

必死になって自分を落ち着かせようと努めながら、問いかけた。

「今のところは、事故ってことになってる」

「どれぐらい前なんだ?」

「死んだのがいつかまでは、まだわかってないみたい。遺体が発見されて、それで警察や犀川興業がばたばたしだしたのは、二時間ぐらい前のことよ」

——三時半前後ということか。

昼間のうちに殺されたと考えるよりも、昨夜のうちにどこかで始末されていて、それがきょうの午後になって発見されたと考えるべきだろうか。

もしそうなら、長谷が昨夜、この病院にやって来たりして、薫子たちの監視を怠ったのが大きな失策ということになるまいか……。いや、根拠のない推測は危険だ。

「さっききみは、二時間前に清野から俺への伝言を頼まれたっていったけど、そうすると、この件も——」

「ええ。犀川靖が死んだって話を伝えてくれといわれたときに、いっしょに羽田の件も伝言を頼まれたの。清野さんは、犀川興業の事務所を張りこんでいて、警察がやって来たのがきっかけで犀川のことを知ったんですって。警察や地元の新聞社から、ある程度のくわしい話が聞きだせたら、また連絡を入れるっていうことだったんだけど」

「その後の連絡は、まだないいんだな?」

「ええ」

いま現在、おそらく警察もマスコミも必死になって、ヤクザの親分の事故死について背後関係を調べているところだろう。当然のことながら、堀井たちが警察に突きだしている天野たちや、ゴミ処理場の問題との関連も取りざたされるにはちがいないが、それは事件の表面にしかすぎない。

そう思うと同時に、気がついた。犀川の背後にいる連中にとって、犀川を蜥蜴《とかげ》の尻尾《しっぽ》として切り捨てるには、今が格好のタイミングだったともいえるはずだ。ゴミ処理場の問題に、警察やマスコミの目が集まれば、世間は事件をそこだけで説明して納得しようとする。たとえ納得できないという感じが残ったとしても、とりあえずは説明のつく事柄さえあればいい。世間というのは、説明のつかない謎を求めない。たとえ少しぐらいの綻《ほころ》びがあろうと、単純明解に説明がつく決着のほうが、謎の何十倍も尊いのだ。

つまり、その先にある謎も、それに関わるのが誰なのかも、犀川の死によって闇へと葬られかねない。

私は天井を見上げ、しばらく呼吸を繰りかえした。天井への光の照りかえしは、庭に池でもあって、そこから光が反射しているのかもしれないと、どうでもいいことを頭の隅で考えていた。

「宇津木薫子って女たちの仕業なのかしら？」

「——薫子という女が、自分たちで片をつけるといってたのは事実なんだ。その可能性はあるだろうな」

犀川の背後にいる人間が、自分たちで手を下す必要はないのだ。身柄を薫子たちに引き渡すか、あるいはただ居所を耳打ちするだけでもいい。あとはあの女がやるだろう。

——だが。

するとどういうことになるのだろう。

きのう薫子たちが代議士の川谷晃三を訪ねたことと、犀川の死とを、どう結びつけて考えるべきなのか——。

いや、天野たちが捕まったことも、犀川靖の死と大きく関係しているのかもしれない——。ちりぢりの思いつきは無意味だ。

順序だてて考えることにした。真っ先に考えるべきは、犀川靖がどうやって殺されたのかよりもむしろ、裏社会において、どんな布石が打たれた上で殺されたのかということだろう。そのことを私は、経験から知っていた。

裏社会で暮らす人間たちは、社会的にはアウトローだが、じつは全員が表社会以上に雁字搦《がんじがら》めの人間関係に縛られている。契約で成りたっている社会ではなく、互いの信用と貸し借りで成りたっている社会だからだ。

つまり、宇津木薫子たちが犀川靖に手を下したのだとしたら、それにともなういちばんの困難は、実際に犀川を葬ること自体よりもむしろ、葬ってもなお裏社会にきしみが生じない根回しをしておくことなのだ。犀川興業からだけではなく、この国のどこからも報復を受けないような情勢をつくっておく必要がある。西も東もひとつになって蠢《うごめ》いている現在、博多で起こったきしみがすぐに東京に飛び火するし、札幌で起こったきしみが東京へも大阪へも飛び火する。

そして、きしみの元をつくった人間は、みずからもかなりの確率で裏社会から葬られる。

実際は、警察や検事なり、われわれ弁護士なりが法を守っているからこの国の治安が守られているというのは、ほんの側面の事実にすぎない。それよりもずっと大きな確率で、この国の平安を保っているのは、裏社会の人間たちが平和を愛する〝博愛主義〟を唱え、特に平成の世に入ってからは、なるべく大きなきしみを起こさないようにとの努力を怠らずにいるからなのだ。きしみが起これば、とも倒れになる。そして、警察など表社会の連中につけこまれる。

犀川靖を犀川興業の二代目に落ち着けたのは、共和会の幹部だ。これはすでにわかっている。長谷が調べてくれた名前は、たしか槙泰樹。数日前、アルマーニを着た、どことなく予備校の教師を思わせるようなインテリ風のヤクザと、犀川興業の先代、そして犀川靖とは、深川にある先代のマンションで会っている。つまり、犀川の躰――というか、連中の言葉でいうならば犀川のタマは、犀川自身のものであると同時に、先代のものでも共和会のものでもあることになる。

一方、弁護士の斉木茂から聞いた話によれば、宇津木薫子は、宇津木大介が亡くなって宇津木組を解散させ、港湾関係の会社の経営者となったとき、共和会を港湾の仕切りに引きこんだ。薫子たちにとってもまた、共和会は敵に回せない相棒だということだ。

犀川興業と宇津木薫子とがいくら敵対しようとも、ともに共和会との関係のなかでは、共存を余儀なくさせられていると見るべきなのだ。そんな状況のなかで、もしも薫子が犀川に手を下したとしたらどうなるだろう。

いや、そう考えるべきではなく、薫子は犀川靖に手を下すために、共和会との関係においてどんな布石を打ったのかと考えるべきかもしれない。いくらなんでも、犀川がこんな時に事故死するわけがない。そして、今のところ、手を下す可能性が高い人間として唯一わかっているのは、あの女だ。

薫子が川谷晃三を訪ねたのは、犀川靖を葬ることを暗に伝えるためだったのだろうか。葬ったことで起こるきしみを鎮めるための布石だったのか。布石を打った上でしか、誰にも動きが取れないという意味では、じつは裏社会と政治家たちの社会とはいちばん似通っている。現実的に極めて身近な関係にもある。地元の政治家を、きしみの調停役に使うことは充分に考えられるはずだ。薫子が東京に出てきたこともまた、渥美真沙未の事件の詳細を調べるためと同時に、東の裏社会と政治家たちとのなかで布石を打っておくためだったのかもしれない。

いずれにしろ、薫子という女が、犀川靖を葬り去っても自分たちと共和会のあいだできしみが生じないように、少なくとも犀川興業と自分たちのあいだのタマの取りあいには共和会が見て見ぬ振りをするように、なんらかの手を打ったことはまちがいないのではないか。組を犀川靖に譲り、女に店をやらせて隠居暮らしをしている先代に実質的な力が残っていたとは考えにくい。共和会の槙泰樹という男がポイントになってくるのかもしれない。

何よりはっきりしていることがひとつ……。

私が夢とうつつのあいだをさまよっている十何時間かのあいだに、恐れていた事態が起こってしまったということだ！

薫子たちは、自分たちのやり方で布石を打ち終え、犀川靖に対して片をつけた。真相を探りだすことは、これで今までの比ではないぐらいに難しくなったはずだ。

犀川興業の天野たちを、小山内総合病院とのあいだのゴミ処理の問題と、私への殺人未遂で追いつめることはできる。だが、連中は絶対にそれ以上のことについては口を割らないだろう。

薫子たちも、共和会も、政治家の川谷も、切り崩すことなど不可能に近い。片がつけば、あとは関係者の全員が口を閉ざしつづける。それが、連中の世界のやり方だ。

この町に工場誘致が行なわれた時に、いったい何があったのか。渥美嘉信の娘である彼女は、それに絡んで何をどう調べようとしていたのか。すべては闇のなかに沈みこんでしまうのか……。

――いや。

ひとつだけまだ可能性がある。

市役所の羽田だ！

羽田のやつを見つけだすのだ。羽田は、必ず口を割る。この事件に絡んでいる人間たちのなかで、口を割る可能性がある唯一の人間だ。なぜならば、羽田は犀川興業にとってはもちろん、事態に裏社会のやり方で片をつけようとしている宇津木薫子たちにとっても邪魔者なのだ。

邪魔者に残された道はふたつ。逃げまわった挙げ句に、黙《か》りつづけたまま殺されるか、第三者に秘密を打ち明けることで、生き延びられるチャンスに賭けるかしかない。

同時にそれは、一刻を争うなかで羽田を見つけださなくては、やつが確実に消されるはずだということを意味している。

「――どうしたの？」

ベッドに起きあがった私を見て、佐代子は目を丸くした。

「さっきいった、着替えを見せてくれないか」

「どういうこと？　説明して、栖本さん――。だめよ、お医者さんだって、まだ熱があるし安静にしてなけりゃっていってたでしょ」

「そんなことをいってる場合じゃない。草の根を分けても、市役所の羽田を探しだす必要があるんだ」

佐代子は唇を引き結んだままで、何もいおうとはしなかった。

私はたった今自分が順序だって考えたことを、かなり略しながらも正確に伝えた。

それから、携帯電話を貸してくれと頼んだ。

「清野さんに電話するの？」

「ああ。それと、調査員の長谷にもだ」

私は裸足でベッドから降りた。

まだ判断がつかないという顔で見つめる佐代子をうながした。

「なあ、きみも協力してくれて、ずっといっしょに調べてきたことじゃないか。やっと、彼女がほんとは渥美嘉信の娘だとわかったんじゃないか。この何日かの努力が、すべて無駄になってしまうのかどうか、羽田は最後の手がかりなんだ」

ベッドの下に屈《かが》みこもうとすると頭痛を覚えた。

佐代子がひと足先に屈みこみ、紙袋を取りだした。

「三人じゃなく、四人で手分けしてでしょ。好みはわからないから、めちゃくちゃな取りあわせよ」

紙袋には、黒のポロシャツと黒いタートルネックのセーター。それに、ふだんの私なら休日にも着ないにちがいないブルーのヨット・パーカー。裾上《すそあ》げの必要のないジーパンが入っていた。

私の着ていたスーツとズボンから、サイズを調べていてくれたらしくて、どれも窮屈な思いをせずに身につけることができた。ジーパンだけは、中年の腹と尻《しり》のたるみ具合を考慮したののか、心持ち大きめだった。少し失礼なほどの考慮が働いていた。

「携帯はどこだい？」

ヨット・パーカーに袖《そで》を通しながら、私に背中を向けている佐代子に声をかけた。

佐代子がポシェットに歩いて開けたとき、木造二階建ての廊下をきしませて誰かが走ってきた。

けたたましくドアを開けて飛びこんできたのは、今のいま私が電話をしようとしていた相手だった。

私がベッドに寝ていないことを驚いた様子だったものの、大丈夫ですかといったことは訊《き》いてこなかった。

「私からの伝言は聞いてくれましたね？」

「ええ」

肩で息をつく清野の顔色は、私と佐代子に顔を見合わさせるほどに青かった。

「栖本さん。うちの莫迦《ばか》が、どうやら薫子たちに捕まりました」

「なんですって！　確かなんですか？」

「確かも何も、私の携帯に、薫子自身から電話が来たんです」

「それで何と？」

「一時間後に、また連絡を寄越す。それまでに、栖本さん、あなたといっしょに駅前のターミナルに来ているようにと……」

――しまった！

もしかしたら、尾行そのものには気づかれているような気もするんです。昨夜、長谷がそう話したときに、長谷は泳がされているだけかもしれないという可能性を考えるべきだったのだ。

自分が大きな見落としをしていたことに気がついた。

薫子が、裏社会のなかで綿密な根回しを行なった挙げ句に犀川を始末したのだとすれば、事件にここまで深く関わっている私たちをどうするのかもまた、当然ながら考えていたはずではないか。私は、あの女のいいつけを破って事件を調べつづけ、この町までやって来た愚か者だ。

「尾行に気づかれてたですって……」

駅前のターミナルに、駅舎を背にして並んで立った私が、昨夜の長谷から聞いた話をすると、清野は小さく呟《つぶや》いた。

私は西上隆司が新幹線のなかで、何度か長谷の座席の横をとおり、まるで莫迦にするかのように長谷のほうを見ていたらしいことを告げた。

「くそ、尾行のような基礎的な作業にこそ気を抜いちゃならないと、口をすっぱくしてたんですがね」

清野はこっちを見ようとはしないまま、まるで日暮れの田舎町のターミナルのどこかに、自分の息子なり息子を拉致《らち》した人間たちの誰かが紛れているとでもいうように視線を巡らせつづけた。

さっきから、何本もたばこを喫っていた。

佐代子はいっしょではなかった。いっしょに来るといいはる彼女を説得し、嚙《か》んでふくめるように事情を説明したのは私だった。

きょうになってこの町に飛んできてくれた佐代子の存在は、まだ薫子たちに知られていない可能性が高い。幸いなことに、佐代子は清野とは会ってはいても、長谷のほうとは会ってはいない。だから、たとえ長谷が口を割らされて、父親の清野のことや私のことでここまでの経緯をあれこれ話してしまったとしても、佐代子のことだけは薫子たちに話しようがない。

「つまり、きみは俺たちにとって、最後の命綱になる可能性があるんだ」

私はそう告げ、町のどこかできるだけ大きなホテルにチェック・インして、決して部屋から一歩も出ないでほしいと頼んだのである。どこのホテルとは指定しなかった。私たちは知らないほうがいいと判断したためだ。

犀川靖の死体が発見された状況については、病院からここに移動する途中で、清野の口からかなりくわしい説明を聞いていた。

犀川の死体は、誘致された工場が立ち並び、ＩＣ工場等の重要な水源にもなっているにちがいない河の河口で発見されたそうだった。私はきのう、この町に入ったときに列車の窓から見えた、河口の風景を思いだしていた。工場建設とともにつくられたらしいコンクリートの橋の橋桁《はしげた》に、犀川は引っかかってゆらゆらと漂っていたらしい。

上流で落ちて流されてきたわけではないことは、橋の袂《たもと》に駐車されていた車が犀川興業の持ち物であり、車中には犀川が乗っていた形跡が残っていたことからはっきりした。犀川の躰からは多量のアルコールが検出され、車のなかに残っていたウイスキーの瓶の中身と成分が一致した。橋の歩道の上には、犀川の唾液《だえき》が検出されたたばこの吸い殻が何本か落ちており、そのすぐ横の手すりから、犀川の指紋が発見されていた。

同夜のうちに、手下の天野が私の始末にしくじって逮捕され、犀川の足下を脅かす重要な証人である私が生きてこの世にとどまり、敵対する薫子たちは同じ日に町の実力者である政治家の川谷晃三と会っているといった、犀川靖を取りかこむ状況をすっぽり忘れ去ったとしたら、酔っぱらい男が車を走らせてきて、風流心を起こして橋から海を見つめていた時に誤って落ちてしまった、あるいは、酔った躰でたばこを喫いながら、工場に取り囲まれた寂しい秋の海を見ているうちに、人生の無意味さとしでかしてきた罪との深い悲しみにとらわれ、ついでにこの海をこんな工場に取りかこませてしまった自分の愚かさをも悲観して、ふっと橋から身を投げた、そんな可能性を想像させせないでもない状況だった。

河口の橋から落ちた犀川の死体は、上げ潮の関係でいったんは河の上流へと運ばれて、潮の変化にともなって押しもどされてきたらしい。橋桁に引っかからなかったならば、内海へ出、どこかに流れ着いていたのだろう。自然現象のいたずらのほうが、犀川が現在の状況のなかでただの事故やあるいは自らの意志によって死んだのだと考える不思議よりは、ずっとたわいもないもののような気がした。

疑問がひとつ。

なぜ犀川は、闇に葬られたのではなく、死体が明らかに残るかたちでタマを取られたのだろう。

理由があるはずだ。死体が出れば、裏社会のきしみの原因になる。顔にドロを塗られれば、たとえその気がなくとも報復せざるをえないのが連中の社会だ。たとえ表の社会では、犀川の死が謎のままで終わったとしても、裏の社会では、絶対になんらかの決着が要求される。薫子たちが、そうした状況を鑑《かんが》みてもなお、犀川の死体を明るみに出したのであれば、そこに何らかの理由があると見るべきではないか。少なくとも、顔にドロを塗られた連中が騒いでも報復をされないだけの布石を打ってはいるはずだ。

そろそろ六時半になろうとしている。

薫子が指定してきた一時間が経とうとしていた。

日射しが本格的に短くなりはじめている季節で、もうあたりは薄暗く、西の空に名残りの明かりが留《とど》まっている。

空のてっぺんは、雲がその果ての闇のなかに溶けこみはじめていた。ホテルや商業ビルやスーパーに近いデパートや、高いビルがいくつかあるが、東京よりずっと広い空だ。

自動車が動きまわり、家路を急ぐ人間たちが駅舎から次々に吐きだされてくる頭上で、鴉《からす》の声が時おり聞こえる。

上着の内ポケットで携帯電話の呼出音がすると、清野は煙を肺に貯めこむかのようにせわしなくたばこを喫った。足下に捨て、靴の踵《かかと》でもみ消しながら携帯を抜きだした。

ひと言ふた言やりとりして、私のほうに差しだしてきた。

「あなたと話したいといってます」

携帯の話し口を手で覆い、「薫子じゃなく、男の声です」と早口でつけたした。

「やあ、弁護士さん。俺の声がわかるか」

男は、電話のむこうからそんなふうにいった。余裕のある話しぶりというよりも、事のなりゆきを楽しんでいるような感じがあった。

私は一瞬考えてから、

「柳田さんだろ」

と、呼びかけた。声が誰のものかを考えこんだわけではなく、自分が相手の名前を押さえていることを知らせるかどうかを考えたのだった。

知らせたほうがいい。より多くを知っていると見せたほうが、少なくとも長谷ひとりだけを始末しちまおうという気を連中に起こさせないはずだった。いちばんの邪魔者は、この私だという事実を思いださせるのだ。

「ほう、驚いたもんやな。どうやって調べたんや。あんたも、なかなかやるやないか」

「長谷はどうした?」

「別にどうもせんがな」

「妙な手出しをしたりしてないだろうな」

必要に応じた手出しはしたがな」

やはりやりとりを楽しんでいる。

「それで、俺たちにどうしろというんだ?」

「慌てるなや。念のために訊《き》くが、警察に相談を持ちかけたりしてないだろうな」

「してないさ。俺たちも、警察とは仲が悪いんだ」

「けっこう。もうすぐ迎えの人間がそこに着く。その車に乗りな。ほらほら、ターミナルにバスが入ってきただろ。その何台か後ろから、あんたらのほうにむかっとるで」

駅から垂直にのびる道路をやって来て、たったいまターミナルの外周ぞいに回りはじめたバスに目をむけた。その後ろに、バスに行く手を遮られたままで、数珠《じゅず》つなぎに走ってきた車が何台かつづいていた。柳田は、どこかから私たちを見下ろしているというわけだ。そして、そのことをわからせるために、こうして電話をしてきた。

私は咄嗟《とっさ》にいくつかのビルを見回したものの、それほどしないうちに切りあげた。相手を喜ばせるだけだと悟ったのだ。

「それじゃあ、あとで会おうぜ」

親しい友人に呼びかけるかのようにいい、一方的に電話を切った。

「どんな話を?」

いつの間にかまた新しいたばこをふかしていた清野が、私の鼻先まで顔を寄せてきた。

「すぐに車が来ます。それに乗れといわれました」

清野は喉仏《のどぼとけ》を動かした。

ヤクザお得意のベンツか国産の高級車を予想していたのを裏切り、クラクションの合図をよこしたのは、グレーのバンだった。

運転席に、野球帽をかぶって眼鏡をかけた、ジャンパーすがたの男がすわっていた。それでちょっと感じが変わっていたものの、西上隆司であることは、バンのサイドドアを開ける前には気づいていた。

清野が先に、私が遅れてバンに乗った。三列あるシートの真ん中で、先に乗った清野は西上の真後ろにすわった。

西上は私がドアを閉めると、何もいわずに車を出した。

清野が「うちの調査員は無事なんだろうな」と訊いても無視しており、「いったいどういうつもりなんだ」と食ってかかっても無視していたが、

「彼女は、あんたの裁判に傍聴に行ったんだな」

私がいうと、バックミラー越しにこっちを見つめてきた。

「いいやつだったよ。店を取りあげられそうな俺のことを、いろいろ気に病んでくれてな」

「彼女とあんたは、大阪から同じ時期に東京に出てきたんだろ。いろいろ交流はあったのか？」

尋ねると、ふたたびバックミラーのなかで目が光ったものの、今度は長いあいだではなく、すぐに前方へ視線をもどした。

「まったく、姐《あね》さんのいってたとおりや。おまえ、いろいろと嗅《か》ぎまわってるんだな。なあ、好奇心は犬をも殺すってことわざを知ってるか」

「姐さんってのは、宇津木薫子のことか？」

「なあ、弁護士。新橋で俺がいったことを忘れたのか。俺は、弁護士なんて連中が大嫌いなんだ。ちょっと口を閉じてろよ」

しばらくしてから、つまらなそうにつけたした。

「それからな。じきに兄貴が乗ってくるが、兄貴の前で姐さんを呼び捨てにしたら、おまえ、その場で前歯を折られるから覚悟しとけよ」

私は何も返事をしなかった。清野と顔を見合わせ、おとなしくしていることにした。清野ももう気づいているようだったが、このバンはずっと同じような道を走っている。たぶん、柳田が今もどこか高い場所から、バンの背後に目を光らせているのだ。東京と違って、日暮れのラッシュが激しいわけではない田舎町だ。走行車の数がそれほどない。道を一望にできるところから見ていれば、ずっと付いてくる車がいれば手にとるようにわかる。なかなか慎重な連中で、西上の携帯電話が鳴ったのは、およそ二十分ほどもそうして走りまわったのちのことだった。

簡単なやりとりが交わされたあと、駅のターミナルに近い一角から柳田が乗りこんできて、バンの最後尾のシートにすわった。

父親というのはありがたいものだ。清野は上半身を大きく捻《ひね》り、柳田にもまた「長谷はどうした。無事なんだろうな」といった質問をぶつけたものの、西上の時と同様に無視された。

「弁護士さんよ。どうやらその顔は、天野たちにもずいぶんやられたようやな」

「天野たちのことは、長谷の口を割らせて聞いたのか？」

私が訊くと、柳田はちらっと清野を見てからいった。

「なあに、五体満足にしてるから安心しなよ」

「本当だろうな」と、清野。

「うるさいぜ。おめえは、ちょっと黙ってろよ。俺は、あんたの雇い主と話があるんだ。雇われ探偵は黙ってな」

清野は胸のなかで何かを爆発させたらしかったが、それを表に出すような男ではなかった。

「なあ、弁護士さん。どうだね、あんたの惚《ほ》れた女が、どこの誰だったのかわかった感想は？」

私は柳田を睨《にら》みつけた。

話の主導権が誰にあろうと、どんな質問にどんな態度を取るのかはこっちの自由だ。自分がどんな顔をしているのか想像がついた。ようするに、私は清野ほどには大人でないらしい。

「おいおい、そんな顔をするなよ。俺はあんたと違って、何の学もねえ人間や。だがな、女のことなら、あんたの数十倍はわかってる。泣かせたことも、泣かされたことも、場数を踏んでるからな。なあ、姐さんがおめえにおっしゃってただろ。女ってのは、どこの誰かなんてことは関係ねえんだ。おめえが惚れてたか、そうじゃねえのか。それだけさ」

「――だが」

私は真面目に反論しそうになって、自分をとめた。この男は、ただ面白がっているだけだ。

「だが、なんだね？」

「別になんでもない」

「おいおい、道中はまだしばらくあるんだ。聞かせろよ」

私はいくつかの言葉を選び、いくつかのいなし方を検討したのち、結局いなさないことにした。

「おたくの亡くなった宇津木という組長な――」

「おい、話を逸《そ》らすなよ」

「逸らしてるわけじゃない。答えたくないなら答えなくてかまわないが、俺は、彼女を渥美真沙未という女から小林瞭子という別の女にしたのは、宇津木大介だろうと思ってる」

「まあ、いろいろ思うのは勝手だがな。それがどうしたんや？」

「俺には、よくわからないんだ」

「何がや？」

「決まってる。彼女に、違う人生を用意したことが、はたしていいことだったのかどうかがさ」

「ほう、なぜやね？」

「なあ、あんたなら、自分の過去を忘れられるのか。俺には、とても忘れることなどできない。たとえどうしようと、自分が生きてきた過去ってのは消えないものだと思わないか」

「けっ、黙らんかい。これだから、インテリってやつは手に負えねえんや。だから何だっていいてえんだ。おめえには、何もわかっちゃいねえのさ」

天野たちもまた、私のことをインテリと呼んでいたことを思いだした。この連中にとっては、実際は他人様のもめ事を飯のタネにしているだけにすぎない弁護士でも、大学教授や何かと等しなみにインテリに属するらしい。

「何がわかっちゃいないんだ？」

吐きつけると、柳田は食ってかかってきそうな顔をしたのち、ふっと躰《からだ》を後ろに引いた。

口を割らせようという、こっちの挑発に気づいたのだ。私はこの先一時間後には自分たちがどうなっているのかわからない今の状態で、惚れた女がどうしたといった話を理由もなくウブに語りあえるような人間ではなかった。

「それなら訊くがな、てめえにはいってえ何ができたんだ。なあ、インテリよ。おめえは、いったいあの女のために、何をしてやったというんや」

言葉につまるしかなかった。どうやらウブなところも生きているらしい。

「――なぜ、宇津木大介は、彼女に小林瞭子という別の女の人生を用意したんだ。いったい、彼女の過去に何があったんだ？」

「知ってどうするんだい？」

わからなかった。いったい、知ってどうするというのだ。彼女はもうこの世にいない。五年前にすがたを消し、ほんの一瞬だけ私の前にもどってきて、そして、完全にいなくなってしまった……。

「おめえ、うちの組長と渥美嘉信との関係も調べたらしいな」

柳田がいうのに、素直にうなずいた。

「それなら、親爺《おやじ》が渥美と高校時代にバッテリーを組んでた話は聞いたんやろ」

「――ああ」

「親爺は酒を飲んだとき、時々懐かしそうに話してたよ。俺たちだって、生まれた時からこういうシノギをしてるわけやないんやで。大事にしてえむかしってやつはある。親爺にとって、渥美嘉信ってのはそういう男だったんだ。その娘が、てめえじゃ手に負えないほどの問題を抱えて困ってた。理屈じゃねえんだ。それを解決してやるために、親爺は最良と思える方法を選んだ。どうなんや、あの女が抱えてた過去のことなど何ひとつわからねえおめえに、それをとやかくいう資格があるんか？」

黙りこんだ私を前に、柳田は気持ちよさそうな笑みを浮かべた。

薫子はこの町に、自分の仕事関係の事務所があり、そこが協力しているそうだ。昨夜、熱にうかされた状態で、長谷がそういっていたのを聞いた記憶がある。おそらくここがそうなのだろう。

5

夜の帳《とばり》が完全に降り、コールタールのように真っ黒になった海が目の前に広がっていた。海岸線は緩やかなカーブを描いた湾を形成しながら、その水際自体は舗装道路と堤防とテトラポッドの人工的な直線で象《かたど》られていた。内海の海面《うなも》はおだやかで、凪《な》ぎにあたる時間帯で風もほとんどなかった。そのために、海面はいっそうコールタールのような黒さとどろっとした感じとを強くたたえていた。

月が出ていた。南東の空だ。湾のゆるやかなカーブの右端にあたり、月明かりが黒い水面に、海の果てから海岸線に対してほぼ正確に四十五度の角度で、一筋の光を流している。

地方税と国からの補助金によってつくられた街灯が、湾岸沿いの舗装道路をかなり緊密な割合で照らしており、ヘッドライトの数のほうがあきれるほどに少なかった。

耳を澄ましさえすれば波の音が聞こえるほどの静けさに、私はできるだけ気付きたくなかった。

西上がクラクションを鳴らすと、鉄の門の内側から、男がふたり現れた。守衛や警備員といったたぐいの人間ではないことは、風体と雰囲気から明らかだった。門の奥はさらに静かで人目がなく、誰が誰に何をしようとも、世間とはまったく無関係でいられる自由が充満しているように思われた。

門の両側には、コンクリートの壁が、舗装道路に沿ってかなり先までのびている。壁は高くて、ここからでは内側の様子が窺《うかが》えなかったが、倉庫のものらしい屋根がいくつかと、それと比べて倍ぐらいの高さに聳《そび》えているビルがひとつ、敷地のなかにあることだけは見て取れた。

西上が車を進め、敷地のなかに入るとともに、私たちの背後で門が閉まった。警備員のためのボックスが門の横にあり、ふたりの男たちはそこで私たちを待ち受けていたようだ。門を擦りぬけるときに盗み見た表示から、缶詰工場であることを知った。

敷地のなかの道路を奥に進むと、すぐに海に出くわした。道の左右は、剝《む》きだしの鉄骨に屋根を付けただけの建物だった。倉庫の屋根かと思ったのは、この屋根だったと知った。小型の漁船をここにつけ、そのまま缶詰用の魚を陸揚げし、ベルトコンベアーに載せて加工工場のほうに運ぶらしい。

海に沿って右に曲がった。

壁の外から見えたビルが、海から堤防と堤防沿いの道をへだてて建っていた。四階建てで、ビルの側面に大きく缶詰会社の名前が書かれている。明かりがともっているのは、一階と最上階だけだった。

そのビルの入口で車を降りた。

よほど腕力に自信があるのか、それとも私たちが反撃に出ようとしたときには、それを制するための道具を身につけているのか、柳田はまだ西上が運転席に残っているあいだに、ひとりで私たちを促して建物に入った。

「壁に手をつけ」

入口を入ったところで告げ、右側の壁を顎《あご》で示した。

私たちは従順だった。並んで壁に手をつくと、後ろからポケットを探られた。武器ではなく、盗聴器かテープレコーダーのたぐいを探したのかもしれなかったが、私たちはどちらも身につけていなかった。

凄《すご》い力で腕をねじ上げられ、順番に背中で両手をくくられた。奥に歩けと命じられた。ほんの短い廊下の突きあたりがエレベーターで、その右手に階段があった。

「こっちだ。階段を降りろ」

階段にむかって顎をしゃくり、私たちを先に行かせた。階段は廊下よりも薄暗く、下った地下も薄暗いままだった。

降りたった先に、鉄製の扉があった。

「どきな」

今度は私たちをよけさせて、鍵《かぎ》を開け、自分が先に入っていった。扉の横にスイッチがあったらしく、天井の蛍光灯がすぐにともった。

蛍光灯の明かりが、後ろ手に縛られて柱にくくりつけられている長谷継男を照らしだした。長谷の顔は腫《は》れあがっており、唇の端が切れてはいたが、私の顔よりはずっとマシに思えた。こっちを見て、微笑みかけようとしたらしいが、実際は表情をかすかにひきつらせただけだった。

清野が息子の名前を呼びながら駆け寄った。

私が動かなかったのは、柳田に腕を摑《つか》まれたからだ。

清野たちにむかって呼びかけた。

「おまえらはしばらくここで待っとれ。ええか、つまらん考えを起こすんやないで。おとなしくしてりゃあ、じきにそのまんま帰してやる。ええな」

清野がこっちを振りむいた。

「栖本さんをどうする気だ?」

「別にどうもせんがな。姐《あね》さんが、話があるだけや」

いうなり、私をドアの外に押しだした。鍵を掛け、「上れ」と階段にむかって背中を押した。

私はドアが閉じてしまう直前まで、清野親子のことを見つめていた。不良警官と不良少年だった探偵親子は、そろって私を見つめかえしていた。三人とも、無事に帰してやるという柳田の言葉を鵜《う》呑みにするほどには楽天家ではなかったが、何の手出しもできないという意味でも共通していた。

階段の上で、西上が私たちを待っていた。あらかじめそういう打ちあわせになっていたらしく、西上はエレベーターの上りのボタンを押しており、扉を開けて立っていた。

最上階にのぼった。エレベーターが開いた先は、一階とはつくりが異なっており、正面と右側がすぐに木製のドアだった。

正面のドアを柳田が開けると、ふたりがけの椅子が一対、むかいあわせで置かれた小さな応接室だった。応接室のむこうの壁にもドアがあり、そのドアがこっちにむかって開いている。

奥の部屋に、女がいた。

「待ってたわよ、栖本さん。入りなさいな」

窓辺に寄りかかってこっちを見ている薫子は、今夜は黒のワンピースを着ていた。通夜に現れた時の和服すがたと比較して、肉付きだけでなく背の高さもまた一回りは小さく見えた。真珠のネックレスをはめていた。もしかしたら、という推測にすぎなかったものの、喪に服しているつもりなのかもしれなかった。

窓を背にして、ラワン製のごつい事務机がひとつ置いてあり、部屋の真ん中には手前の部屋の応接椅子よりもずっと立派でくつろげそうなソファとテーブルが陣取っていた。窓は奥の壁の左右いっぱいにつくられており、カーテンは閉まっていなかった。私たちのすがたを映すむこうに、夜の海が広がっている。

海はただの黒い広がりにすぎなかったものの、湾の端っこ付近にある家々の明かりと、その湾を横切っていく船の明かりとが、部屋の照明に対抗して存在を主張していた。

私を部屋に連れて入ったのは柳田のほうで、西上は手前の小さな応接室に残ったままだった。ヤクザ当時、柳田のほうが兄貴分だったことはわかっていた。おそらく身の処し方に、たとえ足を洗ったあとでも変えられないちょっとしたルールがあるのだろう。

「そんなことをする必要はないでしょ。両手を自由にしてあげなさいな」

女が命じ、柳田は上着の懐に手を入れた。ジャックナイフの刃を立てて、私の後ろ手の縛《いまし》めを切った。

「すわってくださいな、栖本さん」

女は微笑んでソファを示した。

ちらっと後ろを振りむくと、柳田はドアの横の壁を背にしてこっちをむき、西上はドアのむこう側の応接室で私たちのほうに横顔を見せて、それぞれ直立不動の姿勢で控えていた。これ以上芝居がかった仕種はないように思えたものの、スクリーンやブラウン管のむこうではなく目の前でやられると、予期しなかった圧迫感と緊張感とに包まれた。

薫子は私がすわるのを待って、部屋を斜めに横切った。入口から見て右側の壁に、何種類かの高級な酒とグラスとを納めた棚があった。

「何を飲みます？」

尋ねてくるのに、けっこうですといいかけて、

「ボーモアを」

と頼んだ。鷗《かもめ》の絵が舞う十二年物のボトルを、私は目ざとく見つけていた。ラガブリンと同じアイラ・モルトだ。まだ熱のある躰《からだ》で、タフガイを気取るつもりはなかった。相手に緊張を気取られる前に、なんとか緊張をほぐしたかったのだ。私と地下室にいるふたりの人間をどうするかということまでふくめて、すべての駒はこの女が握っている。せめて平常心で女に接し、見極められるものを見極めていたいではないか。

「飲み方は？」

「ただ飲ませてもらえればけっこうです」

女はブランデー・グラスにアイラ・モルトのウイスキーを二杯注ぎ、両手に持ってもどって

きた。

ひとつを私の前に置き、自分の分は手に持ったままですわった。

私はグラスを取りあげて、まさかこんな場合に互いの健康を祈ることは強いられまいと思いながら早々に口へ運んだ。喉《のど》に残った熱と緊張のために、いつもの何倍もひりひりする。

薫子は私が飲むのを待って自分も啜《すす》り、ちょっと目を丸くしたあとで、場違いなほどに可愛らしく微笑んだ。

「あら、ヨードチンキみたいな味だわね」

相手のくつろいだ様子を苦痛に思った。

「ここは、誰の部屋なんです？」

「相変わらず、質問好きな弁護士さんね。どうしてそんなことを知りたがるの？」

「いや、あなたがここの主なら、立ってるボトルの味も知らないわけがないと思いましてね」

「私は女よ。ボトルを端から飲むわけじゃないわ。あれは全部、来客用ですよ」

はぐらかしているだけで、商売関係、あるいは裏のつながりで親しい人間のオフィスを使っているような気もしたものの、案外やり手の女ならば、田舎町にある缶詰工場のひとつぐらいは傘下に納めているのかもしれなかった。

「最初だけ、みんなそういう感想をいうんですよ」

「なに？」

訊《き》きかえしてくるのに、自分のグラスを回して見せた。

「でも、慣れると、何人かにひとりはこの味にはまります」

女は感心しないでもない感じでうなずいて、柳田にむかって顎《あご》をしゃくった。

「あの男をここに連れてきなさい」

柳田は無言で頭を下げて出ていった。

あの男とは誰なのか訊きたかったが訊かなかった。何も訊きださずにいれば、相手のほうから何か話しだすものだ。

「どう、栖本さん。あの子が誰だかわかった感想は？」

薫子は何も話しだそうとはせず、私に質問をむけてきた。

「さっき、おたくの柳田さんからも、同じことを訊かれましたよ」

「それで、どう答えたの？」

「私にはまだ、すべてわかったわけじゃない。今はまだ、何と答えていいやらわかりませんよ」

あまり面白い答えではなかったらしいと、相手の顔の動きから察した。

荒い息づかいを聞いて目をやると、柳田と西上が両側から腕を抱え、痩《や》せた五十男を引きずって入ってくるところだった。

私の知らない男だった。

「市役所の職員の、羽田牧夫さんよ。この名前は知ってるわね」

私は薫子と男のあいだに、何度か視線を往復させた。完全に後手に回っていたことを悟っていた。必死で羽田を探しまわろうとしたところで、とっくに手遅れだったというわけだ。

それで、なぜ薫子は私をここに呼びつけたのだろう？

「栖本さん。私はね、ものわかりの悪い男は嫌いなの。特に、それがずっと歳下の男の場合にはね。私ももう、おばあちゃんなんだもの、殿方相手に、こんなふうにいっても許してくれるわね」

薫子の口元を見つめたままで、何も答えなかった。

「でもね、今からしばらくだけ、例外を認めるわ。聞きたいことがあるなら、お聞きなさい。私が答えられることは答えてあげましょう。この男に答えさせたほうがいいことは、この男にいわせましょう。答えられない事柄については、この先いっさい詮索《せんさく》しないということと、ここで聞いた話は、口外しないと約束するのならね。先にもうひとつ断っておくけれど、この特典は、あなたがあの子のむかしの彼氏だったからでも、あの子の葬式を自分の手で出したからでもないんですよ。下にいる男たちもふくめて三人、行方不明になってもらうのには、社会の詮索が煩《うるさ》いでしょ。あなたたちが、ここ数日のあいだ何を探っていたのかを知る人間は、掃いて捨てるほどにたくさんいるでしょうからね」

私はもうひと口ボーモアを飲んだ。

緊張がほぐれているのかを自分に問いかけてみたが、こうして問いかけること自体が、ほぐれていないことの証だろう。

喉を潤すつもりだったものの、かえって焼くことにしかならず、うっすらと回りはじめている酔いは熱のある躰《からだ》に心地よくはなかった。

「――私がここでうなずいても、どうしてその約束を守ると思うんです」

私はいい終わる前に、尻《しり》の位置をわずかにずらした。柳田が動きかけたのが見えたのだ。

薫子は猛獣使いのムチのような視線で猛獣を制し、それから私の目を覗《のぞ》きこんできた。

「でも、あなたは約束を守るわ。守らなければ、あなたよりも先に、あなたのひとり娘に何が起こるかわからないし。それに、栖本さん、あなたはただ自分の知りたいことを、知らずにはいられないだけ。そうでしょ。片がついたこのヤマについて、これ以上あなたの出る幕はないってことは、あなた自身でもわかっているはずよ」

「──片がついたというのは、あなたたちが犀川靖を始末したことをいってるんですか？」

訊いてしまってから、私は自分が約束を守るしかないことを知った。私が訊き、連中が答える。それを外で誰かにひと言でも漏らせば、おのずと鉄槌《てっつい》を下される。ここに連れてこられた瞬間から、私に残された選択はもう、一生を連中のルールのなかで生きつづけることしかなかったのだ。この連中は、離婚した妻のもとにいる娘のことまで押さえている。

「のっけからそんな芸のない質問をするなんて、まるで弁護士さんじゃないみたいね」

薫子はひとしきり余裕の笑いを浮かべ、消すとともに首を振った。

「答えは、ノーよ。犀川を殺すことなど考えてもいなかったし、現に殺したのも私たちじゃない。なんなら、さっきいった条件に、もうひとつつけくわえてあげてもいいわ。答えられることならば、全部正直に答えるとね」

「──それじゃあ、犀川を殺したのは誰なんです？」

「知らないわ。それは私の問題じゃなく、犀川興業の問題ですよ」

女のいう意味を理解した。

同時に、この女が私を相手にある程度の事情を話す気になった、もうひとつの理由にも気づいていた。目の前にいる女は、私が考えていたのにさらに輪をかけてしたたからしい。裏社会のきしみの原因となる犀川靖の死体が、闇から闇へと葬られるのではなく、ああして人目につく殺され方をしたことも腑《ふ》に落ちた。

薫子たちは、自分の手を汚してはいないのだ！　犀川を自分たちの手で始末すれば、きしみの元を自分たちがつくることになる。それを計算し、相手自身に、相手の組織のなかで始末せざるをえないように仕向けたにちがいなかった。

「順を追って聞かせてください」

「いいわよ。そうしてあげましょう。何が知りたいの？」

薫子は女神のようにうなずいた。

私は羽田を顎《あご》で指し、ストレートに切りだした。

「――二十年前に始まり、それに絡んで十三年前には渥美嘉信と山岸文夫というふたりの人間が殺された、この町への工場誘致の裏側です」

「どうぞ、遠慮することはないわ。あなたが自分でお訊きなさいな。順序だって問いただしていくのは、慣れたものでしょ」

私は怯《おび》えきった猫のような顔をした羽田を振りむき、いったん薫子のほうに顔をもどしてから立ちあがった。

羽田は近づく私のほうを見ようとはしなかった。ついきのう、自分が話したくない事柄を天野たちに話さざるをえなかった私には、今のこの男の心中が痛いほどにわかった。ただし、同情は感じられなかった。

「あんたのことを探してたんだ」

私がいうと、羽田は首がねじ切れそうなほどにまで顔をそむけた。

「あんたは、渥美嘉信の同僚だった。そうだな」

答えようとしなかった羽田は、柳田に腕をねじ上げられ、か弱い悲鳴とともにうなずいた。

「なあ、おめえ、大の大人なんやろ。ちゃんと口で答えろよ」

柳田が羽田の耳元に唇を寄せて、愛の言葉でも囁《ささや》くかのように告げた。

「――そうさ。渥美さんは、同僚だった」

「工場誘致を行なった当時のだな」

「そうだ」

私は率直に切りだしていくことにした。法廷でも、原告や被告の腕をねじ上げることができるなら、ずっと率直なやりとりが可能なのだろうが、こんなことに慣れたいとは思えなかった。

「当時のあんたの所属は?」

「――渥美君と同じ、開発課にいた」

「それじゃあ訊くが、市長の提唱していた《農工両立》と《六四方式》による土地取得が頓挫《とんざ》して、土地ブローカーたちが持っていた土地取引の念書が紙切れになる危険性が生じかねない状況になったとき、山岸文夫たちから金をもらい、市長がスローガンを取りさげる時期を連中に漏らしたのは、あんたなのか?」

「――それは違う」

私は無意識に柳田の顔を見た。薫子たちがすでに、羽田の口を割らせているのは明らかだ。

この男が嘘をついているのなら、ふたたび腕をねじ上げるものだと思ったのだ。

柳田は私の心中を読んだような薄ら笑いを浮かべ、こっちを見ているだけだった。

「とぼけるなよ。あんたはそれ以来ずっと、犀川興業に取り入って、うまい汁を吸いつづけてる。そうだろ」

「違う……」

「それじゃあ、スローガン取りさげの時期を漏らしたのは、誰だというんだ？」

羽田はちらっと薫子を見た。私にしゃべることで、自分の置かれた状況に何か変化が生じるのか、必死で窺《うかが》おうとしている視線に思えた。

――この男は、これからどうなるのだろうか。考えまいとしていたことが、ちらっと脳裏をよぎったが、今はまだ気づかなかったことにした。薫子たちが、この男を始末するつもりでいるのだとしたら、私は黙って見すごしていられるのだろうか。口をつぐんでいるしか、自分や自分の娘に害が及ぶのを防ぐ道がないとしても……。

「当時ここの市長だった、川谷先生自身が、みずから密かに指示されてなさったことだ……」

「――なんだと」

羽田の漏らしたひと言が、私の頭を一瞬真っ白にし、この男の今後をおもんぱかる気持ちを隅へと押しやった。驚愕《きょうがく》と興味が、あらゆる憂慮に勝ったのである。

思考と記憶とをフル回転させた。

「――だが」

私はいいかけ、一度口をつぐんだ。

「――いや、おかしいじゃないか。川谷は《農工両立》や《六四方式》の提唱者で、当時の新聞によれば、それを政治信念として掲げ、公約にもしていたはずだ。だから、市議会から代替農地の開発の遅れや、土地取得の遅れ、土地ブローカーの暗躍による土地の高騰と予期せぬ念書の闇取引の横行などを追及されても、なんとか自分のスローガンを守りとおそうと孤軍奮闘し、しがみついてもいた。そうだろ」

それは、川谷という政治家にとっては、信念を貫くといった綺麗事《きれいごと》では済まず、市長としての政治生命を賭《か》けた、後には引けない生命線だったはずだ。

あの当時、開発反対派は勢力を盛りかえし、工場建設予定地に含まれている三つの町村のうちの一村長からも、表だった反対表明がされていた。一期誘致として操業をはじめた工場からの公害問題が起こり、反対派たちは、市長へのリコール請求と、新たな市長候補の擁立をも画策していた。私がデータベースで引きだした新聞データは、当時の状況をそんなふうに伝えていたのだ。

つまり、市議会における突然のスローガン取りさげと、それにともなう《六四方式》の廃止決定は、川谷晃三にとって苦渋に満ちた選択だったはずだ。それにもかかわらず、市長みずからが、土地ブローカーたちに情報を流すことを命じた張本人だというのか……。

「――川谷はスローガンを取りさげたことで、窮地に立たされたはずだろ。なぜそんな川谷自身が、スローガンを取りさげるタイミングを、土地ブローカーにリークするというんだ」

喉の渇きを覚えながら問いかけると、羽田を両側から押さえつけた柳田と西上が、じつに嫌な薄笑いを浮かべた。――あんたは何もわかっちゃいねえんだ。無言の声を、薄笑いのむこうに聞いた気がした。

「——ああ。たしかに川谷先生にとって、《農工両立》と《六四方式》の取りさげは、苦渋に満ちた選択だった。先生の政治家生活のなかで、あの年の市議会を相手になさっていた時が、もっとも大変な危機に直面していたといえるかもしれない。だが、先生は禍《わざわ》いを福に転じる手段を取られたんだ」

「——どういうことだ？」

「現実的に考えて、《農工両立》は、すでにあの時点で完全に暗礁《あんしょう》へと乗りあげていた。代替地の開拓は遅れに遅れ、農地を保証できるあてさえもなかった。工場誘致反対派にとってだけではなく、推進していたわれわれの目にも、《農工両立》の継続が不可能なことは明らかだったんだ。工場を誘致し、地域の発展を望むのなら、農業や漁業は切り捨てるしかない。あの当時、それが多くの人間の本音だった。

川谷先生ご自身にも、側近たちにも、それはよくわかっていた。先生がスローガンを取りさげられなかったのは、取りさげれば開発反対派がつけこんでくるのが目に見えていたからで、《農工両立》の方針自体は、これ以上はつづけようがない……」

虫酸が走った。

「問題は、《農工両立》の公約を守りつづけることにはなく、反対派につけこまれないことだったというわけだな」

「そうだ。——だが、先生にはひとつの読みがあった。工場誘致は、元々先生が地元出身の財界人たちを招いて協力を要請し、産業開発会議を発足させることからはじまったものだ。中央の各省庁との関係も、先生のパイプによるものだった。すでに一期誘致の工場は操業をはじめていて、建設やサービス業といった関連産業も潤いはじめていた。開発反対派の連中が、工場誘致の是非を問う選挙戦に出たとしても、かなりの確率で勝算はある」

「待てよ。その話と、川谷が自分の《農工両立》のスローガンを取りさげるタイミングを、土地ブローカーたちに流したこととのあいだには、どんな関係があるんだ。選挙資金の調達のためか？」

「金なんかの問題じゃない」

「じゃあ、何なんだ？」

「選挙戦になったときの、票読みとの関係さ」

「なんだと――」

「二期誘致で工場を建設する予定だった工場経営者や、工場建設を担当する建設業者たちにとっても、《農工両立》などどうでもよかった。土地の取得と工場の建設こそが、急務だった。そして、山岸文夫たちの後ろにいた末広会は、建設業者とも工場経営者の一部とも結びついていた」

「建設業者というのは、硯岡建設のことか」

「ああ、そうだ。それに加えて、念書の売買先として、誘致工場とも接触を持ち、いくつかとは深い関係になっていたんだ」

「おいおい、誘致する工場は土地ブローカーをはびこらせないために秘密にされ、念書の買いあげ窓口も、役所が定めた《開発組合》一本に統一されていたんじゃなかったのか？」

羽田はぷいと横をむいた。

私も答えを期待したわけではなかった。ただ、あきれていただけだ。

「建設業界や誘致予定の工場側から、末広会がバックについている山岸たち土地ブローカーの念書について、連中に損をさせないよう、川谷に働きかけがあったんだな」

「――そういうことだ」

働きかけたと見るよりも、持ちつ持たれつの関係だったと理解するべきかもしれない。

工場労働者も、その工場建設に関わる労働者も、政治家にとっては選挙民だ。特に建設業は、巨大なピラミッド構造をなしている。硯岡建設等、工場建設に関わった建設業の労働人口は、それ自体で大変な票田となる。川谷は、その票を自分のほうに引き入れるために、工場経営者と建設業者たちを味方に留《とど》めておく必要があった。末広会が後ろ盾となっている土地ブローカーに、損はさせられなかったということか。

それだけではあるまい。

土地ブローカーを間に置いて、川谷と末広会の犀川たちとが、そこまで深く関わっていたということは、川谷は《農工両立》のスローガンを取りさげる時期をリークしたのに対し、それ相応の見返りを受けているにちがいない。それは選挙資金に化けただろうし、表沙汰《ざた》にできない政治資金にもなったのだろう。政治家というのは、自分の傍らで発生した金や、前を通りすぎた金を、絶対にいったんはポケットに納めずにはいられない人間だ。

「あんた自身は、どう関わっていたんだ？」

羽田はふたたび怯《おび》えを剝《む》きだしにし、薫子の顔を窺い見た。

私のほうから吐きつけた。

「念書を買いあげたのは、役所の開発課の人間が主導でつくった工業地域開発組合だった。市長が《農工両立》を取りさげる直前に、この窓口に働きかけ、山岸たちの念書を買いとらせたんだな」

「――ああ」

役所はトップ・ダウンで動いている。羽田ひとりだけが、市長と直接結びついていたわけがない。この男の口を割らせさえすれば、おそらく当時の直属の上司から助役クラスまで、芋蔓《いもづる》式で名前が出てくるはずだ。

芋掘りはあとにして、いちばんの関心事を先に問いただすことにした。

「渥美嘉信も、あんたたちに同調して動いていたのか？」

「――あれは、莫迦《ばか》正直な男だった」

自分の内側に押し隠すつもりだったのかもしれないが、隠しきれず、かつての同僚を罵《ののし》る感じが顔を覗《のぞ》かせた。

私は羽田を罵らなかった。

罵るにすら値しない人間だと示す視線をむけた。

「どう莫迦正直だったんだ？」

「石頭というのは、ああいう男のためにある言葉さ。あいつは、《農工両立》というスローガンにしがみつき、妥協を許そうとしなかった。《農工両立》を取りさげることは、農民たちへの裏切りになるとの一点張りで、現実を見ようとはしなかった」

「なあ、羽田さん。俺には、そういうことは公務員としての当然の誠意に思えるんだがな」

「綺麗事はよしてくれ。彼には現実が見えてなかっただけだ。農家の連中は、土地をなかなか手放そうとしない。土地ブローカーたちの暗躍に合わせて、役所のいい値で売るよりは連中に売ったほうがいいと思う人間も次々に出てきた。代替地の開拓は追いつかないし、工場誘致を完成できずに一期工場だけを操業させることで、電力の効率的な運用や公害対策予算との関係など、計画外のデメリットも嵩《かさ》んでくる。現実的な対応をするしかなかったんだ。市民というのは、ひとりひとりがエゴの塊なんだぞ。私たちしかわからない苦労が、山ほどもあるんだ――」

「だから何なんだ」

はじめて相手の言葉を途中で遮った。

羽田は私を睨《にら》みつけ、怒りで顔を青くした。

「つづきを話せ。渥美嘉信は、川谷が山岸文夫たちとのあいだで行なった取引に気がついた。だから始末された。そうなのか」

「知らん。私は、人殺しになんか関わっていない。そんなことは、何ひとつ知らないぞ」

「それじゃあ、何を知ってるんだ。海に身を投げたと思われていた開発課長が、二年後になって奈良の山中から白骨死体で発見されたのは、どうしてなんだ」

「――私は、絶対に殺人事件なんかには関わっていない」

「あんたの知ってることを話せ」

「渥美君だって、結局は一蓮托生《いちれんたくしょう》さ。彼もまた、土地ブローカーたちとの取引に、最後は一枚嚙《か》んだんだ」

「なんだと?」

「彼は最初、反対していた。だが、不良息子がいて、麻薬を所持してたらしい。彼はそれをもみ消すために、土地ブローカーへ情報を流すことを黙認したんだ」

羽田はいい終わるか終わらないうちに、苦痛に顔を歪《ゆが》めて悲鳴を上げた。

柳田が折れるほどに腕を捻《ひね》りあげたからだった。柳田のほうは竹ヒゴを捻っているぐらいにしか見えなかったものの、されているほうにはそれがどれだけの苦痛なのか、私は身をもって知っていた。

「おい、小役人。そういういい方はないやろが」

柳田が吐きつけるのを聞き、私は一瞬にして事情を飲みこんだ。

6

気がつくと、羽田の胸ぐらを摑《つか》みあげていた。

「いいなりにならなければ、息子を警察に引き渡す。あんたらは、そういって渥美を脅したんだな。そして、あんたらの悪事を告発しようとするのを抑えつけた。そうだろ」

羽田は顔全体を歪め、苦しげに息を吐いていた。柳田が、腕の力を弱めようとしなかったのだ。

「——手が折れてしまう。やめてくれ」

懇願したものの、柳田はいっそう力を込めつづけ、羽田に後悔をさせつづけた。

「違う。私は知らない。山岸や犀川たちがやったことだ……。頼むから、腕の力を緩めてくれ……」

「うるさくてかなわないわ。許しておやり」

薫子に命じられて、忠実な番犬ははじめて力を緩めた。

「栖本さん、雑魚《ざこ》にはわからない話もあります」

薫子がいった。「その男が知っているのは、それぐらいまでよ。さっきあなたが指摘したとおり、開発組合に働きかけ、山岸たちの手にあった念書を、連中のいい値に近い金額で買いとらせたのはこの男です。渥美さんは、そのことに気がついた。つづきは、犀川靖たち裏の人間がどう動いたのかって話になる。私がお話しするわ」

私は羽田の胸ぐらを摑んだままで、薫子のほうを振りむいた。小役人の横面のひとつも張り倒してやりたいという気持ちが消えていなかった。

「こっちへおいでなさいな。すわって話しましょうよ」

世間話でもするかのような口調だった。

私はもう一度羽田を睨みつけてから、元のソファにもどってすわった。

「姐《あね》さん。この男はどうしますか？」

尋ねてくる柳田に、「元の部屋にもどしておきなさい」と命じて、薫子は私に視線をもどした。

「連中がしたことは、もっと悪質なのよ。渥美さんの息子がグレかけていたのは、確かにそうみたいね。厳格で真面目な公務員の父親と息子って関係は、いろいろな要因をふくんでたんでしょう。でも、こんな田舎町で、しかも今から十年以上も前ですもの。簡単に悪い遊び道具が手に入ったわけはないわ」

「それじゃあ……」

「犀川たちのほうから狙って、クスリを渡したんですよ。息子自身の楽しみのために渡したあと、今度はそれで小遣い稼ぎをしないかと持ちかけた」

清野が大阪で調べあげた事実を思いだした。渥美嘉信の息子の房雄は、窃盗で一度補導されている。少年法は、基本的に更生のためのものなので、初犯でこの程度のことならば、親を交えて説諭し、保護者の元に帰すということで決着の付くことが多い。だが、小遣い稼ぎで麻薬を仲間に売りさばいていたとなれば、話はまったく別だ。

それに、たぶんそれだけではないはずだ。房雄は、その後末広会の構成員にまでなっている。犀川や山岸たちに、懐深く取りこまれてしまっていたのだろう。それはとりもなおさず犀川たちにとって、父親の渥美嘉信の首根っこを摑む材料になった。

「すると、息子の房雄は、自分が自分の父親を落としこむために利用されたとも知らずに、末広会とのつきあいをつづけ、最後は構成員にまでなったわけですか?」

「可哀相な子。途中からは、クスリ漬けだったらしいわね」

そして、病院に収容され、そこでみずから命を絶ってしまった。

「渥美って男には、じかに会ったことはないけれど、つれあいがしてた話によれば、頑固で骨のある人間だったらしいですよ。そういう人間っていうのは、相手から目をつけられやすいでしょ。しかも、それが役所の土地取得を現場で仕切っている中心人物となれば、何か弱みを見つけて食いこもうとするのがヤクザってものです。弱みがなければつくりだす。本人がだめなら、家族を狙う。まあ、こんなことは栖本さんもご存じでしょうけどね」

吐き気がした。

おそらく渥美嘉信は、表と裏の両側から、窮地へ追いこまれたのだろう。上は市長から下は同僚の羽田までをふくむこの市の不正について、公務員である渥美がひとりで摘発することは職場への裏切りになり、開発課長として勤めてきた自分自身の仕事への否定にもつながる。加えて、ひとり息子は末広会の手に落ち、告発しようとすれば麻薬の売人として晒《さら》し者にされるか、もっとひどい目に遭わされることにもなりかねなかった。

「しかし、犀川たちはそうやって弱みを握り、自分たちの側に引き入れたのに、市長が市議会で《農工両立》を取りさげる演説をした数日後に、渥美を始末してしまったのはなぜなんです？」

「数日後に始末？」

薫子が訊《き》きかえしてきて、自分が何かを誤解しているらしいと知った。

「数日後に始末したんじゃないんですか？　たしか、渥美は川谷が《農工両立》を撤回する演説を行なった二日後には、岬から海に身を投げた形跡を残して消え去った」

「そのことね」薫子がうなずいた。

「実際に始末したのは、もう少し先の話ですよ。犀川たちは渥美嘉信をいったんは自分たちのほうに取りこんだ。でも、実際に市長が市議会で演説を行なって、町の人間たちから市政の裏切りを糾弾する声が上がると、渥美は良心の痛みに堪えきれなくなったのね。それで、何もかも暴露する決心をしたんです。犀川たちは、それを嗅《か》ぎつけたの。連中は、すぐにでも始末してしまうつもりだったのかもしれないけれど、表の社会の人間は、誰もそんな解決策は望まないわ。川谷たちとのあいだで、しばらくは渥美をどうするかを巡ってもめたんだと思いますよ」

「渥美嘉信が自殺したように装った理由は、警察に動かれたくなかったからですか?」

「そうよ。そして、奈良山中に死体を運んで埋めてしまった」

ふと何かが引っかかった気がしたが、それが何かわからなかった。

「なぜ死体を奈良山中に運んだんです?」

「決まってるでしょ。ずっと死体が出ないようにするためよ。あなた、この町に来て思わなかった? ここは、瀬戸内海に面した町なんですよ」

「何がいいたいんです?」

「あなたは、渥美嘉信が身を投げたとされる岬にいってみたかしら」

「いいえ」首を振ると、薫子は立ちあがって私を手招きした。

並んで窓辺に立ち、四階の窓から見渡せる湾の右端を指さした。几帳面《きちようめん》に一定間隔で植えられた街灯が、緩やかなカーブを描いてのびる先に、光が途切れて海面の闇がはじまる場所があった。

「あの突端よ。海流というのは、思わぬいたずらをするものだから、死体が上がらない可能性だって充分に考えられる。でもね、それは外海よりは遥《はる》かに低い。そうでしょ」

「——たしかに」

窓硝子《ガラス》に、私と薫子とが並んで映っている。その硝子のなかの薫子が、私を真っ直ぐに見つめてきた。

「栖本さん、これは裏社会で生きてきたおばあちゃんのひとりごとと思ってくださってけっこうよ。でもね、市役所の開発課長が岬に遺書を残して消えて、そのまま死体が見つからなかったのに、地元の警察はいったい何をしてたんでしょうね」

「——————」

「新聞にも出たように、自殺の可能性が大きいと思われていたのはわかるわ。でもね、はたして本気で死体を見つけようとしたのかしら。サツの旦那《だんな》たちも一枚噛《か》んでたのかもしれないなんて、そんな話がしたいわけじゃないのよ。でも、この町は工場を誘致することで発展を遂げた。開発課長の自殺は、市長がスローガンを取りさげたことに堪えられなかったためだという、できるだけ単純な結論をつけてしまったほうがいい。それ以上は、掘りさげないほうがいいって気持ちを、みんながどこかで持ってたんじゃないかしら。私なんかにすりゃあ、世のなか、綺麗《きれい》なことばかりじゃないのに、なるべく闇の奥を掘りさげたがらないのが、堅気の人間たちだと思えてならないんですよ」

私は硝子に映る薫子から夜の海へと視線を移し、それからまた薫子に引き寄せられた。

薫子は、照れたように微笑んだ。

「もっとも、だから私たちの生きる隙間があるんですけどね」

並んで立つ彼女を、上から見下ろして気がついた。こめかみ付近の生え際に、小さな傷が無数にある。ほんの目につくかつかない程度の傷だったものの、部屋の明かりとの関係で明らかになってしまったのだった。整形医が、皺《しわ》を伸ばしてとめた跡だ。

「まあ、それはそれとして。さっきの、なぜ死体が奈良に運ばれたのかって質問ね。奈良は、連中の縄張りに近いでしょ。台風で死体が出てしまったけれど、二年は眠りつづけていて、様々なことの証明を不可能にするには、充分な時間を稼いだことになる」

顎《あご》をしゃくり、ソファにもどって先にすわった。羽田をどこかの部屋に押しこんできた柳田と西上がもどってきて、さっきと寸分違わぬ位置にそれぞれ控えた。

認めたくないことだったが、心のどこかで、この連中が犀川たちを相手に片をつけたことを喝采《かっさい》したい気持ちが芽生えていた。冗談じゃない！　法律に違《たが》う行為を、確実にいくつもやってのけたにちがいなく、その結果として片をつけたにすぎないのだ。――だが、法律がそれほど万能ではないことも、私はかなりむかしから知ってしまっていた。

「つづきを聞かせてください。土地ブローカーの山岸文夫を轢《ひ》き逃げで殺したのも、犀川たちですね。それは、山岸が渥美嘉信を始末した実行犯で、つながりをそこで断ち切ってしまいたかったからですか？」

「なるほどね」薫子が面白そうにうなずいた。「弁護士さんは、ふたつの事件をそんなふうに結んで考えていたのね」

「渥美嘉信がすがたを消したのが、十三年前の六月。彼が実際にいつ殺害されたのかはわからないが、山岸の轢き逃げ事件があったのは、同じ年の十一月です。関係づけたくもなります」

「たしかに、山岸も渥美を始末するのに関わっていたでしょう。でもね、山岸が消された大きな理由は、別にあるの。室井という名前はご存じかしら?」

「山岸文夫たち土地ブローカーの黒幕だった可能性のある男ですね。だが、それは偽名で、結局、正体はわからなかった。誰なんです?」

「昨夜、あなたのことをさんざん痛めつけたようじゃないの」

「――天野のことをいってるんですか?」

薫子はうなずく代わりに、隣りの応接室に控えている西上を呼びつけた。

「おまえがいろいろ調べた話を、お話ししなさい」

西上は「はい」と低いがよく通る声で返事をし、こっちの部屋に入ってきた。

「たった今おめえがいったように、室井というのは偽名で、その正体を知る人間は多くはなかったんだ。山岸はそのひとりだったが、そこにサツの手が近づいたってわけさ」

「しかし、土地ブローカーとのつながりがバレるリスクよりも、山岸を始末することで殺人者となるリスクのほうが、遥かに大きいはずじゃないのか?」

尋ねると、西上は陰気な笑みを浮かべた。

「それは、あんたらの世界の考え方さ。弁護士なら知ってるだろ、念書の取引ってのは、土地の登記をともなわない。金の流れの詳細が見えにくい。だが、あの時期、警察と税務署とが腰を上げて動きはじめてた。登記なんぞしなくとも、念書の取引があった以上、金の流れが生じているのは事実だ。おカミは、土地ブローカーたちを、脱税容疑で摘発しはじめたんだ」

新聞データで、すでに同様の記事は読んでいた。

「わからねえか。天野が山岸を使って回した念書の取引は、すでに数億単位になってたんだぜ。

山岸からたぐられ、脱税で摘発されりゃあ、えらい額の追徴金が取られる。それなら、人の命ひとつと引き替えに、サツからの追及を逃れたほうがいいじゃねえか。現実に、ああして山岸を始末したことで、それから十三年のあいだ連中はぬくぬくと生きてきたんだ。殺すだけの価値があったってことさ」

ゾッとするいいぐさだった。足を洗って小料理屋の親爺《おやじ》になっても、西上のなかにはむかしながらの血が流れている。

——事件の全貌《ぜんぼう》がつながってくるのを感じていた。

「もうひとつ教えてくれ。あんたは彼女から頼まれ、いっしょになっていろいろなことを調べた。きっかけになったのは、先月の末に、彼女の店に羽田、天野、鷹津、木下の四人がやってきたことだった。そうだな」

「ああ」

「彼女が自分の過去に関わりがある事件を調べる気になったのは、このうちの羽田と天野がいっしょにいるのを目にしたからなのか？」

「そうだ。羽田のことは、父親の同僚として、顔をうろ憶《おぼ》えに憶えてたそうだ。天野は、弟が大阪に出て末広会とのつながりを深めたとき、兄貴分だったんだ。犀川の野郎は幹部だったからな、実質的に弟の面倒をみる振りをしてたぶらかし、ヤク中にまで追いこんだのは、天野の野郎なのさ。真沙未も大阪に出て、ホステスとして働いていた。同じ大阪にいる弟とは当然、交流があった。それで天野の顔を知っていたんだ。——どうして市役所の羽田が、末広会にいた天野の接待を受け、酒を飲んで騒いでいるのか。十年以上の時間が経ったあの夜、真沙未はふたりの結びつきを知ってぶったまげたのさ」

「――犀川靖だけではなく、天野のほうも、元は末広会の構成員だったのか」

「そうだ」

「この町の工場誘致を食い物にした念書転がしによって得た金を手土産に、ふたりは犀川興業へと身柄を移したのか？」

西上はちらっと薫子を見やってから、うなずいた。

薫子が話を引きとった。

「どうせ、犀川興業のことはいろいろと調べたんでしょ」

「調べられる範囲のことは調べました」

「それなら、先代の犀川昇が、跡継ぎがいなくて困ってた話は知ってるわね。組を託せる人間を探していた犀川昇と、末広会では頭がつかえていて、上にはのぼれないと思っていた和辻靖の思惑が一致したようよ。そして、和辻は自分の右腕だった天野をともなって、犀川興業に鞍《くら》替《が》えした」

「音頭を取ったのは、共和会の槙泰樹という幹部ですね」

「よく調べてあるわね」

「あなたたちが今度、犀川靖を追いこむために片棒を担ぐことを頼んだのも、槙ですか？」

踏みこんだ質問を、敢《あ》えて切りだした。犀川興業に片をつけさせるのを迫る場合、共和会との共存関係を考えれば、薫子はこの槙という男を自分たちの側に付けておく必要があったはずだ。

そうすることによって、犀川興業と共和会とは切り離される。正確にいえば、先代の犀川昇は、槙に仲立ちを受けて二代目に据えた犀川靖よりも、共和会との関係を優先せざるをえなくなる。結果として、犀川靖を組織のなかで始末せざるをえなくなった。

犀川靖と、天野猛。薫子が片をつけるつもりだった相手は、このふたりだ。天野も警察に逮捕されていなかったならば、犀川靖と同じような運命をたどっていたのだろう。

「片棒を担がせたりなんかしないわ。ただ、ビジネス上の取引をしただけよ」

「どういうことです？」

「大阪の港湾を仕切ってるあそこの幹部と槙さんとは、兄弟分なの。ですから、私たちの仕事先を通して、槙さんとは礼儀正しい会合を持たせてもらったわ。その兄貴分にも口をきいていただいて、相応の謝礼をお支払いし、いくつかの条件がいいビジネスを紹介したの。和辻靖と犀川興業の仲人役は槙さんだったのだから、彼に引導を渡してもらうのがいちばんでしょ」

「――――」

「さっき西上がお話ししたことだけれど、あの子の気持ちを想像してみてくださいな。父親は自殺を装って拉致《らち》された。数週間後には、母親はつれあいが自殺し市民から裏切り者のレッテルを張られたことを悲観して、みずから命を絶ってしまった。それだけでも堪えられなかったろうに、さらには弟が道を踏みはずし、廃人のようになって自殺した。同じ年に、父親の死体が発見されたけれど、何かが裏側で起こったことだけはわかっても、具体的にはわからない。それればかりか、死体の発見とともにマスコミは父親こそが土地ブローカーから賄賂《わいろ》をもらい、《農工両立》が撤回されるタイミングをリークした張本人であったかのような可能性をほのめかした。でも、二年の歳月が経っていては調べようがない。

わかるかしら。あの子は、不幸の影を、いつもどこかに背負っていたんです。背負いながら、その後の人生を生きてきた。十年以上経ったあとになって、その不幸が運悪く重なったのではなく、誰かの思惑の結果かもしれないと気づいたら、あなただってその連中に償いをさせたくなるでしょ」

私は何も答えなかった。

彼女のことを考えていた。自分の五年間の胸の痛みなど、彼女が背負いつづけていたものと比べれば、ないに等しい。私と出くわして同じ時を過ごした半年ほどの時間など、それまでと比べても、それからの人生と比べても、何物でもなかったろう……。

「柳田」薫子は呼び捨てにした。

「いろいろ話したんで、喉《のど》が渇いたわ。炭酸入りのミネラル・ウォーターをちょうだいな」

私のほうに顔をむけ、「栖本さんは？」と尋ねるのに、水を所望した。

柳田が躰《からだ》に不釣りあいな動きでそっと置いてくれたグラスの水を、ひと息に半分ほど飲み干した。

「羽田や天野といっしょに飲んでいた鷹津のことは、彼女は最初から知っていたんですか？」

薫子は首を振った。

「いいえ。鷹津は十三年前のできごととは無関係です。でも、女連れでやってきていて、天野たちから接待を受けていた。天野が責任者を務めるゴミ処理場とのあいだで、何か妙な小遣い稼ぎをしているらしい。調べるうちにそれが明らかになったので、犀川興業への突破口になると判断して締めあげたようね」

「硯岡建設の木下がいっしょだったのは？」

「ただの接待役です。建設会社にとっちゃあ、暴力団とのつながりは切るに切れないし、この市は硯岡にとって、大事な仕事先なんですよ」

硯岡建設は、この市に硯岡太平土木という子会社を持っている。市役所との関係を大事にしておく必要があるということか。

残りの水を飲み干してもなお、喉の渇きを覚えつつ、西上を振りむいて問いかけた。

「西上さん、もうひとつ訊《き》きたいことがあったんだ。彼女が殺された夜、彼女といっしょだったんじゃないのか？」

西上は薫子を見、許しを得てから口を開いた。

「ああ、襲ってきた黒木って野郎のタマを取ってやったのは、この俺さ」

「彼女は、殺される三日前に、利用していた貸金庫に納めてあったものをすべて持ちだしてるんだ」

「虫が知らせたのかもしれんな。俺がすべて預かった。運がこっちにあったのさ。もしも貸金庫の中身がやつらに渡っていたら、片をつけるのにもっと時間がかかったろうぜ」

「まさか見せろなんていわないでしょうね」

薫子がいった。

頼んでも見せるわけがない。

「羽田のことは、どうするつもりです？」

「心配しないで。どうもしないわ。始末する気なら、ここであなたに会わせたりしないですよ」

　こっちの心のなかを覗《のぞ》きこんでくるような笑みを浮かべた。羽田を始末して、私が口をつぐみつづけることに重荷を感じれば、いつかすべてを他人にぶちまける可能性がある。そう読んだにちがいない。相手のほうが、一枚も二枚も上手だ。

「しかし、それなら……」

「川谷先生は、近いうちに政界を退かれることになると思います」

「なんですって……」

「退かれないのなら、犀川靖の死との関連が追及されることになるし、羽田という男が、すべてをあらためて公の場で証言することになるでしょうからね」

「きのう川谷を訪ねたのは、それを突きつけるためだったんですか？」

「それだけじゃあないんですけれどね。栖本さん、政治家というのは、共和会のような大きな裏組織とは、必ず深く関わっているものですよ。共和会が知っている秘密をすべて社会にぶちまけたら、国会でそっくり返ってる先生方の半数以上は、必ずスキャンダルにまみれることになります」

「共和会と政治家連中を抱きこんで、そっちの方面からも、川谷を追いこむように手を回したってことですか？」

「今のは、あくまでもたとえ話ですよ。いえない話はいえないと前置きしたはずでしょ。そのあたりは、これ以上深くは聞かないことね。ただ、しばらく黙って待っていてちょうだい。いずれ新聞に、川谷の引退のニュースが載るのをね」

私は薫子たちが聞かせてくれた話を反芻《はんすう》し、個々の話の結びつきを検討し、さらに訊くべきことをいくつか考えた。

そして、思った。

——片がついたのだ。

認めるべきだ。犀川靖は犀川興業という組織のなかで始末され、天野は警察に逮捕された。工場誘致の時に市長であり、その完成を踏み台として国会へと進出した川谷は、政治家生命を絶たれることになる——。結局、自分よりは何枚も上手だったこの女が、彼女が残した無念を晴らし、片をつけてくれたと認めるべきだ。片をつけたのが私自身ではなかったことと、私が思っていたようにすべてを社会に対して明るみに出すという方法ではなかったことが、どこかで納得できなかったものの、それは時間が解決してくれることだろう。

自分を納得させるしかない。まだ何かが隠されている気がしないでもなかったものの、それはおそらく、踏みこんではいけない世界での駆け引きと、そういう世界で蠢《うごめ》いたまま、決して日の光の下には明かされるはずのない出来事なのだ。

それに、この市の工場誘致に絡んでこれ以上連中を糾弾しようとすれば、彼女が小林暸子ではなく渥美真沙未だった事実を明るみに出さねばならないことになる……。

彼女の過去と、それに関連した事柄について、訊き残した質問はひとつだけだった。

7

「小林瞭子という女性はどうなったんです？」

尋ねると、薫子は私の顔を見つめかえしてきた。

目を逸《そ》らさずに待っていると、相手も目を逸らさないままで唇を動かした。

「それは、宇津木しか知らないことよ。宇津木大介という男が、親友だった渥美嘉信の娘を、重荷から解放してやるためにやったことです。身代わりとなる人間の条件は、身内が全員亡くなっていて、渥美真沙未と同じぐらいの歳格好か、できれば同じ歳であること。それから、顔の感じもなるだけ似ているほうがいい。小林瞭子という娘の不幸は、宇津木という、ある意味では非情な男の圏内に、そんな条件をすべて兼ねそなえて存在してしまっていたことです」

「本物の小林瞭子は、どうなったんです？」

「知らないわ。本当よ。それは、天国の宇津木に訊くしかないわね」

知らないというのは本当かもしれない。

だが、同時に、この件はこれ以上突っこめば、天国の宇津木に訊きにいく手伝いをしてやるという脅しにも取れた。

――ヴェールの手前で、立ちつくすしかないということか。

いや、追及していったいどうなるというのだ。小林瞭子は、宇津木大介の命令で殺害されたにちがいない。だが、殺害する音頭をとった宇津木もまた、六年も前にこの世を去ってしまっている。そして、小林瞭子に成り代わって生きてきた彼女自身もだ……。

「ねえ、栖本さん。あの子は小林瞭子として、このまま葬ってあげてください。小林家の墓に入れるのがはばかられるのなら、新たにお墓を手配してやってくれないかしら。あの子は、それまでの人生を捨てたんです。あなたは、逃げたというかもしれない。でも、逃げてはいけないのかしら。生きているうちは、どっちにしろ過去を背負いこまされているものでしょ。だからこそ、ああして偶然に羽田と天野のつながりに気づいて、やむにやまれず調べまわり、最後は犀川たちにそれを知られて消されてしまった。ねえ、哀れだと思うでしょ。これ以上騒ぎたてないことが、あの子のためだと思わないかしら」

——しかし。

それならば殺された小林瞭子という娘は、どうなるのだろう。この世に生を得て二十何年かを生きた。それなのに、違う人生を手に入れたい女がいて、その願いを叶えてやるつもりになった男の目にとまったがために、闇から闇へと葬られてしまった。そんなひとりの娘の尊厳は……。

私は小林瞭子という女の人生を、ほとんど知らない。小林瞭子の家族は、三春から夜逃げ同然にして信州へと移り住んだ。兄の借金まで背負いこまされた父親は、娘が高校の時に世を去った。母親も、数年後には亡くなっている。小林瞭子という娘が、どんな事情で大阪へ出たのか、具体的にはわからない。伯母《おば》にあたる小林鈴子が漏らしていたように、アパレルか洋品関係の仕事に就いたのかどうかもわからない。どんな経緯を経て、水商売に足を踏み入れたのかも。

だが、そこには小林瞭子というひとりの女の人生があった。

「ねえ、栖本さん。あなた、くだらないヒューマニズムを考えているんじゃないでしょうね」

「――――」

「あんた、あの子に惚《ほ》れてたんでしょ。惚れてたってことは、秘密を共有することじゃないの。あの子にも、小林瞭子という娘にも、もう身内はいない。あの子が誰として葬られようと、いったいどんな問題があるのかしら。人間が入れ替わっていたとはっきりすれば、世間は驚いて騒ぎたてるわ。そして、あの子の人生も、渥美嘉信や房雄の人生も、すべて暴きだそうとするに決まってる。そんなことに何の意味があるの。マスコミを騒がせて、社会を騒がせて、あの子の人生を人目にさらすことよりも、このまま静かに小林瞭子として瞑《ねむ》らせてやることが何よりだとは思わないかしら」

答えられなかった。

はっきりしていることがひとつ。喜んでうなずくことはできずとも、自分にはとてもそれを否定しきれない。

――終わったのだ。

そんな言葉が、喜ばしさもほっとした感じさえともなわず、重たいもの哀しさとともに浮かんできた。

およそ三十分後に解放された。

そうして解放されるまでのあいだ、天野への追及は、あくまでも小山内総合病院の鷹津と天野とのあいだでつづけられていた医療廃棄物の不法処理と、それを嗅《か》ぎつけた私への殺人未遂という線だけに留《とど》めることをいい聞かされ、そして、約束させられた。

その他のことはいっさい表に出さないようにと、さらにいい聞かされたのち、表に出たときには私や私の大切な人間に何が起きるのかという説明を、丁寧にもう一度繰りかえして聞かされた。

薫子はグラスのボーモアを飲み干すと、ひと仕事終えたという感じでたばこを抜きだした。誠実な召使いよろしく近づいてきた柳田に火をつけさせ、うまそうに煙を吐きあげた。

「栖本さんは、たばこは？」

「いえ、やめました」

ひとしきり私の禁煙話を引きだして、軽いおしゃべりの雰囲気を楽しんでから柳田たちに命じた。

「栖本さんをお送りしなさい」

立ちあがった私は、すわったままの薫子から、今後の人生では二度と互いの顔を見ることはないはずだと、別れの言葉を頂戴《ちょうだい》した。

柳田と西上に挟まれてエレベーターに乗り、一階から下は階段でくだって清野親子と再会した。

再会の喜びを噛《か》みしめあいながら、清野と長谷の縛《いまし》めをとき、柳田たちにうながされて表に出た。

私がバンの二列めのシートに、清野が長谷を抱きかかえる格好で最後尾のシートに納まった。

「あばよ。ええな、姐《あね》さんのいいつけを忘れるんやないで」

柳田はいっしょに乗ってこようとはせず、車のなかの私に吐きつけて背中をむけた。

缶詰工場の敷地を走っているあいだも、一般道路を走りだしてからも、車内の誰ひとりとして口をきかなかった。清野も長谷も、自分たちが無事にこうして表の空気を吸えたのは、私と薫子たちとのあいだでそれ相応の話しあいが行なわれた結果であることを心得ているはずだった。

ふたたび熱が上がりはじめている。フロントグラスを見つめながら、何度か自分に問いかけては否定した挙げ句、結局は無力感にとらわれている現実を認めないわけにはいかなかった。私は彼女が誰だったのかを知った。そして、彼女が抱えつづけてきたものを知った。渥美真沙未として抱えてきたものを、別人に成り代わらなければならなかった理由を、それからの人生を、すべてそれなりに知ることができた。自分の手で事件の決着こそつけられなかったものの、天野たちを警察に逮捕させることができたという意味では、私の無謀な大冒険にも、それなりの意味はあったのだろう。川谷晃三は代議士を引退し、羽田牧夫たち何人かの公務員たちも市役所を追われるにちがいない。そして、犀川靖は命を奪われた。彼女に不幸を背負いこませた人間には、残らず制裁が加えられたのだ。

私は自分には手が出せない世界が存在することを目の当たりにさせられて、納得できずにいるだけなのかもしれない。それとも、あくまでも自分の手で決着をつけたかったということに、どこかでこだわりつづけているのだろうか。あるいは、彼女が抱えていたものを知ってしまった今、あと自分にできることは彼女に別れを告げるだけだという現実を受け入れられないだけなのか。

五年のあいだ凍結されてきた時間は、ふたたび流れはじめるだろうか。過去は消えない。ただ、少しずつ遠ざかっていくだけだ。彼女はもう、二度と私のところにもどってはこない。あしたからもまた、私はどこかで彼女の影を引きずりながら、毎日をそれなりに生きていくのだろう。

町なかが近づいて、車は駅のターミナルへと真っ直ぐにぶつかる道に入った。徐々に商店が増えはじめたものの、大概が店仕舞いを終えてシャッターを閉めていた。

「ここらでいい」

駅舎が道の先に見えると、西上に告げた。

西上はちらっとこっちに視線を流し、ウインカーを点滅させて道の端に車を寄せた。

私はサイドドアを開け、清野親子を先に降ろした。

つづいて降りたった私がドアを閉めると、西上はもうこっちを見ようともしないまま、すぐにバンを発進させた。駅のターミナルの手前にある道を左折して、あっという間に見えなくなった。

「大丈夫か？」

私は清野の反対側から長谷の躰《からだ》を支えた。

人通りはほとんどなかったが、駅のほうからちらほらと人が歩いてくる。酔って肩を組んでいる三人組に見えるのだろう、誰もが私たちを避けていった。

「大丈夫ですよ。栖本さんこそ、相変わらずふらふらして見えますよ」

長谷は腫《は》れあがった顔で微笑んで見せた。

「まったく、ドジな野郎ですよ」

長谷のむこうから清野が笑い、それから口調を変えて問いかけてきた。

「――それで、薫子たちとの話は？」

「すべては、連中が片をつけたということです」

私は清野の顔から目を逸らした。

「とにかく、どこかに落ち着きましょう。話はそれからゆっくりとします」

私は自分がひと晩世話になった医者に診てもらうことを提案したものの、長谷のみならず清野までが、こんなのは医者に見せるほどの傷じゃないといいはった。

佐代子に連絡を取ることにして、清野から携帯を借りた。

呼出音がするとすぐにつながった。

佐代子は「今、どこ？」と訊《き》いてきた。

「駅のそばにいる」

「清野さんたちは？」

「いっしょだ。すべて終わった。たった今、解放されたところさ」

受話器のむこうで、大きく吐きだされた息が聞こえた。「よかったわ」佐代子はいったん言葉を切ってから、「ほんとによかったわ」ともう一度いった。

その声を聞きながら、この娘に薫子たちが裏ですべてに決着をつけたということを納得させるのは、清野たちの数倍もむずかしいだろうという気がしていた。

ホテルの場所を尋ね、駅から大した距離ではなかったので、フロントにいって私たちの部屋も確保してくれと頼んだ。私の荷物は、駅前のホテルに置きっぱなしだったが、チェックを済ませて荷物を引きあげればいい。

「すぐに合流できるだろうから、待っててくれ」

「うん、待ってるわ。連中はどうなったの？」

「事情はそっちに着いてから説明するよ」

「それじゃあ、それからでもいいのかな。私、さっき栖本さんたちと別れてから思いだしたんだけど、すっかり慌てちゃってたものだから、頼まれてた件を、何も答えてないままだったでしょ。伝えたほうがいいんじゃないかって気もして、ずっとやきもきしてたのよ」

「何のことだ？」

「やだな。忘れないでよ。東京で、ミー子を探しだして話を聞いてきたのよ」

本名はたしか、浅間喜美子。《羅宇《ラオ》》のホステスだった娘だ。

私は「そっちに着いてから聞くよ」というつもりだったし、実際にそういいかかったものの、「簡単な話か？」とうながした。

「うん。あの夜、お店が終わったあと、ミー子は連中に呼ばれて出ていったらしいっていってたじゃない」

「ああ」

「やっぱりそうだったのよ。そしたらね、連中は犀川昇たちと合流して、また別のクラブで飲みなおしてたんですって」

「犀川靖のまちがいだろ」

「違うのよ。先代の犀川昇」

「そうか」と応じた。

舌に細かい砂がまとわりついたような感じがした。

「確かなのか？　何かのまちがいじゃないんだろうな」

自分が声を高めたことを、傍らの清野たちがこっちを見つめたことで知った。

息を吸い、吐いた。いっしょに酒を飲んだだけの話ではないか。胸のなかでそう呟《つぶや》いてみたものの、背中に得体の知れないさざ波が立つのを感じた。風にあおられた水面のように、さざ波が光をちらしている。こっちにむかって吹いてくる風だ。

――なぜ市役所の羽田たちをもてなしていた天野が、先代の犀川昇と合流したのだろうか……。

私は携帯を耳にあてたまま、意味もなく後ろを振りむいた。それからターミナルの明かりを見つめた。清野たちは私の雰囲気から異常なものを感じとったらしく、何も話しかけてはこなかった。

――何かが違う。

それが何かはわからなかったが、確かに足下が崩れかけている。

「犀川昇と合流して飲んだのは、天野たち四人の全員だったのか？」

「ううん。鷹津は地元のホステスとよろしくやるつもりだったみたいで、私たちのお店を最後に別れたらしいわ」

「すると、天野と羽田、それに硯岡建設の木下の三人だな」

「ええ」

「さっききみは、犀川たちといったけれど、犀川昇のほかにも誰かいたのか？」

私は、意外な人物の名前を聞いた。

同時に、猛烈な勢いで頭を整理する必要に迫られていた。誰かが嘘をついた。誰かはそれを信じ、そこからまた嘘をついたり真相を探ろうとしたりした。

もう一度、すべてをはじめから問いなおすべきなのだ。彼女が事件を調べるつもりになったきっかけは何なのか。彼女が私に残した留守電のメッセージ、私にとっての彼女の最後の言葉には、どんな意味が込められていたのか。彼女はなぜ小山内総合病院と犀川興業のゴミ処理場の問題を、わざわざこの町に足を運んで調べたのだろう。なぜそれから数日後に、貸金庫のものをすべて取りだしたのだろう。そして、彼女の部屋の鍵《かぎ》は……。

ここ数日のあいだ何千回と問いかけてきた問いを、私はもう一度自分にむかって突きつけた。彼女はなぜ渥美真沙未として生きることをあきらめ、小林瞭子となって違う人生を生きなければならなかったのか。

まだ直感でしかなかった。

いくつかのことを調べ、そして確認する必要がある。だが、それほど時間はかからないだろう。

私はおそらく、たった今、事件のすべての真相を知った。

最終章　秋　色

1

秋の海が広がっている。

午後の早い時間の日射しが降る海だ。

見下ろし、父のことを考えていた。母のことを、そしてふたりの息子である私のことを考えていた。私の家族と、彼女の家族とは似ていたのだろうか。おそらく多くの点で違うことは明白だったものの、ふっとそんな問いかけがよぎっていた。

岬の突端から見渡す海原には、いくつもの小島が穏やかな日射しを浴び、波の音に包まれまどろんでいた。水面から団子のような丸い頭を出し、水際からほんの少しだけ岩肌を覗《のぞ》かせているが、あとは緑に覆われた島々だ。

いくつかは、遠目には人の暮らす痕跡《こんせき》が窺《うかが》えないものや、船をつける場所さえ見あたらないもの、ただの巨大な岩場と変わらない感じの島も数えることができた。

プラモデルよりも小さい舟が、島のあいだを縫って走っている。

風は弱く、平日の岬は静かだった。

海岸線に沿って顔を巡らせていくと、海岸道路の先に、工場群の清潔な連なりが見えた。人家は、その背中に隠れるようにして、工場よりはずっと雑多でずっとみすぼらしく肩を寄せあっていた。

岬の先から海へと少し下ったところに建つ灯台にむけて、私は狭い階段を下りはじめた。階段の両側に生えているのは松で、どれもが少しずつ陸地側にむかって曲がっていた。樫《かし》の木か何かが混じっているようで、坂道に丸太で段をつけただけの簡単な階段には、時おり団栗《どんぐり》が転がっていた。

階段を下りきると、灯台はずっとのっぽになった。人気がなかった。私はたったいま自分が下ってきたばかりの階段を見上げたのち、灯台に近づいて周囲をまわった。

裏側は断崖《だんがい》絶壁で、木材に見えるような模様を刷りこんだコンクリートの手すりが据えつけられていた。手すりに両手をついて見下ろすと、かなり下のほうで波が砕けている。土が削げ落ちて剝《む》きだしになった岩肌は、海に近いほうが波と風によって削られていて、上るにしたがって少しずつ張りだしていた。

水面の動きよりも、砕けた波の色と飛沫《しぶき》のほうが目を引いた。吸いこまれるように打ち寄せてきて、岩肌の窪《くぼ》みにむかってたわみ、歪《ゆが》み、砕けていく。

ここから身を投げたとされた渥美嘉信のことを思い、ふっと怖くなって誰もいない背後を振りむいた。手すりに寄りかかり、心持ち顔を仰向けて空を見た。綿をちぎったような雲がぽつぽつとあるだけで、そのどれにも流れる様子は窺えない。空の色は、大人しく控えめな青だった。

二十分ほど、ひたすら待った。待つこと以外は考えなかった。ひと晩のあいだに、すでに充分に考えつくしたのだ。そして早朝から清野たちと手分けして、調べるべきことは調べ終えてもいた。この場で何かを考えはじめれば、躊躇《ためら》いとか怖じ気とか後悔とか、ろくな感情は呼び起こさないだろうとわかっていた。

約束の時間きっかりに、薫子《かおるこ》は階段の上にすがたを現した。黒いワンピースに、黒いストールを巻き、淡い水色のサングラスをかけていた。予想したとおり、従えているのは柳田と西上のふたりだけだった。ふたりとも、映画の悪役のように真っ黒なサングラスをかけている。

薫子は、緩やかに二、三度折れ曲がっている階段を下ってくるあいだ、まるで私のすがたなど眼中にないかのようにこっちを見ようとはしなかった。階段を降りきってからは、ただ私だけを見て近づいてきた。目の前に立つと、下顎《したあご》を突きだすようにして見上げ、

「温かくて、いい日ですね。栖本《すもと》さん」

といった。

時候の挨拶《あいさつ》を返すのを待たずに、言葉を継いだ。

「互いの人生で、二度と会うはずはないといったはずだけれど、ずいぶん早くに再会することになったわね」

陽の光の下で見ると、年齢がずっとあからさまで、顔のつるつるした感じはこめかみの両側で肌を引っ張った結果であることを思いださずにはおれなかった。

「長い時間は取らせません」

「世をはかなんで、渥美さんのあとを追うことにしたので、見届けてくれなんていうんじゃな

いでしょうね」

私がいいかけるのを遮っていい、いいはなったままニコリともしなかった。

通夜の夜に会ったときよりも、昨夜会ったときよりもいらついている。自分の思惑とは違う面会で、貴重な時間を使うことが嫌いなんだろう。

「電話でいっていた、私が知らないことを教えるというのは、いったい何なのかしら？　もちろん、もったいぶらずに話してくれるわね」

もったいぶるつもりはいささかもなかった。

「きのう、あなたたちと別れたあとで、ひとつ新しい事実が判明したんです。彼女が経営していた《羅宇《ラオ》》のホステスがひとり、私たちといっしょにいろいろと調べまわってくれていましてね。あなたは、天野たち四人が、《羅宇》という店に偶然現れた経緯はご存じでしたか？」

「どういう意味かしら？　偶然は偶然でしょ」

「しかし、われわれ男族というのは、意外と小心なところがありまして。接待にしろ、自腹で飲むにしろ、めったなことじゃあ知らないクラブには行かないんです。いろんな意味で、知らない店ってのは落ち着かないんですね。天野たちも、他の店から《羅宇》に移ってきたホステスと馴染《なじ》みでした」

「それで、何がいいたいのかしら？」

話しつづけるのを苦痛にさせるような冷たい口調だったものの、気づかない振りをした。

「そのホステスは、天野に呼ばれて、《羅宇》が引けたあとでさらに他の店までつきあわされたんですが、そこにいた人間のひとりは、犀川《さいかわ》興業の犀川昇でした」

薫子の表情が、わずかに動いたことはわかったが、だから何だという変化ではなかった。かなり有能な経営者でもあるにちがいない女には、表情から相手に何かを汲みとらせるのを嫌う傾向があるらしい。

「おまえ、その件は知ってたかい？」

西上のほうを振りむいて問いかけた。

西上は、礼儀正しくサングラスをはずし、礼儀正しく首を振った。

「いえ、さすがにそこまでは」

薫子が顔をもどしてきた。

いらつきを抑えるためなのか、ハンドバッグからたばこを出して唇にくわえた。柳田が、巨大な防風林のように海風を遮り、うんと躰《からだ》をかがめて小柄な女のために火をつけた。

「でもね、栖本さん。それがいったい何なのかしら？　先代だって、時には組員を呼びつけて酒を飲むでしょ。お願いだから、要点をきちんといってくれないかしら。私らも、きょうのうちには大阪へ帰ろうかと思っていましてね。あまり時間は取られたくないんですよ」

「犀川昇といっしょにいたのは、硯岡《すずりおか》建設の硯岡健吾だったそうです」

私が告げると、今度ははっきりと表情を動かした。たばこの煙が、するすると風に飲みこまれていく。

「それで？　天野たちといったのは、羽田と鷹津もいっしょだったわけね」

「いいえ、鷹津は地元から連れてきた浮気相手を同伴してましたから、ひと足先にホテルに引きあげてました」

「先代と硯岡とは、どんな目的でいっしょに飲んでたのかしら。天野たちを呼びつけた理由は？」

「呼びつけたこと自体には、理由というほどの理由はなかったようです。なにしろ、酒の席ですからね。でも、私が気になるのは、先代の犀川昇と硯岡建設の硯岡とがいっしょだったということなんです。それからもう一点、犀川昇と硯岡健吾のふたりが、こっちの市役所の羽田と酒を酌み交わすような間柄だったことです」

薫子は何も答えなかったが、先ほどまでの不機嫌な沈黙ではなく、何かを考えるために頭をフル回転させているのだと窺わせた。

半分ほど喫ったたばこを、消さないままで柳田のほうに差しだすと、柳田は火のところを指先で摘《つま》んで消し、そのまま自分のポケットに納めた。たばこの吸い殻で景色を汚さない立派な態度だった。

私は間合いを計ってから、つづけた。

「宇津木さん、私はあなたが片をつけたことに、少しも異を唱えるつもりはないんです。でも、もしかしたら、あなたの摑《つか》んでいたことには、一部大きな誤りがあるんじゃないか。ふっとそう思ったんです」

「聞かせてちょうだいな。いったい、どこが誤りなのかしら？」

「十三年前に、川谷晃三が土地ブローカーたちに《農工両立》のスローガンを取りさげる時期をリークしたのは、あなたがいうように、当時末広会の幹部だった和辻靖、すなわち犀川靖が、建設業者や誘致工場の経営者たちを動かし、川谷に働きかけたからだったんでしょうか。もしかしたら、その主導権を握っていたのは、末広会や和辻靖のほうではなく、建設業界のほうだったのではないのか」

「硯岡健吾だといいたいの？」

「ご存じでしたか。硯岡建設は、こっちに硯岡太平土木という子会社を持っています。工場誘致によってこの町が発展するとともに大きくなり、川谷が国から分捕ってきた予算でせっせと山を切り開き、橋を架け、道路をつくるといった土木事業を一手に引き受けているんです。それから硯岡建設の本社は深川で、犀川興業の目と鼻の先です。犀川靖に組を譲ってからの犀川昇は、深川の高級マンションで隠居暮らしをしています。それから、もうひとつ。犀川靖が、犀川開発という建設土木資材搬入会社の取締役になっていることは、ご存じでしたか？」

「いいえ」

「この犀川開発の取引先は、じつは硯岡建設と硯岡太平土木の二社だけなんです。小判鮫《こばんざめ》のようにこの二社に張りついて、右の資材を左に流すだけで、うまい汁を吸わせてもらってる。興信所に、彼女が殺された翌々日から犀川靖の周りを探らせはじめたんですが、事件の三日後の午前中に、犀川靖はこの犀川開発と硯岡建設とを順に回っているんです」

「それで、栖本さんの解釈は？」

「当初思ったことは、犀川靖が、そういった表のつながり以外の何か違う点で硯岡建設なり硯岡太平土木なりのお役に立っていて、資材搬入のうまい汁は、その見返りだろうということでした。あるいは、かつて大変なお役に立ったことへの見返りではないかと」

「この市の、土木産業との中継ぎ役とか、そういったことね」

「ええ。しかし、犀川昇と硯岡健吾とがいっしょに飲んでいたという話を耳にして、ふっと発想を変えてみたんです。持ちつ持たれつできたのは、じつは犀川靖と硯岡建設ではなく、先代の犀川昇と硯岡建設ではないのかと」

「――――」

「そうすると、和辻靖は、工場誘致で得た利益を手土産に、出世するには頭がつかえている末広会を抜けて犀川興業へと移ったのではないんじゃないか。和辻がこの町の工場誘致に絡んで念書を転がし、ひと儲《もう》けしている時に、同じく工場誘致に絡んでうまい汁を吸っていた犀川昇と硯岡建設の硯岡健吾のコンビに出逢ったのだとしたらどうだろう。そして、それなりの手腕を買われ、犀川興業に引っ張られ、やがて体調を崩した犀川昇に代わって組を継ぐ地位にまで上りつめたのではないのかと、そう考えてみたんです。だとすれば、工場誘致に絡む一連のできごとについて、当時市長だった川谷晃三を動かすこともふくめて、いちばん背後で糸を引いていたのは、和辻靖ではなく犀川昇と硯岡建設の硯岡健吾のふたりだということになります」

　薫子は私の顔から目を逸《そ》らし、ちらっと柳田たちを振りむいた。私の見た感じでは、柳田と西上のふたりもまた、それぞれ程度の差こそあれ私の話に引きこまれている感じがした。

「そして」と、私はつづけた。「もしも私が想像したとおりなら、本当に片をつけるべきだった人間は、あなたの打った布石を逃れて、これからものうのうと暮らしつづけていくことになる」

「栖本さん、あなたの考え方には大変興味を引かれるけれど、今までの話は、あなたがご自身でおっしゃったように、全部想像ですね。想像以上のものだという証拠はあるのかしら」

「ありません」

私は首を振った。

「東京へもどって詰めていけば、必ず見つかると確信していますが、今のところ証拠は何もありません。しかし、犀川昇や硯岡建設の周りでそれを見つけだそうとしなくても、ここで、おそらく昨夜以上にもう少しだけあなたが手の内を明かしてくれさえすれば、それで証明できるはずです」

「どういうことかしら？」

「私がいぶかしく思ったのは、なぜあなたがほぼ私と同じような情報を摑《つか》みながら、違った判断をしたのかという点なんです。当然ながら、あなたは犀川興業についても硯岡建設についてもよく知っておられた。末広会と犀川興業の関係についても、和辻靖と犀川昇とを仲人したのが共和会の槙泰樹という男だということについてもです。あの夜、犀川昇と硯岡健吾がいっしょに酒を飲んでいたという情報だけはご存じじゃなかったが、そんなことは、ほんの末端の事実にすぎない。それがなぜ、十三年前の事件について、黒幕が犀川昇と硯岡健吾ではなく、犀川靖のほうだと判断したのか。

もしかしたら、誰かが意図的にある部分の情報を、あなたの耳に入れなかったんじゃないのか。――そう考えたときに、思い浮かんだのは、彼女が殺される三日前に、貸金庫の中身を全部取りだしていることなんです。その中身が、あなたの手に渡ったことは、昨夜聞かせてもらいました。しかし、それは本当に彼女が調べたままのものだったのか。もしかしたらそれはある部分が改竄《かいざん》されてから、あなたの手に渡ったのではないのか」

私は、目の前の女に自分のいいたい意味が通じたのかどうか、しばらく様子を窺《うかが》った。

私の推測にまちがいがなければ、薫子本人が今度の一件に本腰を入れて関わりはじめたのは、彼女が殺されてからのことだ。だが、それ以前から、彼女に協力していっしょに動きまわっていた男がいる。

薫子が背後を振りむいて、誰を見つめたのかを確かめて、女の理解の確かさを知った。

西上隆司は、微動だにせず、私と薫子を見つめかえしていた。従順な態度とも、ふてぶてしい態度とも見えた。いずれにしろ、一筋縄では内面を見せないだろうことは、この陰気な男も薫子と共通している。

私は畳みかけることにした。

「私の心の隅に、ずっと引っかかりつづけていたことのひとつは、彼女の部屋の鍵《かぎ》なんです」

「鍵ね」薫子は私の言葉を反復した。「あなたが気になったのはどういうことか、話してちょうだい」

「連中は、彼女の部屋の鍵をどうやって開けたのか。管理人室のスペア・キーが持ちだされた形跡がないことは、警察も私自身も確認しています。深夜のマンションです。まさか宅配便やピザの配達を装って開けさせたわけじゃない。ならば連中は、どうやって鍵を壊さずに部屋に入ったのか。だが、もしも彼女が仲間だと信じていた人間が、相手に寝返っていたとしたら、この疑問は解消される」

「いい加減にしろよ」

西上が押し殺した冷たい声でいった。「黙って聞いてりゃあ、これだから弁護士って人間は好かねえんや。重箱の隅をつついて、そこからありもしないことを推論づける。姐《あね》さん、こいつの狙いは、俺たちに内輪もめを起こさせることにあるんですぜ」

薫子が西上を振りむいた。私にはずいぶん長いことと思えるあいだ相手を見つめてから、ふっと短く微笑んだ。

「そうかしら、私は今の話に、とても興味を動かされたわ。あんたは私たちに、あの子のパトロンだったことのある笠岡って男が、部屋の鍵を犀川興業に流したんじゃないかといった。だから、あんたと柳田で、笠岡って男をとっちめにいった。そうだね」

「姐さん、俺は嘘なんかいってない。そんなことで俺を疑ったりしないでください。なあ、兄貴。笠岡は否定していたが、どうだかなんかわからねえ。そうやろ」

西上は隣りに並ぶ兄貴分に、助けを求めるような視線をむけた。

「――だから、邪魔の入らねえところに連れていって、口を割らせようとしたんやないか。それに、笠岡が渡したんじゃなかったにしろ、連中が鍵をどうしたのかなんてのは、俺には想像がつかないことだ。そんなことで俺を責められても、どうすることもできやしない――」

話す途中で、おそらく西上はぞっとしたはずだ。私も同じ気分だった。たとえ西上が無実であり、私の推測がまちがっていたとしても、今の柳田なら、薫子が何かひと言命じさえすれば、それで西上の首をねじ切るだろう。柳田は、私がいまだかつて出くわしたことのない人間の顔をしていた。

「姐さん」と、呟《つぶや》いた。「私にひと言いわせてもらいたいんですが、よろしいでしょうか」

いいながら、私に近づいてきた。

「おい、インテリ。おめえに釘《くぎ》を刺しておくことがある。おめえ俺たちの身内を疑ってかかってるんだ。ということは、それがまちがっていた時には、わかってるやろな」

悟っていた。おそらく今度の事件で出くわしたなかで、こうしていま私を見下ろしているのが最も危険な男だ。

柳田の瞳《ひとみ》には、怒りも殺意も燃えてはいなかった。つまらないことをいう人間は自分の手でひねり潰《つぶ》してしまうという、冷たい意志だけが窺えた。首をねじ切られる可能性があるのは、西上だけじゃない。

私は「ああ」とうなずいた。

「なら、つづけろや。鍵の件は、俺も西上といっしょに笠岡を問いただしてる。地元の組に逃げこんだんで、雑魚《ざこ》のことは放っておいたが、なんならもう一度とことん問いただせば白黒つくことや。一方、俺にゃあそんな説明だけじゃあ、到底おまえの推測を信じることなんかできやしねえ。なにしろ、おめえは俺にとっちゃあ、まったくの赤の他人やからな」

私が返答しようとするのを遮って、自分の頭を指さした。

「それに、俺もここに載ってるのは、ただの置物じゃあねえんでな。おまえの説明にゃあ、決定的にひとつ欠けていることがある。ええか、仮におまえのいうとおり、俺たちのほうに裏切り者がいて、犀川興業と通じていたとしようやないか。だが、それじゃあ、犀川興業が犀川靖を始末したことの説明は、何ひとつつかねえんだ」

「どういうことだ？」

「おまえの考えとることは、頭のなかの絵空ごとや。先代の犀川昇が、今でも犀川興業のなかでそれなりの力を持っているとしても、組長として仕切っていたのはあくまでも犀川靖だ。少なくとも今度の一件についちゃあ、真沙未《まさみ》のマンションを襲わせたのも、その後の仕切りも、野郎が音頭を取ってやっている。たとえ犀川昇と硯岡建設が工場誘致のときに暗躍した黒幕だったとしても、いま現在じゃあ、連中は犀川靖もふくめて全員が同じ舟に乗りあわせてるってことや。わかるやろ。もしも西上が裏切って連中に通じていたとすれば、犀川靖だけがそれを知らなかったってことはありえない。知っていて、犀川興業の先代の親爺《おやじ》や硯岡建設が自分ひとりだけをトカゲの尻尾《しっぽ》のように切り捨てる画策をしていたのを、ただ黙って見とるわけがないやろ」

「それは違う」

私は柳田の目を見つめかえして首を振った。

「あんたのほうこそ、絵空ごとで考えようとしてる」

「なんやと」

「あんたたちが犀川興業とのあいだで繰り広げたのは、ドスを振りまわすような争いじゃなく、どちらも共和会という巨大な組織との共存を図っていかなければならない状況のなかでの、政治戦争だ。違うか。あんたらはそれに勝利して、むこうの内部で犀川靖を始末させたんだろ。だが、それはあんたがたが結果として勝っただけで、実際はどう転ぶかわからないものだったはずだ。結果的にあんたたちは羽田という切り札を手に入れて、川谷晃三を攻めることに成功した。それに、計算外のできごととして犀川興業の天野たちが逮捕されたことも、有利に働いたのかもしれない。だが、もしも羽田という切り札を押さえられなかったら、はたしてどうなっていたのか。

もちろん、あんたたちのことだから、もしもそうなら他から川谷を攻める材料を探したんだろうが、十三年前に川谷を動かしたのが犀川靖ではなく、硯岡健吾と犀川昇だったことをあんたたちが摑《つか》めずにいたことは、犀川靖にとってもまた、自分を利する材料だったんだ。現にあんたたちは、犀川靖を葬る布石は打ったものの、犀川昇と硯岡建設は布石の外にいた。外にいたということは、連中にとっちゃあ、あんたたちに対して攻めこむ隙を見つけやすいってことになる。政治的に動いていたのは、あんたたちだけじゃなく、むこうだって同じことなんだぜ」

私は薫子のほうに視線をむけた。

「彼女が殺された翌日、警察に女の声で犀川興業を名指しするタレ込み電話が入ったそうですが、あれは、あなたからの宣戦布告だった。そうですね」

薫子は微笑み、うなずいた。

「けっこう何でも知ってる弁護士さんね」

「あなたが、ああして宣戦布告をするまでの経緯を教えてくれませんか」

「経緯ってほどの経緯もないわよ。真沙未から、犀川靖のことを調べている、ついては、大阪の末広会を調べる手助けをしてほしい、と頼まれていたの。だから事件が起こって、ぴんときたわ。案の定、西上の口から、犀川興業の連中が襲ってきたと聞かされた。売られた喧嘩《けんか》よ。買うしかないでしょ」

「つまり、犀川興業にしてみれば、誰かがあなたたちの矢面に立つのだけは避けられなかったことになります。立つとなれば、先代の犀川昇じゃなく犀川靖だ。犀川靖は納得して、自分ひとりが矢面に立ったんです。そして、あなたたちが情報の一部しか摑んでいないことを逆手にとり、事件を表面的にはただ色恋沙汰《ざた》のもつれとして処理し、裏側ではあなたたちを攻める布石を打ち、すべてをうやむやにしようとした」

西上が笑いを漏らした。はじめはまるでしゃっくりのように、ほんのひと息だけ漏れた笑いは、それから低く陰気に尾を引いた。

「いい加減にしてくれ。兄貴、姐《あね》さん。しっかりしてください。忘れんでください。俺は、この手であの夜、犀川興業の黒木のタマを取ってるんですよ。連中に寝返っていたんだとしたら、どうしてそんなことをするんです。女の真沙未にゃあ、とても連中に一太刀浴びせることなんかできやしない。あの殺しは、正真正銘、この俺がやったことや。それが何よりも、俺の身の潔白を証明していると思いませんか」

私は西上に近づいた。

「たしかにあんたがいうように、女ひとりで、連中に逆襲することは不可能だ。黒木を刺したのがあんただというのは、嘘じゃないだろ。俺自身、なぜ犀川興業と通じたあんたが、犀川興業の人間を刺したのかがどうしてもわからなかった。だがな、あの夜のできごとは、何もかもが突発的だった。彼女の死体が警察に発見されれば、彼女が別人に成り代わって生きてきた事実がはっきりしてしまう危険性がある。当然警察は彼女の過去を洗う。市の開発課長だった渥美の娘と判明でもすれば、捜査の手がこの市の工場誘致に絡んだ裏のできごとをも明るみに出してしまうかもしれない。だから連中は、彼女を拉致《らち》するつもりだったはずだ。それにもかかわらず、あんたの抵抗もあって、突発的に彼女をあの場で殺してしまった。そうだな」

「――」

「俺は、簡単にこう考えてみたのさ。するとあんたが連中を刺したこともまた、自分のそれまで意図していた展開とは違う、突発的なできごとだったんじゃないのかとな」

「莫迦《ばか》をいうのは、よしてくれ」

西上が声を荒らげた。「突発的に刺し、そして刺した相手ともう一度手を結んだというのか。そんなのは、何の説明にもなっちゃいない」

「もう少し、黙っててくれないか。俺が考えたのは、なぜそんな突発的な事態になってしまったのかという理由なんだ。それは、あんたにとっても犀川興業にとっても、まさに予想していなかったことが起こったからじゃなかったのか」

「――何をいってる」

「俺は彼女が殺された夜、留守電に彼女からのメッセージを受けている。相談したいことがある。またあした、改めて連絡をする。それだけだった。俺はこのメッセージに突き動かされるようにして、事件を調べだしたものの、相談事とは何だったのかはずっとわからないままだった。宇津木さんたちに助けを頼んではいても、彼女は最終的には自分で片をつけようとしていたはずだ。それは、法律的にというよりも、何らかの方法で犀川興業を締めつけていくやり方によってではないのか。廃棄物処理場との関係を盾に、鷹津という男を締めあげたようにだ。なぜなら、様々なことを表沙汰にして結着をつけようとすれば、本当は自分が渥美嘉信の娘であり、何年ものあいだ他人に成り代わって生きてきた事実まで明るみに出さなくてはならなくなる。そう考えていたので、それならば俺にどんな相談事があったのかがどうしてもわからなかったんだ」

「────」

「だが、昨夜あんたたちと別れたあと、突然に、しかしはっきりとわかったのさ」

私はいったん言葉を切った。効果を狙ったわけじゃなく、ただ言葉につまったのだった。

「彼女は、小林瞭子《りょうこ》として生きてきた自分を捨てる決心をしたんだ。社会に対し、自分は渥美真沙未という人間だと名乗り、過去をすべて明るみに出す決心をした。そうだろ」

空気がぴりぴりと動く。

薫子が、柳田が、私と西上の顔に視線を往復させた。

ふたりとも驚愕《きょうがく》というよりはむしろ、気に入らない話を聞いたというような不快感と、到底信じられないといった不信感とを現しているように見えた。西上だけは、漂白したように表情が抜け落ちている。

私はつづけた。

「西上さん、あんたはここ数週間、店を何度か閉めている。彼女から協力を頼まれて、犀川興業の周辺や、この町の当時の状況を調べるためだった。つまり、彼女の知らない情報も知っていた。あんたのほうから犀川興業に近づいたのか、あんたの動きに気づいた犀川興業が、あんたを取りこんだのかはわからない。ただ、いずれにしろ、手を結んだあんたにも犀川興業にも、共通した大前提があった。それは、彼女が、自分の過去と引きかえに事件を表沙汰にして片をつけようとするわけがないということだ。それならば核心的な情報までは与えずに、適当なところで丸めこめる可能性は充分にある。うまく彼女を丸めこめるのならば、宇津木さんたちが乗りだしてきてことを構える危険がなくなり、犀川たちはひと安心だ。そして、あんたにはそれなりの金が入り、これもめでたしの結果となる。

つまり、あんたが犀川興業と取引したのは、彼女を売ることじゃない。そんなことが宇津木さんたちにバレれば、あんた自身が消されちまう。あんたは、犀川興業から、彼女をうまく納得させ、それで事を納めることを条件に金をもらったんだ」

漂白された顔に赤みが差した。

「——違う。そんなことはでっちあげだ」

「だが、彼女はあんたらの読みとは違い、自分が渥美真沙未であることを公表する決心をしはじめていた。彼女自身に、自分が誰なのか名乗られては、丸めこむことなんて話はふっとんじまう。そして、警察やマスコミが一斉に動きだす。あんたらにとっちゃあ、それが何よりの突発事態だったんだ。

その後は、イニシアチブを取ったのは犀川興業だろ。彼女にいろいろなことを表社会に持ちだされたら、命取りになりかねない。命取りになる時には、連中は当然あんたを道連れにする。あんたの裏切りを宇津木さんたちにすっぱ抜く。あんたはただ彼女を丸めこめばいいと思って手を結んだのに、やむにやまれぬ事態に追いこまれちまったんだ」

言葉を切った。胸の底から喉元《のどもと》へと上がってくる熱い塊があり、それを押さえつけるためだった。

彼女の伝言を綺麗《きれい》に記憶していた。

頭にこびりついて離れない。

《きょうはごめんなさい。急いでいたので、きちんと話もできないで。じつは、悩んだんだけれど、あそこであなたに会ったのも縁という気がして、もしも勝手なことをと思わないのなら、ひとつ、相談に乗ってほしいことがあります。またあした、電話をします》

彼女はおそらく、工場誘致には自分の知らなかった裏側が存在するのかもしれないと思いはじめてからずっと、自分が小林瞭子として生きてきたことにも、ピリオドを打つべきではないかと悩みつづけていた……。自分が小林瞭子として築きあげた城で、偶然に天野たちに出くわしたことは、連中を糾弾するきっかけであったと同時に、自分自身をも糾弾する始まりだった……。殺害される何時間か前に、私に伝言を残したときにはもう、自分の気持ちにはっきりと決着をつけていた……。《あなたに会ったのも縁という気がして》とは、《ひとつ、相談に乗ってほしいことがあります》とは、まさにそういう意味ではないのか。

――しかし。

だとすれば、あの日私に再会しなければ、彼女はその同じ夜にああして殺されずに済んだことになるのか。

意志の強い女だった。私に再会しなくとも、近いうちには自分の決心を固め、警察に出向いていたはずだ。しかし、警察に出向いてさえいたら、彼女は死なずには済んだことにならないか。

偶然私と再会したことがきっかけで決心を固め、それを西上に告げたからこそ、あの夜の事件が起こってしまったのだとしたら……。

彼女の死に自分が関わったという可能性は、私が望みつづけていた再会とは、あまりにほど遠いものではないか。ほんの一瞬の再会が、彼女の人生のピリオドと関わってしまったのだとしたら……。

「西上さん、あんたはあの日裁判所で彼女と会ったときか、あるいはその後に電話をもらうかして、彼女の最終的な決心を聞かされたんだ。そうだろ。翌日になれば、弁護士である私に相談を持ちかけてしまう。それであんたは、彼女の部屋に飛んでいった。こっそりと犀川興業の連中を連れてな。彼女は、ドアを、あんたの訪問に対して開けたんだ。犀川興業には、あんたが自分で彼女を説得すると約束していたのかもしれない。だが、あんたに付いてきた連中の判断は違った。女を拉致《らち》して始末する。もしかしたら、あんたのこともいっしょに始末してしまうつもりだったんじゃないのか。あんたと黒木とのタマの取りあいは、予想外のできごとに対する、あんたと犀川興業の対応の違いで生じた亀裂《きれつ》の結果なんだ。

だが、その後の状況的な判断から、犀川興業はあんたを殺すことをやめ、スパイにしたてることにした。彼女の貸金庫の中身を手中に納めたのはあんただろうから、連中だってそれを世間にバラされたくない。その弱みがあって、あんたを葬りきれなかったって要素もあるのかもしれない。それに、あんたが黒木を殺したことは、あんた自身がいったとおり、宇津木さんたちにあんたを信用させる大きな材料になる。犀川たちは、黒木のタマを取ったあんたを消すことよりも、宇津木さんたちと事を構える上であんたを有効な駒に使うほうのメリットを選んだのさ。あんたにしてみりゃあ、裏切りがバレれば、生きる道はない。連中と組んでいくしかなかったというわけだ」

「――証拠もなく、想像でものをいうのはやめてくれ」

「さっき証拠がないといったのは、硯岡健吾と犀川昇についてで、あんたについては証拠はあるんだ」

「でたらめをいうな」

「あんたらの世界でも、狙った相手を落とそうとするときにはいろいろな手を使うだろうが、弁護士にも弁護士のやり方がある。公判を闘う相手の品行と財政面を、できるだけくわしく調べあげることさ。あんたがいま抱えている、新橋のマッカーサー通りの裁判な。あれの被告側の弁護士とは、ちょっとした知りあいでね。きょう連絡を取って、あんたが店を移転せざるをえなくなったときに、それ相当の借金を抱えこんだという話を聞かせてもらったよ。銀行から借りられずに、町金融を利用したそうだな」

「――――」

「そこから先は、興信所が調べた。町金融からどれだけつまんでいるかは、オン・ラインですぐに判明するんだ。わかるか。俺がいってるのは、借金をしたことじゃない。あんたが、つい最近その借金を、耳をそろえて返していることなんだ。あんた、その金をどうしたんだ？　むかしの知りあいの柳田さんか誰かに頼んで、借りたのか」

西上は隣りに並ぶ、かつての兄弟分の顔を見上げた。それから薫子に視線を移し、最後は交互に見ながら首を振った。

「兄貴、いいがかりだ。こいつは、根も葉もないいいがかりをつけて、姐《あね》さんたちを混乱させようとしてるだけなんや」

柳田が西上の髪を鷲摑《わしづか》みにし、自分の下した判断を拳《こぶし》で伝えた。

「おめえ、堅気になって汚れたな」

私は誰かが誰かを自分の目と鼻の先で痛めつけるのを、生まれてはじめて目にしていた。痛めつけられた人間が、苦痛と恐怖で悲鳴を上げながら許しを乞《こ》いつづけるのを、はじめて目にした。

とめるつもりにも、けしかけるつもりにもなれなかった。胸がすくことも、溜飲《りゅういん》が下がる感じもしなかった。柳田のような男なら、ここで西上を殺してしまうほどには痛めつけないはずだという計算を無意識にしていた。殺さないままで、躰《からだ》にぎりぎりの苦痛を与える術を心得た男だ。

これで溜飲が下がればどんなにかいいのにと、私は真剣に思っていた。相談を持ちかけた彼女を裏切り、いっしょに事件を調べる振りをしながら、相手に売りわたした男だ。信頼を見事に裏切って、金のために彼女を丸めこもうとしていた男だ。

私はいま、痛めつけられている男を心の底から憎んでいる。

2

西上が動かなくなると、柳田はハンカチを出して自分の拳を拭《ふ》きながら、従順な犬のような目で薫子を見つめた。少しも息は乱れておらず、私にはまったく場違いなことに思えたものの、どことなく照れ臭そうな様子もしていた。

「ありがとう。とんだ恥をかくところだったわ。貴重な話を聞かせてもらいましたよ」

薫子は私に微笑んで見せた。感謝している様子は小指の頭ほども窺《うかが》えず、こんな話を聞かせた私に対しても、内心では腹を立てているかのような感じさえした。プライドを傷つけられたのだ。薫子のような女にとっては、プライドはかけがえのないものなのだ。

「あとは私たちのほうでやります」

いいながら、柳田にむかって顎《あご》をしゃくり、私に背中をむけかけた。

「待ってください。話はまだ途中なんです」

私が呼びとめると、誇り高き女は笑顔を保っていることをやめ、この上なく不快そうな顔をした。無言のまま私を見つめていたが、見つめかえしているとしびれを切らしたように口を開いた。

「この上、何を話したいのかしら。手の内が相手にバレていたんだ。私も態勢を整えて、もう一度どうするかを考えなけりゃならないのでね、早いところひとりになりたいのよ」

「わからないことがある。それを、正直に話してはもらえませんか」

「弁護士というのは、ほんとにしつこいわね。すでにもう、話せることはすべて話したはずよ。これ以上、いったい何を知りたいの？」

「あなたは昨夜、こういった。彼女の店に来た客のうち、犀川興業の天野と市役所の羽田の結びつきこそが、彼女が事件を調べなおしてみるつもりになったきっかけで、鷹津は直接のきっかけではなかったと。本当にそうですか？」

「私もそろそろ疲れてきてるの。瑣末《さまつ》なことなら、もうやめてくれないかしら」

「天野と羽田だけじゃなく、鷹津がいっしょだったことも、彼女にとっては何かを疑いはじめるきっかけではなかったのか。私には、そう思えてならないんです」

薫子は冷たい目で私を見つめつづけていた。私は話すのをやめなかった。

「彼女は西上とこの町に来て、鷹津と天野のゴミの不法処理について調べあげました。それを調べたこと自体は、彼女の目的ではなく、その背後の事柄へと近づいていくための手段だった。では、その目的とは、不法なゴミ処理を材料として、犀川興業を締めあげることだったのか。

もちろんそれもひとつの目的だったはずです。だが、本当にそれだけだったんでしょうか。犀川興業だけではなく、小山内総合病院も彼女のターゲットだったのではないか。ゴミ処理についての法律のいい加減さからすると、ゴミ処理場の裏側を公にされても犀川興業にはそれほどの痛手にはならないかもしれないが、小山内総合病院には大変なスキャンダルになる。大きなターゲットはむしろ、小山内総合病院のほうではなかったのか。

といっても、狙いは事務長の鷹津などではなく、その背後で、婿養子にすぎない鷹津などは知りもしなかった結びつきを、政治家の川谷や犀川興業とのあいだで結んでいた院長たちだったのではないのか」

薫子はちらっと柳田を見て、私のほうに顔をもどした。何も答えようとはしなかった。

「彼女の弟の渥美房雄は、麻薬中毒で入院した先で自殺している。これもきょうはっきりしたことですが、その入院先とは、この小山内総合病院でした。彼女は天野たちが偶然店に来あわせた夜、鷹津があの病院の事務長であることを知った。そんな男が、羽田や天野といっしょに飲んでいたことも、過去のあるできごとに疑問を持つきっかけだった。そうですね」

「栖本さん、もうやめませんか」

薫子が咎《とが》めるようにいった。いや、咎めるというには瞳《ひとみ》が穏やかすぎる。たぶん窘《たしな》めてくれているのだ。

私は静かに首を振った。

「さっきの話にもどります。彼女は自分の城で、偶然天野たち四人の結びつきを知り、連中を糾弾するとともに自分をも糾弾しようとした。そして、最後には、渥美真沙未であると名乗り出る決意をした。だが、ちょっと考えてみたんです。そのことだけでは犀川興業にとって大きな驚異にはならない。なぜなら、彼女に小林瞭子の人生を用意したのは宇津木大介という男であり、そのために手を汚したのは連中じゃない。

もちろん彼女が名乗り出て、警察やマスコミが動きだせば、この町の工場誘致へと世間の目がむく危険性はある。しかし、すでに十年以上の歳月が経っており、工場誘致の裏側で何があったかについて確固たる証拠を摑《つか》むのはむずかしいはずだ。彼女がそれなりの説得力を持って警察やマスコミを動かせる可能性さえ、それほどは高くないのではないか。

――しかし、実際はそうではなかった。そうではないことを連中は知っていた。なぜなのか。彼女が渥美真沙未であると名乗り出ることは、連中がこの町で行なっていた悪事とも密接に関係した、ひとつの殺人事件を公の場へと引きだしてしまうからです。それゆえにこそ連中や西上たちは、彼女が名乗り出るはずはないと高をくくってもいたんだ」

私は息を深く吸いこんだ。

そうしなければ、最後のひと言を押しだすことができなかった。

「渥美嘉信を殺害したのは、土地ブローカーの山岸文夫たちでも、末広会でもない。渥美嘉信を……、自分たちの父親を殺したのは、彼女と弟の渥美房雄なんですね」

私は話しつづけた。

「――あなたは昨夜、渥美嘉信はこの岬で自殺をしたように見せかけられて、その後すぐに始末されたのではと私が尋ねたとき、ほんの一瞬だけだが意外そうな顔をした。渥美嘉信がいつ誰に殺されたのかを知っており、それは渥美がすがたを消してから数日後などではないことも知っていたので、一瞬だけ話を継げなかったんです」

錯覚かもしれない。

私は薫子の目のなかに、私への哀れみを見た気がした。それとも、それは哀れみではなく、ただ黙って彼女を小林瞭子のままにしておこうとしなかった、愚かな弁護士への軽蔑《けいべつ》なのだろうか……。

真実に何の意味があるのか。わからないままで、私はさらに話しつづけた。

「彼女が小林瞭子に成り代わらなければならなかった理由は、父親に汚職疑惑がかけられたからでも、父親と母親と弟が次々に自殺をしたからでもなかった。彼女は、芯《しん》の強い人間でした。私はそのことを私なりに知っているつもりです。そんなことで逃げだそうとする人間じゃない。しかし、自分と弟とが、父親を殺害していたとなれば話は別だ。しかも、十一年前には父親の遺体が発見され、身元が判明してしまった。弟の自殺も同じ十一年前です。

自殺の理由は、父親の遺体が発見されることで、自分の罪が発覚するのを恐れたというよりも、罪の痛み自体に堪えきれなかったのかもしれない。ただひとりこの世に残された彼女もまた、いつ警察が自分を捕まえにくるかもしれないという状況に堪えきれなかった。それこそが、彼女が渥美真沙未としての人生を捨てて、小林瞭子として生きなければならなかった最大の理由なんです。違いますか」

「栖本さん。世のなかには、知らないほうがいいことがあるといったはずよ。あなたは、あの子を汚しているだけなのがわからないの」

「私は、そうは思わない」

「あの子が、そんなことを知られたかったと思うの」

「それはわからない」

「それなら、もうおよしなさい」

「やめません」

「なぜ」

「彼女を愛している」

いった瞬間、私は自分の愚鈍さと率直さに呆《あき》れた。

薫子が私から目を逸らした。

柳田を見やり、

「いいかい、それ以上痛めつけて、殺しちまうんじゃないよ」

吐き捨ててから私を促した。

「むこうで話しましょうか」

私は薫子のあとについて、灯台の裏側へと回っていった。

薫子が来る前にひとりで見下ろしていた海を、並んで見下ろした。日射し。海鳥の声。海鳴りとそのなかを行く蒸気船の音。足下遠く、ささやかに砕けていく波と、底まで見渡せる澄んだ水。穏やかきわまりない風景だった。

「小山内総合病院と犀川興業たちとの結びつきを、具体的なところまで調べたのかしら？」

薫子が訊《き》いてくるのに、私は首を振って見せた。

「いいえ。ただ、小山内総合病院が、この町いちばんの病院へと発展した時期が気になりました。その発展に、市政の裏側とのつながりがあったとしたら。そう想像したんです。小山内総合病院は、何かを摑んだのではないのか。たとえば、房雄が自殺する前に、父親の殺害とその理由を遺書に残していたとしたらどうだろう。そのなかで、工場誘致に絡んだ犀川たちと川谷たちとの関わりあいが示唆《しさ》されていたとしたら、遺書を公表せずに握っていることは、病院や院長にとってこっそりと市や地元の政治家に希望を飲ませていく大きな材料になります」

父親を殺害してから、かなりの時間が経っている。天野たちにたぶらかされ、いろいろとまちがった話を吹きこまれていた房雄にも、逆に天野たちの動きからこの市の工場誘致の裏側を知る機会もあったはずだ。それが完全な真相ではなくても、遺書として公表されれば警察が動きだし、真相にまで迫る危険性がある。

犀川靖たちは、土地ブローカーの山岸文夫を殺害している。警察に動かれれば危険きわまりない時期だったはずだし、スキャンダルを恐れる市長の川谷たちにとっても、警察が動きだすことは絶対に避けねばならない事態だったにちがいない。

小山内総合病院が房雄の入院先に選ばれたのが偶然ではなく、犀川興業や川谷たちとのあいだで元々何かの関わりがあった可能性だって考えられる。もしもそうだとすれば、房雄の遺書なりの材料をもっとも有効に活用する方法も、そのために必要な周辺の知識も、院長たちにはあらかじめ備わっていたことだろう。

　おそらく彼女は、鷹津とゴミ処理場のあいだの不正を材料として、小山内総合病院に切りこみ、自分の弟の死が病院を大きくするための裏側の取引に使われた可能性をあばこうとしたのだ。

　薫子は唇だけで微笑んで、砕ける波を見下ろした。海原に並ぶ小島に視線をむけたのち、今度はいっそう深く波を見下ろす。

「渥美嘉信は、本気でここから飛び降りるつもりだったんでしょうね」

　ぼそっと呟《つぶや》いた。

「――責任感の強い男だったらしいから、本当に死ぬ気だったという気がしますよ。でも、死にきれなかった。人間ってのは、簡単に死ねるものじゃない。そうでしょ、栖本さん」

　ほんの一瞬、私は父のことを考えていた。そうだとも、そうでないともいえなかった。

「――無念だったでしょうね。工場誘致について、あの男なりの理想があったんでしょ。真沙未から聞いた話だから、美化していたところもあると思うけれど、自分の人生から逃げだすまでは、ぴしっと背筋ののびた男だったらしいわね。男ってのは、プライドと意地で生きてる動物よ。そう思わないかしら。開発課長に抜擢《ばってき》されたことが、渥美には誇らしかったにちがいない。《農工両立》というスローガンを堅持し、工業と農業をともに発展させ、両輪のようにして町の発展を計っていくことに、生き甲斐《がい》を感じてもいたんでしょう。

それが、ある日いきなり、自分の手の届かないところで、すべてが覆されようとしていることを知った。すべてが、自分の理想とはほど遠かった。スローガンの提唱者である市長は市民を裏切り、上司や同僚までもがそれを知って加担していた。しかも息子は末広会に取りこまれてしまっていて、自分は事実を知りながら告発もできない。《農工両立》を先頭切って説いてまわっていた渥美自身、市民たちから容赦ない裏切り者のレッテルを貼られてしまった。死のうとして、死にきれず、少年時代をすごした大阪へ流れたそうよ。生まれてはじめて、ドヤ暮らしをしたらしいわ。この時にはもう、渥美嘉信として生きてはいたくなかったのかもしれないね。あんただってあるでしょ。自分が自分でなければいいのにと思う瞬間が。真沙未にもあったし、たぶん父親のほうにもあったんじゃないかって気がしますよ」

「――渥美は、大阪でどれぐらい暮らしていたんですか？」

「真沙未が父親と再会したのは、およそ半年後のことだったそうよ」

「――半年」

思わず呟いた。半年ものあいだ、渥美は帰る場所もなくしたままで何を考え、どんなことを感じながらドヤ暮らしをつづけていたのだろうか。

「驚くかしら。あんたがどんな人間たちを見てきたかわからないけれど、私らにしてみりゃあ、人間ってやつは、簡単に駄目になる動物なんですよ。自分にしろ、他人にしろ、駄目にするのなんか簡単なの。追いこんで、最後は自分の意志で逃げを打たせちまえばいい。その先には楽園なんかないけれど、それなりにゃあ暮らしていられて、悩みつづけていた日々と比べりゃそれはそれでマシかもしれない。そんなふうに思わせちまえばいいのよ。いったん逃げを打って負け犬になったら、一生負け犬のままで生きていくしかないんですよ」

「渥美が遺書を残して消えた翌月には、母親がつれあいの後を追うように命を絶ってしまった。公害の発生までが、開発課長の責任だったかのように追及されたという話も聞きましたよ。家も何度か窓硝子《ガラス》を割られたらしい。

「――――」

市民なんて連中は、そろってか弱い小羊だけど、かわいげのある子羊じゃないでしょ。手が出せないものに対してはすぐに諦《あきら》めて牙《きば》を剝《む》こうともしないくせに、身近に標的にできる相手がいたときには、陰険きわまりないいじめをはじめる。集団になって、誰かを糾弾することが、社会正義だなんて信じてる。そんなふうに思えてなりませんよ。

母親が亡くなったとき、弟はすでに大阪で末広会の準構成員のような暮らしをしてた。葬儀は真沙未がひとりで取りしきったらしいわ。弟は何日か後に酔って帰ってきて、泣きながら線香を上げていったらしいけどね。あの子自身も、母親を弔ってじきにこの町を出て、大阪で働きだしたの。宇津木大介があの子のことを知ったのは、その頃よ。

うちのと渥美が、かつて親友同士だったって話は聞いてるわね。美しい、男同士の友情さ。市役所に勤めだしてからも、渥美のほうでもうちのことを忘れずにいてくれたみたいでね」

――おやと思った。

男同士の友情というのが、この女はよほど嫌いらしい。柳田がきのう、じつに気持ちよさそうに話したのとは、ほとんど対照的とさえ思える口調だった。

「ある日、あの子のほうから宇津木を訪ねてきて、渥美の娘だと名乗ったんですよ。堅気の娘が、ヤクザの組長を訪ねるんだ。よほど悩みつづけ、いろいろと迷ったんだと思いますよ。でも、あの子はうちのに頼みごとがあったの」

「弟のことですか?」

「ええ、そうよ。自分の弟が、末広会にたぶらかされようとしてる。手を尽くしたが、どうしても聞き入れてくれないし、周りには説教できるような人間もいない。そんなとき、父親とうちのとがむかしいっしょにバッテリーを組んだ仲だったことを思いだした。たしか、子供の時分にうちのと会ったことがあったようなこともいってたわね」

「それで、宇津木大介が口をきいてやった」

「他の組のことだからね。直接、口出しはできないわ。でも、いろいろと動いてやることを約束し、弟を連れてきたら、いやってほど説教してやるからなんてこともいってましたよ。それから、真沙未のこともいろいろと目をかけてやるようになって、勤める店の世話もしてやってね。こっちにいた時は、短大を出たあと堅い仕事についてたらしいけど、日本の社会は何をするにも保証人がいないとだめでしょ」

薫子はいったん言葉を切り、私のほうにむきなおった。

「あとになって数えてみると、そうしてうちを訪ねてきてから二、三ヶ月ぐらい経った頃には、あの姉弟はふたりで自分たちの父親の死体を奈良の山のなかへ隠したことになるわね」

「——その時には、あなたや宇津木大介は、そのことは?」

「知らなかったわ。本当よ。宇津木がそれを知ったのは、白骨化して発見された死体が渥美のものだとはっきりしてから。あの子は切羽つまってしまって、宇津木に相談に来たらしいわ。

でも、あの男はそれ以前から、うすうす何かは察してたのかもしれない。今でも私にゃあ、別人に成り代わるなんて思いついたのがあの子本人だったのか、それとも宇津木がつまらない入れ知恵をしてしまった結果なのか、どうもよくわからないんですよ」

「なぜ彼女と弟は、父親のことを……」

「刺したのは、弟の房雄だったそうよ」

薫子は私の顔を見つめ、何かを探るように一度目を細めた。私はつづきを話してくれるのを待ち、待っていることを示すために目を逸《そ》らさなかった。

「――歳をとったせいかね。私はね、栖本さん。刺した房雄と、その弟をかばうためにいっしょに父親の死体を始末したあの子の心中もさることながら、殺された渥美嘉信って男の心中を思って忍びないよ。あの男は、大阪でドヤ暮らしをしているあいだに、息子を偶然に見かけたそうです。この町にいた時分、末広会から悪い遊び道具を与えられて、クスリの売人もどきの悪事に手を染めかけてた息子は、いつの間にかもう完全に取りこまれ、組の一員になったようなでかい顔でミナミのあたりを練り歩いてたらしい。

生ける屍《しかばね》みたいになってた渥美は、悩みに悩んだ末、息子と話をするつもりになったんだろうさ。そして、娘と息子の前にすがたを現した。でも、息子はといやあ、あんたも推察したとおり、天野からさんざん犀川たちに都合のいい話を吹きこまれてたらしくてね。房雄だけじゃなく、あの子自身だって、連中が流していた噂に惑わされてたんだよ。《農工両立》を推し進めながら、裏ではそれを破棄する機会を窺《うかが》い、賄賂《わいろ》をもらって土地ブローカーと通じていたのが自分の父親かもしれないという噂にね。まさかその土地ブローカーに、弟を駄目にした末広会がひっついてたなんて話は、十年以上のあいだ知りもしなかったんだ。

父親と息子で、口論になったそうさ。

真沙未には、弟をとめる間もなかったそうですよ。父親が手を上げ、頭に血の上った弟が父親を殴りかえし、とっくみあいの喧嘩《けんか》になった。気がついたら、父親の腹に、ナイフが突き立っていた」

「――クスリの影響でしょうか」

呟《つぶや》くと、薫子ははっきりと首を振った。

目が冷たく醒《さ》めていた。

「それは違いますよ。そう考えたがるのは勝手だけど、房雄って子が父親を刺したのは、クスリのためなんかじゃない。私にゃはっきりと断言できるけどね、刺したのは、姉弟が自分たちの父親を憎んでたからさ。遺書を残してすがたを消し、母親を自殺させ、自分たちふたりの暮らしをめちゃくちゃにし、ドヤでみっともなく生きながらえていた父親が、情けなくて憎ったらしくてならなかったんですよ。半年も経って、親父ヅラをしていきなり現れた父親を許せなかったんだ。憎んでいたからこそ、やがて房雄にはそのことが自殺しなけりゃならないほどの苦しみになったし、真沙未にとっても、十年以上も引きずりつづけなけりゃならない後悔と苦しみになった。肉親ってのは、厄介なもんですよ」

薫子はたばこを抜きだして、掌《てのひら》で風を遮りながら火をつけた。

私は自分が耳だけになって、この場に立っているような気がした。流れこんでくる言葉を、整理することも考えることもしたくなかった。

自分が望んで知ったにもかかわらず、卑怯《ひきょう》にもそれを悔やみだす気もしてならなかった。

「死体をどこかに隠そう。そう決断したのは、真沙未だったらしい。弟を励まして、奈良の山のなかまで運んで埋めた。父親は、すでに死んだことになってる。そのことが脳裏を駆けぬけたそうよ。唯一残った肉親である弟を守ることが、何よりも大切だったんだと思いますよ。頭のどこかでは、父親が自殺しきれずにドヤで生きながらえていたなんて事実を、世間に知られたくないって気持ちもあったのかもしれないね。

栖本さん。あんたは死体を見たことはありますか？　腹を刺すとね、どんなに瘦《や》せた人間だって、血といっしょに脂肪が出てくるんだ。手がぬるぬるになる。血の付いた手が、洗っても洗っても落ちないのはそのためですよ。あの子は、自分の父親でそれを経験したんだ。その上、大阪から奈良まで運び、重たい死体を担いで山んなかまで入って土を掘って埋めた。これが、あんたが知りたがってた事実ってやつです。これだけ聞けば満足ですか」

何も答えられずにいる私に、薫子はもう一度「満足ですか」と、挑むように訊《き》いてきた。渇ききった舌を、私は強引に口のなかから引き剝《は》がした。

「ひとつ、頼みがあるんです」

「何です？」

「西上の身柄を、私に預けてください」

「おもしろいことをいうのね。預かって、どうするの？」

「告発します。西上は、犀川興業の黒木殺しの犯人なんです」

「これは私たちの世界のできごとだと釘《くぎ》を刺したはずですよ。私たちの世界で片をつけます」

「現実的な話をしてるんです。私が片をつけたほうが早い。そう思いませんか」

「何をいってるのかしら？」

「天野はすでに警察に逮捕されています。そして私は、天野たちに殺されかけた証人です」

「それで？」

「警察に、知っていることをすべて包み隠さずに話します。私が天野たちに殺されかけたのは、小山内総合病院と犀川興業の経営するゴミ処理場のあいだの不正なゴミ処理だけが原因じゃない、連中が殺そうとした背景には、硯岡建設の硯岡健吾や犀川興業の先代である犀川昇が画策した、かつてのこの町の工場誘致における裏工作があると。同じ事情で、渥美真沙未という女性が殺害されたことも、西上という証人がいれば立証できます。羽田にはこの町で起こったできごとを証言させられる。あなたたちのことを表沙汰《ざた》にするつもりはありませんが、たとえその誰かがしゃべったとしても、あなたたちが行なってきたのは政治的な駆け引きであって、警察に付けこまれるようなことは何ひとつないと思うんです。どうですか」

私はいいながら、ポケットの写真を摘《つま》みだした。犀川昇のマンションから、犀川昇、靖、それに共和会の槙泰樹の三人が出てきたところを写した写真だ。

「きのうあなたたちが痛めつけた興信所の長谷が、犀川靖に張りついて写した一枚です」

私は長谷がいつどこでこれを撮ったのかを告げた。その点がポイントになることを、この女ならば気付くはずだった。

いい方を選んで言葉を継いだ。

「裏側で、もう一度態勢を整えて連中を攻める布石を打つあいだに、連中は連中でまた布石を打ってくるでしょう。だが、あなたが西上を私に差しだしてくれさえすれば、それで連中はお手上げになります。殺人事件と殺人未遂事件。警察は、嫌でもこのふたつを結ぶ事情を徹底的に過去にまでさかのぼって調べますよ。どうでしょう、表社会に任せると考えず、私を通して表の社会を動かすだけだと考えてもらえませんか」

特に最後のひと言は、誇り高い女を精一杯に立てたい方だった。

「あの子が、渥美真沙未から小林瞭子に成り代わって生きてきたことは、どうするつもりです？」

「彼女が弁護士の私にするつもりだった依頼は、それを公表してくれというものだったはずだと信じています」

「――――」

「あなたのつれあいはすでに亡くなっている。このことを公にしても、それであなたに迷惑がかかることはないと思うんですが、いかがでしょう」

薫子はしばらく考えこんだが、内容は、私が期待したのとは別の事柄らしかった。

「栖本さん、あんたがそうしたがるのは、あの子のためですか？」

「ええ」

「ねえ、私のほうの話も、まだ終わっちゃいないんですよ。どう思うかしら。暗闇ってのはね、覗《のぞ》きこんでいればいるほど深くなる。どこかでやめるしか手段はない。でも、あんたはここまで覗きこんだんだ。もうひとつ奥まで覗いてみますか」

何と応じればいいのかわからなかった。

薫子がむけてくる目の色から、自分がおそらくこの誇り高き女を宥《なだ》めるのにしくじったらしいことだけは感じられた。

女の両目は、笑みで隠された奥に、とりわけ嫌な光を宿していた。

「男ってのは、時々あきれるほどにロマンチックなところが残ってるんですよ。そう思わないかしら。たとえばね、柳田ってのは凶暴な男のくせして、自分が任侠道《にんきょうどう》に生きてるなんて信じてる。西上にむかっていった、さっきの台詞《せりふ》を聞いてたかしら。おめえ、堅気になって汚れたなって。気持ちがいい啖呵《たんか》かもしれないけれど、莫迦莫迦《ばかばか》しい話。どう考えたって、堅気よりも私たちのほうが汚れてますよ。私たちはね、相手がどうされると痛いかを知っていて、それをできる人間なんです。

そんな顔をしないでもいいわ。何もあなたを煮て食おうとかするわけじゃない。ねえ、高校時代のバッテリーってのは、いい話でしょ。うちのは自分の部屋に、額に入れた当時の写真を飾ってましたよ。渥美嘉信のほうも、市役所なんかに勤めだして真面目一本やりできたはずなのに、ヤクザの組長になった友人を忘れずにいてくれたらしい。そして、あなたもまた同じ男なのね。女であるあの子のことはどこまでも掘り下げようとするくせに、どこかでやっぱりロマンチストです。でもね、弁護士さん。この世には、何ひとつ綺麗事《きれいごと》で済むようなことはないんですよ」

「――はっきりいってくれませんか。いったい、何がいいたいんです？」

「時間ってのは、流れるんですよ。渥美が市役所で何十年と生きてきたように、うちのやつは裏社会で何十年も生きてきたの。友情は友情で大事にするつもりもあったでしょ。写真を飾って、むかしを懐かしむことがあったようにね。でも、あの子は宇津木大介っていう組長の掌《てのひら》に丸裸で飛びこんできた、か弱い一羽の小鳥だったのよ。しかも、男もろくに知らないような素っ堅気の娘」

私は薫子の顔を、穴の開くほどに見つめかえした。無意識に唇を嚙《か》みしめていた。

薫子が醒《さ》めた声でつづけた。

「あなた、疑問に思ったことはなかったのかしら。なぜ小林瞭子と渥美真沙未のふたりが、どことなく似た顔だちをしていたのか」

「――――」

「戸籍から住民票からすっかり入手して入れ替わるのに、何も顔かたちが似てる必要はないでしょ。もっとも、万がいちの時には顔かたちだって似てたほうがいいのかもしれない。現に八年前だったかしら、小林瞭子を探しだそうとする人間があの子の前に現れて、うちのが間に顧問弁護士を挟みこんでやったことがあったんだから、あの子たちが似てたことは実際のメリットにもなった。こうしてあの子が殺されて、たとえ小さくとはいえ新聞に写真が載ってからだって、一週間以上が経ってもまだ疑問を唱える声が出てこないところを見ると、この状況でも役には立ってたんでしょうね。

でもね、弁護士のあなたならわかるでしょ。人間が入れ替わるのに、顔かたちなんかにゃ何ひとつ意味はない。渥美真沙未と小林瞭子って娘の顔立ちが似てたのには、もっと現実的で、もっとどうでもいいような理由があるんですよ。そういう顔立ちが、元々宇津木大介っていう組長の好みのタイプだったたってことさ。

名古屋も調べたのなら、知ってるかしら。宇津木ってのは、女についちゃあけっこうどうしようもない亭主でしてね。むこうで、自分の女に店を持たせてました。大阪にだってそういう店が何軒もあったんですよ。もちろん、店を持たせるわけでもないような女だって何人もいたようです。抱けそうな女には、手練手管のすべてを尽くした。それが私のつれあいさ。男連中から見りゃあ、豪快っていう誉め言葉でも頂戴《ちょうだい》できるのかしらね。

渥美真沙未って娘は、そういう男のもとに、ひとりで訪ねてきたんですよ。渥美嘉信が、うちのやつとバッテリーを組んでた高校当時の友情を信じてたのは勝手さ。でも、娘が困りはてた時に相談を持ちかける相手として、ヤクザの親分を選んじまうほどに宇津木大介って男のことを信頼してたんだとしたら、それはお人好しの大莫迦者です。ヤクザってのはね、人の痛いことだってわかるし、女をどうしたら自分のほうになびかせられるかってことも、堅気の連中の何倍もわかってるんですよ。そして、ほしいと思った女なら、必ずどんなことをしてでも手に入れます」

私は「やめてくれ」といいたかった。それにもかかわらず、薫子の目の光に絡めとられ、叫びだすことはおろか声を出すことさえできなかった。

――この女に見抜かれていたとおりだ。私は、どこかで綺麗事を信じていたかったのだ。たぶん、彼女の過去の男関係についてだけは……。

彼女が店の名を《羅宇》と付けたのは、自分の恩人である宇津木大介への感謝のためだと信じていたかった。そんな話のひとつぐらい、彼女の人生の彩りとして寄り添っていてほしいとさえ願っていた。

「水商売の世界にゃあ、そのままいなくなっちまっても、世のなかから騒がれないような女が何人もいる。小林瞭子も、そういうひとりでした。そしてね、あの娘にとって不幸だったのは、宇津木大介って男の誘いを袖《そで》にしてたことなんですよ。信州のほうから、大阪に出てきた女らしいわね。出てくる以前に片親は亡くなっていて、出てきてじきにもう片親のほうも亡くなった。そんなふうに聞いてます。宇津木ってのは、執念深い男でね。やられたら必ずやり返す。港湾のシマを守ってこれたのは、そういう性格のおかげですよ。それが、自分を袖にした女にもむけられないわけがないでしょ。

わかるかしら、弁護士さん。親友の娘ってのは、札束で頬を叩《たた》いても抱けないし、手込めにして抱いても意味がない。宇津木は、最初に渥美真沙未を見てから三年近くのあいだじっと足長おじさんのような役割を果たしていたわ。でもね、あの男とつれそってた私にはわかるけど、あの男は誰に対しても、そんな役割だけで満足できる人間ではなかったの。たとえ、それが親友の娘でもね。結末は、その女に自分を男として惚《ほ》れさせることができればいちばんでしょ。

宇津木にとっちゃあ、渥美真沙未に別の人生を用意してやったのは、渥美嘉信への友情のためでも、自分と渥美との青春時代の思い出のためでもないんです。狙った女を口説き落とし、そして自分の籠《かご》の鳥にするための、最後の決め球にすぎなかったのよ」

「当時から……。あなたは、そういうことをすべて知っていたんですか」

「いいえ。当時は知りませんよ。私は宇津木の妻ですよ。宇津木は、あの子とそういう関係になるとともに、あの子のことを名古屋に移して、私の目の届かないところに置きました。それは他でもなく、あの男が真沙未に対して、本気で夢中になりかけてたことも意味してると思いますよ」

——なんていうことだ。

彼女が小林瞭子に成り代わって名古屋に移ったことには、そんな意味が隠されていたというのか。彼女が名古屋でホステスをしていた店のママは、宇津木のかつての女だったのだ。宇津木という男は、そんな女の店へ、自分が囲っている娘を預けたというのか……。

「栖本さん、あんたはどうやらいい人だ。だけどね、わかるかしら。この世にゃあ、美談なんかひとつもないんですよ」

腹立たしいことに、私は今、とてつもなく打ちのめされていた。

そして、いっそう腹立たしいことに、目の前の女はそのことを見抜いている。

「私はね、栖本さん。宇津木大介って男の四人目で、最後の妻になりました。宇津木のあとを引き継いで、港湾のビジネスで生きてる人間です。あの男の強烈な個性があったからこそ持ちこたえられていたシマを、とてもそのまま維持しつづけることはできないので、組の旗は降ろして共和会に助力を頼みましたけれどね。それでも、こうして何人かの男連中を束ねて仕事をつづけてるんです。ある部分は、宇津木大介って男の伝説を残しておいたほうがいいんですよ。だからね、今したような話は、あんたの胸のなかに納めておいてくださいな。

もっとも、いくら警察が草の根を分けようと、絶対に小林瞭子の死体は見つからないはずだし、それを指図したのが宇津木だったことを証明する証拠だって、何ひとつ見つからないでしょうけれどね」

いったん間を置き、反応を計るような——どことなく、楽しむようでもあったが——視線で私の躰《からだ》を舐《な》めまわしてから吐き捨てた。

「さて、それじゃあ、これで私のほうの話もおしまいさ。このヤマのけじめは、栖本さん。あんたに任せますよ。西上を置いて帰るので、よろしく頼みます」

私は背中をむけかける薫子に問いかけた。

「――あなたが、こうして何年も経ったあとになって、渥美真沙未のために親身になってやったのはなぜなんです？」

「親身になったように見えますか。私は、犀川興業から売られた喧嘩《けんか》を買っただけですよ」

「そうじゃないはずです」

「ありがとう。そう見えたなら、それはそれで嬉《うれ》しいわ。あの子は、大介が亡くなったとき、なぜか私を訪ねてきてね。抱えていたものを押さえていた堰《せき》が切れてしまったのかしらね。あの子の口から、いろいろな話を聞いたのはその時ですよ。女にだって、友情はあるんです。たぶんね、私はあの子が好きだったのよ。頑《かたく》なともいえるぐらいの真っ直ぐさと、自分のことは自分で引き受けようとする腹のすわり方に、ありきたりないいかたでしょうけど、自分の若い頃を見たような気がしたのかもしれませんね。それにね、五年近くのあいだ宇津木の籠の鳥だったあの子を籠の外に出してやり、ひとりで東京にやったのは、ある意味じゃこの私みたいなものですからね」

「――どういう意味です」

訊《き》きかけて、私は訊けなかった。凍りついていたのだ。

胸のうんと奥のほうに、ハンマーで叩《たた》かれたような衝撃が走るのを知った。斉木茂から聞いた話が、突然、脳裏をよぎっていたのである。

《容態の急変で、最終の決定ができなかった》

なぜ宇津木大介が、組の跡目について意思表明をしないままで亡くなったのかと尋ねたとき、宇津木組の顧問弁護士だったあの男はそう答えた。

病室という密室のなかで、末期癌で死期をむかえようとしていた宇津木大介に何が起こったのか。それは、四人目にして最後の妻であったこの女しか知らないことではないのか……。

推理とも呼べない、推測とさえ呼べない、ただの直感のようなものでしかなかったが、もしも宇津木大介が跡目を誰に継がせるかを表明してしまえば、その後自分が自分の手で港湾関係のビジネスを仕切っていける可能性が零《ゼロ》になることを、宇津木薫子という女が考えたのだとしたら……。宇津木組を解散させ、その代わりに大株主として牛耳っていける港湾関係の会社を自分の傘下に納め、一方で共和会と手を結ぶことによって港湾の仕切りを維持しようと考えたのだとしたら……。

考えても意味のないことだ。

宇津木大介の死にどんな謎が隠されていたにしろ、絶対に明るみに出ることはないだろう。出そうとする人間がいれば、それこそ裏社会の底知れない闇のなかへと葬られることだろう。私には関わりのないことだ。覗《のぞ》きこむ必要のない闇の奥なのだ。

私は、小柄で華奢《きゃしゃ》な女の後ろ姿を見送った。

3

「それにしても、薫子って女は、よく西上をこっちに引き渡して、栖本さんのやり方で決着をつけることを飲みましたね」

西上を警察へと連れていく途中で、助手席から後ろを振りむいた長谷継男が、ひと通りの説明を終えた私に尋ねてきた。ステアリングを握っているのは親父のほうで、西上は身動きが取れないように括《くく》られて、私の隣りで死んだようにじっと窓の外を見つめつづけていた。

私はちらっと西上を見やってから、長谷に微笑みかけた。

「きみが写した写真のおかげさ」

「どういう意味です？」

「共和会の槙泰樹と犀川靖、それに犀川興業の先代の犀川昇とが、マンションから並んで出てきたところを写しただろ」

「――あれがどうしたんです？」

「あれは、彼女が殺害された三日後の朝のことだった。確証はなかったが、俺にはそのことが気になったんだ。あの写真をいつ写したのかを薫子って女に告げたところ、女のほうが正確な推察をしたらしいよ」

もう一度「どういうことです？」と訊いてくる長谷に、隣りに並ぶ清野のほうが話を引きとって説明をはじめた。

「警察に、薫子から犀川興業を名指しするタレ込み電話が入ったのは、その前々日のことだった。つまり、まだ女が犀川興業に宣戦布告をしたばかりだぜ。この西上と柳田って兄貴分も、前日の夜にはまだ笠岡を探しまわるとかしてた。つまり、薫子たちはあの朝の時点では、犀川興業を攻める布石として、共和会の槙泰樹にまだつなぎを取っていなかったはずなんだ。そうすると槙は、自分自身の意志で、みずから犀川昇と靖のところに出向き、ふたりに会ったことになる」

「それじゃあ……」

「グレーゾーンというしかないさ」

私がいった。

「犀川昇と末広会当時の和辻靖とがここの工場誘致の頃に知りあい、犀川が和辻の切れの良さを買って犀川興業に引っ張ったのだとすれば、共和会の槙って男は、俺たちが最初思っていたようにふたりを結びつけた強力な仲人ってことじゃなく、むしろ形式的な中継ぎ役だったことになる。形式的な仲人を務めたってことは、槙にとってもそこにそれなりのメリットがあったはずなんだ。そんな槙が、薫子の根回しを受ける前に、自分の意志で犀川興業に出向いていたのだとすれば」

「槙は、薫子たちの頼みごとに乗る振りをしながら、犀川たちと結びついていたというんですね」

「グレーゾーンだといったろ。そんなことに確信は持てない。俺にも薫子にも持てなかったっていうことさ。案外、洞ヶ峠《ほらがとうげ》を決めこんで、有利なほうに付くつもりだったのかもしれない。」

どこの社会でも、巨大な組織をバックにしてる人間ってのはそんなものだろ。薫子って女には、俺がこの写真を見せたときに、その可能性が見えたんだ。時間をおけば、共和会との関係のなかで、犀川昇たちがふたたび攻めに転じてくる危険性があるとな。あの女は、その危険を回避するために、事件を俺たちの手に託したんだよ」

長谷はあきれたという顔をして、躰のむきを前にもどした。

薫子自身がいっていたとおり、たしかにこの世には綺麗事で済むことも美談も何ひとつないのだろう。今の私にもなおかつ読み切れない部分もあれば、覗きこんではならないと思われる闇の部分も拡がっている。

だが、わかっていた。自分たちの利益のために工場誘致を利用し、渥美嘉信という男の理想をめちゃくちゃにし、その娘だった彼女と弟の人生を翻弄《ほんろう》した連中にきっちりと片をつけるだけの材料は、すでに私たちの手のなかにある。

西上を警察に引き渡して事情聴取を受けた私たちが、ホテルに待つ佐代子と合流できたのは、夜もかなり遅い時間に入ってからだった。

四人で遅い夕食を食べるあいだの会話はすべて、好奇心旺盛《おうせい》な娘の質問に、残りの三人が答えることによって費やされてしまった。

もちろん警察からの事情聴取はその日一日だけで終わったわけではなく、翌日にもまた私と清野と長谷はそれぞれが違う部屋に隔てられ、知っていることを何度も繰りかえして話さなければならなかった。

佐代子がいちばん先に東京に帰り、堀井正章たち地元の公害反対運動の連中に命を助けてもらった礼として夕食をおごった翌日には、清野と長谷の親子も警察からお許しをいただいてこの町をあとにした。

最後に町を離れることを許された私は、少し感傷的な気分で彼女の生まれ育った町を歩きまわってから帰京した。

東京では、警視庁の藤崎幸助に対して、さらに数日にわたって説明をつづけなければならなかった。あの町の地元署の警察に出向いて説明をつづけたのは当然としても、事件の真相にみずからは一歩も近づこうとしなかった藤崎への説明のために、こっちから何度も警視庁に出向かなければならないのはなんとも腹立たしかった。まして、藤崎にしてみれば私は市民としての義務を怠って、自分が知り得た秘密を順次ご報告しなかった非国民にあたるらしい。

何日かにわたる事情聴取から、これで事件の全容をほぼ正確に摑《つか》んだらしいことを知った藤崎は、最後ににやっと笑いかけ、女が小林暸子でなかったことなどは長野県警に協力を求めさえすればすぐにわかったはずだという御託《ごたく》からはじまって、彼女の部屋の鍵《かぎ》の件も西上隆司という男と彼女との関係も、犀川興業には何か裏があったことも何もかも、私がちょっとした隠し事を積み重ねさえしなかったならば、自分たちにはもっとたやすく摑むことができたのだという意見を述べた。けっこうなことだった。事実なんてものは、ちょっと掘り下げさえすれば誰にでもわかるものなのだろう。問題は、それをするかしないかだ。

苦痛だったのは、藤崎とのやりとりよりもむしろ、警視庁からの帰りに桜田門の地下鉄の階段に差しかかると、下から彼女が上がってくるような気がしてならないことだった。

瀬戸内からもどった私には、東京という街もしばらく見ないうちに秋の気配を濃くしているように思えた。桜田門や霞ヶ関界隈《かいわい》の銀杏《いちょう》並木もすっかり色づき、ビルの谷間を歩く人間たちの足下に葉を散らしはじめていた。空はいっそう夕暮れを急ぐようになり、日中の青よりもほんのわずかな時間だけ染めて見せる赤い色のほうを、深く印象づけはじめている。私はコートを出して着て、夜には肩をすぼめて歩くのが馴染《なじ》みになった。

これ以上警視庁に呼ばれて事情を説明する必要がなくなった夜に、今度の事件でいろいろと協力してもらったお礼だといって、佐代子を夕食に誘った。警察への愚痴はいっさいいわずに、佐代子の将来の夢や《羅宇《ラオ》》での思い出話などを聞きながら酒を飲んだ。同じ時期に届いた清野の興信所からの請求書を、すぐに自分で銀行に足を運ぶことで処理をした。

新聞は、羽田牧夫およびその上司や同僚の何人かが収賄容疑で、硯岡建設の硯岡健吾が贈賄容疑でそれぞれ逮捕された事実を告げた。犀川昇については殺人教唆《きょうさ》の容疑で逮捕されたのちに、犀川靖殺害の件ではそれ以上の可能性をも現在捜査中であるとのほのめかしが書き添えられていた。天野はゴミ処理場に絡んだ殺人未遂に加え、十三年前の山岸文夫殺しについても追及を受けはじめている。小山内総合病院及びいくつかの工場が、ゴミの不法投棄で名前が上がり、小山内総合病院については市政との癒着を伝える記事も報じられた。さらにはすぐそれを追うかたちで、工場誘致の当時の市長であり、その後も土木作業や建設事業の発注について硯岡健吾たちと深く結びついてきた政治家として、川谷晃三の名前が公にされた。新聞が政治家の名前を公にするのは、その政治家がすでに検察から引導を渡される日が間近に迫っていることを意味している。

彼女の遺骨については、渥美家の墓がある寺との交渉が必要で、事件がもう少し落ち着くまで最終的な決着は待たなければならないようだ。私はとりあえず仮のつもりで、親しい葬儀屋が紹介してくれた東京近郊の霊園に納めた。

そしてまた、少しずつ時は流れはじめた。

同じ秋のうちに起こったできごとで、私の事務所を震撼《しんかん》させたのは、有能にしてかつ心配性である秘書の典子が、突如亭主の仕事の関係で退職を申しでたことだった。転勤が決まった亭主に付いて、月が変わるとともにいっしょに九州に行くという話で、ふたりの息子はこっちで独立独歩の暮らしをさせるという。息子を取らずに亭主に付いていくことを選ぶ彼女らしさに、私は拍手を送った。

顔の痣《あざ》が完全に消えるのを待たずに事務所の活動を再開した私は、清野に次の頼みごとをする一方、自分が清野と同じ競馬狂である秘密をついに打ち明けた。清野は清野で、息子にはギャンブルを禁じているにもかかわらず、長谷もまた競馬にはまりかけている事実を打ち明け、私たち三人は仕事以外に共通の趣味を持つ友人同士になれそうだった。

佐代子との関係は変わらない。私は典子に代わる新しい秘書を必要としており、佐代子のほうは受験勉強の傍らにつづけられるアルバイトを必要としていたので、来月から週に三日ほど秘書として来てもらうことにした。あとの二日は、その手の情報誌に募集広告を出さなければならないだろう。私は税理士を目指す彼女を励ましつづけ、いい結果が出ることを願いつづけているだけだ。

いずれにしろ、晩秋から冬へとむかう時間を、私がえらく長いものとして感じていたことは確かだった。

そんなある日の夕方である。

事務所の机にしまいこんであるラガブリンを、ひとりでちびちび啜《すす》りながら、彼女の事件のためにつくった心覚え用の大学ノートをなんとなくめくりもどしていたときのことだった。

事務所の入口の曇り硝子《ガラス》の外に、ぼんやりと人影が立つのが見えた。

ノックを予測したものの、人影はドアの下にむかって屈《かが》みこんだらしくて小さくなり、そのまま廊下をもどっていった。

いぶかりつつ入口のドアに近づくと、下から白い封筒が滑りこませてあった。

取りあげ、宛て先も差出人も書かれていない封筒を開けて目を落としてから、私は慌ててドアを開けた。

廊下に出かかったのち、事務所を横切り、自分の部屋から雑居ビルの表の路地を見下ろした。

ブラインドの羽根を指でたわませて隙間から見下ろしただけだったので、相手から私のすがたが見えたかどうかはわからない。見慣れた神保町の路地に、私にとっては大変な違和感をともなって立つ柳田は、ほんのちらっとだけ私のいる窓を見上げた。退屈そうな表情であった。

躰《からだ》の横に駐車してある車のドアを開けて、すがたを消した。車はすぐに走り去った。

《西上の周りから、こんなものが出てきました。野郎なりに、自分の命綱になることを考えて、事件についての証拠をいくつか握りとおしていたようです。これは、その中に混じっていたものです。それじゃあ、ごきげんよう。栖本さん》

薫子のものとしか思えないワープロ文字の文面に目を走らせてから、あらためて写真に目を落とした。彼女の部屋にあったアルバムの中身が、この何枚かの写真にちがいなかった。

グラスにラガブリンを注ぎ足して、いっしょに入っていた青い女物の便箋《びんせん》を開いた。

そこに、彼女がいた。

誠次さんへ

いつのまにか、口ひげをのばしたのね。それに、ちょっと太ったのかしら。おどろいた。あんなところで、ああしてあなたにばったり出くわすなんて。それに、とっても懐かしかった。あなたは、この手紙を、どんな顔で読むことでしょう。私はきっと、この手紙があなたの手元に届くときには、刑務所のなかにいることと思います。いえ、もしかして運が悪ければ、もうこの世にはいないかもしれない。書きおえたら、私はこの手紙を、私が信頼できるある人に託して、そして、すべてのことが終わったなら、あなたに渡してほしいとお願いするつもりです。

私はいま、あなたと別れたあと、ちょっとした知りあいの裁判を傍聴してから、まっすぐに自分のマンションに帰ってきたところです。ひと息ついて、こうして筆をとってみると、とても自分の気持ちが落ちついて、やはりこうしてあなた宛てに手紙を書いてみるという、ここ何日かのあいだずっと考えていたことを実行してみるのが、自分自身にとっていちばん良いことだったんだろうという気がしています。あなたのことだから、私の印象から、なんとなく察していたかしら。いまの私は、池袋でお店を開けています。でも、きょうは風邪だといつわって、お休みをもらってしまいました。

私には、あそこであなたと会えたことが、不思議な縁に思えてなりません。東京にひとりで出てきて、根津という町で、なかば途方に暮れながら暮らしていた私の前に、あなたが現れたときのことを、なんとなく思いだしてます。あのはじめて出逢った夜のあなたは、ちょっと疲れてみえたけど、やさしそうで、さびしそうで、ふしぎに印象に残る人だったことを。

誠次さん、あなたにもう一度会いたかった。私の知っているあなたは、あなたがたぶん自分で思っているよりもずっと繊細で、そしてほんとはかよわくて、そして時には私を不安にさせるほどに子供じみたところもある人でした。でも、あなたとすごせた根津での数か月は、あれからも私のなかでずっと生きつづけていました。楽しかった。あたたかくて、自分が無邪気でいられた。誠次さん、私のほうはといえば、あなたが思っているよりもずっとよごれてて、そして、無邪気なんかとはほど遠い暮らしをつづけてきた女だと思います。それなのに、あなたといると、なんだかありのままですごせた気がします。

決心が鈍ってしまう前に、さきに書いてしまいます。私はあした、あなたの事務所を訪ねるつもりです。むかしの恋人としてではなく、弁護士であるあなたの依頼人として。依頼の内容は、きっとあなたを仰天させることでしょう。でも、私にとっては、自分がずっとだれにも話さずに隠しとおしてきた秘密を聞いてもらえるのは、もしかしたらこの世にただひとり、あなたという人しかいないのではないかという気がしてならないの。ほんとをいうと、ここ何日かのあいだはずっと、あなたに相談したいという気持をかかえながら、それをおさえていました。いいえ、たぶんこの五年のあいだ、心のどこかにずっとそんな気持ちがひそんでいたような気がします。

それがまさか、ああしてばったりあなたと出くわすなんて。もしかしたら、これは神様が私にあたえてくれた機会なのかもしれないと、そんな気がしてなりません。ためらわず、きちんとすべてをあなたに話してしまいなさいといって、背中を押してくれたんじゃないだろうかと。あなたは、私の依頼を引きうけてくれるかしら。どうしておれに、そんなことを頼むのかと思うかしら。それをすべて、私の身勝手かと思うかしら。もしもことわられたなら、それでもかまわないと、いまの私は思っています。あなたに重荷をせおわせることはできない。私が、小林暸子という名前の女ではないことは、きっとあなたを仰天させることでしょう。私がそれから告げるつもりの、私たちの家族の話は、あなたを仰天させることでしょう。それに、私がほんとうは自分がだれなのかを名のり、自分が過去に犯してしまったことを世間に明らかにするのと道連れに、糾弾したい人間たちの過去の犯罪もまた、あなたを仰天させることと思います。

誠次さん、ありがとう。ほんとうに心からお礼をいいます。なぜなら、あなたがこの手紙を読むのは、私の頼みを聞いてくれて、弁護士として私を助けてくれたときだけだから。私は、この手紙を託すある女性に、そうならなかったときは、この手紙を破り捨ててしまってほしいと頼むつもりだから。

でも、ごめんなさい。あなたはきっと、苦しむことと思う。この手紙を読んでいるあなたは、苦しんでいないかしら。それが、とても心配です。そんな気がしながらも、お願いごとをする私をどうか許してほしい。誠次さん、ほんとをいうと、私は今、とてもこわくてならないの。あなたに、いっしょに闘ってもらいたい。私がやることをそばで見届けてもらいたい。弁護士としての、あなたの力が必要なの。ううん、ただあなたの力が必要なんだと思う。私は、卑怯《ひきよう》で、そして、わがままな女なのかもしれません。きょう見たあなたの目のなかに、今もまだ私がいたように思えたことがうれしかった。たとえ錯覚だとしても、うれしかった。逃げるように遠ざかろうとする私を呼びとめて、「五年ぶりに会ったのに、それだけなのか」と、まるでだだをこねるように腹を立ててくれたことが、とてもあなたらしくてうれしかった。

あなたに面とむかったら、たぶんいえないにちがいない話をひとつ、ここに書き記しておきます。

五年前の話です。

いきなり、あなたの前からすがたを隠してしまって、ほんとにごめんなさい。長い時間がたってしまった今になって、何をいっているんだろうと思うことでしょう。でも、あのときの私には、ああするしかありませんでした。きょうあなたは、義理のお父様の事務所をやめたってお話してましたね。もしかして奥さんと別れられたんじゃないかと思ったので、思いきってお話しすることにします。それに、もしかしたら五年の歳月のあいだに、あなた自身がどこかでこのことをもう耳にしてしまっているかもしれないと思うので。

あなたとお別れする何日か前に、塩崎礼次郎という方がやってきて、あなたの義理の父親だと名のられました。そして、どうかこのまま、あなたの知らないところに行ってしまってほしいと、私にむかって頭を下げられました。身勝手な頼みごとであることはよくよく承知している。自分が口を出すことではないだろうとも承知している。でも、なにとぞ聞きいれてくれないかと、丁寧に何度も頭をお下げになって。

でも、このことをお話しするのは、私があなたの前からいなくなったのは、ぜったいにそうして頭を下げられたからではないことを、あなたに伝えておきたいからなの。

憶《おぼ》えているかしら。あなたがお父さんの話をした夜のことを。あの話を聞いて、私はとても驚きました。そして、あなたがどこかでずっともちつづけている暗い翳《かげ》が、ある意味では私と似たような境遇のためだとわかって、ひとときはあなたがいっそう身近な人になったような気もしました。でも、そのことがじきに、私のなかで、たえきれないほどに重たくなっていきました。あなたの境遇が、私に私の父親のことを思いださせてしまってならなかった。でも、私の場合はあなたとちがう。私の父は、自殺をするつもりで遺書まで残したけれど、結局は死にきれずに、こっそりとひとりで生きていました。そして、この手紙を手にするときのあなたがもう知ってしまっているように、父を殺したのは私と弟のふたりです。あなたといて、自分の過去を思いださなければならないことが、私にはつらくてなりませんでした。

誠次さん、あなたは自分のひと言がお父さんを死に追いやったかもしれないと苦しみつづけていたけれど、それは違うと思います。お父さんは、あなたを遊園地へつれていって、あなたにお別れを告げるつもりだったんじゃないでしょうか。私には、そんなふうに思えてなりません。ふたりで食事をして、ふたりで観覧車に乗って、お父さんはそれでお別れをいいたかったんじゃないでしょうか。

それから、あなたは自分のお母さんをおろかな女だと思い、それを憎んでさえいるようだったけれど、私にはそれも違うように思えます。夫を亡くしたあとで、あなたをひとりで育てられたお母さんは、きっとあなたのことを必死で守っていたような気がするんです。家族というのは、あたりまえに家族でいられるようにみえて、ほんとうはだれかひとりでも強さをもっていなければ、ばらばらになってしまうもののような気がします。

私たちの家族は、だれもその強さをもつことができませんでした。父も、母も、弟も、そして私自身も、たがいのことを思いやっているようにふるまいながら、ほんとうはきちんとむきあうことができなかったんだと思います。

父が、そして母がかかえていた苦しみを、少しでもその場で理解できていたならば。弟がグレかけたときに、なにもかもなげうってでも親身になって引きとめていたならば。家族のことを思いだすと、いまでもなにもかもが悔やまれてなりません。とくに弟のことを思うと、いてもたってもいられなくなります。もしかしたら、弟を自殺に追いやってしまったのは私なのかもしれない。あのとき、警察に自首さえしていたら、弟は死なずにすんだのかもしれないのだから。

あなたは自分の人生から逃げているだけだと、私がそんなことをいったのを覚えているかしら。あれは、ほんとは私自身のことでした。ああして、あなたの前からすがたを消したのも、結局は逃げだしたということなのかもしれません。

でも、あなたと会ったときの私は、自分の人生をさがそうとしていました。過去のことを忘れて、私は、しあわせになりたかった。過去からできるだけ遠くへ離れて、自分の手で自分をしあわせにしてやりたかった。

あれから五年のあいだに、いろいろなことがあったけれど、私は自分の城とよべるようなお店を築いて、そのなかで自分の人生をさがしつづけてきました。過去は消えない。でも、けっしてそれに縛られる必要はないのだと自分にいいきかせて。

連中が、私のお店にやってきた偶然は、過去が私を呼びにきたんだと思います。今度は逃げないつもりです。父も母も弟も、もういない。私がやらなければならないことです。なくしてしまった家族のために、というよりも、私自身のために。自分がしたことをたなに上げるつもりはありません。でも、やっぱり連中は許せない。父を裏切り、追いつめたことも許せないけれど、まだほんの子供だった弟をたぶらかし、クスリをあたえ、気持ちを好きなようにあやつったことがなによりも許せない。

片をつけます。連中に対してだけでなく、私がこうして生きてきたことに対しても、片をつけなければいけないのだと決心しました。

刑務所に入ったって、それでもう人生がやりなおせないわけじゃない。私なりに生きてきて、ひとつわかったことがあるの。あきらめさえしなければ、人生は何度でもやりなおせるということです。

誠次さん、あした、あなたに会えるのを楽しみにしています。

そして、何もかもが終わったあとで、もしもこの手紙をあなたが読んでいるのなら、ほんとうにありがとう。無理なお願いを聞いてくれてありがとう。あなたに会えて、ほんとうによかった。

さようなら。

どうか私のことは待たないでください。

私は私で、また生きなおしてみるつもりです。

渥美真沙未

——途中から手紙がかすみはじめた。

私は自分が涙を流せることを知った。涙というものが、どんな感情で流れだしてくるものなのかを思いだしていた……。

何度も繰りかえし涙を拭《ぬぐ》いながら、彼女の手紙を読みかえし、そして、彼女のむかしの写真を見つめた。七五三のときの、入学式の、卒業のときの、家族の微笑《ほほえ》みに囲まれた彼女がいた。私と出逢う、遥《はる》か以前の彼女だった。過去を捨ててしまおうとしてきた彼女にとってさえ、おそらく捨てきれなかったにちがいないいくつかの思い出が、私の掌《てのひら》で息づいていた。

胸の痛みが、当分は治まらないことを知る一方、私はもうひとつのことをも悟っていた。

自分の気持ちに、無理に決着をつける必要などなかった。努めて忘れさろうとすることも、彼女のことを考えまいとすることも、ましてやさよならを告げようとすることもなかった。彼女は私のなかに生きている。泣きたければ泣き、あがきたければあがくしかないんだろう。それが、私が生きているということだ。生きている私のなかで、死んでしまった誰かが生きつづけていくということだ。

それは苦しいことなのかもしれない。しかし、過去は決して消え去りはせず、少しずつ遠ざかっていくだけだ。まんざらひどいことじゃないと思える発見だってある。

瞳を閉じて願いさえすれば、それだけでいつでも彼女に会える。

《謝辞》

この作品がすべてフィクションであることはいうまでもないが、イメージを膨らませていく過程で、以下の本を参考にした。記してここに感謝する。
『刑事弁護ものがたり』弁護実務研究会編　大蔵省印刷局／『Let's 弁護士』錦織淳・深山雅也著　森田塾出版／『弁護士という人びと』浜辺陽一郎著　三省堂／『別冊宝島・裁判ゲーム』宝島社／『法律の抜け穴全集』自由国民社／『日常生活の法律全集』自由国民社／『完全失踪マニュアル』樫村政則著　太田出版／『ドキュメント日本の公害』川名英之著　緑風出版。

また、弁護士の藤村厚夫氏と、現職でいらっしゃるために敢えて名前は秘すが数人の刑事さんに、貴重なお話をうかがった。完成までに、およそ二年を費やした。大きな変更をたびたび加え、書いては捨てる作業だった。作品が突きぬける感覚を辛抱強く探すことができたのは、デビュー以来のつきあいになる、角川書店の宮山多可志氏の強い励ましのおかげだった。ありがとうございました。

一九九八年　春　　　香納　諒一

本書は平成十年六月に小社より刊行された単行本を文庫化したものです。

著者インタビュー──『幻の女』の頃

■幻となった二本の『幻の女』

──執筆に二年を費やされ、かなりの推敲《すいこう》を繰り返されたという話ですが。

推敲といえば推敲なんでしょうが、私の場合、この前作に当たる『ただ去るが如く』から『幻の女』『デイブレイク』の三作については、ほとんど書き上げかけているものに、ストーリーを完全に書き換えるような訂正を入れた上で脱稿するという、職業作家からいうと悪い癖がついてしまったな、という期間に当たるんです。

『幻の女』について、文庫化に当たって初めて秘密を開帳しますと（笑）、上梓《じょうし》したのは結局第三バージョンの『幻の女』で、それ以前にふたつ、幻に終わった『幻の女』というのが存在します。

私は取材というのを自分なりの位置づけで大事にする物書きなんですが、取材をするポイントのひとつを、その職業なり世界なりの空気を摑《つか》むことだと思っています。そして、その意味で申しますと、この作品の執筆に当たって何人かの弁護士さんとお目にかかりましたところ、共通していたことは、たくさんの事件を一気に抱える、という仕事の特性のようなものが、生活面に於《お》いても出ているな、ということでした。すなわち、良くいえば多趣味で人間関係も広いわけですが、悪くいうと落ち着きなく様々なことを同時に進行しようとしている。

そういう空気を主人公に色濃く出したいと思ったため、第一バージョンの『幻の女』は、常に弁護士として抱えた現在の事件があって、それがいくつも進行する中で、ヒロインの過去を探っていくという入り乱れた構成を取っていました。

しかし、これはさすがに三分の一ほどまで書きました時に、話があまりに入り組みすぎるし、だいいち枚数が大変な分量になってしまうとわかりまして、現在の事件の部分はすぱっとカットすることにしました。とはいえ、こういった並行して様々な事件が起こるといった小説は、いつか必ず書いてみたいという思いがありまして、私の場合はそういった同じことを四年とか五年とか、場合によっては十年ぐらいのスパンで考えていたりしますので、この先どこかでそういった作品がお目見えするかもしれません。

で、第二のバージョンですが、今度はもうクライマックスの手前まで書いてしまってからの訂正だったので、大変な作業になりました。そこまで書いた時点で、主要なキャラクターのひとりを何年も前に死んでしまっていることに変えたほうが、作品の狙いがより鮮明になると気づいたんです。

これぐらいは種明かしをしても、本文を読む前にここを読んでしまっている方の妨げにはならないと思いますので具体的に申しますと、それはヒロインの弟です。第二バージョンでは、この弟が作品のクライマックスの直前までは生きていて、主人公とは別の線で事件を追って動き回っているストーリー展開を設定していました。そして、その絡みで、カーチェイスや暴力団との立ち回りなど、主人公もまた第三バージョンよりかなり派手な活躍をすることになっていたんです。

い方を変えますと、私がこの設定を作った狙いのひとつは、話を派手にして、いわゆる冒険小説につきもののアクションシーンを入れ、現在進行形のサスペンスを盛り上げるということにあったわけです。

しかし、ヒロインの哀しみに焦点を当て、主人公や、そしてこの作品そのものが背負った過去との葛藤《かっとう》といったテーマをより鮮明にするためには、弟の存在を消し、ヒロインをたったひとりにする必要があると思いました。ただ、そうするとストーリー展開はずっと地味になる。そのふたつを天秤《てんびん》にかけ、結局は小説として描きたいことをより鮮明に押し出すためには、地味に見えようとなんだろうと構うものか、といった決断を下したことで、世に出したような形の『幻の女』が出来上がりました。

それはそのまま、その後の香納諒一という物書きの進路を作ったような気もします。その意味では、『幻の女』が第二のデビュー作なんだとさえいってもいいかもしれませんね。

■日本推理作家協会賞受賞の思い出

――そして、この作品で推協賞を受賞されたわけですが。

取れるとは思っていなかったんです。というのは、それ以前にも二度ほど候補になったのですが、私は当時は編集者と二足の草鞋《わらじ》で作品を書いていまして、編集者をやっているあいだは絶対にいかなる賞も取れない、と何人かの先輩作家からいい聞かされておりましたので。

ですから、過去二回落ちた時は一応結果の報《しら》せを待っていたんですが、この時はもう先回りをして落ちた気分になって、その悔しさを次の作品にぶつけるということで原稿を書いていたんです。これまた電話を下さった推協の事務局の方が、落ち着いた暗めの声を出す方だったものですから、落選の報せだとばかり思って聞いておりましたら、すぐに記者会見なので東京まで出てこいという話になって、完全に戸惑ってしまいました（笑）。

駆けつけた時にはもう記者会見は終わりかけていて、それを当時理事長だった北方謙三さんが、今後の推協の運営方針など、あれこれと話をして記者の方を繋《つな》ぎとめていて下さったそうで、穴があったら入りたいような気持ちでした。

――授賞式の夜には、個性豊かな友人たちと久々の再会を果たされたそうですね。

悪友が駆けつけてくれまして、いろいろな意味で思い出深い夜になりましたね（笑）。そのうちのひとりは高校と大学が一緒で、卒業後高校の教師を一年で辞めて、現在では某大手新聞社の記者をしている男なのですが、仕事が終わったあと、十時ぐらいになって駆けつけてくれたんです。

その時間ですから、こっちはもう三軒目ぐらいで飲んでいて、たまたま隣のテーブルに宮部みゆきさんがいらしたんです。その男は実は大の宮部ファンで、偶然いきなり出会えたことにかなり興奮したんでしょう。で、彼女が帰られたあと、宮部作品は面白いけれど、香納、おまえの作品はまだまだ読みにくくて長いから何とかしろ！　と、周りに担当者が大勢いるのに説教を始めまして。ああ、こいつは昔と変わらないな、と懐かしかったです。名前が堀井という男なんですが、本人に断りもなくこの『幻の女』の中で脇役の名前に使ってしまいましたので、どっちもどっちですが（笑）。

■ちょっと今後の展望を

――『幻の女』を単行本書き下ろしという形で上梓してから五年の時間が経ったわけですが、その後の流れと現在の展望のようなものを最後にお願いします。

二つのバージョンをボツにして、三つ目のバージョンを世に出すといったような、そういう形の模索は、もう当分はしないだろうという気はしています。それはしかし、なにも何年か物書きをつづける間に小説がわかってきたとか、執筆に慣れてきたからといった大それたことを考えているわけではなく、小説というのは生ものであって、生ものだからこその魅力があるというふうに考えるようになったからなんです。

以前は書き下ろしにこだわり、一年に一作のペースを守って長篇を出しつづけていましたが、こういった生ものとしての小説の魅力のようなことを思うようになってから、連載の仕事も積極的に受けはじめました。一度活字にして世の中に出してしまうと、後戻りができない。勿論《もちろん》、単行本にする時にはまた徹底的に推敲はするわけですが、まずは後ろを振り返らずに最後まで突き進むしかない。連載の形で、そういった状況に身を置いて小説を書いていると、物書きとしての反射神経が研ぎ澄まされてくるのを感じます。

誰でもそうでしょうが、思えば私も最初に小説と出合った時、わくわくドキドキとしてページをめくる楽しみが最上のものでした。書く上でもそこに帰るというか、今またそこから始めてみようと思っているんです。

――二〇〇三年十一月　埼玉県草加市の自宅にて

解説

縄田一男

かつて名盤に切り込むには勇気がいる、といったジャズ愛好家がいたが、そのでんでいけば、香納諒一の『幻の女』一巻を前にして私がいうべきは、名作を論じるには勇気がいる、であろうか。ある時期まで私は、名作というものは、時代の練磨を経てはじめて成り立つものであると頑固に思い込んでいたところがある。従って、現在時で書かれている作品は、それがどんなに優れていても、力作であり、秀作に他ならない、と。しかしながら、読了した途端に名作としかいいようのない作品があることを、私は『幻の女』を読了した時、嫌という程思い知らされた。批評家には、極く稀《まれ》にその作品に惚《ほ》れ込み過ぎて言葉を喪《うしな》ってしまう、という事態の生じてしまうことがあるが、私にとって本書は正にそれであり、しかも久方ぶりに作品を読了し、未だ涙腺《るいせん》が弱くなっている時、即座に解説に取りかかれそうもない。従ってまずは、この長編に関する客観的なデータを挙げておくことからはじめたい。

『幻の女』は、一九九八年六月、角川書店から書下し刊行された作品で、九九年版「このミステリーがすごい!」の第六位であり、九九年、第五十二回日本推理作家協会賞の長編部門を受賞した。本作と受賞を競ったのが、奥泉光の『グランド・ミステリー』、小野不由美の『屍鬼』、東野圭吾の『秘密』であったと記せば、未読の方にも本作の水準の高さが了解されよう。

ここで各選考委員の選評を記せば次のようになる。すなわち、

生島治郎――「『幻の女』は主人公が幻の女とかかわりあう必然性にやや弱さがあり、主人公のキャラクターにも強い味つけが欲しいが、この作家独特のハードボイルド世界は充分に描かれていた」

北上次郎――「香納諒一氏の『幻の女』については、他の賞の最終候補作になりながら落選したことが選考委員から参考意見として提出され、定型の枠を出ていないとの指摘もあったものの、その定型を最大限にいかしながら、作者独自の世界をかたちづくった作品だと思う。この受賞を契機として大きく飛躍されることを期待する」

佐々木譲氏――「香納諒一氏『幻の女』は、きわめて端正なハードボイルド。かたちが定まったジャンルではあるが、その定型を厳格に守って究みに達した作品である。なにより主人公の造形が魅力的であった」

辻真先――「二作（『秘密』『屍鬼』）受賞の想定下に浮上したのが『幻の女』であった。ハードボイルドの枠内で、描きたいものを描き切る勁《つよ》い文体を羨《うらや》ましく思ったし、主人公の造形に共感していたので、あらためて賛意を表した」

そして、作者自身による「受賞の言葉」を引いておくと、

等身大の三十代を、エンターテインメントの中で書きたかった。それがいかに難しいかを、

この作品に取り組んだ二年間で知った。実質的には、書いている時間よりも捨てている時間のほうが長かった。よって波瀾《はらん》万丈版『幻の女』や本格推理版『幻の女』等々が、人様の前にはお目見えせぬまま、すべて原稿用紙の上だけで幻となった。／ハードボイルド作家と呼ばれてきたが、自分では普通の小説を書いているつもりでいる。しかし、最後にこの作品を支えた文体は、気がつくとハードボイルドのそれだった。拘《こだわ》りが生んだものではなく、内外の先輩の手による諸作品の読書体験が、追いつめられた私を救ってくださった結果だと思っている。そのことに感謝したい。／模索の末に定着させた物語は、構想中一番地味で長さを伴うものだったので、華やかな賞とは無縁と思っていた。それ故に、喜びはひとしおだ。

——ありがとうございました。

と、いうことになる。

弁護士の私＝栖本が、五年前、自分のもとから何も告げずに消えさった〝宿命の女〟小林瞭子と再会、そして彼女が殺害されたことによってはじまる調査と再生の物語——未読の方の興を削《そ》がないために極めて大雑把に本書の粗筋を記すとそういうことになろう。男には汚職で役所を追われた父を自殺に追い込んだのではないか、という思いや、更に弁護士として、二十年前の「ＯＬ強姦《ごうかん》殺人事件」の控訴審で国家を向こうに回して正義を貫いたはずの闘いが幻影であったという過去、加えて、離婚による家庭崩壊という三重の軛《くびき》があり、女には或《あ》る事件を契機として、それまでの過去を捨て、他人が用意してくれたまったく別の人生、すなわち、小林瞭子として生きねばならなかったという事情がある。そして作者のいう「普通の小説を書いているつもりでいる」という言葉を受ければ、この長篇は、幽明境を異にした一組の男女の哀切極まりない恋愛小説ということが出来るかもしれない。

そうした構成の中、今回改めて気づかされたことを二つだけ挙げておきたい。

一つは、栖本が小林瞭子の故郷を訪ねる場面での記述、「新幹線は、確実に、東京の影を様々な地方都市へと出前している。数限りない小型の模倣をつくりあげ、土建屋とその地方出身の政治家とを喜ばせて、実際にそこに暮らす人々には表面的な便利さを見せつけながら元の景色を奪い去っていった。時代の変化という美辞麗句のなかで、過疎と過密を助長して、どちらの側もそれほど幸福にはしなかった。それがたぶん、この小さな島国が突き進んできた発展の正体なんだろう」が、恐らくは作者のいう「等身大の三十代」を書くという行為とつながっているのではあるまいか、ということである。香納諒一が生まれたのは、一九六三年であり、その翌年は、日本がOECDに加盟し、東海道新幹線が営業を開始、そしてあの東京オリンピックが開催された記念すべき年に当たっている。戦後もはや二十年を経過しており、あの焼跡《あ》の記憶は封印され、人々は戦後日本の繁栄をひたすら享受することにつとめていた。そして敢えて誤解を承知でいえば、香納諒一は、そうした繁栄を一身に受けて育った世代として生を受けたはずである。更に昭和四十年代に入ってからは、日本のGNPは自由主義国中アメリカに次いで世界第二位となり、昭和元禄《げんろく》といわれる泰平ムードの中、高度経済成長はその頂点を極めたかに思われた。が、その一方で社会の抱える様々な問題が表面化、それは公害問題や学生運動といったかたちであらわれ、大阪万国博覧会の裏には日米安保条約の自動延長あり、というように光と影のコントラストを露《あら》わにしていく。そして一人の少年が作家へと成長して行き、自身の拠《よ》って立つところを見渡した時、本書におけるあらゆる事件の原点たる、奈良山中から発見された白骨死体と轢《ひ》き逃げ事件、更にはヒロインが別の人間として生まれ変わらざるを得なかった事情は、このような環境や人間の精神のあり方を犠牲とした物質的繁栄の中から生み出された必然として、作品の中に胚胎《はいたい》していったのではあるまいか。

そして今一つは、作者のミステリー作家としての腕の確かさを示すものだが、栖本が深夜のテレビで小津安二郎の『東京物語』を観、自分のもはやとり返しのつかなくなった家庭を顧る場面は、実は、ヒロインの側の或る事情をも示した伏線となっているではないか。小津は、ほのぼのとしたホームドラマをつくっているようでいて、戦後の代表作ともいうべき、『東京物語』に見られるように、実は家庭の崩壊というものを静かに見つめていた、ととらえるのが正しい見方であろう。そして更にいえば、本書における栖本がすべてを知ることになる海岸の場面は、何と『東京物語』において、妻を喪った老人、笠智衆《りゅうちしゅう》と、息子の未亡人、原節子が、尾道《おのみち》の浜辺で海を見つめながら静かに語り合う、あのラストシーンのバリエーションとなっているのである。

さて、まだまだ書き足りない気もするが、もはや紙数も尽きた。『幻の女』はこれからも多くの人たちに読まれる作品となることだろう。そして私が、この小説をはじめて読んだ、あの初夏の日を忘れられないように、これから本書を読む人も、この作品を読了した日のことを決して忘れることはないに違いない——私はそう確信している。

幻《まぼろし》の女《おんな》

香納諒一《かのうりよういち》

平成15年 12月25日　初版発行
令和7年 5月15日　19版発行

発行者●山下直久

発行●株式会社KADOKAWA
〒102-8177　東京都千代田区富士見2-13-3
電話　0570-002-301(ナビダイヤル)

角川文庫 13182

印刷所●株式会社KADOKAWA
製本所●株式会社KADOKAWA

表紙画●和田三造

●お問い合わせ
https://www.kadokawa.co.jp/（「お問い合わせ」へお進みください）
※内容によっては、お答えできない場合があります。
※サポートは日本国内のみとさせていただきます。
※Japanese text only

ISBN978-4-04-191104-4　C0193

◆◆◇

角川文庫発刊に際して

角川源義

第二次世界大戦の敗北は、軍事力の敗北であった以上に、私たちの若い文化力の敗退であった。私たちの文化が戦争に対して如何に無力であり、単なるあだ花に過ぎなかったかを、私たちは身を以て体験し痛感した。西洋近代文化の摂取にとって、明治以後八十年の歳月は決して短かすぎたとは言えない。にもかかわらず、近代文化の伝統を確立し、自由な批判と柔軟な良識に富む文化層として自らを形成することに私たちは失敗して来た。そしてこれは、各層への文化の普及滲透を任務とする出版人の責任でもあった。

一九四五年以来、私たちは再び振出しに戻り、第一歩から踏み出すことを余儀なくされた。これは大きな不幸ではあるが、反面、これまでの混沌・未熟・歪曲の中にあった我が国の文化に秩序と確たる基礎を齎らすためには絶好の機会でもある。角川書店は、このような祖国の文化的危機にあたり、微力をも顧みず再建の礎石たるべき抱負と決意とをもって出発したが、ここに創立以来の念願を果すべく角川文庫を発刊する。これまで刊行されたあらゆる全集叢書文庫類の長所と短所とを検討し、古今東西の不朽の典籍を、良心的編集のもとに、廉価に、そして書架にふさわしい美本として、多くのひとびとに提供しようとする。しかし私たちは徒らに百科全書的な知識のジレッタントを作ることを目的とせず、あくまで祖国の文化に秩序と再建への道を示し、この文庫を角川書店の栄ある事業として、今後永久に継続発展せしめ、学芸と教養との殿堂として大成せんことを期したい。多くの読書子の愛情ある忠言と支持とによって、この希望と抱負とを完遂せしめられんことを願う。

一九四九年五月三日